KB240138

칼이
피다

칼이 피다

권영준 장편소설

돌연 출판 모시는사람들

"이것이 무엇인지 나는 잘 모르겠습니다.

나는 그저 내가 꿈꾸었던 공연을, 눈감고 보았던 장면들을

소리 나는 종이 위에 고스란히 옮기어 놓았을 뿐입니다."

| 차례 |

칼이 피다

첫째 마당

가마아득하니 감파르족족한 밤하늘에는 무수한 별무리들이 마치 청라靑羅자락에 금가루라도 뿌려놓은 양 반짝반짝 거려대고, 올연兀然한 멧부리 너머로는 거무트름한 구름장이 토실토실 뽀얗게 살이 오른 곱디고운 달의 볼따구니 위에다가 시드럭부드럭 푸르뎅뎅한 멍자국을 아로새겨 넣으며 지나가고 있을 어느 늦은 겨울밤이었다.

거친 돌산 잘록한 산허리를 지나 두두룩한 산등성이로 이어지려는 어두침침한 골짜기 안쪽에서는 아득히 먼 곳 끝 모를 어느 곳에서 새어 나오는 여리고 긴 한숨처럼 생기 없는 바람이 "우~우~~" 이미 죽어 버린 것들이 이제 죽어 버릴 것들을 애도하듯 흐느껴대는 가운데, 이따금 아득한 메아리마냥 은은한 포성砲聲이 어슴푸레한 산등성마루 아래 츠렁바위를 타고 또 넘고 미끄러져 내려와 말라비틀어진 화석마냥 군데군데 시커멓게 구새먹은 나무 그림자들을 흔들어대고 있었으며, 그 포성의 머리를 혹은 꼬리를 엇물고 날아 들어온 벌거우리한 포화砲火가 '번들번들' 이미 오래 전에 죽어 버린 짐승들의 뼈다귀마냥 희읍스름한 삭정이들과 앙상한 나뭇가지들을 불그스름하게 물들이고 있었다.

나직하고 묵직한 포성과 울긋불긋한 화광火光들이 일렁이는 시들마른 숲 아래쪽 언저리께로, 파르무레한 달빛이 길을 내어 흐르다가 머문 듯이 흥건하게 괴어 있는 돌너덜길섶에 어른주먹만한 돌멩이들을 하나하나 차곡차곡 정성스레 쌓아올려 만든 돌무덤 주변으로 "휘이잉~!" 하고 갑작스레 왜바람이 불어오자, 하얗게 고삭은 채 말라 꽈드러져 있던 잡목들이 돋아 오른 소름을 떨치어버리듯 '부르르~!' 몸서리치며 눈가루를 떨어내었다. 흩뿌려지어 바람에 말리며 날아오르는 눈꽃가루들이 달빛에 '아롱아롱' 눈이 시리다는 생각이 들 겨를도 없이, 돌무덤 뒤쪽 후미진 바위짬에서 "이크‥!" 하는 외마디 소리를 '화닥닥~!' 밟으며 작달막한 그림자 하나가 돌무덤 앞으로 뛰쳐나왔다.

「으메~ 양! 징그럽게 차가븐 거! 요런 요…, 니미럴 놈의 눈가루가 여까정 쳐들어와 갖꼬, 아조 젖꽁댕이까정 싹 다 젖어부렀네!」

그림자마냥 작달막해 보이는 사내가 돌무덤 앞으로 화승총을 기대어 놓더니만, 두툼한 개가죽외투 속으로 손을 '쑤욱~!' 집어넣고서 "투덜투덜" 가슴팍에 떨어져 앉은 눈가루를 호들갑스레 털어내었다.

「거, 엠병헐 놈의 산꼬대 한번 넨장 맞고도 지랄 맞네 그랴. 아, 뭔 놈의 바람이 잠시 잠깐 잠잠허더니만, 꼭 미친년 속 고쟁이마냥 이리 뛰고 저리 뛰고 사방팔방으로다가 널뛰기를 허고 지랄 엠병이랴? 아조 추워 디지겄구마!」

「그러게나 말여유. 발꼬락이 시려 갖꼬 아조 나도 죽겄시유.」

돌무덤 뒤에서 어둑어둑한 목소리 하나가 굼뜨게 맞장구를 쳤다.

「시방 너 발꼬락이 문제가 아니여. 나는 거시기 요…, 요 뽕알이 다 쪼그라들었당께. 으메~ 시상에나…! 거시기…, 호두알 같던 뽕알이 인자는 아조 앵두알만해져 부렀네!」

작달막한 사내가 오그라진 두 손을 맞잡아 "호호~" 잇따라 더운 입김을 불어가며 비비적거리더니만, 오른손을 바짓가랑이 속에 '쏙!' 찔러 넣고는 불알을 조몰락거려댔다.

「월라라…? 요것을 워쩐다야? 어이~ 아야…! 천수야! 얼른 나와 요것 쪼까 보드라고. 여, 잠지에 고드름이 다 열린 모양이여. 으메으메…! 요 소리 들리냐? 잉? 안 들려? 아, 붕알서 "서석! 서걱!" 얼음보숭이 부서지는 소리가 난다니께! 염병, 큰일 나 부렀네. 이따 참에 매누라허고서 두번이놈헌티 동생놈을 하나 맹글어 주기로 혔는디….」

「에이~ 그런 말은 마셔유. 지가 암만 몰라두 여지 여쩍 살면서, 워서 넘의 붕알이 얼어붙었단 말은 들어 본 적이 읎구먼유.」

돌무덤 뒤편에 몸을 감추고 있던 천수라는 사내가 살피듯 '삐죽~' 하고 고개를 내밀어 보더니만, 화승총을 꼬나들고 돌무덤 앞으로 느적느적 걸어 나섰다. 언뜻 보이는 것이 곰같이 거쿨진 몸집에다가 우락부락 험상도 잔뜩 궂은 얼굴이라 누구라도 처음 보면 영락없이 근방의 산도적놈쯤으로 여길 만도 하였으나, 가만히 들여다보니 올망졸망한 눈, 코, 입이 오밀조밀 모여 있는데다가 무엇보다 쪼그리고 앉아 "흐아암~!" 하고 하품하는 모양새가 어딘지 어벙하게 보이는 것이, 세상 물정이나 걱정 따위는 모르고 살아가는 두멧구석의 온순한 땔나무꾼 같아 보이기도 하였다.

「이잉…? 참말이여! 워…, 워쪄? 너…, 으디 함 볼티어?」

「아… 아녀유. 것을 뭣 하러 봐유? 내 껏도 아닌디. 에구구…!」

뜨악하니 오도깝스런 시러베장단 따위에는 별 관심이 없었는지 천수라는 사내가 화승총을 지팡이 삼아 짚고서 다시 몸을 일으키더니만, 뻣뻣하게 굳어 버린 무르팍을 굽혔다 폈다 반복하며 말을 이었다.

「웅송그리고 앉아만 있어 그런감? 으째 며칠째루 해종일 먹은 것은 암껏도 없는디, 자꾸 오줌만 매렵구 그러네유.」

「너 자지가 조리자진께 그런갑지. 겁나 추운께 더한 것이여.」

살짝 삐친 듯, 작달막한 사내가 시큰둥하게 대꾸했다.

「뱃속선 꼬르륵 소리만 나고….」

「너 창새기서 퇴산뿅알로 소피 내려가는 소리 아니겠냐. 으따~! 나도 오늘 쓰시기 전에 따끈허신 소피가 나오시는지 냉냉허신 헛 개피가 나오는지 확인 좀 해 봐야 쓰겄다.」

작달막한 사내가 좁다란 어깨를 건들건들 짧따란 양 팔을 휘적휘적 밭장다리에 팔자걸음으로 흐느적흐느적 거리면서 상감마마 어전 뜰 걸으시는 모양으로 돌무덤 뒤편 수풀더미를 향해 발걸음을 옮겨가자 천수라는 사내도 얼른 화승총을 어깨로 걸머메더니만, 까치발을 들며 고개를 '쭉~' 빼고서 골짜기 아래쪽으로 멀리 한번 살펴보고 나서 쫄래쫄래 황아장사 강아지마냥 총총걸음으로 뒤따랐다. 멀찍이 앞서가고 뒤따라가는 두 사람의 뒷모습들이 체구에는 영 어울리지 않는 기이한 모양새라, 누구라도 보기만 본다면 "피식~" 하고 가히 웃음이 나올 법도 했다.

「……」

두 사람은 은가루 같은 숫눈이 고스란히 내려앉아있는 수풀더미 앞에 나란히 서더니 거의 동시에 바지춤을 끌렀다. 작달막한 사내는 오무림살에 잔뜩 힘을 주어 뿜어내듯 쏟아낸 자기 오줌발이 하이얀 눈을 노오랗게 녹이고는 "투두둑…!" 수풀 사이로 떨어져내려 언 땅으로 스며들어 가는 것을 재미있다는 듯 바라보았고, 곁의 천수도 "쐬아아~!" 하고 참았던 오줌발을 시원스레 내갈기며 힐끔힐끔 간간이 눈길을 어깨 너머 골짜기 아래쪽으로 돌리었다.

「으메~ 시원헌 것…! 인자 살 것도 같구마, 잉. 아조 뿅알이 저렁께로 영

고자가 되어부는 줄 알았는디, 따끈따끈헌 육수서 모락이 모락이 김 올라오는 것이··, 아직까정은 멀쩡한 것도 같으다, 잉. 다행이여, 다행··!」

배뇨가 주는 개운함 탓이었는지 사뭇 흐뭇해진 표정의 사내는 이내 치기어린 어깻짓으로 슬쩍 천수를 넘겨다보았다.

「월라라··?? 그란디 웨째··, 너, 거시기··, 오줌빨이 영 시원찮은 것 아니냐? 기냥 저 우에까정 뻗쳐 올라가야 허는디?」

「아녀요. 시방 날이 차기도 허고, 요 며칠루다가 먹은 것도 솔찬히 읎응께 그란 것이구먼유. 낭중에 뭐라도 쪼까 먹을 양이면, 금시로 '벌떡!' 허고 인날 것이요.」

「그러냐?」

「그라믄요.」

천수라는 사내가 끝갈망으로 오줌 방울 두어 방울을 '탈탈··' 털어내고는 바지춤을 훌훌 추슬러 입더니 돌무덤으로 '성큼~!' 발걸음을 떼었다. 작달막한 사내는 자못 부러운 눈초리로 "쩝··!" 하고 입술을 다시더니만, 으스름을 '부르르··!' 떨고서는 두툼한 솜바지를 추슬러 입으며 천수의 뒤통수에 대고 들으라는 듯 삐딱하게 말을 던졌다.

「그리어··! 언 놈의 자라새끼는 참말로 좋기도 좋겄다. 처먹기만 허면 고냥 허냥 마냥 헐레벌떡 일어난다니께. 에이, 니미럴 놈··!」

작달막한 사내가 엄지를 세워 코를 "핑~!" 하고 풀더니만, 걸쭉한 것이 묻었는지 손가락을 "팩~!" 하고 허리춤에서 뿌리치고는 바짓가랑이에다 슥슥 비벼댔다.

「쩌기··, 성님, 그란디유···.」

앞서 가던 천수가 뒤돌아서며 물었다.

「있잖아유, 거시기···.」

「뭐?」

「거시기‥, 긍께….」

「긍께, 뭐?」

「긍께요‥, 거시기‥.」

「아, 긍께 거시기 뭐~어?」

사내가 천수를 지나쳐가며 귀찮은 듯 퉁명스럽게 말을 받았다.

「긍께 쩌으기‥, 성님은 똥 눠 본 지가‥, 월매나 되셨어유?」

「것은 왜?」

「근자에 지가‥, 똥이‥, 당최가‥, 안 나와서유.」

「글씨? 나도 한 사나흘은 된 것도 같은디?」

「지는 벌써 닷새나 되었구먼유.」

「그랴서?」

사뭇 뜬금없는 소리라 생각되었던 것인지 작달막한 사내가 한쪽 눈썹을 치켜올리며 다소 뾰조록하게 되물었다.

「아녀유. 그냥 뭣이‥ 똥이 안 나와도‥, 괜찮은가 혀서유….」

「드런 놈이 별놈의 것을 다 가지고 지랄이네…. 아, 똥 안 나오면 드런 냄새 안 나고 좋지 뭘 그러냐?」

「……」

말을 듣고는 멋쩍은 듯이 천수가 뒤통수를 긁적거렸다.

「허기사 윗구녕에 뭣을 처넣은 것이 있어야 아랫구녕으로다가도 나올 것이 있지‥.」

「배 아프게 똥 눠 본 기억이 가물가물하구먼유.」

「그라게나 말이다. 시상 만사라는 것이 그저 입노릇으로다가, 강똥이건 물찌똥이건 잘 처먹고 잘 싸는 것이 최곤디‥.」

「……」

대꾸 대신에 "훌쩍~!" 천수가 콧물을 들이마셨다.

「제미··! 그라고 봉께 아그들이 걱정이다. 아그들이···. 그라녀도 한창을 자랄 따라 뭣이라도 잽히는 디로다 허벌··, 허천나게 먹어 줘야 허는디···. 휴우우~~.」

작달막한 사내가 말꼬리 끝에다 입김이 허옇게 서리도록 진한 한숨을 이어 붙이더니 돌무덤을 등지고서 짙푸른 밤하늘을, 멀리 키 다른 산등성이들을 울바자로 삼아 빙 둘러쳐 놓은 타작마당마냥 넓적스름한 밤하늘과 여러 날 여러 손으로 쌓아올린 낟가리마냥 삐죽삐죽 솟아오른 산봉우리 주변으로 반짝반짝 어지러이 흩뿌려져 있는 별무리를 쳐다보았다.

「으메··, 저것들이 모두 쌀알이었으면···.」

풋바심질을 끝마친 타작마당의 멍석자리 끄트머리께로 "호드득~!" 하고 여기저기 흩뿌려져 있는 낟알들을 주워 먹으러 날아드는 참새떼 소리라도 들었던 것인지 때마침 두루뭉술한 구름장을 가로지르며 별무리를 향하여 날아가는 산새 그림자 무리를 바라보던 작달막한 사내가 입술을 감쳐 물었다. 작달막한 사내의 서글픈 바람을 구슬픈 푸념인양 귓결로 들은 천수도 곁에서 "피유유~~" 저도 모르게 속깊은 한숨을 토해내더니만, 벌겋게 얼어붙은 콧잔등을 소맷자락으로 '스윽~' 문지르고는 하늘가 저편 멀리 먼 산 위로 뽀얗게 피어오르는 바람꽃을 향하여 눈길을 돌리었다. 잠시 동안 그렇게 말없이 두 사람은 돌무덤을 등지고 서 있었다. 그러는 중에 "꾸르륵~! 꾸~꼬르르르륵···!" 천수의 홀쭉한 뱃속 한가운데에 똬리를 틀고 앉아 호시탐탐 바깥으로 나올 기회만을 엿보고 있던 밥버러지 두어 마리가 난데없이 대가리를 '삐죽!' 들이밀고서 바락바락 악을 써대며 배꼽 밖으로 빠져나오려 애를 써댔다. 당황한 천수가 잡아채듯 얼른 두 손으로 바지춤

을 틀어쥐었으나 벌써 그 굵다란 꼬리마저 이미 빠져나와 버렸기에 그만
'미끈덕~!' 놓쳐 버리고 말았다.

「……」

작달막한 사내가 가만히 고개를 돌려 천수를 쳐다보았다. 바라보는 눈
길을 분명하게 의식하였기에 오히려 마주치지 않으려는 듯 천수는 그저 눈
만 껌벅껌벅 짐짓 모른 척 애써 아닌 척 그렇다고 딴청을 부리지도 못하고
있었는데, 사내는 그런 천수에게서 눈을 떼지 않으며 그 속을 들여다보고
있는 것처럼 잠자코 바라보기만 하였다.

「아차차…! 그란디 쩌기…, 성님도 혹, 들어보셨시유? 개남 장군님 야그?
새벽녘에 측간서 별 봄서 똥 누시고 기시다가 잽히셨다는디?」

타박이건 핀잔이건 별다른 말이 없었기 때문에 오히려 부담스러웠던지
아니면 작달막한 사내가 뭐라 말을 꺼내기 전에 얼른 다른 곳으로 주의를
돌려야겠다는 생각이 들었던 것인지, 천수는 꾀바른 사람마냥 재빠르게 외
딴곳으로 말꼬를 텄다.

「나도 듣기는 들었다. 거시기…, 태인 땅 매부집서 잽히셨다지?」

알면서도 그냥 넘어가 주려는 것인지 아니면 정말 몰라 그러는 것인지
어쨌거나 작달막한 사내가 고개를 끄덕이며 천수의 이야기를 받아 주었고,
천수도 사내의 그러한 반응에 다소 호들갑을 떨어가며 들었다는 이야기를
덧붙여댔다.

「야~! 그랴도 장군님께서는 바지춤을 '턱~!' 허고 내리고 앉아 기시던
채로, "이놈들…! 나가 너그들이 올 줄을 벌써 이미 다 알고를 있었다. 거서
잠시들 지둘러라. 내…, 누던 똥이나 마저 다 누고 가자!" 이라고 호통을 치
셨다는디요?」

「암~! 당연히 그러셨을 것이다~! 아, 그 냥반이 으떤 냥반이신디…. 그

냥반은 우선 명짜名字부터가 남쪽 시상을 열어제끼것다고…, 것도 얼추 대강으로 열어제끼는 것이 아니시라 우덜 백성들을 위하시는 금성철벽의 맴으로다가 "활까당~!" 열어제껴 주시겄다고 금개남이 아니시냐. 금金. 개開. 남南이…! 그 냥반은 말이여…, 참말로 이름자로 보나 용력勇力으로 보나 뭣으로 보나, 좌우당간 우덜 같은 동학쟁이헌티는 하늘 같으신 분이고, 하늘 속의 벼락이고, 천둥번개 같으신 분이여. 너도 혹…, 것은 들어 봤냐?」

곁에서 제 눈으로 직접 보기라도 한 것마냥 꺼드럭대며 작달막한 사내가 말을 이었다.

「그분의 나이가 이미 열시 살 띠, 잉? 집에 세미稅米 받으러 온 관속官屬놈이 하도 행패를 부려싸니께, 놈의 메가지를 담박에 '콱…!' 틀어쥐어 갖꼬서는 절구통에다가 냅다 거꾸로 쑤셔박은 댐에 '척~' 허니 자기 발로다 곧장 대범무쌍허시게도 관아까정 걸어 들어가서 곤장 일백 대를 기냥 '떡~' 허니 맞아주시고 방귀 한 번 "뽕…!" 뀌시면서…, "으메, 시원헌 거…!" 궁뎅이 '툭 툭' 털고 나왔다는 냥반 아니냐, 그 냥반이…!」

「참말로 호걸은 호걸이여요, 잉? 그라지요?」

들으려니 저도 신이 나는지 천수가 추임새를 넣듯 말곁을 달며 작달막한 사내에게로 한걸음 다가들었다.

「암~! 것도 기냥 호걸이 아니라 호걸님 중에서도 상호걸님이시지. 거시기…, 낭중에 들은 바로는 고…, 옘병헐 놈의 호로잡놈들이 장군님을 붙잡아다가 열 손가락 열 발가락에 대못질을 혔다는디…, 아~ '꼴까닥~!' 허고 숨넘어가실 띠까정 "끽…!" 소리 한마디 내지 않으셨다는구먼! 허이구~! 사람 놈의 새끼라면 겁도 겁대로 겁나게 났을 턴디…. 하여튼 그 냥반은 우덜 같은 무지랭이하고는 씨가 달라도 확실히…, 벨스럽게 다른 양반이랑께. 아, 말을 안 혀 그라지, 대못이 잉? 이…, 이따만 했다는디, 월매나…, 허벌나게, 징그럽게 아팠을 것이여? 시방 나는 공으로 생각만 혀도 아조…, 참말로 놀라 까무러지구먼.」

「……」

동학의 대접주 김개남의 용맹무쌍함과 대범함에서 시작된 이야기가 엉뚱하게도 그의 처참한 죽음에 이르자 마음이 그무러져 버렸는지 천수가 맥없이 고개를 숙이고서는 뭉툭뭉툭 짤막한 손가락 마디마디를 만지작만지작 거리다가 까끌까끌 끝이 부러지고 시커멓게 죽어 버린 손톱 끝을 비비적비비적 거려댔다.

「쩌…, 염병헐 놈의…! 썩을…!」

별안간 "쿵…!" "쿵…!" 하고 묵직묵직한 포성들이 산 아래쪽에서 골짜기 안쪽으로 밀려들어오자 제딴엔 그것도 욕이라고 어색하게 몇 마디 내뱉은 천수가 돌너덜길 앞쪽으로 걸음을 옮기어 가더니만, 골짜기 아래쪽을 몰래몰래 넘어다보듯 내려다보았다.

「겁나…, 못되 처먹은 놈들은 시방 뭣들을 처먹었는지…, 아조 힘들이 남아 도나 보네유.」

요란한 포성과 앞서거니 뒤서거니 골바람을 타고 날아 들어오는 불그스름한 포화가 천수의 시커먼 얼굴에서 번들번들 헛바닥을 날름거리며 격렬히 몸을 흔들어댔다.

「오사리잡놈들이 죽은 벌거지 몸땡이에 구데기새끼들맹키롬 디글디글 꾸물꾸물…, 왠갖 지랄 염병들을 하고 자빠지는갑다.」

작달막한 사내가 곁에 다가서서는 까치발을 딛고 내려다보았다.

「엊그저께보다도 한참은 가차워진 것 같지 않아유?」

「보니, 그란 것도 같으네.」

「쩌으기, 쩌짝 편으로 사람들이 더 많아진 것도 같구유.」

「그라게, 잉. 빽빽한 것이 꼭‥, 제미 개‥좆대가리에 보리 깔깔이 끼인 것도 같으네.」

「쟈들은 그랴도 밤에‥, 불이라도 땔 수 있응게 춥지는 않겄네유. 토깽이도 잡아 둔 것도 구워먹을 수 있고‥.」

추위와 허기 탓인 모양이었다. 별다른 생각 없이 무심코 뱉어낸 천수의 빈말이 아닌 빈말에는 단순한 푸념 이상의 것, 그러니까 진심으로 부러워하는 마음 같은 것이 깃들어 있어 보였다.

「우덜도 여다 나무깽이나 솔가리 검부러기 쪼까 주워다가 미친 척 허고 '확~!' 기냥 불이나 함 때 볼까?」

「아‥, 아녀유! 그러다 발각이라도 되면 으짤라구유!」

천수가 눈을 휘둥그렇게 뜨며 손사래 쳤다.

「하이고~! 호랭이 마님 보시기도 전에 똥 싸시겄네‥! 등치는 미련 곰탱이만한 놈이 간뎅이는 햇병아리 뽕알 만혀 갖꼬 놀래기는‥! 아, 알 것 다 알고 있는디 발각은 새삼 뭔 발각? 닭의 새끼마냥 빡빡거림서 모이통에 대가리 처박고 "시방 여그에 나 절대 읎소~" 허고 있으면 쟈들이 "으메, 여그는 참말로 조용헌 것이 암껏도 읎는갑다." 허고 곱게 물러갈 듯 싶으냐? 앞산 호랭이가 옆집 누렁이 하품하는 소릴 듣고 딸꾹질허는 소리는 생각도 하덜 말어. 쟈들은 아예 우덜 씨종자를 말리겠다고 여까정 쫓아온 놈들이여. 왠간하게 끝나지는 않을 것이구먼. 모르긴 몰라두 저 왜잡놈덜 부러 땅 한치 한치, 들 한푼 한푼 쇠꼬챙이로다 하나 하나 푹 푹 쑤셔감서 찾아 낼 것이구먼.」

「그랴도 부러 '나 여깄소!' 허고 알릴 필요는 읎잖아유.」

「아, 나가 부러 알리자 혔냐? 너가 하두 "춥다. 춥다." 오도방정을 떨면서 자빠지고 계싱께 함 해 본 말이지. 니미럴 것‥! 말하고 나니께 또 징그럽게 추워 부네. 총알 맞아 디지기 전에 얼어 디지겠다.」

「지는 그 전에 배곯아 디지겠시유. 인자는 아조 하도 허기가 져서 그란지, 여… 창새기가 얼얼허기만 허네유.」

「아, 배창시 후달리는 소리는 고만 쫌 혀! 아조, 힘 빠징께!」

「말에두, 새남터를 가더래두 일단은 먹어야 간다는디….」

「이잉~? 이 썩을 놈이 자꼬…!」

작달막한 사내가 눈알을 부라리며 밉지 않은 타박을 '툭~!' 던져 놓고는 돌무덤으로 '휙~' 하니 바람마냥 걸음을 옮겨 그 위에 엉덩이를 걸치고 앉았다. 그러자 노상 요러니조러니 그래 왔었는지 천수도 주둥이를 뽀로통하게 빼물고서 뭐라 "궁시렁궁시렁" 혼잣말로 쫑알거려대고는 뒤따라 걸음을 돌무덤으로 옮겨가더니 작달막한 사내 곁에 쪼그리고 앉았다.

「……」

「인자, 입춘이 지났응께 대보름도 을마 안 남았지유?」

「벌써 그렇게 됐나…?」

작달막한 사내가 천수의 말을 받으면서 고개를 들고는 멧부리 너머로 닿을 듯 말 듯 짙푸른 비단 자락 위에서 은빛 물결을 휘영청이 흘려보내는 만월滿月에 가까운 달을 바라보았다.

「그라고 봉께 쪼까, 몇 밤만 지나면 꽉 차기도 허겄구먼…. 염병~! 어정 섣달에 미끈 정월이라드만…, 염병헐 놈의 조가놈 만석보 때려 부순다고 고부 땅 말목장터서 들고 일어났단 소식 들은 것이 엊그제께 같은디 벌써 일 년이 훌쩍 지나가 부렀네….」

예나 지금이나 하늘 한 곳에서 한 곳으로 흔적 없는 경로를 따라 소리 없이 구르며 또 변함없이 차고 이지러지는 달을 바라보자니 아무것도 변한 것 없는 세상과 지나간 일 년이란 세월이 덧없게만 느껴지는 모양이었다.

「니미럴 것‥! 낼 모래가 보름이라 그런가‥? 워째 쩌 짝서 눈꾸녕에 쌍 심지 켜고 '휘~휘' 싸돌아 댕기는 놈덜이 꼭‥, 우덜 동네서 달집 태우고 쥐불놀이 하는 아그덜 같으다.」

마음이 착잡하게 가라앉는 것이 싫었던 것인지 작달막한 사내가 정월 대보름으로 말꼭지를 겨누었다.

「지는유‥.」

말을 받으며 "꿀꺽~!" 침을 삼킨 천수가 말을 이었다.

「"빠삭!" 소리 나는 부럼허고 쫄깃쫄깃 찰진 약밥에 돼지머리 꾹꾹 누른 보쌈, 그라고 또 이‥, 따끈따끈헌 명길이국수 아니면 뜨끈뜨끈헌 배추 시래기국에 밥 말아 갖꼬 '훌훌~' 뱃통 터지게 먹고 나서 구들장 지고 잠이나 실컷 한숨 잤으면 싶은디요.」

「왜~에? 드시는 김에 아예 반주 삼아 갖꼬서 귀밝이술도 한 사발 거나허게 허시잖고?」

「헤헤‥, 것도 좋지유.」

「염병허고‥! 그저 진종일 처먹는 생각만 허고 기신다!」

「시방은 목구멍서 먼지가 다 '폴폴~' 나것시유. 구수허게 밥 짓는 냄새 맡아 본 지가 원젠지도 모르겄구‥.」

천수는 작달막한 사내의 헛 타박에 뒷통수를 긁적거려댔다.

「허기사~! 해가 지나 달이 뜨나 하루하루가 꼭 개보름쇠기로다가‥, 빈 절간의 비루먹은 개꼬라지마냥 배곯기를 밥 먹듯이 하는 놈이 처자시고 마실꺼리 생각하는 것이 뭔 잘못이겄냐‥? 아침저녁 하루 좆일 그런 걱정 조런 근심 안 허시고 사는 것들이 요사시런 것들이지. 안 그러냐? 그리어‥! 생시서 안 되는 것은 맴으로나마 실컷 혀보드라고‥! 꿈에서나마 배꼽이 벌렁벌렁 우라지게 처자시고 배때기가 불룩불룩 오지게도 퍼마시고 속창

새기 그득그득 똥덩어리 두어 무더기 뿌지직뿌지직 싸질러댐서 오래오래
살어 보드라고…! 혹시래도 혹여 혹간 똥간이나마 그러다 보면 뉘 알겠
냐…? 감지도 못헌 눈딱지를 '떡~!' 허니 도로 뜨면 "시호時好라, 시호時好
라, 시시時時가 호호好好라~!" 제미럴 놈의 시호라비가 요순 임금 좋은 시절
만세일지萬世一之 오만년지五萬年之 태평성대로 와 있을지….」

　「으따메~ 성님…! 갑자기 뭣이 꼭…, 시상을 죄다 도통허신 으른마냥 말
씀이 그리 청산유수로…」

　「쉿…!!」

　작달막한 사내가 손곱이 꼬질꼬질한 손가락으로 천수의 허옇게 부르튼
주둥이를 막아 버리더니만, 골짜기 아래쪽으로 '쫑긋' 귓바퀴를 곤두세우
고서 돌무덤에 기대어 둔 화승총을 재빠르게 집어 들고는 조심조심 돌무덤
옆으로 몸을 바짝 붙이며 한쪽 무릎을 꿇은 채 쪼그리고 앉아 고샅으로부
터 올라오는 어둑어둑한 돌너덜길을 향해 시커먼 총부리를 겨누었다.

　「……」

　얼떨떨하니 우두망찰하여 어찌 할 바를 몰라 하던 천수도 허둥지둥 어
깨에 둘러매고 있던 화승총을 내려 들고서 앙가조촘 엉덩이를 뒤로 빼며
슬금슬금 뒷걸음질 쳤다. 그러자 작달막한 사내가 천수의 옷자락을 '휙~!'
잡아채어 돌무덤 뒤편 자기 곁으로 끌어당기어 얼른 몸을 감추게 하더니
돌멩이처럼 단단한 물음덩이를 돌너덜길로 내던졌다.

　「누구여?」

　던져놓은 물음덩이 한 덩이가 "자그르르…" 하고 그대로 돌너덜길 위에
서 나뒹굴자 사내는 총을 겨눈 팔꿈치를 무릎 위에 괴고는 이를 앙다물어
호흡을 끊고 부시를 화승에 바짝 가져다 대었다. 날카롭게 쏘아보는 모양
새가 여차 하면 곧장 화승에 불을 댕길 듯해 보였다.

「날세….」

어둑어둑한 곳에서 비칠비칠 숨이 턱에 닿은 소리가 올라왔다.

「나, 누구?」

작달막한 사내가 경계의 빛으로 눈알을 '반짝!' 짤막하게 물었다.

「……」

아무 대꾸가 없자 천수가 떨리는 목소리를 가다듬어 가며 물었다.

「누구‥ 셔유‥?」

「나라니까….」

얼김이라도 어디선가 들어 본 적이 있는 것도 같다는 생각이 들었던 것인지 천수가 조금 누그러진 목소리로 거듭 물었다.

「긍께요‥, 나‥, 누구시냐니께요?」

「……」

또 다시 아무런 대꾸가 없자 천수가 고개를 한번 갸우뚱거리고는 작달막한 사내에게로 '힐끔‥!' 눈길을 돌리었다. 매서운 눈초리를 빳빳이 곤두세우고서 흔들림 없이 돌너덜길을 겨냥보고 있는 차돌 같은 그 모습에 용기라도 얻었던 것인지 천수는 경고라도 해 주겠다는 양, 애써 말에 힘을 주어 큰소리로, 그러나 더듬더듬 어색한 음조로 말을 내었다.

「쩌‥쩌으기‥! 거시기‥! 긍께‥, 차‥참말로‥! 소‥솔직하니 말씀을‥, 허셔야 혀유. 우‥우덜 편이 아‥아니시면‥, 쏘‥, 쏠 것이구먼유!」

「거기‥, 천수 아닌가?」

「야‥?」

낯모를 그림자가 안다는 듯이 귀에 익은 소리로 자기 이름을 부르자 천수는 얼떨떨하니 멀뚱한 눈길을 작달막한 사내에게로 돌리었다.

「혹시, 당코영감님 아녀?」

「영감님요‥?」

작달막한 사내의 말에 천수도 눈을 끔벅이며 머릿속을 더듬었다.

「올라라? 그란 것도 같은 디요. 거시기 혹시‥, 영감님이셔유?」

비트적거리는 그림자를 향하여 천수가 고개를 쪽~ 빼어들었다.

「그래, 날세.」

「으메으메~! 아, 영감님도 큰일 나실라고라…!」

천수가 부산스레 화승총을 어깨 너머로 둘러매더니 허겁지겁 서둘러 돌너덜길 아래쪽으로 달려 내려가려는데, 키가 껑충하니 호리호리하고 조금 마른 듯이 보이는 노인네 한 분이 등짐을 한짐 가득 짊어진 채 한손으로는 보따리를 품어 안고 다른 한손으로는 또 다른 보퉁이를 한 보따리 들고서 돌무덤 가로 올라섰다.

「아, 발도 익지 않으셨을 턴디 으짜자고 이 야심헌 시각에 까풀막을 올라오신데요? 길도 언틀먼틀헌디다가 겁나 미끄러운디…. 허이구~! 이 짐 좀 봐유….」

천수가 부축하며 얼른 보따리를 받아들었다.

「힘 드시지유?」

「하이구~ 죽겠구만…. 나도 이제 늙기는 확실히 늙었나 보이…. 몸이 영 예전 같지가 않네, 그려..」

「아, 꾸부렁길에 고바우라 맨몸으로 올라오시기도 거시기 헐 턴디, 뭣을 그리 바리바리 싸들고 오시었소? 만득이마냥…. 으디 달놀음 나오셨소?」

시큰둥하니 작달막한 사내가 퉁바리를 놓았다.

「뉘신가 했더니만 역시나 한칼이셨구만. 아, 아무리 난리 피난통에 떼살이 살림이라도 사람이 살아야 하는 것인데, 뭐 이것저것 필요한 것들이 있어야 할 것 아닌가? 게다가‥, 에구구구…! 이거 다리쉬임부터 좀 해야겠네 그려….」

　말머리를 아래쪽으로 튼 당코영감이란 노인네가 돌무덤에 기대어 앉아 평다리를 치며 등짐을 벗어 내렸다. 그리고는 뼈근하였던지 토닥토닥 무르팍을 두들겨가며 한칼이라는 사내에게로 다시 말머리를 돌렸다.

　「게다가 빈손에 눈치만 덜렁거리고 돌아다니는 것보다는 이렇게 장사치 차림으로 짐이라도 지고 다니는 것이 염알이꾼 의심도 덜 받으니 겸사겸사 몇 가지 들고 온 것이야.」

　「야, 야…. 아주 아주 잘 하셨구먼유.」

　천수가 바투 다가오며 말했다.

　「그간 별 탈들 없었지? 애기님하고 어르신께서도 무양하시고?」

　「야.」

　「분이네 할머님은?」

　「아침저녁으로다 정신머리가 오락가락허시기는 허시는데유, 뭐…, 여전 허시기도 허시구만유.」

　「그나마 다행이구만. 아래쪽은 사방천지가 난리인데….」

　「아래쪽 사정은 워떻소?」

　한칼이라 불린 작달막한 사내가 끼어들었다.

　「아래쪽? 허이구~ 말씀도 마시게나. 민보군民保軍이라구 이건 어디 원…, 사람 같지도 않은 것들이 마을이란 마을은 어찌나 들쑤시고들 다니는지. 그나마 몇 안 되는 마을 장정들은 고사하고 잇몸만 오물오물 수염 허여신 어르신부터 이제 겨우 코밑에 솜털이 뽀송뽀송한 아이들까지 사내란 사내들은 모조리 굴비 꿰듯 잡아 엮어다가 "비도匪徒다. 역적이다. 비적의 애비고, 역적의 새끼다." 몰아세워 가지고는 아주 제멋대로 치도곤을 낸다니까. 문자 그대로 포박捕縛이 여어관如魚貫이야, 포박이…! 에이, 불한당에 인간 말짜 같은 놈들…! 이건 뭐 이만저만들 해야지. 하는 짓들만 보면 아예 왜놈들보다도 한술 더 뜨더라니까!」

푼더분하니 사람 좋게 생긴 당코영감조차 이맛살을 찌푸리며 절레절레 도리머리 쳐대는 것을 보니, 산 아래쪽에 있는 민보군이라는 자들의 횡포가 여간 어망처망하지 모양이었다.

「제미~ 육시럴 놈의…! 지 에미랑 붙어먹다 오급살을 맞아 뒈질…, 천하의 개 후레 잡놈의… 시러베 놈의 새끼들!!」

'왈칵!' 뼛성이 돋았는지 한칼이가 짐짓 험악한 표정으로 씹어뱉고는 "뿌드득…!" 송곳니가 방석니가 되도록 속니를 갈아붙였는데, 천수는 곁에서 뭐라 한마디 거들지도 말리지도 못하고서 그저 양 볼을 '뚱~' 하니 부풀린 채로 가만히 고개만 두어 차례 끄덕일 뿐이었다.

「그나저나 금일이냐 명일이냐, 조짐들이 심상치가 않던데…. 무슨 수를 내든가 해야지, 그냥들 있다가는 큰일 나겠어.」

「야? 조…, 조짐이유?」

「옘병 허고…! 뭣을 그리 호들갑스리 놀란다냐? 뭣이 염라태수라도 된다냐! 깟 놈들…! 올라 올 것이면 올라오라고 허시오. 앗쌀허게 한판 붙어 줄라니께! 니미럴 것! 으차피 이판사판에 칼 물고 뜀뛰긴디…, 아, 청명에 디지나 한식에 디지나, 디지기밖에 더 하겠소…!」

깜짝 놀라 엉겁결에 되물어 보는 천수에게 눈알을 디굴거리며 쏘아붙인 한칼이가 화승총을 우악스레 그러쥐더니 성질 급한 모양대로 당장이라도 달려 내려가 어찌 해 보겠다는 듯 콧김을 "씩씩~" 내뿜었다. 그 모습에 '덜컥!' 겁이라도 났는지 천수는 몸을 웅크리며 "꾸울~꺽!" 목울대 너머로 하나 가득 침을 삼켰다.

「하늘이 내리신 목숨들이라 모두 명줄대로 살아보자고 싸우는 것인데…, 어디 쉽게 죽어서야 되겠나? 죽자꾸나 싸울 때는 싸우더라도, 살 구멍도 한번 찾아보도록 하세. 아직 피우지 못한 꽃들이 몇인데….」

차분한 목소리로 타이르던 당코영감이 당부하듯 말을 이어 나갔다.

「앉은벼락에 주먹치기로 될 일도 아니고…. 어르신 기침하시거든 찾아뵙고 여쭙도록 하세. 뽕밭이 벽해碧海가 되어도 비켜설 자리가 있고 하늘이 무너져도 소 나올 구멍이 있다(天崩牛出有穴)고 하셨으니, 헤어날 방도가 있으시겠지. 꽃무덤이라면 이제…, 고향에 두고 온 것만으로도 충분하이.」

「긍께, 뭔 방도? 워떤 구녕 말씀이시오?」

마뜩치 않은 듯 한칼이가 고까워하는 기색을 보이며 물었다.

「다들 모여 머리 맞대고 이야기하다 보면 무슨 수가 안 생기겠는가? 여보게 천수, 거기 그 보따리 좀 이리 줘 보게.」

「야.」

당코영감이 여유롭게 자기 연륜에 걸맞은 느긋함으로 능숙하게 눙치고는 천수가 건네주는 보따리를 받아들었다.

「아, 하늘은 하늘잉께 무너지는갑다 혀도 여는 여…, 꼭대기가 온통 바위 절벽에 사방팔방이 낭떠러진디 뭔 구녕이 있다요? 우덜이 으디 날개가 있어 갖꼬 앞참 헛딴데루 날아갈 것도 아니고, 굼벵이새끼마냥 으디 땅굴을 파고서 똥구녕으로 숨을 것도 아닌디. 안 그렇소?」

한칼이가 뾰족하게 따져 물었다.

「글쎄, 날아갈 것인지 숨을 것인지 그것도 이야기해 보세나.」

「야?? 시방 것이 뭔 소리다요?」

「자, 자, 그런 복잡한 이야기는 나중에 하도록 하고 것보다….」

당코영감이 한 손을 '휘휘~' 내저으며 마구다지로 감겨 들어오려는 한칼이의 말을 대수롭지 않게 풀어버리더니만, 보따리 속에 손을 집어넣고는 후비적후비적 거리다가 어른 주먹만한 감자 두 알을 꺼내 들었다.

「자, 이것들 하나씩 들고….」

「으메메~! 찐감자 아녀유? 허이구~ 감사혀라. 아직까정 따끈따끈허네유. 안 그랴도 여지껏 배곯는디 처먹는 타령만 허고 있다고 한칼이 성님헌티 한 소리 듣고 있었는디….」

천수가 '데꺽' 감자 한 알을 두 손으로 담쏙 받아 들더니 침을 "꿀꺽~!" 삼키고는 '뭉턱…!' 크게 한입 베어 물었다. 큼지막하니 거의 삼분지 일가량 떨어져 나온 감자 속살에서 '폴폴~' 피어오른 따스한 김이 입 안 가득히 채워지자 거푸시한 천수의 얼굴에서 발가야드르르한 화색이 은은하게 맴돌기 시작했다.

「으메 좋은 거~! 아조 혓바닥째로 넘어가겄네! 으메~으메~!」

천수는 한입 두입 연거푸 아귀차게 베어 물고서 "후~후~" 마저 씹지도 않은 채 와구와구 굴우물에다가 말똥 쓸어 넣듯이 목구멍에 밀어 넣으며 만족스러운 듯 감탄해댔다.

「자네도….」

흐뭇해진 얼굴의 당코영감이 한칼이에게도 감자 한 알을 건넸다.

「자, 얼른 들어. 식기 전에」

「……」

「얼른 받으라니까.」

「……」

「아, 어서…!」

「나는 됐응께. 싸게 올라가서 노인네 허고 아그들부터 챙기시오.」

벌장대던 한칼이가 퉁명스레 대꾸했다.

「…!…」

사뭇 무뚝뚝한 한칼이의 말투에 천수는 조심조심 그러나 한꺼번에 얼른 목젖 너머로 "꿀꺽~!" 하고 입안 가득 들어 있던 감자덩이를 삼키고는 눈치를 살피듯 한칼이를 쳐다보았다.

「넉넉히 가져왔으니까, 다른 사람들 걱정은 말고.」

「……」

「고집부리지 말고 얼른 받으래도!」

당코영감이 한칼이의 무릎을 살짝 치면서 재차 권하였다.

「거시기 성님…, 긍께요….」

면구스러운 듯, 천수가 뒤통수께 손을 갖다 대고 긁적거렸다.

「긍께, 거시기…, 지 생각으로는유…, 영감님께서 이 야밤으로…, 힘드시게 낑낑거리시면서 어렵사리…, 가져…, 올라오신 것인디유…, 딱…, 딱한 놈만 드셔 보시는 것두…」

「아, 먹고 힘을 내야 여기든 저기든 든든하게 지킬 게 아닌가!」

곁눈질로 힐끔힐끔 눈치를 살펴가며 말을 잇던 천수가 어름어름 말끝을 흐려대자 당코영감이 원군처럼 나서며 구슬렀다.

「암요~! 그려요…! 그려~!」

당코영감의 말에 없던 힘이라도 생겨났는지 천수는 누구 보라는 듯이 모가지에 힘을 주어 끄덕끄덕 곤댓짓을 해댔다. 그러자 잠자코 있던 한칼이가 넌지시 윈고개를 풀고는 천수에게로 눈길을 돌렸는데, 멍멍하게 바라보는 그 눈길과 마주치자 꽤나 민망스럽기도 하였는지 천수는 멀뚱거리다가 고개를 '툭…!' 떨어뜨리고서 "훌쩍~!" 하고 애꿎은 콧물만 삼켜댔다.

「……」

그러던 중에 갑자기 무슨 생각이 들었는지 물끄럼말끄럼 천수를 바라보기만 하던 한칼이가 눈길을 떼어내 느릿하게 당코영감의 손에 쥐어져 있는

감자 한 알로 돌리더니만, 잠시 그것을 멀거니 바라보았다. 그러자 당코영
감이 발바투 한칼이에게로 다가가 손을 '스윽~' 내밀고는 손에다 감자 한
알을 슬그미 쥐어 주었다.

「……」

의외다 싶게 별다른 기색 없이 받아 쥔 한칼이가 제 손에 쥐어진 감자 한
알을 물끄러미 바라보았다. 그러다 한 입 베어 물어 볼까 망설이기라도 하
는 듯 침을 "꿀꺽~!" 하고 삼키더니만, 엄지손가락에 힘을 주어 손에 쥐어
진 감자 껍데기를 살며시 문질러댔다. 그러자 감자 껍데기가 보드랍게 밀
리며 벗겨지더니 노오란 속살에서 새하얀 김이 '모락~' 피어올랐다.

「……」

잠자코 한칼이를 지켜보기만 하던 당코영감이 다시 보따리 속에 손을
집어넣고는 뒤스럭뒤스럭 거리더니 이번에는 아주 큼직한 감자 한 알을 꺼
내어 한칼이 손에 쥐어 주었다.

「자, 이건 두범이 녀석 갖다 주고….」

「아니요. 됐소.」

한칼이가 한걸음 '풀쩍' 물러서며 손에 쥐어진 감자를 물리쳤다.

「어허, 받아두라니까…!」

「아니라니께요. 나만 애새끼 있는 것두 아닌디 자꾸 이라시면 나가 사람
들헌티 거시기…, 맴이 겁나 껄적지근혀요.」

「쯔쯧쯧…! 이런 답답한 사람하고는…. 아, 아무럼 어린 것이 감자 한 알
더 먹었다고 여기 사람들이 매정하게 뭐라 하시겠는가?」

「그려유. 얼른 받으셔유.」

천수도 곁에서 말추렴을 들었다.

「아니랑께요! 사람들이 까칠허니 누가 뭐라 헐까 것이 무서워 그라는 것

이 아니고라‥, 내 맴이 거시기헝께 그라는 것이요. 우덜은 대동大同 아니요. 대동‥! 그랑께 다 같이‥! 읎더라도 있는 것 꼭 같이 한가마 밥으로다‥, 열 놈이 죽 한 사발을 먹더래두 두리기로다 둘러앉아 갖꼬서, 모다 공평하게‥, 꼭 같이 갈라 먹어야 안 허요.」

「…!…」

말을 듣던 천수의 바늘귀 같은 눈망울이 한 순간 부리부리하게 일렁거렸다. 그리고는 면구스러운 듯 고개를 '툭‥!' 하고 떨어뜨리더니만, 이내 "대‥, 동…!" "공…, 평‥!" "꼭…, 같‥이‥!" 이렇게 자기 마음에 꽂혔던 낱말 하나하나를 되새김질하듯이 저 혼자 나지막하게 그러나 정확하게 입 모양을 만들어 가며 또박또박 읊조려 보았다.

「허허~ 이거 참‥, 사람하고는‥. 거, 감자 한 알을 가지고서 별 생각을 다 하시는구먼‥.」

"아, 뭔 놈의 말소리들이 쩌렁쩌렁 온 산골짜구를 다 울리는겨? 너그들 시방 달밤에 여그로 들놀음 나왔냐?"

목청 올린 소리가 휘뚤휘뚤 산등성마루 아래 츠렁바위를 에우고 돌아 내려오는 조붓한 된비알을 비끄더니만 골짜기 아래로 미끄러져 내려왔다.

「…!…」

한칼이와 천수가 얼른 된비알 쪽을 올려다보았다. 털벙거지를 가잠나룻까지 들쓴 사내 하나가 신식 소총을 손에 들고 앞서 내려오고 그 뒤를 이어 기다란 죽창을 틀어쥔 시커먼 사내와 장검을 든 가량가량한 사내 그리고 맨손의 중년 남자가 차례로 내려오고 있었다.

「나오셨시유?」

천수가 두어 걸음 얼른 다가서 맞이하였다.

「그려. "두런이두런이" 너그들 잡소린지 거시기, 구루뿌 포 쏘린지 하두

웅웅거링께, 대체 뭔 일인가 혀서 나와 봤다.」

털벙거지를 눌러쓴 사내가 밉살스럽게 말했다.

「어이, 재필이. 오랜만일세.」

당코영감이 아는 체를 하자 사내가 털벙거지를 눈썹 너머 이마 위로 걷어 올리더니 이제야 알아봤다는 듯 사뭇 반가이 맞았다.

「어이쿠~! 당코영감님이셨구만이라! 으따, 으디 송나라네 대종戴宗이 신행법神行法이라도 익히셨는가? 은제 오셨소? 잘 댕겨는 오시었소?」

「오셨시유?」

「오셨어라?」

「그래. 다들 잘들 계셨는가?」

「야.」

장검을 든 사내와 죽창을 쥔 시커먼 사내도 꾸부정히 인사했다.

「잘 다녀오셨습니까?」

「예. 대정大正 염려 덕분에 탈 없이 잘 다녀왔습니다, 그려.」

대정이라는 중년 남자의 깍듯한 물음에 당코영감은 다소 부드럽고 친근하게 말을 올렸다.

「쩌그 아래짝서, 시방 염병헐 놈들이 눈꾸녁에 쌍심지를 켜고들 있을 것인디…, 올라오시느라 욕 꽤나 보셨겄소, 잉.」

「뭘…. 나 같은 늙은이를 누가 의심이나 하겠나? 며늘아이 산달이라고 둘러대고 바삐바삐 잰걸음으로 자발거리며 올라왔지.」

「웸메! 솜씨도 참말로 좋으셔라…!」

「벌써 너그들 순번이냐?」

뒤스럭스럽게 굴려는 재필이란 사내를 제치고 한칼이가 뒷편에 서 있는 두 사내에게 물었다.

「야, 추운디 고생들 허셨구만이라. 인자 고만, 얼릉들 올라가서 쪼까들 쉬셔유. 너두 고생혔다. 별일 읎었지?」

살짝 얽은 얼굴에 광대뼈가 불거진 시커먼 사내가 들고 있던 죽창을 꽂아 세우며 한칼이에게 대답하고는 천수에게 골짜기 상황에 대해 물었다.

「야. 별일 읎었구만유.」

「뭣을 그라고들 처자셨는지…. 아, 시방 처먹느라 별일에 볼 일이 났는지, 달 일에 달거리가 났는지 알게 뭐여. 똥탈들이나 안 나셨으믄 다행이지. 안들 그려?」

천수의 입언저리에 붙어 있는 감자 부스러기라도 발견한 것인지 재필이란 사내가 비웃적거리며 삐딱하게 곁다리를 끼었다.

「너덜끼리만 꼭꼭 숨켜 갖꼬 널름널름 처자시고 쪼잔쪼잔 주뎅이 '싹~' 닦으시면 영 모르실 줄 알았냐? 오작교에 까치가 여덟 마리면 팔짝팔짝八鵲八鵲, 잉? 송아지가 다섯 놈이면 오도기가 오독오독五犢五犢이여. 너그들은 암만 뛰어날라 댕겨봤자 여‥, 장중선掌中仙이에 오지향五指香‥, 관세음보살님 손바닥 안의 잔나비랑께.」

「감자… 한 놈…, 먹었는디‥요….」

천수가 얼른 소맷자락으로 입언저리를 훔치며 대답했다.

「한 놈을 드셨는지 한 관을 통으로 처 자셨는지‥, 보덜 못한 놈의 것을 누가 아신당가?」

재필이란 사내가 경기까투리마냥 잔밉고 얄밉게 언부럭거렸다.

「차…참말…이여요…!」

천수의 귓불이 '화끈…!' 벌겋게 달아올랐다.

「허이고~ 참말로 장허시네‥!아, 위덩더궁성이여~!」

「아따, 성님‥!그란 것 아니오. 우덜 못 믿소?」

「못 믿을 행동을 하셨구만이라.」

한칼이가 천수를 두둔하려 나서자 장검을 틀어쥐고 있던 가량가량한 사내가 딱딱하게 말곁을 챘다.

「뭣이여?」

한칼이가 '꿈틀~!' 왼 눈썹을 치켜 올렸다.

「한 놈을 자셨건 한 관을 잡쉈건, 것이 중한 것이 아니란 말이요. 뭣이 허심허심 허시더래두 쪼까 참아 뒀다 낭중에 자시던지, 그 아니고 영 꼴짝혀서 디질까봐 워찌워찌 모짝모짝 자시더래두, 살필 것은 신중허니 잘 살피고 계셨어야지라. 여가 월매나 긴한 긴한목인디··, 시방 우덜이 쩌서 여까정 내려오는 동안에 성님 두 분이서 암껏도 모르고 기셨다는 것은 실로 말이 안 되는 일 아니겠소?」

「그라지! 잉~! 잉!」

물고뿜은 듯 가량가량한 사내의 똑 부러지는 말꼬리에 욜랑욜랑 추임새를 붙여 넣듯이 재필이란 사내가 뇌꼴스레 곁매를 쳤다.

「마기말로 나가 시방 꼴에 접사接司라고 꼴같잖게 입찬소리 헐라 그라는 것도 아니고라··, 쩌그 위로 목숨들 하나하나가 모두 성님들헌티 달려 있다는 것을 모르시지는 않으실 틴디··, 아~ 굴젓눈이에 대못백이들도 아니신 양반들께서 요로코롬 태만허게 구시는 것은 으째 당연지사로 안 되는 일 아니겠소?」

「암~ 암~! 나가 하시고자 하는 야그의 요점이 바로 거시기 고것이여. 요런 짓꺼리들은 아조…, 과거 우덜 군율로 치자시면 오랏줄로 뒷결박을 '꽉…!' 아녀! 아녀! 요것들은 기냥 살결박을 지은 담에 발모가지에다가 쐬차꼬를 "쩔그렁~!" 채워 갖꼬 형틀에 '꽉…!' 꿇리구서는 가새주리를 잉? 가새주리를 '삐루루~' 틀어준 담에 모강지를 한칼에 잉··? 언 놈 거시기

명짜名字마냥, 한칼로다가 기냥, "뎅그덩~!" 날려버렸을 것이구만.」

재필이가 큰 몸짓을 섞어 언거번거 아예 대놓고 납신거렸다.

「으쩌신가? 들어봉께 어우동이네 각좆마냥 빳빳허시던 모강지가 으째··, 흘레붙다 뜨건 물에 찌끄러진 개 좆대가리마냥 시들부들해 지시는가?」

재필이란 사내가 느물느물 잇따라 싸부랑거려댔다. 그러자 그 꼴이 하도 같잖아서 대번에 뭐라 한마디 '꽉!' 질러 주고 싶은 것을 억지로 참고 있기라도 하는것마냥 이맛살을 잔뜩 구기고만 있던 한칼이의 윽다문 입언저리가 경련을 일으키듯 한차례 실룩거렸다.

「니미럴··. 벼룩이헌테 뭣 물린다더니···.」

혼잣말하듯 엉절거리더니 '샐쭉~' 한칼이가 재필이를 흘겨보았다.

「···!···」

한칼이의 씨그둥한 말투와 째려보는 눈길에 깝작거려대던 재필이란 사내도 자기 절로 '흠칫··!' 어깨를 움츠리더니 콧김을 "킁~!" 하고 날리고는 "으흠~!" "흠···흠···!" 군기침을 해대며 야지랑을 떨었다.

「옘병··, 할 말 읎게 만들어 부네···.」

소태라도 씹은 듯 한칼이가 쓴 입술을 다셨다.

「아, 입이 열 개라도 말 못 허시는 것이 당연허시지. 어디 그 입이 말하는 입이당가? 처자시기 바쁜 주둥아리지. 안 그러신가, 천수?」

「······」

뒤대 말하는 투로 한칼이를 겨냥했던 비아냥거림이 갑작스레 말끝을 틀어 천수를 겨냥하자 코가 쭉 빠진 천수는 자라새끼마냥 모가지를 움츠리더니 목덜미를 매만졌다.

「허허~ 이것 참···! 아주 된코에 걸린 모양일세 그려··. 그렇게들 몰아세우니 내가 되레 부끄러워지는구만 그래. 군이 안 받겠다고 몇 번씩이나 사양들을 하는 것을 내가 억지로 고집 부려 쥐어 준 것이니 말일세.」

「아니오, 영감님. 그려요. 나가 잘못혔소. 나가 죽을죄를 지었고, 나가 죽일 놈잉게, 잉? 그랑께 인자 고만 고드래뽕 허십시다.」

볼만장만하고 있다가 사람 좋은 얼굴로 허허거리며 편들고 나서려는 당코영감을 도로물린 한칼이가 이제 그만하자는 듯, 구겨진 이맛살을 펴며 마음에 없는 한풀 꺾인 목소리로 재필이에게 말을 건넸다.

「지도 지송··, 지송·· 허구먼유··.」

「흠~! 흠~흠~~흠~~~!」

천수도 곁에서 뜨적뜨적 짓쩍어하는 태도로 개올리자 재필이라는 사내는 산등성마루로 눈길을 돌리더니 짐짓 꼴같잖게 곤두기침을 해댔다.

「이제 그만하면 되었으니, 재필 아우님께서도 이쯤에서 덮어 두시게나. 허나 두 사람··!」

대정이란 중년 남자의 부드러운 목소리 끝에는 위엄이 서리어있었다.

「대호 접사의 말이 틀린 것이 없으니, 너무 야박하다 생각지들 말고 귀여겨 들으시고 가슴에 꼭 새겨 두어 다시는 이런 일이 없도록 해 주게.」

「야, 나으리.」

「야.」

「오시는 길에 전명숙과 대접주분들 소식은 들으셨습니까?」

대정이란 중년의 사내가 공변되이 군령다짐을 받듯 단단히 그루박으며 잡도리를 하고서는 당코영감에게 전명숙全明淑 그러니까 동학의 대접주 전봉준에 관한 소식을 물었다.

「듣기는 들었습니다만··. 뭐·· 별··, 신통한 소식이라 할 것도 없어서···. 그 이야기라면 좀 나중에 하도록 하시고····」

당코영감이 말꼬리를 머금더니만, 말머리를 바깥으로 틀었다.

「자, 이제 그만들 올라가야 하지 않겠나? 땀이 식어서 그런가…? 갑자기 몸에서 한기가 이는 듯 하구만. 자, 자~! 어서 일어들 나세. 어이, 천수…! 그 보따리 좀 들어 주게.」

‘어물쩍~’ 뒤를 빼려 주섬주섬 봇짐을 챙겨들고 일어서려는 당코영감 곁으로 재필이란 사내가 약삭스레 술덤벙물덤벙 바투 다가와 ‘철푸덕~!’ 내려앉았다.

「아따~! 시방 금시 내려왔는디 뭣이 그라고 급하다 그러시오? 우덜도 궁금헝께 들은 것이나 본 것이나, 있으시면 있으신 디로, 얼릉 쪼까 싸게 쪼까 말씀 쪼까 해 보시오.」

「……」

‘엉거주춤…!’ 당코영감은 속의 발이 내키지 않는 자신의 속사정을 얼비치려는 듯, 대정이란 남자를 바라보았다.

「하이고~ 영감님도 참…! 아, 우덜이 어린애요? 다 같은 편끼리 뭘 그러시오. 안 그렇소, 대정?」

재필이가 두 사람을 갈마보아가며 반지빠르게 말을 던졌다.

「……」

당코영감이 눈길을 돌려 주변을 둘러보았다. 귀를 재듯 잠자코 둘러서 있는 사람들의 눈이 하나같이 반짝거리고 있었다.

「하긴….」

당코영감이 모두숨을 내쉬며 혼잣말하듯 말머리를 꺼내들었다.

「어차피 아침이면 모두 알게 될 것이니…, 그럼 그렇게 하지.」

당코영감이 손에 든 봇짐을 도로 내려놓으며 주저앉았다.

「그려요. 아, 잘 생각허시었소. 혼차 뭉때리실 요랑이었걸랑 진즉에 생각부터 허지 마셨어라지라. 그랑께, 거시기‥, 아, 시방 그짝은 일이 으찌 돌아간다요?」

재필이가 뒤스럭스레 반색을 하더니만 무릎걸음으로 다가와서는 개 핥은 죽사발마냥 미끈매끈한 얼굴을 바싹 들이밀며 물었다. 당코영감은 마음먹은 말의 갈기를 쓰다듬듯 "흠~흠~" 하고 목청을 한번 가다듬으며 뜸을 들이더니 천천히 말머리를 꺼내었다.

「전명숙과 무장의 화중華仲 접주接主, 금구의 덕명德明 접주께서는 그 뭐라던가‥? 그‥ 법法‥무務‥, 무슨 아문衙門‥, 권설權說‥ 재판소裁判所라 했던가‥? 아무튼 그런 곳에서 왜나라 조사관들에게 국문鞫問을 당할 것이라는 구만.」

「이런 육시럴 것‥!! 아, 그 왜‥, 니미럴 놈들은 으째 지들 나라 냅두고서 넘의 나라 와 갖꼬서, 감 놔라 대추 놔라 지랄 엠병이라요?」

「니미럴 놈의 승질머리허고는‥. 아, 그랴도 아적까정은 살아 기시당께 참말로 다행 아니시냐‥! 안 그렇소, 대정?」

당코영감의 말허리를 잘라 버린 한칼이에게 재필이가 눈알을 부라리면서 주둥이를 '삐죽~!' 타박을 놓더니만, 말꼬리에 물음표를 달아 대정이라는 중년 남자에게 가볍게 던져 올렸다.

「‥‥‥‥」

대정이라는 남자는 가타부타 아무 말이 없었다.

「그런데‥, 그것이‥‥‥.」

당코영감이 대정이라는 사내 대신에 끄집어내려던 말머리를 입언저리에서 되돌려 삼켜 버렸다. 그리고는 잠시 머무적거리더니만, 하늘도 땅도 아닌 먼 곳으로 눈길을 돌리었다.

「그것‥‥‥, 이요‥?」

재필이가 '무슨 일인가?' 하는 얼굴로 물었다.

「허허~~ 것 참….」

당코영감이 절레절레 고개를 가로저으며 헛웃음을 지어 보였다.

「것‥, 참…‥, 뭐‥? 뭣…‥ 말씀이시요‥?」

「……」

당코영감은 아무런 대꾸도 없이 아랫입술을 지그시 깨물었다.

「…?…」

그러자 갈피를 잡지 못하겠다는 듯 재필이가 고개를 갸웃거리더니만, 께끄름한 얼굴로 주변을 둘러보았다. 어둑어둑한 가운데 말없이 돌라서 있는 대정이라는 사내와 사람들을 지지누르는 어떤 낌새에 '섬핏!' 하고 산득한 감이라도 느낀 듯이 재필이가 눈을 살짝 치뜨며 다시 입을 떼었다.

「영감님?」

「……」

「아, 영감님‥!!」

재필이가 잡아채듯이 '홱!' 하고 붙당기자 당코영감이 젖혀진 몸뚱이를 따라서 천천히 멀뚱한 눈길을 돌리었다. 빤히 바라보는 그 눈에서 무엇을 본 것인지 재필이가 '후뜰‥!' 하며 상체를 뒤로 물렸다.

「세분 모두‥.」

말머리를 머금은 당코영감의 얼굴은 어느 사이 어두워져 있었다.

「세분…‥, 모두‥?」

재필이가 되받아 뇌이더니 마른 입술을 다셨다.

「곧….」

「곧‥?」

「효수梟首에‥, 처해질 것이라는 소문이 파다하니….」

「효‥ 효수요? 워‥ 원제? 원제유?」

눈이 휘둥그레진 천수가 어마지두에 자기 버릇인양 거듭 되물었다.

「글쎄…. 벌써 아흐레 전부터 들리던 이야기니….」

「아흐레‥ 전이라고라고라…?」

말을 되씹은 재필이가 앉음새를 고치고는 어방어방 손을 꼽아 보더니만, 대정이라는 남자에게로 눈길을 돌리었다.

「……」

대정이란 남자는 잠자코 말이 없었다.

「허허… 흉한지고….」

당코영감이 머리를 하늘로 쳐들더니 힘없이 긴 한숨을 내쉬었다.

「이런 제미, 재수 읎을라고…! 아, 아흐레밖엔 안 지났는디 뭘 그리 앞서 걱정이시오? 아무렴 생목숨이 그간 워찌‥, 후딱 워찌 되었겄소? 안들 그렇소?」

대수로운 일이기에 오히려 대수롭지 않은 일로 여겨 보려는 듯, 한칼이가 앞으로 나서며 말소리에 힘을 주었다.

「안 그렇소‥?」

한칼이가 대정이라는 중년 사내에게 물었다.

「대정‥?」

「……」

「대정‥??」

한칼이가 고개를 빼어 내밀며 여전히 잠자코 아무런 대꾸도 없는 대정이란 사내를 살펴보았다. 그러다 그 사내의 눈까풀이 '파르르르…' 미세하게 떨리고 있는 것을 보았는지 찰나지간 어두운 빛이 '반짝!' 한칼이의 새까만 눈동자를 스치고 지나갔다. 그리고는 은연중에 어떤 불길한 것을 예감하고서 그것을 애써 떨쳐 내려는 듯, 소리쳐대기 시작했다.

「아, 아니랑께요~! 그라고들 쉽게 가실 냥반들이 절대 아니랑께요~! 그 냥반들은 하늘이…! 하늘이 내려주신 양반들 아니시오? 하늘이…!! 고로꼬롬 생각들 안 허요? 잉? 잉?? 잉???」

'그렇지 않냐' 는 눈으로 '그렇다' 는 대답을 강요하듯, 한칼이는 눈알을 뒤룩거리며 불안한 정적이 위태로이 내려앉은 주변을 둘러보았다.

「…!!…」

한칼이는 "꿀꺽~!" 하는 덩이진 소리로 목구멍에서 치숫아 오르려는 것을 눌러 삼켰다. 언제부터인가 사람들은 건드리면 이내 산산조각이 나 버릴 것처럼듯 저마다의 침묵에 이미 질식한 채 얼어붙은 듯이 서 있었기 때문이었다.

「……」

"휘이잉~" 고자누룩한 골짜기에서 거세게 일어선 된바람이 술렁술렁 산등성이를 거슬러 오르자 메마른 나무 그림자들이 몸을 뒤틀며 울뚝불뚝 마디마디 구부라진 손가락으로 할퀴려는 듯 달려들었고, 멧부리에 걸터앉아 골짜기 아래쪽을 가만히 내려다보고만 있던 뽀유스름한 달은 새파랗게 겁에 질린 얼굴을 하고서 구름 물결 속으로 몸을 피하였다. 갑작스레 "우루루루~!"하고 숙지근하던 포성들마저 날아 들어와 멧부리에 부딪히더니 골짜기 아래로 조각조각 부서져 내렸다. 대정이라는 사내가 고개를 쳐들고는 부유스름한 구름장에 잠기어 있는 멧부리를 올려다보았다. 홀연 커다란 살별 하나가 길게 꼬리를 드리우며 건너편 산등성마루 너머로 떨어지는가 싶더니 "푸더덕~!" 하는 소리를 딛고서 산새 한 마리가 '훌쩍' 날아오르며 '톡…!' 떨어뜨린 기이한 울음소리 한 점이 밤하늘을 투명하게도 물들이더니만, 골짜기 아래쪽으로 침침沈沈히 스며들었다.

「대정‥!」

한칼이가 불렀다.

「……」

「성님‥??」

살피듯, 재필이가 조심스레 불렀다.

「……」

「대정 으른‥!!」

장검을 움켜쥔 접사라는 사내의 짜랑짜랑한 외침에 산이 울었다.

「…!…」

무엇에 홀리어 이끌린 사람마냥 '스윽~' 대정이란 사내가 고개를 틀어 뒤돌아보았다. 그의 검은 눈동자 속에서는 사람들의 얼굴이 불그스름하게, 어둠에 잠긴 허공을 떠도는 망자들의 유혼幽魂처럼 일렁이고 있었다.

둘째 마당

　끊어져 하늘하늘 하늘로 날아오르는 붉다란 새내끼 타래 한 가닥의 끄트머리를 애써 붙잡아 옴키어 쥐려는 듯, 바득바득 부질없는 헛손질로 타울거리며 끈질끈질 갈력竭力으로 뻗히어 오르다 허공중에 맞문하여 헉한 모양 그대로 돌이 되어버린 고달픈 손바닥의 그 손가락마냥, 울퉁불툭 거칠게 솟아올라 있는 멧부리 아래로 이른 봄빛을 닮은 금싸라기 햇살 한 무더기가 비끼어 쏟아져 내리는 이른 아침이었다.

「밤에, 밤에, 밤나무~!」

「가자, 가자, 감나무~!」

「오자, 오자, 옻나무~!」

　크고 작은 바위 무리들이 '빙~' 하니 돌담벼락마냥 둘러 에워싼 제법 널따랗고 지질편편한 멧부리 바로 아래께 너른 터에서, 엇비슷하게 베어 내어 드문드문 밑동만 남아 있는 그루터기들을 지나 산등성마루로 내려가는 좁다란 벼랑길 어귀의 호듯호듯 돋을양지 바른 터로부터, 아이들의 노랫소리가 왁자지껄하게 들려왔다.

「나무, 나무, 무슨 나무?」

「아궁지에는 땔나무~!」

「마당에는 싸리나무~!」

「등 밝혀라 등나무~!」

「나무, 나무, 무슨 나무? 인자는 두 개씩이다!」

엇그루 나무등치에 옹기종기 모여 앉은 아이들은 입을 모아 "빡~빡~." 목청 돋운 소리로 함께 "나무 나무~" 외치고서 각기 정해 놓은 순서에 따라 저마다의 말을 지어 노래들을 불렀는데, 옷 입은 꼬라지가 꾀죄죄하니 윗도리는 지 할애비 것을 입었는지 헹글헹글하고 아랫도리는 그러게 겨울 것을 도로 꺼내 입었는지 덜름덜름한 사내아이가 가장 먼저였고, 차림새 댕금하기는 매한가지였지만 먼저 노래 부른 아이에 비해 깔밋하고 꾀꾀한 얼굴에 눈알은 또글또글한 사내아이가 그다음, 그리고 기다란 치맛자락 밑자락을 복사뼈까지 껑충하게 말아 올려 허리와 가슴의 중간께서 갈끈으로 동여매고 머리타래는 두 갈래로 갈라땋아 도투락댕기를 짤따랗게 늘어뜨린 계집아이를 끝번으로 하여 돌림노래를 불러댔다.

「잘못했다 사과나무, 벌벌 떤다 사시나무!」

「방구나 뿡뿡 뿡나무, 바람이 솔솔 솔나무!」

「깔고 앉아 구기자, 쿡 찔렸다 피나무!」

「나무, 나무, 무슨 나무?」

「거짓말 못해 참나무, 오매불망 오미자!」

예닐곱 또래의 맞적수인 양 꾀죄죄한 아이와 꾀꾀한 사내아이 둘이 서로 앞서거니 뒤서거니 다투어 빨라지는 가운데, 일고여덟쯤 되어 보이는 댕기머리 계집아이도 박자를 놓치지 않으려 애써 좇았다.

「헤헤··! 어어··어지··럽다··! 나··나무··나무··, 무무··무슨 나무?」

단조롭던 가락이 일순 거듭 일순하며 점점 빨라지자 두 아이 곁에 쪼그리고 앉아 구경하던 스물하고도 대여섯쯤은 되어 보이는 구지레한 사내가 오히려 힘겨운 듯, 더뎅이가 눌어붙은 덩덕새머리를 구접스레 긁적거리며 떠듬떠듬 끼어들었다.

「뿔룩뿔룩 배나무, 입 맞췄다 '쪽!' 나무」

「누난 빠져라! 무서워라 엄나무, "댓기놈~!" 호통 친다 대나무」

「대낮에도 밤나무, 회초리다 싸리…」

야코죽이려는 속셈인 듯 꾀꾀한 아이가 꾀죄죄한 아이에게 가락을 바꾸어 호통치며 달려드는 몸짓을 취하자 꾀죄죄한 아이가 얼결에 몸을 뒤로 빼다가 헛발을 디뎌버렸다.

「아까 했다!」

눈알을 '반짝!' 꾀꾀한 아이가 찰나를 놓치지 않고 치고 들어왔다.

「뭣을?」

「밤나무하고 싸리나무!」

「아녀, 안 혔다.」

「아니다, 했다.」

「안 혔다. 그치 언니~이~!」

꾀죄죄한 아이가 서너 걸음 떨어진 그루터기 위에 걸터앉아 있는 여남은 살쯤 되어 보이는 계집아이에게 물었다.

「아니다. 너 분명히 했다. 아까 '밤에 밤에 밤나무' 하고, 내가 '마당에는 싸리나무' 하고. 그치 누나?」

꾀꾀한 아이도 곁의 도투락댕기 드리운 계집아이에게 물었다.

「맞다! 했다…!」

「마마마마…맞다…! 맞다…! 해해해…했다. 했다…!」

생각이 난 듯 도투락댕기 드리운 계집아이가 손뼉을 치자 구시시한 덩덕새머리를 긁적이던 사내가 모자라 보이게 맞장구를 쳤다.

「이 바보···! 아니랑께! 너가 뭣을 아냐? 아까 참엔 밤에 밤나무고, 요번 참엔 낮에 밤나무다. 그라지, 잉? 안 혔지?」

꾀죄죄한 아이가 구시시한 사내에게 반말지거리로 쏘아붙이고는 여남은 살 계집아이에게 등 닿으려는 듯 다시 물었다.

「그럼 어디···, 우리 두범이한테 한번 물어 볼까?」

메추라기새끼 꽁지깃털 빠진 모양으로 나닥나닥 해진 곳을 홑으로 깁고 겹으로 덧기운 누더기 몽당치마를 입었건만 그래도 얼굴만은 이슬 머금은 꽃송이마냥 해사한 계집아이가 '빙긋' 미소 짓더니, 겉옷 속으로 몇 겹을 껴입었는지 배가 올챙이같이 불룩하고 얼굴은 까마귀 사촌마냥 게지레한 네댓 살짜리 사내아이에게 물었다.

「두범아, 아까 우리 어진이가 밤나무, 싸리나무 했니?」

「너어~!」

「···!···」

어진이라는 꾀죄죄한 아이가 오른 주먹을 꼭 쥐어 앞으로 '쭉~!' 내밀며 휘두르는 시늉을 해대자 두범이라는 꼬마아이가 눈을 동그랗게 뜨며 오물딱오물딱 감자 씹던 양냥이를 '꾹!' 하고 다물었다.

「너어~, 똑바로 말해라.」

「너너너너···! 또또또···똑···똑···바로, 마마마···말···, 해·····라.」

그 꼴을 본 꾀죄한 아이가 제법 위엄스레 두범이에게 손가락질하며 말하자 구시시한 사내가 그 태도와 말투를 모며 말했다.

「어진이 성아가··, 아까참에··, 밤나무 했는디요···.」

「아아아아···아까···참에···! 혀혀혀혀··혔는···디··요! 디요···!」

「봐라! 너 했다. 그쵸 누나~?」

꾀꾀한 아이가 여남은 살 계집아이에게 확인 받듯 물었다.

「아녀…! 아니랑께! 너는 감자 먹느라 암껏도 못 봤음서 왜 끼어 드냐? 이거나 먹어라!」

「아야야…! 잉…」

꿀밤을 얻어맞은 두범이가 "잉잉~" 울기 시작했다.

「어진아, 동생한테 그럼 못써. 두범아, 이리와.」

여남은 살 계집아이가 제법 큰 누이처럼 두범이를 안아 달랬다.

「언니는 으째 내 편 안 드냐? 내 편 아니면 내 언니 마라. 인자 언니는 시방부터 내 언니 아니다. 인자, 고은이 말고 모르니 해라. 너어~, 다시 하자!」

어진이라는 꾀죄죄한 아이가 고까운 듯 '샐쭉~!' 고은이라는 여남은 살짜리 자기 누이에게 찌그렁이 부리고는 꾀꾀한 아이에게 덤벼들었다.

「싫다! 억지 부리면 너랑 같이 안 놀 꺼다. 그치, 형아~? 안 놀 꺼지~? 떼꾸러기 떼놓고서 우리끼리 놀 꺼지~이?」

봉놋방 돈치기 판에서 그러는 것마냥, 이긴 놈 맘에다 따고 배짱이라고 비양비양 꾀꾀한 아이가 언구럭을 부렸다.

「으응…응응…!가…가가…같이…!아…안…!노…논다…!논다…!」

꾀꾀한 아이의 어루꾀는 물음에 멋도 모르며 떠듬떠듬 구시시한 사내가 자기 장단 사이로 고개를 연방 끄덕이며 엇박자를 맞추었다.

「억지 안 부릴 텡께, 다시 하자!」

「어…억지…!아…안…부린…다…!다…!다…시…!하하…자…!」

구시시한 사내가 어리뜩하게 어진이를 따라 말했다.

「좋다~! 그 대신 떼 부리기 없기다. 또 그러면 너, 뙤놈이다.」

「너너너너너…너…, 뙤뙤뙤…뙤놈…뙤놈…이다….」

「아녀! 내가 왜 뙤놈이냐?」

꾀죄죄한 아이가 오목한 배를 앞으로 볼록 내밀며 대섰다.

「그럼 왜놈이다.」

「왜왜왜‥, 왜놈‥이다‥! 왜놈! 아이쿠‥! 아이쿠~!」

구시시한 사내가 몸을 쪼그리더니 와들와들 떠는 시늉을 해댔다.

「구구구‥궁궁‥궁궁‥, 궁궁이‥, 무‥무서‥무서‥!」

「싫다! 너가 왜놈 해라.」

「좋다. 그럼, 지는 놈이 왜놈 하고 뙤놈 하는 거다.」

「처처처‥청수‥, 청수가‥, 왜왜왜‥, 왜놈‥! 하고‥, 어어어‥어진‥어진이가‥, 뙤뙤뙤‥, 뙤놈‥뙤놈‥! 한다‥!」

스스로를 궁궁이라 부른 구시시한 사내가 옴츠린 몸을 틀면서 조심조심 손시늉으로 청수와 어진이 두 아이를 번갈아 가리켰다.

「난 그만 빠질 테야.」

이제 흥미를 잃었다는 듯 도투락댕기 드리운 계집아이가 '휙~' 하고 돌아서더니만, 두범이를 무릎에 앉히고서 다독이고 있는 고은이라는 계집아이 곁에 나란히 걸터앉았다.

「처처처‥청수‥야‥! 나‥나는? 나는? 나‥! 나‥나도‥! 나도‥!」

구시시한 사내가 발을 동동 구르며 끼어 달라고 졸라댔다.

「아니다. 둘이서 결딴 낼 꺼다. 너는 빠져라.」

어진이가 야속하게 밀치듯 잘라 말했다.

「좋다! 둘이 하자. 형아가 지켜봐라. 억지 부리나, 안 부리나.」

「으으으‥웅‥. 아‥알았‥다‥. 어어어‥억지‥, 억지‥, 부부부‥리‥면‥, 왜왜‥왜놈‥하고‥, 뙤뙤‥뙤놈‥, 뙤놈이‥, 자자‥잡아‥잡아‥, 가‥가가가‥, 간다‥. 간다‥.」

섭섭하였지만 그나마 자신을 놀이에 끼어주려는 청수의 말에 기운이 났는지 궁궁이라는 사내가 인중으로 흘러내리는 콧물을 "훅~!" 들이마시고 추저분한 소맷자락으로 콧물자국을 '스윽~'하고 문질러 닦더니 얼굴빛을 바꾸었다.

「자, 뎀벼. 다시 하자!」

「내 먼저다! 새색시 방귀뀌듯!」

기선을 제압하려는 머리 셈으로 어진이란 꾀죄죄한 아이가 '폴짝' 엉덩이를 들이대는 몸동작으로 청수라는 꾀꾀한 아이에게 선수를 쳤다.

「콩죽 먹고 설사하듯!」

청수 역시 지지 않으려 재빨리 몸동작을 섞어가며 되받아쳤다.

「냉수 먹고 트림하듯!」

「사당패 장구 치듯!」

「땡초중놈 목탁 치듯!」

「망나니놈 곤장 치듯!」

「흥부, 춘향이 볼기 치듯!」

「탐관오리 물고 내고, 왜놈 뙤놈 볼기 치듯!」

청수라는 아이가 어진이의 꾀죄죄한 얼굴께로 엉덩이를 '확~!' 들이대며 맨망을 떨어댔다.

「나, 왜놈 아니랑께!」

어진이가 불퉁스레 소리쳤다.

「이겼다!」

「이‥이겼‥다‥! 처처처처‥청수‥, 이이이‥이겼‥다‥!!」

청수라는 아이와 궁궁이란 구시시한 사내가 깝신깝신 궁둥잇짓하고 손뼉을 마주치며 팔짝팔짝 거려댔다.

「아녀! 아니랑께~!!」

어진이 눈썹 사이로 "씩씩" 파랗게 약이 오른 거머리가 꿈틀댔다.

「맞다니께~! 너가 지고~ 나가 이겼당께~!」

청수가 까불까불 사투리가 섞인 어진이 말투를 모며 쓸까슬렀다.

「아녀! 난 안 졌다!」

「아니다! 졌다. 그치 형아? 내가 이겼지~이?」

「응응응응…. 처처처처··청수··, 이이이이··이겼··다.」

「아녀! 난 안 진다!」

청수의 편을 드는 궁궁이에게 어진이가 어거지로 뻗대었다.

「너, 자꾸 우기면 쌍놈이다. 그것도 빨간··, 불쌍놈!」

「싸싸싸··쌍··놈··, 부부부··불··쌍··, 놈··! 이··다.」

「나가 왜 쌍놈이냐?」

「자꾸 우기니 쌍놈이지.」

「아녀! 나 쌍놈 아니다.」

「그럼 왜놈 하고 뙤놈 해라」

「왜왜왜··왜놈 하고··, 뙤뙤뙤··뙤놈··해라.」

「싫다! 너가부지한테 이를 꺼다.」

「뭘?」

「너가부지가 이 세상에는 양반 쌍놈 없다 했다. 양반 쌍놈 갈르는 놈이 진짜 쌍놈이랬다. 그랑께 인자 너가 쌍놈이다.」

「아니다. 너가 쌍놈이다.」

「아녀, 너다!」

「너야!」

「너랑께!」

「이게~?」

「뭣이~!!」

「너~! 너너너‥너가‥! 싸싸싸‥쌍‥놈‥! 너너너‥! 너가‥! 부부부부‥불‥쌍‥! 불쌍‥! 놈‥! 두두두두‥둘이‥, 둘이‥! 싸싸싸싸싸‥쌍놈‥! 이‥다‥! 이힉~! 이힉~!!」

이마빡을 서로 맞대고서 눈겨눔질로 '아드등~!' 또 '바드등…!' 뻗서 겨루는 두 아이를 갈마보고 또 가리켜 가며 뭐가 그리 좋은지 궁궁이라는 사내는 꼭 그 또래 아이마냥 폴짝거려댔다.

"아, 왜들 거서 시끄럽게 그랴?"

응달진 멧부리 기슭 안침으로 움푹 하니 멧짐승 소굴마냥 구멍 깊은 바위구렁에서 예닐곱 걸음쯤 바깥쪽 바위 무리 사이로, 겨우내 내린 눈을 고스란히 뒤집어쓴 키 작은 떨기나무들이 우굿하게 감싸두른 너른 터 언저리 질양지 바른 터께 자그마한 돌담불과 나뭇가지 북데기를 쌓고 또 얽어 올린 기우듬한 초막草幕으로부터, 두 아이를 떼어 놓는 말소리가 들려왔다. 멀찌가니 떨어진 곳에서 들려온 중년 사내의 걸걸한 목소리였지만 쪼글쪼글한 얼굴만큼이나 마음씨 너글너글한 외할머니께서 장독대 아래위로 쉼없이 오르락내리락 뛰어다니며 쥐잡기놀이를 하고 있는 개구쟁이 손자 녀석을 나무라는 것마냥 곰살궂은 말투였다.

「아부지! 있잖아유‥, 청수가유…!」

물 만난 오리새끼마냥 촐랑거리며 아비한테로 네댓 걸음 달려가다가 일러바칠까 말까 간이라도 보려는 듯이 '힐끗~' 어진이가 고개를 돌리어 청수를 돌아봤다.

「너~어‥!」

「너너‥너~어~! 아아아‥아저‥씨…! 처‥청수‥, 청수가‥유…」

「성아~!」

눈치 없이 모며 말하는 궁궁이의 옆구리를 청수가 쿡 질렀다.

「어허~! 사이들 좋게 놀아야지, 동무덜끼리 싸우면 되야?」

아무렇게나 틀어 올린 북상투 머리에 뾰족한 턱밑에서는 무 밑동의 잔 발마냥 길지도 짧지도 않은 자잘한 수염 몇 가닥이 날쌩날쌩 간당거려대고 헤벌쭉하게 반쯤 벌어진 입술 사이로 말할 때마다 누런 뻐드렁니가 번들거리는 어진이의 아비라는 중년 사내가, 여전히 털벙거지를 삐딱하게 가잠나룻까지 들쓰고 있는 재필이란 사내와 너벳벳한 얼굴에 널찍한 이마에는 팥알만한 복사마귀가 유난히 도드라져 보이고 다보록한 수염다발에 파묻혀 있는 두툼한 입술조각 모양으로 보아서는 자못 인정깨나 있어 보일까도 싶은 중년의 사내와 함께 초막주변에서 너른 터로 나서며 그루터기 주변의 아이들에게 말을 던졌다.

「추운디 바깥서 그라지들 말고, 어여 일루들 들어와서 놀어. 으른들이 시방 글루 나가실 텡게.」

아마도 당코영감에게서 전하여 들었을 이야기 탓이었나보다. 다정토록 잔정이 듬뿍 배어 있는 어진이 아비의 목소리에는 왠지 맥 빠진 얼굴마냥 근심이 아렴풋이 어리어 있는 것 같았다.

「네, 아저씨. 애들아, 일어서자.」

그 심경을 아는지 모르는지 공손하게 대답한 고은이가 그루터기에서 일어서며 아이들을 불러 모아 초막 쪽으로 발걸음을 떼었다.

「너~! 치사하게 너 아버지한테 일러바치면 고자질쟁이 계집 놈에다가 왜놈 고자다. 내가 너 고추 떼버릴 꺼다.」

「너가 뙤놈 고자니게, 너 고추나 떼라.」

두범이 손을 잡고 앞서가는 고은이 뒤를 졸래졸래 미쫓아가는 어진이의 귀에 대고 청수가 쏙달거리자 어진이도 지지 않고 맞받아쳤다.

「뭐라꼬? 고추 뗀다고? 와? 뭐 할라꼬? 장아찌 담가 묵을라꼬? 카믄 어데 잘 여물었나, 할애비가 함 만져 볼까?」

파뿌리다발마냥 굵게 틀어 올린 맨상투머리에 좁다란 이맛살에는 굵다란 고랑이 깊이 패어있으며 두두룩한 눈두덩이의 성깃한 눈썹과 옴폭한 턱 아래로 기다랗게 드리어진 채수염이 꼭 간밤에 내린 눈서리를 저만 맞은 양 온통 희끄무레하고 늙수그레한 노인네 한 분이 너른 터에서 그루터기 쪽으로 걸어오다가 청수와 어진이의 이야기를 듣고서는 붙잡아 고추 만지려는 시늉을 하자 두 아이가 "와~!" 하고 소리 지르며 너른 터 중간께 쯤으로 걸어오는 당코영감의 등 뒤로 도망을 쳤다.

「고마 잘 간직하래이. 쾌지랑 칭칭나게 쓸 일이 안 있겠나?」

늙수그레한 노인네가 해낙낙한 마음에 '허허~' 거리면서 거죽만 남은 손으로 채수염을 길게 쓰다듬으며 찌들은 담뱃진인지 평생 묵은 치구齒垢인지 여하튼 꺼뭇꺼뭇한 것을 들쑥날쑥한 잇바디의 듬성듬성한 이빨사이로 시커멓게 드러내면서 환하게 웃어 보이자, 비록 낡았지만 말쑥하고 단정한 의관에다가 등줄기 꼿꼿하니 꼬장꼬장한 걸음걸이와 삼가는 몸가짐 그리고 무엇보다도 조쌀스런 낯빛으로 보아 일평생 글로 끼니 때우는 이른바 '경학經學 하는 양반' 이라 여겨질 만한 노사老士의 주름진 눈자위에도 '살랑~' 부드러운 봄바람이 일었다.

「무엇을 좀 먹었느냐?」

모시듯 노사의 곁에 서 있는 중년 사내가 온화한 얼굴로 물었다.

「네. 대정 어른. 감자를 하나하고도 반씩이나 더 먹었더니 모두들 힘이 막 넘치는 걸요.」

고은이가 사근사근히 대답했다.

「저는 두 개나 먹었어요.」

「저도 두 개요.」

「저‥저도‥! 저저‥저는‥! 이이‥이따만‥거‥, 두‥두개‥요‥!」

청수와 어진이가 밝은 얼굴로 번갈아 대답하자 궁궁이도 두 손으로 자기 몸뚱이 서너 개는 담아 둘 만한 동그라미를 커다랗게 그리고는 자랑하듯 손가락을 꼽아 내밀었다.

「그래, 모두들 잘 했구나. 당코 할아버님께서 너희들 생각에 어렵사리 가져오신 것이니, '고맙습니다.' 인사 올리고.」

「네. 할아버지 고맙습니다.」

「저도요, 할아버지.」

「저도요.」

「저저‥ 저도‥, 저도‥, 저도요.」

「오냐오냐. 많이 많이들 먹고 어서어서 쑥쑥, 씩씩하게 자라기만 해다오. 어디 보자‥, 우리 두범이 도령께서도 많이 드셨는가?」

얼굴에 봄볕 같은 미소를 띠고서 아이들 머리통 하나하나를 어여쁘게 쓰다듬던 당코영감이 두범이의 손을 꼭 쥐어 보았다.

「어이쿠! 꽁꽁 얼으셨네. 어서 들어가서 손 좀 녹여야겠다.」

「그래. 아직 바람이 차니, 어서 안으로 들어가도록 하거라.」

「네, 대정 어른. 말씀들 나누세요. 애들아, 이제 그만 가자.」

대정에게 나부시하게 대답한 고은이가 아이들을 데리고 초막으로 향했다. 조잘거리며 지질펀펀한 너른 터를 지나 그늘진 초막 앞에 아이들이 다다르자 초막 입구를 가려놓은 거적때기가 느닷없이 '획!' 하고 젖혀지더니 고은이 또래쯤 되어 보이는 사내아이와 서른쯤 되어 보이는 사내 하나가 밖으로 나섰다.

「남이야, 안녕?」

「…!…」

밤새 안부라도 묻는 것처럼 맞닥뜨린 또래아이에게 던진 고은이의 살가운 말투와는 사뭇 다르게, 청수와 시시덕거리며 뒤서 걷던 궁궁이가 돌연 고개를 '후뜰!' 쳐들어 올렸다.

「나…남이‥야…, 아아아아아‥안…녕…….」

가슴께 오는 제 키만한 검을 한 손에 들고서 버티어 막아 서듯이 잔뜩 굳은 얼굴로 눈알을 부라리며 서 있는 댕돌 같은 사내아이와 눈이 마주치자 놀란 토끼처럼 눈이 휘둥그레진 궁궁이가 얼낌떨김 얼뜬 소리로 더듬거려 댔다.

「……」

남이라는 사내아이가 '흘근번쩍' 궁궁이라는 구저분한 사내를 위아래로 훑어보더니 대꾸도 없이 아이들 주변을 베돌아 나섰다.

「성아, 우리랑 같이 놀자.」

「오빠, 우리랑 같이 놀자.」

또래의 청수와 도투락댕기 드리운 계집아이가 남이라는 사내아이의 뒤꾸머리에 촐싹거리고 다가섰다.

「……」

「남이야, 동생들하고 같이 좀 놀지 그러니?」

심드렁한 얼굴로 시답잖다는 듯 대꾸조차 않는 남이에게 서른쯤 되어 보이는 자웅눈이 사내가 넌지시 말했다.

「가…같…이…!노노…, 놀…지‥, 그…, 그…러…, 니…?」

눈치를 살피듯 조심조심 뜨악한 사이만큼 느릿느릿 그러나 기가 죽은 탓인지 쭈뼛쭈뼛 더욱 심하게 더듬거리며 궁궁이가 말꼬리를 내렸다.

「……」

마뜩찮은 듯 남이라는 아이가 곁눈질로 힐끗 궁궁이를 바라보자 그 눈초리가 매서웠는지 궁궁이라는 스물하고도 대여섯쯤 되어 보이는 사내가 울대뼈가 나불거지도록 침을 "꿀꺽…!" 삼키고는 코를 "홀쩍~!" 들이마시더니 슬그머니 고개를 돌리어 눈길을 피하였다.

「시방이 양알머리없이 시시덕거리고나 놀 때랍디요? 너그들끼리나 찌질이도 재미들 나게 놀아라.」

제 또래아이들을 강아지 콧구멍쯤으로 여기는지, 남이라는 아이가 자못 어른스레 자웅눈이 사내를 힐책하더니 아이들에게 시큰둥하게 한마디 던져 놓고 그루터기 쪽으로 걸음을 옮겼다.

「형은 우리가 싫은가 봐.」

청수가 코 떼인 소리로 숭얼거렸다.

「우우우…리…가……, 시…싫은…, 가…봐….」

소금 먹은 푸성귀마냥 풀이 죽은 궁궁이가 말추렴을 들었다.

「아니야. 남이는 우리들 대장이라 어른들 말씀 나누시는 것 잘 듣고서, 이따가 우리한테 이야기해 주려는 거야.」

무마시키려는 듯, 고은이가 남이라는 아이를 감싸고돌았다.

「대대…대장…이야…! 나…남이…가…, 우우우…우리…, 대장…!」

「……」

그래도 여전히 시무룩한 얼굴에 주둥이를 비주룩이 내밀고 서 있는 두 아이들을 뒤로 하여 고은이가 살며시 눈길을 돌려서는 서른쯤 되어 보이는 자웅눈이 사내를 바라보았다.

「……」

돌연 "휘이잉~!" 멧부리 기슭을 타고 초막 뒤편 바위 벼랑으로 쏜살같이 미끄러져 내려가는 된바람에 "소시락~!" 너른 터 언저리께 바위 무리 사이의 떨기나무들이 하얗게 얼룩진 몸뚱이를 부벼댔다. 바람 탓이었는지 아니면 그제야 고은이의 기우듬한 눈길을 느낀 탓이었는지 자웅눈이 사내가 눈길을 고은이에게 마주 돌리었다.

「……」

「아이고~. 누나, 춥다.」

두범이가 손을 "호호~" 불어대며 바들바들 몸을 떨었다.

「으응…. 그래…. 어서 안으로 들어가자.」

고은이가 어딘지 서먹하고 어색한 고갯짓으로 '꾸벅…' 하고 자웅눈이 사내에게 하는 둥 마는 둥 얼른 인사하고는 소 몰아대듯 재빨리 아이들을 몰아 초막 안으로 들어갔다.

「……」

자웅눈이 사내는 앙다물듯 힘주어 입을 '꾹…' 다물더니 잠시 그렇게 초막 입구에 오도카니 서서 고개를 숙이고는 땅바닥을, 이지러진 채 비틀거려대는 자기 그림자라도 보고 있는 듯, 물끄러미 바라보았다.

「어이, 도중이~! 싸게 안 오고 거서 뭐 다는겨?」

그루터기에 걸터앉아 있던 재필이가 목을 빼고 부르자 자웅눈이 사내는 눈길을 거두고서 이미 사람들이 어간어간 둘러앉아 있는 그루터기 쪽을 바라보았다.

「……」

자웅눈이 사내는 "후~~" 하고 길게 한번 숨을 몰아쉬더니 천천히 발걸음을 옮기어 그루터기로 향했다. 가까이 다가서자 그루터기의 나무밑동 뿌렝기들이 눈에 들어왔는데, 비끼어 나리는 햇살에 젖은 채로 불그스름하니 언 땅 위로 드러나 보이는 모양들이 반절쯤은 쪼개지고 또 반절쯤은 파이고 깨진 것이, 어떤 것은 잘려나간 손모가지가 땅바닥에 거꾸로 처박혀

있는 모양이었고 또 어떤 것들은 꺾이고 구부러진 손가락 뼈다귀 마디가
고삭은 땅거죽을 찢어발기며 솟구쳐 오르려는 모양들을 하고 있었다.

「잉? 자리가 읎네? 으디 앉을라나? 여…? 여 앉을랑가?」

빈자리도 없건만 재필이란 사내가 괜스레 두리번거리더니 엉덩이를 들
썩이며 자리에서 일어나려는 시늉을 해 보였다.

「아닙니다. 괜찮습니다. 저는 여기 서 있겠습니다.」

도중이라는 자웅눈이 사내가 사양하며 남이 곁으로 다가섰다.

「거시기, 저짝으로…, 남이랑 같이 앉지 그랴?」

어진이 아비가 남이가 걸터앉아 있는 그루터기를 가리켰다.

「봐라, 남이야. 이리 할애비랑 안 앉을래? 거 두고 여 온나.」

「아녀요. 지는 기냥 서 있을라요. 아자씨가 여그 짝에 앉으시오.」

「그랴, 잘 생각혔다. 여는 시방 으른들께서 긴한 말씀들을 나누시는 곳
잉께, 너는 그짝서 새앙쥐 새끼 죽은 듯이 잠자코 서 있어라, 잉? 흠~ 긍께
각설허시고, 흠흠~~!」

자신이 어린애로 여겨지는 것이 싫었는지 남이가 자리에서 일어나 그루
터기 옆으로 빗더서려는데, 꼭 미운털 박힌 놈을 수수꾸듯이 재필이가 낮
추어보고서는 사람들에게 말꼭지를 틀었다.

「아, 그랑께…, 아까참에 허시던 말씀들 쪼까 이어 허십시다. 거시기, 가
설랑은…, 그 뭣이다냐…. 잉…! 나가 금방 전에 당코영감님 허시는 말씀을
들어봉께, 으째 말씀이 쪼까 앞뒤가 안 맞는 것 같은디요?」

「뭣이가?」

버릇인양, 어진이 아비가 누런 뼈드렁니로 아랫입술을 튕겼다.

「아따~! 돌아가는 형편을 미루어 봉께 안 그렇소. 시방, 저 염병헐 놈들
이 오늘이나 내일이나 처올라올 것도 같다믄서 으째 거시기…, 왜놈들은

금시로 물러갈 것이란 말씀이시요? 그럼 즈그놈덜끼리서만 올라온단 말씀이시오?」

「말한 바 그대로일세. 민보군 진영에서 왜군 중위라는 자와 초토사招討使 군영의 군관들이 나누는 이야기들을 내…, 이 두 귀로 직접 들은 것이니 말일세. 왜국으로부터 수일 내로 한양으로 회군을 하라는 령令이 내려졌다는구만.」

「참말이시오?」

당코영감의 이야기에 재필이가 반색을 하며 되물었다.

「암~.」

당코영감이 고개를 끄덕였다.

「허면 인자, 우덜 상감마님께서도 정신머리를 차리셨는가?」

「것은 또 뭔 소리여?」

너벳벳한 사내의 이맛살에서 팥알만한 복사마귀가 옴죽거렸다.

「아, 시상 어느 나라, 어느 조정, 어느 정신 나간 놈의 임금마님께서 넘의 나라 병졸들을 데려다가 자기 나라 백성들을 처죽이신다요? 것은 암만 시상 말세에 말도 되도 않는…, 염병헐 놈의 성은이 하해와 같이 망극무지허신 개아들네미네 왕 개족보…, 개 왕 아들놈의 새깽이들이나 행세허는 나라서나 가피헌 것이지….」

「어허~! 말씀이 지나치시네.」

몰상스럽게 꺽죽거리며 주제넘은 소리에다 침발들을 버무려 튀겨대는 재필이란 사내에게 대정이란 사내가 점잖게 휘갑쳤다.

「아, 사실이 그렇잖소. 사실이…!」

「사실이건 오실이건, 옆집 건너 뒷집이네 앞집 사는 은실이건, 것은 암 껏도 상관이 읎는디 말이여….」

어진이의 아비가 때꾼한 눈을 한 차례 끔벅거리더니 말을 이었다.

「것이 참말로 참말이면 우덜헌티는 참말로 잘된 일 아니겄소? 고, 야차같은 놈의 왜놈덜이 한양으로 떠날 것이면 우덜 숨구녕도 좀 트일 것잉께 말이요.」

「그라지, 잉!」

복사마귀 도드라진 너벳벳한 사내가 추임새를 넣듯 무릎을 쳤다.

「허나 꼭 그렇다고만 할 수 없으니 그것이 문제 아니겠나.」

「야? 것은 또 시방 뭔 말쓸이시오?」

다소 김새는 소리인지라, 복사마귀 도드라진 너벳벳한 사내는 모가지를 길쯤이 빼며 덩둘한 눈길을 당코영감에게로 돌리었다.

「……」

당코영감이 입술을 감쳐물고서 묵묵히 눈길을 아래로 거두었다.

「…?…」

너벳벳한 사내는 '나만 모르는 것인가?' 라는 생각이 들었는지 아니면 '혹시 내가 뭘 잘못했나?' 하고 되술래잡힌 느낌이라도 들었는지 한 차례 고개를 갸웃거리더니만, 주름살위로 빳빳하게 대가리를 곧추 세운 복사마귀 이마빡 한 가운데를 긁적거려댔다.

「제가 말쏨드리지요.」

대정이란 사내가 말문을 열었다.

「여러 동도東徒분들께서도 익히 잘 아시다시피 왜국의 군사들은 우리의 그것에 사뭇 월등한 신식 무기들을 손발로 삼고 병법에 능한 군관들을 머리로 삼은, 우리로서는 실로 대적키 어려운 강병 중의 강병입니다.」

「그리어. 참말로 징그럽기가 징허게도 흉악스런 놈들이여. 아, 삼남三南에 하도下道 남북접南北接을 가릴 것도 읎이 모다 작살들이 났응께 말이여.」

「……」

너벳벳한 사내가 주책바가지마냥 덩달아 곁다리를 끼고 덧붙여대더니만, 대꾸조차 없는 사람들의 찌릿한 눈길에 스스로도 멋쩍었는지 널따라니 펑퍼짐한 콧잔등이를 찌긋거렸다.

「허나, 비록 저들이 그 품성이라는 것을 왜인倭人 특유의 패악함과 잔인무도함에 그 뿌리를 두었다고는 하나…, 한편으론 일사불란한 지휘체계와 서릿발 같은 군율軍律로 인한 것인지, 아니면 아조我朝 백성의 민심을 잃을까 염려하여 필요이상의 마찰을 피하려는 속셈에서 그런 것인지, 그도 아니라면 가늠키 어려운 어떤 간교한 책략策略에서 나온 것인지, 그 깊은 내막까지야 알 수 없는 일이지만…, 전장에서 사로잡히거나 항복한 우리 동도들을 불러다 놓고 기중其中 '주림을 견디다 못하여' 혹은 '모적蟊賊의 학정虐政과 오리汚吏의 패정悖政에 시달리다 못해 마지못해 가담하였다' 자복自服을 하는 자들은 모두 풀어 주어 귀향歸鄕케 하였다 합니다. '절대 살려 보낼 수 없다' 억지 부리는 민보군을 뒤로 하고 말입니다. 그러나, 이제 저 왜군들이 모두 한양으로 회군을 하고 나면 이곳에는 그 민보군만이 남게 될 것인데….」

'한 호흡' 대정이란 사내가 잠시 말꼬리를 머금었다 풀었다.

「민보군이라는 저 무리들은 우리 동학당東學黨이라면 마치 살부지수殺父之讎를 대하듯이 치를 떠는 자들이라 조정에서도 감히 쉬이 여기지 못한다 하니, 비록 적이긴 하나 왜군들이 떠나고 나면 누가 저들을 통제할 수 있겠습니까? 하여 염려스러운 것은 저들의 잔악한 칼부림을 어떻게 피하여야 할지, 그것이 근심일 따름인 것입니다.」

겨우 '한 호흡' 짧은 사이를 두고 곧 닥쳐올 형국에 대한 이야기를 끝마친 대정이란 사내의 입술 왼쪽 끄트머리가 어느 순간부터 '파르르…' 치켜 올라가져 있는 채로 미세하게 떨어대고 있었다. 비록 저도 모르고 있는 듯 미미하게 떨리고는 있었지만 오히려 그렇기 때문에 더욱 더 사람들의 눈길을 잡아끌었고 보는 이의 마음으로 하여금 불안스런 파랑波浪을 불러 일으키고 있었다.

「내 듣기로도, 진작부터 올라오려고 발 동동 구르면서 바득바득 이 갈아 대는 민보군을 그리 못하도록 붙잡아 둔 것도 왜군 장교들이라더구만. 참 으로 어이없게도 말이야.」

「대정의 말씀과 영감님의 말씀 모두 옳습니다. 저 역시 민보군에 관하여 서는 누구보다도 잘 알고 있는 바, 그 우두머리 되는 작자들 대부분은 동학 당이라면 치를 떨 만치 지독한 원한들을 가지고 있는 자들인지라, 아래로 부려대는 사람들의 흉포함과 무도함이 참으로 필설로 옮기기에 불가할 정 도입니다.」

시큼하다고 찡그리고 앉았는데 그 위에 초를 치듯이 당코영감과 자웅눈 이 사내가 번갈아 말꼬리를 맞물었다.

「게다가 왜군들이 떠나면서 구루빠 대포하고 신식 소총들을 민보군에 게 고스란히 넘겨주고 간다고 하니…,」

「이런 니미럴 것! 앞구녕으로 호랭이새끼 나간다니께 뒷구녕으로 이리 떼 들어온단 소리구마, 잉! 아~, 암만 송장 눈깔을 빼먹는 까마구래도 저들 끼리는 상피相避허고 안 그런다는 디, 그 제미 붙고 담양 갈 놈들의 씨부럴 것들은 으째 같은 처지에…! 으짜쿠롬 우덜을 못 잡아먹어 안달복달 지랄 옘병들이라요?」

들자니 울화가 '울컥!' 하고 치밀어 올랐는지 재필이가 들쓰고 있던 털 벙거지를 '홱~!' 하니 해동청이 병아리 채가는 것마냥 한 손으로 '더뻑!' 채잡아 움켜쥐고서는 무르팍에 내리치며 씨부렁씨부렁 나번득였다.

「……」

끄무레한 먹장구름에 잠기운 멧부리마냥 사람들은 어둡고도 무겁게 가라앉아 가고 있었다. 죽기를 바라는 사람이야 아무도 없을 것이지만 살아남을 수 있으리라 생각하는 사람 또한 아무도 없는 것 같아 보였다.

「……」

마음마냥 뒤숭숭한 그루터기 주변으로 졸연히 "왁자지껄~!" 초막으로부터 아이들의 떠들썩한 말소리와 웃음소리가 몰려왔다.

「거시기….」

불현듯 생각이 아이들에게 닿았는지 어진이의 아비가 제 마음마냥 비쩍 마른 마른침을 "꿀꺽‥!"하고 삼키어 넘기더니 버성긴 침묵 사이로 말머리를 밀어넣었다.

「그라믄‥, 인자‥, 시방‥, 으‥, 으쩐다요‥?」

「그라게‥. 워쩐다냐?」

너벳벳한 사내가 때꼽진 이마빡에서 간질간질 꼼지락거려대는 복사마귀 머리통을 긁적대며 곁따랐다.

「쩌으기‥, 나으리‥?」

어진이 아비가 몸뚱이를 '기우뚱~' 기울이면서 노사老士를 살폈다.

「……」

못 들은 것인지 아니면 듣고서도 못 들은 척하고 있는 것인지 노사는 가만히 잠자코서 미동조차 하지 않았다.

「나으리‥?」

어진이 아비가 다시 고쳐 앉으며 조심스레 노사를 살피었다.

「……」

들은 듯 아니 어진이 아비의 행동을 느낀 듯도 하였으나, 노사는 오히려 눈길을 지그시 아래로 틀어 내리며 입을 '꾹‥!' 감중련坎中連을 하고서는 지그시 눈을 감았다.

「…?…」

어진이 아비가 "킹!" "킹!" 하고 작은 소리로 콧김을 내뱉고는 너벳벳한 사내에게 한마디 거들어 달라는 양 눈짓을 보내자 너벳벳한 사내도 두어 차례 오목하니 거죽만 남은 양 볼을 '볼록' 또 '볼록' 거리고는 노사에게로 몸을 기울였다.

「거시기…, 으르신…?」

「……」

자신으로서는 무엇을 어찌 해 볼 도리가 없었던 것인지 아니면 지난 갑오년 늦은 봄의 기포起包 이래 수 차례 치러야 했던 크고 작은 싸움들과 참담한 패퇴 이후 반복되어 온 숨바꼭질 같은 추격과 도피에 지쳐 버렸기에 이제 그만 체념이라도 하고 싶었던 것인지, 노사는 감은 눈으로 먼산이라도 보려는 양 고개를 들어 먼 하늘로 향하였다.

「…?…」

머쓱하였던지 너벳벳한 사내가 삐뚜름한 앉음새를 고쳐 앉으며 어깨를 '으쓱~' 하여 모가지를 '쏙' 집어넣고서 이마빡의 주름살을 '옴찔‥!' 치올리더니만, 오른손을 뒤통수께 가져다대고 긁적긁적 거리면서 두꺼비마냥 눈알을 끔벅끔벅 거려댔다.

「그라믄‥, 대정‥?」

무거운 생각에 참척하여 비스감치 기울어지려는 머리통을 지탱이라도 하고 있는 양, 엄지와 검지 그리고 중지 세 손가락을 버팀목 삼아 관자놀이께를 떠받치고 있는 대정에게 어진이의 아비가 말머리를 틀었다.

「대정께서는 시방 으찌‥, 으쩔 생각이시오?」

「……」

「으디 혼차서 꿀뎅이를 자셨는가…? 으째 길 아래 돌부처마냥 입을 꾹꾹 잠그시고 말씀을 안 허신다요?」

「……」

「으메으메~ 시방 명 짧은 놈 턱 떨어지겠네…. 아, 접주接主들도 죽어 나가고 읎는 판에, 이라고 앉아 갖꼬 수염들만 내리 쓸고 기시시면 으짜자는 것이요? 아, 이럴 띠 대정허고 으르신께서 뭔 말씀들을 한 말씀씩 해 주셔야 허는 것 아니요!!」

대정이라는 사내가 여전히 생각 깊은 얼굴을 하고만 있자 마음이 달아올랐는지 어진이 아비가 찜부럭을 부려댔다.

「나오면 살고 들어가면 죽거니와(出生入死)…,」

혼잣말하듯 대정이 나지막한 목소리로 말머리를 꺼내들었다.

「살아 있는 무리가 열에 셋이요 죽어 있는 무리가 열에 셋, 생을 움직여 죽음으로 들어가는 자 또한 열에 셋이라(生之徒十有三 死之徒十有三 人之生動之死地亦十有三) 하였음에….」

대정이라는 사내가 『도덕경』道德經 한 구절 끄트머리로 말꼬리를 길게 드리우더니만, 작은 숨을 머금으며 어두워진 눈을 들어 새파랗게 펼쳐진 겨울하늘을, 목화송이 같은 구름들이 잔잔한 바람 물결을 따라 너울너울 떠내려 가고 있는 차가운 아침하늘을 올려다보았다.

「버들강아지 따먹고서 배앓이 하는 문둥이마냥 시방 뭣을 그라고서 혼잣말로 오물오물 쫑알대기만 허시오?」

듣고 보니 밑도끝도없는 것이 얼토당토않은 말이라는 생각이 들기도 하였으나 한켠으로 고개를 갸우뚱 해 놓고 생각해 보니 사는 게 어쩌고 죽는 게 또 저쩌고 하는 것이 먹물내도 '사알~' 풍기는 것도 같고 뭔가 깊고도 오묘한 뜻이 있는 것도 같았던 모양이었는지, 어진이 아비가 찌그러진 오가리솥마냥 우묵한 눈구멍에서 이리저리 굴러다니던 퉁방울만한 눈알을 멈춰 세우고는 사뭇 투박스레 물었다.

「……」

대정이란 사내는 무덤덤하게 그저 하늘만 바라보고 있었다.

「대정 성님‥!」

「……」

「으메, 끄끕한 것…! 시방, 참말로 환장허겄네! 거시기‥ 그랑께‥, 나도 쪼까 알아먹게끄름 앗쌀허게 말씀 쪼까 해 보랑께요~오!」

오복조르듯 어진이의 아비가 서털구털 다랑귀를 뛰었다.

「쯔쯧‥, 거 치신사납게 양냥거리지 쫌 마시오! 아, 상통천문上通天文에 하달지리下達地理허시고 육도삼략六韜三略을 무불통지無不通知하시와, 신통神統 방통旁通 영통靈通에 화통和通으로다 와룡봉추臥龍鳳雛께서도 울고 가신다는 대접주분들께서도 으째 거시기‥, 별 삐죽헌 수가 읎어 갖꼬 죄다 잡혀가서 아침이나 저녁이냐 잉‥? 도마 위의 괴기맨키롬 생사를 장담허실 수가 읎다는디‥. 아, 우덜 같은 쭉정이 꼬랑지가 뭔 기묘헌 수가 있겄소?」

「아, 읎응께 내어야지! 읎다고 거시기‥, 산 너머 짝은 며느리년이 물 건너 시아비 불알 구경허듯이 그라고서 손 놓고만 있을 것이여!」

재필이가 숙보듯이 "쯔쯧~" 혀를 차며 꺽죽거려대자 그러잖아도 끌탕하니 부글부글 부아통이 터질듯 끓어오른 어진이의 아비가 눈을 지릅뜨며 소리쳤다.

「이잉~? 으째 나헌티 역증이요? 그런다고 뭔 수가 나오요?」

「긍께~에! 아, 안 나옹께 시방, 나오게끄름 야그 쪼까 들어 보자는 것 아니냐! 시방!!」

「염병…. 자불자불 그 소리 듣고, 나오다 도로 들어가겄다.」

「뭣이여??」

「아니오, 됐소!」

생긴 것만큼이나 결이 다른 두 사람이 실룩샐룩 서로 몇 마디 더 타시락거릴 것도 같았으나 재필이란 사내가 차라리 저가 피하는게 싫었는지, 이내 뱁새눈을 가릅떠 흘기고는 손에 쥐고 있던 털벙거지를 푹 되쓰더니 가볍게 푸념을 섞어 지나가는 소리하듯 꾀바르게 베거리하기 시작했다.

「허이고~ 제미럴 것…! 암면 여서 애면글면 타울거림서 죽살이 처 봤댔자, 종국에는 줄초상들 치를 것이 빤드름헐 빤자일 것인디…. 물때와 썰때를 잘 알아서 처신들을 해야 헌다고 말씀허신 슬기로운 조상님들 말마따나 우덜도 으째…, 차라리 왜놈들이 가기 전에 거시기, 두 손 쪼까 '훌~훌~' 털고 투항들을 해야 하는 것이 안 나술 것이 아닌지도 모르겄네….」

「것은 아니지라, 잉~.」

남이라는 아이가 느닷없이 재필이의 말꼬리를 잡아 넘어뜨렸다.

「…?…」

예기치 못한 소리에 눈을 동그랗게 뜨고는 '야가 시방 나에게 말헌 것이여?' 라고 묻기라도 하듯 재필이가 주위 사람들을 '휘~' 둘러보았다.

「아자씨는 암만 읎는 말이라도 뭔 말씀을 그라고 허대게 허신데요? 으쨌건간에 싸워 갖꼬 이길 생각을 허셔야지, 항복허실 것이시면 뭐들라고 여까정 올라오셨데요? 명색이 으른이 되어 갖꼬 쫌시러운 쥐알봉수마냥 꼭 고로코롬 새퉁빠진 소리밖에 못하시오?」

「뭐… 뭣이여…? 새퉁빠진 쥐알 뭣…??」

자웅눈이 사내 곁에 삐딱하니 빗더서서 자못 꼴답잖아 하는 눈길로 자신을 빤히 내려다보고 있는 남이를 보자 버르장머리는커녕 참으로 어처구니까지 없는 놈이라는 생각이 들었는지 재필이가 목구멍에 가래톳을 세우며 소리쳤다.

「요런, 요… 대통만헌 것이 눈깔에 백태가 끼었나…, 오냐오냐 해 줬더니 워서 눈 똑바라지게 뜨고…!! 흠~흠~~. 어이, 아야…, 이이…, 똥이란 것도 말이다….」

욕인지 으름장인지 눈알을 희번덕이며 엄포를 놓던 재필이가 갑자기 무슨 생각이 들었는지 한 호흡 '무춤…' 거려대더니만, 이내 점잖은 말투로 어른스레 일러대기 시작했다.

「시방, 누술 자리를 보고 퍼질러 싸야 허는 것이다. 잉? 여가 으디 사방 거리 깍두기판도 아니고…, 너가 워서 자발이읇이 으른들 말씀허시는 디 감히 따따부따 낑거드는 것이냐?」

「고로코롬 말씀허시지 마시오. 아자씨는 법풀이으른 말씀허신 것도 못 들어보셨소? "등에 업은 아그들 말이라도 귀넘어 듣지 말어라. 사람이 부러 인위로써 귀천을 분별허는 것은 곧 하늘의 뜻을 어기는 것이니, 비록 아녀자와 아그들 말이래도 배울 것은 배우고, 좇을 것은 좇아야 헌다. 이것은 모든 선을 다 한울의 말씀으로 알고 있음이니라…."」

「남이야….」

뾰족하게 엉버티는 남이를 자웅눈이 사내가 넌지시 만류하였다.

「옴마마…?? 야…, 야 시방 말허는 것 들으셨소? 참말로 시퉁머리 터진 것이 아조…, 소강절邵康節이 똥구녕에다가 움막을 짓고 사시겠네…! 어이, 소진蘇秦이네 시아부지 짝은 조까 아들놈아~! 시방 너는 거시기…, 한울님 말씀 높으신 줄만 알고 너 앞으로 하늘마냥 높으신 으른 기신 줄은 영 모르는 것이냐? 요런 요…, 싸가지 읇는 놈아…!!」

"무슨 말씀들을 그리 긴히 나누고들 계시기에 뜻 깊은 법풀이 말씀에 높은 하늘…, 싸가지 소리까지 나오는 것입니까?"

재필이가 눈에 쌍심지를 켜고서 남이를 위 아래로 훑어보며 을러대려는데, 갑자기 카랑카랑한 여인네 목소리가 산등성마루로 내려가는 좁다란 벼랑길 외길 아래의 푸나무서리로부터 거슬러 올라왔다.

「댕겨오셨소?」

너벳벳한 사내가 벼랑길 아래로 말을 던지며 일어섰다.

"네, 다녀왔습니다."

이번에는 힘 있고 또랑또랑한 사내 목소리가 대꾸하듯이 올라오더니만, 승려인지 속인인지 두툼한 먹빛 두루마기를 몸에 두르고 전반 같은 머리채는 질끈 동여매어 기다랗게 뒤로 넘겼으며 어디서 막걸리라도 두어 동이 들이켜고 불콰한 듯이 낯빛은 대춧빛으로 불그스름하고 눈알은 부리부리 콧날은 되똑되똑 땅딸막한 체구에 생긴 모양은 준수한 서른 중반쯤 되어 보이는 사내와 해쓱하니 핏기라고는 도무지 없는 파리한 안색에 입술만은 연지를 찍어놓은 듯 유난스레 붉었으며 기다랗고 가느다란 눈매를 따라 '쪽~' 째어지고 위로 살짝 치켜 올라간 눈꼬리와 무엇보다 팽팽하고 맨들맨들한 이마 아래로 눈썹이 거의 없다싶은 것이 마치 귀면鬼面 같아 보이기에, 생기기는 약방기생 볼 쮀지르게 생겼건만 어딘가 서늘한 기운이 엿보이는 비슷한 연배의 여자 그리고 뒤이어 색동치마저고리 차림에 머리털은 가랑이지게 양쪽으로 땋아 늘어뜨린 네댓 살쯤 되어 보이는 어린 계집아이와 초강초강한 얼굴에 제법 해끔하니 살결은 분결같고 가냘픈 어깨에는 먹등구미 비스름한 망태기를 걸머진 열하고도 대여섯쯤 되어 보이는 큰아기가 그루터기 주변으로 모습을 드러냈다.

「뭣이나 실헌 것 쪼까 건지셨소?」

어진이 아비가 삘쭉 뻐드렁니를 팅기며 대뜸 말머리를 틀었다.

「칡을 좀 캐었어요.」

열대여섯쯤 되어 보이는 큰아기가 엉기성기한 망태기에다가 손을 가느다랗게 집어넣고는 만지작만지작 거리며 다소곳하게 대답하였다.

「입춘도 진즉에 지나가고 쪼매 있으면 낙종머린디…. 거시기 으디··, 파릇파릇한 봄보꾸 비스꾸레한 것은 영 안 보이던가?」

어진이 아비가 말끝의 "쩝~!" 하는 소리에다 군소리를 덧붙였다.

「쪼까 아래짝으로 볼 것이면 눈색이꽃이나 혹간 으디에 노루귀꽃이 있을지도 모를 것인디··, 여만 엄동설한이구먼.」

정월하고도 대보름 즈음이라 산중은 아직도 눈밭이건만, 꽃이 피면 꽃 주위가 동그랗게 녹아 구멍이 난다고 하여 눈석이꽃이라고 부르고 얼음 사이로 피는 꽃이다 하여 빙리화氷里花라고도 부르며 설 무렵에 피는 꽃이다 하여 원일초元日草라고도 부르는 복수초福壽草와 잎보다 꽃이 먼저 핀다는 노루귀꽃을 찾으며 투덜거려대는 것을 보니, 어진이 아비라는 자는 사뭇 봄이 그립고 자못 꽃이 그립기도 하였나 보다.

「토끼를 잡았나베?」

너벳벳한 사내가 먹빛 두루마기 사내의 허리춤에 매달린 새하얀 토끼를 발견하고 말을 건넸다.

「또, 또끼여? 까투리는 읎고? 옘병…! 디져 갖고 용궁 갈라는 갑네! 별주부 새끼도 아닌디, 으째 허구헌 날 토깽이 새끼만 걸려드는 것이여?」

'무엇이 있나' 하고 여울목을 넘겨다보는 왜가리마냥 '힐끔' 재필이란 사내가 모가지를 길게 빼고서 어깨 너머로 께죽거렸다.

「암껏이나 있으면 된 것이지, 너는 뭣을 또 까탈시럽게 찌그럭거리고 지랄이냐? 일찌감치 인나 갖고 여지까정 돌아댕기다 온 사람들헌티…. 아, 것으로다 따끈허게 탕을 끓이든가 아니면 푸짐허니 국으로 얹혀도 되겠구만. 추운디 고생들 허시었소, 잉?」

「탕꾸욱~? 와? 벌써 밥 때가?」

소대성이 이마빡을 치셨는지 남이야 오구작작 다투거나 말거나, 까짓 놈의 일이야 이거냐 저거냐 티격태격 옥신각신이 되든지 말든지 별 관심도 상관도 없는 듯, 여태껏 무사태평한 마음보로 머리통은 뒷다리 잡힌 방아깨비마냥 까닥따닥 어깨는 바람에 혼뎅이는 허재비마냥 휘뚝휘뚝 앉은 모양 그대로 토끼잠으로 졸고 있던 늙수그레한 노인네가 조는 결이라도 먹을 것 소리는 귀에 꽂혔는지 윗시울이 축 늘어진 거적눈을 게슴츠레하게 뜨더니만, 홀연 생뚱맞은 소리를 했다.

「봐봐라! 거 토깽이가 암놈이가, 숫놈이가?」

양손의 집게손가락을 구부려 가지고 눈자위와 눈 끄트머리를 비비적비비적 거려대며 눈곱자기를 떼어 낸 노인네가 앉은 채로 "흐아암~!" 하품을 해대었다.

「…?!…」

뚱딴지 같은 물음에 사람들은 아연 어리벙벙하여 눈만 멀뚱거렸다.

「알았다, 마! 마…, 고마 자~알 생각한 기라. 할 끼는 함 하긴 해야 안켔나! 카면 내는 고마 일어나야지?」

노인네가 앉은 채로 "으~자자자…!" 늘어지게 기지개를 켰다.

「와? 와 그라는 데? 고대 끝방 난 거 아이가?」

자신을 바라보는 사람들의 눈길들이 오히려 별스럽다는 듯 늙수그레한 노인네가 눈을 휘둥그렇게 떴다.

「하이고야~ 내는 더는 모르겠다. 너들끼리 찬찬히 이바구 카고 들어 온나. 내는 고마, 먼처 일어날끼구마.」

늙수그레한 노인네가 "끄응~차…!" 하며 양 무릎에 억세게 힘을 주고 일어서서 한 발짝 옆으로 모재비걸음을 옮기려는 순간, '팔랑~!' 하고 눈썹 없는 여인네 등 뒤에 숨어 있던 색동치마자락이 손짓하듯 나부꼈다.

「하이구~! 난화 왔나? 니는 또 은제 왔노?」

거무튀튀한 얼굴에 난데없이 봄볕이라도 내리 쬔 양, 노인네가 화색이 도는 얼굴로 반색을 하며 어르듯 곰살갑게 굴자 난화라는 네댓 살쯤 되어 보이는 계집아이가 잔부끄럼을 탄 듯 여인네 치맛자락 뒤로 한 걸음 더 몸을 '쏘옥~' 감추고는 고개만 빼꼼히 내밀며 수줍어했다.

「할애비랑 같이 안 갈래? 내, 감자 구어 주꾸마.」

난화라는 계집아이가 여인네 치맛자락을 찌긋 잡아당기며 고개를 쳐들고서 바라는 눈길로 바라보자 서늘한 얼굴의 여인네가 왼 입꼬리를 기묘하게 비틀며 고개를 끄덕였다.

「옹야! 니캉 내캉 고마 쌔리 가삐자.」

난화라는 계집아이가 자못 사붓사붓 또래의 여느 계집아이들과는 사뭇 다른 걸음걸음으로 노인네에게 다가갔다.

「봐라, 니는…? 니는 같이 안 갈래?」

노인네가 남이에게 물었다.

「아니어라. 먼저 들어가시오. 지는 쫌까 더 있다 갈라니께요.」

「알았다. 춥다! 고마, 얼른 끝내고 들어오고로.」

노인네가 난화라는 계집아이의 손을 붙잡고서 돌아서더니만, 두말없이 '훌훌~' 초막 쪽으로 발걸음을 뗐다.

「인자는 저 양반까지 오락가락 허시는구먼….」

「그러게나 말이여.」

또래의 동무들처럼 나란히 손잡은 채 종종걸음으로 발걸음도 가볍게 초막으로 향하는 난화와 늙수레한 노인네를 바라보며 재필이와 어진이 아비가 입맛을 씁쓸히 다셨다.

「앉으시지요.」

대정이라는 사내가 앉을 자리를 권하자 묘한 기운을 풍기던 여인네와 먹빛 두루마기를 걸친 땅딸막한 사내는 겉치레라도 사양하는 태도는커녕 일말의 대꾸조차 없이 성큼성큼 늙수그레한 노인네가 앉았던 자리로 걸어가더니 맞은편에 자리한 노사에게 가볍게 고개를 끄덕거리고는 나무 둥치에 걸터앉았다. 대정을 비롯한 사내들이 그들의 좌우로 동그랗게 둘러앉았으며 어진이 아비와 망태기를 걸머진 큰아기가 각각 땅딸막한 먹빛 두루마기 사내와 대정이란 사내 곁으로 빗더섰다.

「헌데, 남정네들끼리서만 무슨 일을 도모하고 계시기에 이리 소리 소리 언성들을 높이고 있는 겝니까?」

여인네가 둘러앉은 사람들 한가운데로 물음덩이를 굴려 넣었다.

「암 껏 아니요. 거시기…」

「아니긴 뭐가 아녀? 거시기, 인자…, 오늘 낼 큰 쌈판이 벌어질 것도 같당께, 으짤 것인가 그라고 있었지.」

재필이가 약빠르게도 말머리를 딴 곳으로 돌리려는데 너벳벳한 사내가 아무렇지도 않게 밀치고 들어오더니 말꼬리를 잡아끌었다.

「그 일이라면 어제 오늘 일도 아닌 것을 새삼 아이에게 목소리 높여 가며 이야기할 필요가 있겠습니까?」

「그란디 것이 시방 형편이 겁나 달라져 그렇다는 것 아니요.」

먹빛 두루마기를 몸에 두른 땅딸막한 사내의 물음에 너벳벳한 사내가 망아지새끼마냥 거세게 콧김을 "킁! 킁!" 내쉬더니만, 그간의 정황을 길로 삼아 말을 몰았다.

「거시기…, 그랑께 이 조짐이란 것이…, 아래짝의 사정들을 들어 보고 살펴보아 헤아려봉께, 왜놈덜은 금시로 한양으로 물러를 갈 것이고, 인자 저짝으로 민보군놈들끼리서만 남아 갖꼬 저들끼리서 이짝으로 처밀고 온다는 소문이 '뜨르르…' 허다니께, 저 징헌 놈덜을 맞이하야 으찌 해야 할 것인가 야그 쪼까 허고 있던 참이요. 거시기, 톡 까놓고 말혀서‥, 우덜이 모다 여서 고냥 끝까정 싸우다 죽을 것이냐, 아니면….」

「아니면?」

먹빛 두루마기의 사내가 '갸우뚱~' 말꼬리를 곁잡고 물었다.

「쩌~기‥, 쟈‥, 쟈 말에 의하면…,」

너벳벳한 사내가 턱짓으로 재필이를 가리키며 말고삐를 당겼다.

「시방은 이러지도 저러지도 못할라느니‥, 그라르면 차라리 아래짝으로 내려가 갖꼬 왜놈들헌티 일단 투항들을 허고서 후일을 도모…」

「아, 안 된당께요! 싸우다 죽으면 고만이지 후일은 또 뭔 놈의 후일이라요? 말이 좋아 그렇지. 후일을 도모허자는 것이‥, 지우 저 모강지 붙이자고 왜놈들헌티다 꼬랑지 내리고서 엎디려 빌고 항복허자는 것 아니요!」

너벳벳한 사내가 잘 몰고 나오는 말의 고삐를 남이가 '휙~!' 하고 백송고리 생치生雉 차듯 잡아채더니 어깃장을 놓아댔다.

「…!…」

'꿈틀‥!' 여인네의 털 없는 눈썹 끝이 살짝 치올라갔다.

「쟈가 조로코롬 볼강시레 수제비태견질을 헝께 재필아우도 가만 안 있고 그런 것이지.」

말을 마친 너벳벳한 사내가 콧김을 "킹~!" 하고 내뱉었다.

「……」

먹빛 두루마기를 입은 땅딸막한 사내가 고개를 느릿하게 돌리더니만, 눈을 가느스름하게 뜨고서 재필이란 사내를 가만히 바라보았다.

「아…아~! 나가 참말로! 고로코롬…, 나 혼차만 살자고만 그라는 것은 아니오. 거시기…, 긍께, 그 뭣이다냐…? 잉…! 거…, 말인즉슨, 것을 여…, 으르신허고 대정께서는 으찌 생각허실랑가…, 에멜무지로다가…, 아, 또 고렇게 현다 혀도…, 알랑수나 가장질로다 함 혀 보는 것이 으짤랑가…, 기냥 지나가는 말로 삼아 함 해본 것이지. 아, 시방 판국이 뒤웅박 신고 얼음판에 서있는 모냥으로다…, 위급존망지추危急存亡之秋에 꼼짝부득…, 야다지 경잉께요…. 혹간에나 까막수나 허설쑤로도다가래두…, 알아방이는 것도, 할상부를 것도 같응께….」

무섭지도 않은데 똥 쌌다는 격으로 서털구털 그럴싸하게 말을 떠가며 천산지산 발라맞춰가던 재필이가 제 속마음을 꿰뚫어보기라도 하려는 듯 잠자코 지켜보고만 있던 먹빛 두루마기의 사내와 눈이 마주치자 무 캐다들킨 사람마냥 가슴속이 '뜨끔…!' 하였는지 하늘 한 번 올려다보고 땅바닥 한번 내려다보며 딴전을 피우더니만, 슬며시 말꼬리를 사렸다.

「솔직히 말혀서 인자 더 이상은…, 전번마냥 천만 요행시럽게도…, 으디…, 도망갈 곳도 읎고…. 그렇다고 여서 요로쿠롬…, 두 손 두 발 다 들고서 오르내림도 읎이…, 눈만 말똥말똥 세전토끼새끼마냥 귓불만 비비적비비적 뭉그적거리다가…, 그라다가 값없이 개죽음 당허는 것보다는 한결 나술 수도 있잖여요…?」

「아자씨는 죽는 것이 고로코롬 겁나시오? 지는 절대로 아녀요. 지는 사내구먼유! 지는 시방 죽었으면 죽었지, 저 살자고 항복 같은 것은 절대 안 한당께요. 거짓부렁이라도 저깐 놈들헌티 고개 숙이고 목숨 구걸헐 일은 절대로 읎당께요!」

곁눈질로 힐끔힐끔 먹빛 두루마기를 입은 땅딸막한 사내와 안색 파리한 여인네의 날카로운 눈매를 갈마보며 증언에 부언하듯 말꼬리를 가다듬어

가던 재필이에게 남이가 푸독사마냥 대가리를 빳빳하게 세우며 내씹었다.

「옷호~! 어언지간에 우리 남이가 벌써 사내가 되었던가?」

가살을 피워대는 남이가 올차다 못해 자깝스럽기도 하고 자못 기특해 보였던 것인지 여인네가 빙긋 웃어 보였다.

「그라고서 맨실맨실 웃어대지 마시오! 당골아줌씨 눈에는 나가 아직까정 울 동네 울냄이로 보이시오?」

남이가 헤번쩍 눈알에 힘을 주며 뻗대섰다.

「오호~?」

서늘한 기운을 풍기던 당골네 혹은 단골어미라 불리기도 하는 무녀巫女의 입술이 커다래진 눈마냥 동그랗게 모아졌다.

「지가 금시로 열 살이어요. 열 살…! 사내 나이가 열이 넘으면요, 인자 나도 시방 사람 죽이는 일을 못할 것도…」

「남이야…!」

견고틀며 칼이라도 뽑아 들겠다는 듯 소양배양 희떠운 소리를 지껄여대려는 남이가 지나치다고 생각했는지 자웅눈이 사내가 남이의 어깨에 넌지시 손을 얹었다.

「치우시오!」

남이가 '팩~!' 매몰차게 그 손을 뿌리치며 눈꼬리를 치세웠다.

「불쌍허신 울 아부지 비명에 명줄 끊고 횡사허신지가 아적 한 해도 안 지났소. 생각 읎으신 울 엄니야 하냥 마냥 다정허신 양반잉께, 워째 워째 아자씨허고 정분이 붙어부렀는지는 몰라두요, 나는 안 그려요. 절대 못 그려요. 나는 것을 절대로 잊지를…, 용서를 못 혀요. 아니, 안 혀요…!」

「…!…」

자웅눈이 사내가 짐짓 당황스러워하는 표정을 짓자 달리는 말의 배때기에 박차를 가하듯 남이가 더욱 거세게 쏘아붙였다.

「뭣을요…! 워째요~!! 나가 못 본 것 같소? 허면 언제까정…? 나가 하냥 모를 줄 알았소? 나는 말이요, 시방…! 요…요새도요! 꿈에라도 고 생각이 들면은 아조…, 여…, 여가…! 여 속에 백혀 있는 옹이백이 옹두리 악마디란 놈이 벌컥벌컥 삭신이요…!!」

「남이야….」

있는 듯 없는 듯 잠자코 지켜보고 있던 열하고도 대여섯 큰아기가 제 가슴을 쳐가며 포달을 부리려는 남이를 말렸다.

「되았소…!!」

밀치듯 남이가 옆으로 비켜섰다.

「……」

자웅눈이 사내의 크고 작은 눈망울이 어두운 물빛으로 일렁였다.

「지나온 길을 되돌아보면 허물 없는 이가 어디 있겠는가? 그 또한 고치면 모두 선善이 되는 것이거늘….」

이윽고 나직하게 노사老士가 처음으로 말문을 열었다.

「남이 네가 진정으로 올곧은 사내가 되고자 한다면 마음으로 용서하고 마음에서 풀어버리는 것을 알아야 할 일 아니겠느냐?」

「워떻게유? 워떻게 지 아부지 죽인 웬수들을 용서한데유? 으르신도 울 아부지 여…, 여 가슴팍에 낫자루 꽂혔는 거 보셨잖여유? 겁나 눈깔 똥그랗게 뜨시구서 머리카락 풀헤치고 간짓대 꼭대기에 매달린 울 아부지 대갈통을 보셨잖여유? 헌디, 워찌…? 워찌, 저헌티 잊으라 말씀허신데유? 아녀요! 지는요…, 하늘이 두 쪽이 나고 무너져도 절대 그렇게는 못하는구먼유! 아니, 안 하는구만유…! 지는 올곧은 사내고 뭣이고 다 필요읎당께요…! 지는 오로지…, 저 민보군놈덜을 하나라도 더 죽여 갖꼬서 울 아부지 원풀이 허고요‥, 그라다가‥, 그라구서, 속 시원히 디질 것이구먼요‥!」

「……」

앙앙지심怏怏之心으로 소리소리 원망하듯 악머구리마냥 바락바락 악악거려대고서는 씩씩거리며 마음을 눌러 삼키려는 남이의 모습에 사람들의 마음 뼈가 저린 듯이 보였다.

「그래, 그래‥. 암~ 암. 그래야지. 그렇게 해야‥, 싸워야 네 아비 원冤이 풀린다면, 네가 맺고 죽어야 그 원이 풀린다면, 당연히 그렇게 해야지.」

당골네라는 여인네가 해쓱한 얼굴 위에 하뭇이 미소를 띠었다.

「으메, 꽃단장허고 성내는 얼굴이 더 무섭다드니만…. 아, 그랴네도 등골이 싸헌디, 당골네께선 시방 뭘 말씀을 그리 무시무시 겁나 섬뜩허게 허신다요?」

그 미소가 오히려 '으스스~' 하였던지 너벳벳한 사내가 몸을 앙당그리고는 콧구멍을 벌름 콧잔등이를 찡긋거려댔다.

「맺힌 것을 풀고자 한다면 실로 그렇게 해야 하지 않겠습니까? 칼 맞아 죽은 자는 칼로써 그 원을 풀고, 굶어죽은 자는 잿밥으로 풀고….」

「살심殺心을 가르치기에는 아직 어린 아이입니다.」

당치도 않다는 듯 대정이라는 사내가 말을 가로막아 서자 당골네라는 묘한 여인네가 천천히 왼고개를 저어가며 대정을 바라보더니만, 이내 태연자약하게 말허두를 뽑아내었다.

「살심이라…. 살고자 하는 마음이 살 심(心)이나 죽을힘을 다하는 것이 살 힘이니‥. 죽기를 각오하여 사심死心이고 뱀 같은 사심蛇心에 정심正心 아닌 사심邪心, 가슴이 불쾌하고 토할 듯 오심惡心에, 참된 마음을 찾아 구걸하듯 구심求心이라 하지요. 그런즉, 사심과 오심 없는 구심과 살심만이 신실한 진심 아니겠습니까? 미적이 미적미적‥, 죽자 살자 뭇 중생 실한 마음에 어찌 어른과 아이의 구별이 있겠습니까?」

「보살께서는 그리 어지러이 말씀하실 것이 아닙니다.」

당골네가 가볍게 비틀며 받아넘기자 대정이 정색을 하고 말했다.

「……」

잠시 대정이라는 사내를 물끄러미 바라보던 당골네가 꼭 그 사내만큼 얼굴빛을 바르게 하고는 다시 천천히 말머리를 내었다.

「인륜이 곧 천륜이라, 남의 천륜을 끊는 것보다 더 커다란 죄는 없다 하였습니다. 천생만민天生萬民의 필수지업必授之業이 제 각각 다른 법. 자식 된 도리로 아비의 원冤을 풀고자 하는 저 아이의 지고정순한 마음을 대정께서는 부러 길들여 교화敎化라 고쳐 바꾸고 순화醇化라 이름하야 옥죄고 강제하여 더욱 커다란 원을 남기시려는 겝니까?」

싸늘한 비웃음이 ‘반짝!’ 당골네의 얄팍한 입언저리에 어리었다.

「이르기를, 원怨이 크면 풀어도 반드시 남는 것이 있다하여, 풀고 풀어도 풀리지 않는 것이 바로 원이라 하였습니다. 그런즉, 굳이 풀려 할 일이 없어야 할 것 아니겠습니까?」

「허나, 풀 수 있는 데까지는…, 고풀이를 하건 살풀이를 하건, 힘닿는 대로 풀기는 풀어봐야겠지요….」

「애써 풀려 하니 더욱 굳게 맺히는 것이 아니겠는가? 본시 풀어야 할 것이 없거늘, 어찌 맺힌 것이 있다 하겠는가?」

한 고비 말의 고삐를 내려놓으려는 보살이라는 여인네의 말고삐를 잡아챈 노사가 말뚝에 매어 버리듯 단연히 말했다.

「나으리께서는 어찌 이미 있는 것을 없다 말씀하시는지요?」

되받아치는 여인네의 눈자위에 찰나지간 살기殺氣인 양 불그죽죽한 기운이 ‘피뜩!’ 서리었다 사라지더니 언제 그랬냐는 듯 얼음장처럼 차가운

그 얼굴에는 아지랑이처럼 야릇한 미소가 피어올랐다.

「핫하~! 과연 그러하니 참으로 그러한 것인가…!! 기필키 어려운 것이 난필자難必者라…! 그러하지 아니하여 불연不然이요 단정키 쉬운 것이 이단자易斷者라. 그러한즉 기연其然인지라! 먼 데를 견주어 생각해 보면 그러하지 아니하고 그러하지 아니하며 거듭 그러하지 않은 일이요. 조물자에 부쳐 보면 그러하고 그러하고 거듭에 거듭으로 그러그러한 이치인저…! 그런즉슨 불연이기연不然而其然 기연이불연其然而不然 불연즉기연不然則其然하니 기연즉불연其然則不然 이거늘….」

보살이라는 여인네 곁에서 지그시 눈을 감은 채 흔들흔들 마파람에 돼지불알 놀듯이 몸을 좌우로 흔들어가며 가만히 듣고만 있던 먹빛 두루마기의 사내가 버름버름한 틈새로 말머리를 끄집어내더니만, 언젠가 한번쯤은 들어봤음직한 수운水雲 선사先師의 깨달음을 안장 삼아 말 등에 얹어 놓고 올라타더니 거침없이 내달리기 시작하였다.

「아닌 게 아니라 미상불未嘗不! 과연이라 미상비未嘗非! 금일은 아침부터 불(불·不)이 가물가물 연(煙·緣·然)이 모락모락, 푼다! 만다! 아령칙 어령칙 소리가 나는 것을 보니…, 어찌…? 괘卦가 해(해·解)에 걸리셨는가? 허면, 어디 보자…! 기연가미연가는 긴가민가, 복희伏羲가 괘卦를 획劃하고 두루 주周라 주의 문왕文王께서 두루두루 고루고루 상象으로 괘사卦辭를 제制하고 주공周公이 효사爻辭를 세웠나니, 노사구魯司寇가 공구(孔丘·攻究)라, 공恐하고 구懼함에 이를 말미암아 전傳함으로…, 일컬어 열 개의 날개(十翼)를 달았음에…. 산가지(籌)는 산목算木이니 감으나 뜨나 잡히는 것이라, 보이는 것은 흔들흔들 눈뜬 판수의 판국이요 들리는 것은 우글우글 일란거一難去 일란내一難來라, 허니…! 오호라~! 무서리가 거去하고서 된서리가 래來할 형국인즉…, 이낭조낭 요낭마낭으로 창창연倀倀然에 거거연渠渠然이었구나…!」

아닌 게 아니라 먹빛 두루마기 사내는 생김새와 차림새가 주는 기묘한 느낌만큼이나 말하는 것 또한 기이한 사내였다. 예컨대 사내가 말한 '가물거리는 것'은 단지 새벽녘에 일렁이던 포화砲火의 불빛이 아니었으며 '모락모락 피어오르는 것' 또한 단순히 포연砲煙의 연기가 아니었다. 사내는 자기 신명에 따라 자기도 모르게 머릿속으로 떠오르는 그림들과 글자들을 소리는 같되 뜻이 다른 우리말과 한자어에다 겹으로 겹쳐 놓고 거듭 포개어놓고 되처 뒤집어 놓고서 마치 말 위에 말이 올라타고 말롱질하듯 능청능청 지껄여대는 것이었다.

「무릇~! 무엇이건 원형이정元亨利貞이 제일이라 하셨음에…. 원元이라~! 이제 곧 올 봄이나니 어짐(仁)을 말하시고, 형亨은 여름이니 예禮를 뜻하시며, 이利는 가을이니 쇠붙이가 들었음 즉, '금왕지절'金旺之節 의義를 가리키며, 정貞은 겨울이라 지智를 뜻하나니…. 일합一闔에 일벽一闢으로 살펴보고 왕래往來가 불궁不窮함으로 거듭 보려니…, 건천乾天에 태택兌澤이요 이화離火에 진뇌震雷하고 손감간곤巽坎艮坤은 풍수산지風水山地하나니…. 해解는 감하진상坎下震上에 풀어짐이라…. 하야 천지天地가 해解함에 뇌우雷雨이 작作하며 뇌우이 작함에 백과초목百果草木이 갑甲을 탁坼하나니, 해의 시時이 크구나…. 허나…!!」

사내는 머릿속으로 연이어 떠오르는 문자와 문구들을 산가지(籌)로 삼아 생각을 더듬으며 무꾸리질이라도 하려는 것처럼 눈까풀을 슴벅슴벅 눈뜬 점쟁이마냥 자기 손가락을 하나하나 꼽아 헤아려 가며 저 혼자자만 아는 소리를 뇌까리더니만, 갑자기 '흘깃~!' 어진이 아비에게 눈길을 돌려 빙그레 웃어 보이고는 "흠흠~~" 하고 말의 갈기를 다듬듯 목청을 가다듬고서 말안장에 단사彖辭 구절들을 덧깔아 놓더니 다시 말의 고삐를 바싹 죄며 아는 듯 모르는 듯 저만큼이나 기묘한 곳으로 내달리기 시작했다.

「운수運數라 돌고 도는 수…! 소식消息들이 생생生生하니 역易이라 간역簡
易에 변역變易이나, 거듭 역逆하야 이치를 바로 보니 쉬이 바뀌며 거스르고
거듭 뒤집어 역易 아닌 역이 다시 역易이 되는 법…! 허면! 돌고 돌아 천운을
바꾸는 것은 누구의 일인가? 모사(謀士·謀事)가 재인在人한 것인가, 모사가
재천在天한 것인가? 핫하~! 내 일찍이 듣기로는 '사람이나 귀신이나 하나
인 바, 동귀일체同歸一體한다.' 하였으나, 이제 와 돌이켜 다시 보건대 동귀
어진同歸於盡이었던 모양이로구나…! 하여 그런즉! 죽자 사인死人이 여如…
천千에 이르는 것 아니겠는가? 혹…, 그 아니면, 하나는 일이요, 둘이 이, 셋
이라 삼이고, 넷이 사라…, 사농공상士農工商 사인四人에 여汝도 천賤이라(事
人如天) 하여 사해만민四海萬民이 더불어 천하다(與賤)는 것인가…! 핫하~! 옳
거니~! 하늘을 기다리되 고약한 인생이라, 가련한 시궁창(시궁창·侍穹蒼) 인
생들…!! 오심즉여심吾心卽汝心하니 여심女心은 오심惡心에 악심惡心이요, 이
치가 그리 자명한 것이니 불쌍 부단하여(不常不斷) 간난 고단한 인생들이로
다…! 인(人·忍)이라 인즉천人卽賤하시고 인내천忍耐踐하시여 만사萬事 성사
成事가 천한 것 인내忍耐에 달린 것이었고, 혹…, 그것이 아니라면…!? 혹시
나 본시나 인시천(人是天·人是賤)하나니 천시인(天是人·賤視人)하며 천시(天
時·賤視) 인사(人事·人死), 인사 천시, 천시에 조응照應하야 인사가 일어나고,
인人이 사死함에 즈음하여 천千 시屍가 일어나는 것이…, 만사萬事가 필시
성成… 사死함이니…, 그리 자연히 당연하시고, 의당히 지당하신 것 아니었
던가…? 핫~핫하하…!!」

　　가면 갈수록 숭산 너머 수미산이요 점입漸入하니 가경佳境이란 바로 이런
경우를 이르는 말일 것이다. 거침없는 태도에다가 문자깨나 써갈겨대는
것을 보니 자신의 말 가운데 있는 것처럼 모사謀士나 모주謀主쯤 되는 인물
인지는 모르겠지만, 사뭇 경멸하듯 삐뚜름하게 세상을 위에서 아래로 내려

다보며 목청껏 비아냥거리는 사내의 말투에는 비록 자신이 속하였으되 속하지 못했던 세상에 대한 울분과 중생에 대한 애정 그리고 자신을 향한 비틀어진 연민과 아픔 같은 것이 짙게 배어 있는 듯하였다.

「으메…, 성님! 것은 또 웬…, 중년 멀끄댕이 잡고 싸우는디 버버리 맞장구치는 소리라요? 아, 우덜도 알아먹게끄롬 말씀 쪼까 쉽게 쫌 허시오.」

저승빛으로 타고난 팔자 모양이 조롱복 팔자인지라 애옥살이에 간난과 신고 탓이었는지 아니면 날 때부터 살아가며 생겨 먹어가는 것이 없는 밥 한 술을 얻어먹더라도 남보다 두서너 배는 쉬이 주름으로 먼저 가고야 마는 겉늙은이 팔자 탓이었는지, 거무튀튀한 얼굴에 주름이 자글자글 겉보기에 적어도 네댓 살은 많아 보이던 어진이의 아비가 먹빛 두루마기를 몸에 두른 땅딸막한 사내에게 눈을 동그랗게 뜨고 말머리를 들이밀었다.

「쉽게…? 허면…!」

먹빛 두루마기를 몸에 두른 대춧빛 동안童顔의 사내가 새로이 말의 편자를 갈이 끼우고는 느슨하니 말의 고삐를 바꾸어 챘다.

「실(실·實)로…! 풀어본즉 다시 말릴 것이긴 하나…, 우리 같은 천한 것들이 혹시라도 죽을 똥에 살 똥으로 ‘참을 인忍’ 을 잘 하다 보면 곧 해가 날 것이요, 그 해가 “쑤욱~!” 하고 나서기만 하면 쥐구멍에 볕들듯이 이랑이 고랑 되고 고랑이 이랑 되야 만사가 “터억~!” 하고 잘 풀릴 수도 있을 것이다. 뭐…, 그런 말 아니겠나? 그렇지! 바로 그걸세, 하하하~!」

「허면, 좋은 것 아니요?」

어진이의 아비가 누런 앞니에다가 번들번들 침을 발랐다.

「좋아…? 호사(豪奢·好事)가 다(다·多) 마(摩·魔)할 수도 있고 공사公私도 다(다·多) 망(亡·忙)할 수도 있을 것인데…, 자네는 참으로 그것이 좋다는 겐가…?」

먹빛 두루마기의 사내가 장난꾸러기마냥 눈을 동그랗게 뜨고는 물음도 아니고 대답도 아닌, 말 아닌 말 속에 들어앉은, 이를테면 아무런 상관도 없는 전혀 다른 뜻을 가진 같은 소리의 낱말들을 가지고서 수럭수럭 괘사를 떨었다.

「포도청 변쓰는 것마냥 것은 또 뭔소리다요?」

「우리 아우님을 보시매, 금불문今不聞에 고불문古不聞 금불비今不比에 고불비古不比 하신 모양인지라···! 허나, 일찍이 휴복休復이라 뙤놈 땡초 이르기를 '천반비가 부득부득 만반황이 부득부득' (千般比不得 萬般況不得) 이빨들을 갈아대며 '고역유古亦有 금역유今亦有하다' 개 부르짖듯이 짖어댔으나···, 내 나라 해월海月이라 법풀이께서 가로시되 '없음 이후에 있는 것이요, 있음 이후에 없는 것이니···, 무유생유無有生有 유생무생有生無生···, 없는 듯 무무여無無如 비인 듯 허허여虛虛如하다' 하셨나니···, 것이 그러하니 그러한 것인가? 것이 그렇지 아니할 수 있으니 그렇지 아니하다고 할 수 있는 것인가? 이렇듯 생사유무生死有無와 세상의 일이란 놈이 의불의儗不儗하고 지부지止不止하여 진작부터 알다가도 모를 것이니···, 허면 이 몸께서는 과연 어느 말에 의지하여 치우쳐 올라야 할 것이겠는가?」

「······」

비승非僧에 비속非俗이요 비유非儒에 비무非巫라, 먹빛 두루마기를 몸에 두른 땅딸막한 사내는 단순히 머릿속으로 떠오르는 그림이나 글자들에 『주역』周易의 괘卦와 구절들을 짜맞춰 가며 풀어내는 복사卜師나 번뜩이는 신기神氣를 바탕으로 앞날을 예측하는 무자巫子도 아니었고 그렇다고 약아빠진 소경 놈의 낡아빠진 팔양경八陽經마냥 곰팡내 풀풀 풍겨대는 경서經書나 경문經文 따위를 꿰차고 앉아 주야장천 외고만 있는 승려나 유생儒生따위는 더더군다나 아닌 듯이 보였다. 이렇게 옛 선승禪僧의 말에다가 뒤죽박죽 법푸리 해월의 이전 말씀들을 올려놓고서 언거번거 구성지게 읊어대는 먹빛 두루마기 사내의 말소리에 어진이의 아비는 뭔 말인지 대꾸는커녕 입이 굳은 사람마냥 그저 눈만 멀뚱멀뚱 거려댔다.

「하며 말인즉슨‥, 풀어야 할 것이 있다 함은 맺힘이 있음이라 유시有始가 유종有終이요, 맺힌 것이 없다 하니 풀 것도 없음이다 하여 무시無始가 무종無終! 허나, 인간지사人間之事 만유지사萬有之事가 부지연이지지不知然而知之 지연이지지자知然而知之者라‥, 연緣과 연이 맺고 맺히어 차유此有에 피유彼有하고 차기此起에 피기彼起하여 매듭에 매듭을 지음이라‥. 유무시유무종有無始有無終이 오로지 매듭에 달린 것 아니겠는가? 허면 매듭이라, 그것은 또한 무엇인가? 매듭은 마디라, 곧 엉키고 맺힌 것 혹或, 끝을 뜻하나니‥, 끝이라 하는 것은 예컨대 맺어야 하는 것(結)인가, 풀어야 하는 것(解)인가? 아니면 끊어야 하는 것(絶)인가? 이어야 하는 것(承)인가?」

「이런, 제미‥! 야스락야스락 누가 진즉 땡초에 도로 깎고 또 깎으신 되깎이 양반 아니랄까봐, 끈뜻허면 야소록헌 중놈 무르팍에 은근짜 앉혀 두고 염불 외듯이 뭣을 그리 요상괴상 망칙시럽게 자불거리시오? 시방 판국이 피차간에 유시諭示를 허건 무시無視를 말건 간에‥, 인자 우덜이 거시기‥, 뭣을 으짤 것인가, 안팎곱사둥이마냥 굽도 젖도 못허고서 여서 기냥 디져불 것이냐, 그 아니고 살 것이면 뭣이라도‥, 우물고누 첫수는 아니더래도 갑작수건 까딱수로다가래두, 뭣을 워떻게‥, 방도 비스꾸레한 수를 낼 것인가 말 것인가, 싸게 싸게들 정하여야 허지 않겠소?」

「죽살이치고 싸우는 것이 방도랑께, 재필이 아자씨는 뭣을 자꾸 비겁시런 열쭝이마냥 워쩌자 저쩌자 쌧똥 빠진 소리를 허신다요? 디지겠다는 소리도 으디 한두 번이지‥, 낫살깨나 자신 양반이 참말로‥‥.」

남이가 송곳처럼 삐죽 튀어나와 재필이란 사내의 옆구리를 찔러댔다.

「뭐? 뭣이여! 으메~ 야가 아조 싸가지를 젓국에 말아 처먹었나, 인자는 아주 내놓고서 대거리를 하는구마, 잉. 어이~ 아야…! 너 긍께 시방…, 너 눈깔엔 나가 그리 놀놀하니 시피 보이는 것이냐? 너, 혹간에나 나헌티 역부러…, 시방 나 염장 지를라고 부러 조댕머리 싸불거려 쌌는 것이어? 그란 것이여? 야~ 이…, 암코양이 자지불알을 뜯어먹을 놈아…! 나가 너 애비 죽였냐? 잉? 나가 그랬어?? 잉? 잉??」

「여서 울 아부지 얘기가 왜 나온데요? 나가 아자씨헌티다가 맬겁시 트재기 잡을라 그러겄소? 안다니 똥파리마냥 아자씨가 하도 꼴시럽게 어른 소리 해싸니까 그란 것이지요!」

발 벗고 대들듯이 남이도 눈에 불을 켜며 앙탈을 부려댔다.

「또…똥파리…?? 허이구~ 복장 터지는 거! 측간 깨구리헌티 뭣 물린다더니만, 나가 참말로 요 게꽁지만헌 것 땜시 부홰가 나서 디져 불겄네…! 나가 요런 요…, 요 순…, 옘병헐 놈의 호로 잡열의 시키를 기냥…!!」

"아, 왜들 이렇게 시끄러운거? 너거들 시방…, 아침 초장으로 밥숟꾸락 놓고부터 타시락거리는 것이여?"

재필이가 하도 기가 막혀서 막힌 둥 마는 둥 자기 가슴을 치더니 눈을 곤추뜨고서 한 주먹 쒜지르려는 듯 오른 주먹을 머리 위로 치켜올리고 휘두르려는데, 별안간 목쉰듯 투박한 목소리 한 덩이가 그루터기 주변으로 날아들었다.

「사이들 좋게 놀어~! 한 동네선 그저 짜그락거리지들 말고 내물없이…, 이물없이들 지내야 허는 것잉께….」

칠년대한에 말라 비틀어진 논바닥마냥 오글쪼글 주름이라고는 더 이상 잡힐 곳도 없는 노파 한 분이 동그스름하니 나부대대한 아낙네의 곁부축을 받으며 아칠아칠 배리배리한 몸을 끌듯이 걸음걸음 옮겨가며 초막에서 너른 터로 나서고 있었다.

「하이고~ 음니, 참말로…! 거 따순 디 얌잖이 누워 기시잖고 으짜쿠롬 나오셨소? 아, 이녁은 뭐 혔는가? 음니 못나오시게 말리잖고?」

너벳벳한 사내가 벌쎈 사람마냥 자리에서 벌떡 일어서더니 '후다닥~!' 하고 뛰듯이 달려와서는 저만큼이나 나부대대한 아낙네에게 눅진 소리로 타박을 놓아댔다.

「엄니께서 진죙일 껌껌헌 굴속에만 하냥 앉아 계싱께 답답도 허신지 자꼬 나가자고 징징거림서 보채싱께요…. 긍께 아그들이 시방은 햇볕이 짱짱허고 날도 쪼까 폭허다고…, 그랑께 두범이네허고 같이 함 나와 봤구만이라.」

「암만 음니께서 통통 부리시더래두 이녁이 잘 구슬려야지. 노인네가 고롱고롱 몸도 안 좋으신디…, 쪼까 너누룩혀졌다고 허자시는 대로 옴스라니 다 혀 주면 으짤라 그러는가? 안즉은 싼득싼득 헝께 언능 모시고 싸게 들어가드라고.」

「야, 그라녀도 그럴 것이오.」

「원~ 꼭…, 가지 붕탱이같이 생겨먹은 놈이 쎗바닥은 미꾸리새끼마냥 팔딱팔딱 말뽄새 한번 벨나게도 졸갑스럽구마, 잉. 야, 이놈아~! 너…, 너 시방 거시기…, 너가 누구간디 으째 울 며느리헌티 '엄니, 엄니' 두렁거려 쌌는 것이냐? 아가, 너 아는 놈이냐?」

다소 누그러진 말투로 구순하게 말을 주고받는 너벳벳한 사내와 나부대대한 아낙네를 지켜보던 노파가 우물우물 이가 거반 빠진 입 속에서 씹던 말을 뱉어내더니만, 눈알을 동그랗게 굴려가며 오락가락 두 사람에게 번갈아 물었다.

「어따…! 울 엄니께서는 양…, 귀 하나는 참말로 겁나 밝으시네. 벨 일 아니오. 나가 기냥 쪼까 허당으로다 아는 사람이요.」

　「옴마마…? 야‥, 야 쫌 보소? 뭣을 그라고서 개똥 처먹은 얼굴로 빤드룸
이 쳐다보고 자빠졌냐? 너‥, 너 시방 절루 안 가냐? 월라라? 이‥, 이 놈‥,
이‥, 으른헌티 뻐팅기는 꼬라지 쫌 보소? 너 참말로 절로‥, 절로 안 갈 것
이여? 내‥, 이 싸가지 읎는 놈을 기냥…!!」

　눈을 홉뜨고서 흘근번쩍 위아래로 훑어보며 을러대도 아무런 대꾸 없이
그저 서 있기만 한 너벳벳한 사내를 보자니 노인네 특유의 오기가 솟았는
지 노파는 어디서 부지깽이 작대기라도 하나 주워들고서 '휘~휘~' 거리며
똥개 새끼를 쫓아내기라도 하려는 듯이 주변을 두리번두리번 거리더니만,
결부축하고 있는 나부대대한 아낙네의 팔뚝에다가 "끄응차~!" 용을 쓰며
구부정한 허리를 펴고 몸을 일으켜 세우려 하였다.

　「아이고 아이고~ 엄니…! 참으시오, 참어.」

　나부대대한 아낙네가 노파의 팔뚝을 붙잡고 살며시 누르며 힘을 빼어
버리고는 허리를 구부려 마주 보더니만, 오가리가 들고 노랑꽃이 흐드러진
노파의 얼굴을 아이 얼굴 매만지듯 쓰다듬으며 말을 이었다.

　「벨 것도 아닌 놈을 가지고서 뭣을 그라고 힘을 쓰시오? 기냥 냅두시오.
저라고 장승마냥 서 있다가, 개 오줌 처맞고서 찌룽내에 코 삐꾸러져 디지
던가 말던가….」

　「낯뿌닥도 벨스럽게 생긴 놈이 훤한 대낮에 워디 언감생심 넘의 중헌 며
느리헌티다가 쏙닥쏙닥 뽀작거림서 개방구 같은 수작질이여, 수작질은! 이
염병헐 놈이…!」

　「으따, 울 할마시…! 아드님 얼굴은 몰라뵈두 며느리 중헌 것은 아시는
갑네! 아, 걱정일랑 배꼽춤에다 붙들어 매시오. 할마시 며느님이 누구간디
저깐 사내헌티 눈꼽이나 떼주겠소?」

작달막한 키에 깡똥 하니 발끝이 살짝 드러나 보이는 두룽치마를 몸에 두른, 나부대대한 아낙네가 두범이네라 불렀던 여인네가 '쪼르르~' 노파에게로 다가서며 말했다.

「아, 뭣하는가? 언릉 모시고 싸게 들어가지 않고?」

「요런 요 베라먹을 놈이 왜 넘의 귀헌 며누리헌티 소락때기를 지르고 지랄이여, 지랄은…! 이 염병헐 놈아…!」

노파가 "철썩!" 자기 며느리에게 목청을 돋우는 너벳벳한 사내의 등짝을 후려갈기고는 윽박지르듯 눈알을 부라리자 어진이 아비가 돋은 목소리로 반색을 하며 나섰다.

「하이고~ 엄니! 그간 안녕허시었소. 엄니께서 시방 여그는 으짠 일이시당가? 뭐…? 뭣이여, 시방? 아니, 요 양반이 울 엄니를 몰라 뵙고…! 예끼, 이 양반아! 엄니, 요 양반 생겨먹은 모냥이 청맹과니에 귀먹퉁이라, 아직까정 울 엄니 호랭이 명성을 듣도 보도 못헌게 저런갑소. 쪼까 이해허시오, 잉?」

「너는 또 뭣이냐?」

눈이 침침해서 그런 것인지 노파가 눈살을 찌푸리며 물었다.

「뭣이…, 너는 또 뉘간디…, 삭은 바자 구녕이에 개주둥이마냥 삐쭉 뾰쭉 나서 갖꼬 지랄이다냐…?」

「엄니, 저 덕배요. 덕배.」

「덕배?」

「모르시오? 아, 찔레낭구집 시째. 순둥이 덕배 말이요.」

상기시키려는 듯, 나부대대한 며느리가 노파의 귀에 대고 말했다.

「순둥이…, 덕배…? 잉…. 장깍쟁이네 맨사댕이 덕배 말이여…?!」

노파가 흐리마리 아렴풋한 기억을 더듬어 보는가 싶었다.

「야, 엄니. 저가 바로 그 덕배요, 덕배!」

어진이 아비가 놓치지 않고 재빨리 고개를 끄덕거렸다.

「그란디 너 시방‥, 으짜쿠롬 여서 할롱거려 쌌는 것이냐? 인자 금새로 깜깜해질 것인디 느그 엄니 걱정허시게 집에도 안 들어가고? 너‥, 혹간이나 우리 웅칠이놈 못 봤냐? 이 염병헐 놈이 도시 뭔 지랄병에 날바람이 들었는지, 눈 뜨자마자 꼴 비러 댕겨오겄다고 혹석에 방정을 떨고 나갔는디 안즉까정 안 기어 들어오고 있다. 워디 실컷 끄지르고 쏘댕기다 나무 그늘 짝서 자빠져 자고 있는 모냥인디 그러다 까지독배암헌티 깨물리기라도 허면…」

노파는 어제와 오늘의 중간쯤 되는 곳을 어슷비슷 어정뜨게 가늠하여 '엉거주춤‥' 양다리를 한쪽씩 담가 놓은 채 지나간 일들과 다가올 일들을 콩켸팥켸 뒤섞으며 또 끊임없이 되새김질하며 살아가는 모양이었다.

「으따, 엄니! 그런 걱정일랑 허덜마시고 먼처 드가 기시오. 으디 배암이 아무나 문다요? 나가 웅칠이성 찾아 갖꼬 얼릉 데꼬 갈 텡게 말이요.」

어진이 아비가 촐싹거리며 노파를 어르더니만, 나부대대한 아낙네에게 '찡긋~' 눈짓을 보냈다.

「그랍시다. 엄니하고 나하고 먼저 드가 갖꼬요, 분이 아부지 꼴 비고 내려오시면 출출하다 하실 텡게, 주전부리로다가 자실 것쯤 쪼까 뭣 쫌 차려 두십시다. 잉?」

나부대대한 아낙네가 눈치 빠르게 거들었다.

「잉‥? 잉‥. 그려‥. 그려‥」

다소 재촉하는 며느리의 말씨에 노파가 오락가락 거려대는 정신머리를 위아래로 끄덕거리더니만, 덕배라는 어진이 아비에게로 당부어린 눈길을 돌렸다.

「너 워서건 우리 웅칠이란 놈을 보면 느시렁거리지 말고 메가지를 '탁!'

잡아채 갖꼬서라두 끌고 와라, 잉? 엄니가 찐 감재 따순 것허고 찝찌름헌 싱건지 차려 줄 텡게.」

「야. 그라녀도 그리 할라니께 엄니는 넝큼‥, 분이어미랑 얼릉 싸게 먼처 쫌 들어가시요. 여 기시다가는 또 바람머리 도지시겄소.」

「……」

멍한 얼굴의 노파가 체머리를 혼들 듯 고개를 연방 끄덕끄덕 거리더니만, 산 아래쪽으로 이어진 벼랑길을 향하여 아치랑아치랑 찌벅거리며 발걸음을 옮겼다.

「아이고~ 엄니‥! 그짝이 아니라 이짝이요, 이짝~!」

작달막한 두범이네가 벼랑길 어귀의 노파를 불러 세웠다.

「잉‥? 잉‥‥. 그려‥.」

길을 잘못 들었다는 생각이 들은 것인지 아니면 그저 어망결에 그런 것인지 노파가 언뜻 대꾸하고는 작은 걸음으로 배칠배칠 뒤돌아섰다. 그러다 문득 구부정한 허리 모양 그대로 천천히 고개를 돌리더니만, 건너편 멧부리를 아득하게 있는 양 멀게 바라보았다

「으메 휜허기도 헌 것이‥, 쩌짝으로는 눈이 왔었는 갑다‥‥.」

가물가물 흐리멍덩한 눈에 어울릴만한 오물오물 이 빠진 말소리였다.

「나가 쬐깐히 에렸을 띤‥, 눈만 오면‥, 진죙일로 암 껏도 안 허고서‥, 쭈끄럼만 직살나게 탔었는디, 참말로‥‥.」

덧없는 시절을 돌이켜보자니 차마 아쉬웠는지 노파는 밭은소리 끄트머리로 길고 긴 여음餘音을 삼키더니만, 잔물잔물한 눈을 들어 건너편 멀리로, 멀리 가는 바람자락을 따라 허공중에 봉분封墳마냥 아스무레하니 거뭇거뭇 떠 있는 새하얀 멧부리들을 멀거니 바라보았다.

「호이구~ 겁나게도 흐드러진 거‥. 아슴아슴한 것이‥, 눈 맞은 낭구들

이 시상 꽃보다도 이쁘네 그랴…. 쩌그 쩌짝…, 희컨 구름발치 너머로는 또 으면 시상이 있을랑가…? 참말로 궁금도 허네….」

자기 죽음을 느끼고 있는 듯, 잠시 발 디딘 이편 언덕(此岸) 너머 저편 언덕(彼岸)을 바라보는 노파의 시드럭부드럭한 얼굴에는 알 수 없는 미소가 안온히 서리었다.

「……」

이윽고 노파가 어물어물 뒤돌아서는 쥐죽쥐죽 십 리에 한 걸음 오 리에 한 걸음으로 더디고 더디게 다리 부러진 거북이 마냥 느릿느릿 맥없는 발걸음을 옮겨 디뎠다.

「살펴 가시오, 잉.」

「…!…」

어진이 아비의 다소 생뚱맞은 소리에 노파가 '무르춤…' 하여 걸음을 멈추더니만, 돌연 치맛자락을 부여잡고 안개 낀 날 소 찾듯이 주변을 두리번거리며 소리쳤다.

「응칠아…! 응칠아~! 응칠이 너 으됬냐? 잉? 응칠아~!」

「아이고, 음니! 응칠이 여깄소. 찾으셨소?」

응칠이라는 너벳벳한 사내가 노파 앞으로 나섰다.

「하이고, 이놈아~! 날도 겁나 아쌀쌀헌디 똥 매러운 강생이마냥 워디를 그렇게 부잡스럽게 허대고 댕기는거? 고뿔들라고…! 엄니가 아궁지 따땃하게 뎁혀났응게, 인자 고만 놀고 어여 들어가자, 잉? 엄니가 꼬슬꼬슬헌 누룽갱이 긁어줄라니께.」

노파가 아들의 두툼한 손을 꼭 쥐더니 젊었던 그 시절에 그랬던 것처럼 한 손에서 다른 손으로 번갈아 얼굴을 어루더듬고는 끌고 가기라도 하려는 듯 손목을 잡고 앞장서 초막 쪽으로 한 걸음을 떼었다.

「그란디 쟈들은 시방 뭣이다냐? 뭔 작당질을 허고 있는지는 몰라두…, 참말로 모지락스럽게들 생겨 먹었다. 좌우당간 너는 말이여….」

그제야 그루터기에 앉아 있는 사람들이 눈에 들어왔는지 노파는 다소 경계하듯 아들의 손을 꼭 잡고서 등판을 쓸어내리며 말꼭지를 틀었다.

「이… 솔랑한 놈들허고는 절대로 쎗바닥 섞으면 안 되어야. 번구잡시럽게 시시비비 혀 봐야 득 될 것 한 놈 읎응게, 잉? 암만 너한티다 뭐라 해꼬지 할라구서 씨부려 싸도…, '난 그저 못들은갑네. 모른갑네.' 허고 암시랑토 않게, 잉? 열벙어리가 말대꾸를 허더래도 미럭등이맹키롬 잉?, 암만 부화가 나도 꾹꾹, 꾹꾹…, 그저 납작허니 주댕이 꼭 다물고서 꾹꾹 참아야 쓰는 것이여. 알긋냐? 야참게…, 야참게 살아야 혀. 시상 오래 살려므는 몽글게 먹고 가는 똥으로다 길게 싸야 허는 것잉께. 알긋지?」

「……」

정신머리가 오락가락하는 와중에도 결코 놓을 수 없었던 간절하고도 곡진한 어머니의 마음이 느껴지자 가슴이 미어지겠는지 너벳벳한 사내가 입술을 깨물고는 아무 말도 하지 못했다.

「으째 대답이 읎냐? 알겄냐? 잉? 알겄지? 잉? 잉??」

경신년 글강 외듯 곰비임비 되풀이하여 신신당부하였건만 그럴수록 못 미더워지는 마음을 따라 사랑은 내려가고 걱정이 올라서는 모양이었다. 억지다짐이라도 받아두려는 듯 노파가 재차 다그쳐 물어대자 아들은 울먹임을 속으로 삼키며 마지못해 고개를 끄덕였다.

「그려…. 그려…. 어여 그려야, 내 새끼지….」

한시름 놓은 듯 노파는 환한 얼굴로 아들의 손등을 쓰다듬었다.

「음니, 그란디 말이요. 나가 쪼까…, 시방 뭣을 쪼까 매조지허고 얼릉 따라 갈 것잉께, 긍께 음니는 분이에미허고 먼처 드가 계시오, 잉? 아, 자네는 뭐다고 있는가? 언능 음니 뫼시고 싸게 싸게 드가잖코!」

웅칠이가 노파의 손을 놓으며 대뜸 아낙네에게 목소리를 높였다.

「아‥, 알았소. 자, 엄니‥, 우덜은 인자 고만 들어갑시다. 잉?」

「잉‥?」

노파가 하리망당해진 눈을 끔벅였다.

「엄니, 쌀쌀형께 얼릉 드가잔께요.」

작달막하고 배 똥똥한 두범이네도 총총걸음으로 두어 걸음을 다가서며 한마디 거들었다. 무슨 생각을 하고 있는지 얼음에 자빠진 쇠 눈깔마냥 흐리멍덩한 눈을 멀뚱거리고 서 있는 노파에게 다가간 나부대대한 며느리가 허리를 구부정하게 숙이고 눈높이를 맞추더니만, 물끄럼말끄럼 바라보며 몇 차례 고개를 끄덕거렸다.

「잉‥. 그랴‥, 그랴‥.」

며느리의 말 없는 말을 알아들었는지 노파도 고개를 끄덕여댔다.

「으메‥! 울 엄니 팔 삐다구 여위신 것 쫌 보소. 성님이 뗘업고 가셔야 쓰 겄네. 자, 엄니. 여, 언릉 업히시오.」

두범이네가 노파의 모깃소리 같은 대답을 듣고 얼른 노파의 겨드랑이를 붙들었다. 두범이네가 회똑거리는 노파를 곁부축하여 주자 나부대대한 며 느리가 배리배리한 시어머니를 등에 업고서 "웃차~!" 하고 가볍게 몸을 일 으키더니 추슬러 어르듯 토닥토닥 자장노래 박자에 맞춰 노파의 엉덩이를 두드려대기 시작했다.

「둥게 둥게 두둥게야, 입으나 벗으나 두둥게야. 둥게 둥게 두둥게야, 먹 으나 궁그나 두둥게야. 엄니‥, 편안하시지라?」

「잉‥, 그려‥.」

「그라믄, 인자 들어가십시다, 잉‥?」

「잉‥, 그려‥.」

「한숨 주무시오, 잉?」

두범이네가 곁에서 말추렴을 들었다.

「잉‥? 잉‥. 그려‥, 그려‥‥.」

며느리에게 모든 것을 내맡긴 듯, 노파는 생각이 담기지 않은 입버릇으로 "그려‥, 그려‥‥." 희미한 소리를 되뇌었다.

「그라믄, 우덜은 가요.」

나부대대한 아낙네가 웅칠이라는 너볏볏한 사내에게 말했다.

「그라‥. 언능‥‥.」

사내가 뒷말을 잘라 삼키고는 어서 가라 손짓했다.

「멍멍 개야 짖지 마라, 금동 개야 울지 마라.

　명잠 자고 복잠 자자, 우리 애기 잘도 잔다.

　자장 자장 워리 자장, 우리 엄니 잘도 잔다.

　복잠 자고 명잠 자자, 우리 애기 잘도 잔다.

　워리 워리 자장 자장, 우리 엄니 잘도 잔다‥‥‥.」

배리배리한 시어머니를 등에 업은 나부대대한 며느리가 실룩실룩 망아지 엉덩짝마냥 펑퍼짐한 엉덩이 아래로 자꾸 미끄러져 내리고 흘러내리는 치맛자락을 치켜 올려 가며 두범이네와 함께 너른 터를 가로질러 초막으로 향하였다.

「‥‥‥‥」

생사존망에 대한 불안감과 위기감이란 것도 그것이 자꾸 거듭되다 보면 이골이 나고 무디어지기 때문인지 아니면 난리 피난통에 하나 둘 피붙이를 잃은 사람들이 서로를 그 피붙이마냥 소중하게 생각했기 때문에 그러는 것인지, 이것들도 아니라면 죽음을 목전에 두고 있는 사람들이기에 다가올 당연한 죽음에 대한 두려움보다 두고 떠날 마음들을 더 안타까이 여기기 때문에, 혹은 사람을 하늘로 여긴다는 그네들의 참마음 때문에 그랬는지는 모를 일이었지만, 어쨌거나 어느 구름에 비가 내리고 어느 바람에 넘어갈지 모르는 형국임에도 불구하고 사람들은 노파와 아들내외의 내리사랑 치사랑을 자기네들의 마음마냥 애틋하게 지켜보았다.

「골비단지 모시는 맴이 신주단지 모시듯 허는 것이 참말로…! 내 맴도 거시기허게 '짜~' 해 부네. 암만 "효부, 효부" 해싸도 시상에 저런 효부 읎을 것이여. 고부가 아니라 꼭 모녀지간 같응께….」

「그라요, 잉. 삼년 병구완에 불효 난다는 말이 무색헝께 말이요. 잘은 모르긴 몰라두서…, 심학규네 청이란 년도 지 애비헌티 저러지는 못했을 것이요.」

너른 터를 맴도는 여향餘響을 듣고 있자니 마음이 하무릇해졌던지 덕배와 재필이가 장단을 주고받았다,

「흠흠~~. 너들이 시방 너 형수를 인자 알았냐?」

웅칠이가 헛기침을 하며 모가지에 힘을 주었다.

「울 성님이 꼴에 장개 하나는 참말로 잘 가셨당게. 암껏도 볼 것 읎는…, 으디 순 날탕에 깽비리 같으신 양반이….」

「옴마마? 야 말허는 것 쫌 보소? 나가 왜 볼 것이 읎냐? 시방이야 나가 요로크롬 살지만은 그라도 나가 소시적엔…」

"뿌사리를 이고 지고 참말로 대단하셨지라, 잉~!"

언제 무슨 심각한 일이라도 있었냐는 듯, 밤송이 우엉송이 다 끼어 본 사람들마냥 시시콜콜한 이야기들을 주고받는 재필이와 웅칠이 사이로 괄괄한 여인네 목소리가 끼어들었다.

「걱정 마시오. 인자 울 아부지 원 읎이 힘쓰실 일이 있을 것잉께. 댕겨 왔

어라!」

　목소리만큼이나 몸집이 크고 육중해 보이는 남장男裝 처녀 하나가 큰 걸음으로 성큼성큼 벼랑길에서 너른 터로 올라서며 말을 던졌다.

　「수고하셨네.」

　대정이라는 사내가 말을 받았다.

　「뭣에 힘을 쓴다고…? 너 시방 뭔 소리냐? 워서 오는 길이여?」

　「식전에 일찌감치 대정으른 명을 받들어 갖꼬 접사 오래비허고 쩌그 아래 애기바우 밑으루다 한 바쿠 살피고 오는 것이오. 기셨어라?」

　남상男相을 지른 듯 괄괄해 보이는 것이 가히 여장부라 여겨질 만한 처녀가　건뜻 웅칠이 앞을 가로질러 지나치며 대답하고는 노사에게 '꾸벅~!' 고갯짓으로 짤막한 인사를 올렸다.

　「애기바우? 그짝은 워띠어? 그 아래 모퉁이짝은?」

　모가지를 빼 내미는 덕배의 누런 뻐드렁니가 반들거렸다.

　「으메~ 냥…! 땅뿌닥이 어녹이치고 들레 갖꼬 미끄러지고 자뿌러지고…, 예미~ 다 베라 부렀네…!」

　여장부가 두툼하니 큼지막한 손으로 안반짝마냥 펑퍼짐한 엉덩이를 "탁탁!" 거칠게 털어 내고서 그루터기에 '털썩…!' 걸터앉더니만, 건성건성 말을 떼었다.

　「그짝이나 아래짝으로는 아적까정은 뭐…, 별로 무사허요. 그란디 거서, 골짝 아래 저짝 윗켠 잿길서 장군바우 쪽 동도東徒 둘을 만났는디….」

　「장군바우? 그 양반들은 뭐들라고 거까정 내려왔다냐? 쉽지도 않은 길을? 그짝들은 별일 읎다냐?」

　웅칠이가 재빨리 끼어들며 말곁을 챘다.

　「아따~ 울 아부지께서는 참말로 답답도 허시오. 아, 그 냥반들이 놀러 왔

졌소? 장군바우가 난장이 났응께 도망 온 것이지.」

「장군바우가? 원제? 워떻게? 워찌 됐는디?」

재필이가 바특이 다가서며 들뜬 목소리로 물었다.

「원제가 워떻구 저떻구 묻고 자실 것 뭐가 있겄소? 어제 해거름녘부터 그루뿔를 징그럽게 쏴대고는 새벽녘에 "우루루루~" 올라와 갖꼬 아조 등이 터져라 쌩 난리를 쳤다는디…. 총질에 칼질에 아조…, 아수라阿修羅판에 아비阿鼻가 규환叫喚이었다고 합디다.」

어디 시골 장터에 나들이 갔다가 오래 전 남의 동네 이야기를 주워듣고 와서는 다른 이들에게 심심풀이로 전해 주는 것마냥, 괄괄한 어장부는 태연스레 이야기했다.

「으메~! 그라믄 아까참에 거시기…, 새벽녘 괭이잠결에 들린 소리가 그짝서 나는 소리였는갑네, 잉. 들으셨소? 어슬어슬헌 것이 나는 꿈인가도 혔는디….」

응칠이가 먹빛 두루마기를 몸에 두른 사내에게 되묻듯이 말했다.

「그러게 말입니다. 이제 보니 아침부터 불이 가물가물 연煙이 모락모락 하였던 것이 장군바위에 걸렸던 모양입니다, 그려. 허허~ 그것 참….」

먹빛 두루마기의 사내가 덤덤하게 쓴웃음을 지었다.

「니미럴 것! 짐승도 잠자는 짐승은 죽이지 않는 법이랬는디.」

재필이가 엉절엉절 내씹어 뱉었다.

「거시기, 그짝 편도 아그들이 몇 있다고 들은 것 같은디,」

생각이 아이들에게 닿자 마음이 아짜아짜 하였는지 침을 "꼴깍~!" 삼킨 덕배가 혹시나 듣고 싶지 않은 대답을 들을까봐서 조마조마 간 졸이는 말투로 물었다.

「아그들은? 아그들은 워찌…? 워찌 되었당가? 노친네들은?」

「하이고, 아자씨! 기대할 것을 기대하시오. 잡놈들이 은제 위아래가 있어 갖꼬 아녀자 부녀자 애 어른을 가립디요? 듣자 허니 노인네들은 땅뿌닥에다 쌩으로다 파묻고 아그들은 아조 각전의 난전 몰듯이 낭끝으로 죄다 밀몰아 갖꼬 '홱~!' 하니 싹다 던져 배렸답디다.」

「이런 니미럴, 마른하늘에 천둥 벼락을 맞아 디질 것들…! 아, 갸들은 즈 그 새끼도, 에미 애비도 읎다냐…?!」

덕배가 짐짓 울화鬱火에 분기忿氣 섞인 소리를 내질렀다.

「아, 괜히 애꿎은 나헌티 소리 치지 마시오. 쪼까 있으면 접사 오라비하고 만석 오라비가 올라올 것잉께 궁금한 것 있으시면 그 오라비들헌티 자세히 물어보시든가.」

「제미, 환장허시겄네. 장군바우가 작살이 났으면 그 댐은 바로 우덜 차례일 틴디…. 인자 눈섭 끝으루다 불벼락 떨어지는 일만 남았구먼….」

재필이가 근심스런 얼굴로 말했다.

「허면 뭣이여? 인자 그라면은 시방 여…, 여 묏부리 근방으로 우덜 편이라고는 모다 잉? 모다 디져분 것들뿐이여? 잉?」

웅칠이가 주변의 누구도 아닌 누구에게 화풀이 하듯, 대답이 필요 없는 물음들을 큰소리로 집어던졌다.

「……」

「대정 성님?」

「……」

「쩌으기…, 나으리…? 거시기…, 인자 우덜은 워쩐다요?」

사람들의 눈길이 서로 어긋나는 사이, 대정과 노사를 살피듯 갈마보던 덕배가 사뭇 조심스런 말투로 물었다.

「야…? 나으리…?」

「일단, 접사가 돌아오면 이야기부터 들어 보세나.」

재차 이어지는 덕배의 물음에 대정이라는 사내가 말문을 열었다.

「대호 야그를 들으면 뭔 수가 나오긴 나오는 것이요?」

「……」

「잉??」

밑살이 타는지 보채듯 덕배가 재차 물었다.

「갈급한 마음이야 나 역시 자네와 별반 다를 바 없네만, 그렇다고 데생각으로 어루더듬어 섣불리 움직일 수는 없는 노릇은 아니겠는가? 그러니 너무 조급하게 굴지 말고 잠시 기다려 보세나.」

「……」

「어메‥?쩌어기‥, 대호가 오는 디요‥?」

"나으리~! 나으리~~!!"

재필이의 목소리에 이어 가량가량한 사내의 목소리가 다급히 벼랑길 아래쪽에서 뛰어올라왔다. 대정이라는 사내가 벌떡 일어나 벼랑길 어귀 내리받이 쪽으로 재빨리 뛰어가 아래쪽을 살펴보더니 나무 둥치에 앉아있는 사람들에게 황급히 소리쳤다.

「어서‥! 어서 이리로 모시게!」

「…!…」

대정의 지시에 따라 자웅눈이 사내와 덕배 그리고 재필이가 '와가닥~!' 내리꼰지듯 신속히 벼랑길 아래로 뛰어 내려갔다. 잠시 후 한 무리의 사람들이 뒤섞여 너른 터로 올라서는데, 핏떡이 되어 혼절한 사내의 축 늘어진 몸뚱이를 들쳐 업은 앍둑빼기 사내가 재필이와 덕배의 어색한 부축을 받는 둥 마는 둥 하며 너른 터로 올라섰고, 뒤이어 왼 허벅지께 총상을 입었는지 아직도 핏물이 배어나오는 바짓가랑이를 부여잡고 발을 질질 끌어대는 중년의 사내를 어깨걸이로 부축하고서 절름절름 죽창을 장죽 삼아 디디고 올라서는 비쩍 마르고 얼굴이 기다란 장정과 화승총 두 자루를 어깨에 둘러메고 양손에는 장검 세 자루를 나누어 든 가량가량한 사내가 할근거리면서 너른 터로 올라섰다.

「아아악~!!」

피떡이 되어 있는 사내가 갑자기 찢어질듯 비명을 내질렀다.

「…!…」

그 소리에 놀란 재필이가 '훌쩍‥!' 한 걸음 뒤로 물러섰다.

「나으리….」

누군가의 서툰 손이 어딘가를 잘못 건드린 모양이다. 자웅눈이 사내가 피떡이 된 사내의 상처부위를 살펴보더니만, 자못 심각한 얼굴로 대정을 바라보았다.

「어서 안으로 들어 가세나.」

대정의 능숙하고도 간결한 지시를 따라 자웅눈이 사내와 덕배 그리고 응칠이와 남상을 지른 여장부가 사람들을 부축하여 초막으로 향하였고 남이라는 아이도 뒤따라 초막으로 향하였다.

「우리도 들어가도록 합시다. 나으리?」

대정이란 사내가 보살이라는 여인네와 먹빛 두루마기의 사내 그리고 당코영감에게 권하고는 알리듯 노사에게 의향을 물었다.

「……」

잠시 생각을 다지는 듯 노사가 입을 '꾹‥' 다물고는 고개를 끄덕거리더니 훌쩍 일어나 초막을 향하여 성큼 앞선 발걸음을 떼었다. 당코영감과 보살이라는 여인네 그리고 먹빛 두루마기의 사내가 그 뒤를 따랐다. 그러자 엉거주춤하니 한 걸음 뒤에 빗더서서 시치미를 떼며 지켜보고 있던 재펄이가 가량가량한 사내와 열대여섯 큰아기를 힐끔 건너다보고는 혼자 '씨익~' 하고 멋쩍게 웃더니만, 손가락에 묻은 피를 엉덩이에 슬며시 비벼 닦고는 달아나듯 초막을 향해 왜죽왜죽 잰걸음을 옮겼다.

「……」

들썽거리던 주위가 잔자누룩해지자 이제 되었다는 생각에 맥이 빠져 버렸는지 가량가량한 사내가 '털썩…!' 땅바닥에 주저앉았다. 마음이 풀어지자 몸 한곳으로 '욱씬~!' 통증이 찾아온 모양이었다. 사내는 손에 꼭 쥐고 있던 장검과 어깨에 둘러멘 화승총을 풀어 내려 그루터기에 걸쳐 놓고는 흙투성이가 된 무릎도리를 주물러댔다.

「……」

고향 동산의 산이스랏나무처럼 그루터기 한켠으로 오도카니 빗더서서 사내를 지켜보던 열여섯 큰아기가 부르려는 듯 혹은 무어라 말을 꺼내려는 듯 도톰한 입술을 잠시 옴짝거리더니만, 곧바로 되삼켜 버리고는 소리 죽여 큰 숨을 가느다랗게 내뱉었다.

「……」

혹시나 그 숨결에 "바스락~!" 꽃잎 흩어지는 소리라도 들은 것인지 아니면 '언뜻…!' 꽃가지 그림자 하나가 투명한 하늘 위로 발그스름하게 얼비치었는지, 사내는 잠자코 고개를 숙이고는 물끄러미 자기 그림자를 내려다보았다.

「……」

꽃답다 하여 방년芳年이라 이르기에도 차마 수줍고 그 꽃망울조차 미처 틔우지 못하고 망설이고 있을, 바야흐로 이제 막 참외를 깨려는 파과지년破瓜之年이라, 열여섯 큰아기의 아리따운 속눈썹이 '파르르…' 바람 그늘이 드리워진 꽃잎파리마냥 가녀리게 떨리고 있었다.

「오라버니…」

이윽고 큰아기가 자그마한 입술을 떼고는 여린 소리를 내었다.

「……」

「대호 오라버니…」

더 작고 가녀린 소리로 다시 사내를 부르고는 숨을 머금었다.

「잉…? 소희…, 거… 있었는가…?」

올려다보던 사내가 햇살에 눈이 부셨는지 눈살을 찡그러뜨렸다.

「이잉…? 요것? 암껏 아니여. 아까참에 찌끄라져 쪼까 긁힌갑네. 쩌짝, 애기바우 뒷켠 도린곁으로다가는, 볕이 한 놈도 안등께, 생눈판이 한 놈도 안 녹고 고스란히 있더만….」

대호라는 가량가량한 사내가 먼지를 털어내듯 가볍게 '툭툭…' 무릎을 치고는 주변을 둘러보며 말머리를 틀었다.

「여…, 여는, 볕이 따수운 것이 쪼까 풀린 것도 같은디?」

대호라는 사내가 소희라는 큰아기에게 눈길을 돌리었다. 혹시라도 저 모르게 속마음이 드러날까 대호는 자못 태연스레 행동하였으나 입가를 겉도는 말만으로는 눈가에 내비치는 속마음을 감출 수가 없었던 모양이었다. 아무런 대꾸도 짓둥이도 없이 자신을 바라보며 서 있는 소희와 눈이 마주치자 대호는 마음이 '뜨끔…!' 하였는지 어색하게 피하듯이 눈길을 거두어 들이더니만, 나무둥치에 몸을 기대고는 자그마한 자갈멩이 하나를 주워들어 '만지작만지작' 거리다가 자기 그림자의 머리통을 향하여 '툭…!' 내던졌다.

「……」

하도 소중한 마음이라 차마 꺼낼 수 없는 그 마음을 느끼기라도 하였는지, 하여 서리서리 그 마음을 담아 두려는 듯, 소희는 지그시 아랫입술을 깨물며 옷고름을 꼭 쥐었다.

「……」

대호라는 사내와 소희라는 큰아기는 행여 자기네 마음들이 보이거나 들킬까봐서 애써 옴커 두고 꼭꼭 감추어 두려고만 하는 듯이 보였다. 그나마 멧부리 위로 구르듯 지나쳐 가는 하얀 구름 타래와 멀리로부터 끊어질 듯 이어지는 산새 울음소리가 아니었다면 아마도 두 사람은 어느 환쟁이가 그려 놓은 산수도山水圖 속에서 끝없이 머물고만 있을 사람들이라고 여겨졌을 정도로 말이다.

「……」

구름 타래에서 떨어져 내린 가느다란 바람줄기 하나가 '팔랑~!' 대호의 옷섶에 부딪치고는 소희의 이마 위로 드리워진 머리카락 한 올에 부드럽게 스치더니 떨기나무 너머 벼랑 아래쪽으로 사라져버렸다.

「언젠가는….」

아픔인 듯 설움인 듯, 건너오지 못한 마음에 열여섯 여물어 가는 마음으로, 흐르는 바람결에 전하듯, 소희가 허공중에 말을 띄었다.

「참고 견디어 조금만 더 지나면….」

「……」

「하여‥, 따스한 햇살 그 바람에….」

「……」

「아프고 불서럽게….」

「……」

「겨우내 맺힌 얼음이 풀리고 풀리어 모이고 모이어‥.」

「……」

「옥같이 맑은 물‥, 물에 물길 이루어 낮은 곳으로….」

「……」

「꽃길 따라 봄빛 바른 저 아래 멀리로….」

「……」

「넓고 깊은 물 만나러 흘러가겠죠?」

소희가 물음 끝에 눈물 같이 반짝이는 미소를 머금었다.

「암~ 그럴 것이여. 밤이 암만 길고 깜깜허다 혀도, 닭 우는 소리는 못 이겨낸다 허셨응께‥, 시상 와야 헐 것은 꼭 와야‥, 아니‥! 필히 올 것이여. 암~! 암~~! 은젠가는‥, 참말로 필시‥, 기둘리다 보면 꼭‥, 어김읎이 오고야 말 것이구먼‥.」

말로 전해지는 애틋한 마음에 제 가슴도 더워졌는지 대호가 목소리에 한껏 힘을 주었다.

「그랴녀도 오덜 않으면‥.」

대호가 어금니를 깨물며 간힘을 주었다.

「나가‥, 우덜이‥, 꼭‥, 오게끄롬·만들 것이여‥.」

「기다리다 보면‥.」

제 가슴도 타는 듯, 소희가 젖은 목소리를 되삼켰다.

「하여 언젠가‥, 기다리지 않아도 이 계절이 바뀌면‥.」

「계절이 바뀌고 시상이 바뀌어 천축天軸 지축地軸이 바로 서는 만세일지萬世一之 좋은 날이‥, 은제라도 그 좋은 시절이 오게 되면 말이여…. 방울방울 골물들이 한데 몰켜 갖꼬 이 골짝으로 "수루루룩~" 저 골짝으로 "수루루룩~" 모이고 모여 또 다시 모이고, 그 방울에 저 방울, 열의 열 골, 백의 백 골, 골물에 골물이 한데 어울어져 쌔하얗게 일어서 갖꼬 굽이굽이 여울지어 쩌그 아래짝으로…, 동서남북 사방팔방, 천방지방 시방十方으로‥! 삼수갑산 너머 너머로 넘실넘실 늠실늠실 거칠 것 암껏 읎이 몰개마냥 흐르

고 흐를 것이여‥! 넌출져 흐르고 흐르면서 온갖 잡놈의 것들 싹 다 쓸어
버릴 것이여…!」

대호는 형형炯炯한 눈을 들어 새파란 하늘을 올려다보았다. 핏발 선 대호
의 눈동자에 얼비친 하늘은 이미 조각조각 붉은 실금으로 쪼개진 채 뜨거
운 불길에 휩싸여 있었다.

「오라버니….」

저미어지는 가슴을 추스르며 삼키듯, 미어지는 마음으로 저 홀로 부르
듯, 소희의 목 잠긴 소리가 가냘프게 떨리었다.

"피‥!! 피…피다…! 피~!! 피…피…! 피다…!"

부르짖듯, 갑작스레 초막에서 소리들이 뛰쳐나왔다.

「여여‥ 여…기! 여기…! 구…구…! 궁궁…! 이, 이…! 피~!! 피~!!」

소리치며 초막에서 뛰쳐나온 궁궁이가 초막 앞으로 두어 걸음 떨어진
곳에 쪼그리고 앉더니만, 핏물이 뚝뚝 떨어질 것 같은 천 쪼가리를 내보이
며 '해죽~' 해맑게 웃어 보였다.

「성‥!」

활시위에 튕겨지듯이 '벌떡!' 대호가 일어서며 소리쳤다.

「호…, 호야…! 봐…봐……. 여…… 여기…, 서…성아‥, 소…손에‥,
피…!!! 피…다…! 히야아~! 고…곱…다…! 고…고운‥, 고운…, 곱다…!
이‥예‥예쁘…다…! 조…좋…은…, 좋…은…, 좋은…, 좋은…, 시…시
호‥, 시호…! 조…좋다…! 좋다…!」

손바닥 위에 천 쪼가리를 펼쳐놓고는 신기하다는 듯이 매만져대던 궁궁
이가 이내 '폴짝~!' 일어서서는 허공에다 '휘휘~' 천 쪼가리를 휘두르며
시룽시룽 너른 터를 휘젓고 다니기 시작했다. 그러다 제 흥에 겨웠던지 꼭
새끼 망나니마냥 풀쩍풀쩍 칼노래 구절들을 귀둥대둥 되는 대로 외쳐대며

칼춤을 추기 시작하였다.

「시~~호…! 시…호~! 이…, 이내…, 시~호…! 부…부…자네…집…, 시~
호…, 시호~! 마…만…세…, 일~지…, 오~! 만…년이…, 시호~ 시호~! 요~
용…천……검~! 카…칼…… 노래~! 노래…, 카…칼……?! 칼…!! 칼~!!! 카…칼
에…, 칼에…!! 피…!! 피다!! 피가…! 피가…?? 여……여여…, 여기…! 카…
칼…에……! 내……내내…내…, 소……소소…손…에…!!」

홀연 무슨 생각이 들었는지 돌연 멈춰 서서 부들부들 몸을 떨기 시작하
더니만, 눈앞에 무엇이 보이기라도 하는 양 도리머리 치며 주춤주춤 벼랑
끝으로 뒷걸음질 쳤다.

「성아…!!」

대호가 재빨리 달려가 궁궁이를 붙잡았다.

「어…엄…니…, 엄…니…! 아…안…돼…! 시……싫…어…, 싫…어!
아……아…냐…! 아……안…돼…안……돼…! 시……싫어…! 모…못해…,
못…! 아……아니…, 아니…! 나…나……나는……, 나는……!」

새파랗게 질린 궁궁이가 자기 가슴과 머리카락을 쥐어뜯어댔다.

「우~~ 어어…엄…니…! 엄…니…가…! 카…칼…… 에… 우……울…,
어……어…, 엄……니…, 피~!! 피……가…! 우~~우~~ 피……피다…!! 우~~
우~ 피…!! 피…!!! 어……, 어…… 엄니……! 어……어…엄니…….」

「아니야, 성아…. 성아, 아니야…. 아니야!」

대호가 피에 물든 천 쪼가리를 움켜쥔 채 오르라져 들어가는 궁궁이의
손을 잡아채더니 옴죽옴죽 뒤틀리고 꺾이어지는 몸뚱이를 부둥켜안았다.

「호……, 호…야…, 대……, 대…호…, 야……. 우……울……, 어……엄…
니…, 엄……니…, 아……, 아……파…, 아……파……. 서……, 성…아…,
성…아……, 아……파……, 아파……, 구……궁…궁…이…, 아……

아……파…….」

　「괜찮아, 성아. 아니야…. 괜찮아…. 괜찮아…….」

　「아…파………아…아……파………아……파………….」

　어느 깊은 자리의 아물지 않은 상처가 되쳐 덧나 버린 듯, 몸뚱이를 버르적버르적 주둥이를 비죽비죽 앓는 소리로 울먹이며 흐느껴대던 그 소리들은 시나브로 잦아들었건만 이미 그 소리에 부딪치고 부딪치어 바수어지고 흩어져 버린 햇살 탓이었는지 아니면 끄무레한 구름타래 한 무더기에 검기울어 버린 하늘 탓이었는지 어느덧 너른 터에는 그늘이 무겁게 내려앉아 있었고, 부르고 다가서려 바스대는 마음을 누르고 삼켜 가며 오도마니 지켜보는 소희의 그렁그렁한 눈망울에는 붙안은 채 어루만지듯 서로의 피딱지를 핥고 있는 두 짐승의 형체 무딘 잔상殘像만이 뿌옇게 남아 있었다.

셋째 마당

「안 주무시오‥?」

노루잠이 들었던 것인지 얼결에 '뒤척' 돌아눕던 아낙네가 어른어른 흙벽에 몸을 부비는 그림자 기척에 '흠칫‥!' 거리더니만, 누운 채로 눈을 반쯤 뜨고서 말을 건넸다.

「……」

목숨 붙어 있는 것들은 벌써 자기 보금자리로 돌아가 해가 뜨면 찾아올 고단한 내일을 위해 깊은 단잠에 빠져 있을 늦은 밤이었건만 웅칠이라는 너벳벳한 사내는 도무지 잠을 이룰 수가 없었는지, 바람벽에 구부정한 등허리를 기대고 앉아 멍멍한 눈길을 까물락거리는 관솔불빛 끄트머리께 어두침침한 구석 자리에다 고정시켜 놓고는, 우리 안의 짐승마냥 비비대기 치다가 얼키설키 모다붙어 잠들어 버린 아이들과 노파를 멀거니 바라보고 있었다.

「분이 아부지‥」

「……」

「잠이 안오시요?」

「······」

나부대대한 아낙네가 '부시시…' 몸을 일으켰다.

「왜 안자고 일어나는가?」

「안 주무싱게, 나도 잠이 안 오요.」

아낙네가 일어나 앉으며 머리매무새를 매만졌다.

「어여 자…, 나도 누울 텡게….」

풀죽은 목소리였지만 사내의 마음마냥 따뜻한 말투였다.

「분이 아부지….」

「······」

「뭔 일 있소…?」

「······」

아낙네가 살피는 눈길을 보이자 응칠이라는 사내가 슬며시 고개를 돌리더니만, 어슴푸레한 관솔불빛을 들여다보았다.

「일은 뭔…. 이 난리통에 뭔 일이 있겄는가? 기냥 거시기…, 맴이 쪼까 그랑께…, 그란 것이지….」

응칠이가 '한 호흡' 깊이 들이마시고서 머금었다가 풀어낸 말꼬리에는 수심愁心이 가느다랗게 달라 붙어 있었다.

「어여, 누우세. 이러다 임자까정 건밤 새겄네….」

혹시라도 제 마음이 보일까 하여 마지못해 그러는 것처럼 응칠이가 등을 돌리고서 먼저 자리에 드러누웠다. 아낙네가 돌아누운 응칠이의 뒤통수를 말끄러미 바라보더니 곁에 나란히 누웠다.

「······」

잠시 고즈넉한 사이. 바람결에 미끄러져 들어오듯 멀리서부터 산새 울음소리가 꽁지깃을 기다랗게 드리우며 초막으로 날아 들어오자 조는 듯 까물거리던 관솔불이 "타닥··! 탁~!" 고름마냥 흐르다 딱정이마냥 굳어 버린 제 몸의 진을 태우며 숨넘어가듯 헐떡거려댔다.

「엄니 땜시 그러시오?」

하느니 근심이라 전전긍긍戰戰兢兢 누워서 어찌 할 바를 몰라 전전輾轉에 반측反側으로 구르고 뒤집고 다시 도로 뒤집어 구르며 전전輾轉에 불매不寐라 이리 뒤척 저리 뒤척 도무지 잠을 이루지 못할 것 같은 웅칠이에게 아낙네가 등을 돌리고 누운 그대로 말을 건넸다.

「······」

「잉?」

「······」

아낙네가 다시 한 번 묻자 웅칠이가 무겁게 몸을 일으켰다.

「에고고···.」

나부대대한 아낙네도 따라 몸을 일으켜 앉았다.

「거북이도 지 살던 바윗돌을 떠나면은 오래 살지 못한다는디··. 여서 또 으디로··, 으찌 모셔야 할랑가 말랑가··, 눈앞이 깜깜허네 그랴···. 혼글혼글 무릎팍이 꼬불쳐 갖꼬 바로 서기도 겨우신 양반이신디··.」

두목답답한 듯 웅칠이가 기운 빠진 목소리로 말했다.

「으디··, 헛딴 데로 간다고 허요?」

「안즉은 몰러. 그런 말들이 기냥 나온 것잉께.」

웅칠이가 한차례 고개를 저으며 말끝을 머금더니만, 허공으로 눈길을 던지고는 자신을 탓하듯이 그 눈길을 따라 한숨 섞인 말꼭지를 틀었다.

「흐이그~ 서방 복이 읇으시면 자식 복도 읇다더니만. 뭔 놈의 팔자가 사납기로서니 늘그막까지 이 고생이시랑가···. 까막까치 새끼들도 늙으신 즈 그 에미헌티는 되려 밥물림을 헌다는디, 참말로···.」

「분이 아부지….」

나부대대한 아낙네가 정 깊은 목소리로 말을 건넸다.

「아, 나도 있고 분이도 있는디 뭔 걱정이시오? 으디…, 왼데라도 가게 되면 나가 업고 또 안고 잉? 그 아니면 보따리에 싸 가던가 쩐매 갖꼬 이고라도 지고 가면 될 것 아니요. 안 그렇소? 그랑께…, 엄니는 나가 알아 모실 텡게, 분이 아부지는 사내들 일이나 신경 쓰시오.」

「……」

웅칠이가 가만히 고개를 돌려 아낙네를 바라보더니 고개를 떨어뜨리면서 나지막한 소리로, 안으로 머금어 들어가듯, 말을 내었다.

「고맙구먼….」

「고맙기는….」

「참말로 고마운께….」

웅칠이가 다가들어와 아낙네 손을 꼭 쥐었다.

「이잉~? 이 양반이 뭔 낯뿌닥 간드러지게 사삭을 다 떤다요?」

아낙네가 손을 빼며 뒤로 물러났다.

「임자….」

「알았소. 알았웅께, 인자 고만 걱정허고, 고만 누웁시다.」

「임자….」

자못 은근하기도 하며 그윽한 말투였다.

「거시기, 우덜이 말이여…,」

잠시 머뭇거리더니만, 웅칠이가 이내 말을 내었다.

「낭중에라도 다시 만날 수 있을 듯 싶은가…?」

「뭔…, 딴통마냥 별쫑맞은 소리라요, 시방?」

누우려던 아낙네가 '무춤…' 거리더니 다시 몸을 일으켰다.

「분이 아부지….」

웅칠이의 안색을 한번 살펴보고는 부르듯 아낙네가 되물었다.

「인자…, 때가 되어 그란 것인가…? 생각해 봉께 나가 참말로…, 시방 읎이는 살았어도…, 이녁 덕에 그저 궁한 것 모르고, 힘든 것도 모르고 살아온 것 같네 그랴…. 그랑께 나가…, 임자가 읎이는…, 거시기… 암껏도 아닌 것도 같고…,」

「참말로…! 이 냥반이 오늘따라 벨스럽게 왜 이란디야?」

푸념에다 그저 흰소리 늘어놓는다 생각하였는지 물리치려는 듯 아낙네가 핀잔하는 투로 말했다.

「아녀. 긍께…, 인자 시방…, 우덜이 다 죽고 나서, 일이 고로코롬 되면 말이여…, 우덜이 다음 생에….」

웅칠이가 말허리께를 머금었다가 목젖 너머로 "꿀꺽~!" 하고 삼켜 넘기더니만, 다시 떠엄떠엄 말허리를 뱉어내었다.

「나가 참말 염치도 읎이…, 나밖에 모르는 소리 같기는 허지만서도 말이여…. 누구 말마따나, 천天 지地 인人이 삼재三才라서 삼재三災가 붙었응께…, 것이 붙더래두 삼재니께…, 뭐든 삼세번이라는 맴으로다, 나가 다시 한 번…, 긍께 삼생三生의 연분으로다가 시방마냥 임자를 또 만나 갖꼬…, 더불어 살고…, 참말 그랬으면 쓰겄네…. 임자가 그리 해 줄랑가?」

「…!….」

허물을 모르는 내외간이요 철들기 전에 만나 귀밑머리가 희끗희끗해진 이날 이때까지 맨살덩이 부대껴가며 미운 정 고운 정 가릴 것도 없이 모진 세월에 거친 풍파를 함께 건너온 아녀자의 하나밖에 없는 삶 그것 자체라 할 수 있는 지아비로부터 전해져 오는 살뜰하고도 애틋한 마음에 느슨했던 가슴이 '뭉클…!' 해졌는지, 메기주둥이마냥 두툼한 아낙네의 입술 끄트머리가 '부르르~' 떨리고 있었다.

「우덜은‥, 우덜이 아마 전상(前生)에 하도 죄를 많이 지어 놓게 한울님께서‥, '오냐, 너들 한번 디져 봐라.' 요런 맴을 먹으시고 시상에 내어놓으신 모양이네‥. 그란디, 그란디 말이여‥, '것이 그랗께 그런갑다. 모다 하눌님의 뜻잉께 얼릉 닳게, 냉큼 싸게 그랗게 혀야겄다' 생각은 허면서도 말이여‥. 속맴으로는 요상시럽게도‥, 나고 봉께 가는 것이 죽기보다 싫으네 그랴‥. 허허‥, 참말로‥.」

「……」

「그래서 인자 나는‥, 우덜이 이생서 죽은 댐에 혹시나 적시나 한울님의 공덕으로 이 시상에 다시 한 번‥, 거시기‥, 뭣에 빌붙어서 탁생托生으로나 환생還生으로나 나기는 또 나게 될 것이면 말이여‥. 원앙새 합혼초合昏草 비익조比翼鳥 연리지連理枝‥, 목숨 붙어 있는 그깟 것들 다 필요읎이‥, 차라리 죽지도 썩지도 않는 돌멩이가 되게 해 달라고 빌어볼 것이네. 것도 하눌님한티 꼭‥, 임자허고 나허고는 맷돌이‥, 임자가 이생서 나 땜시 무쟈게 고생을 했응께 임자가 맷돌의 윗짝이 되고, 나는 든든허니 떠받치는 아래짝이 되어 달게 해달라고 빌어 볼 것이구먼.」

「분이 아부지‥.」

「괜찮겠는가?」

「…!…」

마디마디에 도타운 정이 듬뿍듬뿍 배어 있는 어글어글한 목소리와 서글서글한 눈길에 가슴이 '찌르르~' 하고 목이 메이는지 아낙네가 대답 대신 고개를 끄덕였다.

「허면 말이여‥, 나는 몸은 두고 넋만 갔다 올 것잉께, 여‥, 여그‥. 항여서 요냥 마냥 있을 것잉께‥, 임자가 굴러 굴러 나를 찾아와야 혀, 잉? 맴

같아서야 나도 임자허고 한 날 한 시에 같이 죽어 갖꼬 한 구뎅이에 같이…, 임자가 나의 왼짝으로 눕던가 오른짝으로 눕던가…, 둘이 나란이허게도 묻히고도 싶지만은…, 그랴도 임자가 나보다는 쪼까 더 살고 와야 안 허겠는가? 그라고 나서 때가 되면…, 봄 나비 꽃 찾듯이 나를 찾아와야 안 쓰겄는가…?」

「……」

「그란디 말이여…」

웅칠이가 "후우~"하고 한숨을 크게 내어쉬고는 다시 말을 이었다.

「낭중에라도 임자가 나를 못 알아 보면 으짠당가? 그 아니면, 알고서도 부러 돌멩이라 괄시하고 발로 차면 으짠당가?」

말하고 나서 스스로도 남세스럽다는 생각이 들었는지 웅칠이가 이마빡의 복사마귀를 긁적거리며 입을 '주욱~' 찢어 보였다.

「참말로…! 우리 분이 아부지께서는 걱정도 팔자시오. 분이 아부지나 나 몰라라 그라지 마시오. 나는요…, 대감마님에 정경부인, 화문등요에 원앙금침, 난초지초 화란병풍도 다 필요읎응게요.」

코허리가 저리고 시큰하였는지 콧잔등이를 찡긋거린 아낙네가 맹맹한 콧물을 "흑~!" 하고 들이마시고는 나닥나닥한 저고리 소맷자락으로 뭉툭한 콧등을 '스~윽' 문지르더니만, 이내 살가운 눈짓으로 '샐쭉~!' 한번 흘겨보고서 빼로통한 입술로 말을 풀어내었다.

「나는요, 분이 아부지가 풀로 나면 나도 풀로 날 것이고 돌로 나실 것이면 나도 돌로 날 것이요. 그라서 분이 아부지 말맹키로다 울 둘이서는 맷돌이가 될 것이고, 엄니는 우덜 머리 꼭대기에 맷손으로 삼아 갖꼬서 셋이 같이 시상 징구장구 돌아갈 것이요.」

「참말로…, 고맙네….」

응칠이의 목소리에 물기가 어리더니 속으로 잠겨들었다.

「고맙기는…. 나가 분이 아부지허고 엄니 읎이 으찌 산다요?」

아낙네가 입가에 흐뭇한 미소를 피어 올렸건만, 바라보는 눈가에는 어느새 물기가 촉촉하게 어리어 있었다.

「못난 놈을 만나 갖꼬 그 좋던 신색身色 다 개 물려 보내고…, 임자도 인자 희끗이 희끗이 헌 것이…,」

꼭 제 마음마냥 안쓰러워하는 눈으로 어루만져보기라도 하려는 듯, 응칠이가 아낙네의 희끗희끗한 머리카락을 바라보았다.

「매화도 한철이고 국화도 한철이라는디…, 그 많던 시월(歲月)이 다 으디로 갔을까 싶었는디 안 가고 여기들 있었구먼 그랴. 뜨고 지는 일월이 거저 다 봉께(日居月諸) 하냥 마냥 가 버리는 깍정이 같은 시월에 모시바구니가 되어 부렀어….」

「허이고~ 아시기는 잘 아시는 갑소. 것이 다 분이 년허고 분이 아부지 땜시 이렇게 된 것이오.」

「어여쁘고 얌전하고 태도 나고 심성 곱고 오뉴월 능수버들에 물 찬 제비 같으신 우리 매누라님…. 으디…, 이리 함 와 보시오.」

응칠이가 아낙네에게 무릎걸음으로 바투 다가들었다.

「으메…! 이 양반이 징그럽게 왜 이런디야?」

아낙네가 엉덩이를 뒤로 빼며 물러섰다.

「어헛~! 이리 와 보랑께」

응칠이가 바짝 더 가까이 다가들었다.

「이잉~? 아, 으째 이리 뽀작거려쌌소!」

「엇허~! 앵부리지 말고 가만 있어 봐아~!」

「웻메~! 주착시러워라! 아, 으짤라고 이러시오?」

　웅칠이가 앞으로 바싹 다가들며 옷고름에 손을 대자 한 시절 꽃다움으로 수줍어하던 그 처녀처럼 '화들짝~!' 나부대대한 아낙네가 몸을 배틀며 웅칠이의 가슴을 쳤다.

「어여, 잉…? 어여, 어여 이리 오드라고.」

「허이고~, 이 양반이 다 늙어 갖꼬, 참말로…!」

「늙었으면 또 으떤가? 좋음서….」

「허이구, 남우세시런 거….」

「내외지간에 넘우세시럴 것이 뭣 있는가?」

「아, 엄니 깨시면 으짤라 그러시오?」

　와중에 혹시나 누구에게라도 들키면 어쩌나?' 하는 생각이 들었는지 아낙네가 잠들어있는 노파와 주변으로 눈길을 던졌다.

「걱정 말어. 쥐도 새도 모를 텅게.」

「으메…, 참말로 환장허겄네….」

「알았당게.」

「아니…, 그 아니고요…. 분이 아부지이~~!」

「잉~. 그랴~~」

　아낙네가 몸을 돌리며 애걸하듯 말하였으나 웅칠이는 그것을 건성으로 받아들이며 더 바싹 들붙어 앉았다.

「하이고~ 분이 아부지…!」

「하이고~ 분이 어무니…! 걱정 붙들어 매고 이짝 좀 보랑게.」

「으메 으메, 참말로…!」

「어허~! 싸게 이짝으로…, 냉큼 이리 쫌 오랑께…!」

「분이 아부지~」

「가만…, 가만….」

「하이고~! 참말로…!」

웅칠이가 다가들어 옷고름을 풀어헤치고서 젖가슴에 손을 넣으려 하자 아낙네가 기겁을 하며 뒤로 몸을 뺐다.

「웃따~! 아, 못이기는 척 허고 거시기…, 싸게 싸게 함 안기시오! 하기라도 할 것이면 언능 기냥 "확~!" 엥겨 갖꼬 함 허면 될 것이지, 뭣이 그라고 모전다리 다모茶母년 겨드랑이 맹키로 사설들이 길다요? 여 홀아비 감질나게스리…. 안 그렇소?」

노파의 발 아래쪽에서 바람벽을 마주하여 자는 듯이 누워 있던 한칼이란 사내가 '벌떡~!' 몸을 일으키며 다분히 장난기 어린 목소리로 쏘아붙이더니만, 곁에 누워있는 덕배라는 어진이 아비에게 말꼬리를 틀었다.

「……」

대꾸가 없자 한칼이가 발끝으로 덕배의 등허리를 쿡쿡 찔러댔다.

「어이~ 성님…! 언능 싸게 인나시오! 발가락 꼼지락거려댐서 언 콧구녕으로다 헛코 골고 자는 척 허덜 마시고.」

「참말로…! 이 염병헐 놈이 거시기 해 불게 발꼬락으로…!」

덕배가 몸을 비틀고 일어나며 누구 들으라는 듯 엉두덜거려댔다.

「야, 이놈아! 간만에 내외간에 후끈허니, 잉? 맴이 거시기허게 동항께 뭐시기허게 함 할라는디…, 아, 알아도 모른 척 그냥 넵둬 불지, 너는 뭣을 또 뽀족하니 인나 갖꼬 훼방을 놓고 그러는 것이냐? 워째…? 너 맴이 묘해징게 송곳중 나 그러는 것이냐?」

「그려. 나도 시방 아조 부럽고 시샘이 나서 디지겄소.」

덕배가 옷고름 고쳐 매는 나부대대한 아낙네를 어깨너머로 흘낏 바라보고 기룽지거리하자 한칼이도 짓궂게 넉살좋은 소리로 맞장구를 쳤다.

「안 자고들 있었는가…? 흠흠…」

웅칠이가 멋쩍은 군기침을 해댔다.

「그라믄 시방 이 판국에, 잉? 둘이서만 뭣을 ‘바스랑~바스랑’ ‘꼼지락~
꼼지락’ 꼭 이몽룡이에 성춘향이맹키롬 요상 야리꾸리 귓구녕을 간들간들
속닥거려 쌌는디…, 아, 성님 같으면 사추리가 ‘찌르르르…’ 붕알이 ‘녹적
지근~’ 혀 갖꼬 으디 잠이 오시겄소? 참말로 팔자들은 겁나게들 좋으시오,
잉. 안 그렇소?」

「으메~! 넘부끄럽게 뭔 말이 그라시오?」

하롱하롱 시러베장단으로 느물느물 수수꾸던 한칼이가 진장 발라 구운
자주꼴뚜기마냥 시커먼 얼굴을 들이밀자 아낙네는 계면쩍은 듯 몸을 뒤로
빼며 손사래를 쳐댔다.

「그라믄 인자…, 시방 임자는 디지면 뭣으로 날 것인가?」

놀리려는 듯, 한칼이가 뇌꼴스럽게 내외의 짓거리를 모떠가며 덕배에게
가락을 떼었다.

「지유? 시방 지 말씀이서유?」

때리는 시늉에 우는 시늉이요 하늘 천天이라 읊어대니 따 지地 장단으로
맞추어 놀듯, 덕배가 얼른 아낙네 목소리로 죽을 맞추더니 몸을 비비 꼬며
누런 뻐드렁니에 침을 발랐다.

「그려, 이녁 말이여.」

「이…, 이녁은유…, 인자 시방 금새 디져불면유, 바라는 것 암껏도 읎어
유…. 지는유…, 오달지게 외곬으로 정승판서 고대광실 금지옥엽 외동딸
로 나고 싶어유. 그라서유…, 하늘 천天 따 지地에 집 우宇를 짓고유, 늘어지
고 질펀허게 살라 주住…, 울긋에 불긋이 모란석, 채색이 금색으로 꽃방석
에 육덕 푸짐한 방뎅이 ‘턱~!’ 깔고 앉아서유…, 허구헌 날, 날이면 날마다
은금보화 어금니 빠개지게 씹어 먹구유…, 날 일日자 영창문에 달 월月을

달아놓고 허벅지 개려운 밤이면 밤마다, 유정허신 우리 님과 별 진辰 아래 원앙금침 잣베개 비고 허천나게 잘‥, ‘쑤욱~ 쑥(宿)’ 허구유, 어진이 고은이 예쁜 아그들 도란이 도란이 놓으면서 한 오백년 살고만 싶구먼유‥.」

「으메으메~! 똥구녕 간드러지는 것이, 겁나 요학시런거‥! 뭔 지랄 옘병들을 육자배기로 허고 자빠졌네‥! 아녀! 그리어‥! 긍께 이력은 말이여, 이녁 구녁이 원하는 모냥대로 필히 다시 나서 그리 살드라고. 나는 내 승질 머리맹키로 딴딴한 차돌멩이로 다시 날 것잉께 말이여. 나는 말이시‥, 이담에 시상 이따만헌 짱돌로 다시 나서 말이여, 겁나 눈깔 부라리고 떡 하니 지켜보고 있다가설나무네‥, 벨 꼴리는 벨‥, 벨놈의 잡놈의 것들이 있을 양이믄 말이여, 기냥 나의 한 몸을 던져갖꼬 ‘확~’ 뽀사뿔 것잉께‥.」

「하이고~! 우세스러운께, 어믄 소리 쫌 고만들 허시오.」

아낙네가 아양을 떨듯 몸집에 어울리지 않게 작고 수줍어하는 손짓꺼리를 하며 놀려대는 두 사람으로부터 몸을 틀었다.

「어믄소리요, 잉~! 어믄소리‥! 들으셨소? 어믄소리?」

한칼이가 눈을 커다랗게 뜨고서 납신납신 덕배와 웅칠이에게 번갈아 얼굴을 들이밀고는 능청스레 이기죽거리기 시작했다.

「나가 잉‥, 시방 울 형수께서 방귀를 “뽀시작~ 뽕!” 꿔시고도 얼골 말짱허니 또박이 또박이 말씸허시는 것을 들어봉께, 으째 나의 코가 되려 미안혀지요, 잉~. 성님은 안 그렇소?」

「그라게, 잉‥. 시방 나도 겁나 송구스럽구마, 잉‥.」

덕배도 눈을 ‘끔벅!’ 얄밉상스럽게 낯간지러운 표정을 지어 보였다.

「나가 말이여‥, 진즉부터 분이를 봄서, 저것이 당최 누굴 탁해 갖꼬 하는 행오마다 저리 다구지고 야발진가 혔더니만, 인자 봉께 것이 바로 우리 형수였구마, 잉. 쯔쯧~ 참말로‥! 만석이 앞길에 뉘 뒤꼭지가 훤히 보이네 그랴. 안 그렇소?」

「만석이··? 만석이가 워찌어··?」

웅칠이가 짐짓 의아하다는 듯이 모가지를 길게 빼며 얼굴을 들이밀자 덕배는 '아차~!' 하는 생각이 들었던지 일순 '무르춤··!' 하더니만, 얼른 한칼이에게로 눈길을 돌리었다. 한칼이도 속으로 '뜨끔!' 하였던지 놀란 토끼마냥 눈만 껌벅거려댔다.

「···?···」

소고小鼓채 메고 도는 초라니마냥 방정맞게 까불까불 주절거려대다가 갑자기 주둥이를 꾹 다물고 잠잠해진 두 사람의 행동거지에 웅칠이가 고개를 갸우뚱거리더니만, 문듯이 아낙네에게 눈길을 돌리었다.

「모르·· 셨소?」

덕배가 자못 조심스레 물었다.

「뭣을?」

웅칠이가 되물었다.

「오메 오메··! 참말로 모른갑네.」

「그라게라.」

「으째쓰까, 잉? 참말 일 나 부렀네. 하여튼간에 요··, 요, 요놈의 조동머리가 방정이여, 개방정···.」

「그랑께 성님은 으째 씨잘데기읎이 깐 소리는···.」

「아, 나가 부러 그랬냐? 말이 나오다 봉께···.」

「긍께 그 말이 으짜자고···.」

「가만가만···. 시방, 뭔 벙거지 시울 만지는 소리들이시요?」

식혜 먹은 고양이 속들이라 저희들끼리 낮은 소리로 쑤군거려대는 덕배와 한칼이 사이로 잠자코 있던 아낙네가 끼어 들었다.

「아‥, 암껏 아니요. 거시기‥, 우덜끼리 하는 소리요.」

「그라요, 잉. 암껏도 아니요.」

떡 먹은 입 쓸어 치듯이 덕배와 한칼이가 시치미를 뚝 떼었다.

「뭔 말들인지 야그 쫌 해 보시오. 감추지 마시고.」

펑퍼짐하고 나부대대한 생김새와는 다르게 눈치 하나만큼은 칠월 귀뚜라미였는지, 아낙네가 슬쩍 달래며 희뜩 떠보듯 한칼이에게 괜찮다는 투로 말을 던졌다.

「감추기는 누가 뭣을 감춘다 그라시오? 암껏도 아니랑께요. 거시기 궁께‥, 그란디, 말들이 그렁께로, 모다 애딴 데로들 가기는 간답디까요?」

메기 등에 뱀장어 넘어가듯이 한칼이가 슬그머니 얼버무려대더니만, 웅칠이에게로 곧장 말머리를 틀었다.

「뜬금없이 시방, 뭔 자다가 봉창 두드리는 소리다냐?」

「야‥?」

웅칠이의 다소 삐뚜름한 말투에 되려 '어리둥절~' 잠시 머리 두를 데를 몰라 하던 한칼이가 덕배에게로 눈길을 돌리었다. 그러나 코 세운 도적고양이마냥 제 눈길을 피하고서 알고서도 모르는 척 수염을 내리쓸어 가며 눈돌림질로 딴청을 피워대는 덕배를 보자니 자못 얄밉기도 하였는지 한칼이가 팔꿈치로 덕배의 옆구리를 '쿡‥!' 거듭 '쿡!' '쿡!' 찔러댔다.

「아야야~! 아, 아파야‥!」

모르는 척하며 건디려다 건디지 못한 덕배가 짜그락거렸다.

「으째 혼차서만 나 몰라라 싹 빠져 나가실라‥」

약빠른 괭이새끼마냥 한칼이가 대서들었다.

「나가 뭣을, 뭘 으쨌다 그려냐?」

「을랄라? 아, 시방 몰라 물으시오?」

「아, 뭣을‥?」

「이잉‥?」

「쑥떡들을 자셨나‥, 시방 둘이서만 뭣을 쑥떡쑥떡‥, 뭐다는 것이요?」

　주고받는 짓거리들이 영락없이 도둑놈이 제 발 저려 하는 모양들이라 이미 수상쩍은 낌새를 알아차렸는지 아낙네가 얼굴빛을 '싹~' 바꾸더니 눈알에 힘을 주며 두 사람에게 딱딱한 말덩이를 던졌다. 그러자 그 억센 말본새에 고개를 숙이고서 딴전을 부리려던 한칼이 곁의 덕배가 '힐끔‥!' 아낙네의 얼굴을 올려다보았다.

「…!…」

　짐짓 짚이는 것이 자기 딸년과 관계된 것이라 그런지 아낙네는 더 이상 좋은 게 좋은 거라고 대충 웃어넘기는 수더분한 시골 아낙네의 모습이 아니었다. 턱을 아래로 바짝 당기고서 입에는 밤볼을 물고 불똥이 튀어 박힌 것마냥 눈살을 찌푸리며 눈자리가 나도록 노려보고 있는 뿌루퉁한 얼굴은 영락없이 독 오른 두꺼비의 낯짝 바로 그것 같아 보였다.

「으메 으메, 환장하겠네‥.」

　야코죽은 듯, 덕배가 그 눈길을 피해 고개 숙이며 쫑알거렸다.

「워쩐다요?」

　한칼이가 덕배에게 물었다.

「나도 모르겠다‥. 너가 다 야그 허라. 나는 잘 모릉께.」

「야그는 성님이 끄잡어 내놓고 왜 나헌테 미루시오?」

「것이 나가 너한티 들은 야그 아니냐. 그랑께 시방, 너 들은 바 고대로, 보태고 덜 것도 읎시, 이실직고 허는 것이 낫지 않겄냐?」

「니미럴 것‥. 넘 싼 똥에 주저앉게 생겼네‥.」

「당최 워서 뭔 말들을 들었길래 그라시오?」

네 미락 내 미락 서로 등 떼밀어가며 안다미씌우려는 덕배와 한칼이에게 아낙네가 은근히 힘을 주어 목소리를 높였다.

「잉??」

「하이고, 놀래라…! 시방 애 떨어지시겠네…. 알았소. 알았소. 긍께…, 거시기…, 것이 뭐…, 뭣이 별 것은 아니고라…. 긍께 나가…,」

아낙네의 갑작 호통이 장비 호통으로 들렸는지 똥구멍 찔린 소마냥 쩔쩔매면서 우물쭈물 말꼬리를 머금던 덕배가 이내 '머뭇머뭇' 거리며 말머리를 내었다.

「나가 야헌티서…, 분명허게 듣기로는….」

「듣기로는요?」

「즈그 둘이서…, 서로 좋아라 하는 것 같답디다.」

「누가라? 우리 분이하고 만석이가라?」

아낙네의 되물음에 떠넘기듯 덕배가 팔꿈치로 한칼이를 '쿡…!' 찌르자 한칼이가 부개비잡힌 모양으로 마지못해 말꼭지를 틀었다.

「아니…, 거시기… 긍께요…, 쩌번에 갸가 저한티다가…, 워째 분이를…, 틈사구로 뒤통시만 봐도 가심이 퉁개질을 허고…, 갓 방의 인두마냥 몸이 달아오르고…, 거시기…, 맴도 또 보타질 디로 보타짐서 뭣이 여 속서…, 보그르르 괴어오르는 것이 으짜고 저짜고…, 그라는 것이 꼭 병인갑다…, 그랍디다.」

「만석이가라?」

「잉. 그려요, 그려~.」

까딱하면 남의 마누라한테 자볼기를 맞겠구나 싶었건만 아낙네의 반응이 자신이 예상했던 것과는 사뭇 다르게 부드럽다고 느꼈는지 덕배가 재빠르게 고개를 끄덕이며 추임새를 넣듯 끼어들었다.

「난리지간에 한 가마 밥을 지어 먹다봉께 그 눈물이 한 눈물이라, 둘이 서로 정분이 난 모양인디요…. 아, 오리새끼를 길러 놓으면 물로 가는 것이고 꿩 새끼는 산으로 가는 것 아니겠소? 만석이 놈 생긴 모양이야 우박 맞은 소똥 모양에다가 오동 숟가락으로 가물치국을 처먹은 얼굴이기는 허지만은 서도…. 아, 사람하나만큼은 참말 진국 아니요?」

「그라요, 잉…. 솥단지가 까맣다고 밥알까지 까만 것도 아니고요. 얽어도 유자요 얽은 구녕으로 슬기가 든다는디. 얼골 쪼까 얽어먹은 것이 뭣이 또 으떴소? 수파련이에 밀동자 놈을 데릴사우로 데꼬 올 것도 아닐 것이고…, 아, 반달 같으신 따님이 계싱께 온달 같은 사우로 삼으면 될 일 아니겠소?」

한칼이도 목소리 높여 맞장구쳤다. 그러나 과년한 딸년이 저 모르는 사이에 저 아는 사내놈과 정분이 났다는 이야기를 그것도 남의 입을 통해 들었기 때문이었는지 아니면 비록 저를 닮아 펑퍼짐하니 거쿨진 체구에 생겨먹은 모양새 또한 두꺼비 고종사촌일지라도 하나밖에 없는 피붙이기에 시커멓고 볼품없는 얽둑빼기 만석이가 사윗감으로 썩 마음에 들지 않았기 때문이었는지는 모르겠지만, 어쨋거나 아낙네의 나부죽한 콧대에는 바늘이 거꾸로 세워질 만큼 깊이 골이 져 있었다.

「길가로다 굴러댕기는 돌멩이 한 놈이래두 연분이 있어야 찬다는 것인디…. 원앙鴛鴦이 녹수綠水를 만난 것이여.」

「그라지요, 잉. 천생연분에 보리개떡이랑께요.」

「새벽바람에 사초롱이고 패덕산이에 승검초 아니겠냐.」

「개살구도 들일 맛이랑께요. 쇠말뚝도 꾸미기 탓이고. 킥킥….」

「암~암! 아, 우리 분이야…, 얼굴에 밥알이 덕지덕지 붙은 디다가 날로 보나 등으로 보나 어느 모로 뉘라도 함 보더래두…, 풍채로 치자시면 참말로 절구천중만한 것이 꼭 종갓집 큰 며느님 틀 아니겄냐?」

「뭣이요!!」

멋도 모르고서 죽과 장이 맞아 언거번거 돝잠에 개꿈 늘어놓듯이 어울리지 않는 비유들을 갖다 붙이며 줴쳐대는 두 사람에게 아낙네가 눈알을 부라렸다.

「잉?? 아…! 아니요! 으메~ 양! 나가 또 생각 읎이 실언들을 했는갑네. 시방 것이, 것이 아니고라…. 긍께 암만 호박이 늙은 것이 좋더래두 혼자 늙히는 것은 참말로 안 될 일이….」

「이잉~?? 참말 이 양반이‥!!」

「아가…? 아가?」

아낙네가 재차 목청을 높여대자 그 소리때문이었는지 초막 안쪽 깊은 곳에 옹그리고 누워있던 노파가 '부스스‥' 몸을 일으키며 잠결마냥 웅칠이 처를 불렀다.

「으메 으메~! 엄니 깨신갑네.」

아낙네가 얼른 뒤돌아 노파에게 무릎걸음으로 다가들었다.

「아이구, 엄니…. 으째 인나셨소? 더 주무시잖고?」

「에구구….」

힘겹게 몸을 일으키려는 노파를 아낙네가 부축하여 앉혔다.

「나가…, 꽃을‥, 꽃을 봤어야…. 하이구~ 지천에 흐드러진 것이‥, 나비들이 뮤쟈게 나는 건지‥, 꽃대구리가 흔들거리는 건지‥, 참말로 곱기도 곱더구마, 잉. 울긋에 불긋에 꽃무름 모냥이 꼭‥, 거시기‥, 느그 아부지 꽃상여 같으야….」

겉잠에서 깨었으나 비몽사몽 아직도 꿈결인 양, 하여 그 꿈의 여운에 잠겨 있는 듯, 동방누룩 뜬 것마냥 누리끼리한 얼굴의 노파가 몽롱한 눈으로 말을 이었다.

「느그 아부지 묏똥에도 할마시꽃들이 오손이도손이 피었을 틴디 참말로…. 당최 그 양반은 죽어서도 그 버릇을 못 고친당께. 허기사…, 사람이 가끔은 모지락스럽게 굴기는 허도 원체가 다정다감헜응께…. 느그 아부지 젊어 심이 한창 뻗칠 띠는 말이다, 술 한 놈 자시고서 뭣이 틀어지셨는지 고래고래 소리 지르고 댕김서 쌩 난리를 칠라 치면…, 아, 동네사람들은 암 토 못 맬리고 다들 도망 다니느라 바빴당게. 심이 워찌나 쌨는지 아냐? 암만 무거운 바우도 손가락 하나로 뽈깡 허게 들어 올렸당게. 것이 말이다. 이…, 넘 흉보기 좋아허는 여편네들이 잘도 모르고, 잉? 느그 아부지 성깔 드럽다 뺄소리 해 싸는 것이지만…, 그 아니어…. 월매나 다정허신 분이셨는디…. 시원헌 여름밤엔 마당 한가운디 평상을 놓고 나란히 누워 갖꼬 목 침을 비고 별을 시고, 따땃한 겨울밤엔 아랫목에 궁뎅이 붙이고 앉아 갖꼬 갈쿠 같은 손으로다가 등짝을 싹싹 긁어 주고…, 참말로…….」

노파가 참으로 꿈을 꾼 것이었을까? 아니면 모든 것이 뒤엉켜버린 머릿속에서 이미 지나가 버린 시절에 대한 어렴풋한 기억들을 이제 지나가 버릴 얼마 남지 않은 나날에 대한 바람으로 달리 옮겨가며 혼자만의 생각으로 꾸며보고 말로 가물가물 그려낸 것이었을까? 지아비를 돌이켜 생각하는 노파의 눈망울에는 지나간 세월에 대한 그리움보다는 참으로 이루지 못하여 이루고 싶어 하는 아쉬움이 짙게 드리워져 있었고 사람들도 그것을 느끼고 있었는지 모두들 숙연히 고개를 숙이고는 말들이 없었다.

「웅칠아, 웅칠아, 잉….」

돌연 아들을 찾으며 노파가 목에 두른 천 쪼가리를 풀어헤쳤다.

「야, 음니. 저 여깄어라.」

웅칠이가 무릎걸음으로 두어 걸음 다가들었다.

「나 말이여…. 나가…, 나 죽걸랑 말이여…, 따순 군불에 화장을 혀서 느그 아부지 묏뚱 우에…, 할마시꽃들 우로다가 골고루, 잉? 진창 뿌려야 헌다. 그 할마시들, 느그 아부지 뀔 모냥으로 '배시시~' 웃덜 못하게끄름 나가 거기 '척' 하고 틀어 앉아 누버야겄다.」

「아, 잘 주무시다가 인나 갖꼬 왜 또 죽는다 말씸허시오.」

「나가 정신이 났을 띠 진즉에 죽어야 허는 것인디….」

치사랑이 듬뿍 배인 아들의 나무람에 노파가 고개를 가로젓더니만, 꾸물럭거리는 관솔불로 눈길을 돌리고는 혼잣말하듯 말을 뱉었다.

「우덜이랑 한참을 더 사셔야지 엄니 시방 것이 뭔 말씸이라요?」

나부대대한 며느리가 정이 듬뿍 배인 타박을 놓듯이 말곁을 채자 노파가 끄무레한 눈길을 아낙네에게로 돌리었다. 그러고는 학 다리 구멍을 들여다보듯 잠시 그렇게 골똘히 바라보다가 눈을 끔뻑끔뻑 거리더니만, 무슨 생각이 들었는지 입을 떼었다.

「그렇구마, 잉…. 그 아니여…. 참말로 아닌 것이 아닌 것도 아닌 것이구만, 잉…. 나 안즉 살아있응께 너들도 꼭 살아야 허는 것이구마, 잉…. 저승길로 오가는 법도도 장유長幼가 유서有序랑께, 너들이 나보다 먼처 죽으면 안 되는 것이구마, 잉. 궁께 너들 모두 다…, 그저 된장에 풋고추 한 놈 처박힌 것맹키롬 꼼지락달싹 허덜 말고, "콱!" 잉? 얌전허게, 으디들 딴딴헌 디로다 지긋허게 숨죽이고 눌러 붙어 있어야 하는 것이여. 잉? 알긋냐?」

「……」

「잉?」

「야….」

웅칠이가 기어 들어가는 목소리로 대답했다.

「너 말이여, 너! 이눔아!」

어디서 힘이 났는지 갑자기 노파가 한칼이에게 눈을 부라렸다.

「지유…?」

엉겁결이라 한칼이가 눈을 동그랗게 뜨며 되물었다.

「그려 이 염병헐 놈아…! 느그 엄니가 너 놓을 띠 지비 이빨로 너 탯줄 끊은 거…, 너 알기는 아냐? 괜한 승질머리 갖꼬 삐끔이모냥 몽니 부리덜 말어. 느그 엄니가 울고불고, 잉? 죽을 똥을 싸가면서 너 살라 내 논 거지, 죽으라 내 논 거 아닝께 말이여. 사는 디까지 이 악물고 질기게, 잉? 꾸역꾸역 논바닥에 거머리 새끼모냥 끝까정 놓덜 말고. 잉? 알긋냐?」

「야….」

역정을 부려대는 노파의 깊고 따스한 속마음을 아는지 한칼이가 사뭇 고개를 숙이며 자못 공손하게 대답하였다.

「아부지, 아부지….」

안쪽진 곳 더 깊은 구석에서 옹그리고 잠들어 있던 어진이가 갑자기 비비적비비적 눈을 비비고 일어나며 아비를 찾았다.

「옴마마…? 우리 어진이 깨인갑네.」

덕배가 재빠르게 무릎걸음으로 다가갔다.

「왜 그랴, 왜? 애비 여 있어. 여….」

「아부지, 지가유…, 벼랑서, 벼랑서 떨어졌시유….」

가위에 눌렸는지 울먹울먹 다소 겁먹은 목소리였다.

「아녀, 암껏도 아녀…. 키 크느냐 그랴. 키 크느냐….」

「추워유…. 아부지, 추워….」

어진이가 '부르르~' 몸을 떨며 옹크렸다.

「허이구~ 우리 강생이 추운 갑네…. 추우냐? 그랴, 어여 자자, 잉…? 어여…. 이 할미 꼭 끌안고서 얼릉 눕자….」

노파가 어진이의 목에다가 손에 쥐고 있던 천 쪼가리를 칭칭 감아 주더니만 엉덩이를 토닥거리며 도로 눕히려 하였다.

「아부지, 나, 자…?」

어린 마음이기는 하나 그 마음이 당최 놓이지 않았는지 누우려던 어진이가 어정쩡하게 몸을 일으키고는 토끼마냥 벌겋게 충혈된 눈망울을 커다랗게 굴려댔다.

「왜? 배 고프냐? 감자 한놈 먹을 텨?」

저 먹을 것인데도 먹지 않고 꼬불쳐 둔 것을 찾으려는지 덕배가 머리맡의 옷가지 뭉텅이에 손을 깊숙하게 집어넣고 뒤적거려댔다.

「아녀요 아부지, 나 그냥 잘려요….」

「그럼 그럴려?」

「야.」

어진이가 고개를 끄덕이며 졸린 눈으로 쳐다보았다.

「아부지 으디 갈 거 아니지유?」

「염려 말어. 애비가 으딜 가겄냐. 너가 이만치로 크는 꿈잉께, 걱정 말고 얼릉 싸게 자드라고.」

덕배가 어진이의 머리통을 쓰다듬어 주자 웅칠이도 노파의 무릎께 있던 홑청 같은 이불가지를 끌어다 가슴께를 덮어 주었다.

「음니도 싸게 주무시오.」

「너들도 어여 자. 고만 쏙닥거리고.」

「야….」

「허이고~ 요 이쁜 놈…. 할미가 잠재기 노래 불러 줄께, 잉?」

노파가 어진이 곁에 눕더니만 어진이에게 팔베개를 해 주고서 손을 잡아다가 자기 저고리 속에 집어넣고 다독였다.

「여‥, 여‥, 할미 젖 맨지고, 잉 그랴‥. 자장 자장 워리 자장~ 우리 애기 잘도 잔다~ 명사십리 해당화야~ 울밑에 난 봉선화야~ 날랑 날랑 죽거들랑 ~ 연꽃 밭에 묻어 주소~ 꽃 한 송이 피거들랑~ 날 본 듯이 웃어 주소~ 자장 자장 워리 자장~ 우리 애기 잘도 잔다~」

어린 꽃송이에 죽음같이 내려앉을 단잠을 불러오는 잠재기 노랫가락이 점차 잦아들자 아낙네가 홑청 이불깃을 끌어다가 어진이와 노파의 턱 아래께를 덮어 주었다.

「으휴~휴휴~~~!」

먹먹한 마음에 사리사리 겹겹이 얽힌 속인지라 풀어도 풀어내지 못할 것을 애써 숨죽여 가며 풀어내 보려는 듯이 웅칠이는 한숨을 기다랗게 내쉬었다. 잔자누룩한 초막 안으로 휘돌다 가라앉은 그 숨결 때문이었을까? 아니면 거적때기와 바람벽 사이로 새어 들어온 스산한 바람 때문이었을까? 조는 듯 까물거리던 불그스름한 관솔불빛이 돌연 꺼질 듯 어둠침침하게 휘청거려댔고 흐늘거리는 그림자무리들이 소리도 없이 뭉크러지며 내지르는 비명 탓으로 제법 웅신하니 으늑하다 느껴졌던 초막이 허물어져가는 외딴 무덤마냥 괴괴하게 느껴졌다.

「이놈의 매누라는 시방 으디‥, 또 당골네서 자빠져 있을랑가? 하이고~! 나는 쪼까 바깥으로 나가서‥, 것들이 별 일 읎이 잘들 여수고나 있는지 한 바꾸 둘러보고 당골네헌티나 가 봐야 쓰겄네.」

틀어막힌 숨통에 숨을 틔우려는 듯, 한칼이가 다소 커다란 몸짓으로 기지개를 켜며 몸을 뒤틀고 일어섰다.

「안 일어나시오?」

한칼이가 바람벽에 세워둔 칼을 챙겨들며 덕배에게 말을 던졌다.

「나‥? 나 순번은 안즉 멀었는디?」

「눈치 한번 발바닥이시네….」

「잉…? 뭣이가…?」

한칼이가 '삐쭉!' 말 대신에 턱짓으로 웅칠이를 가리켰다.

「잉~! 그…그려…! 같이 가드라고. 혼차서는 거시기헐 텅게.」

그제야 웅칠이 내외를 위해 자리를 비켜주려는 한칼이의 의도를 알아차렸는지, 덕배도 서둘러 몸을 일으켰다.

「그럼, 댕겨 올라요.」

「그랴. 질 미끄러운께 조심들허고.」

웅칠이가 일어서는 두 사람에게 말했다.

「걱정마시시오.」

한칼이가 초막 입구에서 거적때기를 반쯤 젖히며 말을 떼었다.

「으따…! 으디다 쓸 디도 읎는 붕알이 천만근은 되는 갑네. 뭣을 그라고서 꾸물럭꾸물럭 뭉싯거리시오? 싸게 싸게 나오잖고?」

「니미럴 놈이 꼭, 중신할미랑 붙어먹을 놈일세, 그랴….」

두터운 옷가지를 걸치는 둥 마는 둥 하면서 성질 급한 한칼이에게 한마디 쏘아붙인 덕배가 화승총을 들고 나섰다.

「가요, 잉.」

「그랴.」

「댕겨들 오시오.」

「야.」

「거 으디, 쓸디 읎이 새 까먹은 소리들은 허지 마시고.」

아낙네가 한칼이의 뒤통수에 대고 당부하듯 말을 던졌다.

「걱정 마시오. 우덜 입 뜬 거야 충주 자린고비 자물통잉게.」

덕배가 얼른 대꾸하고는 한칼이를 좇아 초막 바깥으로 나섰다.

「……」

「으따메‥! 염라대왕께서 저승 가는 문짜구리에다가 입춘立春 자字를 까꾸로 붙이셨는가…. 뭔 놈의 바람이 아조 뼈가 다 시리네 그랴…! 꽃샘 잎샘에 어느 놈네 고추 떨어진다더니만, 백여시께서도 눈물깨나 흘리시겄다. 아, 쪼까 쫌 천천히 쫌 가더라고~!」

눈바람 내음새에 코끝이 아렸는지 초막 입구에 서서 콧물을 '훌쩍~!' 들이마시고 콧잔등이를 '찌긋 찌긋' 거린 덕배가 몸을 떨며 옷깃을 여미더니만, 벼랑길 주변 그루터기 쪽으로 성큼성큼 걸음을 옮겨가는 한칼이에게 소리쳤다.

「아, 싸게 싸게 오시오.」

앞서가는 한칼이가 건성으로 대답했다.

「하이고~ 깜깜헌디 총총한 것이‥, 별이 별나게도 푸져 부네!」

덕배가 화승총을 반대쪽 어깨에 둘러메다가 밤하늘에 가득한 별무리들을 바라보며 감탄한 듯, 말을 뽑아내었다.

「자글자글헌 것이 오사지게도 쏟아지겄다. 인물이 땅에 나서 살다 죽으면 우로 올라가 별이 된다는디, 인자 봉께 거시기 그 말이 그 말이었는갑네. 안 그러냐?」

「……」

한칼이도 문득 걸음을 멈추고 고개를 들어 밤하늘을 바라보았다. 건너편 산등성이 너머로 휘황한 달빛이 물결처럼 흐르는 푸른 밤하늘에는 총총한 별무리들이 마치 한낮의 눈부신 햇살에 되비치어 찰랑거리는 너른 여울의 물비늘마냥 반짝거려대고 있었다.

「뭔 말이요?」

한칼이가 덕배에게 고개를 돌리며 물었다.

「아, 우덜이 여 낮은 디서 저짝 보는 것 맹키롬 하눌님이 쩌 높은 디서 우덜을 내려다보시면‥, 우덜도 꼭 저 모냥으로다 하나하나 반짝반짝 거려댈 것 아니냐.」

덕배가 헛웃음을 지어보이며 말을 내었다.

「특히나 작년 삼월‥, 흰뫼산서 모다 일어섰을 띠처럼 말이여.」

「난 또 뭣이라구‥.」

별 것도 아닌 시답잖은 소리들을 지난 이야기 삼아 푸념마냥 늘어놓을까 듣기 싫었던 것인지 한칼이가 갑자기 몸을 '획~!' 돌리고는 다시 그루티기 쪽으로 성큼 발걸음을 떼었다.

「아, 같이 가장께.」

덕배가 다람쥐새끼마냥 '쪼르르~' 잦은걸음으로 한칼이를 좇았다.

「그띤 참말로 기분이 째져라 살판이 나 갖꼬 죽을 똥에 쌀 똥에다가 피똥까정 퍼질러 쌀 판이었는디 말이여‥. 아, 앉으면 죽산竹山이요 서서는 백산白山이라고‥, 구름마냥 쌔하얗게 모닸다가 대나무마냥 죄다 시퍼렇게 인나 갖꼬 단 댓바람에 고부서 부안 거쳐 정읍으로 잉? 정읍서 거시기‥, "우르르르~!" 산태山汰 마냥 쏟아져 내려가 갖꼬 황토현서 전라 감영군 놈덜을 보란 듯이 까부수고 시상 온 땅을 기냥 "확~!" 다 쓸어버릴 요량으로다 어기차게 울력걸음에 봉충다리로 고창서 무장으로, 무장현 수수내 당매골 여시뫼봉서‥, 캬아~!」

덕배의 눈이 생생한 기운으로 반짝였다. 당시의 일을 떠올리자 새로이 샘솟는 감회에 젖어드는 것이, 마치 자신이 세상을 휩쓸었던 바로 그 거센 물결이고 사나운 물살이었다는 생각이 들었던 모양이었다. 덕배는 그루터기에 걸터앉은 한칼이 곁에 우뚝 서더니만, 가슴을 팽팽하게 부풀이고서 "헴헴~~!" 목청을 가다듬고는 낭독하듯 큰소리를 내었다.

「시상 사램을 귀하게 여기는 것은 바로 인륜人倫이 있기 때문이며 임금과 신하, 애비와 자식 놈은 인륜의 가장 큰 것이다. 그랑께로 임금이 어질고 신하가 바르며 애비가 자애하고 새끼가 효도를 한 후에야 비로서 거시기…, 가화만사성맹키롬 집안과 나라를 잘 이루어 능히 무궁한 복을 허벌나게 누리게 되는 것이다. 그란디 시방…, 우덜의 임금은 인효자애허시고 신명성예허시나 신하라 생겨먹은 시러배 잡놈들이 원체 나라에 보답할 생각들은 허덜 않고 되려 임금의 총명을 가리고 아첨과 아양을 겁나 염병 부려쌍께로…, 충성된 선비의 간언을 요망한 말이라 에둘러 싸매고 정직한 신하를 도적놈이라 몰아붙임서 백성들을 깻묵 짜고 지름 짜듯 쥐고 비틀어 짜며 오로지 지 놈들 처먹을 봉록과 벼슬자리만을 나눠 처먹고 도둑질을 항께, 안으로는 나라를 돕는 인재가 없으며 밖으로는 백성에게 사나운 관리가 허천나게 많아지는 고로…, 백성의 마음이 날이면 날마다 겁나 나쁘게만 변하고 있다. 그랑께로 인자…, 백성들의 원성이 그치지 아니하고 군신의 의리와 부모 자식 간의 윤리와 상하의 분수가 드디어 무너져 하나도 냄지를 않아 갖꼬, 다시 안으로는 시상 사는 즐거움이 없고 또 밖으로는 보호할 방책이 없는 것이다. 게다가 에…, 옛말에 이르기를 예의염치가 퍼지지 못하면 나라가 곧 망한다혔는디, 시방 우덜의 형세가 심하기로 따지자면 옛보다 더혔으면 더혔지 못 혀지를 아니헌데…. 그 이유인 즉슨, 위로는 삼정승으로부터 아래짝 촌구석 말단 아전 놈에 이르기까지 벼슬아치라 이름 붙은 오사리잡놈들은 국가의 위태로움을 생각하여 보국안민의 방책에 대한 고민은 당최 헐 생각도 않고, 오로지 교만하고 사치하고 황음荒淫하게 놀면시롱 외려 두려워하거나 꺼려하는 바가 없응께, 온 나라가 어육魚肉이 되고 만민이 도탄에 빠지게 되어 분 것이다」

「헛따~! 것을 다 외고 기시오?」

자못 대견스럽다는 듯 한칼이가 추켜올려 주자 덕배가 어깨를 '으쓱~'
하고 우쭐거리더니만 다시 말을 내었다.

「쪼까 더 들어 봐라, 잉. 여가 참말로 창의문倡義文 중에 명문名文이여, 명
문…! 그랑께…, 거시기, "백성은 나라의 근본이라…." 캬~! 웨메…, 환장허
겄네…! 들었냐…? '백성은 나라의 근본' 잉? 또 잉…. "백성은 나라의 근
본잉께, 근본이 깨이면 나라가 당연 쇠잔 말라비틀어지는 것이다. 그랑께
우덜이 비록 초야에 버려진 백성이긴 허더래도 임금의 땅에서 나는 음식을
먹고 임금이 주신 옷을 입고 있으니 가히 나라의 위태로움을 앉아서 구경
만 허고 있을 수가 없응께, 온 나라가 마음을 같이 하고 억조창생이 머리를
맞대고 의논을 하야 이제사 의기를 들어…" '의기義旗!' 잉…? '의기…!'
"의기를 들어 갖꼬 보국안민으로써 죽고 사는 맹세를 한 것잉께, 오늘의 광
경이 비록 놀라운 일이기로 허기는 허나, 절대 두려워하거나 움직이지를
말고 각자 그 생업에 편안하여 모다 같이 승평한 일월을 빌고 성상의 덕화
를 바랐으면 천만다행이겠노라."」

말을 마친 덕배는 가슴이 뛰고 저 스스로가 자랑스럽게 여겨지는지 얼
굴 가득히 만족스러운 기색을 띠며 큰숨을 들이켰다.

「우덜이 의義를 들어 이에 이른 것은…,」

이번에는 한칼이가 가슴을 펴며 말을 내었다.

「그 본뜻이 다른 데에 있지를 아니하고, 창생을 도탄의 가운데서 건지고
국가를 반듯한 돌멩이…, 긍께 반석盤石 우에다 두고자 함이니…. 하여, 안
으로는 탐학한 관리의 머리를 베고 밖으로는 횡포한 강적의 무리를 내쫓고
자 함이라. 양반 놈들과 부호에게 고통 받는 백성들과 수령과 방백의 밑에
서 굴욕을 받는 소리小吏들은 우리와 같이 원한이 깊을 것이니 조금도 주저
치 말고 이 시각으로 일어서라. 만일 기회를 잃으면 후회하여도 미치지 못

할 것이니라.」

「월래…? 너도 거그에 있었냐?」

덕배가 나무 그루터기에 다가앉으며 물었다.

「섰다 백산白山 앉아 죽산竹山서 기포할 띠 격문檄文 아니오. 나가 참으로 이 야그 듣고서 도야지 새끼 모가지를 따다가 달려 나왔소. 나가 말이요, 전에는 이놈이…」

"팩~!" 한칼이가 칼을 뽑아들어 가슴 앞으로 겨누었다.

「소 잡고 개 잡고 도야지 잡는…, 산 생명 죽이는 디에만 쓰는 줄로 았았소. 그란디 말이요, 이놈이 읇는 사람도 살리고 나라도 살리는 활인의 도구요, 시상 구제하는 도구랍디다.」

말을 마친 한칼이가 모시듯 진중하게 칼을 들고 일어서더니 한 걸음 사뿟 앞으로 나섰다. 그리고는 휘황한 달빛에 칼의 몸(刀身)을 쌔하얗게 눈이 시리도록 비추어보더니 전혀 다른 사람인 양 번쩍번쩍 칼을 휘두르며 칼노래(劍歌)를 부르고 칼춤(劍舞)을 추기 시작했다.

「청의장삼 용호장이 여차如此 여차 우又 여차라…!

시호 시호 이내 시호~! 부재래지 시호로다…!

만세일지 장부丈夫로서 오만년지 시호로다…!

용천검이라 드는 칼을 아니 쓰고 무엇하랴…!」

"무수장삼 떨쳐입고 이 칼 저 칼 넌즛 들어~!"

한칼이가 불러대는 노랫가락에 맞받아 답하듯 벼랑길 아래쪽에서 괄괄한 여자 목소리가 뛰어올라왔다.

"호호막막 넓은 천지, 이 한 몸으로 비껴 서서

칼 노래라 한 곡조를, 시호 시호~! 시호 시호~!!"

"용천검이라 날랜 칼은, 일日과 월月을 희롱하고~!

계운桂雲이라 무수장삼, 온 시상에 덮여있네~!

자고自古 명장 어데 있나, 장부당전 무장사라⋯!"

"좋을시고~ 좋을시고~ 이내 시호 좋을시고~!

태평가를 불러내어 시호 시호 득의로다~!

왈이동방 제자들아, 너도 득의 나도 득의~!"

"좋을시고~ 좋을시고~ 이내 시호 좋을시고~!"

몸집 크고 목소리 괄괄한 여장부 분이와 만석이라는 얽둑빼기 사내가 서로 가락을 주고받으며 벼랑길에서부터 너른 터로 올라섰다.

「한칼이 오래비 칼춤 추는 것도 오랜 만에 뵈요, 잉.」

「커다랗게 외시면서 칼춤 추시는 것은 은제 봐도 시원시원허고 장한 것이⋯, 참말로 보기가 좋아유.」

「그냐? 허기사 나가 이⋯, 칼 다루는 재주만큼은 타고 났응께.」

본이와 만석이가 자못 추켜올려주자 한칼이가 모가지를 으쓱거리며 칼집에 칼을 도로 넣었다.

「흠흠~~. 너가 암만 그라고서 모강지에 헛힘을 줘봤댔자, 궁궁이 놈 소시적에 비하면 암 껏도 아니여.」

덕배가 끼어들어 말곁을 챘다.

「궁궁이성이유? 시방 우리 편 궁궁이성⋯?」

얽둑빼기 만석이의 눈이 동그래졌다.

「못 믿겄지?」

덕배가 그루터기 옆의 썩은 나무 등걸에 걸터앉더니만, 누런 뻐드렁니를 튕기듯이 미끈한 침을 바르고는 말을 내었다.

「허기사⋯, 너 시방 눈깔 굴리는 것도 무리는 아닐 것이다⋯. 시방 갸 허대고 댕기는 꼬라지를 보면 으디 염소 물똥 핥아먹는 소린갑다 허겄지만서도…! 아, 딴엔 것이 그랴도 참말로 틀림읎는 사실이었당게! 갸는 칼만 들면 춤을 아조 기가 막히게…! 아니, 아예 죙일 나무칼만 옆에 끼고 시상을 겁나 날라댕겼당게! 안 그러냐? 너도 알지?」

덕배가 말꼬리에 물음표를 매달아 한칼이에게 넘겼다.

「나야 모르지라! 비스꾸리허게 그랬당가 야그 쪼까 들었을 뿐잉게.」

그 말꼬리를 치우듯 한칼이가 심드렁하게 대답했다

「너는…? 너는 잘 알지? 옛날에 너는 봤지?」

「야.」

분이가 고개를 끄덕였다.

「으메으메… 것이 또 듣던 중에 참말 진기헌 소리네유.」

호기심이 동하였는지 만석이가 나무둥치에 다가와 앉았다.

「암만…. 그도 그럴 것이다. 갸가 실성이를 허기 전에 일이었응게 말이다. 갸가 말이여, 원래 모냥은 시방마냥 저 꼬라지로 저러고 댕기지도 안 혔었어. 솔직히 갸가 날 띠부터 숫끼가 쪼까 읎어 갖꼬 비리비리헌 것이 모지르기도 허고 말도 원체로 떠듬이 떠듬이 허기는 혔었지만서도…, 그랴도 자라면서는 심성 곱고 인물 나름 훤칠허기로 모냥이 제법 있었당게…! 아, 저그메헌티 효성 지극허기로도 온 마을에 이름이 '짜~' 혔고 말이여.」

「참말유? 그란디유?」

그런데 지금은 어째서 저 모양이냐고 묻는 얼굴이었다.

「그란디유는 뭣이 그란디유여? 뻔한 야그를. 긍게 저그메 죽고 나서 갸 정신머리가 아조 '휘까닥~!' 돌아버렸다는 것이지.」

한칼이가 씨그둥한 눈으로 퉁명스레 곁다리를 쳤다.

「야, 이놈아! 보도 못한 넘의 사연이라고 고로코롬 싸가지 읎이 말허는 것이 아니다. 아, 오죽허고 여북허면 그랬겄냐? 아, 저 손에 쥐고 있던 것에

저그메 피가 묻어 나갔는디‥, 것도 바로 목전서 눈깔 시퍼렇게 뜨고 봤다
는디, 정신 멀쩡헐 놈이 몇이나 있겄냐? 너만치 독헌 놈은 빼고 말이여.」

덕배가 한칼이에게 할낏 눈을 흘기며 쏘아붙이더니만, 한숨으로 길게
길을 내고는 그 위로 말허두를 떼었다.

「에휴휴휴~! 것이 긍게 으찌 된 일인가 허믄 말이다. 아, 우덜이 여 올라
오기 전에 우덜 고향땅서 말이여, 왜놈들이 민보군놈덜을 앞잽이로 세워
갖꼬 마을로 처몰려온다는 소식을 듣고 장정들이 으째 한판 붙어볼 양으로
다 고갯마루로 모다 나섰을 땐디‥, 아~ 왜‥, 당시 띠는 마을 남정네들이
모두 쌈허러 가고 노인네들허고 아그들만 남고 그랬잖어‥.」

「야.」

만석이가 고개를 끄덕이며 대꾸했다.

「그란디 거 마을 어귀께 쌈판서, 우덜이 쪽수로 보나 뭣으로 보나 여하
튼간 우덜이 옴팡 깨져 갖꼬 산으로다 일단 피했다가 잠잠해질 때쯤 되어
갖꼬 다시 마을로 내려왔는디‥.」

「왔는디요?」

「아, 글씨 그‥, 징그러운 호로 잡열의 새끼들이 마을을 아조 쑥대밭으
로 맹글어놓고 사램들을 애 으른에 부녀자 할 것 읎이 마을 복판에다가 싹
다 모다 놓고서는 하나씩 하나씩 치도곤을 냈다는디‥. 그띠 궁궁이가 암
껏도 모르고서 우덜들을 따라왔다가 대호란 놈이 저그메헌티 가보라 시킨
모냥인지 으쨌는지 글씨‥, 여하튼 그래 갖꼬, 궁궁이가 마을을 함 살펴보
자 할 요량으로 내려오고 있었다는디‥, 거서 내려오다가 도중에 기냥 그
호로잡놈들헌티 '딱~!' 허고 붙잽힌 모양이여.」

「그‥, 그랴서요?」

"꿀꺽~!" 만석이가 목구멍 너머로 깊숙이 침을 삼켰다.

「그랑께 거서 궁궁이가 끌려와 갖꼬서 지가 갖고 있던 칼로‥, 아니 것을 뺏겼다나 으쨌다나‥암튼 그 칼로 그랴 갖꼬 저그메허고 마을사람들이 죄다‥, 그라고 그렇게‥, 그 모냥으로다 아조 마을이 온통 쑥밭에다 피바다가 됐단 말이시‥.」

「나‥, 나무칼이 아니라, 쇠칼로다가유??」

만석이가 눈알을 동그랗게 굴리며 덕배에게 낯짝을 들이밀었다. 놀라기도 할 만한 것이, 본시 동학東學을 한다는 사람들이 칼노래(劍歌)를 부르면서 추던 칼춤(劍舞)은 진검眞劍이 아닌 목검木劍을 가지고 추던 것이었으니 말이다.

「것은 나도 모르지. 싹 다 죽어 자빠지고 갸 혼차 살아남았는디‥, 것도 살기는 살았는디 아가 아조 피를 한 바가지나 뒤집어 쓴 모냥으로 혼절허기 일보직전이었단 말이시.」

「그랴서유?」

「그랴서? 그랴서는 뭐, 일이 그리 되어 갖꼬 시방 저 모냥으로 정신머리가 '오락~' 또 '가락‥!' 으짤 띠는 괜찮은가부다 싶다가도 또 으짤 띠면 눈깔이 홰까닥 디집혀져 갖꼬 아조 지랄 발광 땐통으로다 경끼를 낸다 이 말이시.」

「그 야그는 안 허시오?」

한칼이가 곁다리를 끼며 '실룩~!' 입술 끄트머리를 추켜올렸다.

「뭣을?」

「왜 거 있잖소? 혹시래도 누가 시켜 갖꼬 그랬을는지 모른‥.」

「허허~ 이놈 이거‥, 넘 해산헌디다가 개 잡을 놈일세, 그랴‥! 옛끼, 이놈아! 말도 으디 사람 모냥을 봐감서 혀야지! 암만, 잉‥? 암만 저 모가지에 칼을 대고 시킨대도‥, 암만 목숨이 경각에 달렸대도 저 살겄다고 저그메

를…, 식구 같은 한 마을 사람들을 으찌 혔겄냐? 것도 궁궁이마냥 착하디
착한 놈이? 잉?」

「아, 흥분허지 마시오. 그런 말이 살~ 있었응게 나가 시방….」

「아~ 도중이가 아니라잖여, 이놈아! 도중이가!! 도중이 놈이 거서 궁궁이
가 안 그란 것을 봤다잖여!!!」

덕배가 모가지에 핏대를 세웠다.

「도‥도중이 성님이유?」

만석이의 눈이 다시 또 휘둥그래졌다.

「몰랐냐? 그 냥반이 원래가 민보군이었어. 그란디 뭣 땜시, 뭣을 보고 맴
을 고쳐먹고 그랬는지는 몰라두 은제 우덜 편으로 바꿔 선 것이지.」

한칼이가 삐뚜름하니 탐탁지 않은 투로 말했다.

「잉…. 그런께로 남이가…, 그러는….」

그제야 남이와 자웅눈이 사내의 서먹한 관계를 이해하겠다는 듯, 만석
이가 고개를 끄덕이며 뒷말을 머금었다.

「좌우당간에 으디 가서라도 그런 말은 아예 생각도 허들 말아라. 공연히
무고헌 생사람 잡는 것잉께. 갸는 진즉부터가 원체 심지가 약해 갖꼬 누구
헌티도 절대로…, 아 포리 한 놈헌티도 모지락스럽게 굴지 못하는 놈잉께.
알긋냐?」

「하이고~ 알아 모시겄소. 나가 뭣을 거시기…, 맬겁시 쌩헌 놈 모함헐라
그라는 것도 아니고, 성님이 옛날 야그를 시작헝께 끝매무새로다가 혹간이
나 으쩔까 한번 끄잡어 낸 것이지. 아, 조동이가 삐뚤어졌어도 주라朱喇는
바로 불라고…, 사실 갸가 온 몸이 피범벅이에 눈깔이가 풀려 갖꼬 입을
'헤~' 벌리고 침을 '질질~' 흘림서 넋이 나간 모냥으로 한 손에 칼을 들고
맨발로다가 춤을 추고 있었다고들….」

「이잉~? 이··, 이놈이 또··!!」

덕배가 으르듯 눈알을 부라려댔다.

「아, 시방 대호 놈이 놓찮고 들고 댕기는 칼이 바로 그 칼 아니랍디요! 칼만 보면 경끼 내는 즈그 성아 정신머리를 도로 고쳐 놓게 맹근다고!」

한칼이도 지지 않고 대섰다.

「그 아니랑께 이 썩을 놈은 으째 사람 말을 못 알아 처먹냐··!!아, 그 칼이 그 칼이 맞기는 혀도··! 것은 지가 궁궁이헌티 준 놈의 것에 사람들이 죽어 나갔응께, 그 원冤풀이를 허겄다고 들고 댕기는 것이여, 이 니미럴 놈아! 엠병헐 놈이 잘 알지도 못함서··.」

「허기사··, 그 정신머리가 뉘 집 워리 새끼도 아니고··, 나갔다가 밥 때가 되았다고 다시 들어올 일이 읎기는 읎지··. 시상 천지가 개벽을 하든 몰라두··.」

한칼이가 입술을 "쩝~!" 다시더니 뒤로 슬그머니 한발 물러섰다.

「니미럴 놈이 오밤중에 춤추다가 염장을 지르고 지랄이여 지랄은!」

「하이고, 알았당께요. 원님 말씀이야 늘 다 옳응께요, 인자 고만허십시다. 재하자在下者는 유구무언有口無言 헐라니께요.」

그만 두자는 듯, 한칼이가 두 손바닥을 펴서 덕배에게 '쭉~' 내밀어보이며 진정시키는 시늉을 하고는 투덜투덜 한마디 덧붙였다.

「에이, 제미럴 것··! 말 한마디에 본전도 못 찾겄네. 험험~~.」

본시 한칼이 생겨먹은 꼴이 보리 까끄라기마냥 까칠까칠한데다가 오뉴월 녹두껍데기마냥 '톡!' 쏘아붙이는 성미임을 잘 알고 있기에 덕배도 이쯤에서 그만 매조지하는 것이 낫겄다 싶었는지 뒷말을 못들은 척하며 잠자코 있는 만석이와 분이에게로 말머리를 틀었다.

「그나저나, 너들은 시방 워서 오는 길이냐?」

「야…?」

「뜬금없이… . 것은 왜 묻소? 시방 애기바우 쪽으로 천수 오래비허고 호봉 오래비랑 순번 바꾸고 오는 길이요.」

분이가 대답했다.

「너그 단둘이?」

「야.」

「그란디, 너그 둘이는 워째 꼭 붙어댕기는 것이냐? 수상쩍게.」

다 알고 있다는 듯, 치뜨고 흘러보는 눈길이었다.

「야…?」

무슨 말인가 하였는지 만석이가 잠시 머뭇거렸다.

「아…! 아…! 거… 것이 아니구먼유.」

'퍼뜩~!' 떠오른 생각에 당황스러웠는지 만석이가 손사래를 쳐댔다.

「뭣이? 뭣이 아니여?」

살피듯 덕배가 눈을 가늘게 뜨며 거듭 물었다.

「야? 아…, 아니요…. 긍께 것이…,」

거무죽죽한 얼굴빛의 만석이가 양손을 거푸 내저으며 허둥댔다.

「으째 그라고 말을 떠듬거리는 것이냐?」

「야? 아…, 아니여요. 우덜은 참말로…, 거시기…, 순번만 바꾸고 바루, 곧장 오는 것이구먼유. 그라지, 잉? 아, 참말로…, 참말로 아니랑께요.」

「참말이냐? 너어~ 으디…,」

덕배가 의심스러워하는 눈으로 만석이를 아래위로 훑어보았다.

「혹…, 법당 뒤로 돌아댕겼다가 뽕밭에 들렸다 오는 것 아니여?」

「아아…, 아니, 참말…! 참말로…, 추호도 그란 것 아니랑께요.」

「……」

덕배가 '한 호흡' 숨을 머금고서 눈을 반짝이며 '네 시커먼 속을 다 들여다보고 있다.' 고 말하는 듯이 가만히 바라보더니만, 자못 어른스레 진지하게 일렀다.

「좌우당간에 아조 알아서들 혀. 느그 엄니 아부지 걱정 안 허시게. 그랴녀도 너 할마시 땜시 골머리가 아픈 냥반들잉게. 손샅으로 밑구녕 가릴 생각들 말구.」

「……」

「알겄냐? 뻘로 듣지 말어.」

잡도리 친 데다가 그루박듯이 덕배가 한마디 더 덧붙였다.

「야….」

「것이 시방….」

무슨 죄를 지은 일도 없건만, 마치 큰 죄라도 지은 사람마냥 힘없이 고개를 숙이고서 뜨물 먹은 당나귀 청으로 비리비리 기어들어 가는 목소리로 대답하는 만석이의 모습을 보다 못한 분이가 눈썹을 '꿈틀~!' 치켜올리며 말부리를 헐었다.

「들어 봉께 도시…, 뭔, 갯지랭이 어금니 부러지는 소리들을 허고 계신지 모르겄네. 우덜은 암시랑토 안하구만 뭣이 으쨌다고…, 긍께, 어느 누가 뭣이라고 쏙살그립디요?」

「아…, 아니여…! 누가 뭔 소리를 했다 그러는가? 이 양반이 괜히 헐 일이 잔상도 없웅게 혼차 꿈꾸고 해몽허는 것이지..」

켕기는 것이 있는지라 한칼이가 얼른 끼어들었다.

「헐 일이 읎으시면 오금이나 긁으실 일이지 뭣이 꼭 진지리꼽재기마냥 별 놈의 쓰잘데기 읎는 참견들을 다 허시오? 아, 쟈들이 시방 얼라들이요? 다 큰 것들이 홍에 대신 가오리를 처묵건 저븐으로 이빨을 쑤시건 하고픈 것 하게 냅두시오. 처녀 총각이 정분이 나 갖꼬 의지하면 서로 좋은 것이지, 뭘 그렇소? 안 그러냐?」

한칼이가 덕배에게 눈총을 주고는 분이에게 간지러운 말꼬리를 던지더니만, 누런 이빨을 내보이고 '씨익~' 웃어 보였다.

「으험험험~! 하이고, 간만에 한바탕 신명나게 칼춤을 췄더니만 몸땡이가 후끈허고 앗쌀헌 것이‥, 참말로 거시기허구마, 잉. 안 그러냐? 참‥! 느그덜 시방 으디 가던 길이라고?」

대단찮다는 듯 너스레를 떨고는 슬쩍 한칼이가 말머리를 틀었다.

「으디 가기는유. 인자 들어가서 토깽이잠이라도 잘라 그러지유.」

만석이가 대답했다.

「그려. 얼릉 싸게 들어가라, 잉? 추운디 겁나 고생들 혔다.」

「오래비는 안 가시오?」

「나? 잉‥. 인자 우덜도 들어가야지. 신경 쓰지 말고 너덜이나 얼릉, 닝큼 들어덜 가라. 우덜은 우덜끼리 알아서 할 것잉게.」

「같이 들어가셔유.」

만석이가 덕배에게 구부정한 목소리로 말했다.

「그럴까? 그랴녀도 주천이 성님허고 당골네가 뭣을 허고 있을라나 궁금허던 참이었는디, 같이 가면 쓰겄네. 으째‥? 너는 안 갈 것이냐?」

「뭔 말이요~! 나가 같이 가야지라. 지금 일어서실라고라? 알았소. 얼릉 인나 가십시다. 성님이 앞장서시오. 자, 언능 싸게 가드라고.」

만석이와 분이에게서 덕배를 떼어 놓으려는 속셈이었는지 한칼이가 덕배를 앞장세우고는 멧부리 쪽으로 발걸음을 옮겼다.

「워따메‥! 보기들도 겁나게도 좋아부네!」

환기換氣시키려는 듯 한칼이가 과장스레 떠벌였다.

「별도 별스럽게 많은 것이 허벌나게 쏟아지겄다. 안 그러냐?」

「……」

분이와 만석이도 고개를 들고서 밤하늘의 별을 바라보았다.

「별에 별 볼 일이 있웅께로 별나게도 좋구마, 잉. 그라지?」

「……」

분이와 만석이는 대꾸 없이 고개를 들어 밤하늘을 바라보았다.

「……」

「……」

멧부리 바로 아래께 바위구렁에 먼저 당도한 덕배가 인기척을 내었다.

「흠흠~~. 어이, 당골네, 주무시는가…?」

쥐죽은 듯 잠잠히 아무 대꾸가 없자 한칼이가 앞으로 나섰다.

「흠흠~! 기시오? 성님 주무시오? 주천이 성님, 도중이 성님!」

「……」

「다들 주무시는가?」

한칼이가 고개를 갸우뚱거렸다.

「가만 가만…, 시방 뭔 소리 안 들리냐?」

덕배가 바위구렁 입구를 가리듯 막아 둔 솔가지들과 전나무 더미위로
귀를 기울이자, 한칼이도 곁에서 귀를 모았다.

「뭣을 허고 있나 본디…?」

「그라게라. 나가 함 볼라요.」

한칼이가 슬며시 솔가지와 전나무 가지들을 젖혀 내었다. 나뭇가지들이
젖혀지자, 무어라 쭝얼쭝얼 나지막하게 읊조려대는 소리들이 안에서부터
어스레한 불빛을 타고 새어나왔다.

「시방, 주문呪文들 외고 기도허는 중인갑소.」

「그리어?」

한칼이가 무릎을 꿇으며 허리를 구부려 바위구렁 안으로 머리를 들이밀더니만, 말머리도 함께 밀어 넣었다.

「시방 들어가도 되겄지라?」

「……」

「자, 자, 어여, 어여, 들어들 가더라고….」

바위구렁에서부터 가타부타 여하로 여타 어떤 대꾸도 없었건만, 한칼이는 바위구렁 밖으로 머리를 내밀더니 사람들을 몰아댔다. 만석이가 엉거주춤 거려대다가 마지못해 솔가지와 전나무 가지들을 한켠으로 걷어내자 어른 한 사람이 겨우 드나들 만한 암굴_{岩窟} 입구가 모습을 드러냈다. 한칼이는 만석이와 분이를 앞장세워 구렁 안쪽으로 기어 들어갔고 그 뒤를 이어 덕배가 엉덩이부터 거꾸로 들이밀면서 기어 들어가더니 솔가지와 전나무 가지들로 입구를 도로 가려 버렸다.

「……」

토담집 개구멍마냥 자그마한 입구와는 달리 바위구렁 안은 제법 높고 깊으며 널따란 것이 어른들 몇이 한꺼번에 운신하기에도 크게 불편할 것이 없어보였는데, 울퉁불퉁한 흙천장에는 군데군데 나무의 굵고 가느다란 뿌리들이 아래에서 위로 마치 뒤집어진 세상의 말라비틀어진 가지마냥 얼키설키 뻗어내려 있었고, 불그스름한 흙벽의 안쪽 구석과 천장 가운데의 중간쯤 되는 곳에는 커다란 바위뿌리 하나가 짐승의 송곳니마냥 삐주룩하게 박혀 있었다.

「임자, 여 있었는가? 안즉까정 안 자고?」

한칼이가 작달막하고 뚱뚱한 아낙네에게 말을 던졌다.

「……」

작달막한 체구의 아낙네는 희멀끔한 얼굴에다 배가 인왕산 중허리만한 아낙네와 도중이라는 자웅눈이 사내 그리고 남이와 함께 흙벽에 꽂아둔 어스레한 관솔불빛 아래 무릎을 꿇고서 중얼중얼 주문呪文을 암송하며 기도하고 있는 것처럼 보였는데, 한칼이의 말소리가 방해라도 된다는 듯 혹은 귀찮으니 저리 비켜서라는 듯, 대꾸도 없이 손을 휘휘 내휘둘렀다.

「예미, 하늘 같은 지 서방은 냅두구서 뭔 지랄 염병을 염불로 허고 자빠졌네…. 아, 저런다고 총탄이 으디 피해 가는가?」

한칼이가 입을 삐죽거리며 눈을 흘기고는 눈길을 돌렸다.

「당골네는 시방 뭣 하시오?」

바위구렁 안쪽 한 귀퉁이에서 보이기에 무구巫具들을 담아 두는 고리짝쯤 되겠구나 싶은 것을 뒤집어놓고서는 그 위에 누리끼리한 종잇장을 올려놓고 불그스름하고 야릇한 문양인지 글자 같은 것들을 그리듯 쓰고 있는 당골네와 난화라는 네댓 살 계집아이를 바라보며 한칼이가 말을 던졌다.

「뭣이 뻘건 것이…, 향랑각씨香娘閣氏가 천리속거千里速去 그리시오? 뭣에 쓸라고라? 영부주문靈符呪文도 거시기한 판에 그깐 부적이 뭣이 효험이나 있겠소?」

「물物이 구久한즉 신神이요, 지성이면 감천이라 하였으니….」

반대편 흙벽 아래 가부좌를 틀고서 제 몸처럼 정성스레 긴 칼을 닦고 있던 먹빛 납의衲衣의 사내가 던지듯 말을 내었다.

「지극 신실한 정성이 닿을 것이면 그것이 무엇이건 어찌 효험이 없겠는가? 죽을 때는 죽더라도….」

비승비속非僧非俗에 비유비무非儒非巫의 땅딸막한 사내가 갑자기 "팩~!" 하고 소리보다 빠르게 허공을 베더니만, 천천히 손목을 틀어 예리한 칼끝을 한칼이의 목에 겨누었다.

「…!…」

살이 뻗쳐 몸부림 치듯이 '파르르…' 차가운 빛이 갈무리되어 반짝이며 눈앞에서 떨고 있는 칼끝에서 어떤 섬뜩한 느낌을 받았는지 한칼이는 저도 모르게 '움찔‥!' 뒤로 한 걸음 물러섰다.

「사는 데까지는….」

먹빛 납의를 입은 중속환이쯤 되어 보이는 땅딸막한 사내가 한칼이로부터 천천히 칼끝을 거두어들이더니만, 새하얀 칼의 몸(刀身)을 관솔불빛에 비추었다.

「마지막 숨결 한 줌 흩어지는 순간까지는‥, 힘써 살아 봐야지.」

먹빛 납의의 사내가 생각을 다지듯 입꼬리를 굳게 다물었다.

「……」

불그스름한 관솔불빛이 칼에 얼비치고는 먹빛 납의를 몸에 두룬 사내의 눈에서 일렁일렁 되비치었는데, 그 모습이 너무나 섬뜩하여서 이 사내가 아침나절의 그 사내라고는 도무지 느껴지지가 않았다.

「으메 살벌헌 거‥. 아, 소름 끼칭게 얼릉 도로 집어넣으시오.」

'한 호흡' 늦춘 한칼이가 한 걸음 다가서며 말했다.

「왔는가‥?」

먹빛 납의의 사내가 빙긋 미소 짓더니만 칼을 도로 거두었다.

「안 주무셨시유?」

「거시기 그라믄‥.」

말을 건네며 다가서는 만석이에게 먹빛 납의의 사내가 눈길을 돌리기도 전에 덕배가 바짓가랑이를 걷어 올리며 재빨리 다가와 앉았다.

「으째‥, 인자 우덜 모다 아무데도 안 가고서 기냥 여서 다 같이 싸우기로 헌 것이요?」

「……」

먹빛 납의의 사내는 대꾸 없이 칼집을 쓰다듬기만 하였다.

「야? 야??」

덕배의 거듭되는 물음에 먹빛 납의의 사내가 칼에서 눈을 떼고는 물끄러미 덕배를 바라보더니 알 듯 모를 듯 묘한 미소를 흘리고는 다시 칼에 눈길을 던지며 입을 떼었다.

「세상이란 것이 기위旣爲 조롱(鳥籠·嘲弄)이가 되어 버렸거늘…. 가면 또 어디로 갈 수 있겠는가?」

「참말로 일이 고로코롬 된 것이요? 으르신하고 대정 성님이 그리 말씀하신 것이요? 재필이는? 갸는 별 말 읎었고?」

「아직 결정된 것은 아닙니다만….」

도중이라는 자웅눈이 사내가 나섰다.

「아닌디…?」

「준비를 하고 있어야겠지요.」

「준비? 뭔 준비?」

「……」

덕배의 물음에 자웅눈이 사내가 대답 대신 입술을 꾹 다물었다.

「이…, 이런 니미럴 것…! 그라믄 너거 시방 여서 날 받아 놓고 죽을 준비들 허고 있는 것이여? 재수 읎이?」

자웅눈이 사내의 자못 비장해 보이기도 하는 태도에서 언뜻 그런 생각이 떠올랐는지 덕배가 눈꼬리를 치세우며 목소리를 높였다.

「으따~! 다 살아보자고 주문 외고 부적 쓰는 것 아니요. 시방, 주천이 성님이 말 안했소. 죽을 띠는 죽더래도 사는 디까지는 살아보자고.」

대수로울 것 없다는 듯이 한칼이가 웃음을 띠며 가벼이 말했다.

「야, 이 염병헐 놈아…! 죽자 살자 먹치기가 오늘 내일인디, 밑씻개로도 쓰덜 못할 놈의 것을 꿰차고 앉아 갖꼬 삼칠자三七字 주문만 디립다 외는 것이 살자 하는 짓이여? 죽자 허는 짓이지?」

「하이고, 어진이 아부지. 그 아닝께…, 흥분하지 마시오.」

기도를 끝마친 것인지 아니면 높아진 말결에 중단한 것인지, 작달막한 아낙네가 오지랖 넓게 끼어들며 말참견 하였다.

「하이고~ 두범이 어머니…! 나가 시방 이 판국에 흥분 안 허게 생겼소? 암만 미꼬미 읊는 시상에 발꼬락에 채이는 것이 낙심천만이라 혀도요…, 사람 목숨이, 잉? 뭣이요? 홀떼기장기판에 졸도 아니고 말이여, 으쩼거나 좌우지간에 산목숨들 부지허실 방책들을 생각혀야지. '이제 가니, 오냐 좋다.' 지샅날 받아 놓고 축도祝禱 제문祭文들 외고 기셨오?」

「문서 읎는 상전마냥 뾰족허게…. 아~ 으째 넘의 매누라헌티다 트재기를 잡고 그라시오? 시방 목숨 부지할 방책으로 운수 좋은 부적 맨들고 신통한 주문 외고 있는 것 아니오.」

미우나 고우나 딴에는 제 마누라인지라 작달막한 아낙네를 낮추보며 꼬씹어대는 덕배가 고까웠는지 한칼이가 눈길을 샐쭉거리고는 퉁명스럽게 말했다.

「너 말대로 저거 허면 총탄이 피해 간다냐? 너그 목숨이 삼칠자 주문에 부적으로, 운으로 사는 것이여? 잉?」

비아냥거리듯 덕배가 고개를 빼뚜름히 틀더니 턱 끝을 들이댔다.

「그라믄 뭐? 으쩔 것이오? 성님은 뭔, 용빼는 재주 있소?」

「나가 은제 용 빼오라 혔냐?」

「안 그라믄 뭣 땀시 그라시오?」

「으메, 참말로 환장하겄네…!」

"쿵! 쿵!" 덕배가 가슴을 치더니만, 큰 숨을 내쉬며 말을 이었다.

「아그들은? 시방 앞길이 구만리맹키로 짱짱한 아그들은 으쩔 것이여? 서리병아리 같은 애새끼들 마빡에다가도 부적 쪼가리 붙여 갖꼬 홍알홍알 내시 이 앓는 소리로 맥없이 주문만 외어감서 막장판으로 몰아낼 것이여? 아, 우덜이야 볼 것 못 볼 것 다 보고서 살 만큼도 살았응게, 인자 우덜 꼴리는 디로 디져 불어도 아술 놈의 것이 암껏 읎다 혀도 말이다, 쩌그 아그들은…? 아그들은 으쩔 것이냐? 어연번듯이 뻐근허게 모강지에다 힘 한번을 못 줘 보고…, 짱짱하니 어깨 펴고 팔자걸음으로다 느긋허게 '세월아, 네월아~' 강구연월康衢煙月에 주작대로朱雀大路 걸어 봄서 사람마냥 사람답게 지대로 살아 보덜 못하고서 우덜하고 꼭 같이 하냥 마냥 너덜길을 맨발바닥으로다 너덜너덜 걷다 죽게 할 것이여? 잉? 그런 것이여? 으찌…? 잉? 하다 하다 안 되면은 니미럴 놈의 것…, 맷돌걸이라도 헌다는디…! 아, 우덜은 가더라도 새끼들은 뭔 수를 내서라도 살릴 방도를 내야 허겠다는 생각은 당최들 들지가 않는 것이냐? 기냥 우덜 살아온 모냥마냥 '시상 잘못 만나고 부모 잘못 만난 죄려니…, 기냥 고냥 사주팔자가 드러운 탓이려니.' 허고 너 사는 꼬라지맹키로 운수에 맽겨 부러?」

「어진이 아부지, 고만 하시오. 알았응게요.」

「아시기는 개뿔…, 뭣을 아신당가?」

「개뿔은 좆뿔…, 그라는 성님은 뭣을 알기나 아시오?」

달래어 가라앉혀주려는 두범이네를 깔보듯이 되는 대로 말을 던진 덕배에게 울뚝밸이 꼴렸는지 한칼이가 팔짱을 끼고서 삐딱하게 받아쳤다.

「뭣이여?」

덕배도 발끈하여 눈을 부릅떴다.

「아이고~ 두범이 아부지…!」

「이런 제미럴 것! 곁가마 끓는 것이 더 지랄이라드만…. 무장 처먹는 염
충강이도 아닌 것이, 꼭 뭣 빠져 갖꼬 뻘밭으로나 싸댕기는 똥개새끼마냥
'아그들 아그들' 께께거림서 쨍알쨍알 사람 염장을 질러도 유분수지….
아, 저만 새끼 있고 저 새끼만 중하다냐!」

드러내놓고 아니꼽다는 투로 비웃적거리는 지아비의 말투에서 지랄 맞
은 성깔이 이미 달아오른 것을 알아차린 두범이네가 무릎걸음으로 다가들
며 누그러뜨리려하자 한칼이가 입술 언저리를 한차례 실룩거리고는 건넛
산 보고 꾸짖는 것마냥 쏘아붙였다.

「뭐…, 뭣이여? 너…, 너 시방 뭐라 혔냐?」

「뭐요? 뭐~! 시상 어느 잡놈이…! 대명천지 어느 개 후레아들 놈의 새끼
가 지 새끼 디지는 거 보고 싶다요? 아니! 성님은 보기나 함 봤소? 핏덩이만
한 새끼가 육모방맹이에 대가리가 터져 갖꼬 눈깔은 홀라당 까디집고서 콧
구녕으로 피를 쌔까맣게 한 바가지나 쏟아내고 죽어 자빠진 꼬라지를 눈깔
로 봤냐고라? 나가요…! 이…, 이 니미럴 놈의 넨장맞을 한칼이가 말이
요…! 육시럴 놈의 쌩지랄 난리 통에 우리 한범이 놈을 먼저 보낸 놈이요.
지우 아홉밖에 안 된 것을 말이요!」

눈알을 희뜩거리며 격앙된 목소리를 쏟아내는 한칼이의 짤막한 모가지
에 굵다란 핏줄기가 용대기 뒤 벌이줄마냥 팽팽하게 세워졌다.

「그띠 나의 심정을…! 우덜…, 저 빌어먹을 놈의 등신 같은 여편네 맴이
으땠을지 감히 알기나 아시겠소?」

질탕관의 두부장마냥 부글부글 속이 끓어올라 거센 소리로 찌를 듯이
대들던 한칼이가 '한 호흡' 머금더니만, 떨리는 말꼬리를 손가락에다 감아
서 두범이네를 가리켰다.

「나요, 잉…! 이…, 한칼이가 말이요! 말을 안 혀 그랬치, 여… 속창아리

디집어진 것이…, 속이, 속이 아니요! 나도 잉~! 내 새끼 디지는 거…! 차라리 나가 먼처 쎗바닥 깨물고서 디지던가 대접에다가 코를 박고 디졌으면 디졌지, 다시는 못 보겠소. 그랑께요~! 알았웅께요…! 시방, 환장허겠웅께~! 천둥인지 지둥인지 알지도 못함서 안달복달 오도방정에 '죽는다 죽는다' 꼴답찮게 앓음 소리 고만 쫌 허시시요. 여…, 어린 남이 보기에 창피하지도 않으시오!」

손바닥으로 땅바닥을 쳐가며 치밀어 오른 울화를 쏟아내던 한칼이가 말 끝을 치세워 남이를 가리켰다.

「……」

덕배가 눈길을 돌리어 남이를 바라보았다.

「……」

자웅눈이 사내 곁에 허리를 곧추 세우고 앉아서 또랑또랑한 눈으로 이야기 되어가는 형편을 가만히 주시하고 있는 남이의 모습에 스스로도 계면쩍었던지 덕배가 "쿵~!" 하고 콧김을 내뿜더니만, 눈을 서너 차례 끔벅거리고는 슬그머니 눈길을 떼었다.

「우는 맴에다가 말뚝을 골라 처박아대는 것도 아니고서…. 으메~ 씨부럴…! 벌렁거리는 거…! 나가 참말로 디져 불겄네….」

한칼이가 씹어 뱉으면서 제 가슴을 쳐댔다.

「험험~~.」

덕배가 두어 차례 멋쩍은 헛기침을 하더니만, 어디다 눈을 두어야 할지 몰라 귓불만 만지작거리다 눈길을 다른 곳으로 돌리었다. 그러나 그 눈길이 닿은 데가 하필이면 작달막한 두범이네라, 강아지풀마냥 힘없이 간당거리려는 대가리를 세워둔 무르팍 위에 얹어놓고서 옷고름으로 눈언저리를 찍어 가며 들리는 듯 마는 듯 훌쩍훌쩍 거려대는 그 모습에, 코 떼어 주머니에 넣으려던 덕배도 코끝이 찡했는지 저도 모르게 소리 없는 한숨을 깊이 내쉬었다.

「두 아우님들 살풀이가 이제 끝나신 겐가?」

먹빛 납의의 사내가 버스러진 두 사람 사이로 말을 밀어 넣었다.

「넘사시럽게‥, 살풀이는 뭔 살풀이라요? 나가 아그들이 걱정이 됭께‥, 까깝헝께‥, 쪼까‥, 그라는‥ 것이지‥.」

덕배가 말끝을 흐리며 자라새끼마냥 모가지를 움츠리고는 무안스레 긁적긁적 한 손으로 뒤통수를 긁어대더니만, 살피듯 곁눈질로 슬쩍 한칼이를 바라보았다.

「……」

좀처럼 삭여지지 않는 분을 삭이려 숨이라도 고르는 듯, 한칼이는 천장에 박혀 있는 바위뿌리를 응시한 채 씨근거리고 있었다. 그 모습에 면구스러운 마음이 들었는지 덕배는 슬그머니 눈길을 돌리더니 바닥에 깔아놓은 짚북데기를 여기저기 손으로 짚어 보았다.

「뭔 놈의 땅뿌닥이 꼭‥, 그르께 죽은 중놈의 새끼 발바닥같구만, 잉. 사명당이 월참허시겄네‥.」

경점 치고 문지르듯 얼버무리며 말머리를 크게 틀다가 이내 고개를 들고서 '툭~!' 눅진 소리 한마디를 한칼이에게 내던졌다.

「미안허다‥.」

말을 던지고서 스스로도 겸연쩍었는지, 덕배가 두툼한 입술아래의 누런 뻐드렁니를 "쩝~!" 다시고는 넌지시 고개를 돌려 두범이네를 바라보았다.

「거시기‥, 나가 미안허요‥.」

미지근하였지만 녹실녹실한 것이 다소 물기가 배어 있는 말투였기에 덕배가 마음 깊이 미안해하고 있다는 것을 느낄 수 있는 목소리였다.

「……」

　두범이네로부터 아무런 대꾸도 듣지 못하자 덕배는 고개를 떨어뜨리고서 애꿎은 바닥의 짚북데기를 뜯적뜯적 매우 소심하게 쥐어뜯어댔다.

「으따~! 미안허당께 인자 마음들 푸시오. 덕배 아자씨가 어진이 고은이 생각만허면 나달나달 사삭이 팔불출이마냥 주착스런 것이 으디 하루 이틀도 아닝께요. 아~ 그랑께 으째 아자씨는 갊작갊작 맬겁시 출싹거림서 괜한 사람을 근디려 갖꼬 동티내고 그라시오?」

　분이가 한칼이와 두범이를 갈마보고서 벌어진 이빨 사이로 "찟~!" 소리를 내더니만, 덕배에게 가벼운 타박을 놓았다.

「……」

　눈길을 아래로 내려뜨린 덕배는 아무 대꾸도 못하고서 올이 터져나가 엄지발가락이 삐져나오려는 짚신 코끝만 삐죽이 바라보았다.

「그러시지요. 젖먹이 때 제 어미 여의고, 어미 젖 대신 제 아비 눈물 먹고 자란 아이들 아니겠습니까? 그렇게 하루하루 한숨으로 키웠으니 아비 되는 사람의 마음 또한 오죽하겠습니까? 생살을 떼어 먹이고 뼈를 갈아 먹이는 것도 아까울 것 없겠지요….」

　당골네가 자못 부드럽게 마음을 어루만져 줬건만 두범이네는 여전히 세워 둔 무릎 사이에 고개를 파묻은 채 그저 옷고름으로 눈곱만 께적께적 닦아내었다.

「으휴~ 이 니미럴 놈의 개떡 같은 놈의 시상…! 차라리 악다구니로 부딪치고 부서지고 대그빡이 터져라 깨져라, 불이나 한 바탕 '확~!' 싸지르면 시원하겠네….」

　한칼이가 화를 삭이듯 말을 내뱉고는 이를 악물었다.

「부울…? 거 좋지…! 허면, 어디 볼까…?」

불현듯 머릿속으로 무엇이 스쳐지나간 모양이었다. 먹빛 납의의 사내는 까마귀새끼마냥 눈알을 묘한 빛으로 반짝거리더니만, 생각을 더듬어 보는 듯 눈까풀을 슴벅슴벅 반벙어리 축문 외듯 뭐라 쭝얼쭝얼 거리고는 눈을 가늘게 뜨고서 말을 내어 달리기 시작하였다.

「여기가 바로 산이고 몸에서 나온 것이 불이라니, 산에 불을 싸지르면 산상山上에 불이 있음이라, 옳거니…! 화산여火山旅로구나! 하면, 이르기를 '소형小亨하니 여정旅貞하면 길吉할 것'이요. 단象에 가로되, '유柔이 외外에 중中을 득得하야 강剛에 순順하고 지止하고 명明에 려麗한지라. 군자이 이以 하야 명신용형明愼用刑하고 이불유옥以不留獄하였으며…' 허면 글자로 풀어 본즉, '여旅는 군사요, 많은 무리요, 길을 떠나는 것을 말함이니…. 산은 움직이지 않으나 불은 움직이는 것! 그리하야 한 곳에 거처를 정하지 아니 하고 떠돌아다니는 나그네 길이니…, 그런 즉 이동의 운수요, 떠남의 운수 가 나왔는가…? 하하하~!」

좋은 점괘가 떠올랐던지 먹빛 납의의 사내가 호탕하게 웃어 젖혔다.

「이동과 떠남의 운수라 하시면….」

문득 자기 생각에도 짚이는 것이 있었는지 잠자코 있던 도중이라는 자 웅눈이 사내가 신중한 눈빛으로 물었다.

「……」

먹빛 납의의 사내가 눈길을 돌려 자웅눈이 사내를 물끄러미 바라보고는 생각이 같다는 듯 고개를 느릿하게 끄덕거리더니 지그시 눈을 감았다.

「그렇다면 어디 다른 곳으로…, 아녀자와 어르신들만이라도 앞서 피신 토록 하는 것이 어떻겠습니까?」

「…!…」

자웅눈이 사내의 말에 귀가 솔깃했는지 덕배의 눈이 반짝였다.

「진즉 말씀드릴까 망설이기도 하였던 것인데⋯, 아녀자와 어르신들은 싸움에 임하야 실상 도움이 안 될뿐더러 외려 짐만 될 터이고, 또한 혈육의 정을 내세워 무작정 붙안고만 있다가 몰살을 당하는 것보다는, 한 사람이라도 더 살아날 방도를 찾는 것이 낫지 않겠습니까?」

「으메 으메⋯! 우렁이 속안에도 생각이 들었다드만⋯. 야가 아조 정곡을 찔렀구만, 그랴. 것 참⋯, 참말로 기특도 허네. 안 그냐?」

자웅눈이 사내가 꺼내려던 말을 다 꺼낸 것인지는 모르겠건만, 꼭 콩가루 집어먹는 언청이마냥 덤벙덤벙 말추렴을 든 덕배가 고개를 돌려 한칼이를 쳐다보며 헤벌쭉거려댔다.

「우덜은⋯? 그라믄 우덜은 도망치지 않는다는 야그시오?」

넉 사자 방을 맞은 듯 입을 '헤~' 벌리고서 멋대가리 없이 샐쭉거려대는 덕배에게 한칼이가 눈두덩을 '두릿~!' 거리고는 자웅눈이 사내에게 눈길을 돌리었다.

「글쎄⋯. 우리가 어찌 할 것인가는 차후 이야기해 볼 일이지만⋯, 일단 어르신들과 아녀자들을 어디로든 먼저 보내 놓자 할 것이면, 우리들은 아무래도 여기 남아야 하지 않을까 싶네. 한꺼번에 많은 사람들이 움직이다 보면 그만큼 저들의 눈에 뜨일 염려가 크고, 게다가 우리가 여기 있다는 것을 저들도 이미 잘 알고 있을 터인데 하루아침에⋯, 그것도 일시에 모두 피신하였다는 것을 알게 되면, 나중에라도 눈에 불을 켜고 쫓아올 것이 자명할 터이니 말일세.」

「⋯⋯」

들어보니 자웅눈이 사내의 말이 일면 그럴듯하게 들렸는지 한칼이도 느릿하게 고개를 끄덕였다.

「허면 거시기⋯, 인자 시방, 노사 으르신허고 대정 성님헌티로 빨랑 가서 싸게 싸게 말씀 드리는 것이 으쩔까요?」

마음이 달아오른 듯 덕배가 손을 맞비비며 엉덩이를 달싹거렸다.

「쩌어기‥, 말씀 중에 지송한디요‥.」

남이가 닦은 방울같이 반짝이는 눈알을 굴리며 끼어 들었다.

「저가 듣기로는‥, 옛적 임진년에 왜놈들허고 행주산성서 싸울 띠, 아그들허고 아줌씨허고 노인네들이 힘을 모아 돌멩이를 나르고 던지고 해 갖꼬 왜놈들을 무찔렀다는디‥. 우덜도 같이 힘을 모으면…」

「아~ 것은, 새끼 호랭이 담배 처먹고 미련 곰탱이가 탁주 거르던 때 야그시고…. 인자는 시방 갑오년 지나 을미년 아니냐.」

말이 미처 끝나기도 전에 덕배가 잽싸게 남이의 말허리를 잘랐다.

「그라고 또 그 띠는 거시기‥, 사람들 쪽수가 허벌나게 많았응께 그랬을는지는 몰라도, 시방은 또 몇이나 된다고 도움이 되겠냐? 외려 가로거쳐 헤살만 놓게 되지.」

「그라도, 흐컨 종우떼기도 서로 맞들면 개뿝다고…」

「어허~! 택도 읎는 소리 말어! 이‥ 싸움이란 것은 말이여, 원래쩍부터가 우덜 남정네들이‥, 장정들이나 하는 일인 것이여.」

쐐기를 박으려는 듯 덕배가 목소리에 힘을 주었다.

「그라믄 으디루유…? 시방 저짝 아래짝에서부터 싹 다 에워싸고들 있는디, 으디루 피하실라고유?」

가만히 듣고만 있던 만석이가 퉁방울 같은 눈을 끔뻑이며 물었다.

「장군바위와 거북바위 쪽이 이미 민보군 수중에 떨어졌다니 그쪽 길을 이용하기는 힘들 것 같네만, 여기 뒤편 벼랑길을 따라 쭉 내려가다 보면 선바위 옆으로 있는 듯 없는 듯 가파르고 험하기는 하나 어른 한 사람 정도 다닐 만한 빠짐길이 있던 흔적이 있네. 그러니 장정 하나가 앞장을 서서 선

바위에서 애기바위 쪽으로 길을 내고 아이들과 어르신들이 따라 내려간다
면, 산모롱이까지는 무사히 내려갈 성 싶기도 하네만….」

　「아…! 그 선바위 뒷짝으로 둘러가는 꾸부렁길 말씀이서유?」

　안다는 듯 만석이가 말결을 챘다.

　「그렇지. 바로 그쪽 말일세.」

　자웅눈이 사내가 고개를 끄덕거리더니 말을 이었다.

　「그쪽은 바깥으로 멀리 돌아가는 두름길이니 들킬 염려가 적을 것이고
또 한꺼번에 많은 사람이 움직이는 것도 아니니…, 그나마 길이 조금 험하
기는 하지만 애기바위까지만 무사히 간다면야…, 한번 시도해 볼 만하지
않을까 싶네.」

　「들어 봉께 괜찮은 방법도 같은디…? 그렇잖여?」

　만석이가 문득이 분이에게로 눈길을 돌리었다.

　「글쎄라. 나쁘지는 않은 것 같구만이라.」

　분이도 고개를 끄덕였다.

　「것이 아니라, 참말 묘안에 묘책이랑께! 안들 그렇소? 잉?」

　발밭게 나서며 서둘러 동의라도 구하려는 듯, 한 사람 한 사람과 일일이
눈을 마주치며 물어 가던 덕배가 말꼬리를 누런 뻐드렁니에 매달아 희멀끔
한 얼굴의 아낙네에게 들이밀었다.

　「그라지라, 잉? 그렇잖소? 또새댁네는 또 으찌 생각하시오?」

　「지…? 지유…? 지야 뭐…, 뭣을…, 뭣이나 안다요.」

　얼굴 희멀끔한 아낙네가 남이와 자웅눈이 사내를 번갈아 보더니만, 인
왕산 중허리 같은 배를 어루만지며 말을 이었다.

　「남정네들이 고로코롬 허자면야…, 뭣이건 따라 허는 것이지.」

　「핫~! 것 보시오, 잉. 바로 그 말이 참말이요.」

덕배가 득의양양 흥그러운듯이 무릎을 쳤다.

「그렇습니까?」

당골네라는 여보살이 기다란 눈꼬리에 가느다란 웃음을 띠며, 그러나 한쪽 입가를 묘하게 틀어 올리며, 은근한 목소리로 물었다.

「아…, 아니요…! 것이요…, 긍께…, 시방 나의 생각이…, 뭣이…, 으째…, 딴 놈의 것이 있어 갖꼬 그라는 것이 아니고라. 인자…, 쟈가 말헌 디로다, 우덜…, 남정네끼리가 거시기허게… 싸우는…, 싸울 띠가 훨씬 더 홀가분할 것 같응께….」

속마음 들킨 사람마냥 우물쭈물 덕배가 말을 더듬어댔다.

「그럼요. 당연히 그러셔야지요.」

다 알고 있다는 듯이 당골네가 활짝 웃으며 고개를 끄덕거렸다.

「이잉…? 아…, 아녀요! 거시기 참말…, 것이 것이 아니랑께요…!」

「……」

흐뭇해서였는지 아니면 만족스러웠는지 여하튼 덕배의 강한 부정에도 아랑곳없이 당골네의 얼굴에는 보들보들한 미소가 피어올랐다.

「한칼 아우의 생각은 어떠신가?」

먹빛 납의의 사내가 물었다.

「글씨라…. 뭣이 썩 나쁘지는 않은 것도 같기는 헌디….」

「그란디?」

덕배가 얼른 얼굴색을 고치더니 말꼬리를 채며 물었다.

「다른 사람들은 혹…, 으찌 생각할랑가 모르겄네….」

「누구 말이여? 모다 그라를 것 같은디? 시방 안들 그렇소?」

덕배가 사람들에게 되묻고는 눈길을 다시 한칼이에게 돌리었다.

「그 아니면 시방 녀…, 누구 말하는…? 잉…! 웅칠이성? 재필이? 걱정 말어. 웅칠이성하고 재필이야 두말 헐 나위 윲이 당연지사로 그럴 것잉게.」

「……」

덕배가 다시, 뭐라 한마디 대꾸 없는 한칼이를 살펴보며 물었다.

「그 아니면 대체 누구 말하는겨? 천수? 호봉이?」

「……」

「아, 누구??」

답답증에 조급증이 일었는지 덕배가 목청을 높였다.

「혹시‥, 접사 오래비 말씀하실라 그라시오?」

분이가 슬며시 목을 빼 내밀며 한칼이에게 물었다.

「대호? 대호놈말이여?」

덕배가 눈을 휘둥그렇게 뜨며 분이에게 되물었다.

「대호 오래비가 원체 설삶은 소대가리마냥 고집 센 것이 승질머리가 하도 까칠헝께요.」

「그랴녀도 성에 안 차면은 그랄랑가 또 모르겄구만…. 갸가 지 맴에 안 드는 놈의 것을 넘 허자는 대로 쉬이 고분고분 허겠다고 그럴려고는 안 헐 것잉게. 암~암~.」

만석이도 곁에서 한마디 거들었다. 의도한 것은 아니었겠지만 덕배에게 는 다소 김새는, 다 되어 가는 밥에 코풀어 놓는 소리로 들렸을 것이다.

「갸가 왜? 갸가 뭔데 뭣 땀시? 아니어! 택도 윲는 소리 말어! 아, 우덜이 저 빼놓고 중론으로 몰아붙여 갖꼬 그렇게 허자고 허고, 또 으르신허고 대정 성님이 그리 하자면은 두 말 윲이 할 것이지, 도시 지깐 놈이 뭣이‥, 감히 지가 뭣이라고 턱없이 혼자 몽니 부리간? 아니어! 못 그려. 절대로 못 그럴 것이구먼!」

보는 사람으로 하여금 '저러다 부러지지는 않을까?' 라는 생각이 들게 할 만큼 모가지에 잔뜩 힘을 주어 말하는 덕배의 장담 아닌 장담이 일견 타당하기도 하였으나 대호 또한 그리 호락호락 만만한 사내가 아니었기에 사람들은 '그래도…?' 하는 생각에다 반신반의하는 얼굴들로 고개를 갸우듬히 갸웃거려댔다.

「하면, 대정과 노사께 말씀을 올려볼까?」

먹빛 납의의 사내가 사람들 바깥쪽으로 말머리를 틀었다.

「그럴라요? 허기사 솥 떼어놓고 삼년 묵혀 둘 것도 아닝께, 기왕지사 말 나온 김에 쇠뿔도 단김에 빼 버립시다.」

마음이 동한 덕배가 당장이라도 일어서려는 몸짓을 취하자 먹빛 납의의 사내가 빙그레 웃어보이더니만, 의향을 묻기라도 하려는 듯이 당골네를 바라보았다.

「하면, 우리 애기보살님께서는 어찌 생각하실꼬…?」

그 눈길을 느낌으로 알아차렸는지 당골네가 허공을 향하여 띄우듯 말을 던지더니만, 바위구렁 안쪽으로 눈길을 돌리었다. 사람들의 관심도 여보살의 눈길을 좇아 안쪽 깊이 구석진 곳으로 향하였다. 닿을락 말락 관솔불빛의 끝자락이 드리워지다가 또 거두어지는 어둑어둑한 그곳에서 난화는 언제부터인가 홀로 앉은 채 사람들을 주시하고 있었는데, 태주가 지피어 다가올 일들이 얼비치어 그런 것인지 아니면 가물가물 침침한 관솔불빛에 사람들의 형상이 되비치어 그런 것인지 맑고 자그마한 눈망울에서는 이상한 광채들이 물위를 떠도는 기름띠마냥 번들거려대며 기묘한 형상들을 만들어 내고 있었다.

「……」

자신에게 모아진 여러 겹의 눈길을 피하여 자신도 모르는 사이 태주가 떠나 버린 것이었는지 아니면 스스로 거두어들인 것인지 일렁이던 난화의 눈망울이 언제 그랬냐는 듯 잔잔하게 가라앉았다. 난화는 싱긋 해맑은 눈으로 사람들을 '휘~' 둘러보고는 망혼亡魂처럼 스르르 소리 없이 일어서서 당골네에게 다가가더니 그녀의 젖가슴에다 등을 대고 무릎 위에 포개어 앉았다. 난화가 무릎 위에 다소곳하게 앉자 당골네는 눈을 감으며 어미 새가 깃으로 알을 품듯이 손을 내어 난화를 안고는 무릎위에다 손을 얹었다. 난화가 그 손을 잡고 손바닥을 펴더니만, 그 위에 무엇을 그리듯 끼적끼적 거려대기 시작했다. 마음을 가다듬어 가며 그 뜻을 찾고 또 음미하는 듯 난화의 끼적임을 따라 눈꺼풀을 잇따라 슴벅거려대는 당골네의 낯빛이 파리해지다 못해 점차 투명해지더니만, 반들반들 털 없는 눈두덩이 주변 찌푸린 양미간으로 가느다랗고 검붉은 실핏줄이 선명하게 내비치었다. 사람들은 팽팽한 긴장감에 사로잡힌 채 한동안 그렇게 애기보살과 여보살의 말없는 대화를 지켜보았다. 이윽고 당골네가 두어 차례 무겁게 고개를 끄덕거리더니 '번쩍!' 하고 신기神氣로 번뜩이는 눈을 치켜떴다. 지켜보던 사람들이 '흠칫~!' 놀란 얼굴들을 하였으나 난화는 아무 일도 없었다는 듯, 여느 또래 계집아이처럼 당골네의 무릎에서 '폴짝!' 일어나더니 천진난만하게 배시시 웃으며 '쪼르르르~' 바위구렁의 중간쯤 되는 곳으로 가서 엎어놓은 고리짝 위의 부적 쪼가리를 만지작거려대기 시작했다.

「……」

당골네가 살며시 턱을 들어올리며 깊은 숨 한가닥을 기다랗게 들이마셨다. 그리고는 잠시 머금었다가 고개를 수그리면서 차분하게 풀어 내어 눈빛을 고요히 가라앉히더니만, 먹빛 납의의 사내에게로 담담한 눈길을 돌리었다.

「…!…」

숨을 가라앉히는 당골네의 태도와 숨결에 담긴 어떤 기운으로부터 이미 감지되었던 어렴풋한 것이 그녀의 눈을 통해 새삼 또렷이 확인이라도 된 것이었을까? 아는 듯 모르는 듯 여우볕마냥 어두운 그림자 같은 것이 찰나 지간 사내의 부리부리한 눈망울에 비치더니만, 홀연 사라져 버렸다. 뒤늦게나마 그것을 감추려는 듯, 사내가 자세를 고쳐 가부좌를 틀고는 지그시 눈을 감았다. 먹빛 납의의 사내가 그렇게 눈을 감아 버리자 지켜보던 사람들의 눈길이 자연스레 당골네에게로 향하였다.

「……」

말없이 눈감아버리는 당골네의 얼음같이 차갑고 하얀 얼굴 위로 불그스름한 불빛이 부적의 야릇한 글자마냥 어른거려댔다.

「…!…」

비록 보잘것없는 종자라고는 하나 목숨 붙어 있는 것들인지라, 어미 뱃속에서 나올 때부터 가지고 나오는 감感으로 뭔가 심상찮은 낌새를 감지했던 모양이었다. 사람들의 눈도 호기심과 두려움에 뒤섞여 불안스레 흔들리고 있었다.

「음….」

신음인지 탄식인지 먹빛 납의를 입은 사내 입에서 나지막한 소리가 흘러나왔다. 그 소리를 좇아 사람들의 눈길이 모두 사내에게로 옮겨졌다.

「……」

가부좌를 틀고 있는 사내는 눈을 감고서 몸을 좌우로 가볍게 흔들어대고 있었는데, 머릿속에는 무슨 생각이 떠올랐는지 입술 끝을 한 차례 위로 실룩거리더니만, 입을 열 듯 말 듯 말을 꺼낼 듯 말 듯 입술을 달싹거리고는 엄지와 중지손가락으로 천천히 눈썹을 쓰다듬고 내려와 콧등과 입가를 지나쳐 턱밑을 어루만졌다.

「성님…?」

엇나간 기대감과 엇갈리는 마음 탓이었는지 조바심을 참지 못한 덕배가 먼저 말문을 열었다. 그러자 그 말소리를 듣고서 입성수로 날떠퀴라도 보려는지 먹빛 납의의 사내가 가만히 눈을 뜨더니 빤드름한 눈길로 덕배를 빤히 쳐다보았다.

「…?…」

면전에서 뚫어져라 바라보는 사내의 눈길에 요강 뚜껑으로 물 떠먹은 사람마냥 '뭐‥, 별 일 없겠지.' 하면서도 마음 한 구석이 이상스레 께끄름하였는지 덕배는 두리번두리번 주변의 사람들을 둘러보았다. 그러자 사람들의 마음도 뜨악하였는지 꺼리듯 모두 입을 굳게 다물고는 삼가듯 눈길을 아래로 내리깔았다. 공연히 입을 떼었다가 혹시나 부정이라도 옮을까봐 조심하는 눈치들이었다.

「주천이 성님….」

보이지는 않지만 느낄 수 있는 바람마냥, 뭐라 꼭 집어 말할 수는 없지만 막연한 것만큼이나 확실하게 느껴지는 밑도 끝도 없는 어떤 불길한 예감에 사로잡힌 듯, 덕배가 조릿조릿 흔들리는 마음마냥 조마조마한 목소리로 먹빛 납의의 사내를 불렀다.

「…!…」

먹빛 납의를 입은 사내 얼굴에 짧은 순간 동요와 망설임의 빛이 스치고 지나갔다. 그러나 여전히 입을 꾹 다물고 아니, 잠그고 있었다. 아마도 자기 머릿속에 떠오른 누군가의 길(吉)하지 않은 운세를 솔직하게 털어내고 이야기할 만큼 모질지는 않았던 모양이었다.

「꾸울~꺽‥!」

덕배의 생침 삼키는 소리가 천장의 바위뿌리에 부딪혔다.

「그럼‥, 그렇게‥, 하도록‥ 하지…. 일어나세나….」

이윽고 먹빛 납의의 사내가 입 안에 머금어 두지 않았음직한 말들을 토막토막 잘라가며 잘게 잘게 내뱉었다.

「휴우~~.」

당골네가 사내의 마음을 대신하듯 무거운 숨을 깊이 내쉬었다. 그 숨소리에 덕배가 당골네에게 눈길이 돌리려 하자, 주천이라는 사내가 그 눈길을 자기에게로 돌리기라도 하려는 듯 '훌쩍~!' 몸을 일으켰다.

「시방, 가실라고라?」

덕배가 얼른 따라 일어섰다.

「지도··! 지도 갈라요.」

자웅눈이 사내와 만석이를 따라 남이도 몸을 일으키며 말했다.

「아녀, 아녀! 바깥이 겁나 추운께, 너는 시방 여…, 너 음니허고 여 있드라고. 우덜끼리 닁큼 싸게 다녀올 것잉께. 으째, 너는 여 있을 것이냐?」

어린놈이라 혹시라도 저 모르는 소리로 홍글방망이놀까 염려되었던지 일어나려는 남이를 어름어름 도로 앉힌 덕배가 말끝에 물음을 달아 한칼이에게 던졌다.

「……」

한칼이는 잠자코 앉은 채 아무런 대꾸가 없었다.

「그리어··. 너도 시방 여 있는 것이 차라리 낫겠다.」

한칼이를 뒤로 하여 덕배가 주천이라는 사내에게 재촉하였다.

「어여, 얼릉 싸게 가십시다. 잉? 댕겨 올라요.」

덕배가 당골네에게 말을 던지고는 엉금엉금 바위구렁 입구 쪽으로 기어가서 가려 둔 나뭇가지들을 젖혀내자 매서운 겨울바람이 굴 안으로 밀물처럼 쏟아져 들어왔다. "휘두두두룩~!" 관솔불이 모로 쓰러지며 발악하듯 몸을 떨어댔고 어둑어둑한 사람들의 그림자가 그을음마냥 흙벽에서 바닥으로 위태로이 일렁이다 으스러져 버렸다. 주천이라는 먹빛 납의의 사내가 밖으로 나서려다 홀연 걸음을 멈춰 세웠다. 뒤돌아볼 줄 알았건만 사내는 큰 숨만 '한 호흡' 들이마시고 깊이 머금었다가 풀어 내더니 망설임 없이 성큼 밖으로 나섰다. 그 뒤를 따라 어진이 아비 덕배와 도중이라는 자웅눈이 사내 그리고 앍둑빼기 만석이가 차례로 나섰다. 만석이가 바깥에서 다시 나뭇가지들을 주워 입구를 가려두자 관솔불이 "타닥~! 탁, 탁…!" 힘을 내어 일어서며 제 몸을 태웠고, 화답하듯 남아 있는 사람들의 그림자도 어른어른 제자리를 찾아 일어섰다. 한칼이는 고개를 돌리어 당골네를, 두 손바닥을 위쪽으로 향하게 하여 오른손을 왼손 위에 얹어 두고서 양쪽 엄지손가락 끝을 서로 가볍게 맞닿게 하고 아랫배 쪽으로 끌어당겨 단정하게 앉아 있는 당골네와 그 너머 바닥 뒤편에서 불그스름한 관솔불빛에 에워싸인 채 꾸물꾸물 흙벽을 오르락내리락 힘없이 흐느적거리는 당골네의 어두운 그림자를 번갈아 바라보았다. 묻고 싶은 것이 있었으나 참으려는 것이었는지, 한칼이는 아래턱에 지그시 힘을 주어 입술을 '꾹…!' 다물고서 고개를 들어 불그스름한 관솔불빛에 젖어 있는 천정의 나무뿌리들과 바위뿌리를 바라보았다

「……」

"우우~웅~웅~~." 한 떼의 바람무리가 솔가지와 전나무 가지들 사이로 새어 들어와 스산한 바위구렁 안에 감돌자, 관솔불이 그 바람의 끝자락을 밟아가며 흔들흔들 흙벽 위아래로 좌우로 크고 작은 그을음을 시커멓게 뱉어내었다.

「지至 기氣 금수 지至 원願 위爲 대大 강降…」

두범이네가 조용히 일어나더니만, 구석진 자리로 돌아가 산란한 마음을 가다듬고 기도하듯 나지막하게 강령주문降靈呪文 여덟 자를 읊조렸다.

「시천주조화정영세불망만사지侍天主造化定永世不忘萬事知~!」

그러자 희멀끔한 얼굴의 또새댁네가 열석 자 본주문本呪文을 따라 외며 한 손으로 아랫배를 받쳐 들고 다른 한 손으로는 감싸듯 부른 배위에 얹고 일어서더니만, 조심조심 두범이네 곁으로 다가섰다. 그러자 분이와 남이도 두범이네 곁으로 다가가 둥글게 무릎을 맞대고 모여 앉아 주문을 함께 외기 시작하였다.

「지기금지원위대강 시~천주 조화정 영세불망 만사지~.」

주문 외는 소리가 가슴께를 서느렇게 훑고 지나간 모양이었는지 한칼이도 옷깃을 경건하게 여미고는 가만히 눈을 감았다. 잠시 그렇게 고요하게 숨을 고르고 마음을 가다듬은 한칼이가 두 손을 가지런하게 가슴께 모으고서 마음마냥 차분한 목소리로 나지막이 주문을 읊조리기 시작했다.

「지기금지원위대강 시~천주 조화정 영세불망 만사지~, 지기금지원위대강 시~천주 조화정 영세불망 만사지~ 지기금지원위대강 시~천주……」

잔잔히 허공을 흐르는 소리 물결에 가물가물 관솔불빛이 일렁거렸고 일렁일렁 가물거리는 관솔불빛에 넘실넘실 소리물결이 반짝거려댔다. 이윽고 반짝반짝 넘실넘실 거려대던 그 소리 물결이 바위구렁을 가득히 채우고서 넘쳐흐르더니만, 어슴새벽의 자오록한 운무雲霧마냥 멧부리 주변을 휘감아 돌다가 바위벼랑 아래로, 산등성마루로, 점점 더 아래쪽으로 너울너울 아슴푸레한 골짜기를 향하여 아스라이 흘러 내려가기 시작하였다.

넷째 마당

새하얗게 얼어붙은 달무리로부터 사느랗게 배어 나오는 은은한 달빛 아래 언뜻 보이는 것이 어느 시절엔가 머물렀을지도 모를 한 마리 학鶴인가도 싶었다. 멧부리 뒤편으로부터 가파르게 이어져 내려오던 벼랑길이 한고비 머물며 쉬었다가 다시 휘어져 돌아가는 선바위 아래편 반비알진 길굽턱에서 노사老士는 눈처럼 끼끗한 두루마기 차림으로 시커멓게 웅크린 겨울나무 숲을 등진 채 외따로이 서있는 강대나무 한 그루를 바라보고 서있었다.

귀를 기울이면 외려 귀가 아플지도 모를 어슴새벽 깊은 고요 속으로 죽은 듯이 잠들어 있던 구부정한 산허리를 되알지게 할퀴고 지나가는 소소리바람을 좇아 "쏴아아~!" 세찬 소리 내지르며 쏟아져 내려오는 겨울나무 그림자 무리들이 허공중에 검불덤불 서로 뒤엉켜 부딪히며 꺾어지고 배틀어진 팔모가지와 손가락들을 거칠게 휘저어대자 거뭇거뭇한 이파리들이 "우수수…!" 얼어붙은 생눈판에 맥없이 떨어져 내리더니 노사의 발치께로 을씨년스레 나뒹굴었다.

「……」

아스스한 느낌이라도 들었던 것일까? 노사가 돌연 빼빼 마른 손가락을 옷섶에 가져다 대고 옷깃을 단단히 여미더니만, 행여 따스한 기운이나마 한줌 남아 있을까 확인이라도 하려는 듯이 몸을 기울이며 한 손을 길게 내밀어 제 손처럼 앙상한 강대나무 줄기를 짚어 보았다. 잠시 그러고 있다가 천천히 손을 떼더니만, 자신의 뻣뻣한 손가락이 마치 그 강대나무의 삭정이라도 되는 것처럼 '꾹…!' 하고 지긋이 힘을 주어 쥐었다가 펴보고는 다시 또 눈앞으로 치켜들고서 꼬무락꼬무락 손가락 하나하나를 꼼짝거려 보았다.

「……」

그러던 중에 "호로록~!" 갑작스레 메숲진 곳에서 날아오른 산새 날갯짓 소리가 노사의 눈길을 휑허케 낚아채더니 어스름 하늘을 가로질러가며 머리 위에다 묽스그레한 울음 궤적을 구슬피 그려 넣었다.

「…!…」

으스름 달빛에 얼룩얼룩 해읍스름하게 보이는 건너편 멧부리 너머로, 가없는 하늘 가 저편으로 아물아물 한 점이 되어 사라져 가는 이름 모를 산새 그림자 울음소리에 가물가물 노사의 침침한 눈길이 머물러 있는 사이, "투두둑…! 투툭~!" 벼랑길로부터 자그마한 자갈맹이들이 다급히 굴러 떨어지는 소리와 "주르륵~!" 비탈진 눈길에서 바스러진 흙덩이들이 흐트러져 내리는 소리가 들리는가 싶더니, 산짐승 닮은 그림자 하나가 희끄무레한 선바위에 어른거렸다.

「으르신…!」

산짐승 닮은 그림자가 헐레벌떡 달려 내려와 부르고픈 말에다가 단내 나는 입김과 콧김들을 시근벌떡 섞어가며 하얗게 뿜어대고 있었으나 산새 그림자 울음소리에 이미 귀를 빼앗긴 노사는 여전히 하늘가 저편 멀리 아득한 곳만을 바라보고 있었다.

「……」

외따로이 달빛을 반쯤 깔고 드러누운 선바위 아래편으로 '주르륵~!' 미끄러져 내려오던 그림자가 마침내 반비알진 길굽턱에 모습을 드러냈다. 그러자 그제야 기척을 느꼈던지 노사가 느릿한 눈길을 돌리었다.

「오셨는가…?」

들썩들썩 어깨 숨으로 밭은 숨을 가라앉히며 서 있는 대호의 가량가량한 얼굴 위로 콧김이 희뿌옇게 엉겨 붙는 것을 바라보며 노사가 나직이 입을 떼었다.

「……」

대호는 기강紀綱이 바로잡힌 병졸마냥 입술을 '꾹…!' 다물고서 대답 대신 마디가 '똑!' 끊어지도록 한차례 고개만 끄덕였다. 그러자 노사도 체머리를 흔들 듯 두어 차례 고개를 끄덕거리더니 다시 고개를 들어 멧부리 너머로 느릿한 눈길을 돌리었다.

「으르신….」

노사의 눈길을 되돌려 놓으려는 듯, 대호가 제 말머리 고삐를 힘주어 잡아당기며 '한 걸음' 다가들었다.

「어디를 저리 바삐 가시려는가?」

노사가 사뭇 뜬금없이 허공을 향해 던져 올린 말이었건만 대호는 그것이 다가서려는 자신을 막아서는 것이라 느꼈던지 그 자리에 '무르춤…' 하며 멈추어 서더니 노사의 말끝을 좇아 고개를 들고서 어스름 새벽하늘을 바라보았다.

「……」

아닌 게 아니라 대호의 눈에 비친 하늘 가 한켠의 동그마니한 달은, 된서

방놈의 주먹질에 밤을 새우다 올빼미 새벽길을 따라 밤봇짐을 품에 안고 아무도 모르게 마을 어귀 고개 너머로 야반도주하는 아낙네마냥 푸르죽죽한 얼굴을 하고서, 어뜩어뜩 그무레한 하늘 길을 힘겹게 밟아 가며 또 희뜩희뜩 우중충한 구름더미들을 헤쳐 가며 허든허든 건너편 멧부리 너머로 아슬아슬 외로운 발걸음을 옮겨 가고 있었다.

「해가 오시려니 달이 가시려는 것일까? 아니면….」

저물어 가는 달에게 눈길을 던져 놓은 노사가 절반쯤은 혼잣말하듯 또 절반쯤은 자기 자신에게 묻듯이 이야기를 꺼내 들었다.

「달이 가시려니 해가 오시려는 것인가?」

「……」

「'지금의 사람들은 옛적의 달을 보지 못하건만(今人不見古時月) 지금 저 달은 옛사람들도 비추었을 터(今月曾經照古人)…. 하여, 옛사람이나 지금의 사람이나 모두 흐르는 물과 같은 것이다(古人今人若流水)' 하였음에…. 물이라….」

달빛이 얼마나 미려美麗한가를 한창이나 잊고 있던 사람마냥, 감탄感歎이었던지 차탄嗟歎이었던지 어쨌거나 누기漏氣가 배어 있는 눅눅한 목소리로 이백李白의 칠언시七言詩 「파주문월」把酒問月의 몇 구절을 풀어내던 노사가 큰 숨을 '뭉툭~' 머금었다 풀어내었다.

「물은 물인 즉, 차디찬 얼음장 밑으로도 여상如常히 흐르고 있을 터…. 그렇게들 흐르고 흘러…, 가시겠지….」

달빛에 젖고 여하한 감상에 젖은 듯 노사의 눈망울이 반짝였다.

「허허~ 스러져 가는 달빛 때문인가? 이런 판국에도 저 달을 술잔에 비추며 묻고 싶어지는구만, 그래. 헛허허….」

술잔 속의 달을 보며 그 달이 져서 술잔이 비일까를 걱정하던 옛사람마냥, 노사는 하뭇하면서도 허우룩하게 웃어보였다.

「으르신….」

굳은 얼굴마냥 대호의 목소리에는 자못 힘이 들어가 있었다.

「쇤네…, 사뢰어…, 올려드릴 말쓈이 있는디요….」

「……」

뒷짐을 지고 서서 하늘가 한켠의 파르스름한 달을 바라보고 있던 노사
가 대호에게로 땀지근한 눈길을 돌리었다.

「…!…」

노사의 깊고 그윽한 눈과 마주친 대호가 목젖 너머로 "꿀꺽~!" 한 차례
깊숙하게 덩어리진 침을 삼키고는 삼가는 태도로 '여짓여짓' 말문을 열기
시작했다.

「보초대가리 읎는 놈이 자발이 읎이…, 배알티가 배겨 갖꼬…, 으디 감
히 씨알머리 읎이…, 으르신 앞서 앵부린다…, 생각을 허셔도…, 지는 뭐…,
뭣을…, 뭐라 드릴 말쓈이 읎는 디요….」

멧새부리 뒤편에서부터 벼랑길 아래 내리받이 쪽으로 찾으러 달려 내려
오는 동안 족히 수백 번은 마음속으로 또 입속으로 '하고픈 말은 꼭 해야겠
다.' 다짐에 다짐을 하였을 것이건만 그래도 송구스럽고 망설거려지는 마
음은 어쩔 수 없었는지, 하여 그 마음들을 다잡으려는 듯, 대호가 장검을
틀어 쥔 손에 '콱~!' 힘을 주었다.

「이…, 이 미천헌 놈이 참말 가당찮게도…, 참말…, 참말로 징허게 지송
스런디요…. 으르신께 죽을죄를 짓더래도 말이여라…. 이번만큼은 쇤
네…, 암만…, 이…, 이 맴을 고쳐먹고…, 또 고쳐먹고 혀 봐도 말이어라….
으른신 령대로는…, 고로코롬 따르는 것은 참말로 헐 수가…, 아니…! 헐
수 있어도 모…, 못하겠구만이라….」

단단히 마음먹었다고는 하나 흔들거리는 것 또한 어쩔 수가 없었던지 대호가 말꼬리에 매달려 있던 고개를 '툭…!' 떨어뜨리고는 어금니를 앙다물어 보이더니 노사의 안색을 살피듯 조심스레 올려다보았다.

「……」

「……」

이르기를 '글은 말을 다하지 못하고 말은 뜻을 다하지 못한다(書不盡言 言不盡意).' 하였음에 차라리 말하는 사람을 바라보는 것으로만 참 마음을 이해하고 거짓과 진실을 구별할 수 있다는 듯, 노사는 대호를 물끄러미 바라보고만 있었다.

「긍께…. 쇤네가…, 참말로…, 참말 면구스런디요….」

대호가 용기를 내어 끊어졌던 말허리를 다시 동여매었다.

「차라리 이…, 이놈이…, 여 모강지를 내놓고서 시방…, 드리는 부탁잉께요…. 인자 지는…, 기왕지사에 으르신 령을 어길라는 천하에 처죽일 놈일께라…. 뭣을 더 두고 볼 것도 읎이 기냥 여서 "칵!" 디져 불게 기냥 냅둬주셨으면 만이라….」

가슴에 담아 두었던 설움과 진심이라는 것이 어느 순간 밖으로 넘쳐 흐르게 되면 눈물이라도 되는 것인지 대호가 목청을 돋우어가며 우는소리들을 쏟아내기 시작하였다.

「이…, 이놈은요…! 암껏도…, 으디 가고자픈 곳도, 갈 곳도 읎어라…. 오라는 디도 읎고요, 가야 헐 이유도 당최 모르겠구만이라…. 지는 말이여라…, 인자 시방…, 진즉에 통통 막혀 버려 미꼬미라고는 으디 눈알을 씻고서…, 눈꼽을 떼고서 찾아 봐도 도통에 읎는…, 깜깜허니 암껏 뵈지 않는 이 까깝헌 시상서요…. 낫자루 호미자루, 그놈 말고는 암껏도 쥘 것 읎어 갖꼬, 지우 마른 햇살 한 줌에 흙먼지 한 톨 쥐어지는 이 손으로요…. 개벽

開闢녘 문짜구리를 활짜당 열어제끼고서 미친놈마냥 뛰쳐나가 갖꼬 이놈의 칼로다 '번뜩번뜩~!' 온 시상에 시퍼렇게 서늘한 칼바람 시퍼런 칼춤 한번 신명에 발병 나게 흐드러지게 춰 가면서요‥, 지 칼 막아서는 놈덜 칼, 지 총 막아서는 총포에 부딪히고 부딪혀서 손모강지 발모강지‥, 요‥, 요 모강지 대강지 깨지고 잘리고 싹뚝에 뭉뚝 피비린내 몽실‥, 아가리 까득까득 핏덩이 한 뭉텡이 울컥울컥 헐 때까정 토악질 패악질 원 읎이 함 해 보고요‥. 분하디 분한 맴‥, 분기憤氣에 오기傲氣를 원기元氣 삼아 요란이 법석이 초라니네 망나니 꼴방정으로다 "쨍그랑 쨍쨍" 소리에 소리소리, 진창에 꼴창으로 이 골짝서 저 골짝, 동네방네로, 고을고을 방방곡곡으로 까득 까득 울리고 울려서라‥, 눈 뜬 장님에 귀 먹퉁이, 뭇따래기, 오장이 썩어빠진 시상 드믄 천치놈들 싸그리 싹싹! 몽에 몽조리 깨우고 또 깨워 일으켜 세워 갖꼬요‥, 그라고서‥! 원통에 비통하고 분통하고 절통한 염병헐 놈의‥, 이 몹쓸 놈의 땅덩이를 '몽창!' 들었다가 몰아치고 감아치고 다그치고 후려치고 '확~!' 다‥, 실컷 쌔려 쳐 갖꼬 왕창 뒤집어 엎어버리게 라‥! 그라고서‥, 그라다가 기냥 디져야 헐 때 원 읎이 디질라니께요. 그랑께라‥, 그랑께말이여라. 지발‥, 쉰네헌티, 얼라들 할마시 데꼬 으디 내려가란 말씀만큼은 지발‥, 지발 허지 말아 주시시오. 지는 여서 디지는 것이 소원잉께요‥.」

「……」

이렇게 말할 것을 짐작이라도 하고 있었다는 듯 노사는 한동안 무덤덤한 눈으로 가만히 대호를 바라보기만 하고 있었다.

「개벽開闢이라‥.」

이윽고 노사가 대호에게서 눈길을 떼어 내더니 가없는 하늘가 저편 멀리를 바라보며 숨을 깊이 들이마셨다.

「개벽이라 하셨는가?」

「야.」

차분하고 평연平然하게 느껴지는 노사의 목소리와는 또렷이 대비되는, 짤막하게 끊어 대답하는 대호의 목소리에서는 어떤 간절함과 결연함 같은 것이 묻어나왔다.

「천지天地의 기수氣數로 보면 현금現今은 일 년 중 가을이요. 하루의 저녁 때와 같나니…. 물物의 어지러움과 기운의 상傷함이 끝 간 데에 이르렀다 하시되…, 무리가 일컬어 '다시 개벽의 시기가 도래하였다.' 말씀들을 하셨던가…?」

「야.」

어기대기라도 하려는 듯, 대호가 고개를 빳빳이 세웠다.

「허나, 천지의 기수를 따라 다시 개벽의 시기라 일컫는 것이 다만 사시四時의 순서와 일월日月의 번복飜覆에 달린 것이었는가?」

말을 마치고서 대호에게로 천천히 눈길을 돌리는 노사의 입가에는 어느 사이 미소가 희미하게 피어 있었다.

「……」

제 깐에도 이것은 물음이 아니요 무엇을 가르치려는 은밀하고도 시커먼 의도를 뱃가죽 밑에다 깔아 놓은 케케묵은 소리라는 것을 이미 간파하였다 여겼던 것인지, 대호는 다부지게 입을 다물고서 두리두리한 눈알로 노사를 쏘아보았다.

「시유기시時有其時에 시처처時處處라…. 머물다 돌아가는 것이니, 날도 아니고 달도 아닌…, 때가 되면 오는 것…. 자유시自有時 자유시自有時 하니 스스로 그 때가 있음이며 운運 역시 그 운이 있는 것이니….」

노사는 뒷말을 머금고는 고개를 가로 저으며 다시 먼 하늘을 올려다보았다. 짐작해 보건대 '아직 그 때에 이르지 않았다' 라는 이야기쯤 될 것 같았으나 굳이, 아니 차마 할 수 없었던 모양이었다.

「허허~. 그 뉘의 말씀을 반추反芻하여 볼 것이면, '벽闢이라는 것은 문門 안으로 법이⋯, 때로는 하늘과 허물조차 들어앉은 것이다.' 하셨으니⋯. 개벽이라 새로운 세상을 여는 것이 반드시 문을 파破하야 부수고서 밖으로 열어젖히고⋯, 나아가 물리치며 난장亂場을 치러야만 하는 것인가? 안으로 열어 삼가 하눌님을 모시듯 삼라만상 만휘군상을 내 안으로 모시고 맞이하여 섬김에 널리 흐르고 멀리 퍼지게 하면 아니 될 일이던가⋯?」

「으르신⋯! 이⋯, 이 무식헌 이놈은, 원체가 눈깔 무딘 놈에다가 당최 생겨먹은 씨종자가 겉보리 쭉정이맹키로 여⋯, 여가 텅 비어 갖꼬요⋯.」

단지 말하지 않았다 하여 모르는 것이 아니듯, 대호도 앞서 나온 말들과 이어져 나올 말들을 충분히 예상하고 있었던 모양이었다. 하여 노사께서, 그 뉘라 능히 짐작하고도 남음이 있을, 비승비속非僧非俗에 비유비무非儒非巫의 주천이란 사내가 언젠가 열어젖힌다는 '벽'闢의 자획字畫을 들어오고 나가는 '문'門과 '법' '하늘' 그리고 '허물'을 뜻하는 '벽'辟으로 이미 해자解字하여 놓았음직한 것을 인용함이 분명할 것이거늘, 대호는 그 뜻을 알거나 말거나 상관없이 오로지 그럴듯하게만 들리는 이야기 따위는 더 이상 듣고 싶지 않았는지, 노사의 말꼭지를 대뜸 자르듯 틀어 젖히고서 자신의 머리통을 쥐어박아 가며 말을 쏟아내었다.

「시방 으르신 나으리 금쪽 같으신 말씀이 암만⋯, 도통 뭔 말씀이신지 알아먹지를 못하겠어라⋯. 긍께요⋯, 지가라⋯, 쉰네⋯! 가갸 뒷다리도 모르는 이 무식 종자 놈이 지우, 꼭 지 이름만큼 아는 것은요⋯. 지맹키로 하찮은 티끌 종자끼리는 딴딴허고 똘똘허게 '꽉~!' 뭉쳐갖꼬⋯, 그랴서 흙이 되고 돌멩이가 되어서 분하고 억울한 이 시상을 으찌든지 바꿔 볼라고 힘닿는 디까정 허천나게 부딪치고 부딪쳐서 몸땡이가 겁나 부서지고 바스라져 다시 티끌이 될 띠까정 이판에 사판으로 그렇게 살다 디져 부러야 쓴다는 것, 고것뿐이어라. 고로코롬…, 야? 우덜이 고맹키롬 해야 쓰는 것 아닌감요? 야? 야??」

「……」

「아, 우덜이 하늘이람서요~!!」

어느 사이 승냥이의 그것마냥 누리끼리해져 버린 눈망울에다가 시뻘겋게 핏발까지 곤두세우고서 뭐라뭐라 나오려는 말머리를 잇새에서 억지억지 짓이겨대던 대호가 짧은 순간 끓어오르는 감정을 주체하지 못하겠던지 격렬하게 쏘아붙였다.

「야? 야?? 야???」

거슬러 오르려는 듯 "씩씩~" 말머리를 치세워 들었다.

「이…, 이놈… 이 무식헌 반팬이 놈은 오로지 나가 하늘이고 너가 하늘…! 우덜말고는 하늘 없다는 그 말씀에 여…! 여가…!」

타는 듯 뜨거워졌는지 제 가슴을 줴쳐대던 대호가 울분을 쥐어짜 내며 목멘 소리로, 제 성정性情을 못 이겨 꾸밈없는 날 것 그대로의 마음들을 쏟아내기 시작했다.

「여가 '찌르르르…' 허고 '꽉~!!' 백혀 갖꼬 뼛속까지 '짜르르르~' 단숨으로 저려 왔소…! 그란디 말이여라. 그란디, 시방…! 여…, 여가 또 죽어라 쿵쾅거리는 것이…. 나가 하늘이고 우덜이 하늘이라 해싸놓고 으짜쿠롬 꾸꿈시룹게 도망을 치라 그라는 것이요? 잉? 나가…! 우덜이…! 우덜 모다가 하늘인디…! 한 치의 버레기에도 오 푼의 결기가 있다는 디 시방…! 뭔 놈의 하늘이 뭣이 무서워 그라는 것이요? 쩌짝 하늘이 벼락이를 맞아 갖꼬 짜개질라는 것이 겁이 나서 도망을 치겄소? 야? 야? 으디 시상이 까꾸로 디집혀 갖꼬 불에 물벼락, 물에 불벼락을 맞아 처무너진다 혀도 암만 하늘이, 잉? 끝 갈 날이 있다면은 으디 한 귀탱이만 쪼가 무너지고 말겄소? 혹간에 나 진즉에 무너질 것이라면 그라녀도 한꺼번에 "와르르르~ 몽창…!" 허고 무너질 것인디, 으디로 가서 을매나 더 살아 보겄다고 그라라는 것이요? 사램이 한 몸으로 한번 나면요…, 죽고 사는 것이 산 탈 아니면 메 탈…! 종당에는 으짜피들 모다 디져 부는 것…! 나고 지고 가고 지고 우덜은 으짜피 은젠가는 싸그리 싹 다 디져 갖꼬 썩은 내 풀풀 풍기면서 꿈지러기 밥이 되고 흙이 되는 것 아닌감요? 야? 야…?? 아, 떼장 밑이 저승이고 이마빡에 사자밥 붙여놓고 댕기는 것이 우덜이라는디요! 긍께 디져야 헌다면 디져 불고 디져야 끝이 난다면 인자 고만 디져 불면 될 일 아니겄어요…! 그란디요 ~! 그란디, 한 홰 안의 닭들도 한꺼번에 "꼬꼬댁~!" 거리고 천둥번개가 칠 적에는 천하 사람이 한 맘 한 뜻이라는 디…! 긍께, 숨을 쉬어도 같은 숨을 쉬고 말을 해싸도 같은 말을 해야 헌다는디~! 긍께…! 긍께요! 우덜이 하냥 다짐으로 인났다가 인자 시방 다 디질 때가 되어 부렀응께요~오! 차라리 모다 멋들어지게 싸우다가…, 으디로 꼬불치다 디지느니 으따 대고 맞짱으로다 맨주먹질이라도 허고…! 몸부림이라도 함 쳐 보고서 디지는 것이 안 나술 것이요? 야? 야?? 나으리~! 으르신~!!」

목멘 소리를 거세게 쏟아내던 대호가 갑자기 태도를 바꾸어 '털썩~!' 무르팍이 깨어져라 땅바닥에 주저앉더니만, 간절한 마음으로 바짓가랑이라도 붙들고 애걸이라도 하려는 듯이 말에 박차를 가하였다.

「싸웁시다요~! 생각허면요…, 긍께 생각만 허고 앉았으면 꼭 어둑서니 마냥…! 겁만 겁나 허벌나게 커징께요…. 긍께 암 껏 생각 읎이…, 생각은 인자 고만허시고요…. 이…, 맴이 시키는 디로…, 맴이 허자는 것이 사람이 하는 것이고, 고것이 바로 하늘이 하자는 것이랑께요…. 싸우다 죽읍시다요…! 진 꽃은 또 필 것이지만 맴이 꺾인 꽃은 다시 피지 못할 것이라 말씀 안허셨소…? 그랑께요…! 차라리 죽더래도…! 기껏 살아 봤자 삼만육천 일인디요…, 천인이 찢어대면 천금이 녹고 만인이 찢으면 만금도 녹는다는디…. 참새가 백마리면 호랭이 눈깔을 빼간다는디…! 긍께요…! 긍께 같이 싸우게 해 주시오. 이놈은요 참말로…, 워낙에 무식헌 놈잉께요…. 겁나 무식허고 허벌나게 용감형께요…! 이놈이 디질 자리가 바로 여깅께요…! 긍께 싸우다 디지게요~오~!」

"보시게, 접사! 지금 무엇을 하고 있는 겐가!"

메숲진 곳을 지나쳐 내려오던 내리받이 길이 살짝 치받아 오르려는 야트막한 둔덕으로부터 단단한 목소리가 쏜살같이 날아오더니 대정이라는 사내가 성큼성큼 선바위 아래 반비알진 길굼턱으로 내려섰다.

「나와 계셨습니까?」

노사에게 공손하게 머리를 조아리며 말을 올린 대정이란 사내가 고개를 들고서 대호를 쏘아보더니 나무라듯 정색을 하였다.

「이 무슨 해괴한 짓인가! 어서 일어나시게.」

「……」

대호가 아랫입술을 '꾹…!' 깨물며 고개를 숙였다.

「보시게, 접사…!」

「……」

「어허~! 이 사람이 그래도…!」

대정이 '흘깃~' 한차례 노사를 살피더니만, 목소리를 높였다.

「대정 나으리…」

대호가 고개를 들고는 말문을 열었다.

「참말로…, 참말 지송한데 말이여라. 지는…, 으르신 령슈이 기시기 전까지는 절대‥, 감히 못 일어날 수가 없겠구만이라.」

「영슈이라니? 대체 무슨 말씀을 하시는 겐가?」

대정이 자못 의아스러워 하는 얼굴로 물었다.

「……」

고집스레 대호가 파묻듯 고개를 도로 숙였다.

「…?…」

대정의 눈길이 노사에게로 향하였다.

「……」

노사는 말없이 어둑어둑한 먼 하늘만 바라보고 있었다.

「이보시게, 접사…!」

다시 대호에게 눈길을 돌린 대정이 목소리에 힘을 주었다.

「나으리, 이놈은요….」

대호가 모질게 다져 먹은 마음을 내비치듯, 고개를 숙인 채 힘을 주어 끄덕끄덕 거려 가며 말을 뱉어냈다.

「시방‥, 우덜 모다‥, 한 사람도 빠짐 읎이 여서‥, 다 같이‥, 싸우다가‥, 다들 같이 싸우라는 령이 떨어지기 전까지는요‥, 한 발짝도 안 일어날 것이구면요‥!」

「…!…」

대정의 눈썹이 일순 '꿈틀…!' 거리는가 싶더니 눈썹 사이가 어두워졌다.

「그 이야기라면 이미 결정이 내려진 것이거늘‥, 자네 홀로 고집을 세우시고 끝내 파임을 내시겠다는 겐가!」

초책誚責하듯 자못 싸늘한 목소리로 대정이 말했다.

「야…! 이놈의 난장 맞을 깽비리놈의 무식헌 똥고집이라 혀도 상관이 읎고요, 으디 반팬이 떨거지 뒤듬바리에 어거지 바가지라 혀도 상관이 읎소⋯. 그란디요⋯, 그란디요. 그랑께 이놈은 참말로⋯, 식자가 소눈깔에다 대그빡이 짱돌이고 무릎팍도 돌멩이라, 나으리 으르신 령이 읎으시면 못 일어나겠구만이라⋯.」

맞서 대들어 보기라도 할 것처럼 고개를 번쩍 치켜들었던 대호가 꼬리를 사리듯 말을 마치면서 힘없이 고개를 도로 떨어뜨렸다.

「어허~! 이 사람이 진정⋯!」

「하늘이라⋯.」

언제나 그 자리에 머무는 듯 혹은 머물다가 흐르는 듯, 하늘을 향한 노사의 나지막한 목소리가 대정의 높아진 목소리를 가라앉혔다.

「하늘이라 하셨는가⋯?」

차마 물음이라고도 할 수 없을 은은隱隱한 말투였다.

「⋯?⋯」

「⋯!⋯」

대호와 대정이란 사내가 눈길을 노사에게로 옮겼다.

「하늘이라⋯. 한울⋯. 한울⋯.」

강대나무 아래에서 무심한 눈으로 하늘 한 귀퉁이 어딘가를 바라보고 있던 노사가 말꼬리 끄트머리에 매달린 숨꼬리를 기다랗게 들이마시더니 되새김이라도 하려는 듯이 안으로 깊숙하게 머금었다가 풀어내었다.

「허면, 자네의 그 한울님께서는 삶에 계시는 것이던가? 아니면 죽음에 계시는 것이던가?」

높낮이 없이 흐르는 시냇물마냥 잔잔하게만 느껴지는 물음이었다. 그러자 '이번에는 또 무슨 뜬구름 잡는 소리인가?' 하였던지 대호가 미간을 찌푸리며 입술을 '질끈⋯!' 깨물더니만, 눈길을 노사에게서부터 대정에게로 옮기었다.

「……」

대정은 묵직한 아래턱을 당긴 채 묵묵히 서 있었다.

「……」

대호가 다시 눈길을 노사에게로 돌리었다.

「……」

자신을 깊숙하게 들여다보듯 바라보고 서 있는 노사의 오목하게 그늘진 눈과 마주치자 불현듯 무슨 생각이 떠올랐는지 대호의 눈망울이 커다랗게 흔들거렸다.

「…!?!…」

그러자 '바로 그것' 이라는 듯 노사가 느릿느릿 두어 차례 고개를 끄덕였고 대호는 '아니다…! 차마 그것은 아닐 것이다!' 라고 부정하려는 듯 '머뭇머뭇' 그렇게 하는 것으로 머릿속의 생각을 밀어내려는 듯이 잇따라 고개를 가로 저어댔다.

「아니라네….」

바로 그 아닌 것이 아니라는 듯, 그것이 바로 그것이고 그것이 바로 참이라는 듯, 노사가 천천히 고개를 가로 저었다.

「한울님께서는 우리네 산목숨 하나하나에, 숨결 마디마디에, 우리네 흙 한줌, 밥 한술에 계실 것이네. 하여 우리네 소중한 흙 한줌 밥 한술을 지키고자…, 나를 살리고 우리를 살리고자 분연히 일어섰던 것 아니었는가?」

넨다하듯 노사가 온화한 목소리로 말했다.

「……」

그만 머금은 듯, 노사는 더 이상 말이 없었다.

「……」

대호가 덩둘한 눈길을 대정에게로 돌리었다.

「……」

대정도 잠자코 말이 없었다. 그러나 비록 말하지 않을 뿐이지 생각이란 것이 너무나 또렷이 드러나 보이는 얼굴을 하고 있었다.

「…!…」

「그런즉….」

말을 꺼내려던 노사가 순간 숨을 "훅~!" 하고 들이마시더니만, 고개를 돌려 건너편 산등성마루너머로 가라앉아가는 새벽달을 허허한 눈으로 바라보았다.

「……」

대호의 목울대가 꿈틀거리자 관자놀이의 힘줄도 불끈거렸다.

「살아야…,」

「…!…」

「살아야 하지 않겠는가….」

「…!!…」

탄식하듯 여리게 흘러나온 노사의 목소리는 미몽迷夢에 사로잡혀 있던 대호의 대갈통을 후려치는 격몽擊蒙의 죽비竹篦 소리였나 보다. '쭈뼛~!' 머리털이 곤두서고 '오싹' 소름이 돋았던지 하루거리를 앓듯이 부들부들 대호가 온몸을 떨어댔다.

「하여 그 말씀대로…,」

평탄하게 흐르던 물살이 야트막한 흙더미에 가로막히어 웅덩이로 고이 듯, 나오려던 노사의 말이 한 고비 목울대를 넘어오지 못하고서 목구멍에 잠시 고이었다.

「높이 날아오르고, 더 멀리 뛰어야 하지 않겠는가…?」

「나으리~!」

대호가 '뭉클!' 가슴에서 배어나오는 뜨거운 목소리를 삼키었다.

「……」

노사는 저 만치 산 아래쪽으로 혼자 달려내려 가는 바람의 쓸쓸한 뒷모습을 바라보다 가만히 눈을 감았다. 아마도 수운 대선사께서 대구 감영에 투옥되었을 당시 죽음을 목전에 두고서 제자들에게 남기신 마지막 가르침 "(나는) 순수천명順受天命하리니, (너는) 고비원주高飛遠走하라"는 유훈遺訓을 대호에게 전하며 그분의 모습을 생생히 떠올린 것인지도 모르겠다.

「으르신~!!」

'울컥~!' 치밀어 오르는 핏덩이를 내뱉듯이 부르짖은 대호가 두 주먹을 "우두둑~!" 손가락 마디뼈들이 모두 부서져 버리고 피가 통하지 않아 시커먼 손등이 하얗게 되어 보일 정도로 부르쥐었다.

「……」

「……」

메숲진 벼랑길을 따라 반비알진 길굽턱으로 내려오다 대호의 부르짖음 소리를 들었던 모양이다. 소희가 '주춤…!' 하고 잠시 둔덕진 곳에 머물러 서더니 숨을 길게 마시었다 내쉬면서 마음을 가라앉히고는 다시 조심스레 발걸음을 옮기었다.

「…!…」

기척을 느꼈던지 대정이라는 사내가 눈길을 돌리었다.

「대정 어른….」

소희가 선바위 아래 길굽턱으로 내려섰다.

「왔느냐.」

어느 사이 대정의 목소리는 차분히 가라앉아 있었다.

「네, 대정어른.」

소희가 다소곳이 대답하고는 대호에게 눈길을 돌리었다.

「……」

아무리 자기 생각에만 몰두하고 있더라도 또 그 생각을 따라 정신머리를 어디 먼 곳에다가 보내놓고 있다손 치더라도 다른 사람이 아닌 소희였기에 분명히 느꼈을 것이건만, 대호는 외따로이 서 있는 선바위만큼이나 무정하게 미동조차 하지 않았다.

「……」

노사가 고개를 돌려 소희를 바라보았다.

「할아버님….」

노사의 눈길에 내는 듯 마는 듯, 소희가 말소리를 머금었다.

「그래, 어디에들 계시는가?」

대정이 소희에게 물었다.

「네. 모두 채비를 마치시고 이리로 오고 계시옵니다.」

「……」

대정이 고개를 끄덕였다.

「……」

소희가 고개를 돌려 대호에게로, 아무 소리도 듣지 않고서 오로지 자기 심장 뛰는 소리에만 귀를 모으고 있는 것 같아 보이는 대호의 가량가량한 얼굴로 눈길을 돌리었다.

「……」

「이보게 접사, 이제 그만 일어나시게.」

대정이 누그러진 목소리로 말했다.

「……」

그제야 대호가 느릿하게 고개를 쳐들고서 멍한 눈길을 소희에게 돌리었다. 그러나 오로지 그렇게 바라보기만 하려는 것일 뿐 일어서려는 생각 따위는 도무지 없는 듯이 보였다.

「어허~! 왜 이리 고집을 부리시는 겐가?」

나무라는 투로 채근하듯 대정이 말했다.

「…!…」

갑자기 메숲진 벼랑길에서부터 두런거리는 말소리들과 자박거리는 발소리들이 어수선하게 뒤섞이며 선바위 아래쪽으로 굴러 내려왔다. 그러자 소희가 고개를 벼랑길을 따라 가파르게 내려오다 선바위 위쪽에서 한 고비 '꾸물락~' 꼬부라져 내려오는 둔덕진 곳으로 돌리더니만, 희끗희끗 몰려 내려오는 사람 무리를 가까이 올려다보았다.

「오라버니….」

조마조마한 그 마음마냥 소희의 가녀린 목소리도 떨리었다.

「……」

「……」

노사와 대호 그리고 대정이라는 사내와 소희가 길을 따라 차례차례 다져 놓듯 '꾹' '꾹…!' 눈벌 위에 새겨놓은 발자국들이 그 사이 얼어붙어버렸는지 벼랑길은 무척이나 미끄러운 모양이었다. 어진이와 고은이 그리고 궁궁이와 청수를 앞세운 맨상투머리의 늙수그레한 노인네가 덕배의 곁부축을 받고서 앞선 발자국 위에 덧게비쳐진 아이들의 발자국들을 피해가며, 양다리에 잔뜩 힘을 주어, 조심조심 생눈판을 골라 밟아가며 내려오고 있었다.

「으르신, 여··, 조심··, 조심하셔요.」

덕배가 늙수그레한 노인네의 팔을 붙잡았다.

「조조조…, 조심…조심…, 조…심….」

궁궁이도 넘어지지 않으려고 아이들의 어깨를 붙잡았다.

「하이고야~ 힘들기도 캐라! 이… 이 대체 뭔 일이고?」

늙수그레한 노인네가 비틀거리는 몸을 가누려 한 손으로 땅을 짚으며 한 손으로는 덕배의 팔을 꼭 붙들었다.

「인자, 다 올라오셨구만이라.」

한 팔을 늙수그레한 노인네에게 붙들린 덕배가 다른 손으로 나뭇가지들을 붙잡아가며 가파르게 내려갔다가 다시 치받이로 올라서려는 야트막한 둔덕위에 올라섰다.

「이리 깜깜한데, 오밤중에 뭐 한다꼬 이 난리 법석이고?」

노인네가 눈 묻은 손바닥을 '슥슥~' 엉덩이에 비벼댔다.

「쩌짝, 아래짝으로 내려간다는디요.」

맹꽁이 결박한 것마냥 잔뜩 옷을 껴입은 어진이가 끼어들었다.

「아래? 와?」

늙수그레한 노인네가 거적눈을 끔벅거렸다.

「고향 간다는디요.」

「뭐? 뭐라꼬? 고…, 고향 간다꼬?」

「야.」

어진이가 고개를 끄덕였다.

「엥이~ 치아라 마! 늙은이 놀라자빠지게끄롬 뭔 소리고?」

노인네가 못 믿겠다는 투로 손사래를 쳤다.

「아니어요! 참말루…! 진짜 참말이어요!」

걸음을 떼려던 어진이가 멈춰 서서 목소리를 높였다.

「니…, 진짜가? 진짜 가는 기가? 은제? 은제 가는데? 고마, 까마구 대구빡이 허예지고 군고구메에 싹 날 때?」

　「아녀요. 인자 시방 금새 내려갈려구유. 그래 갖꾸 죄다 보따리 챙겨 갖

꾸 일루 모이는 거여요.」

　「진짜? 진짜가?」

노인네가 고개를 갸우뚱거리더니만, 덕배에게 돌리었다.

　「봐라, 야 말이 참말 진짜가?」

　「야…? 야~!」

얼김에 머뭇거린 덕배가 말끝에 힘을 주었다.

　「응응응응응… . 지지지… 집에… , 가가가가…간다….」

궁궁이도 옆에서 고개를 끄덕대며 들뜬 목소리로 대답했다.

　「것 보셔유. 진짜루 참말이어유.」

어진이가 기고만장하여 턱을 치켜들고서 우쭐거렸다.

　「하이고야~! 이, 이…, 참말 진짠갑네?」

늙수그레한 노인네의 얼굴이 환해진 듯도 하였다.

　「가만 있어 봐라. 카믄 이…, 얼마만이고? 내 할망구 보내고…」

　「좋으셔요?」

덕배가 끼어들었다.

　「와? 니는? 니는 안 좋나?」

　「아…, 아니요! 지도 당연지사로 참말로 좋지라!」

덕배의 목소리가 감추고 싶은 제 속내만큼이나 커졌다.

　「지도유! 지도 참말, 참말 좋아유! 그치 언니?」

어진이가 까불거리며 고은이에게로 말끝을 틀었다.

　「응…? 응….」

고은이가 어색하게 웃으며 대꾸했다.

「나나나나‥나도‥, 나도‥, 조조조조조‥, 좋다‥, 좋다‥.」

궁궁이도 히죽히죽 웃는 얼굴을 하고서 손뼉을 쳐댔다.

「하므~! 고향 갈라카면 미치고 팔짝 뛰고 좋아 죽고 안 하나?」

「하하‥하므! 하므~! 미‥미치고‥! 파파‥팔짝! 팔짝~! 이힉~!」

신이 난 듯 궁궁이가 제자리에서 팔짝거려댔다.

「이 바보‥! 그만해라.」

「‥?‥」

찜부럭을 부리듯 갑작스레 청수가 한 소리 쏘아붙이자 당황하였는지 궁궁이가 눈을 휘둥그렇게 떴다.

「너~! 하지마라!」

어진이가 청수에게 손가락질하며 대섰다.

「너는 또 뭐냐?」

청수가 이맛살을 찌푸렸다

「그러는 너는 또 뭣이냐?」

어진이가 배를 들이 내밀었다.

「알지도 못하면서 머저리마냥‥.」

「뭘 모르냐? 나가 너보다는 훨씬 더 잘 안다.」

「멍충이‥.」

청수의 입꼬리가 뒤틀려 올라갔다.

「머머머머‥, 멍멍‥, 멍멍‥, 멍충‥이‥!」

「너가 멍충이, 바보 똥개다!」

어진이도 지지 않고 받아쳤다.

「또또또또‥똥똥‥,똥개‥! 똥개! 이힉~!」

궁궁이가 또 신이 났는지 두 아이를 번갈아 가리켰다.

「너어~!」

「뭣이~!」

「시끄러 봐라! 봐라~! 와? 니는? 니는 안 좋나? 니는 싫나?」

늙수그레한 노인네가 말곁을 채며 청수에게 물었다.

「할아버지 지금 우리는요…,」

「청수야….」

청수가 말머리를 끄집어내려는 것을 고은이가 가로 막아섰다.

「……」

「……」

「어‥어? 쩌쩌쩌쩌…! 쩌기‥!? 쩌기~?!!」

잠시 서늘한 새벽공기가 어색하게만 느껴지는 사이로 물음과 느낌이 뒤섞인 궁궁이 목소리가 불쑥 삐져나왔다.

「호호호호호…? 호…?? 호다…! 호호호호…호야~! 호야~!」

제 흥에 겨워 제 자리에서 팔짝팔짝 저 혼자 맴돌이를 해대며 굴려대던 눈알이 둔덕배기 아래쪽을 지나가다 선바위 주변 길굼턱에 꿇어앉아있는 대호의 무르팍에 이르자 궁궁이는 어찌 할 바를 몰라 하며 발을 동동 굴러댔다.

「호호호호호…호야…호야…, 대대대대대…대호…대호…, 호야…!」

「월라라? 야가 또 왜 이런디야?」

자그마한 봇짐 한 짐을 머리에 이고서 뒤뚱뒤뚱 이제 막 둔덕으로 올라서려는 두범어미가 궁궁이를 보며 말을 던졌다.

「쩌쩌…쩌기‥! 우우…우리…! 우리…! 호호호호호…! 호~!」

궁궁이가 두범어미에게로 달려가서는 옷소매를 잡아끌었다.

「음마마~? 아야~ 넘어져야…」

두범어미가 휘청거리는 몸을 가누며 소리쳤다.

「으째 그리어? 으디…? 뭔 일 있으야?」

봇짐을 진 남이의 뒤를 따라 아기똥아기똥 둔덕배기로 올라서려는 또새댁네가 궁궁이가 가리킨 곳으로 눈길을 돌리었다.

「월래? 저 뭣이여? 성님, 쩌‥, 쩌~그‥, 대호 아니요?」

또새댁네가 몸을 틀며 둔덕배기 아래쪽 벼랑길로 말끝을 틀었다.

「……」

비록 가시비녀에 무명치마 자락의 소박한 차림새였건만 깔끔하게 틀어 올린 회끗회끗한 머리타래에 민비녀를 단정하게 꼽아놓은 태態가 어딘지 모르게 단아하고 기품 있어 보이는 중년의 아낙네가 한 손에는 봇짐을 들고 또 한 손으로는 도투락댕기 드리운 계집아이의 손을 붙들고서 둔덕으로 올라서더니 아무 대꾸도 없이 아래쪽으로 살짝 처진 눈가주변으로 잔주름이 여러 겹 잡히도록 눈을 가느다랗게 뜨고 아래쪽을 내려다보았다.

「나도~!」

도투락댕기 드리운 계집아이가 앞으로 '쪼로록~' 나서더니 남이를 따라 발끝에 힘을 주어 박아디디며 까치발을 하고서 고개를 '쭉~' 빼어 내밀며 아래쪽을 내려다보았다.

「으디, 으디? 나도‥, 나도….」

두범어미가 중년의 아낙네와 도투락댕기 드리운 계집아이 사이로 빼꼼히 목을 집어넣고는 아래쪽을 내려다보았다.

「을라라…? 시방 쩌짝으로다 꿇앉아 있는 것이요?」

다시 한 번 확인하려는지 두범어미가 미간을 찌푸려댔다.

「누구여? 쟈가 대혼가…? 대호 맞는가?」

「응응응응응응…. 호호호호호…호다‥호다….」

중년의 아낙네가 뭐라 대꾸할 사이도 없이 궁궁이가 재빨리 끼어들더니 연방 고개를 끄덕거려댔다.

「쟈는 또 으째‥, 뭔 일로다가 저러고 있데야? 뭔 일 있었소?」

또새댁네가 덕배에게로 말끝을 틀었다.

「글씨라. 우덜도 시방 인자 막 올라와 갖꼬 잘 모르겄는디‥?」

「별일이구마, 잉~.」

「아, 왜들 거그 서서 그라는 것이여? 뭔 일이여?」

덕배와 또새댁네가 몇차례 말을 주고 받으려는 사이, 웅성웅성 뒤엉킨 한 무더기 사내들의 소리에서부터 카랑카랑한 목소리 하나가 둔덕진 곳으로 올라섰다.

「호호호호‥. 대대대대대‥대호‥, 대호‥!」

목소리의 임자가 누군지 알아차렸는지 궁궁이가 반색을 하였다.

「대호? 대호가 왜?」

둔덕으로 올라서는 한칼이에게 궁궁이가 징징거리며 매달렸다.

「쩌쩌쩌쩌‥! 쩌기‥! 쩌기! 우우우우우‥우리‥! 우리‥! 대대대대‥대호‥! 대호‥! 대호‥가‥! 호‥! 호야‥, 호야‥!」

「으메 양~ 정신 사나운 거! 쪼까 가만히 쬠 있어 보드라고!」

한칼이가 손을 뿌리치며 눈알을 부라리자 궁궁이가 '쩔끔‥!' 찬물을 뒤집어 쓴 것마냥 몸을 옴츠렸다.

「대호 접사 아니신가?」

주천이라는 땅딸막한 먹빛 두루마기 사내가 말했다.

「으디요‥?」

시커먼 앍둑빼기 만석이가 아래쪽을 내려다보자, 거쿨진 몸집의 천수와 물거미 뒷다리마냥 비쩍 마른 몸집에 키만 멀대같이 큰 사내가 머리를 맞대며 아래쪽을 내려다보았다.

「대호 맞는디요.」

「그라게.」

「웅웅웅웅‥. 대대대대‥대호‥, 대호‥, 마마마‥맞다‥. 맞다.」

「쟈가 시방 왜 저러고 있대야?」

모를 일이라는 듯, 한칼이가 고개를 갸우뚱거렸다.

「글씨유.」

천수도 따라 고개를 갸우뚱거렸다.

「별일이구마, 잉.」

「뭔 잘못이래두 저질렀는가?」

「그라게‥. 모를 일이구만이라.」

멀리서 보기에도 심상치 않은 일인지라, 한칼이와 천수 그리고 앍둑빼기 만석이가 서로 머리를 맞대고서 제 생각들을 굴려댔다.

「헛허~! 어르신을 모셔 놓고서 담판이라도 지으시려는 겐가?」

짚이는 것이라도 있었던지 먹빛 두루마기를 입은 주천이라는 땅딸막한 사내가 쑤군거리는 사내들 옆구리로 말머리를 삐죽 밀어 넣었다.

「담판? 뭔 담판 말이요?」

한칼이가 되물었다.

「글쎄. 그것까지야 내 어찌 알겠는가?」

알기야 하겠지만 모르기도 하다는 듯 주천이란 먹빛 두루마기 사내가 '빙긋' 하고 입꼬리를 살짝 비틀며 웃어 보이더니만, 해쓱하니 파리한 얼굴빛에 눈을 갸름하게 뜨고서 아래쪽을 가만히 내려다보고 있는 당골네에게로 눈길을 돌리었다.

「‥‥‥‥」

곁의 사내들도 모두 겹눈을 뜨고 '흘깃~' 당골네를 쳐다보았다.

「으메‥, 살벌헌 것‥.」

새삼스레 당골네로부터 서늘한 기운을 느꼈던 것인지 한칼이가 만석이와 천수에게 고개를 돌리며 쑥덕거렸다.

「둘이서만 시방‥, 뭣을 알기는 아는지도 모르겄다, 잉.」

「글씨‥. 모르지라, 잉‥.」

「뭣이 뭣인지 도통‥,」

「참말로 쟈가 시방 뭔 짓을 저지르기는 저지른 것일랑가?」

「설마 허니 노사 으른이 괜히 저러시겄소. 뭔 일이 있응께‥」

「아, 뭔 일이 있을 것이 또 뭣이라냐, 시방‥!」

「아, 그럼 쟈가 시방 헐 일이 읊어갖꼬 저러겄소?」

「것도 그려요, 잉?」

「그라게‥.」

「이러고들 있을 것이 아니라. 다 같이 내려가 봄세.」

사내들이 웅성거리며 헝클어놓는 생각들을 정리하려는 듯, 가만히 지켜보고 있던 당코영감이 앞장서 선바위 주변의 반비알진 길굼턱을 향해 발걸음을 떼었다.

「대정~! 대정~!!」

「‥!‥」

한칼이가 아래쪽으로 내려오며 불러대는 소리에 대정이 고개를 들어 둔덕진 곳을 올려다보았다. 한 무리의 사람들이 너나없이 각각의 손과 머리 그리고 등짝에 짐을 한보따리씩 들고 또 이고 지고서 선바위를 향해 내려오고 있었다.

「진즉에 나와들 기셨소?」

한칼이가 선바위 앞에 서서 대정과 노사 그리고 대호와 소희를 갈마보더니만, 어림하여 그 중간쯤 되는 곳에다 말을 던졌다.

「기셨어유?」

뒤따라온 사내들도 입을 모았다.

「어서들 오시게나.」

아무 일 없다는 듯, 대정이 힘 있는 목소리로 대답했다.

「불도 없이 길을 내려오시느라 힘드시지는 않으셨습니까?」

「어데~! 배꼽 떨어진 데를 간다카니 마…, 이 눈깔이에서 불깔이 '팍팍!' 하고 꾸부렁 물팍서는 없던 힘이 '쑥쑥!' 난다 아이가~! 고마 쌔리 앞장서라, 마! 내, 이 고라니새끼마냥 뽈깡뽈깡 뛰어내려 갈끼구마!」

당코영감에게 물었던 것이었건만 늙수그레한 노인네가 잽싸게 말을 가로채더니 호들갑을 떨어댔다.

「하이고야~ 인자 내려간다니께 아조 힘이 뻗치시는갑소, 잉.」

한칼이가 늙수그레한 노인네를 추어올렸다.

「하므~! 왜 안 긋나! 니는? 니는 안 긋나?」

노인네가 기분이 좋았던지 웃는 얼굴로 사람들을 둘러보았다.

「나와 계셨습니까?」

당코영감이 강대나무 아래 뒤편에 서 있는 노사에게 말을 건넸다.

「네. 하늘 같으신 분들께서 이른 새벽을 길로 삼아 먼 길을 나서려는데, 당연히 나와 있어야지요.」

노사가 얼굴 가득히 미소를 띠고 말했다.

「채비들은 다 차리셨습니까?」

대정이 단아하고 기품 있어 보이는 중년의 아낙네에게 물었다.

「네. 나으리.」

아낙네가 크지도 작지도 높지도 낮지도 않은 목소리로 대답했다.

「웃따~! 차리고나 말고나 헐 것이 개뿔…, 뭣이 있기나 있소?」

지고 있던 등짐을 옆에 내려놓으며 한칼이가 곁다리를 들었다.

「거시기…, 노인네 얼나들 덮을 만한 이불가지들이랑 두꺼운 겨울 것허고, 오가리솥 하나, 모지랑숟꾸락 한 놈씩만 챙기면 되는 것이지. 그란디 시방…, 쟈는 왜 저러고 있는 것이요? 어이, 아야~! 너는 시방 거서, 뭐든다고 그라고 있는 것이냐?」

한칼이가 대여섯 걸음 떨어진 곳의 대호에게로 말끝을 틀었다.

「……」

무릎을 꿇은 채 고개를 숙이고만 있는 대호의 눈길이 머물러 있는 곳으로 어른어른 그림자 무리들이 부산스레 모여들었다.

「으디 넘 말하는 것을 뭔…, 개방구로 알아 처먹는가….」

불러도 대꾸가 없자 멋쩍기도 하고 또 적잖이 마음 상하기도 하였으나 그것보다는 어디 눈치라도 살펴볼 요량이었는지 한칼이는 '스윽~' 하고 대정에게로 고개를 틀었다.

「……」

대정도 잠자코 묵묵히 대호를 바라보기만 하였다.

「뭔 일이랴? 대관절 왜 그리어?」

「……」

덕배가 모재비 걸음으로 슬그머니 다가가서 귀엣말로 물었으나, 소희는 가느다란 입술을 굳게 다물고서 아무 대꾸도 하지 않았다.

「아야, 대호야~!」

한칼이가 목소리를 높였다.

「호호호호호호…호야…, 호야…!」

밑살이 타는지 궁궁이가 곁에서 찡얼거려댔다.

「옘병헐 놈의 것이 통 들은 척도 않는 것이‥, 으디 귓구녕에다가 당나구 뭣 대가리를 처박은갑네….」

한칼이가 데설궂게 툴툴거렸다.

「이보시게, 대호. 어찌된 영문으로 이러고 계시는지 내 잘 알지는 못하겠지만 말일세‥, 보는 눈도 여럿 있고 하니, 이제 그만 일어나시게나.」

「그리어. 언릉 인나야. 모냥새가 영~ 거시기헝께.」

타이르는 당코영감의 말꼬리에 덕배가 추임새를 붙여 넣었다.

「……」

「어허~ 이 사람이‥! 정녕 이러고만 계실 셈이신가‥!!」

그래도 아무 대꾸가 없자 역정이 났는지 대정이 목청을 높였다.

「……」

마침내 대호가 천천히 고개를 들고서 사람들을 올려다보았다.

「…!?…」

하가마마냥 움푹 패어 들어가서 퀭 하게도 보이는 대호의 눈망울에는 눈물이 그렁그렁하게 고여 있었다.

「얼라라~? 쟈‥, 쟈가‥, 왜 저런다요? 잉?」

덕배가 눈이 휘둥그레져서 주위를 두리번거려댔다.

「호호호호호호‥! 호야‥! 호야‥!」

애가 타는지 궁궁이가 발을 동동 굴러댔다.

「……」

대호는 장검을 세워 짚으며 몸을 서서히 일으켰다. 나무등치마냥 뻣뻣하게 굳어 버린 몸뚱이와 언 땅 위의 뿌랭기마냥 꽁꽁 얼어붙은 무르팍 아래께 발모가지가 시큰대고 저렸던 것인지 '움찔‥!' 하고 한차례 휘청거리더니만, 이내 몸을 가누었다.

「호호호‥호호‥호‥, 호야‥, 호야‥.」

놀란 듯 혹은 겁먹은 듯 궁궁이가 입 안에서 우물쭈물 거려댔다.

「성‥.」

먼지가 뿌옇게 앉은 듯 흐릿하였지만 진한 목소리였다.

「응응‥, 우우우우‥우지‥, 울지‥마‥. 울지‥마‥. 서서서‥성아‥, 성아‥, 궁궁이‥, 아아아아‥안‥, 운다‥. 우우‥운다‥. 안‥ 운다‥, 운다‥‥.」

울고 싶어 하는 동생 대신 울어주기라도 할 것처럼 울상을 지어대는 궁궁이로부터 눈길을 떼어낸 대호가 눈길을 돌려가며 천천히 한 사람 한 사람과 일일이 눈을 맞추었다.

「‥?‥」

사람들은 모두 '대체 왜 저러는가?' 하고 의아해 하는 얼굴들이었다.

「으르신‥.」

이윽고 대호가 노사를 바라보며 말문을 열었다.

「긍께‥, 쉰네가 뭣을‥, 한창 높으신 으르신네 말씀을‥, 참말 쪼까‥, 알아먹기는 헐 것도 같은디요‥.」

마음을 가다듬으려고 깊숙하게 '한 호흡' 숨을 들이마시다가 가슴이 뻐근하였던지 대호가 어금니를 깨물며 멈칫거리더니만, 다시 띄엄띄엄 말소리를 내기 시작했다.

「그란디‥, 이‥, 이 무식스런 놈이‥, 뭣이 꼭 먹부리 암탉마냥‥, 눈앞으로다 있는 것도 잘 몰라 갖꼬서요‥. 지가 으디‥, 심술이 왕골王骨이떼 장골張骨이떼, 용골龍骨이떼마냥‥, 패장을 부칠라‥, 우겨댈라‥, 그라는 것은 아니고요‥.」

깊은 곳에서부터 솟구쳐 오르다가 곧 터져나갈 곳을 찾아 요동치고 있
는 응어리 같은 것을 억누르려는 듯 대호는 자기 가슴팍을 꼭 틀어잡았다.

「…?…」

어림도 못하고 있던 일이었던지라 어안이 벙벙해진 사람들은 눈길을 강
대나무 아래의 노사에게로 돌리었다.

「여‥, 여그 여짝 하늘이‥! 여 기시는 속알맹이 하눌님허고요, 이‥, 이
놈의 대갈빼기가 참말‥, 겁나 많이도 다릉께요‥. 그래 갖꼬 이놈은 기냥
이‥, 이 소갈딱지래도 편하게 말이여라‥. 여 쌔까먼 놈의 속창아리가 시
키는 놈맹키롬 암껏 생각 읊이‥, 차라리 참말로 속맴으로는 차마 모르고
싶구요‥. 아니요‥! 기냥 모를라네요‥.」

마음과 생각이 서로 다른 탓에 생각에서부터 벗어나려는 마음과 그 마
음을 붙잡아 두려는 생각이 뒤죽박죽 얼키설키 매달려 있는 답답한 숨통을
틔우려는 듯, 대호가 말 끄트머리를 어금니로 깨물고서 힘을 주었다.

「쟈가 시방 당최 뜬금읎이 뭔‥, 쉬파리 똥 싸갈기는 것도 아니고서 혼
차 뭔 소리라요? 어이 아야, 대호야, 너가 시방‥.」

한칼이가 입을 떼며 대호에게 다가가려는 몸짓을 취하자 잠자코 있으라
는 듯, 덕배가 얼른 옆구리를 쿡 찔러 세웠다.

「…?…」

「긍께요….」

한칼이가 덕배에게 '이잉~? 아, 너가 시방 뭣을~!' 이라는 말소리 대신에
부릅뜬 눈으로 물어보려는데, 대호가 고개를 돌리고서 사람들에게로 말머
리를 끄집어냈다.

「모다‥, 조심들 해서 잘 살펴서들‥, 내려가시오‥. 그래 갖꼬요‥, 으
짜든지간에‥, 꼭‥, 꼭들‥, 다들 살아남아 갖꼬요‥.」

대호가 '부르르~' 경련이 일어나려는 입술을 '꽉…!' 깨물었다.

「호호호호호‥호야…. 호야…. 호야….」

심상치 않다고 느꼈는지 궁궁이가 울먹거려대기 시작했다.

「저 냥반이요….」

대호가 목소리를 가다듬으며 말을 이었다.

「원체 쪼까 모지라고 순둥이에다가‥, 뭣이건 으짤 줄을 몰라 갖꼬‥. 그라서 시방‥, 벌거지마냥‥, 그저 목숨 하나 부지허고 사는 것이‥, 으찌 참말로‥, 한숨스럽기도 허지만은서도요‥. 그랴도 꼴은 저래 뵈도‥, 사램이‥, 사램은‥, 틀림읎이 사램잉께요‥. 불쌍헝께‥, 에려와도‥, 으짤 수가 읎어 갖꼬 붙어 있는‥, 그랴도 참말‥, 사연 많은 목숨잉께요‥. 잘들‥, 살피고‥, 보살펴 주시오‥. 누가래도 진즉 디져 부렀어야 헐 것이다‥, 그런 말씀들은…」

「오라버니‥!」

듣다 차마 들을 수 없겠는지 소희가 말막음을 하였다.

「…!…」

못내 소희의 눈을, 그 마음을 마주 대할 자신이 없었는지 대호는 외면하듯 고개를 반대편으로 돌리었다. 그리고는 마음다짐하고서 마지막 인사라도 올리려는 양, 사람들을 향하여 꾸벅 고개 숙이고는 '후루룩~!' 도망치듯 벼랑길을 거슬러 오르기 시작했다.

「호호호호호호…! 호야…! 나나나나나‥, 나도…나도…!」

궁궁이가 껑충한 걸음으로 얼른 벼랑길로 쫓아 올라섰다.

「너너너너너너‥너랑‥, 가가가가가가‥같이‥, 같이….」

「…!…」

야트막한 둔덕에서 '멈칫‥!' 대호가 뒤돌아보았다.

「호호호호호‥호야‥!」

「성아‥.」

「응응‥. 서서‥성이‥랑‥, 호‥, 호‥랑‥, 가‥같‥이‥, 같이‥.」

애원하듯 궁궁이가 간절히 바라는 눈으로 살펴가며 다가들었다.

「‥‥‥」

대호가 아랫입술을 '꾹‥!' 깨물고서 고개를 가로저어대자, 궁궁이가
그보다 더 빠르게 고개를 가로저으며 주춤주춤 다가들었다.

「아~아아‥!아니‥!아니‥!우‥우리‥!가‥!가‥같이‥, 같이!」

「오지말어‥.」

나지막하였지만 물기가 눅눅하게 배어 있는 목소리였다.

「구구구‥궁궁‥!궁궁‥이‥랑‥!가가가가‥가‥!가‥!같이‥!같‥
이‥!지지지지지‥집에‥!집에‥!가가가가가‥가‥,」

듣지 못한 것인지 아니면 듣지 않으려는 것인지 궁궁이가 와라와라 막
무가내로 선바위 위쪽을 향하여 발걸음을 떼었다.

「아니어. 먼저 가더라고. 나는 시방 여서 헐 일이 있응께‥.」

마음마냥 눅진 소리로 타이르듯 대호가 말했다.

「아아아‥아니‥!나‥!나‥나도‥!여‥!여기‥!가가가‥!같이‥,
같‥이‥!우우‥울‥!어‥엄니‥, 엄니‥가‥. 우‥우‥우리‥, 우리‥,
두‥둘이‥ 둘이‥,가‥같이‥, 같이‥」

「쌔빠닥 꼬부라지는 소리 허들 말고 싸게 내려 가랑께!」

저 떼어놓고 도망치는 어미 뒤꽁무니를 울며불며 쫓아가려는 아이마냥
징징거리면서 헐레벌떡 둔덕배기로 올라서려는 궁궁이에게 윽박지르듯
대호가 소리쳤다.

「호호호호호호‥호‥, 호야‥.」

놀란듯 궁궁이의 눈이 휘둥그레졌다.

「서서서‥성이랑‥, 성이랑‥, 구구구‥궁궁‥, 궁궁성이랑…」

「성? 성이 뭐? 뭣을? 이‥, 이 등신이 꼭 병신마냥…! 말을 허면 허는대로 처들을 것이지, 말도 지대로 모다는 것이 왜 넘의 말을 안 들어 처먹고 지랄이여, 지랄은‥!」

「호호호호…. 호야…. 호야….」

「이~잉? 얼릉! 얼릉 안 내려가? 안 갈 것이여? 너 참말로…!」

대통 맞은 병아리마냥 '멍~' 한 얼굴을 하고서 우물쭈물 어쩔 줄 몰라 하며 더듬거려대는 궁궁이에게 대호가 눈을 부릅뜨고 딸방울같이 을러대기 시작했다.

「가…! 가…! 이‥ 등신…! 버버리…! 팔푼이…! 머저리…!」

모지락스레 마음먹고 지지르려는 듯, 이를 악다물고 두리번두리번 주변 땅바닥의 썩새들과 마른가지들을 주워 들고는 궁궁이를 향해 휘뚜루마뚜루 마구 집어 던졌다.

「호호호호…. 호야…!」

「호는 뭔 옘병…! 가! 가! 얼릉 안가? 가! 얼릉…! 얼릉…!」

「호호호호호…. 호야…. 호야…호야…. 호야…, 호호호야…」

다시 썩새와 잔가지들을 주우려던 대호가 이번에는 두어 걸음 떨어진 곳에서 강아지 똥만한 자갈멩이들을 몇 개 주워 들고 던지려는 듯 머리 위에서 휘휘~ 돌리면서 위협을 해대자 겁을 집어먹은 궁궁이가 피하듯 그러나 그래도 아주 물러서지는 않고 어정쩡하게 물러나면서 애걸복걸 기어들어가는 목소리를 내었다.

「너…! 너 시방 나 쫓아오기만 혀봐, 잉? 성이고 나발이고 아조 먼지가 풀풀 나게, 등짝서 노린내가 풀풀 나게 뚜드려 패 버릴랑게!」

　도끼눈에 시퍼렇게 날까지 세운 대호가 '파르르…' 눈꼬리를 떨기까지 하면서, 어찌 할 바를 몰라 낑낑거려대는 강아지마냥 제 주변을 갈래기만 하는 궁궁이를 잡아먹을 듯이 노려봤다.

「알아들었냐? 잉? 왜 말을 못혀? 알아 처먹었냐고! 잉? 잉?」

억벌로 강다짐이라도 받아두려는 듯 대호가 다그쳐댔다.

「……」

　동생이 곧 하늘이요 동생이 하는 말들이 바로 한울님의 말씀이라고 여기며 살아 왔기 때문이었는지 아니면 그저 동생의 화를 가라앉히려는 싶은 단순한 마음 때문이었는지 궁궁이가 삐죽삐죽 주둥이를 내밀어가며 또 족제비 똥 누듯이 눈물을 찔끔찔끔 짜내어 가면서 고개를 끄덕거려댔다.

「그리어…. 살라믄…, 살고 자프면 말이여…. 그저 시키는 디로, 잉? 납작허니 벌거지맹키롬 주댕이 꾹 처다물고서…, 꼼지락거리지도 말고…, 꼭 등신 버버리 팔푼이맹키롬 잉…? 꼭 고로코롬…, 고로코롬 살아야 허는 것이여…. 알겄냐? 알겄어??」

대호가 뼛속 깊이 사무치는 말들을 이를 갈아붙이며 씹어 내뱉었다.

「호…., 호…야….」

동생의 속마음을 알고 있다는 듯, 궁궁이가 울먹거렸다.

「싸게 싸게들 내려가시오! 날 새기 전에 얼릉~!」

대호가 사람들에게 애써 활짝 웃어 보이며 말을 던지고는 둔덕배기 너머 아래쪽으로 '겅뚱~!' 멧부리를 향하여 내려갔다가 올라오는 위쪽 벼랑 길로 뛰어 내려갔다.

「어? 어…? 호호호…! 호야! 호야~! 잉잉잉…호…호…! 호야~!」

궁궁이가 울어대기 시작했다.

「쩌…! 쩌기…! 쩌기! 우우…우리…! 호…! 호…! 대호…!」

　정월 대보름날 하늘가 한 귀퉁이로 멀리멀리 떠내려가는 줄 끊어진 눈깔귀머거리장군연마냥 가뭇가뭇 벼랑길을 타고 멧부리를 향해 달음질치는 대호의 뒷모습이 어스름 달빛 아래 드러나자 궁궁이가 눈물콧물이 뒤범벅이 된 얼굴로 부르는 이름 소리조차 속으로 삼켜 가며 발을 동동 굴러대고 찡찡거려댔다.

　「허이고, 참말로….사람이 모질기도 허네….」

　「쯔쯧…, 불쌍헌 것….으째 쓰까, 잉….」

　「쟈가 뭔 죄가 있다고….」

　「형제지간에 헤어진다고 억지 정 떼기 허느라 그란갑지요….」

　「모질지도 못한 것들이 모질게 굴라니께 거시기헌 맴들은 시방 또 을매나…, 으이휴~~!」

　숙설숙설 아낙네들의 머리 위로 하얗게 엉겨 붙으며 날아오른 말소리들이 강대나무 가지 끝에 부딪혔다.

　「절마 저 뭐꼬? 자가 와 자한테 지랄이가? 자가 자 형이가?」

　눈에도 거칠고 귀에도 거칠었는지 노인네가 얼굴을 찡그렸다.

　「아니여라. 쟈가…, 쟈 형이구만이라….」

　덕배가 구저분한 토시로 '스윽~' 인중께 흘러내리는 콧물을 훔쳐내더니만, 눈을 끔뻑거리면서 누런 뻐드렁니를 틩겼다.

　「허이구야~ 망측스러버라…. 강생이 새끼 나무라는 것도 아이고…, 어데 동생 놈이 버르장머리 없이 저러쿠로 형님한테 눈깔이를 부라리고 씨부려쌌노? 고마, 사램이 죽을 때 가가 안 죽고 오래 살다보면 마…, 며늘아가 바늘 동티에 죽어 나가는 걸 다 본다카드만…, 내 우짜다가 벨놈의 꼬라지를 다 본다카이. 엥이…! 봐라, 우린 고마 저리 가 뿔자.」

　늙수그레한 노인네가 언짢은 기색을 내보이며 혀를 "쯧~!" 하고 차더니만, 아이들을 데리고 강대나무 쪽으로 걸음을 옮기었다.

「……」

가진 것이라고는 정情밖에 없는 사람들이 그 정조차 짜내어 버리고 떼어내 버리는 광경을 보자니 자신들 스스로가 이제 더 이상 아무것도 아닌 빈 껍데기로만 여겨지는 것 같았는지 사람들은 모두 쪽정이마냥 거무죽죽하니 맥빠진 얼굴들을 하고 있었다.

「허허~ 참으로 몹쓸 사람 같으니라고… . 오장육부를 그저 있는 대로 다 휘저어놓고 가시는구만, 그려….」

「……」

당코영감이 허허거리면서 허공에다 던져 놓은 말들이 썰물진 뻘밭마냥 허우룩했던 사람들의 마음에 "휑~" 하고 스산한 바람을 불러일으킨 모양이다. 사람들은 고개를 들어 먼 하늘로, 내리어 땅바닥으로, 돌리어 메숲진 곳으로, 서로간의 눈길들을 피하여 각자 허딴 곳들을 바라보면서 한숨들을 내쉬었다.

「……」

한칼이가 돌연 "킹~!" 하고 콧김을 내뱉더니만 고개를 틀었다.

「너들은 시방 뭐다고 있냐? 얼릉 가서 냉큼 쟈 안 데꼬 오고?」

「야…? 뭣…을…? 야~!」

천수와 비쩍 마른 사내가 알아차리고는 얼른 선바위로 향했다.

「인자 으짠다요?」

덕배가 대정에게 물었다.

「뭣 말이요?」

한칼이가 끼어들며 되받아 물었다.

「쟈가 저 지랄을 허고 가 부렀는디, 인자부터 누가 시방 앞장서 갖꼬 쩌

그 아래까정 데꼬 갈 것이냐고?」

「그라게? 으째‥?」

듣고 보니 또 그러한지라, 한칼이도 대정에게 말머리를 틀었다.

「대정께서는 인자, 으쩔 것이요?」

「……」

「잉잉잉…잉잉잉…잉‥잉…. 호호호‥호야…호야…잉…잉….」

대정이 "꿀꺽~!" 하고 대답을 목구멍에다 머금어 놓은 사이, 궁궁이가 벙어리 발등 앓는 소리마냥 맥없는 소리들로 잉잉대며 쥐죽쥐죽 반비알진 길굼턱으로 내려왔다.

「아, 주접떨지 말어야! 아조 징글징글헝께‥!」

코 빠진 꼬라지에 부아가 치밀었던지 한칼이가 눈알을 지릅떴다.

「끽! 잉잉…. 끽~! 끽~! 잉잉잉‥!」

구박과 타박이 반절쯤 되고 짜증과 역증이 나머지 절반쯤에 뒤섞여 있는 목소리를 듣고서 제 소리를 삼키려던 궁궁이가 얼겁을 먹고 체한 것마냥 되레 큰소리로 딸꾹질을 해댔다.

「놀라잖여. 그러지 말어. 쟈도 시방 속이, 속이 아닐 것잉께.」

안쓰러웠던지 덕배가 말리었다.

「잉잉‥끽~! 끽~! 잉잉‥끽~! 호호‥야…, 끽! 끽~! 잉잉‥끽~!」

소리를 죽이려 시커먼 손으로 입을 틀어막은 궁궁이가 어깨를 들썩들썩 빳빳이 힘을 들여 목을 눌러가며, 고자 힘줄 같은 소리로 끼깅대면서 지칫지칫, 아이들에게로 향하였다.

「이보게 천수, 자네가 내려가는 것이 어떻겠는가?」

생각을 물어보듯 대정이 천수에게 말했다.

「지…, 지가유…? 그‥글씨유…. 지‥, 지는….」

선뜻 내키지 않는 듯 천수가 '어물쩍~!' 머뭇거려댔다.

「왜? 싫으냐?」

「아…! 아니유! 지가 감히 싫다는 것은 참말…, 아니구유….」

대놓고 물어보는 덕배에게 천수가 손사래를 쳐댔다.

「그라믄 으째서?」

「지가 비록 이…, 힘이…, 많이 모지란 놈이기는 허지만서도요…. 지는 여…, 여서 한칼이 성님허고 같이…, 다른 분들 다 뫼시고서 싸우고…, 싶 구먼유….」

송구스럽다는듯이 천수가 뒤통수를 긁적이며 말꼬리를 삼켰다.

「저 염병헐 놈의 썩을 놈은 꼭 나를 걸고넘어지고 지랄이네.」

한칼이가 밉지 않은 눈을 흘겨 뜨며 퉁바리를 놓았다.

「허면 누가 간디야? 가만가만….」

덕배가 주위를 두리번거려대다가 네댓 걸음 떨어진 선바위 부근에서 멧 부리 쪽으로 이어지는 벼랑길을 쳐다보고 서 있는 얽둑빼기 만석이를 발견 하였다.

「어이~ 만석아~! 너는 시방 워찌 생각허냐?」

「야…?」

딴생각을 하고 있었는지 만석이가 되물었다.

「뭣…? 뭣 말씀이셔유?」

「염병헐 놈이…, 시방 참에 머리들을 맞대고서 중한 야그들을 허고 계시 는 디…, 너는 으째 으디를 쳐다보고 뭔 짓거릴 허고 자빠졌냐? 너가 여…, 여 야그들 으르신 모시고서 쩌그 아래까정 내려갈 것이냐고~!」

한칼이가 갈퀴눈을 뜨며 목소리를 높였다.

「아니요. 지는 안 가고 싶은디유.」

만석이가 대번에 똑 부러지게 잘라 말했다.

「니미럴 놈이, 여울로 소금을 끌라면은 끌 것이지 으서‥!」

마뜩찮은 듯, 한칼이가 눈알을 빗뜨고서 언부럭거렸다.

「응~웅! 그려, 그려~! 내‥, 너 그럴 줄 알았다. 상추쌈에 고추장이 빠지겄냐‥? 분이 년이 여 남는다는디, 너가 행여나 가겄다고 할 일이 읎지….」

「어라‥? 그라고 봉께 분이네 식구들이 안 보이네 그랴? 울 일언거사─를 居士께서도 안 보이시고‥? 워쩐 일이랑가? 그 출랑이가?」

누구 아는 사람 없냐는 듯, 덕배가 사람들을 둘러보았다.

「아까 전에 지헌티는 아버님허고 어머님하고 할머님 모셔 온다고 먼저 가 있으라, 허기는 허셨는디….」

"복復~!! 복~~! 복~~!! 엄니~! 엄니~!! 옷이나 한 벌 가져가시오! 엄니~! 울 엄니~!! 복이여라~!! 복~~!! 복~~~!! 복~~~!!!"

넋을 부르는 소리라! 혼魂은 펼쳐지는 것으로 신伸이라 신은 곧 신神이요 하늘의 기운이고, 백魄은 돌아오는 것으로 귀歸라 귀는 곧 귀鬼요 땅의 기운을 말함이니, 하여 망자亡者의 넋을 불러봄에 한 번은 위를 향해 불러서 혼이 하늘에서 내려올 것을 기대하고, 한번은 아래를 향해 불러서 땅에서 돌아오기를 기도하며, 한번은 북쪽을 향해 불러서 천지사방에서 되돌아오도록 부른다는 고복皐復하는 소리가 차가운 새벽 공기를 가르며 멧부리로부터 사람들의 귓전으로 쟁쟁하게 울려왔다.

"엄니~! 엄니~~!! 속곳이나 한 놈 싸가지고 가시랑께요~! 엄니요~!! 복이요~! 복~!! 복~~!! 복~~!!!"

「옴마마~! 쩌‥, 쩌것이 뭔 소리라요? 분이 엄니 아니요?」

메아리마냥 아스라한 여음이 울먹거리며 기다랗게 매달려 있었으나 두 범이네 말대로 틀림없이 나부대대한 아낙네의 목소리였다.

「하이고~! 분이 엄니 맞는갑네! 으메, 양~! 이를 워쩐다요?」

「성님~! 대정 성님~!」

울상이 된 또새댁네 얼굴 위로 목소리가 허겁지겁 날아들었다.

「쩌그 오는갑네요.」

한칼이가 턱짓으로 둔덕진 곳을 가리켰다. 메숲진 곳을 지나 둔덕진 곳을 넘어 진둥한둥 허둥거리며 재필이라는 사내가 말 그대로 바짓가랑이에서 자개바람이 나고 사타구니에서 방울소리가 나도록 벼랑길을 뛰어 내려오고 있었다.

「크‥큰일이 났소‥! 큰일이~!」

선바위 아래께 길굼턱으로 헐레벌떡 달려 내려온 재필이가 턱밑까지 차오른 숨을 몰아쉬며 수선을 떨어댔다.

「거시시‥! 긍께요‥! 웅칠이‥, 웅칠이 성네가, 초‥초상이 났당께요. 으메으메~ 숨찬 거‥! 나가 시방 다 돌아가시게 생겼네‥.」

「아, 촐싹거리지 쫌 말고 차근차근허게 말 쫌 혀 봐, 이놈아!」

말을 이렇게 하였으나 덕배의 목소리가 외려 훨씬 더 들떠 있었다.

「잉‥, 긍께요! 것이 나가 아까참에, 웅칠이 성하고 뭣을 쪼까 챙기는디‥, 분이 년이 옆서 한참을 디다보고 그랑께‥, 닭 모가지를 비고 자는 양반이 으째 안 인나시는가 허고 암만 부르고 깨워 봐도 으째‥, 낌새가 껄쩍지근허다 싶어 갖꼬 웅칠이 성하고 이짝으로 '살~' 뒤집어 눕히는디‥! 아, 그 쪼깐한 몸이 축 늘어져 갖꼬 희마리가 한 놈도 읎는 것이‥, 요짝으로 디다 보니 눈깔을 반쯤 뜨신 채 숨을 쉬시지도 않는 것도 같아 갖꼬‥, 분이 년 멀카락을 뽑아다가 콧구녕에 살 갖다 디밀어 봤는디도 암만 둬도 까딱거리질 않는 것이‥. 으메~ 참말로‥! 간밤에 별탈 읎이 "오냐!" 허고 쌔록쌔록 잘도 주무셨다는디‥. 이 빠진 날에 콩밥이라고, 참말로‥! 잘 기시다가 으짜자고 하필이면 꼭 이럴 띠 돌아가시는가?」

「우라질 놈의 양반이 시방 돌아가신 분헌티다가…! 아, 누구는 날 받아 놓고서 ‘간다!’ 허고 동네방네 소문 내고 가요?」

한칼이가 재필이에게 눈알을 디굴거리며 쏘아붙였다.

「아니, 거시기 나의 말인즉슨…」

「아, 시끄럽소!」

「…!…」

한칼이의 타박에 ‘찔끔…!’ 하기도 하고 ‘머쓱~!’ 하기도 하였는지 재필이가 주둥이를 삐죽거리고는 말꼬리를 안으로 말아 넣었다.

「허허~~ 기어코 그렇게 가셨는가?」

우두커니 서 있던 당코영감이 허공으로 한숨을 날리었다.

「허이고, 울 할마시…. 참말로 불쌍혀서 으쩐다요…? 늘그막에 고생고생 여까정 올라와 놓고서…. 인자 금시 내려들 갈라는디…. 허이고~ 엄니….」

오뉴월 장마에 토담벼락 무너지듯, 두범어미가 털썩 주저앉았다.

「아니어…. 그리어. 차라리 암껏 모르시고 시방 훌쩍 가신 것이 휠 잘된 일인지도 모를 일이여. 여서 내려간다고 뭣이 으찌 될랑가도 모를 것이고. 탈 읎이 무사히 내려가기나 할랑가, 것도 모를 일인디….」

위안이랍시고 굴렁쇠를 굴리듯 한칼이가 혼잣말을 꺼냈다.

「아적도 달은 저리도 둥글고 훤헌디….」

사람들의 머리 위에서 차츰차츰 스러져가는 달을 바라보며 안타까운 마음으로 넋두리하듯, 두범어미가 서글픈 목소리로 말을 늘어놓았다.

「그믐에 지는 달뎅이마냥 뭣이 그리도 급허시다고 이라구 홀로 사위시었소…. 여지껏 잘 참았음서…, 쪼까만 더 기둘릴 것이지…. 으째 그리도 모지락시레 혼차 서둘러 가시었소…. 으쩔라고…, 으쩌자고…, 노을에 나와 맺혔다가 아침에 지는 이슬마냥‥, 그리도 허망허게‥, 벌써 놓고 가시었소‥. 앞서 가시는 북망산이 고향땅보다도 좋으셨소‥? 아들 며느리 다 냅두고, 으째 홀로 가시었소…. 엄니…, 엄니….」

「봐라, 봐라, 뭔 일 있나?」

늙수그레한 노인네가 어진이의 손을 붙잡고서 재필이와 한칼이에게로 다가오더니만, 두범어미와 그 곁에 서서 훔착훔착 눈물을 훔치고 있는 또 새댁네를 번갈아보며 물었다.

「야, 시방 분이 할마시가 돌아가셨구만이라….」

재필이가 대답했다

「뭐라꼬? 분이 할마시? 그‥, 분이 할마시가 누꼬?」

누구를 말하는 것인지 모르겠다는 듯, 노인네가 되물었다.

「웅칠이 성 엄니말이요! 웅칠 성 엄니!」

두목답답하였던지 재필이가 "으이구~!" 소리를 내고서 노인네 귀에다 입을 바싹 가져다대더니 또박또박 큰소리로 말해주었다.

「웅칠 어메? 그 할망구? 참이가? 하이고야~ 이 몹쓸 할망구 가시내‥! 니 캉 내캉 같이 늙어 갖꼬 동무 동무 죽을 때 함께 가자 카더만, 우예 지 먼저 홀쩍 간 기고?」

늙수구레한 노인네가 쪼글쪼글한 입술을 오물거렸다.

「봐라…, 카믄 으짤끼고? 함 가야 안쿘나?」

노인네가 대정에게 물었다.

「……」

무슨 생각을 하고 있는지 대정은 잠자코 서 있었다.

「아부지, 아부지~.」

어진이가 덕배의 팔소매를 잡아당겼다.

「분이 언니네 할머님이 돌아가셨시유?」

「잉…. 그려…. 그런갑다.」

덕배가 맥빠진 목소리로 힘없이 대답했다.

「그라믄 인자 우덜이 쩌기로 도로 가 갖꼬, 분이 언니네 할머니 드러누우실 땅 구뎅이 파고 흙 덮어 드려야 되겠네?」

「어진아~!」

제 발부리 앞에 놓여 있는 돌멩이 하나를 '톡…!' 하고 아무렇지도 않게 건드려 보듯 어진이가 자깝스레 말을 던지자 깜짝 놀란 목소리 하나가 선바위 위로 튀어 올랐다.

「응…? 왜?」

어진이가 똘망똘망한 눈으로 천연덕스레 제 누이를, 두 손으로 옷고름을 꼭 쥐고서 제 발길에 차여 나뒹군 돌멩이마냥 딱딱하게 굳어 있는 고은이 얼굴을 치어다보았다. 어진이는 제 누이의 그런 모습에서 '어…? 왜 저러지?' 하는 생각이 들었는지 고개를 갸우뚱거리며 천진난만하게 주변을 둘러보았다.

「……」

두범이네와 또새댁네도 입을 '쩍~!' 벌리고서 생게망게 어처구니없어하는 얼굴들을 하고 있었다. 그도 그럴 것이 이제 겨우 예닐곱밖에 되지 않은 어린아이가 어언지간 죽음에 대해 무감각해져서는 가까이 지내던 사람의 죽음에서조차 별 다른 느낌을 갖지 못하고 심지어 죽은 몸뚱이를 매장하는 것까지도 대수롭지 않은 일거리쯤으로 여기고 있으니, 참으로 기가 막힐 노릇이었을 것이라서 말이다.

「허허…. 우리 어진이에게는 기이旣已, 상사喪事가 예상사例常事요, 천붕지사天崩之事가 항다반사恒茶飯事가 되어 버렸구만 그래….」

여태껏 별말 없이 가만히 서 있기만 하던 주천이라는 먹빛 두루마기의 사내가 어진이를 바라보더니 씁쓸한 듯 고개를 가로젓고서는 하늘 한켠으로 눈길을 돌리었다.

「아녀! 아녀…! 안 그라도 되야! 안 그라도! 너들은 바로 내려갈 것이여. 그라지라? 잉? 그라지요, 성님? 여서 넋 놓고서 마냥 있을 것은 아니지요? 인자 시방 동이 훌쩍 허고 틀 것인디, 고만 늦기 전에 어여 어여, 싸게 싸게 내려 보내야들 안 허겠소? 잉? 잉??」

심장이 벌렁벌렁하였는지 다짐받아두려는 듯, 덕배가 재촉하였다.

「시방 사램이…, 산목숨 하나가 죽어났는디… 인정머리 읎이 뭔 말씀을 고로코롬 섭섭허게 허시오…?」

인심은 뚝집에서 난다더니만 까칠한 성깔의 한칼이가 도리어 늦추려는 듯, 거무레한 목소리로 말했다.

「속도 모름서 그런 소리 허덜 말어라. 나도 사람 놈의 새낀디 내 맴은 편하겄냐? 가신 양반을 생각허면 우덜 누구의 맴이라도 다들 거시기 허겄지만서도, 으쩔 수 읎는 노릇 아니겄냐…? 그라르면 '우르르르~' 죄다 다시 몰려가 갖꼬서 엄니 성님 붙안고 "애고지고 대고지고" 곡哭이라도 한 소리씩 허고들 내려올 것이냐? 아, 일을 허기로 허겄다고 헐 것이면 어처구니가 독 바르듯이 "후다닥~!" 재빠르게 해치워야 헐 것 아니냐…. 긍께 가야 할 사람들은 지체 읎이 어여들 후딱후딱 가고, 남을 사람은 남아 갖꼬 뭣을 찬찬히 하든 말든 잉?」

「의주로 파천播遷을 가더래두 곱똥은 누고 간다는디…, 암만 그라도 입 안의 코는 아니지라. 딴 사람도 아니고 웅칠이 성 엄니가 돌아가셨다는디…. 나는 양…, 시방 맴이 각다분헌 것이 속이 쓰려 디지겄는디….」

「흐이구~ 알어. 나도 안당께…. 나도 이…, 맴이 겁나 쓰리당께. 그치만 우덜 맴이 그렇다고, 오도가도 못허구서 여서 하염없이 홀미죽죽 서로 콧구녕 벌름거리는 것만 쳐다보고 있을 수는 없는 노릇 아니겄냐? 안들 그렇소? 내 말이 틀리오?」

덕배가 말끝을 대정에게로 틀었다.

「……」

속으로 기역 자를 그리고 있는지 니은 자를 지우고 있는지 대정은 여전히 가타부타 쓰다달다 말이 없었다.

「허허~! 길행吉行은 오십리요 분상백리犇喪百里라 하였으되, 오도 가도 못하고를 있으니‥, 거주去住가 양난兩難이라, 여기가 바로 심심산골 진퇴유곡進退維谷이었구나‥! 그런즉 저양羝羊이 촉번觸蕃을 하야, 그 각角을 리羸한 모양새라‥, 불능퇴不能退 불능수不能遂‥!! 허면 뇌천대장雷天大壯이라, 이로운 바 없으나 종내終乃에는 간즉길艱則吉 할 것이니….」

가시나무에 연줄 걸리듯 마음이 인정에 걸리어 이러지도 저러지도 못하고 그저 대정의 눈치만 살피려는 사람들을 가만히 바라보고만 있던 주천이란 먹빛 두루마기 사내의 머릿속으로 갑자기 무슨 문자文字들이나 괘卦가 떠오른 모양이었다.

「옳거니~!! 일대장교一大藏教가 오로지 '갈 지之 자字 하나' 라는 말은 바로 이럴 때 써먹어야 하는 것이었구나‥! 핫핫하~!!」

「예미럴‥! 저 방안풍수는 또 뭣이 좋다고서 저 혼차만 신나 갖꼬 까마구 염불 외는 소리를 허구 자빠졌네….」

한칼이가 눈을 흘기며 뾰족하게 쫑알거렸다.

「이보게 호봉이, 자네가 인솔하여 모시고 내려가도록 하게.」

배꼽에 어루쇠를 붙인 사람마냥 주천이란 먹빛 두루마기 사내가 읊어댄 '오로지 갈 지之 자 하나' 라는 말의 속뜻을 알아차렸는지 대정이 물거미 뒷다리마냥 비쩍 마른 몸에다 키만 멀대같이 큰 사내에게 말했다.

「야··?」

「대정~!」

「대정으로서 내리는 영이니 거절치 말고.」

「야, 나으리. 받들겠사옵니다요.」

한칼이가 뭐라 하며 중간에 끼어들려는 것을 대꾸하지 않는 것으로 막아 세운 대정이 잡도리치듯 단호하게 말하자, 길쭉하고 비쩍 마른 호봉이라는 장정도 대정의 목소리에 어울릴 만한 태도로 힘 있게 대답했다.

「봐라….」

「아닙니다. 더 이상 지체치 말고 서두르셔야 합니다.」

대정이 늙수그레한 노인네의 말을 가로막고서 자기 말을 내었다.

「아녀자와 어르신들께서는 호봉이를 따라 내려가시고 남정네들은 저와 함께 다시 분이네로 올라가 보도록 합시다.」

「……」

떠나야 하는 사람들은 대정의 영슈을 따라 그렇게 해야 한다는 것을 알고 있었지만 그래도 마음 한구석에 남아 있는 묵직한 그 무엇 때문에 발걸음이 떼어지지 않았는지, 선뜻 누구 한 사람 먼저 나서지 못하고 머뭇거려대기만 하였다.

「성미, 청수, 이리 오거라.」

대정이 두 아이를 가까이 불러 세웠다.

「나나나나나나…나는…? 나는…?」

두 아이 곁에 서 있던 궁궁이가 한 자나 늘어진 콧물을 "훅~!" 빨아들이며 얼른 좇아가려하자, 중년의 아낙네가 말리려는 듯 숙부드러운 고갯짓을 했다.

「…!…」

궁궁이는 아낙네를 빤히 쳐다보았다. 그러나 잠자코 엄전스레 서 있는 아낙네를 보자 이러지도 저러지도 못하겠는지 제자리에서 낑낑거리며 바스대기만 하였다.

「인중천지위일혜人中天地爲一兮 심여신즉본心與神卽本이란 글귀를 기억하느냐?」

도투락댕기를 길게 드리운 계집아이와 청수가 다가서자 대정이 숨을 들이켜 가슴을 펴고 뒷짐을 지더니만, 『다물흥방지가』多勿興邦之歌의 노래 구절을 기억하고 있는지 물었다.

「……」

두 아이가 대답대신 고개를 끄덕였다.

「무슨 뜻인지도 알고?」

대정이 청수의 눈을 가까이 들여다보았다.

「네, 아버님.」

두 아이가 함께 대답했다.

「그래…. 사람의 가운데서 천지가 하나 되는 것이고 마음이 하늘과 더불어 근본이 되는 것이니. 이는…, 마음이 하늘이며 하늘이 곧 마음, 마음 바깥으로 하늘이 없음이며, 하늘 바깥으로도 마음이 없다는 것을 뜻하는 것이니라. 본시 천하의 커다란 근본이란 것도 자기 마음의 중일中一에 있는 것. 사람이 중일을 잃으면 일을 이룰 수 없고, 사물이 중일을 잃으면 바탕이 기울어져 엎어지게 되는 것이다. 그런즉, 이 애비가 너희들을 떠나보내며 앞으로 다시 만나게 될 것이라는 허황된 언약을 하지 않음을 슬피 여겨 혹시라도 네 마음과 그 중일을 잃는 일은 없도록 하여야 할 것이니라. 알겠느냐?」

제 피붙이들과 헤어지려는 마지막 순간에 전하는 말이라 사뭇 비장하기도 할 것이련만, 대정은 길 떠나는 제자들과 헤어지며 스승으로써 가르침을 전하는 것마냥 오로지 담담하게 말할 뿐이었다.

「네, 아버님.」

울먹여지는 것을 참아가며 성미와 청수 두 아이가 자못 굳은 목소리로 단단하게 대답했다.

「때가 되면 언젠가는 모두가 하늘 되는 좋은 세상이 올 것…. 허나 기다려도 오지 않거든…, 와야 할 시기가 이미 확연함에도 오지 않는다면….」

대정이 시나브로 잠겨가는 목소리에 힘을 주었다.

「너희들 스스로 뭉쳐, 하여 떨쳐 일어나 온 산을 검게 물들이고, 너희들의 굳세고 정淨한 손으로 길마다 고운 비단…, 넓게 펼치도록 하거라….」

「네, 아버님.」

청수가 의연하게 대답했다.

「성미는 어머니 잘 보살펴 드리고.」

「네, 아버님.」

성미의 목소리가 가느다랗게 떨리었다.

「……」

대정이란 사내가 고개를 돌려 선바위 쪽의 아낙네를 바라보았다.

「부인….」

「네, 나으리….」

제 속으로 가라앉아 가는 목소리의 여음餘音을 따라, 중년의 아낙네가 도톰한 윗눈시울로 눈알을 반쯤 내리 덮으며 눈길을 아래로 보내었다.

「……」

「……」

잠잠한 가운데 때마침 두 사람 사이를 가르고 지나가는 한줄기 바람에 '팔랑~!' 하고 나부끼려는 치맛자락을 아낙네가 옴켜쥐었다.

「……」

아낙네가 손가락에 지그시 힘을 주어 치맛자락을 '꼬옥~' 틀어쥐자 그 무러진 그 마음마냥 검정 치맛자락에도 주름이 기다랗게 드리워졌다. 자신을 지켜보는 지아비의 눈길을 느꼈는지 아낙네는 살며시 고개를 숙여 달 그늘 속으로 얼굴을 감추었다. 그리고는 쉬는 듯 머금는 듯 가만가만 숨소리를 죽였다. 그것이 전부였다. '언뜻' 어느 누군가의 입술이 살짝 달싹여진 것도 같았으나 두 사람은 끝내 아무 말도 하지 않았다. 아낙네와 대정에게는 그 이상의 어떤 것도 필요하지 않는 것 같았다. 소리로 만들어진 백천 마디의 말보다 더 많은 의미를 담고 있는 침묵과 어떤 몸짓보다도 깊은 정감을 담고 있는 다소곳이 서 있기와 바라보기 말고는 말이다.

「……」

「……」

「인자 시상에 피붙이라고는 너그 둘밖에 없는 것이여, 잉?」

덕배가 어진이와 고은이 손을 붙들고서 꾸부정히 쭈그려앉았다.

「고은이 너가 누인께, 동상이 혹간 철읎시 굴더래도 잘 돌봐 줘야 헌다. 아근바근 짜그락거리지들 말고, 먹을 것 입을 것 쪼까쪼까 서로들 챙겨 주고 아껴 주고, 잉? 사이좋게 잉? 알긋지?」

「……」

고은이가 울음을 참아가며 고개를 끄덕였다.

「너도 깝치지만 말고 누이 말 잘 따라 듣고….」

「야.」

어진이가 힘차게 대답했다.

「그랴. 우리 어진이 참말로 착허다. 암만 그래야지….」

덕배가 굳은살이 울퉁불퉁 단단하게 박혀있는 뻣뻣한 손바닥으로 어진이의 말랑말랑한 머리를 쓰다듬으면서 말을 이어나갔다.

「이‥, 시상 사는 것이 말이여‥, 모가 나면 반드시 정을 맞는 법이여‥. 긍께 두루뭉실허게, 잉? 으디든 너가 먼저 '삐죽' 나서 댕기지 말고, 얼릉 살짝 뒤로 빠져 갖꼬, 잉? 고로코롬 살어야 헌다. 바람이 불면 부는 디로, 물결이 치면 치는 디로 으디로건 눈치껏, 잉? 괜히 뾰쪼록허니 대들어 대다 웅겨붙어 갖꼬 괜히 읃어 터지지 말고, 잉? 알긋냐?」

혀 짧은 아비가 제 아들놈에게 나는 바담 풍風을 하더라도 너는 꼭 바담 풍을 하라고 당부하듯이 덕배가 어진이에게 일러주었다.

「지는 안 뚜드러 맞어요! 지가 '칵~!' 뚜드러 패 불지!」

어진이가 눈알을 반짝이며 목청을 높였다.

「그리어. 너가 이길 것을 애비도 다 알고 있응께‥, 긍께, 그랴도 싸우지는 말어. 너 다치면 안 되는 것마냥, 넘도 다치게 허면 안 되는 것잉께. 알긋지? 잉?」

「야.」

「그리어, 그리어….」

덕배가 솥뚜껑마냥 커다랗고 시커먼 손으로 어진이의 구시시한 머리와 발그레한 볼따구를 한 차례씩 쓰다듬고는 몸을 일으켰다.

「마님….」

덕배가 중년의 아낙네에게로 말머리를 돌리었다.

「이‥, 애비 구실도 못허는 못난 놈이 참말로 잔정만 있어 갖꼬 염치도 없이‥, 그저 구구허게 비라리만 칩니다요‥. 그저 내 새끼만은 못하여도 그것들 같으려니‥, 으디 주워온 개구녕받이라 여겨주시고서‥, 끌어다 겯에 두고 가끔이나마 들여다보시면서‥, 밥이라도 으서 굶덜 않고‥, 찬밥이나 쉰밥이나, 언밥에나 머슴밥이나마 가리지 않게끄롬‥, 눈칫 밥을 코칫 밥으로 은어묵고 댕기더래도‥, 그저 목숨이나마 부지허고 살게끄롬‥, 꼭 좀 쪼까 살펴 주시기를‥, 이라고 간절허게 신신부탁으로다가 비라리청합니다요….」

덕배가 두 손을 가슴께 모으며 머리를 조아렸다.

「……」

그 마음을 잘 아는지라 중년의 아낙네가 고개를 끄덕였다.

「참말로‥, 참말로 고맙구만이라…. 참말로….」

그제야 한 시름을 놓겠는지 덕배가 중년의 아낙네에게 곰비임비 몇 차례 머리를 조아리더니 입술을 깨물어 적시고는 고개를 들고서 "휴유~~" 하고 한숨을 길게 내뱉었다. 그리고는 선바위 뒤편 멀리로, 그 아래쪽으로, 소리 없이 술렁이는 산허리를 향해 눈길을 돌리더니만, 꾀죄죄한 소맷자락으로 눈언저리를 훔쳐댔다.

「아부지…. 아부지….」

「……」

제 아비의 뒷모습을 바라보다가 다시는 만나지 못할 것을 알게된 것마냥 고은이가 안타까이 불러보았으나, 덕배는 아무런 대꾸도 없이 남생이 잔등 같은 손등으로 질금대는 눈자위를 마냥 꾹꾹 눌러대기만 하였다.

「……」

「……」

「한범이 아부지~이‥, 인자 시방 궁께‥, 두범이허고 지하고서 둘이서만 가는 것이요? 잉?」

두범어미가 울먹거렸다.

「이런 옘병~! 중헐 띠 재수없이…. 시방 너가 초상 치르냐?」

한칼이가 생겨먹은 대로 눈알을 부라리며 투박하게 내뱉었다.

「하이고, 한범이 아부지이…. 한범이 아부지~이…!」

매달리고 싶기라도 하였는지 두범어미가 징징거려대기 시작했다.

「아, 시끄러~! 니미럴 놈의 예편네가 으디 어린애 앞에 두고 울고불고 지랄이여, 지랄은…! 너~! 이 애비 눈깔 똑바로 봐라, 잉?」

한칼이가 두범이에게 얼굴을 바로 들이밀고 눈알을 희번덕댔다.

「좌우당간 너는 암껏 생각 말고 무럭무럭 씩씩허게 커야 헌다. 잉? '쑥쑥!' 잉? '쑥쑥!!' 워서건 간 모강지에 힘 '빡~!' 주고 어깨 펴고 댕겨! 그래야 함부로 얕게 뵈지 않는 것잉게. 으짜건 간 너 얕이 보는 놈이 있으면은 그띠는 참지 말고 너 마빡으로다 기냥…, 대가리가 팍 깨져 부러도 뎀벼 부려야 써! 알긋냐? 이 아부지맹키롬! 잉? 막 처맞아 디지더래두 말여! 그래야 참말 사내인 것잉게. 알긋지?」

「야….」

한칼이가 당부를 하는 것인지 다그치고 위협을 하는 것인지, 하여 무슨 말인지 제대로 알고나 대답하는 것인지 모르겠지만, 어쨌거나 두범이가 고개를 끄덕이며 대답했다.

「엄니 말 잘 듣고. 안 그라믄 너 엄니 또 징징거릴 텡게.」

「아부지는 같이 안 가셔요?」

두범이가 똥글똥글 눈알을 말똥거렸다.

「잉~. 이 아부지는 말이다. 진즉부터 너그 한범이성이 우덜 읂이 심심허니 혼차 뭣을 하구 있을랑가 자꼬 맴에 걸려 갖꼬 걸쩍지근혔었는디…, 인자 함 가 볼란다…. 긍께 너는 엄니허고 더 있다가 좋은 시상 오면, 잉? 구경이나 실컷 하고 낭중에 와라, 잉?」

「야.」

두범이가 알 똥 모를 똥 눈을 깜박이며 대답했다.

「질 무서워허면 호랭이 만나는 법잉께, 너무 무서워말고 기냥 조심조심
만 혀서, 잉?」

한칼이가 아랫입술을 깨물었다.

「한범이 아부지….」

두범어미가 한칼이를 불러댔다.

「한범이 아부지~이….」

「아, 징징 짜지 말고 얼릉 이거나 받아들어!」

한칼이가 땅바닥에 놓여 있던 보따리를 집어 들더니 두범어미 가슴께로
'확~!' 떼밀어 넘기고는 매정하게 '홱~!' 돌아섰다.

「허이고, 한범이 아부지…. 한범이 아부지~이….」

「……」

저를 불러대는 소리가 거머리마냥 귓가에 달라붙었을 것이건만 그래도
못 들은 척 이미 돌아선 한칼이는 아니 들으려는 듯, 목구멍에서 "카악~!"
하고 가래침을 돋구어 땅바닥에 "퉤~!" 내뱉고는 속니를 "빠드득…!" 갈아
붙였다. 그러나 괴어오르는 마음만은 어쩔 수 없었는지 고개를 쳐들고서
어스름 하늘을 향해 "으메, 씨부럴 것…!" 하고 되뇌는 그의 가느다란 눈망
울에는 맑디 맑은 물빛이 달빛에 비쳐져 아롱거리고 있었다.

「……」

「……」

「참말로 안 갈 것이냐?」

또새댁네가 남이에게 말했다.

「잉?」

「……」

「잉??」

또새댁네가 한층 커진 목소리로 채근하였다.

「아, 얼릉 쪼까 대답 쫌 혀봐, 이놈아~!」

밑살이 타는 모양이었는지 또새댁네가 찌그렁이를 부렸다.

「아까참에도 말 혔잖아유. 안간당께요.」

남이가 입을 열고 툴툴거렸다.

「으메~ 양…! 복장 터지는 거!」

말을 내뱉은 또새댁네가 '두리번~!' 재빠르게 주변을 살펴보더니만, 둥 덩산만한 배를 감싸 안고서 강장강장 잰걸음으로 다가와 남이의 머리통을 쥐어박았다.

「이놈아, 너 여깄으면 죽는단 말여! 죽어!」

「아야야~! 으짜쿠롬 사람을 때리고 그라시오? 엄니는 아그들 때리는 것 이 한울님을 때리는 것이란 말도 모르시오?」

남이가 눈을 흘기며 앙살을 피워댔다.

「요 쪼깐헌 것이 주뎅이만 살아 갖꼬…!」

또새댁네가 한 대 줴박으려는 듯 다가서며 주먹을 치켜들었다.

「으메…!」

잽싸게 자웅눈이 사내 뒤로 몸을 피한 남이가 사내의 허리춤을 붙들고 올려다보며 말했다.

「아자씨! 차라리 아자씨가 엄니 데꼬 먼처 내려가시오, 잉?」

「무거운 몸으로 괜찮으시겠소?」

자웅눈이 사내가 또새댁네에게 말을 건넸다.

「야! 끄떡없응께 내 걱정은 마시시오. 너 언릉 이리 안 오냐?」

자웅눈이 사내에게 사뭇 투박한 말씨로 대답한 또새댁네가 무거운 몸으로 뒤뚱뒤뚱 두어 걸음 남이에게 다가서며 눈을 부라렸다.

「남이는 내가 돌볼 테니 너무 걱정 마시구려.」

「을랄라…?」

어이없다는 듯 남이가 사내의 허리춤에서 손을 놓고 물러섰다.

「으짜쿠롬 아자씨가 나를 돌본다 그라시요? 아자씨는 아자씨 걱정이나 허시오. 싸움 나면 쟈들은 맨 먼처 맴 뒤집은 사람부터 잡아 죽일 것잉게.」

「저 썩을 놈이 또 들컥질이네! 너 참말로 일루 안 올 것이냐!」

「내려가는 길이 오히려 더 위험한 법이니 조심하시고.」

자웅눈이 사내의 따뜻한 마음이 느껴지는 목소리였다.

「…!…」

또새댁네가 자웅눈이 사내의 얼굴을 가만히 바라보았다.

「……」

자웅눈이 사내도 잠자코 또새댁네를 바라보았다.

「……」

「으메, 눈꼬라지 시려워 갖꼬…. 참말로 못 봐 주겄네.」

남이가 팔짱을 끼고는 머리를 들까불거리며 삐딱하게 입꼬리를 비틀고 밉상을 부려대자 또새댁네가 눈을 모로 뜨고 '흘깃~' 남이를 쳐다보았다.

「…!…」

속마음이 뜨끔하였는지 남이가 입을 삐죽거렸다.

「이제 그만 내려가시구려.」

자웅눈이 사내가 권하였다.

「야. 그라믄 이녁은 그저 그짝만 믿소. 꼭 같이 잉…? 둘이 함께 무사히 내려오시오, 잉? 너도 알긋냐? 잉?」

또새댁네가 다소곳하게 대답하고서 남이에게로 말끝을 틀었다.

「아~아~! 얼릉 싸게 내려가기나 허랑께요.」

「허이구~ 저 염병헐 놈의 썩을 놈··!」

듣는 것도 귀찮다는 듯 남이가 휘적휘적 손을 내저으며 빗더서자, 또새댁네가 자기 가슴을 쳐댔다.

「······」

「······」

눈에서 '반짝!' 하고 무엇인가 생각하는 빛을 보인 소희가 마침내 결심이 저절로 드러나는 얼굴을 하고서 강대나무 아래의 노사에게로, 언덕 위에 홀로 서서 선산을 지키는 뿌리 깊은 소나무마냥 꼿꼿하게 서 있는 할아버지에게로 다가들었다.

「할아버님···. 그럼 소손小孫은 이만···.」

두 손을 이마에 마주 대고서 하직인사라도 올리는 것처럼 소희가 고개까지 깊숙하게 수그리며 큰절을 올리더니 잠시 그 자세 그대로 고요하게 머물렀다.

「······」

떠나려는 피붙이를 바라보자니 눈물이 흐를까 두려웠던 것일까? 흔들리는 제 모습이 보여질까 봐서, 하여 가야만 하는 그 발길을 행여 무겁게나 할까 봐 그것이 염려스러웠던 것일까? 마음을 온전하게 감추려는 듯, 노사는 미미한 움직임조차 보이지 않았다.

「······」

이윽고 소희가 고개를 숙인 채 몸을 일으키더니만, 그대로 천천히 뒷걸음질하며 물러섰다. 그러자 '꾹···' 다물고 있던 노사의 입술 언저리가 한 차례 실룩거리는가 싶더니 가느다란 수염자락들을 '바르르···' 떨어댔다.

「……」

「……」

「어찌 하여야 할까요?」

당골네가 물었다.

「글쎄요….」

주천이란 사내가 눈길을 먼 곳에다 고정시켜 놓은 채 대답했다.

「……」

당골네가 눈길을 아래로 돌려 물끄러미 애기보살을 바라보자 애기보살도 그 눈길을 느끼고서 제 눈길을 제 신어미 당골네에게 마주 돌리었다.

「……」

그렇게 잠시 물끄럼말끄럼 당골네를 바라보던 애기보살이 돌연 제 신어미의 손을 힘주어 '꼭…!' 쥐었다가 놓더니만, 고개를 옆으로 가볍게 기울여 먹빛 두루마기 사내에게 눈길을 돌리고는 눈을 반짝이며 빙긋 볼우물을 지어 보였다.

「…!…」

저도 무슨 생각이 들었던지 주천이란 먹빛 두루마기 사내의 왼 입꼬리가 살짝 휘어져 올라갔다.

「마땅히 그리 하여야겠지요?」

둘의 그런 모습을 지켜보던 당골네가 먼저 입을 열었다.

「예. 그리 하셔야 할 것 같습니다.」

「일컬어 이런 경우를 운종룡풍종호雲從龍風從虎라는 겝니까?」

「글쎄요. 이 몸이 범이요 용이라면 그리 말할 수도 있겠지요.」

「것이 그렇게 되나요?」

당골네가 입가에 하뭇한 미소를 띠었다.

「아무렴요. 아무렴 어떻겠습니까? 핫하하~!!」

장단을 던져 놓은 주천이라는 사내가 호탕하게 웃으며 귀퉁이에서부터 부옇게 밝아오려는, 그러나 아직은 어둑어둑한 새벽하늘을 바라보았다.

「신성晨星이 낙락落落이라더니‥, 이제 참으로 그리 되기도 그리 되려는가 봅니다, 그려‥. 헛허허….」

「……」

당골네의 얼굴이 갑자기 어두워지더니 느릿느릿 무거운 고갯짓으로 끄덕여댔다. 그도 그럴 것이 새벽하늘에서 드문드문 빛나던 별들이 이제 하나둘 그 빛을 잃고 스러져 버리듯, 떠나는 사람들도 그리 될 것이라고 주천이란 사내가 예견하고 있었으니 말이다.

「……」

「……」

「눈이라도 오려는 듯싶습니다.」

강대나무 아래에 비끼듯 서 있던 노사가 손을 가슴에서 눈높이게 올리고서 손가락으로 바람을 더듬어 보고 또 만져 보더니만, 무덤덤하게 입을 떼었다.

「……」

어느 사이 노사 곁에 가까이 다가서있던 당코영감이 옮겨가는 노사의 눈길을 따라 하늘가로 눈길을 돌리었다

「가셔야지요.」

눈길을 하늘가 한곳에 고정시킨 채 노사가 말을 건넸다.

「예. 그래야지요.」

당코영감도 같은 곳을 바라보며 대답했다.

「……」

「……」

노사와 당코영감은 더 이상 말이 없었다. 무언의 대화에다 서로의 마음 귀를 기울이고 있는 것인지 알 수 없었지만, 저렇게 나란히 서서 같은 곳을 바라보고 있는 두 사람의 모습이야말로 이 상황에 가장 어울릴만 하고 그럴 듯하게 보였으며, 또 그렇게 하는 것 이상의 것도 없는 것처럼 보였다.

「영감님….」

「봐라~! 까막 하늘에 달덩이 붙들어 맺나? 갈 길도 까마득한데, 와 여서 뭉기적거리는 기가? 이리 더뎌가 명년 안에 갈 수 있나?」

대정이 당코영감과 노사 사이로 다가들려는데, 늙수그레한 노인네가 투덜투덜 재촉하듯 소리쳤다.

「귀때기 떨어졌으면 담에 와가 찾으면 될 일이고, 고마 퍼뜩 가자, 마! 이카다 배꼽재기에 노송짜리 안 생기겠나? 채비만 사흘을 꾸미다가 용천관이를 지나도 벌써 지났겠다, 마!」

「할아버지, 오줌 매려요…. 추워요. 얼른 가요.」

육초 먹은 강아지마냥 노인네 뒤를 졸졸 따라다니던 두범이가 얼굴을 찡그리고서 조르듯 당코영감에게 말했다.

「어이쿠, 그렇구나…! 우리 두범이가 추운 것도 모르고서, 이 할애비가 주책없이 기다리게 했구나. 그래, 어서들 내려가도록 하자.」

당코영감이 두범이의 머리를 쓰다듬고서 손을 꼭 쥐었다.

「어르신 할아버님, 절 받으세요. 아버님도요.」

청수가 노사의 앞에 서며 말했다.

「지도요, 지 절도 받으셔요.」

어진이가 청수 앞으로 '한 걸음' 불쑥 나섰다. 어진이와 청수가 동시에 노사와 대정에게 큰절을 올리자 곁에 있던 성미와 고은이 그리고 두범이도 따라 큰절을 올렸다.

「나나나나나…!나도…!나도…!!」

궁궁이도 아이들 곁으로 달려와서는 "철푸덕~!" 무르팍이 깨어져라 내려앉으며 땅바닥에 머리를 조아렸다.

「할아버님, 옥체 만강하세요.」

「대정으른도 꼬부랑 어깨가 귀 넘어까정요, 강령하서요!」

청수와 어진이가 몸을 일으키더니 노사와 대정을 번갈아 보았다.

「오오오…옥체…!마마마…, 만…강…령~!령…!하하하…세요….」

「허허~ 기특하기도 하여라. 오냐…! 가슴 깊이 꼭 새겨 두도록 하마. 너희들도 조심해서 내려가도록 하고.」

「야.」

「낭중에는 모다들…, 다시들 꼭들 다요, 잉? 꼭들 다시 봐야 허요. 아시 것지라? 지발 별탈들 읎이요, 잉?」

「이놈의 여편네가 또 지랄이네! 아, 얼릉 가! 아야, 호봉아~!」

아이들 뒤에 서서 울먹이는 두범어미에게 한마디 쏘아붙인 한칼이가 아이들을 강대나무 쪽으로 내몰아세웠다.

「이것··, 이것 쪼까 가지고 기시오.」

두범어미가 품에서 '부스럭~' 무엇을 꺼내 한칼이 손에 쥐어줬다.

「뭐여, 이게?」

한칼이가 눈을 동그랗게 뜨며 물었다.

「얼릉 넣어두시오.」

두 손으로 한칼이의 손을 꼭 쥐며 당부하듯 말을 이었다.

「위급할 띠는 꼭! 꼭…! 잊지 마시오. 잉? 시천주가 조화정이고 영세불망이 만사지헝께요, 잉? 잉?」

언뜻 보이는 것이 꼬깃꼬깃 누리끼리한 종이 쪼가리라, 두범어미가 지아비의 손에 쥐어준 것은 아마도 삼칠자 주문을 적어둔 호부護符나 궁을부弓乙符쯤 되는 것 같았다.

「허이고~ 이놈의 여편네… 환장허겄네. 아, 뭣하냐? 후딱 앞장 안 서고? 너가 거서 꼼지락거리고 있웅게, 시방 안 가고 이 지랄 허는 것 아녀!」

시어미 역정에 개 옆구리 차듯, 한칼이가 호봉이에게 소리쳤다.

「야, 알겄어라.」

호봉이가 얼른 등짐을 지고 일어서서 앞으로 나섰다.

「나으리, 댕겨오겠어라.」

「그러시게. 닭울이 때가 머지않았으니 어서 서두르게나.」

대정이란 사내도 재촉하였다.

「으르신, 그럼 쇤네 이만 다녀오겠어라.」

호봉이가 봉산 수숫대마냥 기다란 허리를 깊숙하게 꺾었다.

「……」

노사가 묵묵히 고개를 끄덕였다.

「쩌그, 잠깐…! 나가 시방 눈바래기로다가 쩌짝 애기바우 근처까정만 내려갔다 올라는디, 괜찮것지라? 어이, 도중이. 시방 나허고 같이 내려갔다 안 올라나? 거까정만 남이 엄니 곁부축 쪼까 해 주고 오는 것이 워떨까 허는디…?」

아이와의 헤어짐이 못내 아쉽기도 하고 마음 놓이지 않았던지 덕배가 대정에게 자기 생각을 이야기하고는 자웅눈이 사내에게 물었다. 그러자 혹시나 하는 바람이 들었는지 또새댁네가 슬그머니 고개를 틀어 자웅눈이 사내를 바라보았다.

「아닙니다. 저는 올라가도록 하겠습니다. 다녀오시지요.」

자웅눈이 사내의 대답이 야속하게 느껴졌는지 또새댁네가 고개를 숙이며 "피유유~!" 한숨을 내뱉었다.

「왜 안 가시오? 댕겨오시지?」

사뭇 비웃적거리는 말투 같았으나 이면에는 어미를 생각하는 남이의 진심이 담겨 있었다.

「그럴텨? 그라믄 그렇게 혀. 너들은 얼릉 일루 와라, 잉.」

남이의 물음꼬리를 잘라 버리며 덕배가 아이들을 불러 세웠다.

「그럼 댕겨올라요, 잉. 자, 얼릉 싸게 싸게들 내려가드라고.」

덕배가 서둘러 한 손에 봇짐을 들고 한 손으로는 어진이의 손을 잡고서 선바위를 에우고 돌아 내려가는 꾸부렁 굽잇길을 향해 걸음을 옮기었다. 뒤이어 고은이와 호봉이 그리고 늙수그레한 노인네와 머리에 보따리를 인 두범어미와 두범이 그리고 성미, 청수, 궁궁이, 또새댁네와 중년의 아낙네 그리고 마지막으로 소희가 아래편 꾸부렁길로 내려갔다.

「영감님께 너무 큰 짐을 지어 드린 것 같아 송구스럽습니다.」

꾸부렁길 아래를 바라보던 대정이 당코영감에게 고개들 돌렸다.

「당치 않으신 말씀을요. 마지막 가는 길을 함께 하지 못하여 이 늙은이는 그저 죄스러울 따름입니다….」

「모두들 별 탈 없이 산 아래까지 무사하게 내려갈 수 있도록 모쪼록 잘 이끌어 주시기 바랍니다.」

「예. 그래야지요. 그럼 이 사람…, 염치 불구하고 먼저 내려가겠습니다. 애기 만신께서도 어서 내려가셔야지요.」

당코영감이 애기보살에게로 말머리를 돌렸다.

「……」

난화가 천진만만하게 생긋 웃으며 도리도리 고개를 가로 저었다.

「…?…」

당코영감이 '어쩌자고 그러는 것인가?' 하고 의아스러워 하는 얼굴로 쳐다보자 애기보살이 이번에는 고개를 끄덕끄덕 거려댔다.

「…!…」

그러자 그제야 무언가 짚이는 것이 있는지 당코영감이 눈길을 애기보살 뒤편의 당골네에게로 돌리었다.

「저희에게 해야 할 일이 생겼으니, 올라가 봐야지요.」

당골네가 핏기 없는 하얀 얼굴 위로 빙긋 웃음을 띄워보이자 그제야 알 았다는 듯 당코영감이 두어차례 고개를 끄덕거렸다.

「분이네로 가 볼까요?」

당골네가 주천이라는 사내에게 말을 건넸다.

「그러십시다. 자, 우리도 이만 올라가세나.」

주천이란 사내가 남아 있는 사내들에게 말했다.

「야, 얼릉 가유.」

「싸게 가십시다요.」

기다렸다는 듯 만석이가 대답하자, 한칼이도 옆에서 거들었다.

「그럼, 살펴 가시지요. 저희는 이만 올라가 보겠습니다. 모르긴 몰라도 머지않은 시일에 곧 만날 겝니다. 좋은 자리 잡아 두고 있을 테니 서두르지 마시고 되도록이면 천천히, 천천히 오셔야 합니다. 핫하하…!」

주천이란 사내가 말을 던지고는 둔덕배기 아래쪽으로, 멧부리를 향하여 내려오르는 벼랑길로 '훌쩍~' 발걸음을 옮기었다. 당골네가 당코영감에 게 고갯짓으로 '끄덕' 마지막 인사를 하고는 애기보살의 손을 잡고 뒤따 라 나섰다.

「조심조심 내려가셔요.」

만석이와 천수 그리고 한칼이도 당코영감에게 '꾸벅‥!' 고개 인사하고
는 둔덕배기 아래로 재빨리 걸음을 떼었다. 당코영감은 눈을 가늘게 뜨고
서 한 사람 한 사람을 가슴에 새기듯 둔덕배기 아래로, 멧부리를 향하여 멀
어져 가는 사람들의 뒷모습들을 바라보았다. 그러자 잦은걸음을 놀려가며
벼랑길을 따라 오르던 애기보살이 별안간 '우뚝~!' 하고 멈추어서는 알고
있다는 듯 뒤돌아 당코영감을 바라보더니만, 이내 메숲진 곳으로 사라져
버렸다.

「어서 나서시지요.」

대정이 당코영감에게 말했다.

「영감님, 이러다 놓치실까 두렵습니다.」

「……」

"후우~~" 어슴새벽하늘을 바라보며 '한 호흡' 깊숙하게 숨을 들이마신
당코영감이 머금었다가 풀어내고는 입을 떼었다.

「예. 알겠습니다. 그럼….」

당코영감이 목례를 하고서 선바위 아래쪽 굽이길로 걸음을 떼었다.

「쩌으기, 영감님‥! 잠시 쪼까 지둘리시오‥!」

주둥아리가 삐죽빼죽하기도 하거니와 가볍기까지 하여 촉빠른 새마냥
시도 때도 없이 남들 얘기하는 데에는 절대 빠지는 일이 없었건만 지금까
지는 어쩐 일에 무슨 꿍꿍이 속이었는지 잠자코 어물쩍어물쩍 병든 까마귀
어물전 돌 듯이 선바위 주변을 서성거려대던 재필이가 갑자기 청메뚜기 뛰
듯이 앞으로 나섰다.

「암만 그라도 안즉은 깜깜헌디, 영감님 혼자만 내려가시니께 나의 맴이
쪼까 거시기허요, 잉. 아무래도 나가 쩌그 아래로, 일행들 있는 디까정만
모셔다 드리고, 거서 덕배 성하고 같이 올라오는 것이 낫겄소. 금새 쫓아

갈 텡게, 먼저들 올라가시오, 잉? 영감님~! 천천히 쫌 가시오. 같이 가십시다요! 같이~!」

깎아 놓은 밤처럼 매끈한 얼굴을 들이밀고서 제 말만 던져 놓은 재필이가 대답을 들으려는 기색도 없이 당코영감의 뒤를 좇아 부랴부랴 선바위 아래쪽 굽이길로 달려 내려갔다.

「……」

「……」

모두 떠나고 괴괴한 사이, 모시듯 대정이 노사에게 말을 건냈다.

「나으리, 이제 그만 오르시지요.」

「……」

「나으리…?」

「우라질~!」

난데없이 노사의 일그러진 입에서 욕설이 튀어나왔다. 노사로부터는 처음 듣는 욕설이었나 보다. 자못 당황스럽기도 하였는지 대정의 눈이 휘둥그레졌다.

「헛허~! 속이 다 후련하구만, 그래…. 실로 우라질 경우이거늘, 왜 아니 그러한가? 그래, 우라질…! 우라질 놈의 경우일세…. 헛허허~! 우라질…!」

노사의 얼굴빛이 환해졌다.

「자, 우리도 어서 우라지게 오름세~! 우라질~!! 핫하하하~!」

노사가 큰 소리로 시원스레 웃어젖히고서 "펄럭~!" 하고 도포자락 나부끼는 소리가 들릴 만큼 활기차게 뒤돌아서더니 서붓서붓 둔덕배기 아래로, 초막으로 이어지는 벼랑길을 향하여 발걸음을 떼었다. 어리벙벙하기도 하거니와 어안이 막히기도 하였던지 대정은 한동안 그 자리에 서서 노사의 걸어가는 뒷모습을 우두커니 바라보기만 하였다. 그렇게 서 있는 대정의

머리 위쪽으로 홀연 산새 그림자 하나가 커다랗게 날아 들어오더니 달빛에

씻기어진 듯 새하얗게 서 있는 강대나무 우듬지 꼭대기로 어둡게 내려앉았

다.

다섯째 마당

　아마도 고향 마을이었더라면 기위旣爲 첫닭 울음소리를 듣고서도 기이旣已 잠결에 두어 번 혹은 꿈결에 서너 번쯤은 진즉에 더 들었을지도 모를, 바야흐로 오디 빛깔이었던 하늘이 동녘 한 귀퉁이에서부터 부옇게 밝아 오기 시작하려는 갓밝이 무렵이었다.

　어둑어둑한 올빼미 새벽길을 따라 굵다란 모가지를 짤따랗게 응등그리고서 느럭느럭 뒤뚱발이 걸음으로 건너편 멧부리를 넘어가던 옥두꺼비(玉蟾)는, 어느덧 발이 세 개라 세발 까마귀(三足烏)라 부르기도 하고 또 깃털이 온통 금빛이라 금까마귀(金烏)라고도 불리는 때깔 고운 까마귀가 서쪽 하늘 아래에서 밤을 새워 가며 목을 축인다는 큰 연못(咸池)에다가 우툴두툴 똥글똥글한 제 몸뚱어리를 폭 담가 놓고서, 찰랑찰랑한 구름 물결 위로 희끄무레한 옥안玉顏을 보일락 말락 뽀조록하게 내놓은 채, 산허리에서 산기슭으로 휘움하게 굽이돌아 내려가는 산모롱이께 대나무 숲을 살그머니 내려다보고 있었다.

　멀리서 보기에 옥두꺼비의 게슴츠레한 옥안玉眼이 닿은 곳, 그러니까 이울어져 가는 달빛이 아슴푸레하게 내려앉은 산모롱이께 대나무 숲은 바람이 불어올 적마다 뽀얀 눈보라들이 우듬지 꼭대기로 나풀나풀 피어올랐다 흩뿌려져 날리는 것이 마치 은빛 잎사귀들이 하느작하느작 흐드러지게 피어 있는 은화銀花들의 군락지 같아 보였고, 그 반대편으로 넘어지듯 기울어져 버린 산 그림자 탓으로 달 그늘이 짙게 드리워져 있는 산기슭께 대나무 숲은 온통 먹빛으로 잠기어 있는 것이 마치 일어서려는 한줌의 바람조차 모조리 빨아들이려는 끝 모를 구렁텅이 같기도 하였기에, 두 곳은 틀림없이 하나로써 전체인 숲을 이루고 있었건만 흑백의 색상色相으로도 음영陰影으로도 기묘한 대조를 보여 주고 있었다.

유적幽寂한 대나무 숲 어딘가에 머무르며 "우후~우~!" "우후후후~!" 이따금 멀리서 가까이로 혹은 가까이서 멀리로 대나무 사이사이 이파리 사이사이를 옮겨가며 끊어졌다 이어졌다 되풀이하며 울어 주던 올빼미 한 마리가 돌연 제 울음소리를 '뚝!' 하고 끊어 버렸다. 처음에는 그저 들리는 대로 "캥~!" "캐앵‥!" 산등성마루에서 앙칼지게 울어대는 여우 소리 때문에 그런 줄 알았으나 조용한 가운데 가만히 있어 보자니, 산모롱이께 드리누운 갓난아기모양으로 생겨 먹은 동글반반한 바위 부근에서 "바스락‥!" "틱~!" 하고 아등그러진 나무검불들이 밟혀 부러지는 소리와 "비‥지직~!" "비직!" 설마르고 눅진 잎사귀들이 문질리어 으깨지는 소리가 들리는 것이, 틀림없이 그 소리들을 미좇아 '두리번두리번' 거리며 숲으로 들어올 그림자 기척들을 미리 알아차려 버렸기 때문인 것 같았다.

이윽고 "뿌드득~!" 숫눈길 위에다 비쩍 마른 눈발자국 소리를 또렷하게 새겨 넣은 그림자 하나가 음달의 싱아대마냥 호리호리한 제 모습을 대나무 줄기에 배스듬하게 드리우며 숲에 들어섰고, 뒤미처 올망졸망한 그림자들과 머리통 커다란 그림자가 "뽀드득~ 뿌‥뽀득~!!" 생눈판 위에다 어지러이 소리들을 밟아 넣으며 대나무 숲으로 들어섰다. 혹시라도 눈발자국 소리가 크게 날까 봐 가만가만 머리에 달걀꾸러미를 이고서 얼음판 건너가는 새색시마냥 조심조심 숲으로 들어오던 호리호리한 그림자가 갑자기 주춤 거리며 제자리에 멈추어 서자, 한 걸음씩 한 발씩 발맘발맘 그 그림자를 따라 숲으로 들어서던 올망졸망한 그림자들과 머리통 커다란 그림자도 그 자리에 '우뚝~!' 멈추어 섰다.

「……」

제 딴에는 대나무 뒤편이나 숲 그늘로 몸을 숨기려는 것이었는지 허리를 구부정히 굽히고 그러나 키 큰 암소 똥 누는 것마냥 다소 어정뜨게 몸을 움츠리고서 뒷걸음질로 두어 걸음 왔던 길을 되돌아가려던 호리호리한 그림자가 제 뒤쪽에서 도리반도리반 고개를 휘둘러대는 올망졸망한 그림자들의 크고 동그란 눈동자들이 반짝반짝 거려대는 것을 보더니만, 그 자리에 '앙가조촘…' 멈추어 섰다. 그리고는 잠시 그대로 죽은 듯 잠잠한 주위를 둘러보았다.

「봉께…, 괜찮은 것도 같으네….」

「것 봐유! 울 아부지가 아까참에 몰랑지 너머 이짝으로는 별일 없을 꺼라 말혔잖아유.」

잔뜩 경계하였던 마음이 얼마간 풀어졌는지 호리호리한 그림자로부터 저 혼잣말처럼 나지막한 말 한 마디가 새어나오오자, 맹꽁이마냥 뚱뚱한 그림자 하나가 높다란 대나무와 굵다란 대나무 사이에서 불쑥 튀어나오며 느슨해지려는 긴장감을 아예 '확~!' 풀어헤쳐 버렸다.

「쉿!」

「쉬‥쉿! 쉬쉿~!! 쉿~!」

호리호리한 그림자가 작고 뚱뚱한 그림자를 입막음 하자 머리통 커다란 그림자도 재빨리 손짓을 더해 가며 입을 떼었다. 언뜻 까불거리며 나서는 것과 호들갑떨어대는 것을 보니, 아니 보지 않아도 더듬거리는 말투와 째 그랑거리는 목소리만 들어봐도 궁궁이와 어진이 그리고 호봉이라는 것을 대번에 알 수 있었다.

「그랴도 안즉은 맴 놓으면 안 되어야. 한창은 더 조심해야 써. 나쁜 놈들이 으디에 숨었다가 나올랑가 모를 일잉께.」

「아녀요. 인자 거반 다 온 거니께 걱정 안 혀도 되요. 쩌으기 저짝 굽인돌이로 돌아 갖꼬 모롱이만 쭉 따라 내려가믄 곧바로 마을이 나온다고 했당께요.」

「바보야, 졸랑거리지 말고 작게 말해. 탈 없이 마을에 아주 내려가기까지는 조심하라고, 네 아버지도 그러셨잖아.」

아는 척 희떠운 소리로 큰소리쳐대는 어진이가 아니꼽살스러웠는지 꼭 그만한 그림자 하나가 두어 걸음 뒤에 서서 삐뚜름하게 타박을 놓았다.

「이잉~? 이게 또 뭣을 꼬시랑꼬시랑, 또 바보라 그러네…!」

늘 그러는 것마냥 어진이가 저만한 그림자에게 눈알을 부라렸다.

「너가 자꾸 바보짓을 하니까 그렇지, 이 바보야.」

그림자가 손가락질하며 맞받아 쳤다.

「너어~? 또 자꾸 바보, 바보 그럴터? 시방 한판 붙어 볼터?」

「멍충아, 지금 여기가 너랑 나랑 한 판 할 데니?」

「으째? 겁나냐? 뎀벼. 뎀벼 봐! 뎀벼 보랑께!」

「저리 비켜!」

어진이가 배를 들이밀며 바싹 다가들자 자그마한 그림자가 손으로 밀쳐 버리려는 시늉을 해 보이면서 앞으로 한 걸음 가로질러 나서며 빗더섰다. 아니나 다를까 맨몸 위에 어스름 달빛을 걸쳐 입은 자그마한 그림자는 역시 청수의 것이었다.

「못 뎀비냐? 못 뎀벼? 칫~! 겁쟁이에 바보, 병다리오줌 같은 게 뎀비지도 못함서 입으로만 쫑알거리고….」

「고만들 쫌 혀라. 아드등아드등 너그 둘 다투는 소리 듣고서 나쁜 놈들이 쫓아오면 으짤라 그러냐?」

「으짜기는요? 요기, 요….」

두 아이를 구슬려 갈라 놓으려는 호봉이에게 어진이가 제 팔뚝만한 굵기의 높다란 대나무를 "톡톡…" 두들기며 대꾸하였다.

「요놈으로다 을른 죽창을 맹글어 갖꼬 '꽉!' 무찌르면 되지.」

「"꽉~!" "꽉~!"」

단봇짐을 등짝에 메고 있는 궁궁이가 무엇으로 찔러대는 시늉도 아니고 발로 밟아대는 시늉도 아니라 손가락으로 배틀고 꼬집어대는 시늉을 해 보였다.

「바보…. 맹추 머저리에 빙충이 멍충이들….」

제가 꼬집고서도 제가 아프다는 듯 몸을 비틀어가며 잇따라 꼬집어대는 시늉들이 재밌기도 하였는지 손가락으로 궁궁이를 가리키고 입을 '쩍~!' 벌리고서 웃어대려는 어진이에게 청수가 한심스럽다는 듯 입꼬리를 '씨익~!' 비틀어 보였다.

「뭣! 너 증말…!!」

어진이가 눈을 곧추뜨며 성깔머리를 들이밀었다.

「뭐가~!」

「이잉~??」

「아, 목청들 쪼까 낮추라니께…!」

고만고만한 또래의 맞적수답게 서로 지지 않으려고 뻗서기 시작하는 두 아이의 눈겨룸질이 자그락자그락 시끄러운 대두리로 번지기전에 호봉이가 서둘러 조용히 시켰다.

「쉿…! 쉬이~!! 쉿…!」

궁궁이가 눈가루 흙가루에 범벅 먹은 고양이손마냥 더러워진 제 손가락을 주둥이에 가져다대고 오도깝스레 "쉿! 쉿~!" 거려대자, 청수와 어진이도 그만 입을 다물었다.

「가만…, 가만…, 뭔 소리여, 시방?」

다소 긴장하려는 호봉이의 목소리를 따라서 궁궁이와 어진이 그리고 청수도 대나무 숲의 한 곳에다가 눈을 모으고 귀를 기울였다. 쥐라도 죽은 듯 잠시 사방이 괴괴해진 가운데 소곤소곤 밀리서부터 무슨 말소리 같기도 하고 노랫가락 같기도 한 것이 대나무 숲으로 흘러 들어왔다.

"꼭꼭 숨어라. 솔개미가 떴다."

"나래미가 보인다. 꼭꼭 숨어라."

"꼭꼭 숨어라. 눈 깜아도 보일라."

"바위 뒤로 숨어라. 꼭꼭 숨어라."

웅크리고 드러누운 갓난아기 모양의 바위 부근에서부터 대나무 숲 안쪽으로 점점 가직하게 들려오는 그 소리는 계집아이들과 사내아이의 돌림노래소리였다.

"꼭꼭 숨어라. 빨간 댕기 보일라."

"댕기머리 보인다. 갈래머리 보인다."

"꼭꼭 숨어라. 대갈머리 보일라."

"까까머리 보인다. 더벅머리 보인다."

"중중 머리 깔깔이, 색시 머리 반반이."

"꼭꼭 숨어라. 때까중이 찾았다."

조금 더 들어 보니 앞서 나온 가느다란 목소리는 갈라땋은 머리에 도투락댕기를 드리웠던 청수 누이 성미 것 같았고 그 다음으로 제법 어른스레 화답하는 따뜻한 목소리는 어진이 누이 고은이 그리고 또박또박 똑 부러지게 대답하는 씩씩한 목소리는 두범이 것 같았다.

「어디까정 가니?」

「뒷산 너머 가서 마을까지 간다.」

「어디까정 왔니?」

「도랑 건너와서 동산 너머 간다.」

식전바람에 달넘이 구경하겠다고 머리에 별무리 이고 어스름 새벽길을 나선 것도 아니었건만 그림자들은 태연자약하게 노래까지 바꿔 불러가며 대나무 숲으로 들어섰다.

「……」

어슬핏한 대나무 숲 그늘에 제법 익숙해진 호리호리한 사내의 눈속으로 비치어 들어온 것은 역시 두범이를 등에 업고 있는 고은이와 성미 그리고 소희였다.

「무엇하러 가니?」

「어메한테 가서, 젖 먹으로 간다.」

「안즉 안즉 멀었니?」

「다 왔다…! 자, 이제 내릴까? 언니 많이 힘들겠다. 그치?」

「야.」

성미가 고은이의 등에서 두범이를 안아 내렸다.

「어어어…어부…, 어부…, 어부…바….」

궁궁이가 더듬거리며 고은이와 두범이에게로 다가들었다.

「이이고, 아야야~! 휴~~ 힘들다….」

고은이가 '털썩…!' 제 자리에 주저앉았다.

「힘들다는 사람도 있는디 아조 노래까정 부름서, 혼차 되게 좋은 모양이다? 너가 누구 맴대로 내 언니한테 업히랬냐? 너는? 너는 으째 치사하게 안 업고서 내 언니만 업냐?」

힘들어하며 팔을 주물러대는 제 누이를 보자 약이 올랐는지 어진이가 두범이에게 턱을 삐딱하게 쳐들고서 따져 묻는가 싶더니, 갑자기 말꼬리를 뾰족하게 치세워 성미에게 겨누었다.

「어진아, 그러지마. 두범이는 아직 어리기 때문에 호맹이길 내려오는 게 힘들기도 하고 또 무섭기도 할까 봐서 성미하고 누나가 번갈아 업고 내려온 거야.」

「……」

두범이와 성미를 한꺼번에 두둔하는 고은이 이야기를 듣고서 그제야 이해하겠다는 듯, 어진이 곁의 호봉이가 콩나물 대가리마냥 앞으로 수그리고 있던 머리통을 가볍게 끄덕였다. 아마도 방금 전에 자기도 모르게 고개를 '갸우뚱~' 하고 기울였던 부분, 예컨대 민보군과 왜군들에게 겹겹이 둘러싸인 포위망을 피해 가며 도망치는 와중에 비록 그 소리들이 어느 정도 깊은 주의를 기울이지 않으면 들을 수 없을 만큼의 작은 소리였다손 치더라도, '어떻게 겁도 없이 노래들을 불러가며 산 아래로 내려올 수 있을까?' 싶었던 의아스러움이 어쩌면 아이들이 험한 길 그것 자체에 대해 가질 수 있는 두려움과 발각될지 모른다는 위구심危懼心 그리고 쫓아올지도 모른다는 불안감을 떨쳐내기 위해 '아, 그랬을 수도 있겠구나.' 라는 생각으로 바뀌어서 그런 것인지도 모르겠다.

「힝~! 바보마냥…. 나는 힘들다 안 업어 주고….」

삐친 듯 어진이가 제 누이에게 주둥이를 삐죽거렸다.

「다른 분들은요?」

소희가 주변을 둘러보더니 호봉이에게 물었다.

「잉…. 아까참에 당코영감님께서 앞장을 서서 가셨응께, 발가늠으로다 어림짐작을 혀 봐도 시방쯤이면 진즉에‥, 아마도 벌써들 한참은 내려가셨을 것이구면.」

「……」

소희 역시 그럴 것이라 생각했는지 별 말 없이 고개를 끄덕였다.

「기다리고들 기실 틴디 우덜도 싸게 내려가야지.」

「아이들이 지쳐 보이는데 잠시 쉬었다 가는 게 어떻겠어요?」

「아이쿠, 다리야! 발꼬락이 다 젖었네. 힘들다, 누나. 그치?」

소희와 호봉이가 주고받는 이야기를 귀결에 들은 어진이가 약빠르게도 눈알을 반짝거리더니 재빨리 고은이 곁으로 가서 '털썩!' 하고 엉덩방아 찧고 앉더니만, 제 누이마냥 팔다리를 "톡톡…" 두들기고 주물러댔다.

「히히히‥ 힘들‥, 힘들‥다‥. 그그그‥, 그치‥, 그치…?」

궁궁이도 어진이 곁으로 다가서더니 인중까지 흘러내린 누런 콧물을 "훅~!" 하고 들이마시고는 추저분한 소맷자락으로 '스윽~' 문질렀다.

「바보들~! 너희가 한 일이 뭐가 있다고 힘들다 그러냐? 여태껏 까불까불 미끄럼만 잘 타고 내려왔으면서.」

「너어~! 참말로 나허고 맞손질 함 할 티어?」

눈을 모로 떠서 흘기며 비웃적거리는 청수에게 을러방망이 치듯 어진이가 주먹을 꼭 쥐고는 휘둘러 보였다. 그러자 주먹질에는 영 자신이 없었기 때문인지 아니면 다른 이유가 있어서 그런 것인지 이번에도 청수가 슬그머니 발을 뒤로 빼며 빗더섰다.

「기역자 왼다리도 모르는 얼간이가 마냥 싸움만 하려 들고‥.」

「뭣이여? 이게~!」

쫓겨 가면서도 볼썽사납게 대꾸질해대는 며느리마냥 뒤로 물러나면서
도 몇 마디 얄밉상스레 쫑알거려대는 청수의 볼따구니를 그냥 한 대 '꽉!'
쥐어지르기라도 하려는 양, 어진이가 주먹을 휘두르며 다가들려 하였다.

「아이고, 시끄러웅께 인자 고만들 쫌 혀라. 그라믄 으째··, 한 고비 넘긴
것도 같응께, 쪼까만 쉬었다 갈까?」

「예~!」

귀찮다는 듯 조금은 짜증 섞인 말투로 상황을 정리하려 호봉이가 아이
들과 소희의 중간께로 말을 던지자 언제 달그락거렸냐는 듯 입이 함지박만
해진 어진이가 큰 소리로 대답했다.

「아직은 마음 놓으면 안 된다면서요.」

청수가 등짐을 풀어 내리는 호봉이에게 물었다.

「야, 이 바보 겁쟁아! 여는 괜찮다니께! 고로케나 무서우면 너나 혼차··,
너나 먼처 내려가라. 내려가다 호랭이나 '확~!' 만나 부리라.」

호봉이가 미처 대꾸도 하기 전에 어진이가 말을 가로챘다.

「호··, 호랭이요?」

곁에 앉아있던 두범이가 놀란 듯, 눈이 등잔만 하여서 물었다.

「어훙~!!」

「엄마!!」

어진이가 호랑이 시늉을 하며 달려들자 깜짝 놀란 두범이가 천둥에 뛰
어드는 강아지마냥 고은이 품으로 달려들었다.

「호호호··호랭이··, 호랭이다···! 어~훙! 어훙~~!!」

「으앙···. 성아, 성아···. 하지 마라. 하지 마라.」

모떠 놀래키고 놀려주려 궁궁이가 호랑이 흉내를 내며 거듭 달려들자
두범이는 자지러지듯 고은이 품속으로 깊이 파고들었다.

「이 맹추‥ 잘 알지도 못하면서 괜히 놀래키지 마라. 이런 데 호랑이가 왜 있냐? 더 크고 높고 깊은 산 속에 있지.」

청수가 나서서 못하게 말렸다.

「암껏도 모르는 게‥. 너가 바보 멍충이다! 으째 읎냐? 여가‥ ,」

어진이가 주위를 둘러보며 말을 이었다.

「여가 요로코롬 당연지사 대나무가 천진데….」

「뭐?」

산기슭에 가까운 산모롱이께 대나무 숲과 호랑이가 무슨 상관이라고 저렇게 말하는 것인지, 청수가 눈을 동그랗게 뜨고 되물었다.

「바보 멍충이 놈…. 너는 호랭이가 대밭으로 몸뚱이를 요래 ‘사알~살’ 숨키고 있다가서, 떡 한 놈 할머니가 지나가는 것을 ‘어훙~!’ 허고 한입에 ‘꿀~꺽!’ 잡아먹고 그 손주들을…, 그 언니하고 동생을 막 쫓아가니께‥, 언니 동생이 도망댕기다가 더 갈 데가 읎어 갖꼬‥, 하늘에다가‥, 한울님한테 막, 막 빌어대니께…, 한울님이 ‘딱~!’ 들으시고 이‥, 이따만한 동앳줄을 하늘에서 ‘쭈왁~!’ 내려주셨는디…, 뒤에서 막 쫓아오는 호랭이한티다는 썩은 놈을 내려줬는디‥, 호랭이가 것도 모르고 저도 좋아라 타고 올라가다가 ‘뚝~!’ 떨어져 갖꼬 대나무까시에 ‘칵~!’ 찔려 죽었다는 이야기도 몰르냐?」

어디서 듣기는 대충대충 그럴 듯한 이야기를 주워들었던 모양이었는지 어진이가 거충거충 어슷비슷한 이야기를 꺼내들었다.

「칫~! 난 또 뭐라구. 반거충이 맹추 같은 게‥. 너가 그럼 그렇지…. 이 머저리 밥통구리야. 거긴 대밭이 아니라 수수밭이다. 수수밭~!」

「아녀~! 대밭이다, 이 바보야! 대밭 우로 호랭이가 ‘뚝~!’ 떨어져 갖꼬 요래‥, 요래 삐죽한 대창(竹槍)에 똥꼬가 ‘꽉~!’ 찔려 갖꼬, ‘캑~!’ 하고 죽은 거다. 그 댐에 언니하고 동생은 튼튼한 동앳줄을 타고 하늘로 올라갔는 디, 한울님께서 ‘오냐 그려. 너그들 참말로 곱다.’ 그러서 갖꼬, ‘나가 너 둘을 해하고 달로 맹글어 주마.’ 그란 것이고. 그치~이! 그치 언니?」

청수가 눈을 옆으로 흘겨 뜨고서 빈정빈정 난 체하며 삐뚜름하게 말하 는 것을 어진이가 모가지를 ‘쪽~’ 빼내 밀며 되받아치더니 말끝을 고은이 에게 틀었다.

「꽉~! 꽉~! 캑! 캑~!」

떨어져서 제 발아래 죽어 있는 그 이야기 속의 호랑이를 밟아대기라도 하려는 듯, 궁궁이가 한 걸음 떨어진 곳에서 “쿵쿵~!” 발을 굴러댔다.

「똑바로 알아라. 이 맹추야. 수수밭이다. 수수밭. 그래서 원래 수수가 안 그랬는데, 수숫대에 호랑이 피가 묻어 빨갛게 된 거랬다.」

「아니다. 바보 멍충아. 대밭이 맞는다.」

「바보야, 내가 맞아.」

「아니랑께. 내가 옳아. 이 바보 맹추 멍충이 겁나 똥개야.」

「내가 맞다니까.」

「내가 맞다니께」

「마마마…! 맞다…니께…! 아아아…! 아니…랑께…! 마마…맞…당께… 로…! 아아…아니랑…께로…! 키킥~! 키킥~~!」

올근볼근 또 다시 으르대는 청수와 어진이를 번갈아보며 재미있다는 듯 궁궁이가 손뼉을 치면서 폴짝거려댔으나, 곁의 두범이는 피투성이 호랑이 생각에 수꿀하기도 하였는지 몸을 오돌오돌 떨더니 손을 “호호~” 불어대 며 고은이를 쳐다보았다.

「무서워요…. 진짜루 호랭이 나오면 어떡해요?」

「어떡하긴? 우리도 한울님한테 ‘한울님, 우리에게도 튼튼한 동아줄을 내려주세요.' 이렇게 참마음으로 빌면 되지.」

고은이가 '빙긋~' 미소를 환하게 지어보였다.

「그러면 참말‥, 참말로 하늘서 줄이 내려와요?」

믿을 수 있고 또 믿겠다는 듯, 두범이가 동그란 눈을 반짝거렸다.

「그럼~ 물론이지. 그렇지 성미야?」

「웅! 참말, 참말이지‥! 무서울 때는 음~~, 주문을 외면서 '한울님, 도와 주세요.' 그러면 한울님께서 그렇게 해 주신다고 어른들이 말씀하셨어. 두범이도 한번 해 볼래? 이렇게 두 손을 모으고서, "지기금지원위대강 시~천주 조화정 영세불망 만사지~!"」

「지至 기氣 금今 지至 원願 위爲 대大 강降 시侍 천天 주主 조造 화化 정定 영永 세世 불不 망忘 만萬 사事 지知~!」

성미가 먼저 삼칠자 주문을 외워 보자 두범이도 글월 하나하나를 손꼽아 가며 세어 보기라도 하려는 것처럼 또박또박 아주 또렷하게 불러댔다.

「이야~! 우리 두범이 아주 잘하네? 한 번 더 해 볼까?」

「야~!」

성미가 추켜올려 주자 콩알만 해졌던 간이 제 크기를 찾았는지 두범이가 어깨를 우쭐거리고는 늘 들어왔을 제 어미 가락으로 흥을 내어 노래하듯 주문들을 불러댔다.

「지기금지 원위대강 시~천주 조화정 영세불망 만사지~~! 지기금지 원위대강 시~천주 조화정 영세불망 만사지~~!」

「같이 해 보자.」

고은이도 바투 다가와 두범이 손을 꼭 쥐었다.

「지기금지 원위대강 시천주 조화정 영세불망 만사지~!」

세 아이가 동그랗게 돌라앉아서 손을 맞잡고 노래 부르듯 삼칠자 주문을 외워대자, 영묘한 기운에 마음들이 끌린 것인지 아니면 그저 노래와도 같은 가락에 귀가 끌린 것인지, 지그럭지그럭 저희들끼리 옥신거려대던 어진이와 청수도 흥미로워하는 눈길을 돌리었다.

「나도 할 텨~!」

이번에는 어진이가 먼저 홀쩍 고은이에게로 다가섰다.

「나도~!」

청수도 지지 않으려 얼른 좇아 성미 곁으로 가 앉았다.

「나나나나나…나는…? 나는? 나나나…나도~! 나도!」

칭얼거리려는 궁궁이에게 어진이가 어서 제 옆으로 오라는 손짓을 해 보이자 궁궁이도 얼굴을 활짝 펴고서 물 만난 오리 걸음새로 총총거리며 어진이 곁에 가 앉았다. 동네 방앗간 주인이 자리 비운 사이를 틈타 낟알맹이 주워 먹으며 조잘조잘 콧노래를 불러대는 참새떼마냥 좋이 신이라도 난 듯, 아이들은 조동이를 모아 삼칠자 주문을 노랫말로 불러댔다.

「지기금지 원위대강 시천주 조화정 영세불망 만사지~! 지기금지 원위대 강 시천주 조화정 영세불망 만사지~! 지기금지 원위대강 ~~!!」

아이들의 또랑또랑한 소리 빛깔과 저마다 다른 소리맵시들이 대나무 사이사이 이파리 사이사이에서 어우러지더니 희붐하게 밝아오는 새벽빛에 반짝거려대는 것만 같았다. 그때까지 생각이 외딴 곳에 가 있었는지 아이들을 뒤로 하여 한켠에 없는 듯 가만히 비껴 서 있던 소희가 산 아래쪽을 향해 발걸음을 떼었다. 예닐곱 걸음쯤 느릿느릿하게 내디뎌가던 소희는 하늘을 가리며 높다랗게 서있는 대나무 앞에 '우뚝…!' 하고 멈춰 서더니 굵다란 마디마디에 새순마냥 이제 막 돋아나기 시작하려는 싱둥한 이파리들을 가만히 들여다보고는 뒤돌아 대나무 숲 너머로 눈길을 돌려 메아리조차 '휘~' 돌고 돌아내려오는 벼랑길을 거슬러, 보이는 듯 마는 듯 망망대해의 외딴 섬마냥 구름 물결에 잠기어 가물가물 아렴풋하게 떠 있는 멧부리를 까마득하게 올려다보았다.

「……」

한동안 그렇게 오도카니 아스라한 멧부리를 아득하게만 바라보던 소희가 고개를 꼿꼿이 치켜들고는 멧부리 위쪽 하늘에서부터 반대편 하늘가를 향하여 층층이 켜켜로 일어서서 끊임없이 밀려가는 물결마냥, 하여 그 구름결이 바람결이고 구름무늬가 곧 바람무늬인 양, 쫓으려는 눈길보다 더 빠르게 몰려가는 잿빛 구름더미들을 망연스레 바라보았다. 잠깐 동안의 바라봄이었건만 아찔한 어지럼증이라도 일었던 것인지 소희는 눈살을 찡그러뜨리며 눈을 ‘질끈…!’ 감아 버렸다. 그리고서 큰 숨이나마 한 번 깊숙하게 네댓 번쯤 들이마시고 내쉴 만한 시간이 되었을까? 홀연 "뾰로롱~!" 조막만한 산새 한 마리가 어여삐 앵돌아지기라도 하였는지 새파랗게 떨고 있는 대나무 가지 위로 가붓이 날아들자 소희는 그 소리에 눈꺼풀을 가뭇가뭇 살포시 옴직거리며 가느다랗게 눈을 떴다. 뒤이어 "파다닥~!" 또 다른 산새 한 마리가 달래어 주기라도 하려는지 다급한 날갯짓으로 황급히 날아 들어오더니 그 산새 곁에 나란히 앉았다.

「이쁘구마, 잉…」

호봉이가 소희 뒤편으로 너댓 걸음 떨어진 곳에서 말을 건넸다.

「저것들은 참말 좋기도 허겄네…. 으디든 맴 먹은 디로다 ‘훨~훨~’ 지들 가고 싶은 디로 ‘훌쩍~!’ 날아댕길 수 있응게 말이여…. 벌거지마냥 땅바닥에 매어 갖꼬 일평생 흙 파먹고 사는 것이 으면 건지 알지도 못할 것이고….」

머리 위에서 비비대며 쫑알거리는 산새들을 바라보자니 내심 부럽기도 하였는지 호봉이가 실다운 소리와 실없는 소리를 절반씩 섞어놓고서 거기에 푸념을 양념 삼아 한 움큼 집어넣고는 한 덩어리로 버무려 버렸다.

「……」

소희는 대꾸 없이 그 자리에서, 머리를 서로 기대어 목둘레 깃을 비비대기도 하고 조동이로 서로를 쪼아대기도 하는 두 마리 산새를 마치 하나인 것처럼 바라보기만 하였다.

「거시기, 소희…. 」

가까이 다가서려다 어느 정도 거리를 두어야 한다는 생각이 들었는지 두어 걸음 다가들던 호봉이가 '무춤…!' 거리더니만, '슬쩍~' 소희를 살펴보고는 안유安諭라도 하려는 듯 조심스레 말을 꺼내기 시작했다.

「걱정이야 되겠지만서도….」

「……」

「원체가 만만한 사람들이 아닝께….」

「……」

소희가 호봉이에게로 느릿한 눈길을 돌리었다.

「……」

그 눈길에 호봉이가 꺼내려던 말들을 그만 거두어 삼키었다.

「오라버니….」

부르다 머금었으나 이미 그 말끝을 따라 나온 한숨이 뽀얗게 어리었는지 어느 사이 소희의 맑았던 눈망울은 보늬가 씌워진 것마냥 뿌유스름해져 있었다.

「잉··?」

호봉이가 어색함에 목을 길게 빼고는 귀를 기울였다.

「우리가 혹시라도 꿈을….」

애모쁜 마음에 울울한 그림자마저 드리워졌는지 소희는 불과 하루 전

아침나절과는 사뭇 다른 얼굴빛에다 목소리마저 자못 실그러져 있었다.

「우리가 우리 몸에 담기 어려운….」

'한 호흡' 머금고서 '꾹…!' 하고 옴켜쥐어 보는 치맛자락 아래로 한 오라기 경련이 깊다랗게, 물결마냥 서글프게 일어섰다.

「너무나도 큰 꿈을 꾸었던 것은 아닐까요…?」

「……」

「……」

말없는 두 사람의 머리 위에서 "후루룩~!" 산새들이 몸을 떨었다.

「나는 무식쟁이라, 거까정은 잘 모르겄고….」

호봉이가 목소리를 가다듬더니만 띄엄띄엄 그러나 지나치지는 않을 정도로 말을 끊어 가며 또 이어나갔다.

「그저 패랭이 벗어제끼고 나 이름 불리울 때가 젤루 좋았고….」

「……」

「그런 시상서나 함 살아 보자는 것이…, 원이라면 원이었네….」

「……」

「그란디 고것이….」

「……」

「참말로 고것이….」

「……」

「몸에다가 담기에도 에려운…, 큰 꿈이었을라는가…?」

호봉이가 말소리를 입안에 넣고는 아랫입술을 '꾹…' 깨물었다.

「개, 닭··, 마소도 꿈이 있을랑가 모를 것인디….」

「……」

「예미~ 눈물이 다 메려울라 그라네….」

호봉이가 고개를 '툭…' 떨어뜨리고서 땅바닥을 보더니만, 눈에 걸려 들어온 자그마한 댓잎 하나를 발끝으로 지그시 밟아 비벼 뭉개 버렸다.

「……」

「우와~! 눈이다! 눈꽃개비다! 호봉이 성아~! 소희 언니~! 저기 우에서 눈꽃개비가…, 꽃눈깨비로 날리는 소리가 들리어요.」

어진이의 외쳐대는 소리에 호봉이는 숙였던 고개를 쳐들고서 대나무 숲을 높다랗게 올려다보았다. 우듬지 꼭대기로부터 숲으로, 하느작거려대는 가지와 이파리에 내려 앉아 있던 눈꽃가루들이 바람에 날리어 아롱아롱 떠다니고는 있었으나 눈이 오고 있는 것은 아니었다.

「따로따로따따로! 따로따로따따로~!」

「하날 때, 두알 때, 사마중, 날 때, 육낭거지, 팔 때~!」

「까투리 까투리 얼었다! 대가리 꽁꽁 얼었다~!」

「눈꽃개비 '우수수~' 눈 나린다 '펴얼 펼~'」

「함박눈은 함박이 싸락눈은 싸록이」

「떡살가루 쏟아져 떡 해먹자 백설기」

「시루떡에 인절미 수수때때 수수떡」

「송편절편 조약떡 쑥개떡에 밑개떡」

「한입 먹고 두입 먹고 혼자 먹고 갈라 먹고」

「끼고 보니 방귀고 싸고 보니 똥이네~」

눈 본 강아지마냥 아이들은 폴짝거리며 좋다구나 노래들을 불러댔다.

「……」

소희는 제 앞으로 손을 내밀어서 허공중에 흩날리는 눈꽃가루를 손바닥으로 받아 보았다. 눈꽃가루는 손바닥에 내려앉자마자 순식간에, 미처 그 차가움을 느끼기도 전에 사라져 버렸다. 갑자기 "푸다닥~!" 키 작은 대나무가지에 앉아 있던 산새 두 마리가 머리 위로 다급히 날아오르는 소리가 들리더니 검푸르죽죽한 대나무가지 그림자가 소리도 없이 '찰싹~!' 하고 소희의 희끔하고도 할쭉한 뺨 위로 회초리자국마냥 따끔하게 드리워지는 것 같더니만, 이내 사라져 버렸다.

「쉿~!」

호봉이가 별안간 느닷없이 짧고 긴박한 신호를 보냈다.

「…!…」

눈두덩이 불거지도록 양미간에 내 천川 자를 그려 넣으며 촉각을 사방팔방으로 칼끝처럼 곤두세운 호봉이로부터 심상치 않은 느낌을 받은 아이들도 모두 입을 다물고 숨을 죽였다. 그 아이들 뒤편으로 달 그늘진 대나무쪽에서 뭔가 이상한 낌새를 감지했던지 호봉이는 긴장한 기색이 역력한 얼굴에 눈심지를 잔뜩 돋우고서 자신이 서 있던 곳에서부터 아이들 앞을 가로질러, 처음 대나무 숲에 들어왔던 길을 거슬러 오르기 시작했다.

「……」

기민한 몸놀림으로 발소리 눌러가며 다가가다가 적당한 거리를 두고 멈춰선 호봉이가 죽였던 숨을 뽀얀 형체만으로 소리 없이 깊게 들이마셨다 "후우~" 하고 뱉어내더니만, "스르룽~~!"하고 소름끼치도록 소리 죽인 소리로 장검을 새하얗게 뽑아들자마자 득달같이, 숨을 가다듬고 마음을 다지고 말고 할 것도 없이 비호처럼, 달 그늘진 대나무 뒤편으로 달려들었다.

"으메으메! 나여, 나~! 아~, 나라고! 나~!!"

도리어 놀라 자지러지는 목소리가 대나무 뒤편에서 튀쳐나왔다.

「으메 양~! 까딱했드라면 쨱소리도 못 내고서 디질 뻔 했네.」

달 그늘진 대나무 뒤편에서 '불쑥!' 일어선 그림자가 "툭툭~" 가볍게 옷을 털어대며 귀에 익은 목소리로 싸부랑거렸다.

「넨장맞을 놈이…, 대체 으짜쿠롬 생겨먹은 놈이길래 다짜고짜 들입다 내리족치기로다 쑤실라고만 허는 것이냐? 간 떨어지게스리? 나가 아조 너 땜시 시방 오줌을 다 지릴뻔 했다. 이 니미럴 놈아…!」

혼잣말하듯 달 그늘진 곳에서 꿍얼거리던 사내가 새벽빛 아래로 나서며 심히 못마땅한 듯, 호봉이에게 삐딱하게 말을 집어던졌다.

「성님이 거 계실지 나가 땅띔이나 했겄소? 뭣이 살살 숨어 갖꼬 새앙쥐 새끼마냥 꼼지락 꼼꼼거링께 당연히 생각도 못했지라.」

어스레한 새벽빛에 해끄무레하게 드러난 것은 갯바닥 수마석水磨石마냥 매끈매끈한 재필이란 사내의 얼굴이었다. 아닌 게 아니라 양푼 밑구멍마냥 뺀질뺀질한 것이 염치는 몰염치요 넉살이 좋다 못해 뻔뻔스럽기가 제 마누라 발막신을 신고서 입궐入闕을 하였다는 조발막이는 저리 가라 할 만큼 발막한데다가 딴에는 제가 손윗사람이라고 되레 눈시울을 치뜨고서 눈구멍에 힘을 주고 언죽번죽 떠들어대는 재필이란 사내가 자못 마뜩치 않았는지 호봉이도 사뭇 고분고분하지 않고 삐뚜름하게 말대꾸하였다.

「이런 제미~! 가죽 껍데기 모질라 눈구녕 내셨나? 꼬물락 꼼꼼 쥐새끼가 뭐여? 쥐새끼가? 아, 그랑께 잘 살펴보고 뎀볐어야지! 나가 잉? 너들 생각으로…, 흔들흔들 초목만 봐도 동달이 같을 것이고 바램만 불어도 '더그레 자락인가, 염병헐 놈들의 새끼들이 쫓아오는 갑다.' 놀란 너들 간 떨어질까 봐서 부러 살살…, 있어도 읎는 듯이 몰래몰래 가만가만히 점잖이, 뒤 봐주러 온 것인디…. 안 그냐, 어진아? 으째…? 너들은 다들 별래 무탈허냐? 찌벅거림서 몰랑지 내려오다가 뽈랑 자뿌라져 다친 아는 읎고?」

마뜩찮기는 서로 마찬가지라 호봉이에게 가시눈을 뜨고 툴툴거려대던 재필이가 돌연 물 위를 둥둥 떠다니는 해파리마냥 말꼬리를 '미끈덕~!' 어진이와 아이들에게 틀었다.

「야, 읋어요.」

「야…야야…. 으으으…읋어…, 요….」

어진이를 따라 궁궁이도 더듬거리며 대꾸했다.

「잉, 그려. 그려. 장허다.」

재필이가 어진이의 머리를 쓰다듬더니 눈길을 소희에게로 돌리었다.

「별 탈 읋었는가? 수고가 많았지?」

「예…? 아니에요.」

탈이라면 절대 있어서는 안 될 것이기에 겨끔내기로 자기 순번따라 내려온 사람마냥 인사치례로 말을 던져 놓은 재필이가 자못 어처구니없어 보이기도 하였을 것이건만, 소희는 그저 건조무미한 목소리로 대답하였다.

「아녀! 아녀! 당최 여간 저간 쉽지 않았을 것이여. 그라지, 잉! 아, 얼나들 데꼬서 이라고 큰 장정들도 내려오기 힘든 험한 길로다 내려 오는 것이, 으째 영…」

「뜬금없이 뭔 소리시요? 그란디 성님이야말로 쩌서 혼차 뭣 하시고 기셨소? 으짠 일로다가 여까정 내려와 기시는 것이요?」

재필이가 소희에게 엉너리치는 빈말로 추켜올리려 하자 호봉이가 석둑 잘라들며 물었다.

「시방 방금 참에 나가 말 안 혔냐? 너들 뒤 봐주러 왔다고. 험험~! 긍께 가설랑은…, 너들이 인자 막 내려가자마자 대정 성님허고 으르신께서 사내라고는 달랑 너하고 영감님만 내려놓고 봉께, 으째 맴들이 쪼까 안 놓이셨던 모양이신지 자꼬 나헌티다, '너가 가야 우덜 맴이 놓일 것 같응께 얼릉 쫓아가라. 싸게 쪼까 내려가라.' 허시드란 말이시. 그랑께 나가, '아니다! 못 간다! 나는 안 갈 것이다! 나는 여서 시방 동무들과 꼭 함께 싸울 것이다! 싸우다가 보란 듯이 장렬허게 디질 것이다!' 그라고서 몇 수 차례를…, 아쌩떼까정 써감서 한참을 말씀드렸는디도…, 흐이구~!」

　군기침을 하고서는 피말 궁둥이 둘러대듯 그럴 듯하게 꾸며댄다고 구린 입 지린 입으로 쓸 말에 군말 침 발린 말로다 재필이가 흥감을 피워 가며 요리조리 돌라 맞추고 능글능글 얼러 맞추며 덧거리질로다가 빤드르르하게 꾸며대기도 하였으나 사개가 맞아갈수록 외려 미심쩍은 데가 있다고 느꼈는지 호봉이는 평상시와는 어딘지 모르게 어딘가 다르게 붉달게 굴어대는 재필이의 사소한 동작들과 미세한 변화들을 세세히 찾으려는 듯, 못 믿는 도둑개마냥 눈알을 반짝이며 뚫어져라 치어다보았다.

　「너…, 너…, 시방 나를…, 뭣을 그라고 맹그롬허게 쳐다보고 자빠졌냐…? 왜…? 너…, 나…, 못 믿겄냐…?」

　켕기는 것이 있으나 피하거나 물러나면 안 되기에 재필이는 되레 꽹과리 같은 상판대기를 들이밀고서 돼지새끼도 낯을 붉힐 만큼 빤빤한 얼굴로 빤드름하게 호봉이를 쳐다보았다.

　「아, 아니요…. 나가 시방 못 믿어 그란 것이 아니고라….」

　떨떠름하기는 하였으나 한 걸음 마지못해 뒤로 물러서 주듯이 호봉이가 ‘한 호흡’ 내쉬었다 다시 들이 마시고는 고개를 가로저었다.

　「별안간에 와 갖꼬서 뜬금읎이 그렇다 헝께 뜨광해 그러지라.」

　「염병헐 놈이, 아래턱이 윗턱 우로다가 올라가 붙을라나. 뜨광헐 것이 많기도 허네. 아, 나가 ‘일이 고로코롬 된 것이다.’ 허면 ‘아하, 일이 그런갑다’ 헐 것이지. 마기말로 나가 아무려믄 쟈들 있는디서 너헌티다 그짓깔 늘어 놓겄냐?」

　망나니짓을 하고서도 금관자 서슬에 큰 기침을 한다더니 기껏해야 나잇살 네댓쯤 더 먹은 것이 무슨 크나 큰 벼슬이라도 되는 것처럼 꿀 먹은 개 욱대기듯 눈알을 부라려가며 을러대던 재필이가 갑자기 눅지근하게 눙치듯이 말머리를 새로 내었다.

「너가 안즉 으른들 맴을 잘 몰라 그렇지, 으른들 맴은 다 같은 부모 맴인 것이여. 나도 겁나 고민에 고민을 쌍쌍으로다 거듭허다가, 추상같으신 대정의 령도 령이시지만서도, 으르신께서 자꼬만 자꼬만 끌탕허신 맴으로다 간곡히 간곡히 부탁을 허싱께 나가 차마 으짤 수가 읎어 갖꼬…, 으쩌지를 못하고서 만부득이 쫓아 내려온 것이여….」

말 그대로 어쩔 수 없었기에 진심으로 안타깝다는 듯 재필이가 말끝에다 한숨을 굵다랗게 붙이더니만, 곁눈질로 '힐끔~' 호봉이와 소희의 얼굴을 갈마보고는 넌지시 말을 내었다.

「왜들…? 얼굴 모냥이 뜨데데 허고…, 왜들 그리어, 잉?」

「……」

「이런 니미럴 것…! 아~ 정히 못 믿겄으면 너가 뛰올라가 물어 봐라!」

께끄름하였는지 말을 들으면서도 눈을 가느다랗게 뜨고 살피듯 자신을 쳐다보고 있는 호봉이에게 재필이가 '발칵!' 뺏성을 내며 '버럭~!' 목소리를 높였다.

「염병헐 놈이 꼭 뙤놈마냥 으째 넘의 말씀을 믿덜 못허는 것이냐? 나가 저들 땜시 발바닥이 불바닥 되도록 뛰 내려왔는디 고맙단 말 한마디를 안 허고…. 아이고~! 발바닥아~! 제미럴…. 그러거나 말거나 나도 더 이상은 모르겄다.」

억울하다는 듯 재필이가 주둥이를 실쭉대며 초 먹은 쥐새끼마냥 얼굴을 잔뜩 찌푸리고서 그 자리에 '풀썩…!' 주저앉았다. 그리고는 뒤집어쓰고 있던 털벙거지를 보라는 듯이 '홀떡~!' 벗어젖히더니만, 앉은 그대로 발싸개를 주물럭거려댔다.

「으메~ 발꼬락이 거시기헌 것이 아조 얼음뎅이가 백힌갑네.」

「아자씨! 울아부지는 탈 읎이 잘 계시지유? 지랑 언니랑 보고 시프시다 말씀 안 허서유?」

어진이가 재필이에게 바투 다가와 물었다.

「허지 왜 안 허시겄냐? 심성 고운 너가부지야 당연지사 마땅지사로 진즉부터 "하이고, 울 어진이놈~! 허이고~ 울 고은이년‥!" 삼사조三四調 곡조 높은 가락으로 미끄러지고 꺾어져 내림서 엿가락 뽑아내듯이 달착지근허고도 구성지게‥, 아조 평조平調부터 계면조界面調까정 타령들을 부르고 기시지.」

살얼어 파삭파삭해진 발감개를 주물럭거리던 그 손으로 어진이의 뺨을 쓰다듬는 재필이의 눈에 어진이 뒤에 서있던 두범이가 비치어 들어오자 평소 한칼이에게 쌓였던 감정 탓이었는지 흘근번쩍 눈동자를 굴렸다.

「느그 애비란 놈도 아직까정은 운 좋게도 별 탈 읎이 잘 있을 것이다. 까탈시레 삐쭉이마냥 딴딴허니 뭣이 그리 대단헌지는 모르겄다만서도, 지는 뭣‥, 별 수 있을 것이여? 지도 사람 놈의 새낀디….」

「…?…」

재필이의 속마음을 알 턱이 없는 어린 두범이로서는 그저 갑작스레 바뀐 재필이의 뾰로통한 얼굴과 노려보며 혼잣말하듯 쏘아붙이는 뾰조록한 말투에 어리벙벙하여서, 커다란 눈을 동그랗게 뜨고 말뚱거려대기만 할 뿐이었다.

「뭣을 뭣이라고 게걸게걸 비 맞은 땡추마냥 쫑알거리시오?」

호봉이가 다가서며 물었다.

「아녀‥!아녀! 별 일 아니어. 나 혼차 잠깐 생각한 것이여.」

「싱겁소, 잉~. 그라르면 인자 시방 눈도 한바탕 쏟아질 것 같고, 갈 길도 안즉 당당이나 멀었는디‥, 고만 느시렁대고 인나실라요‥?」

「하이고~! 허리 다리 무르팍 발바닥아! 으째 시방 인난다니께, 녹작지근 허고 파근헌 것이…, 몸땡이가 마구잽이로다 팍팍 허고 안 쑤시는 데가 없네 그랴. 거시기…, 자뿌라진 김에 쉬었다간다고, 쪼까만 더…, 숨 쪼까 더 가누고 인나도록 허지, 그러냐.」

뒤가 무겁고 늘어져 그러는 것인지 아니면 뒤가 구리고 켕기고 꿀리다 보니 일어서면 뒤가 드러날까 그랬던 것인지 재필이가 겹눈을 떠서 호봉이와 소희의 눈치를 번갈아 살피더니만, 너스레를 떨어가며 제 몸을 두들겨대고 주물러댔다. 그 모습을 보며 호봉이가 "쩝~!" 하고 입술을 다시더니 의향을 물어보려는 듯 소희에게 눈길을 돌리었다. 그러나 소희는 어떻게 하든 상관없다는 얼굴이었다.

「그려요…. 그라르면, 쪼까만 더 있다가 일어서십시다.」

「어~? 쩌기…! 토끼다!」

호봉이가 말을 떼자마자 두범이 목소리가 토끼마냥 튀어 올랐다.

「으디? 으디?」

어진이가 눈을 반짝이며 두리번거려대자, 두범이가 손을 들어 아래쪽으로 우긋한 곳을 기다랗게 가리켰다. 두범이의 손가락이 가리키는 곳으로 눈길을 옮겨보니, 달 그늘이 짙게 드리워진 아래편 대나무들 사이에서 새하얀 토끼 한 마리가 말 그대로 토끼잠을 자고 있는지 몸을 잔뜩 웅크리고 있었다.

「잡자~!」

어진이가 소리쳤다.

「자…! 잡…을…, 까…? 잡…을…까…? 까…? 까…?」

「이 바보야, 얼릉 잡아야지~!」

「안 돼!」

생각 밖으로 의외로 말꼬리 내려가며 우물쭈물 내키지 않아하는 얼굴로 서슴서슴 거려대는 궁궁이에게 얕잡아보고 업신여기는 투로 한마디 집어 던진 어진이가 토끼를 잡으려고 잽싸게 다가가는 몸짓을 보이자 청수가 '불쑥~!' 양팔을 벌리며 가로 막아섰다.

「으째? 너가 뭔디? 으째 안되냐?」

어진이가 턱을 치켜 올리며 뻗섰다.

「그건….」

"바스락~!" 마른 검불 부러지는 소리에 도리어 청수가 놀란 토끼마냥 귀를 쫑긋 세우고서 우긋한 곳으로 눈길을 돌리더니 잠시 머뭇머뭇하였다.

「아직 움직이고…, 살아 있잖아. 그러니 잡지 마라. 불쌍하다.」

청수의 목소리가 낮아졌다. 겉가량으로 어림해 보건데 어진이의 손에 잡힐지도 모를 토끼에게서 어떤, 아마도 자기네들의 모습이 떠오른 것 같아 보였다.

「응응응응…. 부부부부……, 불…쌍…, 불쌍…, 하…다….」

지지리 궁상맞게 궁궁이도 슬픈 표정을 지어보였다.

「바보 멍충이…! 저게 뭣이 불쌍하다고…!. 아녀, 한 놈도 안 불쌍혀. 산 짐승은 원래가 산 놈을 산 채 잡는 거랬다. 기집애처럼 용기 없음, 너는 마라. 비켜라!」

하찮다는 듯, 어진이가 우쭐하여 큰소리를 내며 청수를 밀쳐냈다.

「어진아, 산짐승이나 들짐승이나 아무리 보잘것없는 미물이라도 재미 삼아 함부로 잡아 괴롭히는 것은 안 될 일이야.」

「맞아, 어진아.」

「그래! 맞다. 안 된다.」

소희가 조용히 타이르자 곁에서 고은이와 청수가 맞장구를 쳤다.

「아녀요~! 기냥 재미로 그러는 것! 우덜이…, 우덜이 잘 잡아다, 데려다 모서 놓고, 잘 키워 줄라 그라는 거여요. 그치 성아? 그치? 그치~이?」

「웅? 웅‥ ?? 웅웅웅….」

어진이가 느닷없이 빤빤한 얼굴을 들이밀고서 역빠르게 자신을 끌어들이자 당황스러웠는지 궁궁이는 눈을 끔벅끔벅 말도 더듬지 못하고서 입 안에서만 뭐라 웅얼웅얼 들리지도 않는 소리들을 중얼거렸다.

「피~이~! 거짓말. 어진이 또 말꾀 부린다.」

「아녀, 참말이여. 그치 성아. 참이지~이?」

그 속을 뻔히 알아차렸다는 듯이 들추어내는 성미의 말에 어진이는 도리어 더 빤질빤질한 얼굴로 궁궁이에게 등닿아댔다.

「웅…. 웅웅…웅.」

「봐유! 인자 됐지유? 성아, 얼릉 잡자. 놈이 도망치기 전에.」

궁궁이가 꼭 삶아 놓은 녹비 끈마냥 흐물흐물하게 고개를 끄덕거리자 어진이가 그것 보라는 듯 젠체하고는 '와가닥~!' 뛰어 나서려 하였다.

「성, 뭣혀? 글케 궁싯거리다 놓치겄다!」

「으…웅…? 웅웅…. 어어어‥얼릉…, 얼릉…. 자자자…잡자….」

재촉하는 어진이에게 궁궁이가 쭈뼛쭈뼛 내키지는 않았으나 그렇다고 마다하지도 못하고서 잘근잘근 손톱 여물 썰어 가며 대꾸하였다.

「성아가 저짝서 몰어.」

신이 난 어진이가 '성큼~!' 토끼가 있는 곳으로 다가들었다.

「으응웅웅…. 후이~ 후이~ 후~이~~」

제 자리에서 몇 차례 미적지근하게 발을 굴러대던 궁궁이가 갑자기 토끼를 쫓아버려야겠다는 생각이 들었는지 도깨비 얼음장 뒤지고 기왓장 뒤지는 것마냥 분주하게 엄벙덤벙 거세게 발을 굴러대기 시작했다.

「훠이~! 훠~~!! 훠~~!!!」

「바보들…! 참새 쫓냐?」

「뭣이~! 홍야항야 참견 말고 너는 저리로 비켜나 있어라.」

흥으로 한마디 던지는 청수에게 어진이가 되로 되받아 던졌다.

「어어어‥어?? 토토토토‥토‥! 토깽! 토깽이‥! 가가가가‥! 간다! 어어어‥어진‥! 이‥! 바바바‥바‥! 발‥! 발!」

「앗~! 요런…!」

눈보다 하얀 토끼가 어진이 발 주변으로 깡총거리며 뛰어오는가 싶더니 순식간에 복사뼈를 스치고서 숲 위편으로 달아났다.

「것 봐라~! 토끼가 얼마나 꾀보인데, 아무렴 느림뱅이 멍텅구리한테나 잡힐 것 같냐?」

「너‥! 거서 자꾸 글컹거릴 텨?」

쓸까스르는 청수에게 어진이가 콧김을 "킹~!" 하고 내뱉었다.

「아야~ 어진아. 거시기 토깽이는 말이여‥, 뒷다리가 원체 길어나서 우짝서 아래짝으로는 잘 못 달아낭게, 우짝서 아래짝으로 몰아야 써. 쩌짝 우로‥! 궁궁이허고 쟈허고 똥그랗게 돌라서 갖꼬, 잉~! 그랗지‥!」

재필이가 한마디 똥겨주자 어진이가 재빨리 그 말을 따라 토끼가 오르려는 길목을 가로막으려 곧장 숲의 위쪽으로 뛰어 올랐다.

「어어~ 훠어이…! 훠어이~! 훠이~!」

「성! 거‥, 그짝, 그짝서 잡어!」

「응응응응…!」

「아‥, 아녀! 에이구 저 바보‥! 그짝 말고 저짝으로‥‥. 어‥? 어? 두범아, 너헌티로 간다. 간다! 잡어라. 얼릉 잡어!」

「에쿠~!」

밀물에 팔딱거리는 꺽저기마냥 어진이가 진둥한둥 위에서 아래쪽으로 이리 뛰고 저리 뛰며 몰아댄 통에 제 발밑으로 쫓겨 내려온 토끼를 얼결에 붙잡으려다 두범이가 고꾸라지듯 앞으로 넘어졌다.

「이 멍충아…! 것도 못 잡냐?」

「아야, 아야…, 아프다….」

넘어졌던 두범이가 어기적대며 몸을 일으키고서 눈 묻은 손을 털다가 눈 위에 생겨난 토끼 발자국을 보았다.

「히야~! 성아, 요 발자국 좀 봐. 꼭…, 꽃모냥 같아. 이쁘다….」

「멍충아, 모기작거리지 말고 얼릉 조짝으로 가. 저놈 잡으면 발모가지 '똑' 떼어서 너 줄께. 성아…! 내가…, 내가 몰 테니 성아가 잡어.」

어진이가 두범이에게 꿀밤을 먹이며 섬뜩한 이야기를 아무렇지도 않게 내뱉고는 대나무 숲 위편으로, 옆으로 드러누운 채 꼼지락대는 새끼들에게 젖 물려 주는 암퇘지마냥 몽글몽글하게 생겨먹은 몽우리 바위 주변으로 뛰어올라 갔다.

「어진아, 미끄러우니까 바위에는 올라가지 마.」

고은이가 걱정 어린 목소리로 일렀다.

「시방 끄떡없으니께, 걱정 마라. 나가 시방 요놈을….」

어진이가 제 가슴 높이의 몽우리 바윗등에 올라서더니만, 양팔을 옆구리에 대며 가랑이를 벌리고 버티어 섰다.

「이놈! 감히 으디 도망가느냐? 내가 갈 것이다. 이놈! 훠이~!」

어진이가 호통 치듯 다시 한 번 "훠어~이~!" 소리치며 몽우리바위에서 뛰어내리려던 바로 그때였다. "쾅~!" 하며 대나무 숲을 벼락같이 관통하는 총소리에 산 그림자가 무너지기라도 하였는지 산산이 부서진 그림자 조각들이 대나무 숲으로 새카맣게 쏟아져 내렸다. 그리고는 "쏴루루루~!" 하고 되울림 소리들이 허공중에 맴돌이치더니만, 무덤처럼 적요한 대나무 숲으로 가느스름한 꼬리를 기다랗게 드리우며 싸느랗게 내려앉았다.

여섯째 마당

　적요한 대나무 숲에 기다랗게 내려앉은 되울림 소리의 꼬랑지를 가느다랗게 붙잡고서 대가리 쪽으로, 죽음을 부추기듯 모락모락 피어오르는 안개인지 꾸물꾸물 흘러내리는 구름인지를 헤쳐 가며 총성의 발원지를 찾아 쏜살같이 거슬러 오르던 누군가의 눈알이 도달한 곳은, 대나무 숲 전체가 한눈에 내려다보이는 골짜기 건너편 산허리께 잡목 숲이었다.

　그 누군가가 도도록한 울대뼈를 볼록이며 "꿀꺽‥!" 하고 침 넘어가는 소리를 되삼키고서 양 손등으로 눈까풀을 비비적비비적 거리고 '질끈~!' 힘주어 감았다 뜨고는 눈알을 뒤룩뒤룩 굴려 가며 주변을 두리번두리번 '휘이~' 둘러보자니 울울鬱鬱한 숲이라고 말하기에는 차마 부족한, 고작 사내 키만한 앙상궂은 나무 몇 그루들이 드문드문 통바위를 가운데 두고서 양쪽으로 나란히 시립侍立하듯 휘우듬하게 서 있는 모습이 눈에 들어왔는데, 적당한 간격을 두고 구부슴하게 돌라서 있는 것으로 보아 아마도 이 바위가 그저께나 그끄저께 민보군과 왜군들에게 그 난장을 치렀다는 장군바위인 모양이었다.

　어쨌거나 이 통바위 아래쪽으로 성깃하게 서 있는 말라깽이 나무들 발치에는 주인을 잃은 듯 거지반 절반가량 허물어져 내린 봉분封墳이 하나 몰골스레 주저앉아 있었는데, 흉물스런 그 무덤 왼편으로는 진대나무 한 그루가 곪마르고 꽈드러진 뿌랭기를 통바위 쪽으로 높이 쳐든 채 푸나무 서리에 거꾸로 처박혀 있었고 오른편에는 삐죽삐죽 솟아 오른 칼바위들이 죽순마냥 비탈진 아래편으로 널따랗게 군락을 이루고 있었다.

「뭐‥, 뭔데예??」

얼떨떨한 말소리 하나가 푸나무서리에서 부스럭대는 소리보다 빠르게, 어른거리려는 그림자보다도 은밀하게 튀어나왔다.

「와 예? 뭐가 있능교?」

푸나무 서리에 몸을 감추고서 통바위 아래쪽 자루목을 향해 총구를 겨누고 있던 몸피 작고 머리통만 커다란 그림자가 윤달에 만난 회양목마냥 몸을 잔뜩 웅크리고서 무릎걸음으로 두어 걸음 봉분 쪽으로 다가들었다.

「어데 예? 쩌‥, 쩌가?」

위아래를 자른 듯이 붕툭하고 땅딸막한 그림자가 짧다란 모가지를 억지로 기다랗게 빼어가며 건너편 대나무 숲을 내려다보더니 잔뜩 낮춘 소리로 재차 물었다.

「보소, 아재요. 안 드끼요?」

「……」

「귀꾸마리가 매캤나…? 기꾸도 안 하네? 보소, 아재요.」

「아닌가…? 암껏도 아닌갑네….」

찌끼술 처먹은 돼지 껠때청마냥 컬컬하게 목쉰 소리가 허물어져 내린 봉분 뒤편으로부터 느릿하게 흘러나왔다.

「뭐? 뭐라꼬? 꼴랑 암껏 아니라꼬? 카믄 뭔데? 뭘 쐈는데?」

몸피 작고 머리통 큰 그림자가 무덤 뒤편으로 턱을 치켜들었다.

「글씨라….」

무덤 뒤편에 납작하게 엎드려 있던 시커먼 덩저리 하나가 대가리를 빼꼼히 내밀어보더니만, 몸을 큼지막하게 일으켜 세우며 천연덕스레 말을 던졌다.

「시방 쩌~그 쩌짝 어둑컴컴헌 애기바우 아래쪽으로다가 검실검실 뭣이 아른아른헌 것이 대밭서 폴짝폴짝 뛰 댕기는 것 같기도 허고 뭔 소리가 자분이자분이 들리는 것도 같웅께, 나가 일단 쏘고부터 본 것이요.」

「하이고야~! 이‥, 이 뭐꼬! 고마 삐끼로 암껏 아닝 거 가꼬 내 혼차 시껍했다 아이가! 보소, 아재요~!」

짐짓 어처구니없었는지 몸피 작고 머리만 커다란 사내가 따져들기라도 하려는 듯, 덩저리 커다란 사내에게 다가들며 설레발치기 시작했다.

「새복이 어슬어슬하이 깜깜해가 뭐가 뭔가 고로쿠로 분간이 안 되면‥! 이‥, 이 눈까리를 요래 '탁~!' 뜨고 얌잔이 쑤구리 가가, 이짜저짜 찬찬이 딜다보고, 욜로졸로 꼼꼼이 살펴보고, 또 틀림없나 고께고께 단디 가늠을 하고~~! 그 댐에 내한테 "쏜다~." 카고 쏴야지. 고마, 언뜻 펀뜻 뭐 뷘다꼬 혼차 몬차 자망간에 쏴 뻘면는 내는? 고 옆에 앉았는 내는 우짜라능교? 마, 귀퉁이 떨어질 뻔 안했능교?」

「으따~! 생각 찬찬히 많으신 양반이 빼꼼이마냥 말씀 한번 깐깐히도 많으시네. 아, 어느 놈의 하삼 시월(歲月)에 누가 저까정 차근차근 뛰 가서 살펴보고 디다보고 가늠헌다요? 뭣이 가물가물 긴가민가 아령칙도 헐 것이면 일단은 쏘고부터 나서 보고, 그 댐에 살펴보고 아님 마는 것이지. 아~ 만에 하나라도 혹시라도 모를 일인디, 동학당 놈덜 놓치는 것보다는 낫지 않겄소? 허면 으째‥? 뭣이 있을라나, 시방 함 가 보실라요?」

지지벌개고 앉으려던 덩저리 커다란 사내가 도리어 느물느물 거무튀튀한 낯짝을 들이밀었다. 부옇게 밝아오기 시작하려는 새벽빛에 드러난 사내의 낯바닥은 잔나비 궁둥짝마냥 불그스름하게 보이기도 하는데다 가만히만 있어도 제멋대로 붉으락푸르락 거리고 있는 것처럼 보였는데, 좀 더 자세히 뜯어보니, 옹이가 배긴 듯 우툴두툴한 이마빡에다 양미간은 검지에서 계지까지 손가락 네 개를 바로 세워 집어넣을 만큼 널찍하고 또 툭 튀어나온 눈썹다발 아래로 객줏집 칼도마마냥 옴팡지게 들어가 있는 눈알은 괜히 아무한테나 희번덕희번덕 굴려댈 것만 같고, 양쪽 엄지손가락들이 제멋대로 들랑날랑거릴 만큼 옆으로 길쭉하게 뚫려 있는 널따란 콧구멍과 납작한 방석코는 광대뼈 쪽으로 펑퍼짐하게 퍼져 있는데다 깨엿을 물고 개잘량에 엎어진 것마냥 협수룩한 수염다발에 삼분지 일쯤 가려진 두툼한 메기주둥이 아래쪽으로는 세모난 턱주가리가 유난스레 기다랗게 뻗어있는 꼴상이 딱, 봉놋방 투전판에서 꽁지돈깨나 뜯어먹고 다닐만한 왈짜 나부랭이 같아 보였다.

「어‥, 어데? 쩌? 쩌 깨주막 아래 대밭에? 미‥미쳤나‥!」

몸피 작고 머리만 큰 사내가 몸을 뒤로 빼며 목소리를 높였다.

「고마, 뭐 있을까도 모르는데 어델 갈라카능요? 싫소, 마!」

「오호호호~! 갱상도 싸나이께서도 허겁을 다 피시는구마, 잉. 오죽잖은 것이 보기보다 겁은 겁나게도 많으시오, 잉? 꼭 똥구녕 찔린 메추라기 새끼마냥‥. 아, 뭣이 있으면 뭣이 으떻다고‥! 도적놈들의 새끼들이 꼬랭지 말고서 숨가 있으면은 메가지를 '탁' 잡아다가 '확~!' 비틀어 불면 그만이지. 안 그렇소?」

덩저리 커다랗고 낯짝이 거무튀튀한 사내가 무너져 내린 봉분에다 등을 기대고 앉더니 눈알을 희번덕이며 입꼬리를 '실쭉~' 틀어올렸다.

「누‥, 누가~? 겁은 누가, 무슨 겁을 낸다 그라능교? 고마, 아무 이바구

없이 마카 여…, 여를 비면 안 되니까 그라는 것 아닝교.」

덩저리 커다란 사내의 비아냥거리는 태도에 대서려던 땅딸막한 사내가 생각을 고쳐먹었는지 "킁~!" 하고 콧방귀를 뀌더니만, 콧잔등을 찌긋거리고는 슬그머니 말꼬리를 사렸다.

「으메 좋은 거~! 요것이 무라따 조총이라 혔는가…? 매끈매끈헌 것이 황구랭이 아래턱 같고 호랭이 어금니도 같은 것이…, 참말로 거시기허게 이뻐 디지겄구마, 잉~!」

몸피 작은 사내가 뭐라 그러거나 말거나 아랑곳 않으며 큼지막한 덩저리의 사내는 손에 쥐고 있던 소총을 품에 끌어안고 쓰다듬어댔다.

「왜놈들 조총은 참말로 거시기…, 요 때깔부터가 화승총 찌끄래기허고는 견주는 것 자체를 거부해 부요. 소리도 겁나 징헌 것이 꼭 벼락이 같고…. 요로쿠롬 신묘헌 것이 있응께 고…, 대국大國 놈덜이 오금 한번을 못 써 보고 아산허고 성환 땅서 허벌 작살이 났는갑네. 안 그렇소? 나가 언능 요놈으로다…,」

덩저리 커다란 사내가 총구를 건너편 대나무 숲에 겨누었다.

「고…, 쥐새끼 같은 동학당 놈의 새깽이덜을 한 놈 한 놈 냄김 읎이 죄다 쏴 죽여야 허는디…. 으메~ 멋져 분거! 묵지룩헌 것이 나가 참말로 환장허겄네…!」

생각만으로도 좋았는지 덩저리 커다란 사내가 메기 주둥이 같은 아가리를 '쩍~' 벌리고서 뺨에 총열을 비벼댔다.

「하이고야~ 억수 무섭기도 캐라. 이 아재 마…, 시레 문디광철이매이로 이바구 한번 살벌하게 안 하능교. 보소, 아제요~. 동학당이랑 어데 불공대천에 살부지수 웬쑤졌능교? 아~! 아이라! 그 아이라…! 마, 이라이 풍신을 살 디다보이 혹간에나 모르겠네. 어늑이치다 만 것맹키 야단시레 빨그족

족 시커무리한 쌍통에다 대갈배이만 요래 커 가꼬, 외방 구신 붙어먹은 딴 나라 당唐 서학 사람 아인지….」

몸피는 작고 머리는 커다란 사내가 말끝에다 혀를 "끌끌~" 차며 고개를 절레절레 흔들었다.

「암만 그라캐도예. 마, 사람이 그…, 그 아니라예. 이…, 삼천리 금수강수에 난리버꾸통이 났다캐도예, 일국一國 땅에 발붙이고 사는 한 겨레, 한 백성, 같은 족속끼리 그리 쌀쌀하이 몰상시레 말하는 뱁이 아니라예.」

「오호호호~! 강상綱常의 윤기倫紀와 법도의 중함을 몰라대는 저 개잡놈들 땜시 시방 온 나라가 왼통 누렁이 판으로다 어질어질헌 것인디, 뭔 일국 놈의 백성은 얼어 디질 놈의 백성이고 겨레는 또 뭔 개 풀 뜯어 먹을 놈의 겨레라요? 시방 여…, 나 말고서 으디 가서라도 고딴 소리는 허덜 마시오! 여기 기신 이 몸이야말로 시방 한 나라 당 참 백성이 되어 갖꼬 진충보국盡忠報國에 보국안민輔國安民의 심정으로다 역적 놈의 무리들을 싹 다 때려잡고자 멀리 타관 땅서 여까정 자진하야 '홀라당~' 날라온 사람잉께.」

「아야야~ 불앙타…. 에북 대차기도 캐라…. 고마, 우물에 빠진 아헌티다 돌멩이를 쌔리 삐고, 죽을라 목멘 아 발모가지를 다 끄잡아 댕기겠네…. 아로 혼차 다 잡아묵을라 그라능교? 보소, 내 요로쿠로 곁눈으로만 '살~' 디다 봐도 내 아재보다는 밥그릇이라도 한두 그릇은 더 묵은 거 같아 하는 말인데예. 이…, 사람이라 카는 게 암만 죽을죄를 지어났다 캐도, 같은 사람끼리는 그리 야박시레 말하는 게 아니라예. 카고…,」

몸피 작은 사내가 눈가에 쪼글쪼글한 주름을 깊게 잡으며 슬그미 그러나 재빠르게 주위를 도리반도리반 거러 보더니만, 귀엣말이라도 하는 것마냥 목소리를 낮추었다.

「마…, 없으이 우리끼리 하는 말이지만서도, 절마들도 마카 곡절이가 있고 사연이가 있어가 저러는 거 아니겠능교?」

「사연이요? 오호호호~! 아, 시상으로 나고 살다 가는 것이 모조리 다 한 사연인디, 언 놈 꼬라지마다 사연이년 보따리 한 놈씩 짊어지지 않은 놈 있을라요?」

객쩍은 소리는 집어치우라는 듯, 덩저리 커다란 사내가 받아쳤다.

「나는 말이요. 시방 요년 조년이 사연이년 보따리고 으싸 가오리연에 떴다 방패연이 암만 뭣을 이러쿵저러쿵 천산에 지산으로다 된통 씨부려싸도 말이오. 고딴 쓰잘데기 없는 것들은 당최 모르는 사람이오. 나는 오로지 시방 나라님께서, "저것들은 쌩도적놈에다가 비적에 역적 놈들이다." 허시시면 '으메, 참말로 것이 참말이다.' 믿고…! 또 "저것들을 얼릉 쳐 죽여라." 허시시면, '벌떡!' 싸게 인나 갖꼬 쳐 죽일라는, 이 나라의 참 백성잉께…. 그라고 거시기! 앞으로 이 몸 앞에서는 말 쪼까 조심허시오. 나는 역적 놈들의 편을 드는 씨종자는…, 것이 누구건 간, 상하와 귀천을 막론하여, 꼭 그맹키로 역적 놈으로 알고 있는 사람잉께. 으메 좋은 거~! 나가 산포수질을 허다가두 이십년 만에다 요런 걸물은 또 첨일세 그랴! 으메으메! 요…, 요 때깔 함 보소. 나가 시방 환장해 갖꼬 돌아가 버리시겄네…!」

변변찮은 이야기 따위는 더 이상 하고 싶지 않다는 듯, 덩저리 커다란 사내가 소총을 으스러져라 껴안고서 "으메으메~" 좋아 죽겠다는 듯 콧구멍을 벌름벌름 거려댔다.

「쯔쯔쯔쯧…! 말은 어데 민보군이라 해놓고 민民을 보保하지는 몬할망정 몰인정하이…, 엎더져 가는 놈에 뒤꼭지를 치고 남의 살을 째고시리 거따 소금동이 한 쌔바리를 직살나게 쌔려삘 양반아인지 몰겠네…. 듣그럽소마! 하이고야…! 내도 더는 몰겠다…. 이 생고롬한 디다 궁디이 찔기게끄로 쭈글시고 앉은 지 벌써 은제고? 이…, 오금쟁이가 다 쑤실라 카네…! 이카

고 쭈글시고 앉았다 고마…, 똥꾸녕에 이끼까지 앉아 가꼬 안질배이 되는
거 아이가?」

혀를 차며 눈을 흘겨대던 몸피 작고 머리만 커다란 사내가 무릎이 시큰
거렸는지 몸을 엉거주춤하게 일으키려는데 갑작스레 "휑~~!" 하고 사납게
일어난 바람이 봉분 위의 잔설들을 하얗게 흩뿌리더니만, 땅딸막한 사내의
눈자위를 따끔하게 때려 버렸다.

「으찻차…! 이··, 이 뭐꼬??」

몸피 작고 머리만 커다란 사내는 눈을 게슴츠레하게 뜨고서 몇 차례 '깜
작깜작' 거리기도 하고 양 손등으로 눈언저리를 비비적비비적 거리기도
하고 또 호들갑스레 고개를 수그렸다 젖혀 올려 가며 눈자위의 눈가루들을
털어내었다. 그러다 언뜻 통바위 뒤편으로 제법 덤부렁듬쑥해 보이는 어
둑어둑한 곳에서 무슨 기척이라도 느꼈는지 제자리에서 얼른 몸을 틀어 웅
크리고 앉으며 어수룩한 총구를 겨누었다.

「누꼬…?」

심히 당황스러웠는지 빳빳한 사내의 말꼬리가 다소 떨리었다.

「뭣··? 뭣이랑가?」

「쉿~!」

덩저리 커다란 사내가 '후다닥~!' 재빨리 몸을 일으켜 세워 앉으며 허튼
곳에다 무턱대고 총구를 겨눠대는 것을 땅딸막한 사내가 어깨를 눌러 주저
앉혔다.

"총을 거두게. 나으리께서 납시었네."

덩저리 커다란 사내와 몸피 작은 땅달막한 사내가 무엇을 자세히 보거
나 말거나 할 겨를도 없이, 사뭇 내리 누르는 듯한 말투가 통바위 뒤편에서
튀어나왔다.

「하이고야~ 여는 이‥, 우짠 일로다 몸소 오셨능교?」

명령하듯 서슴없이 뱉어내는 말투의 임자가 누구인지 단번에 알아차린 모양이다. 몸피 작고 머리 커다란 사내는 황급히 총구를 거둬들이며 몸을 일으키더니만, 덩저리 커다란 사내가 미처 뒤따를 틈도 없이 소총을 쥐어 들고서 통바위 쪽으로 서너 걸음 다가들었다.

「무슨 일인가?」

저들끼리 일컬음에 이른바 '민보군' 民保軍이라, 동학농민군에 맞서기 위해 지방 호족과 지주 그리고 유생儒生들이 조직했던 민간자위단의 일원답게 구저분한 평복平服 차림에 팔목에다 겨우 토시만 하나 달랑 두르고서 꾀죄죄한 남바위를 목덜미까지 내리덮어 쓰고 있는 몸피 작은 사내와 덩저리 커다란 사내와는 달리, 시커먼 모전립毛戰笠을 쓰고 불그스름한 소맷자락의 동달이 위로 검은색 전복戰服을 덧받쳐 입고 그 위로 푸른 전대를 두른 구군복具軍服 차림의 군관 하나가 환도를 빗겨 들고 통바위 앞으로 모습을 드러냈다.

「예? 뭐라꼬예?」

'다짜고짜 무슨 말인가?' 하였던지 몸피는 작고 머리만 커다란 사내가 눈을 휘둥그렇게 뜨고서 중키 정도 되어 보이는 구군복 차림의 군관을, 떡 벌어진 어깨만큼이나 커다란 머리통에 밭고 굵은 자라모가지는 뻣뻣한 것이 꼭 참나무 몽치마냥 다부져 보이기는 하되 가만히 보니 꼭 창애에 치인 쥐새끼마냥 툭 불거져 나온 눈깔과 끝이 '쪽~' 째져 올라간 눈초리에다 콧등은 또 누구에게 한 대 얻어터졌는지 '풀썩‥' 내려앉아 버렸고 입술 아니 주둥이는 '꾹!' 다물었다고 다문 것이 위아래 것을 둘 다 합쳐 봐야 겨우 제 아랫입술 하나 정도 되어 보일까 여겨질 만큼 얄팍하기도 하여 어딘지 야멸치고 모질어 보이기는 한데 생긴 모양은 꼭 돈저냐마냥 땡글땡글하기도 하여 가히 웃음이 나오려다가도 멈칫거릴 만큼 기이하게 그려진 낯짝을 신기하다는 듯 가만히 훑어보았다. 그러다 "훅~!" 하고 짧은 소리를 내며 콧구멍 안쪽으로 깊숙하게 빨아들였던 콧물을 걸쭉하게 저만 들리는 소리로 "미끈덩~!" 삼켜 버리고는 땡글땡글한 군관의 다부진 어깨 너머로 '지벅지벅' 새벽이슬에 젖은 듯이 반들거려대는 새카만 죽전립竹戰笠을 쓰고서 푸른빛이 은은한 남빛 철릭을 몸에 두르고 또 그 위에 환도環刀를 멋들어지게 빗겨 차고는 오른 손에 등채를 들고 갈지자걸음으로 느릿느릿 올라서는 후리후리한 사내를 넘어다보았다.

「듣지 못하였는가!」

「…!…」

다그치듯 구군복차림의 군관이 목소리를 높이자 몸피 작은 사내는 오줌 맞은 개구리마냥 굵고 짧은 모가지를 '움쭉…' 거리고서 덩저리 커다란 사내에게 황망한 눈길을 돌리었는데, 진작부터 알고 있으면서도 짐짓 모르는 척 씨바른 고양이마냥 의뭉스레 허튼 곳을 바라보고 서있는 덩저리 커다란 사내의 태도를 보고서 그제야 '아…!' 하고 생각이 떠올랐는지 거충거충 얼버무려대려 하였다.

「아…, 아무 일도 아니라예….」

「아니라…?」

구군복차림의 땡글땡글한 군관이 양미간을 찌푸렸다.

「내 분명 총성을 듣고 올라온 것이거늘, 아무 일도 아니라?」

송충이 같은 일자 눈썹 끄트머리를 '꿈틀~!' 왼쪽으로 추켜올리더니만, 이미 불거져 나와 있는 눈알이 아예 바깥으로 비어져 나오도록 부리부리하게 눈알을 부라려댔다.

「초…, 총성…? 총성이라꼬예…?」

으르듯 눈알을 번뜩이며 곧장 꼬집어대는 군관의 겁박에 자못 당황스러
웠는지 몸피 작고 머리만 커다란 사내가 우물쭈물 말을 더듬어댔다. 구군
복차림의 군관이 가만히 턱을 치켜들더니 칼끝처럼 겨누고서 눈을 아래쪽
으로 지그시 내리뜨며 내려다보듯, 아니 깔아뭉개기라도 하려는 듯 덩저리
커다란 사내와 땅딸막한 사내를 번갈아 쏘아보았다. 그러자 여태껏 겹눈
을 '살~' 뜨고서 의붓어미 눈치 보듯이 흘낏흘낏 조마조마한 마음으로 땡
글땡글한 군관의 에누리 없는 태도를 엿보기만 하던 덩저리 커다란 사내가
마침내 '언제까지나 모르는 척만 하고 있을 수는 없겠다.' 생각하였는지,
네가 알아서 잘 둘러대 보라는 듯이 몸피 작은 사내의 옆구리를 '꾹…!' 찔
렀다. 그러니 이제야 비로소 까맣게 잊고 있었던 것이 기억났다는 듯 몸피
작은 민보군 사내가 홍감을 피워댔다.
　「아아, 총성…! 총성 말씀잉교? 고마, 삐끼로 벨일 아니고예….」
　「……」
　간릉을 부리며 시시부지로 어름어름 얼넘어가려는 몸피 작고 땅딸막한
사내에게 구군복 차림의 땡글땡글한 군관이 다시 한 번 눈썹 끄트머리를
'꿈틀…!' 하고 왼쪽으로 더 높이 틀어 올려 보이더니만, 끝이 '쪽~' 째져
올라간 눈초리를 더욱 가늘게 뜨고 쏘아보았다.
　「아…, 예. 일이 고마 그라이…, 그 아니고예…. 일이 으찌으찌 된 일인가
카믄예…. 고마…, 쩌, 쩌그 저짝…, 깨주막 아래께 바우짝으로…, 대밭 안
있능교?」
　군관의 날카로운 눈길에 주눅이 들었는지, 몸피 작은 사내가 굽실굽실
얼른 머리를 크다랗게 조아리면서 더듬거려댔다.
　「거서 뭐가예…, 이…, 이 도래바람에 희끄무레하이 살살…, 곤기랑 곤
기랑…, 뭐가 꼬물락 꼬물락 기다니는 게 있다 캐서예…,」

「대밭에‥?」

구군복 차림의 군관이 되물으며 건너편 대나무 숲을 바라보았다.

「예예. 바로 거 아닝교.」

몸피 작은 사내가 재빠르게 고개를 끄덕거리고는 말을 이었다.

「그라이, 그래 가가, 혹간이나 동학당인가 싶어 가, 그래도 잘은 몰라 가꼬, 일단 본차 급히 쏘고부터 보기는 봤는데에. 고마 잠잠히 살펴보이, 기도 맥도 없어 가가…,」

「나으리, 허면 소인이 군졸들을 풀어…,」

눈길을 건너편 대나무 숲에 던져 놓고 있던 구군복 차림의 군관이 몸피 작고 머리통 커다란 사내의 말허리를 칼로 두부를 잘라버리듯 '뎅겅!' 잘라 버리더니만, 푸른빛이 은은한 철릭 차림의 후리후리한 사내에게 말을 올리려다 '뭉툭…!' 하고 끄트머리를 머금어 버렸다.

「……」

허물어진 무덤 왼편의 진대나무 가까운 곳에 서서 뒷짐을 진 채 죽전립 바로 아래의 번듯한 이마에서부터 또렷한 인중까지 어둑어둑한 그늘이 아렴풋하게 드리어진 얼굴을 하고 묵묵히 듣고만 있던 푸르스름한 철릭 차림의 사내가 이윽고 고개를 들더니만, 골짜기 건너편 애기바위 부근의 대나무 숲으로 눈길을 돌리었다. 찰나지간 어두운 가운데서도 눈알이 '반짝!' 거리는가 싶더니 무엇을 생각하려는 듯, 철릭 차림의 사내는 미쭉한 오른손에 쥐고 있던 등채를 왼손바닥 위에 가만히 올려놓고 지그시 쥐어 보았는데, 파르스름한 철릭의 소맷자락 바깥으로 설핏 드러난 오른 손등이 희붐해지는 새벽빛 탓이었는지 유난히 희끄무레하게 비치어 보였다. 그러자 구군복 차림의 땡글땡글한 군관은 또 무슨 생각이 들었는지 불그스름한 동달이 소맷자락으로 절반쯤 덮여 있는 나무껍데기마냥 거칠거칠한 제 손등을 '까딱…' 하고 움직여 소매 끝자락에다가 '슬쩍~' 비벼 보더니만, 짤막하고 뭉뚝한 손가락을 '꼭…' 아니 '불끈!' 움켜쥐었다.

「나으리…!」

푸르스름한 철릭을 입은 사내의 시선을 붙잡아 동의를 얻어내려는 듯, 구군복 차림의 군관이 묻듯이 입을 떼었다.

「아닐세. 그럴 필요 없네. 놓아두시게나.」

간결하지만 윗사람의 단호함이 배어있는 말투였다.

「하모예~! 뭐 할라꼬 그라능교! 모르긴 모르지만서도예, 놀개이새끼 아니면은 산도야지를 쏜거이 학실…,」

몸피 작고 땅딸막한 사내가 '옳다꾸나!' 하고 내뛰어다니는 주막집 강아지마냥 촐싹거리며 말추렴을 들자 땡글땡글한 군관이 '어디서 감히!' 라고 말하려는 듯 눈알을 부라렸다. 그러자 몸피 작은 사내가 "이크…!" 하며 찔끔거리는가도 싶더니, 그래도 기왕에 꺼내놓은 말일랑은 마무리 해야겠다 생각하였는지 말꼬리를 슬그머니 사려 물었다.

「학실‥할…,끼라예….」

몸피 작은 사내가 기어들어 가는 목소리로 그래도 저 하고픈 말은 다하고서 '흘깃~' 푸르스름한 철릭 차림의 후리후리한 사내와 불그스름한 소맷자락의 동달이 위로 검은색 전복戰服을 덧입은 땡글땡글한 군관을, 말씨를 들어 보고 풍모를 보아하니 틀림없이 한양에서 내려온 벼슬아치 같아 보이는데, 한 사람은 어딘지 유약한 서생의 풍모가 비쳐지는 것이 영락없는 문관의 형색이었고 다른 한 사람은 언뜻 보기에도 울뚝불뚝한 것이 대번에 괘다리적은 무관쯤으로 보이는 것이 각자의 출신과 직위만큼이나 서로 다른 입장과 생각을 지니고 있는 듯한 두 사람을 번갈아 쳐다보았다. 그러자 그렇게 살펴보듯 자신을 훑어보는 눈길이 자못 거슬렸던지 땡글땡글한 군관이 돌연, 그러나 엉뚱하게도 눈길의 임자인 몸피 작은 사내가 아니라 덩저리 커다란 사내에게로 못마땅한 눈길을 내어 던졌다.

「야‥?야! 시‥, 시방, 쇠쇠‥ 쇤네가‥,」

그 눈길이 자못 서늘하였던지 덩저리 커다란 사내가 덩치에 어울리지 않게 바짝 얼어붙어서는 자기도 몸피 작고 땅딸막한 사내와 생각이 같다는 말을 버벅거려댔다.

「쇤네 생각으로도 참말‥! 그럴 것이‥, 확실이‥ 하구만이라‥!」

「누가 발포發砲하였는가?」

굿소리 듣는 소마냥 무덤덤한 얼굴로 듣는 둥 마는 둥 하고 있던 푸르스름한 철릭 차림의 후리후리한 사내가 갑자기 골치가 지끈거리기라도 하였는지 손가락으로 관자놀이를 문지르며 두 민보군 사이로 짜증스럽게 물음을 던져 넣었다.

「지‥! 지가‥! 혔는디요‥.」

덩저리 커다란 사내가 얼른 머리를 조아리고서 굽실굽실 큰소리로 말을 올리고는 뒤통수를 긁적이며 슬그머니 고개를 들어 푸르스름한 철릭 차림의 사내를 훔쳐보았는데, 푸르스름한 철릭 차림의 후리후리한 사내는 덜 곪은 부스럼에서 아니 나오는 고름덩이를 짜내려는 사람마냥 얼굴을 잔뜩 찌푸린 채 덩저리 커다란 사내를 쏘아보고 있었다.

「나‥, 나으리~!」

「나리님요‥!」

다소 무덤덤하게 보였던 푸르스름한 철릭 차림의 사내 얼굴에서 갑자기 찬바람이 이는 것만 같아 '왜 그러시는가?' 하고 그저 얼떨떨해하는 덩저리 커다란 사내 옆으로 몸피 작은 사내가 한 발 나섰다.

「고마 날이 어둑부리해 가 잘 몰라 가꼬 안 그랬능교.」

「신중치 못하게….」

구군복 차림의 군관이 심드렁한 얼굴로 힐난하듯 눈을 흘겼다.

「지송허구만이라. 그랴도 이놈은 시방 혹간이나 동학당 비적 놈의 새끼들이 야반도주라도 하는 줄로만 알고서, 한 놈이라도 으째 살려 보내서는 안 되겠다는 안민보국과 보국진충의 심정으로다…」

제 편 들어 주는 사람이 있다는 생각에 없던 용기가 생겨났는지 덩저리 커다란 사내가 손바닥을 비벼가며 주절주절 입을 떼었다.

「그만 되었네. 허나 차후로는…!」

듣기 싫다는 듯, 푸르스름한 철릭 차림의 후리후리한 사내가 덩저리 커다란 사내의 말허리를 서슴없이 잘라 버리더니 얼굴빛만큼이나 싸늘한 목소리로 말을 이었다.

「여하를 막론하여 어떠한 경우에라도 함부로 발포하는 것은 삼가도록 하게. 알겠는가?」

「하…하므예!」

싸늘하되 차분하고 점잖은 투로 몇마디 말하였건만 그것이 어찌나 묵직하게 느껴졌는지, 덩저리 커다란 사내 곁에서 잠자코 듣기만 하던 몸피 작고 땅딸막한 사내가 저도 모르게 어망결에 먼저 나서서 허리를 굽히며 큰소리로 대답하였다.

「야….」

덜미가 잡힌 듯 덩저리 커다란 사내도 얼른 따라 대답하였다.

「이 어리석은 싸움도 이제 곧 마무리가 지어질 것이니….」

답답하였는지 고개를 들고서 허공을 향해 가슴을 펴고 혼잣말하듯 말을 던지던 푸르스름한 철릭 차림의 후리후리한 사내가 말꼬리에 드리어지는 한숨을 깊이 들이마시며 건너편 대나무 숲을 멀게 바라보자 구군복 차림의 땡글땡글한 군관도 그 눈길을 따라서 건너편 대나무 숲으로 눈길을 던지었다.

「……」

그렇게 잠시 두 사람이 잠자코 대나무 숲을 건너다보기만하자 '저 양반들이 도대체 왜들 저러시는가?' 싶었는지 덩저리 커다란 사내가 눈을 껌벅껌벅 거리더니만 고개를 갸우뚱거렸다. 그러자 그 가벼운 움직임에도 '늑줄을 놓아주어서는 안 되겠구나' 생각이 들었는지 구군복 차림의 군관이 괜스레 눈을 부릅뜨며 목소리에 힘을 주었다.

「정신들 똑바로 차리고 있게. 알겠는가?」

「야. 나으리.」

다짜고짜 무조건 고개부터 숙여대는 두 사내를 보자 제 의도대로 되었다 생각하였는지 땡글땡글한 군관이 다시 갸름한 눈길을 푸르스름한 철릭 차림의 사내에게로 돌리었다.

「나으리.」

「……」

땡글땡글한 군관의 부름에도 푸르스름한 철릭 차림의 사내는 여전히 대나무 숲에다 알 수 없는 눈길을 던져 놓고 있었다.

「알겠네. 그만 가세나….」

이윽고 푸른빛이 은은한 철릭 차림의 사내가 입을 떼며 대나무 숲으로부터 눈길을 거두어들이더니만, 장군바위 뒤편 덤부렁듬쑥한 곳으로 발걸음을 떼었다.

「보소, 나리님요! 뭣 쫌, 쪼매 쫌, 여쭤 봐도 되겠능교?」

몸피 작고 머리만 커다란 사내가 통바위 뒤편 덤부렁듬쑥한 곳으로 내려가려는 푸른스름한 철릭 차림 사내의 뒤통수에 대고 소리쳤다.

「무엇 말인가?」

푸르스름한 철릭 차림 사내를 뒤따르던 구군복 차림의 땡글땡글한 군관이 걸음을 멈추고 뒤돌아섰다.

「쪼매 전에예‥, 고마 이러쿠로 나리님께서 '아퀴를 짓어뿐다' 카셨는데예, 카믄 은제예? 은제쯤 그리 되겠능교?」

「자세한 것은 조식朝食 후 본영本營으로부터 하달될 것이니‥, 자네들은 그저 그렇게만 알고들 있게.」

구군복 차림의 군관이 퉁명스레 말했다.

「아칙 먹은 담이라 카믄, 혹‥? 금일? 금일 아칙 묵고 금일 낮으로 그 칸다 말씀잉교? 하이고야~! 고마 일이 고단새, 대번에, 그리 급히 됐나?」

몸피 작은 사내가 구군복 차림의 땡글땡글한 군관에게 대뜸 되묻더니만, 대답도 듣지 않고서 말끝에 눈길을 매달아서는 덩저리 커다란 사내의 귓구멍에다 던져넣었다.

「어허~ 거기까지만 알고 있으라니까.」

「……」

휘갑치려는 생각이었는지 구군복 차림의 땡글땡글한 군관이 눈살을 찌푸리며 나무라는 투로 말하였건만 그래도 궁금한 것이 아직 남아 있다는 듯, 몸피 작고 머리만 커다란 사내가 고개를 비스름히 기울이며 푸르스름한 철릭 차림의 사내에게로 눈길을 돌리었다.

「나으리, 오르시지요.」

구군복차림의 땡글땡글한 군관이 몸피 작은 사내의 그 눈길을 보고도 못 본 체하며 푸르스름한 철릭 차림의 사내에게 말했다.

「나리님요. 고마‥, 쪼매 민구시런 일인지는 모르겠는데예‥, 괜찮으시면 지가 한 말씀 올려 봐도 되겠능교?」

의외로 이빨이 들어가겠구나 싶었는지 몸피 작고 땅딸막한 사내가 푸르스름한 철릭 차림의 사내에게 한 걸음 바투 다가들며 물었다.

「무어라…?」

군관의 땡글땡글한 얼굴 한쪽이 일그러졌다.

「아…. 그…, 그 아니고예…, 요…, 요짝 나리님한테예….」

치고 빠지듯 몸피 작은 사내가 얼른 머리를 조아렸다.

「어허~ 이 자가 그래도…!」

「여군관….」

잡아먹기라도 하려는 듯이 눈알을 부라리고 을러대려는 구군복 차림의 땡글땡글한 군관을 푸르스름한 철릭 차림의 사내가 나지막한 목소리로 불러 세웠다.

「예, 나으리.」

여군관이라는 구군복 차림의 땡글땡글한 사내가 공손히 고개를 숙이며 대꾸하였다.

「무슨 말인지 한번 들어나 보세나.」

「…!…」

여군관이라는 자가 고개를 들고서 '과연 그럴 필요가 있을까요?' 라고 묻기라도 하려는 듯, 제 얼굴만큼이나 땡글땡글한 눈으로 푸르스름한 철릭을 입은 후리후리한 사내의 눈을 빤히 바라보자, 푸르스름한 철릭 차림의 사내가 고개를 느릿하지만 무겁게 끄덕거렸다. 심히 마뜩찮기도 하였을 것이건만 이것도 엄연히 윗사람의 영솔인지라 여군관이라는 자가 수긍하며 한 걸음 뒤로 물러섰다.

「그래…, 하고 싶은 말이 무엇인가?」

푸르스름한 철릭 차림의 사내가 몸피 작고 땅딸막한 사내에게 말을 던

졌으나 속마음으로는 뭐 대단한 것이 있을까 싶었는지 터진 꽈리 보는 것
마냥 심드렁한 얼굴빛을 보였다.

「예. 고마, 딴 게 아니고예….」

몸피 작고 머리만 커다란 사내가 기다렸다는 듯이, 아니 혹시라도 저 높
으신 양반의 마음이 변하여 방금 전의 말씀을 도로 거두어들이기라도 할까
봐 그랬는지 일말의 주저함도 없이, 푸르스름한 철릭 차림의 사내에게 다
가서며 말머리를 끄집어냈다.

「고마, 우리가 허푸로, 부뜰득이, 그칼 필요가 있나 캐서예.」

「서둘지 말고 무슨 말인지 차분히 말해 보게.」

「예, 나리. 제 말이 무슨 말인가, 고마 여하如何로 약하若何로 차분차분이
말씀 올리자믄예…, 불가불不可不, 에렵사리 우리가 가푸러진 젤벽을 타고
넘고 고께고께 저 산만데이를 기를 쓰고 올라갈 끼 뭐가 있나 캐서 올리는
말씀이….」

몸피 작고 땅딸막한 사내가 소심하게 말끝을 흐리며 '흘깃~' 여군관이
라는 땡글땡글한 군관의 눈치를 살펴보더니만, 다시 말부리를 헐었다.

「고마, 이라이 디다 보고 들어도 보이 절마들 저…, 남께로 방구새새로
숨가 가가 오동지설한풍에 불도 맘대로 때지를 몬하이 춥기도 엥간히 추울
끼고 또 양석은 차치하고 어데 고구메 한 알 귀경하는 것도 이무럽지 않다
카던데예…, 그라이 후네껴가 모짝모짝 암만 느루먹기에 에워먹고 떼간다
캐도 여간 저간, 배가 곯기도 억수로 곯고 있을긴 데….」

몸피 작은 사내가 짧게 '한 호흡' 머금었다가 바꾸어 풀어내었다.

「마…, 절마들이 암만 독하다 캐도 저마다 임꺽정이가 아이고 장길산이
도 아일 낀데, 고마 살기도 살아야 할 끼고 또 분맹하이 살고도 싶을 낀데
예…. 일이 고마 그쯤 되면 내려올라 카지 않겠능교? 돋우고 뛰봐야 복사뼈

라꼬…, 일을 이리 딱 두고 요리 척 보이 빤드름하이 마카 그리 될 끼 뻔할 뻔잔데…. 그물을 쳐가 참새를 잡고 굴을 파가 쥐를 잡는 것만치, 저 우는 다 내삐 두고, 저짝 깨끌막진 산몰랭이 편에 ‘딱!’ 엎드려 가가 허방다리 파 놓고서 ‘쉬~’ 지키고 있으면은 필시…! 틀림없이!」

강조하려는 의도였는지 몸피 작은 사내가 말에 힘을 주었다.

「뿔뿔이 흩어졌다 또 모있다가 몰래몰래 내리올라 할 낀데에…. 카면 그때 가가 버마재비 매미 채잡는 것 맹키 ‘확~!’ 다 싹 다 잡아삘면 이…, 이 말랑한 땅바닥 우로다 쐐말뚝을 쌔리 바아뿌는 것보다 이무럽지 안겠능교? 그 아니고 절마들 저…, 어데 빠져나갈찌를 몰라 가꼬 온채 쩌서 고대 고마 있으면은 마카 굴궁어 죽던가 죄다 얼어 죽을 낀데에….」

몸피 작고 머리만 커다란 사내가 다시 곁눈질로 ‘흘낏~’ 그러나 이전과는 사뭇 다르게 자신 있어 보이는 태도로 땡글땡글한 여군관을 살펴보더니만, 다시 말을 내었다.

「언뜻 들어보이 절마들 저…, 얼나에 안덜하고 할매에 할바씨도 있다카던데에…. 고마, 죽을 똥 살 똥으로 깔찌 뜯고 싸우다 보면 저가부지 저거무이 저그 아까지도 싹다 직여 삐는 것을 보게 될 끼고…. 그카믄 절마들 눈꼬랭이가 ‘확~!’ 디집어 가가 지랄 문디이질에 오만 발광 안 하겠능교? 안 그렇겠능교? 마, 일이 그래 되면 도나캐나 우리만 고랑태 묵어가 다치기도 억수로 다칠 끼고 죽기도 만만찮게 죽을 끼 뻔할 뻔잔데에….」

몸피 작은 사내가 말꼬리를 머금으며 한숨을 깊게 내쉬었다.

「후우~~! 그라이 부러 죽을라꼬 쌔빠지게 기 올라 가가 대가리 터지라꼬 싸울 필요 뭐 있겠능교? 마, 옛날 간날 투수바리 얼나적부터…, ‘쫓기던 새가 둥지 안으로 옮아가면 그 새는 쏘는 법이 아니다.’ 카고, 또 ‘시상에는 사람의 목심이 젤로 중한 것이다.’ 캤는데…. 암만 이리 쎄알려 보고 또 저

리 궁굴려 봐도 학실히 그카믄 안 되지 않을까 싶으네예…. 고마…, 그라

이, 안 그러능게, 안 낫겠능교?」

말을 마치고는 제 말을 어떻게 생각하는 걸까 자못 궁금하기도 하여 턱

을 지그시 당기어 고개를 수그리며 푸르스름한 철릭 차림의 사내를 비스듬

히 올려다보려던 몸피 작은 사내가 문득 께끄름한 느낌이라도 들었는지 모

가지를 움찔거리더니 고개를 옆으로 틀었다.

「구…, 군관님요…?」

구군복 차림의 땡글땡글한 여군관이 돌담구멍으로 깊숙히 들여다보는

족제비마냥 매서운 눈으로 마치 제 속을 꿰뚫어 보는 듯 날카롭게 내립떠

보고 있었다. 그 눈길에 돌연 당혹스러웠는지 제삿날의 땡중만큼이나 '땡

그르르~' 잘 굴러 나오던 몸피 작은 사내의 목소리가 덜커덩거렸다.

「와…? 와예…? 와 그라시능교…?」

「자고로 종묘와 사직을 어지럽히는 역적의 도당은 삼족을 멸하는 것이

이 나라의 법도…! 역도의 목을 베고 살을 발라 육(肉)젓을 담근다 하더라도

외려 그 죄가 남음이 있을 것이거늘, 지금 자네가 감히 저자들을 살려 두자

말하려는 것인가!」

여군관의 서슬 퍼런 목소리에서 냉기가 서느렇게 배어나왔다.

「어…어데예~! 기 무슨…, 까마구 아래턱이 뱃바닥으로다…, 가당키나

하신 말씸이싱교? 그 아니라예…! 절마들 목심이 아니고예…, 우~ 우리…!

우리 편 이바구 카는 기라예…!」

'화들짝!' 질겁하며 억울하다는 듯 휘적휘적 손사래를 쳐 가며 어물어

물 어물쩍거리던 땅딸막한 사내가 이내 목소리를 바꾸어 가고 꾸며 가며

말을 이었다.

「고마, 암만 잔챙이에 잔당 찌끄래기라 캐도예…, 쥐도 구탱이에 몰리면

괭이를 문다 카고, 새도 발악을 하면 수레를 부순다 카는 말이 안 있능교? 이리 보이 부꿈찾기도 아인데‥, 에렙사리 쪼까가면 후쳐가고 다부 또 쪼까가면 말캉 또 후쳐가고‥. 저 만데이 꼭대기까정 노인네 얼나들 데꼬 기오르는 문디이 아들 아닝교? 고마 항우장사도 댕댕이덩쿨에 자빠질 수 있다 카던데‥, 아득바득 독한 걸로 따지자믄 조선 팔도 천지간에 저만치로 독한 종자들이 또 어딨겠능교? 카고예‥, 쩌기 쩌 몰랭이가 보기는 조래 보여도예, 장정 하나이 두당 백을 막을 만한 천험의 요새라 안 카능교? 그라이 피도 눈물도 없는 왜놈 군관들도 즈그 나라 벵졸 놈들 목숨이라도 상할까 봐, 혹간이나 걱정되가 끼꾸룸하이 을밋을밋 ‘회군을 하까 마까?’ 밍기작밍기작 ‘진군을 하까 마까?’ 뽀그작뽀그작 여즉 반등거리고 문치작문치작 요래 간룽거리다가, 제우 이제사 이리 통박 저리 통박 잔사위 부려 가가 방패라도 삼아 볼까 꼼수 삼을 요량으로, 저들 손 안 대고 오줌 함 털어 볼라꼬, 앞에다가 우리 조선 백성 몬차 세워 놓고 “화살 통을 메라. 구루포를 굴리 가라. 회선포는 이고 지고, 그케 우그 올라가라 캐라.” 그랄라는 거 아닝교?」

들어보니 그렇기도 하였던지, 이번에는 여군관도 잠자코 있었다.

「암만 그래 봤자 종내終乃 죽는 것은 애꿎은 조조曹操네 군사일 끼라고예‥, 언제 왜군들이 우리 목심이를 생각이나 했능교?」

「…!…」

이야기를 듣고 있던 여군관의 눈썹 끄트머리가 굵다랗게 꿈틀거렸다. 몸피 작고 머리통 커다란 사내가 그것을 보고서 잘 하면 이야기가 되겠구나 싶었는지, 주위를 끌기 위해 약빠르게도 거꾸로 눈길을 허튼 곳으로 돌리며 이야기를 꺼내었다.

「후우~~! 돌부리를 차봐야 꼴랑 내 발꼬락만 아플 끼고예….」

몸피 작고 땅딸막한 데다가 대가리만 커다란 사내가 '한 호흡' 숨을 느리게 머금었다가 풀어내었다.

「그카이 올리는 말씀인데예. 암만 캐도 이‥, 쌈판이 크게 벌어지기 전에 누구 하나 시켜 가꼬 퍼뜩 우그로 올려 보내 가가, 투항이라도 함 권해 보는 것이 우쨀까 하는 데예….」

「투항을…?」

「예, 나리님요.」

통바위 뒤편에 서서 가만히 듣기만 하던 푸르스름한 철릭 차림의 사내가 돌연 관심을 보이는 듯하자 몸피 작고 땅딸막한 사내가 재빨리 말에 박차를 가하였다.

「고마 이‥, 동학당이 암만 숭악하고 상그럽다 캐도예, 저도 차마 인두겁을 디집어 쓴 사람 놈들 아니겠능교? 저가부지 저거무이에 비끼리 같은 아도 있다 카던데 마카 죽고 싶기야 싶겠능교? 그카이 호호로 가가 살살 꾀는 게 안 낫겠능교? 보소, 안 그렇겠능교?」

「잉? 뭐‥? 뭣이? 아…! 아니여…! 저것들은 원체가 사람 놈의 새끼가 아니랑께. 저것들은 징허디 징헌, 독종 중에서도 아조 상독종이랑께!」

몸피 작은 사내가 덩저리 커다란 사내에게 편들어 주기를 바라며 말꼬리를 던졌건만 빤히 알아차리고서도 모르는 척, 덩저리 커다란 사내는 도리어 여군관이라는 땡글땡글한 군관의 눈치부터 살피더니만, 개올리듯 허세를 피워댔다.

「저것들은 말이지라, 시방 하늘이 무너졌으면 무너졌지 항복 같은 것은 필시 생각조차들 안 허고 있을 것이요. 그라를 것이었으면 애시당초에 진즉부터 '죽어라. 죽어라' 저까정 올라가지도 않았을 것잉께 말이요. 저것들은 말이지라, 아조 뭣을 봐주고 자시고 헐 것 읎이 죄다 싹 다 잡아다가 메가지를 콱 잘라 갖꼬 거꾸로 매달아 두고, 아예 뿌리까정 몽창 확 다 뽑아 갖꼬 씨종자를 말려야 써요. 늙은 것이건 어린 놈의 새끼들이건 간에 결단코 한 놈도 살려둬서는 안 된당께요. 안 그런감유, 나으리? 헤헤~~.」

사등이뼈 없는 사람마냥 얼찐얼찐 손바닥을 비비적거려가며 비굴스레 웃는 얼굴을 들이밀었건만 여군관이라는 자는 입을 굳게 다물고서 아무런 대꾸도 하지 않았다. 그러자 멋쩍어졌는지 덩저리 커다란 사내는 입맛을 "쩝~" 다시고서 눈길을 돌렸는데, 기다리고 있었다는 듯 몸피 작은 사내가 이맛살을 찌푸리며 '찌긋~' 하고 눈타박을 놓자 "으흠흠흠~" 군기침을 하면서 고개를 반대편으로 돌리고는 모가지에 뻣뻣하게 힘을 주었다.

「자네‥!」

여군관의 목소리가 반짝이는 눈알만큼이나 차가웠다.

「이리저리 말머리 돌려가며 애써 완곡히 말하고는 있네만 결국 말인즉슨, 저 역적의 도당들을 살려 주자는 것 아닌가!」

「하이고야~! 기 무슨‥, 말짱 갠 하늘아로 쌩 날베락이를 맞을 말씀이싱교‥! 지 같은 꽁댕이가 어데 감히 언감생심 딴맘 먹고 허푸로 이카자 저카자 말씸 올리겠능교? 아니라예‥! 천부당만부당에 팔만사천 부당이라예. 그리 중한 일은 오로지 추상 같으신 나랏법과 하늘 같으신 나리님들 요량대로 하실 일 아니겠능교? 봐라, 안 긋나? 이바구 쫌 해 봐라.」

「잉! 뭐‥뭣? 그리어. 그라지라, 잉!」

다급스럽기도 하였는지 몸피 작은 사내가 덩저리 커다란 사내에게 반말지거리해대며 두툼한 옆구리를 '쿡쿡‥!' 찔러대자, 말이 보여 주는 모양대로, 옆구리 찔리자 절하는 것마냥 엉겁결이기는 하였으나 어쨌든 덩저리 커다란 사내가 맞장구를 쳐 주었다.

「암만요, 나으리! 참말로 그러고 말고라, 잉~!」

「하모예~! 이 우둑배기 쫄짜구는 그저 우야든동 귀한 목숨들이··, 쩌짝 말고 이짝··! 이짝, 우리 편 말씀 아닝교! 이짝 목숨들이 오락가락하는 거 이 맘에 걸려 가가 그라는 것 뿐이라예.」

서름서름한 목소리가 듣기만 하여도 '피식~' 하고 입꼬리가 절로 말려 올라갈 만큼 어설프게, 도리어 제 속마음이 훤히 드러나 보이도록 어수룩하게 몸피 작은 사내가 목청을 높이었건만, 뻔히 알고서도 모르는 척 하려는 것인지 아니면 이렇다 저렇다 더 이상 이야기하고 싶지 않았던 것인지 여군관이 묵직하게 입을 떼었다.

「공연히 쓸데없는 생각들 말고 길목이나 잘 지키고 있게. 쥐새끼 한 마리 빠져 나가지 못하도록 말이야. 알겠는가?」

「야··.」

몸피 작고 땅딸막한 사내가 힘없이 대답하고는 서늘하기도 하였는지 굵지만 짧은 제 목덜미를 쓰다듬었다. 그러자 여군관이 너는 왜 대답이 없는 것이냐고 묻기라도 하듯, 덩저리 커다란 사내에게 눈을 한번 부라렸다가 내리 뜨고는 느릿한 턱짓으로 겨누었다.

「야?? 야! 지야, 당연히 당연허게 그라지요, 잉!」

덩저리 커다란 사내가 얼른 고개를 끄덕대며 대답했다.

「……」

반찬 먹은 고양이 잡도리하듯 다잡이를 하고서야 되었다는 듯, 여군관이 푸르스름한 철릭 차림의 후리후리한 사내에게 고개를 돌리었다.

「나으리, 날이 곧 밝사오니 그만 오르시지요.」

「……」

골똘하게 무엇 한 가지를 깊이 생각하는 것인지 아니면 여러 가지 생각들을 이리저리 뜯어 맞춰보고 또 꿰맞춰 보는 것인지 푸르스름한 철릭 차림의 사내는 잠자코 서 있었다.

「허면‥, 자네가 다녀오겠는가?」

푸르스름한 철릭 차림의 사내가 뜻밖의 말을 던졌다.

「지‥?지가예‥?지 말씀이싱교?」

눈이 휘둥그레진 몸피 작은 사내가 눈길을 여군관에게 돌리었다.

「허나 나으리, 초토사招討使 어른의 영슈이 없이는‥,」

몸피는 작고 머리통만 커다란 사내만큼이나 당황스러웠는지 여군관이
재빨리 머리를 조아리며 말을 꺼냈다.

「군령을 어기려는 것이 아니니 염려치 마시게. 조식 후 출정까지는 두어
식경 가량 여유가 있을 터. 준비를 갖추고 항오行伍를 정렬하는 일만 차질
없도록 하면 될 일 아니겠는가.」

「허나, 나으리‥!」

「아닐세‥.」

여군관이 무어라 말하려는 것을 푸르스름한 철릭 차림의 사내가 고개를
가로 저어 막아 버리더니만, 목소리를 가라앉혀가며 말을 이었다.

「이 자의 말이 옳은 듯싶으이‥. 죽고 죽이는 피바람은 이제 그만 멎어
야 할 때가 되지 않았는가? 헤아려보면 저들도 본시 이 나라의 양민良民이
었던 것을‥.」

푸르스름한 철릭 차림의 후리후리한 사내가 말끝을 머금고서 멀리 건너
편 대나무 숲을 바라보았다.

「보소 나리님요‥.」

말 없는 사이로 몸피 작은 사내가 조심스레 말을 밀어 넣었다.

「고마‥, 분부를 내리셔가 나리님이 가라면은 가는 거이 가는 것도 가는
것이지만서도예. 카믄 저 혼차‥, 저 험헌디를 저 혼차 가라 카는 것은 아

니지예?」

　「허면, 같이 가겠는가?」

　「야?」

　눈을 동그랗게 뜨고 되물어오는 몸피 작고 머리만 커다란 사내를 앞에 두고서 푸르스름한 철릭 차림의 후리후리한 사내가 덩저리 커다란 사내에게로 눈길을 돌리었다. 몸피 작은 사내도 그 눈길을 따라 목을 길게 빼며 제 눈길을 옮기었다.

　「…!…」

　덩저리 커다란 사내가 속이 ‘뜨끔…!’ 하였는지 가로 얄팍하게 쪽 째진 눈을 동그랗게 뜨더니만, 제 손가락으로 제 몸뚱이를 가리켰다.

　「쇠‥쇤네‥? 쇤네 말씀이신감요??」

　덩저리 커다란 사내가 어리벙벙한 눈길을 여군관에게로 돌리었다.

　「구‥, 군관님요…!」

　「……」

　무어라 대꾸도 없이 어금니에 힘을 주어 앙다물어 보이는 여군관의 네모진 턱주가리가 몹시도 구드러져 보였다. 그러자 황망하기도하고 낭패라는 생각이 들었는지 덩저리 커다란 사내가 콧잔등이에 주름을 잡아가며 낯짝을 구기더니만, 여군관에게서부터 눈길을 떼어 베슥베슥 몸피 작고 머리 큰 사내와 푸르스름한 철릭 차림의 호리호리한 사내에게로 돌리었다.

　「……」

　「……」

　네 사람 모두 잠자코 말이 없는 가운데 동쪽 하늘가 멀리서부터 ‘훨훨~’ 날아오르던 세 발 달린 금빛 까마귀(金鳥)가 잠시 날개를 접고서 ‘한 호흡’ 멧부리 구름 둥우리에 머물렀다 가려는지 네 사람의 머리 위로 난데없이

널따란 그늘이 침침하게 드리워지는가 싶더니, 해끗해끗 거지반 절반 가량
허물어져 내린 무덤 주위의 성깃한 잔설만이 빛을 잃어 가는 새벽 별무리
마냥 해끄무레하게 반짝거려대기 시작하였다.

일곱째 마당

해도 달도 있는 듯 없는 듯 거무죽죽한 어슴새벽 하늘 아래, 한 걸음도 가지 못하고 주저앉아 버린 산모롱이께 대나무 숲으로는 "우우~우~우~" 이승의 것인지 저승의 것인지 깊이깊이 목 눌러가며 흐느껴대는 소리와 "흐으~~흐~흐~~" 억지악지 깨물어 가며 삼켜대는 앓음 소리들이 뜨문뜨문 떠다니고 있었다.

끊어질 듯 끊이지 않으며 가느다랗게 이어지고 또 희미하게 어우러지는 그 소리에 잠겨 가는 대나무 숲 한 귀퉁이로 "그아왁~!" "가왁~!" 소름이 오싹 돋는 울음소리 두어 방울이 핏방울처럼 "투둑…!" 생급스레 떨어져 내리더니만, 어스름 꿉꿉한 하늘로부터 커다란 산새 그림자 하나가 널따랗게 나래를 펴고는 에돌아 미끄러지듯 몽글몽글한 몽우리바위 주변의 대나무 꼭대기로 높다랗게 날아들었다. 그러자 머리 꼭대기에 시커멓게 내려앉은 산새 그림자덩이가 자못 무겁기도 하였던지 '휘청~!' 하고 곧장 쓰러질 것처럼 몸을 심하게 흔드적거려대던 대나무 한 그루가 우연스레 제 발치께서 무엇을 발견하고 그것을 자세히 들여다보기라도 하려는 듯이 모가지를 구부정하니 아래쪽으로 기다랗게 늘어뜨리더니만, 보자니 안타깝기라도 하였는지 혀를 차는 것마냥 새파랗게 질린 이파리들을 연달아 끄덕여 댔다.

　그렇게 뾰족뾰족 시퍼렇게 날이 선 대나무 이파리 끄트머리가 가리키는 곳으로 산새 그림자덩이도 '반짝반짝' 호기심어린 눈알을 굴려 보자니, 뭍으로 패대기쳐진 어린 물고기마냥 몸뚱이를 해반닥해반닥 거리면서 '벌름벌름' 시뻘건 아가미 틈새로 핏물을 꾸역꾸역 뱉어내며 된목에 쇳소리로 "그르륵…! 가륵~!" 겨우겨우 샛숨만 그르렁거려대는 어진이가 눈에 들어왔는데, 경련이 일었던지 '부르르…' 곤두박인 그대로 한 차례 몸을 떨었을 뿐이건만 '꿀럭꿀럭' 가슴팍에서 새어나오는 끔찍스런 비린내가 바늘귀 같은 산새 그림자 코끝으로 '훅~!' 파고들 것만 같았다.

　봉사도 눈살을 찌푸릴 만치 비릿비릿한 그 몰골에 '흠칫…!' 하여 산새 그림자덩어리가 모가지를 꼿꼿이 세우고서 못 본 척 고개를 헛딴곳으로 돌리려는데, 뭉글뭉글한 몽우리 바위주변으로 사람의 형체가 서넛이, 당겨오기라도 하려는 듯 어진이에게 두 손을 길게 뻗어가며 다가가려 발버둥이치는 고은이를 뒤에서 붙잡아 안고서는 다른 한 손으로 입을 틀어막은 채 대나무 뒤편으로 몸을 피하려 애쓰는 호봉이부터 가슴팍으로 깊숙이 두범이를 끌어안고서 두 눈을 가리고는 "보지마, 보지마…" 나지막이 읊조리는 소희와 불알 떨어진 황소마냥 콧구녕으로 "쉭~쉭~!" 거칠게 숨을 몰아쉬며 제 손으로 제 입술을 사정없이 쥐어뜯고 있는 궁궁이 그리고 입을 '쩍~' 벌리고서 그대로 얼어붙은 듯 벼랑바위 쳐다보는 놀란 토끼마냥 눈을 동그랗게 뜨고 껌벅껌벅 거려대는 청수와 제 자리에 맥없이 주저앉아 있으면서도 행여나 놓칠세라 청수의 손을 꼭 쥐고 있는 성미의 모습이 차례차례 내려다보는 눈알에 내비치었다.

　「흐ㅇㅇ~~ 흐ㅇ~ 흐~~~」

마침내 고은이가 호봉이의 손을 뿌리치고서 더듬더듬 어진이에게로 기어가더니, 도무지 믿기지 않으며 믿을 수도 없었고 혹시라도 손끝이나마 닿게 되면 꿈 아닌 생시라 여겨질까 그래서 였는지, 차마 만져 보지도 못하고 손끝만 '바르르‥' 떨어대다가 제 손으로 자기 입을 틀어막고는 소리 죽여 흐느껴댔다.

「이‥ 이 바보 멍충이에‥, 찌질이‥, 반푼이 같은 게….」

울먹울먹 곁에서 지켜보던 청수가 입술을 깨물었다.

「쉬~쉿…!」

꽁무니는 있는 대로 다 드러내놓고서 대가리만 풀 섶에다 콕 처박아 둔 볼품 사나운 까투리마냥 몽우리바위 뒤편에 납작하게 엎드려 있던 재필이가 고개를 삐주룩이 빼내 밀었다.

「아, 그러다 들키면 으쩔라고들 그라…? 어이, 청수야. 얼릉 싸게 쫌 앉아봐라, 잉? 아, 얼릉….」

「하지 말라니까 말 안 듣고 깝치기만 하더니….」

못 들은 것인지 안 들은 것인지 아니면 소불개의少不介意하야 뭉때리는 것인지 청수가 대꾸조차 하지 않고서 입술을 깨물어 가며 엉절거렸다.

「으디? 뉘…? 어진이 으디 맞은 겨? 아야~ 청수야. 너는 시방 지발 쫌 살살‥, 싸게 싸게 쫌 빨랑 빨랑 쫌 앉으라니께. 아, 얼르옹~! 어이, 호봉아. 너‥, 너는 시방 뭐다고 있냐? 쟈 쫌 얼릉 쪼까, 냉큼 싸게, 말리잖고!」

얀정머리 없는 사내에게 지금 당장 우선 가장 중요한 일은 총상을 입고 꼬꾸라져 있는 아이에게 달려가서 정확히 어디를 맞고 어느 만치 다쳤는가 살펴보는 것이 아니라 어떻게든 서 있는 아이를 주저앉혀서 남의 눈에 뜨이지 않도록 하는 것이었나 보다. 재필이가 재촉하듯 청수에게 거듭 말하였으나 하여도 아무 대꾸가 없자 이번에는 호봉이를 닦달해댔다. 그러나 호봉이 역시 대꾸는커녕 들은 척도 하지 않고서 아직까지 숨이 붙어 있는지 또 그 숨이 언제까지 붙어 있을지 확인하려는 듯, 간당간당 가까스로 샛숨만 할딱거려대는 어진이를 세심하게 살펴보았다.

「……」

무어라 알아들을 수 없는 닿소리 홀소리들이 물컹물컹 어진이의 푸르뎅뎅한 입술 틈새에서 부딪히더니만, 방울방울 허공으로 튀어올랐다.

「얼뜨기 어리보기 바보 맹추같이…. 똑바로 말해, 이 멍충아…!」

듣다 차마 못 듣겠고 보다 도시 못 보겠는지 청수가 타박을 놨다.

「청수야, 그러지 마…. 그러지 마…. 그러지…마….」

「으…웅웅웅··, 그그그…그러··, 지…, 마…. 마…마….」

「아냐, 이 바보는 이렇게 말을 해야 알아들어.」

고은이가 힘없이 흐느끼자 궁궁이도 곁에서 울먹거려대기 시작했다. 그러자 청수가 일부러 매몰차게 아무것도 아니고 아무렇지도 않다는 듯이 애써 씩씩하게 콧물을 '스윽~' 훔쳐내고는 자신만만한 얼굴로 말했다.

「청수야….」

「…!…」

말하는 아이의 속마음이 어떠하던지 간에 가슴이 저미어지는 건 어쩔 수 없는 모양이었다. 고은이가 길쑴한 모가지에 가들막하게 울음을 머금고서 그만하라는 듯 고개를 가로저어대자 그 모습이 적잖이 자닝스러웠는지 청수가 제 입술을 '콱…!' 깨물었다.

「언……니………」

빛을 잃고 가물가물 꺼져가는 눈으로, 숨이 겨워 숨을 모으느라 바들바들 턱을 떨어대며, 뜨적뜨적 불탄 강아지 않는 소리마냥 어진이가 낑낑거렸다.

「언……니………, 나…………….」

「응‥, 어진아…, 누나 여기 있어…. 여기……. 여기…….」

고은이의 잦아지는 말소리에 눅진눅진 누기漏氣가 어리었다.

「나………, 배…………고……프…다…….」

토막토막 끊어진 창자 마디를 억지스레 게워내듯 바스러진 소리 조각들을 꾸역꾸역 숨 가쁘게 뱉어냈다.

「어진아……, 어진아………….」

애와티는 마음이었건만 할 수 있는 일이라고는 아무것도 없기에 고은이는 그저 어진이의 두 손을 ‘꼭…!’ 쥐고서 이름만 불러댔다.

「졸………려…………….」

어진이의 혓바닥이 점점 까부라지며 입 안으로 말려들어 갔다.

「이 바보‥! 머저리, 멍충이! 지금이 잠이 올 때냐? 잠은 깜깜한 밤에나 자는 거란 말이야. 어서 빨랑 안 일어나? 너어‥, 지금 바로 안 일어나면 가만 두지 않을 꺼야. 볼기 치기 전에 냉큼 일어나란 말이야, 이 바보야! 배고프다며~!!」

눈자위가 시커멓게 꺼져 가는지 눈까풀을 자꾸만 슴벅슴벅 거려대는 어진이에게 청수가 속정 깊게 한소리 쏘아붙였다.

「어어어…어진‥…어진‥아‥, 어어어…어서‥어서‥, 이이이‥일…어‥, 일어…나‥…, 나‥, 처‥…청…수‥, 청수…, 화화화화‥화…, 나나나나‥났‥다…났다….」

「으메으메~ 나가 시방 참말로 환장을 해 갖꼬 돌아가 버리시겠네…. 저 쪼깐헌 것들이 으째 으른 말씀을 안 들어 처먹고 지랄들이랴? 시방 으디서 쌌는지도 모르는디….」

청수의 목소리가 점점 커지는데다가 궁궁이도 징징거려대기 시작하자 재필이는 똥끝이 탔던 모양이다. 얼굴이 초醋 먹은 쥐새끼마냥 잔뜩 찌푸려지는가 싶더니 모가지에 빳빳하게 힘을 주어 눌러가며 고자 힘줄 같은 소리를 내질렀다.

「안 되겄네. 거시기….」

무엇을 생각하고 있었는지 눈길은 어진이 쪽에 던져 놓고서 주둥이를 동그랗게 모아 앞으로 비주룩이 내밀고 서 있던 호봉이가 한 걸음 앞으로 나서며 말을 던졌다.

「가만 봉께 인자 쫓아 올 낌새는 읎는 것 같웅게, 소희가 야들 데꼬 먼처 쪼까 내려 가드라고. 어이 성님~, 성님이 소희 앞으로다 앞장서 갖꼬 거시기…, 길 쫌 내어 갖꼬 내려가시오. 저짝 길로만 '쭈욱~' 허니 사부랑삽작 내려가면 될 것잉께.」

「잉? 잉! 그려.」

기다리고 있었다는 듯, 먹구름에 번개 치듯이 재빠르게 재필이가 몽우리바위 앞으로 나섰다.

「고은이 너도 얼릉 언니 따라 내려가고.」

호봉이가 말머리를 고은이에게로 돌리었다. 그러나 고은이는 아래위 두 입술을 감쳐물고서 울먹울먹 고개만 가로 저어댈 뿐이었다.

「아니어. 걱정허들 말어! 나가 시방 너가부지한테로 곧장 데꼬 갈 것잉께. 주천이 아저씨가 후딱 한번 살펴보고 고약 한 놈 개어 붙여 놓으면은 금새 나술 것이구먼. 틀림읎이! 거시기, 성님~!」

호봉이가 말머리에 힘을 주더니 말꼬리를 재필이에게 치세웠다.

「지가 당부드리는디요. 성님이 남자잉께, 으른잉께요…. 거시기, 딴 생각은 마시고 우짜건간 야들부터 먼처 쫌 잉? 우선으로들 꼭 쫌 챙겨 주시오. 아시겄지라?」

「그리어 그리어, 나가 못 알아먹어도 잘 알아들었응게, 벨 놈의 걱정일
랑은 너나 거시기허게 잘 붙들어 챙겨 넣고 얼릉 얼릉 잉? 싸게 싸게 난딱
들 올라가라. 잉? 자, 우덜도 어여 빨랑 냉큼들 내려가자.」

「……」

제가 무슨 월천越川꾼이라도 되는 것마냥 다리부터 걷어 부치는 시늉을
해 보이며 재필이가 고개를 까딱까딱 치신머리사납게 건성으로 대답하고
서둘러 아이들을 재촉하였으나 아이들은 선뜻 발걸음을 아니, 피범벅이 된
채 뻐드러져 가는 어진이와 그 손을 꼭 쥐고서 흐느끼는 고은이로부터 눈
길조차 떼어 내지 않고 있었다.

「이잉~? 청수야, 성미야. 너들 시방 뭣 하냐? 소희 너도 거··, 가만 서 갖
꼬 뭣 하는거? 재깍재깍 속히 안 내려가고?」

제 말이 먹혀들지 않자 골이 틀렸던지 재필이가 못마땅한 얼굴을 하며
되쳐 죄어쳤다. 그래도 아무런 반응들이 없자 재필이가 눈길을 호봉이에
게로 돌리었다.

「허면 시방, 나가 먼저 가야 쓰겄구먼. 성님이 어진이 쫌 요리 업어주시
오. 성님은 요것 쪼까 들고…」

호봉이가 왼 무릎을 굽히어 몸을 구부정하게 낮추면서 재필이를 바라보
고 도움을 청하는 것과 동시에 제 손에 쥐고 있던 장검을 궁궁이에게 건네
려는 순간 궁궁이가 '펄쩍~!' 기겁을 하며 뒤로 물러섰다.

「칼~!!! 카카카카··칼··!!!」

「…!…」

「아니다! 칼 아니다! 칼 아니다…!」

호봉이가 '아차…!' 라고 미처 생각할 겨를도 없이 재필이가 재빨리 호
봉이와 궁궁이 사이를 갈라 놓듯이 끼어들더니 한 손으로 궁궁이의 팔을

붙들고서 다른 한 손으로는 허리춤에서 뱀 집어던지는 것마냥 호봉이에게 장검을 도로 쑤셔 박으며 눈알을 부라려댔다.

「야, 이 우라질 놈아…, 너 시방 뭣 하는 겨? 칼이라믄 아조, 칼 가는 냄새만 맡아도 경끼허는 놈헌티다가…!」

「카카카…칼~! 칼이…! 칼이…!! 칼이…·!」

김칫국 채어먹은 비렁뱅이마냥 온몸을 '덜덜덜…' 떨어대는 궁궁이의 구지레한 얼굴이 어느새 새파랗게 질려 가는 꼴이, 눈알이 뒤집어지기 일보 직전인 것 같아 보였다.

「아니다. 암껏 아니다. 여…, 칼 읎다. 참말 여기 읎다. 봐라, 잉? 여…, 여봐봐…, 어여…, 어여…, 그라지? 잉? 참말루 진짜 여…, 읎지, 잉? 그치? 읎다. 여기 읎다. 긍께, 잠자코 잉? 조용조용히 잉…?」

징징거리고 떼쓰는 서너 살짜리 어린아이를 달래는 것마냥 재필이가 궁궁이의 눈앞에서 손바닥을 내보이고는 쥐었다 폈다 아무것도 없다는 것을 확인시켰다.

「어어어…없…다····. 없·······다·········. 없····다···········.」

어처구니없는 짓거리였지만 그래서 외려 효험 있는 것인지, 턱 떨어진 화랑이마냥 끙끙거려대기는 하였으나 궁궁이도 조금씩 진정되어 가는 듯이 보였다.

「그랴, 그랴…. 어이구 착허다. 어이구~, 우리 궁궁이가 참말 착허다…. 숨 쉬고 잉? 숨 크게…, 더 크게 쉬고…. 그랴~ 그라지…, 그렇게 크다랗게 찬찬히, 잉…?」

「······」

궁궁이는 재필이가 하라는 대로 "후~~우~" "피유~~ 우~" 숨을 깊이 들이마시고 머금었다가 내쉬는 것을 차분차분 수차례 되풀이하여 가며 숨을 가다듬었다.

「소희야, 너가 얼릉 나하고서 어진이 쫌 빨랑 업어주자, 잉?」

궁궁이가 저 혼자 들숨 날숨 머금는 숨을 이어가며 숨을 고르자 '이제 됐다.' 생각하였는지, 재필이는 소희와 함께 어진이를 일으켜 호봉의 등에 업어 놓았다.

「어진아…, 어진아….」

고은이가 따라가려는 듯 어진이의 손을 꼭 붙들고서 매달렸다.

「언니 울지 마. 괜찮을 꺼야. 별일 없을 꺼야….」

「……」

성미가 어른스레 달래 주듯이 고은이의 어깨를 붙들고 어루만져 주자 고은이가 터져 나오려는 울음을 꾹꾹 눌러 삼켰다.

「그라믄 너들은 인자 시방 재필이 아자씨 따라 내려가라, 잉? 조심들허고. 나도 막 바로 곧장 올라갈 것잉께.」

「나나나나…나도…! 나도…, 나도….」

호봉이가 마지막 당부를 하고서 멧부리를 향해 걸음을 떼려는데 갑자기 궁궁이가 호봉이의 소맷자락을 붙잡았다.

「성은 또 왜 그라? 시방 일각이 급헌디…!」

「나나나…나도…! 어어어…어진…, 이랑…!가가…가…!같이…!」

「뭘을 같이?」

「나나나나…!나도…!우우우우…우리…, 호호호호…!한테…!」

「으디? 쩌 우를? 아녀아녀…!성은 얼릉 내려가랑께.」

「아아…아니…!아니…!나나나…나도…!나도…!위위위위…!위로…! 위로…!우우우우…우리…!우리…!호호호호…!호…!한테…!한테…!가 가가가…!간다…!」

헤어져야 하는 마지막 순간까지도 못내 헤어지지 않으려고 차마 동생의 손을 놓지 못하고서 눈물만 글썽글썽 거려대는 고은이를 보자니 저도 동생 대호의 얼굴이 떠오른 모양이다. 모화관 동냥아치도 아니건만 궁궁이가 지다위하듯 잇따라 고개를 가로저으며 억지 부림으로 찡얼거려댔다.

「으메…! 참말로 환장허겠네….」

「아녀, 아녀…. 시방 둘이 같이 가는 것도 낫겄네. 너만 혼차 업고가면 힘도 꽤나 들 텡게. 둘이 번갈아 업고 가면 훨 낫기도 낫고 빨리도 갈 것이구마, 잉? 안 그리어?」

반드럽기가 삼년 묵은 박달나무 방망이 같아 그 속을 가히 어찌 알까만은, 아마도 그러고도 남았을 것이다. 호봉이를 생각해 주는 척하며 자신과 아이들로부터 궁궁이를 떼어 놓으려는 의도였는지, 말을 마친 재필이의 눈알이 짐짓 얄팍하게 반짝거렸다.

「웅웅…웅……. 나나나……, 나도…, 어어어……업고….」

「나도! 나도 올라갈래요!」

호박잎에 청개구리 튀어 오르듯 이번에는 청수가 끼어들었다.

「으메~ 양. 팔 고쳐 놓으니께 다리 부러졌다는구마, 잉. 아녀, 아녀. 너는 시방 여…, 가만 있드라고.」

「왜요?」

만류하는 재필이에게 청수가 턱 끝을 치켜들었다.

「아, 너 땜시 걸음 늦어지면 으짤라 그려?」

「나도 빠른 걸음으로 갈 수 있어요.」

「어허~! 으른이 말을 허면 들어….」

「아녀요. 나도 하늘이여요.」

「이잉…? 야가 참말로…!」

저답지 않게 사뭇 타이르는 투로 일렀건만 꼬박꼬박 아니 한술 더 떠서 제가 곧 하늘이라고 들이덤비듯 말대꾸를 하자 재필이가 예의 제 성정대로 발끈하여 눈알을 부라렸다.

「청수야….」

그때까지 아무 말 없이 가만히 있던 소희가 입을 떼었다.

「…!…」

모두의 눈길이 소희에게로 모아졌다.

「청수는 우리와 가도록 하고, 오라버니께서는 어서 오르세요.」

감정이 실리지 않은 듯 높지도 낮지도 않으며 차분하면서도 단조롭고 느릿한 것이, 비록 열여섯 큰아기의 목소리였지만, 어딘지 모르게 단호함이 느껴지는 목소리였다.

「응응응응…응응…. 그그그…그…, 그렇……게…. 그렇……게….」

궁궁이가 고개를 끄덕였다.

「호이그~ 알았응게, 함께 가십시다. 그라믄 우덜은 갈 것잉께, 성님도 얼릉 내려가시오. 너들은 아자씨 언니 말 잘 듣고 조심혀서 내려가고, 잉? 우덜은 간다, 잉! 자, 가십시다!」

소희가 보여준 단호함 탓으로 더 이상 왈가왈부할 필요가 없었는지 호봉이가 먼저 '훌쩍~!' 멧부리 쪽을 향해 왔던 길을 되돌아 성큼성큼 발걸음을 옮기었다. 궁궁이도 허둥지둥 덤벙거리며 뒤따라 오르고, 고은이는 소희와 성미의 손을 꼭 붙든 채 궁궁이의 어깨 위로 떠올랐다 가라앉으며 점점 멀어져 가는 어진이의 뒷모습을 애타는 눈으로 쳐다보았다.

「……」

「자, 인자 우덜도 싸게 싸게 가자고. 어이, 성미야, 고은아!」

몸은 마주하고 있었으나 발끝은 진작부터 대나무 숲 아래쪽 산기슭을 향해 있던 재필이가 말을 건넸다.

「언니….」

성미가 고은이의 손을 꼭 잡았다.

「……」

고은이가 성미에게로 눈길을 돌리더니만, 다시 소희를 바라보았다.

「……」

소희가 고개를 끄덕였다.

「언니….」

쓰러지기라도 할 것처럼 고은이가 소희의 품으로 몸을 던졌다.

「아, 안 갈 것이여?」

재필이가 다가와 재촉했다.

「아, 얼룽들 싸게 싸게 가자니께‥!」

재필이가 목청을 높여 좨쳐대자, 고은이는 눈물이 글썽이는 눈으로 재필이를 바라보고서도 뭐라 차마 말은 꺼낼 수 없었는지 입을 '꾹‥' 다물었다. 그러자 저 스스로도 무안하였던지 재필이가 입술을 "쩝~" 다시었다.

「……」

이윽고 소희가 성미와 고은이의 손을 붙잡고서 '한 걸음' 몽우리바위 반대편으로 발걸음을 떼었다. 그러자 이제 되었다 싶었는지 재필이가 한 가랑이에 두 다리 넣듯 청수를 얼른 제 앞으로 내몰며 서둘러 경사진 곳에서 잰걸음을 떼었다. 그렇게 서너 걸음이나마 옮겼을까? 갑자기 "푸다닥~!" 하고 다급한 산새 날갯짓 소리가 머리 위로 날아오르자, 앞서 내려가던 고은이가 '선뜩‥!' 하여 발걸음을 멈춰 세우더니만, 힐긋이 뒤돌아 고개를 쳐들고서 대나무 가지 끝을 높다랗게 올려다보았다.

「…!…」

　황급히 날아오른 산새 그림자덩이의 날갯짓 때문이었을까? 아니면 아무도 모르게 스며 들어온 그늘진 바람 탓이었을까? 새파란 대나무 이파리들이 "우수수~~" 마치 날아가 버린 산새 그림자의 깃털이라도 되는 것마냥 무수히 떨어져 내리고 뒤이어 눈꽃가루들이 허공을 날아오르듯 자오록하게 휘말려 올라갔다가 "부스스…" 잔설殘雪이 성긋한 동토凍土에 희뿌옇게 내려앉더니만, 어스름 새벽하늘 한 곳에서부터 "가와왁~!" "와아왁~!!" 끔찍스런 울음소리들이 그렁그렁한 고은이의 눈동자에 일렁일렁 파랑을 일으키고는 희붐해져 오는 하늘가 저편 멀리로 점점點點이, 대나무 숲 건너편 산봉우리 쪽으로 까마아득히 사라져 버렸다.

여덟째 마당

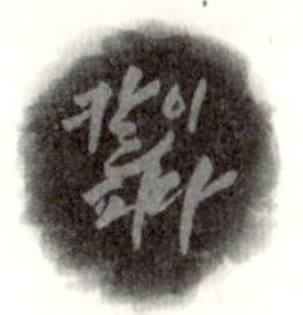

동살이 잡힌 지도 벌써 한참이나 지나버렸을 늦은 아침이었건만 야트막이 내려앉은 겨울 하늘은 글자 그대로 애애靉靆한 하늘이라, 구름에 구름을 층층이 겹쳐대고 겹겹이 포개어 깁고 또 덧이어 놓은 듯 울룩불룩 온통 주름진 구름투성이어서, 밝은 햇살이나 볕이라고는 바스러진 틈서리 한 쪼가리는커녕 부스러기 한 톨 찾아볼 수 없었다.

옥가루(玉雪)들을 잔뜩 쓸어 담아두고서 꾹꾹 밟아 놓고 꽉꽉 쑤셔 넣은 모양새가 당장이라도 터져버릴 듯 빵빵하게 부풀어 오른 잿빛 구름자루 한 귀퉁이에 뭉뚝한 돌방망이마냥 돌올突兀한 멧부리가 '콱!' 하고 틀어박혀 있었는데, 혹시라도 심술궂은 하늘사람 누구 한 사람이 우악스런 손으로 "뽁~!" 하고 장난 삼아 그 돌멩이 뭉치를 한번 뽑아 버리기라도 하면, 땡땡한 구름자루 하나하나씩마다 가득가득히 담겨 있는 옥티끌(玉塵)들이 한뎃바람을 타고 이내 '펄펄~' 흩뿌려져 내릴 너른 터에는, 살랑살랑한 그 눈송이들의 무게를 도무지 감당해낼 수 있을 것 같지 않은 초막이 기우듬하게 버티고 서 있었다.

「으메으메~ 환장허겄네‥, 환장허겄어‥.

당최··, 뭔 놈의 생겨먹으신 팔자 모냥이··,

박薄허시고 박허시기가 이루 말헐 수가 읎어 갖꼬,

각박한 시상서로다 기박도 허시고 명박까정 해 갖꼬,

박지薄之에 우박又薄으로다 참말 으처구니가 읎어 갖꼬,

고상(苦生)에 고상으로다 힘드시게 여까정 올라를 와 갖꼬….」

만약 소리라는 것을 눈으로 볼 수 있다면 틀림없이 너풀너풀 혹은 꾸물꾸물 초막과 멧부리 주변을 맴돌며 동그란 형적들을 그려대고 있을 그런 소리들이었다.

「돌멩이를 베게 삼꼬 가랑잎을 이불 삼아

도야지막 같은 디서 한 겨울을 나싱께로

바람에다 병드시고 추위에도 상해 부러

칠성판에를 눕덜을 못 허시고~

베옷을 한 벌을 입덜을 못 허시고~

묏똥도 한 놈을 쓰시덜 못 허시고~

북망산천이 먼 줄로만 알았는디~

문 밖으로 발 놓으면 저승이라 허더니만~

갈 것 읎이 여가 똑 북망산이 되어 부렀네….

북망산이 되어 부렀어….」

처음에는 그저 푸념 혹은 넋두리마냥 서러웁게 너른 터 언저리를 떠다니던 말소리들이 점차 자진타령에 늦타령으로 곡조曲調들을 이루어 가더니만, 곡曲으로 곡哭을 하듯, 평안도 수심가마냥 구슬픈 가락들을 띠었다.

「암만 암토롱 덧읎는 시상살이가요, 잉….

수유須臾간 찰라刹那 간의 뜬구름만 같고요, 잉….

아침에 나와 저녁에 가는 여로旅路와 같아도요, 잉….

가슴팍을 줄여 가며 겨우내 모진 바람도 견디어 내셨는디⋯.

인자 시방 금시 참말로⋯, 쪼매만 참으면 봄이라 헐 것인디⋯.

으메으메으메~! 디져 불겄네⋯. 디져 불겄어⋯.

나가 환장해 디져 불겄소~오~! 디져 불겄어~!」

사설사설 아니리마냥 잔사설로 늘어 놓고 군사설을 풀어 놓아도 심히 답답하고 갑갑한 것은 어쩔 수가 없었는지 가슴팍을 "턱 턱!" 쳐대고서 속의 것을 몽땅 게워내기라도 하려는 듯 바락바락 악을 써대는 아낙네 목소리가 허름한 초막으로부터 야단스레 굴러 나왔는데, 입구를 가려 두었던 거적때기가 거반 절반이 넘게 뜯겨 나갔는데도 볕이 들지 않아 어둠침침한 초막 안쪽에서는 불그죽죽한 고콜불이 거무충충한 땅바닥 위에다가 우중충한 그림자 덩어리들을 어룽더룽 드리우고 있었다.

「하이고, 분이 아부지~! 나 죽겄소~! 나 죽겄어요~오~~!」

거뭇거뭇 혹은 해끗해끗 희누르스름한 뺨따구니에 번들번들한 눈물 자국이 마른버짐마냥 까슬까슬 또 얼룩덜룩 번져 있는 나부대대한 얼굴의 아낙네가 오른손으로는 뒤쪽 바닥을 짚고 왼 무릎은 세우고서 춥기가 삼청三廳 냉돌 같은 초막 가운데께 갸우듬하게 퍼질러 앉아 있었는데, 여태까지의 넋두리만으로는 부족하였던지, 꼭 비 맞은 장닭마냥 맥 빠지고 초췌한 모습으로 꾸부정하게 앉은 채 멀리 보이는 산 너머 어딘지 혹은 무엇인지를 건넛산 돌멩이 쳐다보듯 무연憮然하게 바라보고만 있는 지아비의 손을 붙잡고 흔들어댔다.

「휴우~우~우~~우~~~.」

허우적거리듯 아낙네가 흔드는 대로 맥없이 흐느적흐느적 거려대던 응칠이가 족히 구만 구천 두斗는 됨직한 한숨을 기다랗게 들이마시면서 고개를 뒤로 젖혔다가 도로 '푹⋯!' 하고 내쉬면서 수그리더니만, 닐찍한 이마빡에 박혀있는 팥알만한 복사마귀를 손톱 끝으로 뜯적뜯적 긁아댔다.

「하이고, 음니…! 나가요, 이년이 말이여라…! 시방…, 참말로 죽겄소…. 당장에 죽겄소…. 하이고 아이고, 허이구 어이구~!」

이번에는 "애고대고, 애고지고~" 한바탕 목놓아 울기라도 하려는 것인지 갑자기 나부대대한 아낙네가 붙잡고 있던 웅칠이 손을 '툭~!' 하고 내던지듯 내려놓고서 펑퍼짐한 엉덩이를 깔아뭉개며 안쪽으로 몸을 틀었는데, 아낙네의 눈길이 옮겨간 초막 안쪽에서는 눈자위가 불그죽죽한 당골네가 흙벽을 등진 채 가부좌를 틀고 앉아 몸을 좌우로 가볍게 흔들어가며 비손하는 것인지 염불을 외는 것인지 무슨 주문呪文인지 진언眞言인지 알아들을 수 없는 소리들을 나지막이 중얼거려대고 있었고, 애기보살 난화는 당골네의 허벅지 위에 얌전하게 올라앉은 채 표정 없는 얼굴을 하고 있었지만 이따금 입술을 잘근잘근 깨물어 가며 소리 없는 저만의 소리로 따라 읊조려대고 있는 것처럼 보였다.

당골네의 거무죽죽한 그림자가 읊조려대는 가락에 맞춰 어른어른 소리들이 춤을 추는 곳, 그러니까 뒤쪽 흙벽 바로 아래에는 무엇을 둘둘 말아놓은 거적때기가 하나 놓여져 있었는데, 김칫독 안에서 한껏 시큼하게 곰삭아 버린 깍두기 국물 테두리를 따라 '비~잉' 둘러져 있는 골마지마냥 군데군데 눈가루들이 하얗게 들러붙어 있는 거적때기 끄트머리께로 빼주룩이 내밀려 나온 꾀죄죄한 발뒤꿈치와 꼬질꼬질한 잔주름이 얼키설키 자글자글하게 뒤덮인 어린애 손바닥만한 발바닥이 보이는 것이, 아마도 새벽녘에 죽었다는 노파의 주검인 모양이었다.

「암만 모를만 끄달린 설움살이에도요, 잉~!」

나부대대한 아낙네가 눈물인지 콧물인지가 말라붙어 구저분해 보이는 옷고름에다가 '수르르~' 흘러내리던 콧물을 "팽~!" 하고 풀어내더니 다시 넋두리를 늘어 놓기 시작했다.

「사잣밥 한 술을 챙기시덜 못하시고요, 잉. 노잣돈 한 냥을…,」

「임자, 인자 고만 혀어. 이러다가 임자까정 일 나겄네.」

자못 걱정된다는 듯, 웅칠이가 말을 건넸다.

「야, 엄니. 인자 시방 고만 고정허셔유.」

무슨 큰 죄를 짓고 처분을 기다리는 사람마냥 초막 입구 쪽에 무릎을 꿇고 앉아서는 고개를 수그린 채 맨바닥에다가 손가락 끝으로 무엇을 깨작깨작 쓰는 것인지 그리는 것인지 끼적거려대던 얽둑빼기 만석이가 고개를 들고서 송구스러워하는 얼굴로 말했다.

「그리어…. 아, 삼천갑자 동방삭이도 저 죽는 날은 모른다고 안 혔는가…. 사람이 다 때가 되어 가는 것이 모다 시왕전十王殿에 달린 것이여….」

「……」

뭉툭한 한숨 꼬랑지를 맥없이 물고 나온 웅칠이의 이야기에 아낙네가 고개를 들더니만, 퀭하니 '옴폭…!' 그늘진 눈으로 지아비를 바라보았다.

「오지 말라고 아니 올 것 아니고, 가지 말라고 아니 갈 것도 아닐 것이고…. 가는 시월(歲月)에 밀려 갖꼬 어그적 뭉그적 가다가 쉬고 또 쉬었다가 가고…, 그러다 보면 어느새 자기 묏뚱 앞이라고들 안 그러던가….」

웅칠이가 말꼬리에 매달린 한숨을 가볍게 머금었다가 고개를 끄덕이며 뱉어내더니 다시 고개를 쳐들고서 말을 내었다.

「주무시다가 잠결에 가시는 줄도 모르시게 가셨응게, 그나마 호상好喪으로다 편히 곱게 잘 가신 것이여….」

「그려요, 엄니. 참말로 아버님 말씀이 백번은 지당허셔유.」

만석이가 제 말 곁에 매달린 콧물을 "훌쩍~!" 들이마셨다.

「사램이 숨이 끊어져도 삼일은 듣는다는디….」

아낙네가 메기주둥이마냥 두툼한 주둥이를 삐죽거렸다.

「시방 엄니 섭섭허시게…. 돌아가신 양반을 옆에 뇌놓고서 곱게 가고 잘 가고, 암만 호상 악상惡喪이 으됐다고들 그러는가?」

「……」

듣자니 그도 그렇다고 할 만 하였음에 스스로 나무람을 탄 것인지 혹은 무안스러웠기 때문이었는지, 낯짝이 꼭 시아비 무르팍에 올라앉은 며느리마냥 빨그스름해진 만석이가 눈을 내리깔고서 모가지를 움츠리며 바닥의 부검지들을 따짝따짝 좀스럽게 쥐어뜯어댔다.

「아녀! 그려, 그라지…! 알지…! 알어!」

응칠이가 제 허벅지를 두들기며 아낙네의 말꼬리를 잡아 이었다.

「나가 왜 임자 맴을 모르겠는가? 알고 남음에 넘침에도 모자람이 읎지. 그란디 그라르면? 고렇게라도 맴을 먹지 않으면 뭣을 으짤 것인가? 울 엄니께 뻬다구를 빌고 살덩이를 빌어 나온 나는? 나는 시방 왜 맴이 거기시 안 허겠는가? 울 엄니께서 나를 놓으실 적에 서 말 여덟 되의 피를 흘리시고 여덟 섬 너 말의 젖을 먹이싱께, 살아서 살꺼죽은 한겨울 마른 잎사구마냥 푸석푸석 말라비틀어지시고 쪼그라드시고, 죽어서 뻬다구는 다 타 버린 숯뎅이마냥 쌔까맣고 가배워지셨을 것인디 나는 왜 안 그렇겠는가? 나도 시방 엄니를 생각허면 잉? 등짝에다 들쳐 업고 수미산須彌山에를 찾아가서 납돌이 허듯이 그 아래짝서 백 천만 번을 돌아댕기다가 배꼽때기를 심지 삼아 불뎅이를 확 붙여 갖꼬 한울님께 공양하기를 백 천만 겁이 지나도록 하고 싶은 맴이랑께.」

「암요, 암요…. 임자 맴이 참말 정히 그러시면 얼릉 싸게 그러시오. 허방에 지방으로다 수미산에를 찾아가서요, 한울님헌티다가 보란듯이 공양이나 잘 해 보시오.」

어디서 주워들은 가락인지는 모르겠지만 제법 그럴싸하게 읊어대는 응칠이에게 나부대대한 아낙네가 제 목소리에는 어울리지 않는 비아냥으로 툴툴거려댔다.

「복 많으신 우리 분이 아부지께서야 시상에 나시기도 전에 한울 궁宮에 안겨 기셨다가 산보하듯 나와 갖꼬 한울 젖을 먹고 자랐응께‥, ‘애시당초 당연지사 있는갑다 그런갑다. 별무가관 별무신통 으디 딴데 있다니께 별무천지 없는갑다.’ 별무 상관 안 허셨겄지만서도요. 나는…! 나는요~!」

아낙네가 한울 궁으로 그러니까 자궁子宮 속으로 숨을 깊숙하게 들이마셨다가 내뱉으면서 천천히 고개를 가로젓더니만, 얼음에 박 밀듯이 말을 내어 달렸다.

「아니요‥. 참말 나는 참말 아니요…. 조실부모에 사고무친허고 혈혈단신에 홀홀 홀몸으로다 넘의 집의 종살이로 배라먹고 굴러먹던 이년한티는 엄니가…, 울 엄니를 만나 갖꼬 한울님을 모시었고 엄니 무르팍에 누워 갖꼬 하늘 하늘 꿈을 뀄소. 분이 아부지헌티는 한울님이 뭣이고 으떤 것인지 나는 당최 모르겄소만서도요…. 나헌티는 엄니가 바로 한울이고 하늘땅에 별땅에 각기 별땅이요. 나는 말이요…. 인자 시방으로 꽃 피고 새 우는 봄이 오면 말이요. 방방에 곡곡에 면면에 촌촌으로…, 들로다 산으로다 냇가에 꼴짝으로다 죄다 쐬돌아 댕김서요…. 골골이 샅샅이 방구 틈틈이 모래 새새이 살살이꽃 피살이꽃 숨살이꽃 찾아내 갖꼬요. 살살이꽃으로는 엄니 젖에 문대 갖꼬 포동포동 뽀얀 살이 살살허니 찰지게도 빚어낼 것이고요. 피살이꽃으로는 양 뺨에 문데 갖꼬 연지 곤지 혈색이 화색이 핑핑허게 돌게끔 할 것이고요. 숨살이꽃으로는 콧구녕을 간질간질 재채기 확확 숨소리 쌔록쌔록 씨게 씨게 내게 할 작정이요.」

어릴 적 무르팍 위에 앉혀 놓고서 손톱 끝에다 봉숭아 꽃물을 들이던 생각이라도 났던 것인지 손톱을 만지작만지작 거려대던 아낙네가 "휴우~!"
하고 다시 큰 숨을 내뱉더니만, 자세를 바꾸어 둘둘 말아 놓은 거적때기에
눈길을 던지고는 오른손으로 왼 가슴을 치면서 한숨에 부르튼 입술을 꼼작
거려가며 다시 말을 이었다.

　「엄니‥! 이‥, 이‥, 나가 말이요. "하이고 에미야~ 에이고 분이야~!"
무르팍이 양‥, '삐거덕 쩍쩍~!' 펄쩍펄쩍 인나게 해 드릴 텡게요. 여‥, 시
방 시원헌 디, 잉‥? 당골네 염불소리 듣고 정신머리만 쏙 빼 갖꼬서 으디
좋은 디 가서 놀고 기셨다가요. 나가 잉? 나가 꽃 따갖꼬 오면 말이요. 엄니
나를 꽃 본 듯이 얼릉 벌떡 인나시오, 잉? 아셨지라?」

　「…!…」

　「암~~. 그리어, 그리어‥!」

고개를 수그리고서 바닥의 부검지들을 뜯적이던 맑둑빼기 만석이조차
듣다 보니 감탄하였는지 저도 모르게 입을 '쩍~' 벌려대자 이번에는 웅칠
이가 운韻을 밟았다.

　「청산靑山 백산白山에 황산黃山 적산赤山으로‥, 흑산黑山에 오방산五方山,
가시려네 새왕산 두루두루 댕겨 보고‥, 야산野山에 바위산, 돌산 거쳐 화
산花山, 녹산綠山, 설산雪山에서 천산天山 거쳐 영산靈山으로다 '빙~' 허니 회
상(會相·回翔)을 허여도 보며‥, 우뚝우뚝 묏부리에 꼴짝꼴짝 골짝마다 산
초山草, 수초水草, 야초野草, 목초木草, 영초靈草, 미초美草, 약초藥草에 독초毒
草‥, 는 안 뒹께 빼도록 허시고~! 향초香草, 경초勁草, 노초露草, 잡초雜草, 녹
음방초綠陰芳草에 기기묘묘奇奇妙妙, 기묘奇妙 승묘勝妙하고도 오묘奧妙 절묘
絶妙한데다가 신묘神妙에 영묘靈妙까정 허시다는 불로초不老草, 불사초不死
草‥, 사후약방문死後藥方文에 감초甘草들 까정‥! 으디, 녹초가 되도록 허벌
나게 다 찾아 댕겨 봄세.」

'당구삼년폐풍월' 堂狗三年吠風月이라 서당 개 삼년이면 풍월을 읊는 경우라 해야 할지 아니면 말 그대로 '근묵자흑' 近墨者黑이라고 먹빛 두루마기 차림의 땅딸막한 사내를 가까이하였던 탓에 자신도 모르는 사이 요상 야릇한 먹물이 시커멓게 들어 버린 탓이라고 해야 할지, 어쨌거나 석가여래께서 설법하시던 영산회靈山會의 불보살佛菩薩을 노래한 악곡 영산회상불보살 靈山會上佛菩薩을 흥얼거리면서 신령한 산(靈山) 주변을 '빙~빙~' 돌며 날아다니자고(回翔) 읊어대는 것을 보니, 말투뿐만이 아니라 말 가지고서 장난하는 꼴이 꼭 비승비속非僧非俗 비유비무非儒非巫의 주천이란 사내를 닮았다는 생각이 들었던 찰나였다.

「으메~ 열통 터지는 거…! 한 넝쿨에 달리는 호박은 아랭이 다랭이라더니, 으째 미럭퉁이 찌질이 궁상 떠는 모냥이 둘이 그리 꼬~옥 같소?」

앍둑빼기 만석이 옆에서 양 무릎을 모아 세우고는 웅크리듯 두 손으로 감싸두르고서 그 무릎 위에다 머리타래를 힘없이 올려 놓은 채 쪼그리고 앉아 있던 분이가 갑자기 고개를 쳐들면서 소리 내었다.

「뭐…? 뭐여, 이년아…?」

사뭇 기가 막히고 코가 막혔는지 아낙네가 눈알을 부라렸다.

「으이구~! 아예 하늘땅이 아조 '확~!' 붙어 버렸으면 쓰겠네.」

제 성질을 못 이기겠는지 말을 집어던지다시피 내씹어뱉고는 '벌떡!' 몸을 일으킨 분이가 만석이 앞으로 성큼 발걸음을 떼었다.

「으디가, 이년아~!」

아낙네가 눈을 모로 세우며 소리쳤다.

「수미산으로 꽃 따러 가요!」

분이가 뒤도 돌아보지 않으며 '획~!' 하고 초막을 나섰다.

「저런, 저…! 저 배라먹을 년이 저거…!」

「임자.」

얼른 쫓아가서 뒷덜미를 잡아채가지고 뒤통수라도 한 대 냅다 후려갈겨 버리겠다는 듯 아낙네가 엉덩이를 들썩거리자 웅칠이가 점잖게 말렸다. 그러자 사명당의 사첫방만큼이나 썰렁하게만 느껴졌던 초막이 순식간에 '후끈~!' 달아오르기라도 하였던지 만석이가 우박 맞은 소똥마냥 구멍이 송송 뚫려 있는 시커먼 제 이마빡을 거북이 등짝마냥 까슬까슬한 손등으로 '스윽~' 하고 훔쳐내더니만, 초막 바깥으로 고개를 돌리고서 그루터기 앞을 지나 벼랑길 아래쪽으로 씩씩거리며 내려가는 분이의 뒷모습을 바라보고는 할금할금 의붓어미 대하는 것마냥 가시어미의 눈치를 살펴댔다. 그리고는 두툼한 입술을 오물오물거리며 뭐라 말을 꺼낼 것도 같더니 그냥 그대로 모가지를 옴죽옴죽 거려 가며 몸을 일으켜서는 엉덩이를 초막 입구 쪽으로 슬금슬금 밀어내고 왼발을 바깥에다 살그미 내어 놓고 '엉거주춤…!' 또 오른 발을 슬며시 내어 놓고 주춤주춤 그리고 다시 몸을 바깥으로 '쭈욱~' 빼내더니만, 숨을 한번 크게 들이마시고는 내빼듯 재빨리 벼랑길 아래쪽으로 내달렸다.

「분이야…! 분이야…!」

「너거는 시방 또 으디 가는 것이냐?」

때마침 너른 터에서 초막으로 걸어 들어오던 덕배가 분이를 쫓아 지나쳐 가려는 만석이를 불러 세우더니 벼랑길 아래 푸나무서리 쪽과 만석이를 번갈아 보며 물었다.

「야…? 야…. 거시기…, 저가 쪼까 쫌…, 댕겨 올께라. 기시오.」

만석이가 급한 마음에 대충 얼버무려대더니 서둘러 분이가 사라진 벼랑길 아래 푸나무서리 쪽으로 잰걸음을 옮기었다.

「…?…」

달음질치듯 그루터기를 지나 벼랑길로 달려 내려가는 만석이의 뒤통수를 바라보며 덕배가 한차례 고개를 갸우뚱거리더니만, 선뜻 초막으로 들어섰다.

「쟈들 왜 저려?」

「냅 두시오. 싸가지 읎는 것들! 저년 저거 저런 줄도 모름서 저것들 쪽 지어 주자 허신 울 엄니만 불쌍허신 양반이지….」

나부대대한 아낙네가 돼지 오줌통에 몰아넣은 것마냥 퉁퉁 부어오른 얼굴에다가 주둥이를 한발이나 빼내밀며 삐죽거렸다.

「뭔 일들 있으셨소?」

초막 가운데께 거적때기 위에 '털썩‥!' 하고 엉덩이를 깔고 앉은 덕배가 발바닥을 털어대고나서는 벌겋게 얼어붙은 콧잔등이를 만지작거렸다.

「암껏 아니여.」

대단찮다는 듯 웅칠이가 대답했다.

「아니긴 뭣이 아니요. 속이 뻔히 디다 보이는디‥! 저년이 저‥, 저거 지 시집갈 때 입겄다고 쟁겨 둔 놈으로다 지 할머니 염殮했다고 지랄 승질 피우는 것이요.」

아낙네가 웅칠이의 말머리를 대뜸 깔아뭉개 버리더니만, 벼랑길 아래쪽에다가 손가락질을 해가며 툴툴거렸다.

「것이 뜬금없이 또 뭔 소리여?」

말 그대로 장사葬事말 하는데 혼사婚事말 하는 격이라 자못 엉뚱하다는 생각이 들었는지 웅칠이가 눈을 동그랗게 뜨고 물었다.

「저년, 저 시커먼 속을 나가 모를 줄 아시오? 허이고~ 저 썩을 년! 말만한 년이 아조 소갈딱지가 읎어 갖꼬…! 야~! 야, 이 싹퉁머리 읎는 년아~! 너 할머니가 너 놓고서 분하라고 해서 분이라 지은 줄 아냐, 이 우라질 놈의 배라먹을 년아~!!」

　말을 꺼내자니 괜히 미워지는 것이 분하다는 생각까지 들었나 보다. 아낙네가 벼랑길에 대고 소리소리 질러댔다.

　「어허~ 그 아니랑께…. 임자는 잘 알지도 못함서‥!」

　「그라게라. 암만 분이가 그랄 리가 있겄소?」

　「나의 말이 바로 그 말이여.」

　곁에서 거들어 주는 덕배에게 응칠이가 맞장구쳤다.

　「으메~ 복장 터지는 거‥! 엄니가 저를 을매나 이뻐허셨는디‥. 허이구, 인정머리 읎는 년…! 허이구~ 저 나쁜 년…!」

　듣고 싶지 않다는 듯 아낙네가 가슴을 쳐대며 엉두덜거렸다.

　「저 씨알머리 읎는 년 저거‥, 저년 아조 저밖에 모르는 년이여…! 아마 나 죽어도…! 지 에미 애비가 다 디져 버려도 저 지랄을 헐 것이여, 저거…! 흐이구~ 저 옘병헐 놈의 배라먹다 굶어디질 년…!」

　「……」

　모지락스레 모가지에 핏대를 세워 가며 악다구니를 퍼붓는 아낙네에게 괜스레 ‘아니다’ 혹은 ‘그렇다’ 말을 꺼내어 누구 역성을 드는 것은 불난 곳에 기름을 끼얹고서 키질까지 하는 것이라 생각하였을 터이지만 그렇다고 가만히 듣고만 있자니 자못 민망하기도 하고 또 어색하기도 하였는지 덕배가 "으흠~! 흠흠~!!" 두어 차례 헛기침을 해대더니만, 주의를 다른 곳으로 돌려보고 끌어보려는 듯, 초막 안쪽의 당골네와 난화에게로 우멍우멍한 눈길을 돌리었다.

　「그란디 당골네는 시방 거그 그짝서 뭣하고 기시오? 고리짝 긁어감서 푸닥거리로 자리걷이라도 할라 그러시는가?」

　구새 먹은 널빤지 한 쪼가리도 없건만 덕배가 넉살좋게 물었다.

「시방 초빈草殯도 지우 쓸까 말까 허는 판국인디 자리걷이는 무슨…. 그 냥 옆서 염불 쪼까 외워 주는 것이지.」

저러다 말겠거니 싶었는지 아니면 그냥 내버려 두는 게 차라리 낫겠다 싶었는지 어쨌거나 응칠이도 덕배에게로 눈길을 돌리며 대꾸했다.

「판국이가 뭣을 으쩠다고…. 아, 대소 양념(大斂·小殮)도 하루 만에 해치 웠는디 못할 것이 또 뭣이 있소? 기왕지사 말 나온 김에 양, 지전춤 한 자락 에 시왕도 가르시고 탈상에 길신가리까정 아예 미리미리 한꺼번에 싹 다 해치워 버립시다. 으차피 인자, 시방 아니면 허지도 못할 것인디….」

「……」

초막 입구를 가리고 있던 거적때기를 뜯어다가 둘둘 말아 놓은 시신을, 그것도 겨우 구석진 곳에다가 모셔 두고 있을 뿐이건만, 언제 죽을지도 모 를 일이라 아예 삼년 탈상脫喪에 길일吉日을 잡아 망자의 명복을 빌어 주는 길신가리 굿까지 미리미리 한꺼번에 후딱후딱 해치워 버리자는 덕배의 농 담 같지 않은 농담에 아낙네의 한숨이 “후우~~!” 하고 절로 나왔다.

「으메, 땅뿌닥 꺼지겠소!」

아낙네에게 한마디 던진 덕배가 응칠이에게로 말꼭지를 틀었다.

「많이 캥기는갑소, 잉~.」

「누가 아니냐. 아조 창새기가 허옇게 바래지는갑다.」

「것이 양…, 사램이 원체 효심허고 다심허신 탓 아니겠소, 잉.」

덕배가 말끝을 은근히 치켜세우더니 아낙네에게로 ‘살~’ 틀었다.

「호이구~ 시묘살이도 허다 가야 허는디….」

덕배가 추켜 올려주자 우쭐해지는 것이 저도 정말 효부孝婦가 된 것마냥 마음이 뿌듯하기도 하였나보다. 아낙네가 한술 더 떠서 시묘侍墓살이 이야 기를 끄집어냈다.

「으이구~ 이 사람아! 아, 난리바람풍에 땡감도 떨어져 나가는 판국인디 시방 팔자 좋게 뭔 소리랑가?」

아낙네의 효심이야 잘 알겠지만 터무니없는 욕심에 큰일 날 소리라는 듯, 웅칠이가 은근한 타박 아닌 타박을 놓았다.

「그려요. 자고로 눈 뜨면은 명부전이고 깜고 누우면 칠성판이라고 안 헙디까. 노소老少가 부정不定이라고요…. 앞서거니 뒤서거니 욜로 가고 절루 가고 곧장 가고 나중 가도 종국에는 우덜도 모두들 갈 것잉께, 섭헐 것 한 놈 읎이 인자 갈 때가 와 부러서 좋은 디로 가신갑다 생각허고 그저 맴들이나 편허게 허십시다.」

「……」

위로 혹은 위안 비스름한 덕배의 이야기에 아낙네가 땟국이 반들거리는 옷고름으로 눈자위를 '꾹꾹…' 눌러대고는 눈곱자기를 떼어내었다.

「아, 이승사람이 에려우면 저승길 가시는 양반네도 발걸음 띠기가 어렵답디다. 여 남은 사램들이 즐거워야 노인네 가시는 걸음걸음이 훨훨 허니 쉬이 가실 것 아니겠소? 그랑께 인자 고만 붙들고 놓아 보내 주시오.」

「……」

덕배의 말에 수긍한다는 듯, 아낙네가 한숨을 기다랗게 내쉬었다.

「……」

웅칠이도 나부대대한 아낙네를 그저 가만히 바라만 보았다.

「그나저나 아까참에 총소리 아니었소?」

덕배가 누렁 뻐드렁니를 번들거리며 말머리를 딴곳으로 틀었다.

「글씨…? 나는 잘 모르겄는디?」

웅칠이가 대수로울 것 없다는 투로 말을 던지며 콧김을 "킹~!" 하고 내뱉었다. 그러자 덕배는 눈을 끔뻑 또 끔뻑거리더니만, 물어보는 눈길을 똥글똥글하게 굴리듯이, 여전히 주문인지 진언인지를 외우고 있는 당골네와 난화의 발치께로 던져놓았다.

「……」

「으째…, 아그들이 없응게 허우룩헌 것이….」

당골네와 난화로부터 무슨 이야기는커녕 아무런 주의조차 끌지 못하자 덕배는 그저 뾰조록한 턱밑에 무 밑동의 잔발마냥 자잘하게 나있는 턱수염 몇 가닥을 쓸어내리며 비비 꼬아보고 만지작거려대더니만, 저 혼자 중얼거리듯 말을 꺼냈다.

「여가 꼭…, 텅 빈 절간 같소, 잉…. 으째…, 다들 별탈 읎이들…, 잘들 내려갔을랑가 모르겄네….」

「불안, 불안…, 으째 알 두고서 날라댕기는 어미 새 맴인가 보요, 잉. 걱정 마시씨오. 지비 아그들은 원체가 다구지고 양글어 나서 으따 띵겨 놔도 암 탈 읎을 것잉께.」

눈곱자기를 떼던 아낙네가 입을 떼며 가볍게 퉁바리를 놓았다.

「허헛~ 참말로…! 것이 내 새끼들이라, 나가 나 입으로다가 뭐라 말허기가 거시기허기는 허지만은서도…. 갸들이 참말로 그렇긴 그려요, 잉.」

아낙네의 가벼운 퉁바리가 되레 위안이 되었는지 덕배가 얼굴을 환하게 펴며 멋쩍게 웃어보였다.

「그란디 재필이는 대체 으디 간겨? 그 촉새 놈이 으짠 일로다 코빼기도 안 보인당가?」

「글씨라…. 새벽 참부터 안 뵈이긴 헙디다.」

아이들을 좇아서 산 아래로 도망 내려간 것을 알 턱이 없는지라, 덕배와 응칠이가 저희들끼리 재필이의 행방에 대해 물었다.

"거기, 안에들 계십니까?"

또랑또랑한 목소리가 밖의 너른 터에서 초막 안으로 날아들었다.

「…!…」

덕배가 그 소리에 모가지를 삐주룩이 내밀며 초막 바깥을 내다보더니 너른 터에서 초막으로 걸어오는 먹빛 두루마기 사내와 노사를 발견하고는 재빨리 몸을 일으켰다.

「으메…! 으르신 납시시네.」

「그리어? 임자, 어여 일어나야 쓰겄네.」

웅칠이도 몸을 일으키며 아낙네에게 말했다.

「아, 어여…!」

「에히고~ 그려요…. 끄웅~!」

웅칠이가 뭐라 대꾸할 사이조차 주지 않고 서둘러대자, 천천히 고쳐 앉으며 몸을 일으키려던 아낙네가 양 손으로 옆의 바닥을 짚고 몸을 비틀며 무르팍에 힘을 주었다.

「괜찮네. 앉아들 계시게나.」

아낙네가 엉덩이를 떼고 막 일어나려는 찰나, 어느새 초막 입구에 다가선 노사가 안쪽으로 말을 던져 넣었다.

「오셨어라?」

덕배가 '굽적' 얼른 허리를 굽히며 고개를 숙였다.

「여, 여짝으로들 앉으셔요.」

웅칠이가 몸을 구부정하니 어정쩡하게 수그리면서, 초막으로 들어서려는 노사와 주천이라는 먹빛 두루마기 차림의 땅딸막한 사내에게 초막 가운데께를 가리켰다.

「그러세나. 다들 앉으세.」

노사는 웅칠이가 가리키는 곳으로 가서 앉았다. 노사 곁으로 주천이라는 땅딸막한 사내가 나란히 앉았고 두 사람과 마주하여 응칠이와 아낙네 그리고 덕배가 둘러앉았다.

「그래‥, 얼마나 상심이 크시겠는가?」

노사가 응칠이와 나부대대한 아낙네를 바라보며 말문을 열었다.

「아니여라. 시방 하필이면 정신 사나운 판국에 가서 갖꼬‥, 지가 지송스러서 몸 둘 바를 모르겄어라. 그라도 기력 쪼까 남아 기실 때 정신 놓지 않고 가신 것이 그나마 참말 다행이라고 생각허고 있어라.」

송구스러운 듯 응칠이가 뒷통수를 긁적이더니 머리를 조아렸다.

「……」

그 모습을 바라보며 노사는 묵묵히 고개를 끄덕거렸고 나부대대한 아낙네는 곁에서 "피유유~유~~!" 하고 한숨을 가느다랗게 내쉬었다.

「두 분 양주兩主께서는 무엇이라도 좀 드셨습니까?」

그 한숨 소리가 귓속으로 흘러들어 왔는지 먹빛 두루마기의 땅딸막한 사내가 아낙네에게로 눈길을 돌리고는 부드러운 목소리로 물었다.

「목구녕이 칵 멕혀 갖꼬 암껏도 안 넘어가는 모냥이여.」

나부대대한 아낙네 대신 응칠이가 떨떠름한 얼굴로 대답했다.

「으메으메~! 아, 억지로라도 드셔야지, 그라고서 식음까정 전폐허고 기시다가 쓰러지기라도 허면 으쩔라 그라시오?」

뻔히 알고 있으면서도 전혀 몰랐다는 듯, 아낙네가 상심傷心하고 있는 정도와 효심孝心의 정도를 맞물어 추켜올려 주려는 듯, 덕배가 말머리에서부터 말꼬리까지 잔뜩 힘을 주어 말을 건네자 아낙네가 '내 몰골 한번 봐 주시오.' 하고 눈길을 모으기라도 하려는 것처럼 "휘유유~~!" 하고 덩이진 한숨을 굵다랗게 내쉬었다.

「옳은 말씀입니다.」

아는 듯 모르는 듯 주천이란 사내가 입가에 묘한 미소를 띠었다.

「이르기를 슬퍼하되 몸을 해치지는 말라 하였으니, 애애부모哀哀父母 한다 하여 여윔에 야윔으로 애훼골립哀毁骨立하고 훼척골립毁瘠骨立하는 것이 바로 이효상효以孝傷孝라. 효로써 효를 상하게 하는 불효가 되는 것이지요. 그런즉 슬퍼하실 때는 슬퍼하시더라도 무엇을 좀 잡수시고 기운을 내시면서 슬퍼하셔야지요.」

「……」

주천이란 사내가 이야기하는 가운데 옷고름으로 눈자위를 찍어대던 아낙네가 이번에는 작은 틈 사이로 새어나오듯, 참으려고 애썼지만 어쩔 수 없었던 것처럼 가느다란 한숨을 "파유유~"하고 여리게 내쉬었다.

「……」

그 모습을 가만히 지켜보기만 하던 노사가 눈가에 부드럽게 잔주름을 잡으며 허허한 눈길을 느릿하게 안쪽 귀퉁이로 돌리었다.

「어이, 당골네요! 거시기…, 으르신 납시었소.」

노사의 눈길을 좇아간 덕배가 얼른 당골네에게 말을 던졌다.

「옴~ 아모가 바이로차나 마하무드라 마니파드마 즈바라 프라바를타야 훔~! 옴~ 아모가 바이로차나 마하무드라 마니파드마 즈바라 프라바를타야 훔~!」

여전히 가부좌를 틀고 앉아 눈은 감고 몸을 좌우로 가볍게 흔들어가며 무엇인가를 나지막이 읊조려대던 당골네가 헤살 놓지 말라는 듯 목소리를 점차 높였다.

「오호라~! 실로 오랜만에 들어보는 광명진언일세 그려~! 서방정토 극락정토로 영가천도靈駕遷度하시고 계셨는가?」

주천이라는 땅딸막한 사내가 그 가락을 맞추듯 목소리를 높였다.

「이잉~! 거시기‥! 삼칠자 주문은 아까참에‥, 진즉에‥, 새암물로다 청수清水 한 사발 떠다놓고서 비손이 헐 띠 벌써 다 혔고‥, 인자는 시방 당골네가‥, 긍께 분이 에미가 자꼬 엄니헌테다 좋은 것 쪼까 해 달라고 조름서 깨깨거링께‥,」

「광명진언」光明眞言 혹은 「불공대관정광진언」不空大灌頂光眞言이라는 것은 전세前世의 악업에서 기인한 죄업뿐만 아니라 망자亡者의 죄업을 소멸시켜 주고 영가靈駕의 극락왕생을 가능케 하여 주는 불가佛家의 신주神呪이니, 이제 망자가 되신 어머님의 영가를 위해 그것이 기도祈禱이건 불공佛供이건 할 수 있는 것은 무엇이거나 위爲하고 행行하고 싶은 것이 바로 자식의 마음이기는 하였으되, 어쨌거나 자신은 동학교도라, 그런즉 불가의 신주를 빌어다 쓰는 것이 차마 송구스러웠는지 응칠이는 말하는 가운데도 쭈뼛쭈뼛 노사의 눈치를 살펴댔다.

「으따~ 시방 누가 효자 효부 메누리 아니랄까봐서‥! 아, 곧 다 죽을 양반들이 엄니헌티 좋다니께, 별 꼴 짓꺼리들을 다 허고 기시오, 잉~!」

덕배가 곁눈으로 '흘끔~' 노사를 살펴보더니만, 제가 먼저 타박을 놓는 것이 낫겠다 싶었는지 말비침하려는 요량으로 대뜸 응칠이의 말꼬리를 나꿔채고 따잡으면서 몰아세우듯 말머리를 꾸며댔다.

「지송혀라‥.」

제발이 저렸던 응칠이가 노사를 바라보더니만, 모가지를 움츠리며 기어들어 가는 목소리로 조막손이 달걀 굴리듯 우물쭈물 말을 내었다.

「인자‥, 지사祭祀도 한놈 못 지낼 것이 뻔헐 것‥, 같응게라‥. 긍께, 은제라도 한번은‥, 지가‥, 혀 드려야 허는 것이‥, 자식 된 놈의 도리인 것 같아서라‥.」

「아닐세. 잘 하셨네. 예禮란 본시 사람의 마음을 따르는 것이오.」

노사가 얼굴에 온화한 미소를 지어 보였다.

「말씀하시기를 물물천物物天에 사사천事事天이라, 천지만물 만물만사가 한울님 아닌 것이 없고 지나가는 새소리조차 한울님의 소리라 하셨거늘…. 한울님이 본디 상태로 되돌아가시는 길에 한울님께서 염불을 외면 어떠하며 주문을 외면 또 어떠하겠는가? 그 역시 한울님의 소리일진대…. 그저 이 늙은이에게 한스러운 것은 한울님 마음 편히, 곡哭이라도 원 없이 할 수 없는 것이 안타까울 따름이라네.」

「……」

노사의 다정하고도 다감한 말투에 마음들이 뭉클하였는지 응칠이는 입술을 깨물며 고개를 조아렸고 아낙네는 그렁그렁해진 눈으로 거적송장을 쳐다보았다.

「하이구~ 엄니…흐이구…, 허이구…….」

나부대대한 아낙네가 소리 죽여 가며 흐느껴댔다.

「어허~! 시방 뭣 하는 겨? 으르신 앞에 모셔놓고…!」

응칠이가 송구스럽다는 듯 얼른 아낙네에게 타박을 놓았다.

「다정다한多情多恨은 다정불심多情佛心이려니 심비목석心非木石에 신비목석身非木石이라 사람이 목석이 아니거늘…, 슬프기도 슬프겠거니와 다만 흐르지 않는다 하여 고여 있는 눈물이 마를 것이며, 설혹 그 눈물이 마른다 하더라도 흉중胸中 깊은 그리움까지야 마르겠습니까? 일컬어 사람의 삶이란 사람의 살음이라, 살음은 곧 살아가는 것이니, 그 마음이 가자는 대로…, 마음이 하라는 대로 그리 해야 삶다운 것…! 즐거우면 즐거운 대로 슬프면 슬픈 대로 저 언덕 넘어 가는 그날까지 피하고 감추고 억지로 붙잡아 남기고 가는 것 없이 그리 살아야 할 것이니…. 그런즉 눈물 없고 그리움 없이 살아가는 것이라면 그게 어디 사람의 살음 살이라 할 수 있겠습니까? 아니 그렇습니까?」

주천이란 땅딸막한 사내가 저답지 않게 인정이 뚝뚝 떨어지는 말투로 아낙네를 두둔하더니 말꼬리를 노사에게로 드리었다.

「……」

같은 생각이라는 듯 노사도 잠자코 고개를 끄덕끄덕 거렸다.

「바야흐로 아침 나절의 노랫소리가 저녁 무렵에는 곡소리러니…. 애통哀痛하고 비통悲痛하며 원통冤痛하고도 절통切痛한즉, 읍泣으로 읍곡泣哭을 하시건 호號로 호곡號哭을 하시건 아프고도 서러웁게 통(痛·慟)으로 통곡(痛哭·慟哭)을 하시거나 애달프고 슬픈 곡조로 애곡哀哭을 하시거나…, 그저 정가로운 눈물로 원 없이…, 마음 편히 우시도록 하시지요.」

그 말이 고맙기도 하거니와 서럽기도 하였던지 아낙네는 "꺼이꺼이~! 꺼억~꺽~!" 목구멍 너머로 딸꾹질 같은 소리들을 삼켜 가며 울어댔다. 그러다 아예 '철푸덕~!' 엉덩이를 깔고 퍼질러 앉아서는 잠시 동안 목 잠긴 소리로 울어대다가, 당골네가 맨바닥에 놓였던 바가지를 들고 일어서서 안에 담겨져 있던 흙을 한줌씩 손에 쥐고 거적때기 위에다 뿌려대는 것을 보고는, 기겁을 하며 몸을 일으켰다.

「으메으메~!! 하이고, 엄니~!! 엄니!!」

「을랄라~? 시방 엄니헌티다가 흙을 다 뿌리요?」

덕배가 눈알을 동그랗게 뜨더니 주천이라는 사내에게 굴려댔다.

「백팔 번을 외고 나서 저리 행하는 것이라네. 저리 하여야만 망제의 모든 죄업이 소멸되고 서천서역西天西域 연화대蓮花臺로 오르신다 하니….」

「임자 들었는가? 원래가 저렇게 해야 쓰는 것이라는구먼.」

귀가 번쩍 트이는 이야기인지라, 웅칠이가 반색을 하며 그 이야기를 아낙네에게 건네주었다.

「하이고 시상에나…! 시상에나…! 모르겄소. 모르겄소! 저러쿠롬 냉바닥에 누워 기시는 것도 나는 참말 서러운디…, 으메으메 엄니, 엄니…!」

냉골 바닥에 깔고 앉은 밑구녕에 불이라도 난 것마냥 아낙네가 엉덩이를 들썩이며 거적송장으로 다가서려 하였건만, 당골네는 아랑곳 않고 거적송장 위에다 계속 흙을 뿌려댔다. 그러자 말릴 수도 별 수도 없다는 생각이 들었는지 아낙네는 축수祝手하듯 두 손을 모아 비벼대고 바들바들 몸을 떨어 가며 홍얼홍얼 맥없는 소리들을 흐느껴대기만 하였다.

「와 계셨습니까?」

이윽고 흙 뿌리기를 끝마친 당골네가 바가지를 내려 놓더니, 어쩔 줄 몰라 하는 아낙네의 어깨너머로, 주천이란 먹빛 두루마기의 사내와 노사를 바라보며 말을 건넸다.

「……」

노사가 입술을 '꾹…' 다문 채 고개를 끄덕였다.

「참 좋은 일을 하셨습니다, 그려.」

먹빛 두루마기의 사내가 얼굴에 하뭇이 미소를 띠었다.

「아닙니다. 제가 원하여 한 일입니다.」

당골네도 서늘한 얼굴에 미소를 따뜻하게 지어 보였다.

「애기보살께서도 참말로 수고하시었소, 잉.」

덕배가 난화에게 자못 예의를 갖춰 말을 건넸다.

「……」

난화는 대답대신 무표정한 얼굴을 노사에게 돌리었다.

「……」

노사는 이번에도 잠자코 고개를 끄덕였다.

「……」

「하이고 엄니….」

아낙네가 똥 본 오리마냥 어기적어기적 노사와 난화 사이의 미적지근한 침묵 한가운데를 징징거리며 무릎걸음으로 가로질러 거적송장에 바짝 다가들더니 손가락으로 조심스레 흙을 아니 먼지를 불어대듯 "호~호~~" 털어내며 서러운 마음으로 곡哭을 하기 시작했다.

「하이고, 이··, 이·· 이게 뭣이여··. 이게··, 이게··! 하이고 허이고~~! 아이고 하이고~! 하이고 아이고~!」

「헛허…! 하이고何以故라··! 하이고라~! 어찌하여 그러한가? 어찌하여 그러한가? 소이자하所以者何인즉, 아이고我離姑라, 아이고라…!」

되풀이되는 아낙네의 한숨소리와 곡소리에 주천이라는 땅딸막한 사내가 읊조리듯 가느다랗게 혼잣소리를 끄집어내더니 이내 허공을 우러러 노래를 부르듯 가슴을 펴며 말 맵시 좋은 가락들을 붙여댔다. 그 이어지는 품새들을 가만히 들어보니, 아낙네의 한숨 소리 "하이고~"의 대구對句 "하이고"何以故는 석가여래께서 십대 제자 중 해공제일解空第一이라 불리었던 수보리須菩提에게 불법佛法을 설설說說하실 적에 자주 사용하신 문구로 '어찌하여 그러한가?' 라는 물음을 가진 것이고, 곡소리 "아이고~"의 대구對句 "아이고"我離姑는 '내가(我) 시어머니(姑)를 떠나다(離)' 라는 뜻을 가진 것이었으니, 승려도 속인도 아니요 그렇다고 유자儒者도 무자巫子도 아닌 먹빛 두루마기 사내가 아마도 이제 막 머릿속으로 떠오르는 것들을 흥얼흥얼 가락에 얹어가며 밖으로 풀어내려는 모양이었다.

「어이 우나? 어의운하於意云何··? 오호(嗚呼·惡好)라, 좋고 싫음이여··! 어이가 없음에 가이可以 없음이로고…. 내가 떠난 탓이로다. 내가 떠난 탓이로다…. 허나 그 또한 어이 하단 말이던가? 인간사 백천만사가 비비가 유지요(比比有之) 비비가 개연임에(比比皆然), 겪고 나고 행코 나고 돌아보면 그뿐이요, 여차여차如此如此에 우여차又如此이거늘….」

　이어 사내가 '어찌하여 우는가?' 라는 허허공공한 물음을 허공중에 나지막이 띄워 놓고서 비슷한 말소리로 자신에게 물어보듯, 마찬가지로 석가여래께서 제자들에게 불법을 베풀어 주실 적에 자주 던지셨던 '네 생각은 어떠하냐?' 라는 뜻을 가진 '어의운하' 於意云何라는 구절을 그 위에 포개어 얹어 두더니만, 그것에 어울릴 만한 해답을 굳이 찾고나 말고나 할 것도 없이 졸연히 제 머릿속에 떠오른 싫고(惡) 좋고(好)를 떠난 그 해답에 저 스스로가 "오호嗚呼라~!" 하고 감탄하면서 '어이없고 어처구니없는 정도가 가이없다' 즉 '그지없고 헤아릴 수 없다' '가없다' 는 말의 '가이없음' 과 같은 말소리이기는 하되 뜻이 다른 '가이可以 없음' 즉 '없음으로 가可하다.' 는 문구를 혼용하고 변환시키고서는, 모든 일이 '그저 내가 시어머니를 떠난 탓' 즉 '아이고' 我離姑이려니와 아울러 '사람의 일이란 것이 사는 것이나 죽는 것이나 어느 하나 대수로울 것도 없는 것' 이라며 쓴웃음을 지어보이는 것이었다.

　「하이고메~ 뻐드러진 것이 꽈드러지기는 허셨어도 아적까정 따끈따끈거려대는 것도 같은 것이…, 꼬물락거리기도 허실 것도 같은디…. 으메~ 참말로 환장허겄네….」

　나부대대한 아낙네가 거적때기 끄트머리께로 시든 무청마냥 삐주룩이 내밀려 나온 꾀죄죄하고 꼬질꼬질한 노인네 발가락을 만지작거려대는 모습을 보자니 머릿속으로 또 무엇이 떠올랐는지 주천이란 사내의 눈알이 일순간 새카맣게 반짝였다.

　「적(寂·敵)이 입人 하심에 널에서, 곽槨에서 양쪽 발을 밖으로 내어 보이시고…, 하여 그 발을 매만지시니…, 발…? 발을…?」

　그러다 불현듯 좋지 않은 예감이라도 들었는지 '흠칫…!' 하고 저도 모르게 눈썹 끝을 올리더니만, 생각을 모으려는 듯 양미간을 찌푸리면서 혼 잣말 하듯 말을 이었다.

「열 발가락에 발…! 발뒤꿈치가…? 널 밖으로 발꿈치를…! 허면! 평시平時…불소향不燒香에…, 급래急來…, 포포包抱…, 불佛…, 각脚…?!!」

주천이라는 땅딸막한 사내가 흔들흔들 이어지던 말꼬리를 높다랗게 치세우더니만, 갑자기 찬물이라도 맞은 것처럼 몸을 '오싹!' 움츠리더니 얼굴을 일그러뜨렸다.

「으째 그라시오?」

덕배가 주천이란 사내의 낯빛을 살피며 물었다.

「이보게 주천이….」

주천이란 사내의 이지러진 얼굴을 보자니 적잖이 께끄름하였는지, 이번에는 웅칠이가 목소리마냥 한껏 몸을 낮추며 조심스레 물었다.

「평시 한울님 부처님이 유약무有若無 무약유無若有려니 유야무야有耶無耶 일언반구 없으시던 양반께서 갑자기 부처님 발가락 끄트머리를 다 찾으시는 걸 보니….」

당골네가 던지듯이, 주천이란 사내에게 눈길들을 모으고서 지켜보는 사람들의 한 가운데로 말을 굴려 넣었다.

「마침내 바라고 바라시던 기일(其日·期日·忌日) 명일(明日·命日)이 바로 금일今日이라도 된다는 것입니까?」

「…!…」

바라고 바라던 바로 '그날' (其日)이며 정해진 날 즉, 기한期限이 되는 '기일' 期日이 바로 제삿날인 '기일' 忌日이고 '명일' 命日이며 바로 '금일' 今日 아니면 '내일' 來日 곧 '명일' 明日이라니…! 주천이라는 사내가 탄지간彈指間에 '반짝!' 하고 눈알을 차갑게 굴리더니만, 재빨리 고개를 돌려 당골네를 바라보았다. 말은 속여도 눈은 속이지 못하는 것이라 하였음에, 아마도 당골네라면 제 머릿속으로 떠올랐던 말과 그림들을, 아니 어쩌면 제 머릿속을 통째로 꿰고 있을지 모른다는 생각이 갈마들었기 때문이었는지도 모르겠다. 그도 그럴만한 것이 ‘적이 입하였다’ 는 말은 생멸生滅이 함께 없어져 무위적정無爲寂靜하게 되는 ‘입적’入寂이라는 낱말이 머릿속으로 떠오르다가 거꾸로 확 뒤집혀져서 ‘적敵이 들어온다(人)’ 는 말로 전변轉變된 것이고, 곽槨에서 양쪽 발을 밖으로 내보인 것은 이른바 ‘사라쌍수 곽시쌍부’紗羅雙樹 槨示雙趺라, 사라수紗羅樹 아래 이미 열반하신 석가여래께서 늦게 도착한 두타제일頭陀第一 가섭迦葉을 위해 널 밖으로 양발 뒤꿈치를 내어 보이신 것을 말하는 것이며, 마지막 구절 ‘평시불소향平時不燒香에 급래포불각急來抱佛脚’ 은 ‘평시에는 향불을 사르지 않건만 위급해지자 부처님 발을 끌어안는다’ 는 말이니, 이는 곧 ‘임사호천’臨死呼天을 뜻하는 것이라, 이미 하늘을 불러댈만큼 위급한 상황이 다급히도 닥쳐왔음을 예견한 것이었을 터이니 말이다.

「……」

주천이란 사내가 천천히 고개를 돌리더니만, 아까부터 표정 없는 얼굴로 자신을 바라보며 가만히 무엇인가를 골똘히 생각하고 있는 듯이 보이는 난화를 바라보았다.

「……」

「……」

「으메, 양~! 시방 또 뭣을 저들끼리서만…, 으밀아밀 허느냐고…, 도시 뭔 짓거리들이랴? 것 보시오, 당골네~!」

궁금함의 정도가 곧 답답함의 정도라 심히 조바심이 났는지 덕배가 목소리를 높이며 바투 다가들었다.

「음지전陰地轉 양지변陽地變의 돌고 도는 세상사‥!」

당골네가 속을 털어내듯 허공에 한숨을 토해내며 말문을 열었다.

「변變하고도 화化하며 생生하고 성盛하나 종국終局에는 환원還元하나니‥, 그 이치 또한 생주이멸生住異滅인즉‥!」

「거‥, 거시기 시방‥, 말씀 중에 참말‥, 당골네요, 잉~!」

「그러고 보니 어느덧‥.」

곁에서 물색없이 비집고 들어오려는 웅칠이의 말머리를 무심하게 잘라버린 당골네가 '한 호흡' 머금으며 목구멍에다 제 말머리를 붙들어 매더니 초막 바깥으로, 구름 낀 하늘로 먼 눈길을 던져 올렸다.

「해가 중천中天을 지나가려는가 봅니다. 그려….」

당골네가 말꼬리 끄트머리에다 한숨을 짤따랗게 이어 붙이더니만, 눈길을 돌려 주천이란 사내를 바라보며 '빙긋' 미소를 지어보였다.

「으메으메, 뭔‥, 상여 미고 가다가 귀청 후벼대는 소리랴? 속알이 깝깝해 갖꼬 참말로 '확~!' 디집어지시겠네‥!」

「일중日中하면 측昃 하고 월영月盈하면 곧 식食하나니‥! 천지영허도 시와 더불어 소식하거늘 하물며 사람이며 귀신에 있어서랴!(天地盈虛 與時消息 而況於人乎 況於鬼神乎!)」

곁에서 덕배가 왜장질이라도 하려는 것마냥 제 가슴을 쳐대며 곰투덜거렸으나 주천이란 사내는 느닷없이 큰 목소리로 『주역』周易의 괘卦「뇌화풍」雷火豐의 단彖 구절을 소리치듯 읊어댔다. 아마도 해가 중천을 지나가려 한다는 당골네의 말을 듣자니 제 머릿속으로 뉘엿뉘엿 해가 저물어 가는 그림이라도 그려진 모양이었다.

「…?…」

그러자 이건 또 무슨 뚱딴지 소리인가 하였는지 웅칠이와 덕배가 서로 눈만 '멀뚱멀뚱' 바라보며 또 끔뻑끔뻑 거려댔다.

「핫~하하하…! 아닐세…! 그 아니야~! 뇌화雷火가 풍豊인 것을 내 괜한 걱정을 하였…!!?? 하였·· ??!!!」

환하게 떠오르던 생각이 돌연 정반대로 시커멓게 튀어 버린 모양이다. 호탕하게 웃어젖히며 좋은 예감들을 밝은 목소리로 곧장 풀어낼 것만 같던 주천이란 사내가 갑자기 '후뚤…!' 하고 불안해하는 기색을 보이며 나오려던 말머리를 도로 삼켜 넣더니만, 또 무엇이 떠오르려는 것인지 머릿속에서부터 더듬더듬 말머리를 무겁게 끄집어내기 시작했다.

「풍은…? 풍豊은…! 풍자豊者는 대야大也이니··, 궁대자窮大者이 반드시 그 머무름을 잃음(必失其居)이··, 아니··!!아니고…!」

머릿속으로 뜨문뜨문 떠오르는 글귀들이 가리산지리산 거려대는 것이 자못 어질어질하였는지 주천이라는 사내가 점점 어두워져 가는 목소리로 말을 이었다.

「풍豊은··, 풍은 또 풍風이니, 풍風이라, 풍…! 풍…!」

애써 바람을 찾으려는 듯, 허공에다 손을 뻗고 휘적거려댔다.

「풍은…? 풍은…?? 아아~! 팔방八方 팔풍八風이라, 염풍炎風 조풍條風 혜풍惠風 거풍巨風에 양풍涼風 유풍飂風 여풍麗風 한풍寒風조차··! 아아~! 아아~!! 모두 가고 없나니, 휴休하며 빈貧하노니…, 빈은··, 빈貧은 곧 곤困이라··! 아니··!아니!아니지··!!」

휘적휘적 아무리 손을 휘둘러 저어 봐도 지나가는 바람 한 줄기 혹은 머무르려는 바람 부스러기 한 조각 매만질 수 없었건만 도대체 어떻게 먹구름들이 몰려왔는지, 주천이라는 사내는 제 얼굴 위로 뭉게뭉게 드리어지려는 덩이덩이 짙은 구름무리 그림자들을 떨쳐내려고 서너 차례 강하게 머리를 흔들더니만, 되처 말에 힘을 주었다.

「풍豊과 풍風이··, 궁窮하야~! 즉則하야~! 통通하고~! 변變하며··! 거듭에 거듭으로, 전轉하고 전顚하야, 반反하고 반返함에 궁이 궁이 되는 즉··, 몸소 궁躬이라! 몸··, 몸이 몸소··!」

주천이라는 사내가 오한이라도 든 것마냥 갑자기 어깨를 으슬으슬 떨어 대더니 무엇에 이끌린 듯 '스르르~' 초막 구석을 향하여 눈길을 돌리었다.

「시··!! 시時가··! 시屍와 더불어 소식消息하려니 시가 시가 됨이라, 시矢 는 궁弓과 짝을 이루어 몸소, 모··몸에, 화··활이··! 살이~! 아뿔사··!!」

거적송장이 눈에 비치자 예감이 '퍼뜩!' 몸뚱이에 화살이 박히는 섬뜩 한 그림으로 뻗친 모양이었다. 주천이라는 사내의 동공이 팽창되더니 벼 락 같은 눈길을 나부대대한 아낙네에게로 돌리었다.

「흉복凶服에 흉변凶變··! 흉凶 단短 절折에 흉회일인 게로구나··!!」

말은 벌써 입에서 튀어나왔음에 한발 늦게 '아차··!' 하는 생각이 들었 는지 주천이란 사내가 아래턱에 힘을 주어 말꼬리 뭉치를 '꿀꺽~!' 삼키고 는 입술을 '질끈··!' 깨물었다. 그도 그럴 만한 것이 그가 거적때기에 말아 놓은 노파의 시신屍身과 흉복凶服, 즉 상복喪服을 입고 있는 아낙네를 바라 본 바로 그 순간, 천지시운天地時運이 때와 더불어 변화한다는 구절 '여시소 식' 與時消息이 소리는 같으나 뜻이 다른 '여시소식' 與屍消息 즉 '주검과 더불 어 변화한다.'는 구절로 변환되어 머릿속에 떠올랐던 것이며, 흉단절凶短折 이라는 것도 하나씩 떼어놓으면 사람을 상傷하게 하는 흉凶, 금수禽獸를 상 하게 하는 단短, 그리고 초목草木을 상하게 하는 절折이요, 합해 놓으면 '요 절' 夭折을 일컫는 불길한 낱말이거니와 '흉회일' 凶會日 역시 음양가陰陽家에 서는 음陰과 양陽이 상극相剋하여 모든 일이 흉凶하다는 날을 이르는 것임 에, 이 모든 것들이 불길한 앞날을 예견하고 있는 것이었기 때문이었으니 말이다.

「…!…」

그 말들의 뜻을 알아차렸는지 노사가 굵다란 눈썹을 꿈틀거렸다. 그러자 그 작은 움직임이 커다랗게 느껴졌는지 주천이란 사내가 고개를 돌려 노사를 바라보았다.

「……」

「……」

도무지 알 수 없는 소리와 짓거리들이라, 가만히 듣고만 있던 웅칠이와 덕배도 심상찮은 느낌에 눈길을 노사에게로 돌리었다.

「거시기‥, 쩌으기~ 나으리…? 성님?」

어름어름 덕배가 조심스레 말문을 열었다.

「잠자코서 가만히 보고 또 들어봉께요…. 거시기‥, 흉이 단절이면은‥, 흉이 끊깅다는 것잉께‥. 것이 혹…, 혹간이나‥, 좋은 것 아니오?」

덕배가 "꿀꺽~!" 목젖 너머로 깊숙이 침을 삼켰다.

「……」

주천이란 사내가 덕배에게로 천천히 먹먹한 눈길을 돌리었다.

「…?…」

말끄러미 바라보는 주천이라는 사내의 눈길에 '괜히 나서서 아는 척 했나 보다' 싶어 스스로도 무안하였는지 덕배가 뾰족한 아래턱으로 날쌍날쌍 자잘한 수염 몇 가닥을 엄지와 검지로 비비 꼬아대며 고개를 슬그머니 아래로 떨어뜨렸다.

"나으리~! 으르신~~! 대정으른~~!!"

다급한 목소리들이 갑작스레 벼랑길아래의 푸나무서리에서부터 너른 터로 다투어 올라왔다. 그러자 면구스러운 상황에서 벗어날 기회라는 생각이 들었는지 덕배가 재빨리 고개를 들어 초막 바깥으로 눈길을 돌렸다.

「대호 아니여요?」

덕배가 목젖이 볼록해지도록 "꿀꺽~!" 침을 삼키어넘겼다.

「으디? 잉~! 맞네 그랴…! 그란디 저치들은 또 뭣이랑가? 또 워서 데꼬 오는 것이여?」

맞장구쳐 주듯 응칠이가 고개를 빼주룩하게 내밀며 바깥쪽을 내다보더니만, 빠른 걸음으로 벼랑길에서 그루터기 앞쪽으로 달려 올라서는 대호와 뒤이어 낯선 사내 둘을 앞세우고 벼랑길 어귀로 올라서는 한칼이와 천수 그리고 자웅눈이 사내를 발견하고 덕배에게 물었다.

「으디요? 누구 말이요?」

덕배가 초막바깥으로 '끼룩~' 모가지를 한껏 더 뽑아 내밀었다.

「그라게? 첨 보는디요…?」

「그란디 모냥새가…? 으째 쟈들이, 쟈들한티다가 총을…?」

눈알이 뻑뻑하였던지 응칠이가 눈알을 비벼댔다.

「으메으메으메…! 쟈…, 쟈들…! 호호…혹시…! 미…민보군 아녀?」

문득 떠오른 생각에 덕배가 호들갑스레 말했다.

「나으리, 안에 계시옵니까?」

대호가 초막 입구에서 네댓 걸음 떨어진 너른 터 언저리께 바위무리 앞에서 초막 안쪽으로 댕돌 같은 말소리를 던져 넣었다.

「……」

노사는 잠자코 아무런 말이 없었다.

「대정 성님이 안 기신데….」

덕배가 두리번두리번 주위를 둘레거리는 시늉을 해 보이더니 말머리를 노사와 주천이라는 사내에게로 틀었다.

「나으리…? 성님··?」

「……」

어찌 할 것인지를 묻는 소리에 주천이란 사내가 눈길을 노사에게로 돌렸건만 노사는 나직하게 "음~~" 하는 소리를 내더니 아예 눈을 감아 버렸다. 그러자 주천이라는 사내가 선뜻 바닥을 짚으며 몸을 일으켰다.

「나가 보실라고라?」

덕배도 엉거주춤 몸을 일으키고서 다가들며 물었다.

「그럴텨…?」

따라 나가려는듯 웅칠이가 왼손으로 바닥을 짚으며 몸을 기울였다.

「아, 맏상제가 으디, 자리를 다 비울라 그라시오?」

구저분한 옷고름을 오른손에 쥐고서 눈자위를 꾹꾹 눌러대던 아낙네가 바깥으로 나서려는 웅칠이 바짓가랑이를 얼른 붙잡아 당겼다.

「아녀. 임자가 여…, 여 쪼매 당골네허고 난화랑 으르신 쪼까 뫼시고 있드라고, 잉? 나는 요 앞으로다 곧장 나갔다 금새 올 것잉께.」

「하이고~ 분이 아부지~이…!」

「아녀, 아녀…! 걱정말어. 일없응께.」

웅칠이가 매달리듯 달라붙으려는 아낙네를 떼에놓고서 덕배와 함께 서둘러 주천이란 사내를 따라 밖으로 나섰다. 너른 터 언저리께 바위무리 앞에는 대호가 잔뜩 굳은 얼굴을 하고 서 있었고, 그 옆으로 열서너 걸음쯤 떨어진 너른 터 가운데께는 자웅눈이 사내와 남이, 그리고 한칼이와 천수가 덩저리 커다란 사내와 몸피 작고 머리통 커다란 사내에게 칼과 화승총을 겨누고들 서 있었다.

「하이고야~! 안녕들 하싱교? 고마 올라오는 길이 지렁이 똥줄기맹키 꼬물락꼬물락 깨끌막져 가꾸로 억수로 얄궂네예…. 고생들이 많으시지예? 아침 진지들은 자셨능교? 우와따메~! 여…, 여는 바람이 우아래께로 까마득하이…, 소상팔경瀟湘八景이 어데, 여 아인지 몰겠네예…. 안들 그렇교?」

몸피 작고 머리통 커다란 사내가 대뜸 잰걸음으로 다가들면서 곱작곱작 머리 숙여 인사하고는 이쪽 대답은 아예 들을 필요도 없는 사람마냥 살갑게 굴어댔다.

「어디서 오신 분들이신가?」

본숭만숭 아랑곳도 않으며 주천이란 사내가 대호에게 물었다.

「장군바우 쪽서 올라왔구만이라.」

한칼이가 재빨리 대답했다.

「장군바우면…? 으메으메…! 민보군이 맞는갑소, 잉~!」

「가만있어 봐아~!」

옆구리에 달라붙으려는 덕배를 웅칠이가 밀치듯 떼어냈다.

「아아~ 아이~! 그 아니라예! 그카지 마이소, 마!」

양 손에다 "호~호~" 더운 김을 불어 가며 오뉴월 파리새끼마냥 손바닥과 손등을 비비적거려대던 몸피 작고 머리통 커다란 사내가 그 광경을 보고서 손사래를 쳤다.

「고마, 꿍딴 셈이 있어가 온 게 아니고예…. 저들 군관 나리가 시켜 가가…, 고마 요짝 나으리님한테 말 쫌 전해라 캐서, 그래 온기라예.」

「군관의 말씀이라고요?」

주천이란 사내가 되물었다.

「야.」

몸피 작고 머리 큰 사내가 고개를 끄덕이며 대답에 힘을 주었다.

「……」

주천이라는 사내가 뒷짐을 지고는 어깨와 고개를 삐딱하게 하여서 올려다보듯 몸피 작은 사내 곁의 덩저리 커다란 사내를 살짝 치어다보았다. 고

분고분한 태도에 조심스러운 몸짓으로 두리번거려대는 몸피 작은 사내와
는 사뭇 딴판으로, 자신에게 무딘데다가 보잘 것 없이 기다랗기만한 칼과
즉발식即發式이 아니라서 정작 급히 쏘아야 할 때는 쏘지도 못할 화승총을
겨누고 있는 이들이 자못 못마땅하고 시답잖다는 듯, 덩저리 커다란 사내
는 뻗대듯이 팔짱을 끼고 뻣뻣하게 서서는 망둥이새끼마냥 불거져 나온 눈
알을 사방에다가 마구 희번덕거려대고 있었다.

　「고마 거‥, 거서 그라이께 거슬려 가 그라는 거 같은데예‥. 거 쫌 쪼매
쫌 치워 주면 안 되겠능교? 벵장기도 없어가가 싸울라 온 기 아닌데예.」

　「……」

　몸피 작은 민보군 사내가 눈치 빠르게 깐딱거리며 끼어들자 주천이라는
사내가 고개를 가볍게 끄떡거리더니만, 자웅눈이 사내와 한칼이 그리고 천
수를 바라보며 묵중默重하게 '끄덕~' 한 차례 큰 고갯짓을 하였다.

　「그래, 전하실 말씀이 무엇입니까?」

　한칼이와 천수 그리고 자웅눈이 사내가 덩저리 커다란 사내에게 겨누었
던 화승총과 칼을 차례로 거둬들이는 것을 보며 주천이란 사내가 무덤덤한
목소리로 물었다.

　「아‥, 예‥. 그 뭐‥ 그‥, 그거이 뭔가 카믄예‥,」

　몸피는 작고 머리통만 커다란 민보군 사내가 조동이를 동그랗게 오므렸
다가 펴고는 혓바닥을 날름날름 입술에 침을 잔뜩 바르더니만, 이내 말문
을 열었다.

　「고마‥, 아래짝서 이바구를 요래 '살~' 들어 보이, 이짝 높은 디서 해산
령解散令을 내린지도 꽤나 되었다카고예‥. 또 고빗사위라 거두매질이 머
잖다 캐가, 고마 이 지긋지긋한 난리버꾸통도 거반 애저녁에 넉동이 다 갈
라 카는 것도 같은 데예‥.」

몸피 작은 민보군 사내가 말끝을 머금고서 눈으로 가리켜 주의를 끌려는 듯 눈길을 초막 쪽으로 던져보더니만, 되처 말을 내었다.

「마…, 마음들이야 분하기도 하도 속상키도 하고 또 억울키도 엥간하이 억울키도 할 테지만서도예, 여는 권속眷屬들도 적잖이 있다카던데….」

뻔히 보이는 꾀음질이라도 부리려는 것인지 몸피 작은 민보군 사내가 '한 호흡' 다시 머금으며 괜스레 말마투리를 흐리더니만, '힐끔~' 주천이란 사내의 눈치를 살폈다.

「그라이 고마 고대 접어 두는 기 쌍방 간에 안 낫겠능교? 이리 뼛골 빠지게 싸워 봐야 종내에는 우리만 죽어나갈끼 빤드름할 낀데예. 그라이 요쯤 요래 해가 뱅장기 내리 놓고 직수굿하이 내려가입…」

「아니오!! 우덜은 그리 안 허요. 우덜은 끝까정 싸울 것이요!」

대지르듯, 남이가 민보군 사내의 말꼬리께를 뎅겅 잘라 버렸다.

「…!…」

몸피 작은 민보군 사내가 어처구니없어 하는 얼굴에다 동그래진 눈알을 끔뻑끔뻑 거려댔다.

「오호호호홍~! 시지도 않은 놈의 것이 군내부터 난다더니만…! 뭔 놈의 꼬맹이가 시방 으른들 말씀허시는 디다가 싹수 읎이 갯지렁이 어금니 갈아대는 소리를 다 지껄여대신당가?」

삐딱하게 서서 베슥거리기만 하던 덩저리 커다란 민보군 사내가 돌연 가소롭다는 듯 코웃음을 치더니만, 돼지 껠때청마냥 컬컬하게 목쉰 소리로 비웃적거려댔다.

「시상이 암만 난장으로다 깍두기판이라 혀도 그라지, 꼭 너구리새끼 좆 알만헌 것이 살뚱시럽게…. 아~ 여는 우아래도 읎는가?」

「시방 나가 에리다고 깔볼라 그라는 것이요? 허면 으디 여 쪼깐한 고추

매운 맛 쫌 보시겄소? 잉!」

「으메으메~! 야··, 야 쪼까 보소? 자깝시런 놈 승질머리가 아조 삐죽이 삐죽이 뾰조록헌 것이··, 으른 딱따구리 뺨따구를 치시고는 암코양이 자지까정 베어 자시겄네!」

남이가 발만스레 눈알을 되똑이며 쨍쨍한 목소리로 대서들자 덩저리 커다란 사내가 '이쭈, 요것 봐라?' 하였는지 눈을 휘둥그렇게 뜨고서 손가락으로 남이를 가리키며 벌쭉거려댔다.

「나가 비록 몸은 쪼까 크잖아도요, 여, 여 칼은··!」

남이가 앞으로 나서며 칼 든 손으로 가슴을 두들겨댔다.

「여 쓸개허고 간땡이는 그짝보담 크면 컸지, 짝지 않어라!」

「어이쿠··야~! 흉충이 반흉에다가 흉한 벌거지가 모로 긴다더니만··. 가만 봉께 야가 아조 역적의 무리라 그라는지, 말허는 마디마디들이 아조 징그럽게 까꾸루구마, 잉~!」

덩저리 커다란 사내가 장난스레 제 이마빡을 "철썩~!" 소리가 나도록 세게 치더니만, 치소嗤笑를 머금어가며 이기죽이기죽 밉살스레 지껄여댔다.

「아니오! 역적 아니오! 우덜이 으째서 역적이요? 우덜헌테 역적이라고 하는 놈··! 우덜이 도적이라고 하는 그놈들이 바로 역적놈이고 도적놈들이요!!」

"그만 하거라."

크지는 않았지만 단단한 목소리가 맹꽁이 담아둔 통 안에 들이치는 돌멩이마냥 너른 터로 날아들자 모두들 눈길을 벼랑길 어귀로 돌리었다.

「···!···」

벼랑길어귀에는 지금 막 산 아래쪽에서 올라선 대정이 그루터기 쪽으로 성큼성큼 큰 걸음을 옮겨오고 있었고 그 발치 아래로 두 사내가, 얼음이 박

했는지 불그스름한 귓바퀴를 긁적거려대는 중간키 정도 되어 보이는 사내
와 허벅지에 천 쪼가리를 두껍게 감아 두른 비쩍 마른 사내가 자축자축 힘
없이 잘록거리며 벼랑길 어귀로 올라오고 있었다.

「오셨어라?」

한칼이가 고개를 끄덕였다.

「……」

맞갖지 아니한 듯 대정은 입술을 '꾹‥' 힘주어 다물어 보였다.

「대정‥.」

살피듯 한칼이가 다시 물었다.

「오며 보니 거북바위에서 장군바위 위쪽으로는 아무도 보이지 않던데,
대체 어찌 된 일들인가?」

대정의 얼굴마냥 자못 딱딱히 굳어있는 말투였다.

「야‥?」

'모두 여기 올라왔으니 당연한 것을 무슨 소리를 하려는 것인가?' 하였
는지 한칼이가 어리둥절한 눈으로 대정을 뒤를 따라 벼랑길 어귀로 올라선
두 사람을, 아마도 지난 번에 만석이와 호봉이 등에 업혀 왔던 장군바위 쪽
사람들이 아닌가 생각되는 그 사람들을 쳐다보았다.

「……」

대정이 눈을 가늘게 뜨며 자웅눈이 사내와 천수를 쏘아보았다.

「어서들 내려가 보시게.」

영令을 내리듯 냉연冷然하고 냉담冷淡한 말투였다.

「시‥ 시방요?」

선뜻 내키지 않았는지 우물쭈물 한칼이가 되물었다.

「허면, 그대로 비워 두실 생각이신가?」

「…!…」

대정이 눈썹을 꿈틀거리고는 힘을 주어 오른쪽 눈썹 끝과 말끝을 동시에 비틀어 올리자 그제야 정신이 들었는지 한칼이가 군기軍紀 잡힌 병졸마냥 태도를 바로 하며 머리를 조아렸다.

「야, 대정. 알겠어라.」

한칼이는 얼른 대답하고서 어깨너머로 천수를 바라보며 고개를 끄떡거리더니만, 대뜸 앞장서 우죽우죽 어깨를 좌우로 흔들며 벼랑길로 향하였다.

「허면 나리, 시방 지도….」

천수가 말꼬리를 흐리며 대정에게 '꾸벅‥!' 하고 고갯짓을 하더니만, 한칼이를 좇아 달음질치듯 휭허케 벼랑길 어귀로 발걸음을 떼었다

「뭣하고 있는 게냐? 어서 내려가지 않고!」

대정이 노기 띤 목소리로, 저와는 상관없는 것이고 저는 괜찮다는 듯이 가만히 서서 벼랑길 아래로 달려내려가는 천수의 뒷모습을 바라보고만 있는 남이를 꾸짖듯 잡죄었다.

「네, 나으리.」

평소와는 사뭇 딴판으로 죄어 몰아쳐대는 대정의 태도에 남이 곁에 서 있던 자웅눈이 사내가 오히려 '이크~!' 하였는지 얼른 나서며 남이의 손목을 덥석 잡았다.

「어서 내려가자.」

도중이라는 자웅눈이 사내가 남이를 데리고 서둘러 벼랑길을 향해 발걸음을 떼었다. 마지못해 예닐곱 걸음쯤 내려가던 남이가 돌연 벼랑길 어귀에서 발걸음을 멈추고는 뒤돌아섰다.

「항복은 절대 안 되어라! 열두 물길에 첩첩산중으로요‥! 암만 삼수갑산

三水甲山엘 가다 가서 메골모루에 묻힌다 혀도요! 그랴도 절대로! 절대로 안 되어라~!」

　「남이야··!」

　「놓으시오!」

　말리려는 자웅눈이 사내를 뿌리치며 남이가 목에 핏대를 세웠다.

　「비루허게 목숨 부지허고 사느니 차라리 혓바닥을 깨물고서 디져 부는 것이 나서요! 암요··! 암요!!」

　씨근씨근 엉버티고 어기대며 바락바락 내고픈 소리는 끝까지 다 내지른 남이가 자웅눈이 사내와 함께 벼랑길 아래로 내려갔다.

　「오호호홍~! 뒷꼭지에 쇠똥두 안 떨어진 놈의 것이 참말로 독종에 악종이구마, 잉~! 잉··! 아녀! 그려! 아니다! 너 하고자픈 대로··, 너 꼴리는 디로 으디 맘껏 엇뛰어댕김서 실컷 왈왈거려대 봐라. 죽고 사는 디는 우아래가 따로 읐응게.」

　덩저리 커다란 사내가 콧방귀를 뀌며 뾰족한 말소리로 밉살스레 이기죽 거리고는 헙수룩한 수염다발에 가려진 입술을 실룩거렸다. 그러자 착각인 지 모르겠지만 여태까지는 볼 수 없었던 어떤 섬뜩하고도 강렬한 적의敵意 혹은 끔찍스런 살기殺氣 같은 것이 대정의 눈망울에 불그죽죽하게 일렁이 는 듯이 보이다가 찰나지간 흔적 없이 사라져 버리더니, 대정은 예의 차분 하게 가라앉은 깊숙한 눈으로 덩저리 커다란 사내를 바라보았다.

　「흠흠···. 아~ 뭣을 그라고서 꼬라보듯이 보지 마시요···! 새앙쥐 발싸개 만한 놈의 것이 말하는 싹퉁머리가 놀놀항게 그라는 것이지···. 여는 뭔 말 도 못하요? 허이구, 저 싹바가지 읐는 놈의 것~! 메밀이 있었으면 낯뿌닥에 갖다 '확~!' 뿌려버렸으면 쓰겄네.」

　덩저리 커다란 사내도 그 기운을 느꼈던 것인지 순간 몸을 움찔거리고 얼쯤얼쯤 거리더니만, 이내 곤두기침을 해대고는 뻔뻔스런 얼굴에 씨그둥한 눈으로, 싸라기밥을 처먹은 놈마냥 짐짓 반말 온말을 섞어 가며 느물느물 게두덜거려댔다.

「그 말씀 하러 오신 겐가?」

감정을 드러내지 않으려는 듯 대정이 목에 힘을 주어 나직한 목소리를 내었건만 오히려 그 억제시킴으로 인하여 분노의 감정이 '으스스~' 더욱 선명하게 느껴졌다.

「하이고메~! 그럴 리가 있겠능교? 괜한 옥생각 마시고예‥,」

몸피 작고 머리통 커다란 사내가 서늘한 가운데로 재빨리 끼어들었다.

「고마, 아래편서 물정을 이리 살 알아 보이 인자 금새로 끝판들을 볼 일이다 말들이 있어가 들렁들렁 어수선하이‥, 여로 이리 급히 와가 이래 이 바구할라카는 것 아니겠능교? 고마 순순하이 마카 머리들을 수그리고 내려오기만 하믄예‥, 온전하이 아무 일도 없을 끼라고 저희 토포군관討捕軍官 나리께서 초토사招討使 나리님한테다 약조 다 받아 낼끼라고 벌써 말씀 안 하셨뚱교? 봐라! 안 긋나?」

몸피 작은 민보군 사내가 등 닿으려는 듯 짤따란 말꼬리를 덩저리 커다란 사내에게 던지며 팔꿈치로 옆구리를 쿡 질렀다.

「잉? 아아~! 나는 것까정은 몰러라. 나는 으쩌다가 고만 부개비가 잽혀 갖꼬서‥, 시방 같이 올라가라고 헝께, 요냥 따라온 것뿐이요.」

아망 위에다 턱주가리를 걸쳤는지 덩저리 커다란 사내가 시건방을 떨어대면서 귀찮다는 듯, 휘적휘적 는질맞게 손사래를 치고는 거드럭거드럭 어깨를 으쓱거렸다.

「봐라~! 봐라‥! 뭐‥, 뭔 소리고?」

몸피 작은 사내가 하늘 천天이라고 읊었으니 덩저리 커다란 사내는 당연

히 따 지地 가락을 내어야 할 것이거늘 어이없게도 마빡에다 내 천川 자를
긋고 앉았으니 똥줄이 탈만도 하였는지 몸피 작은 사내가 발바투 다가들어
나부랑나부랑 엉절거려댔다.

「알았소. 알았소….」

몸피 작은 사내가 되풀이하여 찌긋찌긋 눈짓을 주자 베슬거려대던 덩저
리 커다란 사내도 마지못하여 불쌍하니 한번 봐 주겠다는 얼굴로, 그러나
송도계원松都契員마냥 거만한 얼굴로, 주천이라는 사내와 대정을 한심스럽
다는 듯 내립떠보며 빳빳한 말머리를 끄집어내었다.

「으메, 참말로~! 말귀때기에다가 바람소리도 아니겠구만…, 나가 시방
육고간肉庫間에 들어와 갖꼬 살생을 금허라는 부처님 말씀을 설법으로 풀
어놓으라는 것은 아닌지도 모르겠네…. 그라도 글줄 깨나 읽어 보신 잔반
殘班 정도는 되는 줄로 알았는디…, 인자 봉께 두 양반도 별반 없이 눈썹들
이 연달아 붙어먹은 양반들이었구마, 잉~! 아~ 거시기…! 뭣을 떡허니 봐
갖꼬 '척~' 헐 것이면 '쿵!' 인갑다 허시고들 알아먹으실 일들이지. 암만
우덜이 먼 밥지랄이 났다고서 먹는 둥 마는 둥 밥숟가락 내려 놓고 허방지
방으로다 여까정 올라와 갖꼬 실없이 뻴소리나 지껄지껄 꽝포 놓겠소?」

덩저리 커다란 사내가 입술을 '주욱~' 찢으며 눈썹(眉)이 연달아(連) 붙어
먹은 말귀 어두운 양반들 그러니까 미련한 양반들을 얕보고 또 깔보는 듯
이 위아래로 번갈아 훑어보더니만, 입맛을 "쩝~!" 다시고서 노뭉치로 개
때리듯 슬슬 뒤대며 꼬씹어댔다.

「대부등에다가 곁낫질을 허겠다는 속맴들이 아예 아닌 담에야…. 허기
사 뭣이…, 뭔 놈의, 넘의 말따구니를 듣고서도 당최 들어먹지 않을 양이시
면, 암만 사개가 들어맞아 봤자 송곳으로 태산을 허무시건 지푸래기로 한
강수漢江水를 건너시건…, 것도 이짝 맴이긴 하지만서두요…. 암만 죽기 살

기로 덤벼 봤자 되잖을 일은 하늘이 두 짝이 나도 안 되는 것이요. 우덜 왜 군덜이 월매나 강성헌…」

「우리‥, 왜군이라 하셨는가?」

「…!…」

서리가 돋친 듯 차가운 목소리에, 개 잡아 놓고서도 범 잡은 포수마냥 '우쭐우쭐' 으스대던 덩저리 커다란 사내가 순간 옴찔거렸다.

「외적으로부터 나라를 지키고자 척양척왜斥洋斥倭 벌화伐華의 기치 아래 일어나 싸우고 있는 것이거늘, 어찌 나라의 백성된 자로 의기상투意氣相投는 못할망정 왜놈의 끄나풀이 되어 생민生民에 위해危害를 가하려는 겐가? 개노릇하시기에 부끄럽지도 않으신가!」

대정의 눈동자가 목소리보다 차갑게 반짝였다.

「뭐? 뭣이 어쩌요? 끄나풀에 개노릇??」

덩저리 커다란 사내가 입술 끝을 실룩거리더니만, 이맛살을 찌푸리며 눈썹 끝을 추켜올렸다.

「요 양반이 뱉으면 다 말따군줄 아시는가, 감히 으따대고‥!!」

「뭐여, 시방! 시방, 뭣 하자는 것이여!」

섰 김에 곧장 덤벼들기라도 하겠다는 듯 눈알을 부라려대며 삿대질하고 목소리 높여 을러대는 덩저리 커다란 사내에게 대지르듯 대호가 칼을 반쯤 뽑아들며 앞을 막아섰다.

「뭣이라고라??!!」

덩저리 커다란 사내도 '이런 쓰벌 놈의 것!' 하였는지 이빨을 드러내며 "으르렁~!" 물러서지 않고 짐짓 험악하게 맨손 대신 눈에다 뾰족하게 칼을 세우고는 흘근번쩍 위아래를 훑어보고 노려보았다.

「왜들 이리 소란스러우신 겐가?」

크지는 않으나 묵직한 목소리가 들려왔다.

「…!…」

모두들 고개를 돌리었다. 언제부터인지 노사가 당골네와 함께 초막 앞에 서서는 이쪽 편을 바라보고 있었다.

「하이고야~! 이…, 이 뚝별씨들마냥 와들 그라능교? 고 칼 쫌 쪼매 쫌 집어넣어 뿌소마! 괜히 와가 없는 소리로 발라맞추고 엎어삶을라 카는 것도 아니고예, 귀하신 목심들이 우짜건간에 같이 함 살아 보자꼬 이리 이바구할라 카는 것 아닝교? 진정들 하이소, 마.」

이때다 싶었는지 몸피 작고 머리통 커다란 민보군 사내가 나갔던 파리 왱왱거리듯 잠잠히 가라앉는 사이를 발밭게 비집고 나서며 알랑알랑 너름새를 떨어댔다.

「접사께서도 그만 칼을 거두시게.」

「……」

대정의 권勸에 따라 대호가 한 걸음 물러서며 뽑아든 칼을 거둬들였다. 뽑을 때는 몰랐건만 칼집에 칼을 도로 집어넣자니 "써르릉~!" 하고 쇠를 긁어대는 소리가 나는데다가 햇살이라고는 부스러기 한 톨 찾아볼 수 없었는 데도 "철컥…!" 하고 칼이 완전히 몸을 감추는 소리가 나기도 전에 '번쩍!' 하고 시퍼렇게 얼비치는 칼빛에 눈이 시린 것이, 아마도 삼척추수三尺秋水란 바로 저것을 가리키는 말이 아닌가도 싶었다.

「고마, 작두날에 올라탈라 카는가…. 여가 가르릉이면 가르릉이지, 와 거서 그르릉거리능교? 성깔들이 이리 까칠까칠해가, 어데 이바구 되겠능교? 쪼매 성질들 쫌 죽이 소마.」

「남이사 똥간서 낚시질을 허건 삼승三升 버선을 신고서 못자리를 밟건, 괜한 헛물켜지 마시고 헐 말 다 허셨으면 싸게 싸게 내려가시오. 우덜도 시방 대두리판 준비를 해야헝께.」

몸피 작은 민보군 사내가 가슴을 쓸어내리는 시늉을 해 보이며 말꼬를
트자, 발거리든 발림수작질이든 객쩍은 소리 따위는 집어치우라는 듯 대호
가 무뚝뚝하게 내뱉었다.

「뭐…? 뭐라꼬예? 하이고야~! 보소, 아재요! 쌍과부집에다가 똥넉가래
세울라 카는 것도 아니고예. 어데 설 데가 없어가가 절벽 끝에 설라 카능
교?」

「……」

몸피 작은 사내가 눈길을 잡아당기려고 몸을 지르숙이며 고개를 들이밀
었건만 대호는 눈을 부릅뜬 채로 꼬나볼 뿐 더 이상 아무 대꾸도 하지 않았
다. 그렇게 콧방을 맞자 몸피 작은 민보군 사내는 눈길을 덕배와 응칠에게
서부터 동상 걸린 귓바퀴를 쉬지않고 긁적거려대는 중간키 정도 되는 사내
와 허벅지에 천 쪼가리를 동여맨 사내를 거쳐 주천이란 사내와 대정 그리
고 노사에게로 옮기었다.

「으르신 예….」

몸피 작고 머리통만 커다란 사내가 눈길을 노사의 콧구멍에다 고정시킨
채 "꼴깍~!" 목울대 너머로 깊숙이 침을 삼키어 넘기고는 다리아랫소리 하
듯 말을 꺼냈다.

「고마 사램이의 목숨이 삼 할이 하늘에 달렸고 칠 할이 사램한테 달렸다
카는데예. 참말 이리 아깝게들…, 여…여서 맹문이들맹키로 기냥 윽시글
옥시글 글다 갈라 카능교…?」

「……」

「야…?」

「……」

「으르신예….」

몸피 작은 사내가 두어 걸음 바투 다가들며 되풀이하여 물었다.

「헛허~ 적멸寂滅이라, 어찌 보면 사바세계를 떠나가는 일조차 사람살이의 한 가지임에 필시 분명할 것이거늘…,」

구새 먹은 나무 그림자마냥 한켠에 서서 볼만장만하고 있던 주천이란 사내가 말머리를 허공에 띄워 놓고는 말허리께를 석둑 잘라 머금었다. 그러자 머금고 있는 그 말허리 아래께 모양이 궁금하였는지 몸피 작은 사내가 눈길을 주천이라는 사내에게 돌리었다.

「우담바라 꽃송이도 아생芽生이 우선일 터, 허면…!」

허공에다 말허리를 다시 이어 놓은 주천이란 사내가 이어져 나오려는 말허리 아래께를 가슴팍에 던져주려는지, 몸피 작은 민보군 사내에게로 눈길을 돌리었다.

「그 씨앗부터 깨어지고 썩어져야 할 일이니. 기왕에 가야 할 것이라면 싹을 틔우고서…, 그리 해놓고 가야 하지 않겠습니까?」

주천이란 사내가 하뭇이 미소를 지어보였다.

「하이고야~! 이…, 이 무슨 갱주(慶州) 남산 돌부처님 똥방뎅이 긁어대는 소링교…! 보소, 아재요! 고마 암만 절륜 고루한 문자 써 가 모르고도 아는 소리 멋깔리게 갈겨 쓴다 캐도예, 죽는 것은 고마 고저 죽는 기라예. 그라 이 이…, 자고로, 주유옥갑珠襦玉匣 채려 입고 만인조송萬人祖送으로 귀북망歸北邙을 간다 캐도예…, 누더기 기워 입고 양지 볕 가려 가가 거풍질에 이 잡는 기 훨씬 낫다고들 안 하능교? 죽으면 뭐하겠능교? 안들 그렁교? 그라 이 까꾸로 매달아도 목숨 붙은 이 세상이 훨씬 낫고, 암만 부자라꼬 돈벼락이를 맞아 죽을 석숭石崇이보다도 산 도야지가 낫다고들….」

「가만…! 가만….」

덕배가 갑자기 몸피 작은 사내의 말을 가로막았다.

「와? 와 예?」

「가만, 가만…, 그짝은 쪼까 가만히 쫌 기시오. 성님, 시방 전에 뭔 소리 못 들으셨소?」

헌체로 거르는 막걸리마냥 한창 술술 잘 나오는 말소리를 왜 막는 것인지 따져들기라도 하려는 듯 몸피 작은 사내가 눈을 동그랗게 뜨며 턱 끝을 치켜들었건만, 덕배는 대수롭지 않게 '휘휘~' 손을 내저으며 치워 버리더니 응칠이에게로 말머리를 틀었다.

「뭔 소리?」

응칠이가 되물었다.

「쉿…! 들어 보시오.」

「……」

덕배가 몸을 움츠리며 귀 기울이자 응칠이도 따라 고개를 '갸웃~' 하더니만, 주의를 기울여 소리를 귓바퀴에 모으려는 듯 양미간을 찌푸렸다.

「옴마마…? 징징거려 쌌는 것이…,」

응칠이가 눈길을 대호에게로 돌리었다.

「궁궁이 같은디?」

「으디으디…! 잉~! 그라네! 그라게, 잉!」

덕배도 곁에서 무릎을 치며 장단을 맞췄다.

"잉잉잉‥, 호호‥호…호야‥, 호야…, 잉잉‥잉‥호호야…잉잉…"

벼랑길 아래쪽으로부터 들려오던 징징거리는 소리가 점점 또렷해졌다. 그 소리를 들었는지 대호가 고개를 돌려 대정을 쳐다보더니만, 이내 벼랑길 아래쪽으로 서둘러 달려 내려갔다.

「…!…」

사람들의 눈길도 모두 대호를 좇아 벼랑길 아래쪽을 향하였다.

「흐이구~ 애그러지게 나가 갖꼬 어그러지게 들어온다드만, 참말 가지가
지로 속 썩이고 자빠졌네…. 으째 저 웬수덩어리는 가라니께 안 내려가고
시근벌떡으로다 재수읎게 찌근덕찌근덕 징징거리고 지랄 염병이랴?」

징징거려대는 소리가 꼭 식전 마수에 까마귀 우는 소리 같았는지 웅칠
이가 벼랑길 아래쪽을 내려다보며 말을 던졌다.

「혼차 올라오는디요?」

덕배가 목을 빼어 벼랑길 아래쪽을 기다랗게 내려다보며 말했다.

「잉잉잉잉··, 잉잉····. 잉잉잉···잉잉」

궁궁이가 징징거리며 벼랑길 어귀로 올라섰다.

「아아아…아··저…씨…아저··씨…, 아아아…아저··씨…, 잉잉….」

벼랑길 어귀에서 그루터기 앞을 지나 너른 터를 향해 걸어오던 궁궁이
가 돌연 멈춰서더니만, 무춤무춤 이러지도 저러지도 못하겠는지 턱 떨어진
광대마냥 제 자리에서 끙끙거려댔다.

「왜~에? 아~ 왜 또? 또 뭣이~?」

「아아아아…아니··! 아니··! 아아아…아저…아저··씨, 마마마마··말
고··! 말고··! 어어어어··어진··어진이··아아아아…아…아저씨…!」

역증이 났는지 웅칠이가 이맛살을 찌푸리며 짜증스레 말을 던지자 궁궁
이가 고개를 가로 저어대며 손가락으로 덕배를 가리켰다.

「나…? 나가 시방 으째··?」

누구에게 던진 물음이었던지는 모르겠지만 여하튼 덕배가 되물어보는
바로 그 순간, 저도 모르게 머리칼이 '쭈뼛~!' 어떤 불길한 예감 같은 것이
머릿속을 피뜩 스쳐 지나갔는지, 덕배의 거무튀튀한 얼굴이 갑자기 하얗게
바래져 보였다.

「잉잉잉잉‥ 어어어어어어‥ 어진‥ 어진‥ 어진이‥, 어진이가…!」

「뭣‥?? 어진이? 어진이가 뭘을? 잉? 왜‥?」

「어어어어‥ 어진‥, 어진…어진이‥가…! 잉잉잉잉…!」

궁궁이가 징징대며 벼랑길 아래쪽을 가리켰다.

「복새(卜師) 성님…! 주천이 성님…!」

벼랑길 아래에서부터 호봉이가 비승비속의 땅딸막한 사내를 부르며 다급하게 뛰어 올라왔다.

「가만가만…. 으메으메~!! 저‥! 저!! 어진이 아녀? 잉? 잉?」

호봉이 발치께로, 이제 막 벼랑길 어귀에 올라서려는 대호와 등에 업힌 어진이를 발견하고는 '화들짝~!' 놀라 가슴이 '철렁‥!' 하고 내려앉은 덕배가 덩저리 커다란 사내와 몸피 작은 민보군 사이를 밀치듯 뚫고서 허둥지둥 너른 터를 가로질러 어진이에게 달려갔다.

「아이고, 어진아~! 어진아야…! 어진아~!!」

「옘병허고‥! 아, 왜 사람을 밀고 지랄이랴? 자뿌러지게시리!」

덩저리 커다란 사내가 덕배의 뒤통수에 대고 시룽거렸다.

「요요‥ 요것이 시방‥, 대대‥대체‥, 으으‥으짠 일이다냐? 잉? 잉? 어이, 아야‥! 아가‥!! 어진아…! 어진아야…!」

덕배가 대호의 등짝에 업혀 있는 어진이 몸뚱이 여기저기를 엄벙덤벙 도깨비 기왓장 뒤지듯 만져댔다.

「총에 맞았어라…. 거시기‥, 애기바우를 막‥, 지나가는디…」

허리를 수그리고서 숨을 추스르던 호봉이가 허리를 펴며 대답했다.

「뭐‥뭣이여? 초초초초초‥총에‥?! 총에 맞아 부러??」

마른하늘에 날벼락하고도 오뉴월에 우박 같은 소리라, 덕배의 눈에서 불이 일더니 모가지에 '불룩!' 핏대가 섰다.

「으메으메~! 환장허겄네…! 어이, 아야…! 어진아야…!! 아가~! 이놈아…! 누…눈…! 눈 쫌 쪼까…, 어…언릉…! 언릉 쫌 떠 봐야…!! 잉? 아가…! 아가…!! 으메~! 야…, 야가 당최…, 으…으찌 된 것이요? 잉? 잉??」

안색은 사색이라 낯빛이 흙빛이 되어 버린 덕배가 진둥한둥 서리 맞은 호박잎마냥 축 늘어져 있는 어진이를 안아 내리더니만, 주천이란 사내에게 어질어질 흔들리는 눈알을 굴려댔다.

「……」

주천이란 사내가 가까이 다가와 어진이 상처를 살펴보았다.

「아야…! 아가야! 어진아야…! 여…여…, 애비여, 애비…!! 안 들리냐? 잉? 언능, 언능, 싸게 인나 보랑께…!!」

숨소리를 들으려는 듯 덕배가 어진이 가슴께 귀를 가져다대었다.

「뭣이여? 대체 으찌 된겨? 쉬는 거여 안 쉬는 거여? 잉? 잉?」

간이 콩알만 하게 졸아든 덕배가 아이의 콧김이라도 쐬어 보려는지 어진이 콧구멍에다가 제 뺨따구를 닿을락 말락 바짝 가져다 붙였다. 그러자 그 행동이 제 머릿속으로 ‘죽은 아이 콧김 쐬듯 한다’는 말에서부터 ‘죽은 자식 나이 세기’와 ‘죽은 자식 눈 까 뒤집어보기’ 그리고 ‘죽은 자식 불알 만지기’ 같은 말들을 떠올리게 하였던 것인지, 주천이라는 사내가 께끄름 한 얼굴을 하면서 윗고개 틀고 몸을 일으켰다.

「허이구~ 환장허겄네…. 나가 당최 뭣을 알아야…!」

숨소리가 들리는 것도 같고 안 들리는 것도 같고 또 콧김이 나오는 것도 같고 안 나오는 것도 같아 조마조마 마음 갈피를 잡을 수 없었던 덕배가 고개를 들어 주천이라는 사내를 쳐다보았다.

「으…으짜요? 괜찮지라? 별일 아니지라? 호박잎에다가 된장 한술 싸 발라 붙이면은 금새 나술 것이지라? 그라지라? 잉? 잉?」

엄동설한 피난길에 호박잎은 물론이거니와 된장 한술 있을 리 만무하건만, 그래도 그렇다는 대답을 듣고 싶어 그 대답을 억지 확인이라도 해달라는 듯, 덕배는 주천이라는 사내에게 간절하게 우는 얼굴로 애걸을 하였다.

「……」

주천이란 사내는 아무런 대답도 없이 고요한 눈길을, 핏기 없는 어두운 얼굴을 하고 서있는 당골네에게로 돌리었다.

「많이··, 많이 에럽소? 잉? 잉?」

아무런 말도 없는 주천이란 사내와 당골네를 지켜보자니 애가 탔는지, 그러나 혹시나 부정이라도 탈까 봐서 그러는 것인지, 덕배는 안절부절 그러나 저도 모르게 "쩝쩝~" 소리가 나도록 타는 입술을 다시고는 불안스런 목소리로 조심스레 물었다.

「으··으메 까깝한 거··! 아, 으째··! 으째 말들이 없으요~오··!! 나나나··! 나 보고! 나 쪼까 보고 야그허시오. 잉? 나나나나나··! 나 보고··!!」

아무런 대꾸가 없자 두목답답하였는지 덕배가 울렁대는 제 가슴을 쳐가며 주천이란 사내의 면전으로 다가들었다.

「아, 성니~임~~!!」

「얼마나 되었는가?」

이윽고 주천이란 사내가 차분한 목소리로 호봉이에게 물었다.

「아까참에 그랬는디요.」

호봉이가 대답했다.

「아아아아아··아까··, 아까··! 구구구구··궁궁··궁궁이··와··! 토토토토토토··토끼··, 토끼! 자자자자··잡다··! 잡다··! "쾅!"」

「뭣이여··? 토··, 토끼··?? 이런 니미럴 것··! 시방 토껴가는 것들이 뭔 지랄이 났다고 토끼여 토끼는··!!!」

「…!…」

들자니 기가 찰 노릇이라 덕배가 말추렴을 드는 궁궁이에게 눈을 치켜 뜨고 공연히 야단야단 고함을 쳐대자 궁궁이는 '찔끔!' 거리며 눈을 껌뻑껌뻑 거려댔다.

「워디‥? 워‥워디 쯤서??」

「나나나나나‥나는…! 나‥나는‥! 모모모모모‥몰라…! 몰라…! 어어 어어어‥, 어진‥, 어진‥이‥가‥. 가가가‥‥」

덕배가 눈을 부라리며 목청을 높이자 모든 것이 꼭 제 잘못으로만 여겨지는 것 같았는지 궁궁이가 겁을 집어먹고서 주둥이를 삐죽빼죽 고갯짓을 도리도리 해대며 울먹거려댔다.

「지송혀라. 지가 서둘러 온다고 온 것인디‥.」

대신 막아 주듯 호봉이가 궁궁이 앞으로 나섰다.

「이이‥이를‥, 이를 으쩐다냐‥? 잉? 잉?」

눈앞이 캄캄해졌는지 덕배가 눈을 비비적비비적 거리더니만, 갑자기 떼꾼해 보이는 눈으로 노사를 바라보았다.

「나으리~! 으르신~! 이를…! 이를 으짠다요? 야? 야? 하이고메, 이놈아~! 대체 으디여? 으디를 몇 방이나 맞은 것이여? 미꾸라지새끼마냥 팔팔허게 살아 갖꼬 까불까불 싸돌아 댕기던 놈의 것이 으쩌다 요 모양으로‥! 으메 으메~! 나가 참말로 환장허겄네…!! 앙얼보살이 천벌을 내릴 일이지, 이런 어린 놈의 것을‥!」

노사에게 넋두리를 늘어놓을 것만 같던 덕배가 축 늘어져 있는 어진이 몸뚱이를 부둥켜안아 보더니 여기저기를 더듬더듬 주무르고 쓰다듬어댔다. 그러자 잠자코 그 모습을 지켜보기만 하던 덩저리 커다란 민보군 사내가 마음 한구석으로 뭔가 켕겨드는 것이 있었는지 팔꿈치로 '쿡‥!' 하고 몸피 작고 머리통 커다란 사내의 옆구리를 살짝 찔렀다.

「…!…」

몸피 작은 사내가 덩저리 커다란 사내에게로 고개를 돌렸다. 그러자 덩저리 커다란 사내가 몸피 작은 사내의 발등을 지그시 밟으며 '찌긋' 눈짓에 턱짓으로 앞쪽을 보라고 가리키더니 가지 따먹고 외수外數 하듯 시치미를 떼고서 모른 척 아닌 척 말을 던졌다.

「허이고~! 으쨌스까, 잉…! 아아가 아적‥, 한창은 에려 뵈는디…. 겁나 징그럽게‥, 징허시게 속상허시겄네. 아, 그랑께 진즉에들 내려 오실 일이지….」

「서둘러 안으로 모셔야 하지 않겠는가?」

「예, 나으리. 자, 어서 안으로 옮기세.」

덩저리 커다란 사내의 이야기를 못 들은 것인지 아니면 듣고서도 무시하는 것인지 노사가 주천이란 사내에게 말을 건네자 주천이란 사내가 그 말을 받아 호봉이에게 건넸다.

「하이고, 어진아…! 잉…. 이이‥이를‥, 이를 으짠다냐, 잉‥?」

호봉이가 들쳐 업으려고 어진이에게 다가들자 덕배가 앙가조촘 호봉이 등짝에다 어진이를 업혀 주면서 주둥이를 달싹거려댔다.

「쯔쯔쯔쯧…! 참말로 기가 찬 놈의 것이‥, 거미줄에다 모가지를 매시고 송편으로다 메가지를 딸 노릇이구마, 잉…! 암만 하잘 것이 읇이 비루먹은 목심이라두 그라지, 어린 것이 뭔 놈의 죄가 있다고 저 모냥이랑가? 죄다 앞뒤 분간 못허는 으른들 죄지‥. 애매한 두꺼비 떡돌멩이에 치인다더니만 으디 떡두꺼비 같은 아들놈만…! 참말로 엽자금棄子金에 동자삼童子蔘마냥 귀허기만 허던 것이, 염라대왕이 저 할애비래도 으짤 수가 없어 뵈는 거이 꼭‥, 에휴휴휴~! 하릴읇이 개죽음일세 그랴, 개죽음…!」

「뭣이여~!! 죽긴, 이 염병헐 놈아 누가 죽었다고 '죽었다. 죽었다' 개소리여? 개소리가…!! 이 개 같은 놈의 우라질…! 개 씨부럴 놈아~!!」

덩저리 커다란 사내가 차마 못 볼 것을 봤다는 듯이 팔짱을 끼고서 고개를 절레절레 흔들며 혀를 "끌끌~" 차고 짐짓 안타까워하는 투로 말하였으나, 사람 지저분하기가 워낙 오간수五間水 다리 밑이라 그것이 꼭 이기죽거리며 염장을 질러대는 것만 같았는지, 덕배의 눈에서 돌연 불꽃이 튀었다. 여물만 먹고 사는 순둥이 같았던 덕배가 불 난 강변의 덴 소마냥 콧김을 "씩씩~" 뿜어대면서 눈구석에다가 쌍가래톳을 세우고 길길이 날뛰어대자, 덩저리 커다란 사내도 순간 당황스러웠는지 저도 모르게 옴찔거리면서 '주춤…!' 뒤로 물러섰다.

「오냐~! 너~! 너들! 이…! 지 에미랑 붙어먹다 급살을 맞아 디질 놈의…! 개 후레 아들놈의 육시럴 놈의 천하 잡열의 자슥…!! 너! 너들 땜이여! 이…, 이 우라질놈…!!」

덕배가 덩저리 커다란 사내의 멱살을 득달같이 틀어쥐었다.

「이…! 이 처죽일 놈의…, 회쳐먹을 육시럴 놈…!! 으짤 것이냐? 내 새끼! 금쪽 같은 내 새끼 으짤 것이여? 잉? 잉??」

「아니, 요 양반이 고새 돌으셨는가? 으째 나헌티 이러시는가? 잉? 이…, 이것 놓으시오!」

덩저리 커다란 사내가 꼭 요령搖鈴 도둑놈마냥 눈알을 커다랗게 굴리며 위로 치켜뜨고는 몸을 뒤로 빼면서 양 손으로 덕배의 손목을 내리쳤으나 덕배가 워낙 단단히 움켜쥐고 있던 터라 도리어 제가 앞으로 고꾸라질 뻔하였다.

「에고고…!」

「못 놓겄다, 이놈아! 그리어! 나가 시방 염병헐 놈의 꼭지탱이가 '확~!'

돌아버린갑다! 그랴서? 그랴서 으짤 것이냐? 이놈! 이··, 드런 년의 밑구녕
서 오줌에 씻겨 나온 똥만 못헌 놈!!」

덕배가 악장치며 손아귀에 힘을 주어 힘껏 비틀어 올려 쥐었다.

「이~잉? 이··이것 참말··! 시방 참말 안 놓을 것이여? 잉? 이것 안 놔? 못
놔? 이잌~!」

덩저리 커다란 사내가 뿌리치려고 덕배의 손목을 잡고 좌우로 비틀어댔
으나 덕배도 기를 쓰고 틀어쥐었다.

「못 놓는다, 이놈아! 이 똥물에 튀겨 죽일 놈아! 안 놔, 이놈아! 이··이 뜯
어먹어도 시원찮을··, 화냥년 밑구녕으로 나온 놈··!」

「이잌~! 잌~! 노··놓으랑께··!!」

「하이고야~ 이이··, 와들 이라능교? 고마, 손들 놓으소 마.」

진드기와 아주까리가 맞부딪친 것마냥 겯거니틀거니 드잡이질하며 엉
켜 붙은 덕배와 덩저리 커다란 사내를 떼어 놓으려고 몸피 작은 민보군 사
내가 제 커다란 머리통을 들이밀며 끼어들었다.

「너··! 너는 뭣이여? 너 시방 절루 안 가냐? 안 가??」

덕배가 몸피 작은 사내에게 눈알을 디굴거리며 쏘아붙였다.

「이런 니미럴 것! 참말 안 놓을 것이냐? 잉? 것 놔··! 놔··!!」

덩저리 커다란 사내가 용을 쓰듯 제 몸을 비틀어가며 소리쳤다.

「어림 개나발도 읂는 소리마라 이놈아··! 안 놓는다! 못 놔, 이놈아! 디져
도 못 놓고 디져도 안 놓을 것이다, 이 염병헐 놈아! 그랴··! 이 우라질 놈의
오사리 개잡놈아··! 너··! 너 오늘 '확~!' 디져 불자! 잉? 나랑 같이, 잉! 나
랑 같이 디져 불자고! 디져··! 디지자고··!!」

「놔··! 놔! 놓으랑께··!!」

「디지장께! 디져라, 이놈아··!! 디져!! 디져!!!」

덕배가 지랄발광 네굽질로 바락바락 악바리 악돌이 악쓰듯이 악다구니를 퍼부으며 발버둥 치듯, 한번 물면 절대 놓지 않는 싸움개마냥 멱살을 움켜쥔 손에 바둥바둥 매달려댔다.

「키아아~악~!!!!」

갑자기 소름끼치는 비명소리가 너른 터를 찢어발겼다.

「……」

펄펄 끓어오르는 가마솥에다가 우물에서 길어온 얼음냉수 한 동이를 부은 것마냥 사위가 갑자기 고요해졌고 사람들은 모두 눈길을 그 비명의 주인에게로 돌리었다.

「싸싸싸…싸우…, 싸우…지…, 마…. 싸싸…싸…우…지…마…마…」

궁궁이가 호봉이 등 뒤에 숨듯이 서서는 김칫국 채어먹은 각설이마냥 몸을 '덜덜…' 떨어가며 쭈뼛쭈뼛 찡얼거려댔다. 바로 그때 덕배의 손아귀도 잠시 느슨해진 모양이다. 덩저리 커다란 사내가 "에잌~!" 하며 덕배의 손목을 비틀고는 패대기치듯 거칠게 뿌리쳤다.

「으메, 씨벌놈의 것~! 같잖은 간재미가 뭣이 석자라드니, 으디 째바리도 안 되는 양반이 감히 으따 대고…!」

덩저리 커다란 사내가 의기양양하게 손바닥을 털어대고는 "쨕!" 소리 하마디 내지 못하고 뒤로 '발랑' 나가뻐드러져 앉은 덕배 옆에다가 침을 "찍~!" 하고 잇새로 갈기고는 갉작갉작 비웃적거리기 시작했다.

「으디 똥개 새끼도 아닌 것이 흘레하다 벌떡벌떡 눈깔이 헐레벌떡 디집어져 갖꼬 똥구녕에 뭣 찔린 찌러기 새끼마냥 빡빡거림서 엉겨붙더만…, 시방은 으째 서리 맞은 삐약이마냥 쪼가 힘드신 모냥인갑소, 잉~. 마빡으로다 식은땀도 흘리시고. 으쩌요? 고로코롬 얼갱이 내어놓고 한데 앉아 기시다가 횟대찜에 삐직삐직 피똥 썪어 안 싸시겠소?」

「그만하시게.」

쇳소리마냥 카랑카랑하고 단단한 말투였다.

「…?…」

덩저리 커다란 사내가 왼쪽 눈썹을 꿈틀거리며 치켜세웠다 내리더니만, 이내 목소리의 임자에게, 뒷짐을 지고 꼿꼿이 서있는 노사에게로 곁눈질을 돌리었다.

「오호~ 고로코롬 째리고 보싱께 나가 무쟈게 겁나브요, 잉~.」

똥뀐년이 바람막이 서는 것마냥 덩저리 커다란 사내가 몸을 뒤로 젖히어 삐딱하게 펴면서 시물시물 웃어 보이며 조동이를 모아 "뿡~" 하고 가볍게 사가품을 날리고는 '너 따위 늙은이가 감히 무엇을 어쩔 것이냐.' 는 듯이 밉살맞게 빈정거리더니만, 몸피 작고 머리통 커다란 민보군 사내에게 말머리를 틀었다.

「여는 참말로 어린놈의 새끼나 나이깨나 자신 양반들이나 할 것 읎이, 죄다 성깔 무서운 양반들뿐이구마, 잉. 안 그렇소?」

「고마…, 고만 하소 마….」

몸피 작은 사내가 저가 보기에도 덩저리 커다란 사내의 방자함이 심히 지나치다 싶었는지 곤혹스러워하는 얼굴로 말리듯 말을 건넸다.

「뭣을 고마, 고만고만이라고라? 잉~! 잉! 알겠소!」

개새끼 밉다니까 우쭐거리며 똥 싸지르는 것마냥 덩저리 커다란 사내가 눈을 불량스레 치켜뜨고 삐딱하게 되묻더니만, 알았다는 듯 "아하~!" 하며 고개를 끄덕 또 끄덕거리며 턱 끝을 덕배에게 겨누었다.

「으짤라요? 고마, 고만고만헌 것 같은디 으디…, 그 짝이 배기나 나가 배기나 함 더 해보실라요? 지는 놈은 여서 '학~!' 메가지를 '똑….'」

「네 이놈! 당장 그만두지 못할까…!!!」

이제껏 잠자코있던 노사가 노기충천怒氣衝天하여 노발대성怒發大聲으로
벼락 같은 불호령을 일갈一喝하였다.

「…!…」

너나없이 모두가 놀란 눈으로 노사를 바라보았다. 바라본즉 노기怒氣가
잔뜩 서린 얼굴에 노기怒氣가 등등騰騰하고 충충衝衝하여 노발충관怒髮衝冠
이라고, 글자 그대로 노여움으로 곤두선 머리털이 가히 관을 추켜올릴 만
한 모습을 보이고 있었다.

「아아아아…아…저…, 아…저……씨……. 아아아아아…저…씨……」

점점 안으로 기어들어가는 궁궁이 목소리가 무섭도록 고요한 사이를 비
집고 나와 너른 터를 맴돌기 시작하자 사람들은 그 목소리가 가리키려는
것으로 눈길을 돌리었다.

「…!…」

넋이거나 얼이거나 실혼失魂하고 낙백落魄하야 그것을 놓아 버린 것인지
놓쳐버린 것인지 아니면 빠져나가 버리거나 잃어버린 것이었던지 여하튼
눈앞이 수리수리하고 정신은 가물가물하여 아무 생각이나 느낌 없는 사람
마냥 그저 '멍~' 하니 입을 '헤~' 벌리고서 나가뻐드러져 있던 덕배가 멧
부리에서부터 노사의 어깨 위로 떨어져 내리는 불호령의 되울림 소리 부스
러기들을 푸석푸석한 고갯짓으로 더듬거려대더니만, 이내 뜨물에 빠진 바
퀴마냥 몽롱한 눈알을 굴려대며 은은히 사라져가는 잔향殘響들을 느릿느
릿 좇아 헤매고 있었다.

「잉잉잉··잉잉잉…, 구구구…궁궁··, 궁궁이…, 무무무…무서··, 무
서…. 그…그…!그러…그러지··, 마마마…. 마…. 잉잉··잉잉….」

「……」

덕배가 잦아지는 소리만큼 흐릿한 눈으로 궁궁이를 바라보았다.

「어어…어진…이‥, 진이‥, 진‥‥이‥, 아‥‥아‥저…씨‥, 씨…」

궁궁이가 울먹울먹 불러댔건만 덕배는 고개를 비스듬히 옆으로 틀어 올리며 자신을 내려다보는 주변 사람들에게로 멍멍한 눈길을 돌리었다.

「……」

하늘에 떠있는 잿빛 구름덩이를 바라보듯 그렇게 잠시 오도카니 자신을 내려다보는 사람들을 올려다보던 덕배가 호봉이 등에 업혀있는 어진이에게 허허한 눈길을 옮기었다. 그러다가 무엇에 홀린 사람마냥 '스르르…' 아니 비트적거리며 몸을 일으키더니 '허든허든' 어진에에게 다가들었다.

「서‥, 성님‥!」

저를 향해 다가오는 것만 같았는지 호봉이가 순간 '흠칫~!' 하고 얼쯤얼쯤 거려댔으나 그러거나 말거나 덕배는 그냥 그대로 다가서더니만, '파르르…' 경련이 이는 팔을 들어 마디마디 울툭불툭 북두갈고리마냥 거친 손가락으로 축 늘어져 있는 어진이의 머리통과 등짝을 부드럽게 쓰다듬고서는 어깨에서 팔과 손등을 거쳐 고사리 같은 손가락 마디마디들을 하나하나씩 어루만져댔다. 그러다 급작스레 다리에 힘이 풀려버린 듯 휘우뚱거리더니만, 무릎이 꺾이며 허물어지듯 그 자리에 '철퍽~!' 무너져 앉았다.

「성님~!!」

저도 모르게 튀어나온 호봉이 외침 소리에 고개를 쳐들고서 바라보는 듯도 하였으나 덕배는 두 손을 모으듯이 가슴에 품어 안더니 "쿵~!" 하는 소리가 너른 터를 울리도록 머리통을 땅바닥에다 짓찧어댔다.

「어이~아야‥!아퍼야‥!」

두어 걸음 떨어진 곳에서 웅칠이가 소리쳤다.

「이잉‥?쟈가 시방 뭔 지랄을‥!」

「두시지요….」

콧김을 세게 "킁~!" 하고 내뱉고서 덕배에게 다가가려는 웅칠이를 한마디 단조로운 목소리가 붙들어 세웠다. 한 걸음 떼려다 제자리에 '우뚝…!' 멈춰선 웅칠이가 똥그란 눈길을 목소리가 나온 쪽으로, 깊숙한 눈이 타는 듯 빛나고 있는 주천이란 사내 쪽으로 굴렸다. 거기에는 목소리의 임자인 당골네가 해쓱한 얼굴에 유난히 붉게 보이는 입술을 꾹 다문 채 천천히 고개를 가로 저어대고 있었다.

「…!…」

잠시 웅칠이가 당골네와 주천이라는 사내를 물끄럼말끄럼 바라만 보는 사이, 덕배는 오로지 자신에게 가하는 고통만이 자기가 할 수 있는 유일무이한 위무慰撫인 것처럼 고개를 처박고 엎드린 채 어깨를 들썩거릴 때마다 "흐으~흐~~흐으~~으~" 자신도 모르게 가슴팍에서 배어나오는 숨앓이 소리에다 "꺼어~억! 꺽~!" 그 가슴을 쥐어뜯을 때 새어나오는 목울음 소리를 섞어 가며 참절비절慘絶悲絶의 몸부림으로 "버걱~버걱~" "북북~" 얼어붙은 땅바닥에 낯짝을 거칠게 문지르고 갈아대기 시작했다.

「야~이…! 이… 이놈아~! 이…! 이 미친놈아~!!」

웅칠이가 제 자리에서 고래고래 악을 써대자 그 소리를 들었는지 덕배가 일순 '무르춤…!' 하더니 천천히 몸을 일으켜 세우며 고개를 들어 눈구름 가득 애애靉靆한 하늘을 올려다보았는데, 갈리고 찢겨진 이마빼기와 광대뼈에는 살갗이 너덜너덜 거려댔고 벗겨진 시커먼 얼굴 가죽에서는 핏물이 불그죽죽하게 배어 나오고 있었다.

「…!…」

그 모습이 참으로 기가 막히기도 하고 생게망게 하였는지 웅칠이도 더 이상 입을 떼지 않고서, 아니 떼지도 못하고서, 납작한 콧등을 손등으로 문질러대며 콧잔등이만 찌긋 또 찌긋거려댔다.

「……」

덕배는 두 손을 무릎 위에 가지런히 올려놓고서 두 눈을 끔뻑끔뻑 거리더니만, 모가지를 길게 빼고서 아가리가 찢어지도록 관자놀이에 핏줄이 '울뚝…!' 불거지도록 얼굴을 일그러뜨려 가며 소리 없는 비명悲鳴을 끔찍스레 내질러댔다. 그러자 시나브로 핏물이 내비치려는 너덜너덜한 얼굴 위로 입김과 콧김이 뿌옇게 서리더니만, 이미 그렁그렁해진 눈동자에는 화석化石처럼 굳어 버린 사람들의 조각조각이, 원寃보다 뜨겁고 한恨보다도 싸늘한 절규에 부딪히고 부딪혀 깨어지고 부수어진 파편들이, 어느 사이 깊숙하게 박혀들고 있었다.

아홉째 마당

하늘 소沼 한 귀퉁이에다가 먹을 풀어 놓은 듯 먼 곳으로부터 가까이로 바람 물결을 따라 일렁일렁 짙거나 혹은 여리게 번져 나오는 구름덩이 아래로 절반쯤은 투명하고 절반쯤은 뿌유스름한 낮달이 제 딴에도 조금은 이르다 싶었던지 몸을 배스름하게 낮추고서 한갓진 골짜기 아래쪽을 빤도름히 내려다보고 있을 무렵이었다.

굴젓눈이 눈깔마냥 희끄무레한 그 밤의 눈알이 왕왕往往히 종종種種히 산 아래쪽 어딘가에서부터 뜨문뜨문 언뜻언뜻 날아올라와 께끄름하다기보다는 외려 구슬프다 느껴질만한 까마귀 울음소리를 좇아 데굴데굴 성마르게도 바삐바삐 굴러다니는 골짜기, 그러니까 산등성마루 아래 츠렁바위를 에우고 돌아내려오는 조붓한 된비알에서 보자면 가파른 내리받이고 반비알진 산허리께 고샅으로부터 올라오는 돌너덜길에서 보자면 그저 우멍우멍한 올리받이라 여길 만한 드문드문 눈얼음이 잔설殘雪마냥 점점點點이 성깃성깃한 돌너덜길섶 돌무덤 주변으로는 사람들이 몇몇 서성서성 거려대고 있었는데, 멀찌감치서 한눈에 보기에도 어딘지 서먹서먹하다고 느껴질 만큼 서로 외면하듯이 등을 지고 서 있거나 몸을 틀고 쭈그려 앉아 있는 모숩들을 보이고 있었다.

「니미럴 것~! 급헐 것이 대체 뭣이 있다고….」

먼저 있던 돌무덤과 나란하면서도 조금 아래쪽으로, 그나마 하루에 잠깐이나마 볕이 드는 지도 모를 그늘진 곳에다가 비스듬히 쌓아 올린 새 돌무덤에서부터 멀찌가니 떨어진 채로, 어디서 몰래 씨암탉 발모가지라도 훔쳐다 먹었는지 발끝으로 썩새들을 뒤적뒤적 들척거려대고 또 비비적비비적 헤집어대고 서 있던 한칼이가 고개를 삐딱하게 틀면서 무뚝뚝한 얼굴에 어울릴 만한 말머리를 까칠까칠 꺼내들었다.

「인자 시방 금새로…, 해도 질라는디, 아를 꼭 요 시각에 묻어야 쌌는지 나는 당최 모르겄네…. 아, 일몰 전으로다 서산 보고 묻어 놔야 서천 서역엘 간답디요?」

「이잉…? 야는 또 으째 따라와 갖꼬 괜한 트재기를 부린당가? 안 그라믄? 여…, 여 맨바닥에 하냥 고대 뒀다가서 우덜까정 죽고 나면 그나마나 누가 건사헐 것이냐? 너는 시방 고런 것은 원체 생각이 안 드는 것이냐?」

새로 쌓아 올린 돌무덤을 등지고서 하얗게 뿌리내린 눈 잔디 위에 쪼그리고 앉은 채 오른 손으로 턱을 괴고 있던 웅칠이가 턱 끝을 틀어 겨누며 눈을 흘겼다.

「허이고~! 아예 아를 관짝에다가 눕혀 놓고서 혹간이나 흙 뿌릴 띠 흙 떨어지는 소리 듣고 인날지도 몰라 그런다 허시오. 나가 시방 것을 몰라 갖꼬 괜히 그러는 것이 아니잖소? 나의 말은 긍께…, 일단 아새끼를 땅바닥에다 한번 파묻어 놓으면 다시는 끄잡어 낼 수가 없응게, 긍께 시방 서둘지 말았으면 하는 것 아니오…! 자식 놈 하나를 가슴팍에 묻더래도 뭣을…, 쪼까 쫌 더 붙들어 뒀다가서 얼굴이나 몸뚱이나 손꾸락 발꾸락 멀끄댕이 생긴 모냥이나 대그빡에 잘 새겨넣어둬야 낭중에라도 덜 보고잡고 덜 서러울 것 아니겄소. 시방 넘의 깊은 뜻도 모르는 양반이….」

한칼이가 제 가슴팍을 치며 말대꾸하더니 주둥이를 삐죽거렸다.

「……」

들어보니 딴에는 일리 있는 소리다 싶었는지 웅칠이가 입맛을 "쩝~" 다시면서 눈을 끔뻑끔뻑 거리더니만, 하늘 한켠의 낮달에게로 슬멋슬멋 눈길을 돌리었다.

「봉께…. 지물지물허고 어둑부리헐라 그라는 것이….」

앉은벼락을 맞고 앉은뱅이가 되어 버렸는지 새로 쌓아올린 돌무덤 앞에 지지벌개고 앉아 갓난아이 주먹만한 자갈멩이를 손 안에서 조몰락조몰락 거려대다가 뗏밥을 주듯이 "툭…!" 또 "툭…!" 돌무덤에 던져 올려 놓던 덕배가 해가늠이라도 해 보려는 것인지 모가지를 뒤로 바짝 젖히며 곽란癨亂에 죽은 망아지 상판대기마냥 아직 피딱지가 앉지 않아 푸르뎅뎅하면서도 불그죽죽한 낯짝을 들어 검기울어 가는 하늘을 바라보더니만, 콧잔등이를 찌긋 또 찌긋대며 누런 삐드렁니를 퉁겼다.

「거시기가…, 전에는 한참이나 먼 디에만 있는 줄로 알았는디…, 인자 봉께 솔찬히 가찹구마, 잉. 저짝은 쫌만 있으면 벌거죽죽헐라 그라는 것도 같으고…. 아마도 여는….」

갈리어 쉰 듯 거친 소리로 이어지려는 말머리를 '꿀꺽…!' 삼켜 버린 덕배가 우묵해진 눈을 들어 돌무덤 위쪽 산등성마루를, 사람에 비유하자면 어깨쯤 될 만한 곳이니 산어깨라고도 부를만한 츠렁바위 쪽으로 기다랗게 펼쳐진 잡목 숲을 높다랗게 올려다보더니만, 없는 햇살에 눈이라도 부신 듯 미간을 찌푸리며 입을 떼었다.

「여는 낭중에 봄이 되고 여름이 되면 울울하고 창창해 갖꼬서…, 하늘도 잘 뵈지 않고 볕도 잘 들지 않고 별도 달도 빤짝거리는 것을 볼 수 읎을 것잉게…, 겁나 깝깝헐 것이여…. 새소리 물소리에 오가는 산들바람도 매만질 수 읎응 게 더 할 것이기도 허고….」

말을 마친 덕배가 고개를 틀더니만, 앙상한 잡목 사이사이에서 드문드문 하얗게 고삭은 채 말라 쫘드러져 있는 키 작은 나무들을 떼꾼한 눈으로 바라보았다.

「안들 그렇소?」

그리고는 눈알을 반짝거리고서 '한 호흡' 긴 숨을 소리죽여 몸 밖으로 밀어내고는 사람들에게 묻듯이 고개를 돌리었는데, 언제쯤 말라붙으려는 것인지 건드리면 건드리는 대로 물크러질 것처럼 이마빡과 뺨따구니에는 검붉은 진물이 꿉꿉히 배어 있었다.

「흠흠…흠~! 으메 양~! 저놈의 달은 시방 뭣이 또 급해 갖꼬 벌써부터…, 아 은제부터 쩌 있었당가! 인자 곧장 날이 저물라는가?」

눈길이 사뭇 부담스럽기도 하고 낯짝을 마주보고 뭐라 대꾸하기도 무엇한 터라 마음 또한 께끄름하고 뜨악하여졌는지 웅칠이는 대번에 몇 차례 군기침을 해대더니 괜스레 거무끄름한 하늘의 희끄무레한 낮달을 바라보며 말을 던져 올렸다.

「인자 오늘 하루는 다행시레 별 무, 별 탈 읎이 잘 넘어 갈른지도 모르겄소, 잉…. 시방까정 별 일 읎었응께 말이요. 안 그렇….」

「거야 안즉 모를 일이지.」

들떠보듯 아무데나 던져 놓은 웅칠이의 말을 받아 다행스런 걸음으로 한 걸음 옆으로 나아가려는 호봉이의 말꼬리를 한칼이가 반대쪽으로 붙잡아 당겼다.

「야…?」

사뭇 초치는 소리 같은지라 호봉이가 똥그래진 눈으로 되물었다.

「아니어, 아니어. 하나도 걱정허들 말어. 여는 해만 떨어지면 부작때기 한 놈으로도 일당一罰이 백百잉께. 제 놈들도 머리가 돌지 않고서야 틀림읎이 오늘은 이만 별래무탈허게 넘어갈 것이구먼.」

좋지 않게 이어지려는 말소리들은 듣기조차 싫었는지 웅칠이가 얼른 끼어들어 한칼이와 호봉이가 서로의 말머리와 말꼬리를 맞물어대지 않도록 선을 긋고 떼어 놓았다.

「후우~ 참말로‥!」

웅칠이와 호봉이 그리고 한칼이 세 사람이 더 뭐라고 왈가왈부曰可曰否 왈시왈비曰是曰非 그러거나 말거나 상관없이, 덕배가 돌연 그들 가운데로 “후우~!” 하고 모두숨을 내쉬고는 새로 쌓아올린 돌무덤을 바라보며 말허두를 꺼냈다.

「우리 어진이란 놈이 참말로 효자는 효자요, 잉….」

「…?…」

모두들 '뜬금없이 무슨 말인가?' 하고 의아스러워하는 얼굴들로 쳐다보았건만 덕배는 아랑곳 않으며 말을 내어 몰았다.

「나가 인자 먼처 가야 헐 때가 되었응게 저것들만 넘겨 놓고서‥, 자꼬 삼삼허게 눈에 밟혀 갖꼬 도무지 으찌 가야 헐 것인가, 아침저녁 낮밤으로 다 고민에 고민으로 겹 고민을 혔었는디‥, 우리 어진이놈이 참말로 기특시럽게도 이 애비 징헌 맴을 미리 알고서‥, 이 애비 맴 편허게 가시라고 저가 앞서 가버린 모양이네, 그려‥. 그리어‥! 그렇구마, 잉‥! 너를 두고 나 못 가니, 차라리 너가 앞서 훌쩍 간 것이로구나, 잉…. 너가‥, 우리 어진이가 참말로 효자다 효자다. 암~ 암~~.」

멍울멍울 배어 있고 방울방울 맺혀 있는 아픔과 설움을 털어내려는 듯, 하여 아무렇지도 않다는 투로 허공에다가 말들을 던져 올린 덕배였지만 그

래도 마음 한켠이 쓰라린 것은 어쩔 수가 없었는지 말을 마치고서 입을
'꾹…!' 다물기는 하였건만 저도 모르게 저절로 그렇게 되는 것처럼 입꼬
리를 '파르르…' 떨면서 왼고개를 저어댔다.

「……」

사람들은 모두 덕배의 마음이 어떠한지를 잘 알고 있었기에 대꾸는커녕
숨소리마저 죽여 가며 가만가만 귓불들만 만지작만지작 거려댔다. 그러자
저가 먼저 바꾸어야겠다는 생각이 들었는지 덕배가 꾀죄죄한 소맷자락으
로 인중을 '스윽~!' 하고 훔쳐내더니 고개를 쳐들고서 말머리를 바꾸어 꺼
내들었다.

「그나저나 나가 우리 성님 아우님들헌티다가 미안해서 으쩐당가? 이 비
상헌 판국에 나 땜시 괜히 번구잡시레….」

「옴마마…! 도시 뭔 맘뽄새로다 시방 허심허심 갯것전에 홍에(鮸魚) 뭣 같
은 말쌈을 허심시롱 끓어앉아 기신당가?」

'아이구, 다행이구나!' 싶었는지 한칼이가 대뜸 반색을 하며 화색이 도
는 얼굴에다 찌푸려진 이맛살을 가뿐가뿐 그려 넣으며 싫지 않은 소리로
대꾸하였다.

「긍께 성님 생각으로다 우덜 팔자는…!」

목덜미가 뻣뻣하고 찌뿌드드했기 때문이라기보다는 제가 꺼내려는 말
머리에 힘을 주는 것으로 사람들의 이목을 끌어오려는 것처럼 한칼이가
"뚜둑~!" 하는 소리가 나도록 모가지를 좌우로 튕기며 꺾어 보더니 목청을
돋우었다.

「이 풍진 땡볕의 포리새끼들마냥 손바닥을 싹싹 빌어쌈서 빌어빌어 빌
어먹고 구걸구걸 굴러먹을 넘부끄런 놈의 팔자들이고…, 성님 팔자는 혼차
멋들어지게 디져 불어 청사靑史에 길이길이 "아아~! 장허도다, 그 이름하

야, 덕배~!" 요로코롬 냄겨먹으실 놈의 팔자라는 것이시오, 시방?」

　꼬나보듯 눈살을 찌푸린 한칼이가 말꼬리도 삐딱하게 머금더니만, 입을 반쯤 벌린 채 모가지를 좌우로 '휘~휘~' 반 바퀴씩 돌리고는 다시 말문을 열었다.

　「오홍홍홍~! 것은 절대로 안 되고도 못 될 일이고 될 수가 읎는 일이지라! 명색이 이 몸의 심뽀라는 것이 놀부 뺨따구를 처올린다는 심뽄디…, 혼차 고렇게 놔두고 보지는 못헐 것이오. 암~! 함 보시오~!」

　오른손 검지를 앞으로 내밀어 놓고서 옆으로 까딱까딱 거려대던 한칼이가 찌르듯 팔을 '쭉~!' 펴며 손가락 끝으로 끄무레한 하늘을 가리켰다.

　「앗쌀허게, 잉? 함께 디지기엔 허벌나게 좋은 날 아니겄소?」

　「어허~! 그런 말 말어! 말이 씨가 되는 법잉께.」

　응칠이가 '화들짝!' 이마빡의 복사마귀를 옴죽대며 말곁을 챘다.

　「씨야 원래가 뿌려대는 놈들 맴이고 우덜이야 그저 잘 받어 두면 되는 것이지…. 모르셨소? 우리 두범 에미년이 본시 소시적에 구실아치놈 씨받 이였던 거? 하하하~!」

　「이런 미련스런 놈이 도시 또 뭔 소리 헐라 그러는 것이여?」

　「인자 다들 가는 마당인디 뭣을 그라시오? 다 암시롱.」

　가래 터 좆놈마냥 못마땅해하는 얼굴로 삐딱하게 받아치는 한칼이에게 응칠이가 말막음하려는 듯이 한 소리 쏘아붙였건만, 한칼이는 오히려 입꼬 리를 비틀며 '피식~' 하고 웃어보였다.

　「아, 오다가다 눈 맞추고 배 맞추고 살 붙이고 사는 뜨게부부 팔자들이 거반 태반 다들 안들 그렇소? 하하하하~!」

　잎은 잎대로 가고 꽃은 꽃대로 간다더니만 한칼이와 두범이네는 그런 사연이 있었나 보다. 한바탕 웃어젖힌 한칼이가 고개를 들어 하늘을 바라보더니만 이를 앙 다물었다.

「으메~ 양…! 왼종일 요상망칙 환장허게 꺼무충충허네, 그랴….」

말머리를 잔뜩 치세웠던 한칼이가 윗입술을 틀어 올리며 잇새로 "찝~!" 하고 마뜩찮아 하는 소리를 내고서 말꼬리와 더불어 고개도 함께 떨어뜨리자, 사람들은 반대로 고개를 쳐들고서 점점 더 거무끄름해지려는 하늘을 올려다보았다.

「……」

「에히고고고고~! 인자부터는 시방 너거 두 분이서는 말이다….」

마음들이 그무러지어 사위어 버린 불티마냥 침울한 가운데 쭈그리고 앉아 있던 웅칠이가 얘깃거리를 돌리는 것으로 서름한 사이들을 메워 보려는 듯이 일부러 커다랗게 도지개를 틀며 돌무덤 쪽으로 말꼬를 텄다.

「한 밭머리에 태胎를 묻은 것은 아니지만서도 그 못잖게…, 여짝으로다 쌍나란히들 누워 기실 것이니 심심치는 않을 것이다. 긍께 졸랑졸랑 왁달박달 한범이허고 둘이서 성님 아우님 서로 간에 동무들을 삼아 갖꼬 말이다, "흥이야~" "항이야~!" 오구작작 재미나게 놀다가서 낭중이나 혹간이나 은제라도 한울님께 빌고 빌어 이 시상으로 다시 날 것이면 말이여…, 기왕이면 길동이네 율도국이나 필제 으르신 금병도錦屛島로다, 반상적서班常嫡庶 구별 없고 존비귀천尊卑貴賤 차별 없는 좋은 시상서…, 배들 곯지 마시고서, 잘 곳 찾아 댕기다가 추위에도 상하지들 마시고서 한껏, 원껏, 아니 한도 읎고 원도 읎이 실컷 드시고서 뱃가죽이나 두들겨가며 육자배기 두어 자락을 감칠맛으로 잉? 목청껏, 아조 목구녕이 찢어져라 진탕만탕으로 뽀드러지게 뽑아 우는 그런 시상에들 나도록 하거라, 잉? 알겄냐? 잉?」

웅칠이가 나란히 서 있는 두 개의 돌무덤을 바라보며 자조감이 깃든 목소리로 엉뚱스럽게도 한탄하듯 당부들을 하였는데, 가만히 들어 보니 새로

생긴 아래쪽 돌무덤은 어진이의 것이 분명한 것 같았고 또 다른 하나, 그러
니까 먼저 있던 돌무덤은 아마도 한칼이보다 먼저 죽었다는 그의 어린 아
들 한범이의 것이 아닐까 하는 생각이 들었다.

「키키킥…! 그리어! 가 보드라고. 그 시절! 그 시상에~!!」

참다 못 참겠는지 한칼이가 입속에서 새되게 새어나오는 웃음소리들을
내더니만, 팔짱을 끼고서 콧노래를 부르듯이 흥얼거려대기 시작했다.

「가들 보세 가들 보세, 가서 보고 또 가보세.

겁나게덜 가서 보고, 보고 와서 또 가보세.

원제 적에 은제 적에 빙신 되면 못 강께로

가서 보고 보고 와서, 겁나게덜 또 가보세, 키키킥, 키킥~!!」

즈음하야 민간에서 유행하던 참요讖謠 "갑오甲午세 갑오세, 을미乙未적
을미적, 병신丙申 되면 못 가리"를 비아냥스레 하롱하롱 바꿔 부른 한칼이
가 곧 자지러질 것마냥 히죽거렸다.

「니미럴 놈이 "쌔쌔~" 거리기는…. 아, 너는 으찌 된 놈의 것이 매사에
삐끔이마냥 삐딱허니 배배 꼬여 갖꼬서 툭 허면 뜨저구니를 부려쌌는 것이
냐?」

「아, 웃기는 소리들을 허고 게싱께 웃기는 꼬라지가 나는 것 아니겄소!
으째…? 나는 시방 웃지도 못허요?」

응칠이가 눈길을 샐쭉거리면서 타박을 주었건만, 간이 뒤집혔는지 허파
에 바람이 들었는지 한칼이는 대꾸하면서 배꼽노리를 문질러댔다.

「이잉…? 넘의 초상 치는디 웃음이 나오냐 이 썩을 놈아!」

응칠이가 눈알을 빗뜨더니만 디굴거렸다.

「허면 시방 누구마냥 읎는 한울님 불러 쌌고 한숨으로다 울며불며 두 눈
으로 찌질허게 찔찔거려대야 쓰겠소?」

한칼이가 여전히 히죽히죽 잔줄거리며 입꼬리를 틀어올렸다.

「야가 암토야지 왼발꾸락을 빨아 처먹었나? 읊긴 이놈아…!!」

뿔따구가 났는지 웅칠이가 말끝에 '버럭~!' 볼멘소리를 내질렀다.

「한울님이 왜 안 기시냐! 안 기시면, 잉? 읊으시면 시방 너가 워서 나왔냐, 이놈아…! 것이 다 한울님의 공덕으로….」

「허이고야~! 그래 기시다는 양반께서 고로코롬 잉? 우덜 목숨이 죄다 추풍 앞에 낙엽 맹키로 '우수수수~!' 떨어져 나가는 판국인디. 아조 손바닥이 개발바닥마냥 부르트게 빌어댐서 "쪼까 도와주시오. 지발 살려만 주시오." 비명에 가는 아우성 소리가 천지간으로 까마득허게, "왕배야 덕배야" 소리로다 목구녕이 째져 봐라 왜가리새끼마냥 악악거림서 불러싸도 으째 코빼기 한 놈을 안 비치신다요? 하늘이건 땅이건 아니…! 그 사이에 으디라도 기신다면 당최 으서 뭣을 하고 기신다고 "나는 시방 모르니께, 너거들끼리 알아서들 온전히들 다들 디져 부러라." 요로쿠롬 하냥 마냥 구경만 허고 기신다요? 잉?」

「뭐뭐뭐…뭐? 뭣이여…? 으메으메으메…! 이…이런 이 옘병헐 놈 이거…! 겁도 읎이 시…시방, 말허는 꼴 쫌 보소??」

한칼이가 대뜸 제 말꼬리를 자르며 덤벼들듯 바짝 다가서자 놀라자빠지기라도 할 것처럼 몸을 뒤로 젖히며 한 걸음 '주춤…!' 저도 모르게 물러났던 웅칠이가 더듬거려대는 말투마냥 한칼이를 가리킨 손가락을 떨어가며 그래도 제 편을 찾으려는 듯, 눈을 동그랗게 뜨고 주변을 둘러보았다.

「아, 우덜 궁헐 띠 기꾸조차 안 허실 요량이시면…! 고딴 놈의 빌어자실 놈의 양반이시면 오만 욕을 다 처자시고 우아래로 똥구멍이 찢어져라 먹고 싸고 잉? 횟대찌에 토악질로다 주워 먹고 싸고도 모자를 일 아니오!!」

야발스레 악을 써댄 한칼이가 "씩씩~" 뜨거운 콧김을 뿜어댔다.

「허허~~! 이‥, 이‥이놈이 아조‥! 기운이 주둥이로만 뻗쳤는가‥? 눈깔이 아조 '확~' 디집혀져 갖꼬 디질라고 환장을 했는갑네, 그랴‥? 야 이놈아‥! 너 머리 우가 바로 하늘인디‥, 으서 감히 벼락 맞을 소리를‥!」

「벼락이요?? 허이구야~ 좋기도 한 거‥! 겁나 헤푸러지고 으슴프레헌 것이 벼락이를 맞아 디지기엔 허벌나게 좋은 날일세, 그랴! 안 그렇소?」

한칼이가 모가지를 뻿뻣하게 세워 하늘을 노려보면서 그 하늘에 대고 '휘휘~' 주먹질이라도 하려는 듯이 주먹을 꼭 쥐고 소리치더니만, 고개를 다시 웅칠이에게 돌리었다.

「그리어~! 그렇고만이라! 이 몸은 시방 벼락이를 맞아 디질‥, 지랄 맞은 놈의 팔자잉께요. 성님은 여 모진 놈의 옆으로 기시지 마시고 저짝으로 싸게 가 기시오. 지기럴 놈의 금지가 원위 대강허시고 시천주도 겁나 조화정잉께 말이요. 아, 성님은 연세가 불망허시고 만사지도 허셔야 허지 않으시겄소?」

「야‥야‥! 야, 이놈아! 이놈아~!!」

야불야불 끝까지 빈정거려대는 한칼이를 보자니 참으로 기가 막히어, 그러나 뭐라 어떻게 한 대 쥐어박거나 말리지도 못하겠는지 웅칠이가 소리만 "꽥~!" 질리댔다.

「아아아아‥아자‥아자‥아자씨‥.」

보이기에, 새로 쌓아올린 돌무덤 왼쪽 아래편으로 두어 걸음 떨어진 곳에서 돌무덤을 내려다보며 이따금 어깨를 옴죽옴죽 혹은 눈자위를 홈착홈착 거려대던 궁궁이가 더듬더듬 뜬금없는 말머리를 꺼내었다.

「왜에~? 너는 왜 또 그랴??」

괜한 화풀이로 질러 박으려는 듯 웅칠이가 눈알을 부라려댔다.

「저저저저‥저기‥! 어어어어‥어‥진이‥! 아아아‥아자‥씨가‥!」

궁궁이가 걸쭉하게 늘어지려는 콧물을 "훅~!" 하고 들이마시고는 다 헤진 소맷자락으로 코끝을 '스윽~' 훔쳐내더니만, 웅얼웅얼 장마 도깨비 여울 건너가는 소리를 내면서 콧물 닦은 손으로 한 곳을 가리켰다.

「누가? 뭣을…??」

웅칠이가 자못 짜증스레 말을 던지며 그 곳으로 눈길을 돌리었다.

「…!…」

궁궁이가 가리킨 곳, 그러니까 새로 쌓아올린 돌무덤 가장자리의 눈 잔디 위에는 덕배가 꼭 앉은뱅이마냥 엉덩이는 깔아뭉개고 무르팍은 세우고 쭈그려 앉아서 "철퍽…!" "철푸덕…!" 두 손바닥으로 연거푸 돌무덤을 쳐대고 또 쓰다듬어대고 있었다.

「이…이…! 이놈아…! 이놈의 자슥…! 이 천하에 불효막심헌 놈! 이놈…!! 지우 이럴려고…, 지우 이럴려고 시상에 나온 것이냐? 잉? 애비헌티 지우 이 꼬라지 뵈 줄려고 나온 것이여? 잉? 암만…, 암만 뵈줄 것이 읎다고…, 이 천하에 몹쓸…, 우라질 놈아…! 이놈아…!!」

웅칠이와 궁궁이의 눈길이 말문을 틔게 해 주었는지 덕배가 갑자기 치고 쓰다듬어대던 것을 멈추고 말을 쏟아내었다.

「암만 애비 읎는 자식보다 자식 읎는 애비가 덜 서럽다고 혀도 그렇치, 이놈아…! 사람이 이승서 저승으로 오고가는 이치가…, 나올 띠는 고달픈 맘으로 울고 나서, 돌아갈 띠는 자식 놈헌티다 설운 곡조 한 가락을 냄겨 주고 간다는 것인디…. 너는 으찌 된 영문으로다 이 애비만 섧게 울려 놓고 훌훌 앞서 가는 것이냐? 이…이 천하에 불효막심헌 놈…! 이놈아…!」

덕배가 엉덩이를 들썩이며 돌무덤 가까이에 다가가더니 품어 안아보기라도 하려는 듯 그 위에 '와락!' 하고 엎어지더니만, 잠시 흐늑흐늑 거리고는 몸을 일으켰다.

「허이구~ 이 불쌍헌 놈! 이놈! 뭔 놈의 저승빚이 대체 월매나 컸길래…, 복이라고는 조롱복이도 안 되는 놈의 것이, 것마저도 지지리도 읎어 갖꼬서…. 얼굴은 고사허고 젖도 몇 번 물려 보덜 못헌 놈이 뭣을 으찌 찾겄다고! 지 누이도 몰르는 저그메를 저 혼차 으찌 찾겄다고 서둘러 가는 것이냐, 에라~ 이, 무심헌 놈아! 이놈아…! 허이고~! 하늘에 기신 어진어메요~! 이승에 남아 있는 당신 서방 마지막 부탁이요. 나도 곧장 갈 것잉께, 옛정으로 돌아보고 부탁 하나 들어 주소. 저그메를 찾겄다고 머나 먼 길 황천길로 금동은동 어진이가 날 버리고 들어섰소. 밤낮으로 길을 묻고 낮밤으로 물을 건너 낯모르는 어린 아가 혹간에나 찾더래도 "너 누구냐, 너 모른다." 절대 박대 하덜 말고 이리저리 디다보고 요리조리 뜯어보고 쪼그러진 빈 젖통을 쪼물락탁 쪼물락탁 비틀어진 젖꼭댕이 쪼물랑탕 쪼물랑탕 엉겨 갖꼬 쥐어짜던 고사리 손 맨져 보고 눈치코치 살펴보고 냄새라도 맡아 보고, 것으로도 모잘라면 천지신명 힘을 빌어 한울님께 빌고 빌어 혈육지정 모자지간 혼백으로 알아보고 조침조침 빌고 빌며 제발 덕분 비오나니…, 모자상봉 이루소서. 모자상봉 이루소서….」

덕배가 두 손을 가슴 앞으로 모으고서 발원하고 비손하듯 손바닥을 비벼대고는 절하듯 엎드렸다가 돌무덤을 쓰다듬으면서 몸을 일으켰다.

「흐이구~! 좁쌀만헌 까시 한 놈에만 찔려도 "호호~ 앵앵…!" 음살들을 부려쌌고 "으메, 아파 죽을 일이다." 온통 난리법석을 치는 놈인디…, 으찌다가 불콩에를 맞아 갖꼬 얼굴이 온통 핏기가 싹 가싱께…! 허이고~! 팔자 사나운 놈의 것은 쌩 놈의 불에다도 타지 않는다드니만…, 아조 이…, 억장이 무너지는갑네…!」

젖 떨어진 강아지마냥 보채기만 하던 어진이의 모습이 눈앞에서 아르대고 어리대는 것만 같아 가슴이 미어지겠는지 덕배가 가슴팍을 쳐댔다.

「그나저나 또 으짠다냐? 여짝 돌멩이 아래짝은 아조 깜깜헝께 으른 송장
도 무서워헐 것인디…. 해만 지면 무서워 갖꼬 혼차서는 오줌도 못 누러 댕
기는 놈이 깨깡부릴 지 누이도 읎는 데 인자 시방 으쩔 것이여? 아, 재수가
읎을라면 홍시를 먹다가도 이빨이 빠지는 법이고, 솜뎅이에 채이더래도 발
가락이 깨질 수가 있응께…, 긍께 앞뒤로다 잘 살피고 돌라보고 댕기라
구…, 방바닥서도 낙상헐 수가 있응께 얕은 내도 깊이 깊이 건너라고…, 호
랭이 불알 녹을 띠를 조심해야 쓴다고서…, 주천이 아자씨가 참말로 그라
고 그라고서 절대 삼가허라고 신신당부를 혔는디도 으째 일이 요로코롬 된
것이여…! 잉? 잉??」

자꾸만 생각이 차오르자 안타까운 마음을 금할 길이 없었는지 덕배가
이제와 아무런 쓸모없는 미련과 아쉬움들을 씹고 또 씹어댔다.

「운야雲耶 산야山耶…, 사냐, 우냐….」

눈으로는 새로 쌓아올린 돌무덤을 내려다보면서 저편 언덕 너머로 흘러
가는 먹빛 구름마냥 나지막한 목소리로 아마도 업장소멸진언이 아닐까 생
각되는 소리들을 중얼거리며 외고 있던 주천이란 먹빛 두루마기의 사내가
고개를 들어 어슴푸레한 하늘을 올려다보더니만, 예의 그다운 말머리를
‘툭’ 하고 내어던졌다.

「애애(靉靉·哀哀)하니 처처(處處·悽悽)에 참참慘慘하고 구구절절이 절절切
切하기도 함에…, 오호라~! 예가 바로 애 재였구나…!」

귓바퀴 주변을 ‘도르르르~’ 구르듯 맴돌아대는 이 말들을 머릿속에 밀
어 놓고서 하나씩 하나씩 가만히 허적거려 보니, 구름인지(雲耶) 산인지(山
耶) 분별조차 어려운 거무트름한 하늘을 올려다보던 먹빛 두루마기 사내가
제 발치께서 울다가 말다가 그저 ‘흐늑흐늑’ 거려대는 덕배를 내려다보며
소리는 비스름하되 뜻이 다른, 그가 지금 우는 것인지 마는 것인지 “우냐?

사냐?"라는 물음을 가져다 붙여대고는, 다시 고개를 들고서 맞은편 산둥성마루를 바라보며 구름이 많이 낀 상태를 뜻하는 '애애' 靉靆와 슬퍼한다는 뜻의 '애애' 哀哀 그리고 공간으로써 장소인 '곳곳'을 의미하는 '처처' 處處와 구슬프다는 감정을 뜻하는 낱말 '처처' 悽悽를 혼용하여 말장난하고서는, 애처롭고도 구구절절한 사연들이 매우 간절하게만 느껴지기에 감탄하는 말 "애재哀哉라!" 즉 "슬프다!"는 소리가 어울릴 만한 곳 또한 바로 이곳이기에 여기가 바로 슬픔의 고개, 즉 "애哀 재(嶺)가 바로 여기!"라고 말하고 있는 듯이 보였다. 그러나 그 뜻을 아는지 모르는지 혹은 알거나 모르거나 전혀 개의치 않는다는 듯, 사람들은 그저 주천이라는 까마귀 차림의 사내를 물끄러미 바라보기만 하였다.

「어차어피於此於彼에 어차피於此彼요, 이차이피以此以彼에 이차피以此彼라. 나무가 다 타버림에 불이 꺼지는 것이요, 신진薪盡하야 화멸火滅 함에 나오는 연기煙氣가 바로 연기緣起인즉…! 하야 인연因緣 따라 모였던 것이 인연 따라 흩어지는 것이니…. 태어남도 인연이요, 돌아감 또한 인연이라…. 그런즉 선가禪家에서는 나고 죽는 것을 그저 윗도리 한번 입어 보는 것이요, 가랑이진 아랫도리 한 벌 벗어 버리는 것으로 여기라 하기는 하였으나…. 헛허~~! 것도 다만 우매한 뙤놈들 듣기 좋으리는 소리일 뿐…. 일대 고승의 염불 외는 소리조차 들리지 않는 저승에서도 막내아들놈 울음소리는 또렷하게 들린다 하였거늘…. 것이 어디 말처럼 쉬운 일이겠는가?」

얽히고설키는 인因과 연緣을 머릿속으로 떠올리던 먹빛 두루마기의 사내가 불가의 연기緣起와 눈앞에 자욱할 것만 같은 연기煙氣를 뒤섞어 버리더니 혀를 "끌끌~" 차면서 고개를 가로 저었다.

「좋은 디로 갔겄지라?」

말없이 듣기만 하는 사람들이 바로 물독이라도 된다는 듯이 그 뒤편에

서서 자라난 것처럼 호리호리하게만 보이는 호봉이가 씻어 놓은 배추줄기마냥 희끔한 얼굴을 들어 보였다.

「글쎄….」

먹빛 두루마기 사내가 고개를 들어 하늘가 저편을, 거무트름한 가운데서도 볼그무레해지려는 서쪽 하늘을 바라보며 말문을 열었다.

「이른바 법력 꽤나 높으시다는 땡초님들께서도 '해는 반드시 서편으로 지는 것이지만, 넋이야 어디로 가는 것인지 도무지 알 수가 없는 것이로구나.' 하셨거늘. 고작 부처님 발가락 하나…, 그것도 겨우 끄트머리쯤 잡았다가 놓친 이 미욱한 중생께서 어찌 감히 아시겠는가? 오로지 산 사람의 도리로써 그러기를 빌고 또 비는 마음뿐이지….」

말을 마친 주천이라는 먹빛 두루마기 사내가 뒷짐을 지면서 가슴을 펴고 고개를 들었는데, 먼 하늘을 바라보는 그의 불그스름한 얼굴 위로 찰나 지간 극히 짧은 순간이나마 금빛 햇살이 내려앉은 듯 '설핏' 한줌 미소가 비치었다가 사라졌다.

「죄다 허당이여, 허당…! 어림반푼 어치도 읎고, 겉도 읎고 속도 읎고 택도 읎는…, 말짱 황에다가 개거품이란 말이시.」

밑도 끝도 없이 튀어나온 뚱딴짓소리라 사람들이 눈을 동그랗게 뜨고서 말소리 낸 한칼이에게로 눈길을 돌리었다.

「구절에는…!」

"그아악~!" 한칼이가 가래를 돋더니만 "퉷!" 하고 내뱉었다.

「'바람이 지나고 비 내린 나무 위로 서리가 내리고 눈이 온 담에는…, 것이 모다 지나간 뒤로다 나무 한 놈에 꽃이 피면 온 시상이 봄일 것이다' 하셨다는디….」

읊어 놓은 『동경대전』東經大全 「우음」偶吟의 구절 '풍과우과지風過雨過枝

풍우상설래風雨霜雪來 풍우상설곽거후風雨霜雪過去後 일수화발만세춘一樹花發萬世春' 을 따라 절간의 풍경風磬마냥 턱수염 끝에 대롱대롱 매달리고 늘어지려는 침방울들을 손으로 끊어 버린 한칼이가 바지춤에 손을 '스윽~' 문질러 닦고는 다시 말머리를 꺼내었다.

「것이 몽땅 염소 물똥 같은 소리란 말이시…. 아~ 주머니구구에 박 터진다고…, 동녘이 쪼까 번항께 인자 내 시상인 줄로 알고서…, 솔잎이 새파랑께 그저 오뉴월인 줄로만 여기고서 빨가벗고 나섰는디, 안즉 엄동설한에 설상가상으로다 오밤중에 깜깜절벽이었단 말이시…! 긍께 말인즉슨…, 들으니 말씀대로, 나무 한 놈에 꽃이 피고 파랑새 한 놈이 날라댕긴다고 봄이 왔을 리가 만무허단 말이요, 시방…!」

저 혼자 오뉴월 산살구라도 주워들고 깨물었던 것인지 떨떠름한 얼굴의 한칼이가 제 발치께 놓여 있던 나무깽이 하나를 주워 들고는 만지작만지작거려대다가 제 앞에 있는 누군가의 발치께로 내던졌다.

「대낮의 올빼미마냥 쌩눈깔이 멀었던지 멀리서 보이기로는 꼭…, 곤 엿에다가 지짐이 떡인 줄로 알아 갖꼬 얼릉 주워 처먹을라고 달려들었는디, 가차이서 디다봉께 "캬~!" 니기미로 씨부럴 놈의 것이 닭의 똥에다가 쇠똥이었구먼…. 으메 썩은 내~!」

혼잣말하듯 다소 상스럽게 내뱉은 한칼이의 말이 무엇을 의미하는지 잘 알고 있으며 모두들 이미 한 번쯤은 그런 생각들을 해 봤던 것인지 사람들의 얼굴은 하나같이 어두워져있었다.

「그 아니여….」

웅칠이가 그 불편한 침묵의 한가운데로 말머리를 묵직이 내어 몰았다.

「한 놈이나마 있다니께 그나마나 을매나 다행헌 일이냐. 한 놈이 있을 양이면 으딘가엔 알똥 모를똥 꼭 그 짝이 있을 것이고, 그 짝이 있을 것이면 필시로 적시로 짝을 지어 새끼들도 놓줄 것이고…. 허면 은젠가는 떼를 지어 갖꼬 하늘 우로다 새까맣게…, 아조 '훨훨~' 날라댕길 것 아니겄냐? 시방 쪼까 늦더래두 말이다.」

「이런 니미럴…! 차라리 바위산에 올라 갖꼬 우물을 파다가서 목말라 디지고 말 일이지…. 아, 은제요? 죽은 자슥 붕알 갖꼬 쪼물락 쪼물락 호두알을 맨들고서…, 그라고도 한 시절에 한 세상을 지난 담에나 말이지라? 아, 내 새끼랑 성님 음니랑 다 죽은 담에…, 아예 우덜까정 싹 다 디지고 난 담에 개벽인지 개뼉다군지, 것이 오면 뭣 헌다요?」

이맛살을 쨍그리고 있던 한칼이가 눈알을 부라려댔다.

「나가 시방 부르터난 김에 하는 말이지만서도, 우덜이 뭣 빨랐다고 여까정 기올라 왔소? 으짜건간에 살겄다고! 오만 잡놈에 하도 끄달리다 봉께, 더러븐께 살겄다고 물 밖으로 대가리 들이밀고 주뎅이 내밀고서 빼꼼빼꼼 꼴짝거리다 "에라~이, 니미럴 놈의 씨부럴 것…!" 들불처럼 일어나 갖꼬 넘어지고 자뿌러지고 찌부러지고 우짜건간 벌거지새끼마냥 비비적비비적 뭉기적뭉기적…! 그라고도 끝까정 함 살려 보겄다고 핏뚱들을 싸갈김서 이라고 있는 것 아니냔 말이요! 그라믄 사는 것은 뭣이고, 개벽은 또 뭣이요? 사람이 나고 가는 한평생이 종국에는 윗구녕으로 두둑허게 처먹고서 아랫구녕으로 시원스레 퍼질러 싸는 것이지, 뭣이 별놈의 것 있소? 아, 살아생전 내 매누라 내 새끼랑 하늘땅에 옹기종기 밥상머리에 둘러앉아 모둠밥에 따순밥으로 봄보꾸 겨울 동치미 어우러지게 "후루룩 쩝쩝~!" 허는 것이 다가 아니냔 말이요! 안 그렇소? 거시기 뭐…? 뭣이~?? 포덕천하布德天下요? 광제창생廣濟蒼生이요?? 아니오…! 인자 이놈은 서학이고 동학이고 주둥이로 편 가르고 씨부려쌌는 그딴 것은 모르겄소! 이놈은 무식헝께 시방 오로지 한 놈만…!! 암만 천지가 개벽을 허고 개좆을 허건 간에 이놈헌테는 그저 눈앞에 하늘하늘 배창시 두둑허니 따순 밥 한 그릇이 하늘이란 말이요! 나는 인자는 아조…, "한울님, 한울님" 삼칠자 소리에다가 하늘 쳐다보는 것도 참말 징글징글허고 넌덜머리가 난단 말이요!! 으메 씨부럴것~! 하늘도 참말 무심허시지….」

은결들은 한칼이가 제 말과는 다르게 하늘로 고개를 치켜들었다.

「핫하하하~! 핫하하~!」

「을라라…? 남은 시방 피를 토허는 심정으로다 열통이 터져 갖꼬 말허는데, 성님은 뭣이 그라고 우습다요? 나 말이 틀리오? 아, 법푸리 양반께서도 은젠가 우덜 도인이 시방은 거친 옷에다가 초가에 둘러앉아 꽁보리밥이나 처먹음서 도를 닦고는 있으나, 이담에는 능히 고루헌 거각에 앉아 갖꼬 비단옷에다가 쌀밥들을 자시면서 도를 닦게 될 것이다고 말씀 안 허셨소? 긍께 그 말씀도 따지고 보면, 니미럴…!!」

먹빛 두루마기의 사내가 갑작스레 몸을 뒤로 젖히며 큰소리로 웃어대자 씩씩대던 한칼이가 부라린 눈으로 칩떠보며 곧추세운 모가지에 핏대까지 세웠다.

「디진 담의 지사(祭祀)나 살아 식사食事나, 으차피들 다들…! 처먹는 일이 젤로 중히다는 것 아니겄소? 것이 것 아닐 것이면 나가 이제까정 골 쳤다고…! 제우 깨진 쪽박에다가 꿀꿀이죽이나 처먹겄다고 이 지랄 떤 줄 아시씨오? 시방?」

「아아~ 아닐세! 아닐세…! 자네 말씀이 백 천 번은 옳으이…! 자네 입에서 나오는 것이 내 일생지간 읽어온 글귀 나부랭이에 비할 것이 아니니, 내 솔직히 부끄러워 그러는 것이라네. 일찍이 소똥깨나 치우셨다던 목우자牧牛子 지눌 화상和尙께서 옛날 옛날 고려적에 어눌어눌 지지遲遲 눌눌訥訥히 더듬더듬 거려가며 번번番番 누누屢屢이 말씀하시기를…, '까까머리 중놈들이 무엇을 찾겠다고 노상 늘상 한다는 짓거리들이 죄다 죽은 글귀만을 찾아 헤매는 미친 지혜(狂慧)요, 불언불어不言不語의 어리석은 참선(癡禪)뿐이로구나' 하셨더니만…, 이 몸께서는 이제사 맞대꾸로 이르시고 가로시되 '불언佛言은 불언不言일즉 말 같잖은 말을 말 것이며, 불왈佛曰은 왈왈이들 불알이라 그저 이리저리 덜렁거려댈 따름일 뿐이라…!' 하야~!」

얼굴을 활짝 펴고서 손사래를 쳐가며 말을 꺼낸 먹빛 두루마기의 사내가 앞의 말꼬리를 물고 나오려는 뒤의 말머리를 지그시 깨물고서 박자를 맞추듯 "후우~!" 하고 콧구멍 깊숙이 모두숨을 들이마시면서 하늘을 향해 가슴을 폈다.

「언필칭言必稱에 문필칭文必稱으로 만권시서萬卷詩書를 살펴보고 들춰본들 깨알 같은 먹물뿐이려니…, 염불念佛도 오구汚垢인즉, 염불 또한 그 입을 더럽히는 것이요, 일체가 녹비鹿皮에 가로 왈曰, 가이동가이서可以東可以西에 이현령비현령耳懸鈴鼻懸鈴하는 것일 뿐…! 허허~! 기氣라~! 정精이라~!! 돌아보고 풀어보고 다시 보니 하나는 파릇파릇한(靑) 쌀 알갱이(米)를 뜻하는 것이요, 다른 하나는 꿰어 차고 올라앉아 찜 쪄 먹으려는(气) 것이었음에…! 이 몸은 그야말로 술지게미에 취해버린…! 위불위爲不爲 없이 아롱啞聾에 아롱아롱 보잘 것도 하잘 것도 비할 바조차 없는…, 말 그대로 말 벙어리 귀머거리에 졸렬하시고 용렬하신 눈뜬 판수라…! 노새에 올라 앉아 노새를 찾았으며 타고서도 내릴 줄을 몰랐으니…, 스스로를 문일지십聞一知十에 지낭智囊이라 여겼으나, 겨우 반생반숙半生半熟 생무지에다가 일지반해一知半解는 고사하고 유칭호수唯稱好鬚에 훼장喙長만 삼척三尺…, 어두귀면지졸魚頭鬼面之卒의 미련한 밥주머니가 아니었던가?」

먹빛두루마기 사내가 '기'氣와 '정'精이라는 글자를 쌀을 뜻하는 '미'米 자를 중심으로 파자破字해 보이더니 스스로 만족하였던지 입가에 '씨익~'

하고 비뚤어진 미소 자국을 그려 넣고서 한참을 내달리다가 돌연 얼굴빛을 바꾸며 말꼬리에다가 "끌끌…" 하고 혀 차는 소리를 이어 붙이더니만, 눈을 가늘게 뜨고서 먼 하늘을 올려다보았다.

「삼재三才 삼극三極 삼령三靈 삼원三元이라, 모름지기 하늘과 땅과 사람이 한가지로 공을 들이는 것이 바로 쌀이요, 거두어 지은 것은 밥이라. 천하의 모든 소리가 밥을 구하는 소리려니, 밥 한 그릇이 바로 목숨이요, 밥보다 중한 것은 없음이로고…! 그런 즉 만사萬事 범사凡事에 앞서 배부터 채워야 할 것이라 하였은즉…, 이른바 천의인天依人 인의식人依食 만사지식일완萬事知食一碗의 이치가 바로 이것이었음에…, 헛허~~」

고개를 왼편으로 기울이고 보자면 돈오頓悟라 하여 별안간에 문득 진여眞如를 심득心得한 괴승 같아 보이기도 하고 또 고개를 반대편으로 '갸웃~' 하고 돌아보면 지극한 점수漸修 중에 제행무상諸行無常과 제법무상諸法無常의 오의奧義를 깨달은 무명승마냥 허허하게 보이는 것도 같은 먹빛 두루마기의 사내가 숨을 깊이 들이마시어 늘어지려는 말꼬리를 입 안에 머금고서는 왼손으로 제 이마를 짚더니 아랫입술을 깨물었다.

「각근하脚跟下라, 각근하라…! 바로 발꿈치 아래에 붙어 있는 것이었거늘…, 무지몽매하시고 참으로 가련 무쌍한 이 몸께서는 과연 그것을 어디서 찾고자 했던 것인가? 영락없이 달그림자를 잡으려다가 물에 빠진 원숭이 꼬락서니 아니신가? 으핫하하하하~!!」

먹빛 두루마기의 사내가 앙천仰天하고 파안破顔하며 홍연哄然하게 그러나 뼈아픈 회한이 한켠에 깊숙이 박혀있는 커다란 웃음소리를 내뱉었다.

「아아아아…아저…씨…, 배배배…배…고…, 프다….」

"쩌렁쩌렁" 골짜기를 울려대는 먹빛 두루마기 사내의 웃음소리 사이로 새어 들어온, 궁궁이답게 자못 소심한 말소리였다.

「니미럴 놈이 시방 돌아가는 꼬라지를 보면서도 시도 때도 읎이 먹는 타령을 허고 지랄이랴? 지랄은?」

「시방 밥 먹는단 소리가 나옹께 그런갑지~! 아니다. 아니어! 너가 옳다. 참말 너가 옳아…. 언 놈 말마따나 좌우당간 사람은 우선 먼처…, 뭣부터 먹고부터 볼 일이다. 암~ 암~.」

눈알을 부라리면서 욱대기려는 한칼이에게 가볍게 한마디 던져 놓은 웅칠이가 궁궁이에게로 말머리를 틀었다. 그러자 그 눈길을 느꼈던지 궁궁이가 벌겋게 얼어붙은 코끝에서 대롱거리는 콧물을 "훅~!" 하고 들이마시더니 콧등이 간지러웠는지 쥐어짜듯 매만져댔다.

「눈이라도 올라는갑소….」

어느 누구도 아닌 누구에게 던져 놓은 덕배의 목소리였다.

「오기라도 오기는 와야 헐 것이구먼…. 그라녀도 쪼까 있으면 우수에 경칩인디, 으째 흉년이라도 면헐라치면 말이여.」

예사말 같은 그 소리에 웅칠이가 고개를 들고서 눅눅한 잿빛 구름덩이에 잠긴 채 퉁퉁 부어올라 겨우 제 주변만 불그죽죽하게 물들이고 있는 늦은 해를 올려다보았다.

「……」

한칼이와 호봉이도 고개를 들고 눅눅한 하늘을 올려다보았다.

「흐이고~! 요번 겨울짝에는 암껏도 하덜 못혔는디…. 시방쯤이면 진즉에 재거름을 재워 놓고 뽕밭에다가 오줌도 누고 측간서 똥 퍼다가 두엄을 만들었어야 헐 것인디…. 살포를 챙겨 갖꼬 밭고랑당 손질도 허고 물꼬도 내야 허고….」

「작년에 쓰다 냅둔 가래허고 써래허고 극젱이도 손을 봐야 쓸 일이요. 난리통에 있기나 헐까 모르겠지만서도 말이요.」

불현듯 머릿속으로 저 살던 곳에 두고 온 논밭떼기가 떠올랐던 것인지 웅칠이가 모처럼 농사꾼다운 말들을 꺼내었다. 그러자 여태껏 별 말없이 잠자코 서 있기만 하던 호봉이도 입을 떼어 맞장구를 쳐댔다.

「인자 참말로 낙종落種머린디‥, 가래는커녕 으디 파종헐 볍씨라도 한 움큼 있을까 모를 일이네‥. 이라구서 손 놓고서 뒀다가는 호랭이 새끼가 새끼를 치고 귀뚜래미가 풍류들을 안 헐랑가도 모를일이구‥. 말에도 가 설나무네‥, 농투산이는 당장에 죽더래도 씨오쟁이를 베고 죽으라고 혔는 디‥, 흐이구~~」

두고 온 고향땅과 제 본업인 농사일을 생각하자니 앞날을 기약할 수 없 는 처지인 것이 새삼 서글프게만 느껴졌는지 웅칠이가 말끝에다 한숨을 기 다랗게 매달고서 앉은 채로 손깍지를 끼더니만, 몸을 굽히고 앞으로 팔을 '주욱~' 내밀며 "우두둑~!" 손가락 마디들을 꺾었다.

「우리 어진이란 놈은 고은이년이 보리뿌리를 뽑을 적마다‥.」

돌무덤 위쪽에서 산등성마루쪽으로 널따랗게 무리지어 있는 잡목 사이 사이에 드문드문 숨어 있는 듯, 하여 더욱 도드라져 보이기도 하는, 말라 꽈드러진 어깨들을 나란히 하고 서 있는 희끄무레한 보드기들을 물끄러미 바라보고만 있던 덕배가 발치께 떨어져 있는 솔가리 하나를 주워 들고서 만지작만지작 거러가며 입을 떼었다.

「둘이서‥, 꼭 고 옆으로다 착 허고 달라붙어 앉아 갖꼬서 "시게 뽑아라. 꼭 시게 뽑으랑께." 요라구서들 대실백이를 떨어 쌌는디‥.」

입춘 무렵의 농가에서 부지런을 떨어야 할 일들이 요목조목 귀에 들리 다 보니 덕배의 머릿속에는 보리뿌리점(麥根占)을 치며 놀던, 아마도 고은이 가 뽑아낸 보리의 뿌리가 세 갈래로 길게 뻗어 있으면 풍년이 될 것이라고 까불까불 좋아했을 것이고 두 갈래면 그럭저럭 어깨를 으쓱거려대거나 뿌리가 한 갈래로 짤막하면 흉년이 될 것이라고 시무룩해하였을 어진이의 모습이 떠오른 모양이었다.

「제미~ 씨부럴 놈의 것⋯! 고사리도 꺾을 때 꺾어야 쓴다고⋯. 요새 와 자꾸 또 드는 생각이기는 허지만서도⋯.」

죽은 자식에 대한 그리움과 침묵 속으로 무겁게 가라앉아가는 덕배와 사람들의 한가운데로 한칼이가 치세운 말머리를 거칠게 내어던졌다.

「그때 우덜이 정읍하고 고부땅서 한창 기세가 뻗쳤을 때⋯, 긍께 황토현서 전라감영군 놈덜 개박살내고서 승승장구로다 그 여세를 몰아 갖꼬 전주全州땅에 입성했을 때⋯, 거서 지체 읎이 냅다 도성都城으로다⋯, 화친이구 개나발 똥다발이구 뭐구 기냥, 개남 장군님 말마따나 섬 진 놈 멱 진 놈 가지각색 각양각색 어중이떠중이 반편이 온편이 헐 것읎이 싹 다 그러모아 가지고서, 숨을 고르고 뭣을 으쩌구 헐 것도 읎이 기냥 쪽수로다가⋯, 대번에 확~! 다 처밀고 올라갔었어야 했던 것이여⋯!」

한칼이는 작년 늦은 봄, 그러니까 갑오년 음력 사월 하순에 조선 왕조의 본향本鄕이라 일컫는 호남제일성湖南第一城 전주성全州城을 점령하고도 이런저런 이유를 들어 저희들끼리 티격태격 발걸음을 늦추고서 왈가왈부 짝짜꿍이만 벌이다가 싸워보지도 않고 고분고분 성을 비우고 설미지근하게 물러났던 일을 생각한 모양이었다. 당시를 떠올리자니 때를 놓쳐 분하다는 생각이 들기도 하고 또 조정의 회유책에 속아 넘어간 것도 같아 분통이 터지겠던지 한칼이는 말끄트머리를 씹어버리듯 아래턱선이 울뚝해지도록 어금니를 '콱⋯!' 깨물었다.

「염병, 개씨부럴 놈의 것⋯! 아, 공중을 나는 기러기도 길잽이는 한 놈이 헌다는 디⋯. 오소리감투가 열둘이나 되어 농께 다들 뭣이 그라고들 잘났다고서⋯.」

「고만 혀라. 으차피 다 지나가 버린 놈의 것을 이제사 되생각허면 뭣 헐 것이냐? 너 이빠디허구 속창새기만 상허지⋯. 흐이구~! 그라구봉께 작년 겨울에는 보리밟기도 못해 주었네, 그랴. 떠그럴 놈의 것⋯! 으쩐당가⋯?」

말꼬를 다른 곳으로 틀어 버리려는 것인지 웅칠이가 말 중간에 숨을 커다랗게 들이마셨다 내쉬며 말투를 바꾸어서는 혼잣말하듯 허공에다 던져 올렸다.

「⋯⋯」

한칼이와 호봉이 그리고 궁궁이는 고개를 쳐들고서 웅칠이가 던져 놓은 말의 궤적을 좇기라도 하려는 듯, 한 곳에서 다른 곳으로 번져나가는 먹물마냥 제 머리 위에서 건너편 산머리 너머로 빗겨 흘러가는 시커먼 구름덩이를 바라보았다. 사람들은 그렇게 잠시 지난날에 대한 아쉬움과 현재의 무기력함 그리고 고향에 대한 그리움이라는 세 개의 꼭짓점에서 그어진 점선들이 만나며 이루어 놓은 무게중심 위에서 무겁게 그리고 깊숙하게 가라앉아 가고 있었다. 바로 그때였다. 갑작스레 무엇인가 시커멓게 덩어리진 그림자가 하나 "퍽⋯!" 하고 허공에서부터 땅바닥으로 패대기쳐지듯 떨어져 내리더니만, "투두두둑~!" 징그러운 소리에 휘감기며 나뒹굴었다.

「⋯??⋯」

제祭 터 방죽에 일렬로 늘어앉은 줄남생이들마냥 사람들은 일제히 한곳을 향하여, 심지어 탈속한 도사라도 되는 것처럼 예닐곱 걸음쯤 멀찌감치 한 걸음 떨어진 곳에 우두커니 서서는 저 혼자 먼 곳을 바라보고 있던 먹빛 두루마기의 사내까지도, 소리에 뒤엉켜 나뒹구는 그림자 덩어리를 향하여 의아한 눈길들을 돌리었다.

「⋯!!⋯」

사람들의 눈길이 닿은 그 곳에는 어느 재인才人이나 화공書工들이 판을 벌려놓고서 억지스레 꾸며놓기라도 한것마냥 건드리면 꼭 물크러져버릴 것만 같은 물컹물컹한 무엇이 뒤척이듯 꿈틀거리고는 "파드득파드득…" "부르르르~" 보여주려는 것보다 더욱 끔찍스런 소리들을 들려 주고 있었는데, 돌차간咄嗟間 창졸간倉卒間 사람들의 눈동자에 언뜻 커다랗게 어리어 비쳐진 것은, 날갯죽지가 꿰뚫린 채 포동포동 실팍진 몸뚱이를 못이기고 짓이기듯 '바들바들' 떨어대는 피투성이 까마귀의 모습이었다. 이어 시간의 흐름을 거스르듯이, 골짜기 주변에서부터 허공으로 "후두두두둑~!!" "가와악~!" "까악~!!" 다급한 날갯짓 소리와 울음 소리들이 어지러이 뒤섞이며 순식간에 골짜기를 새까맣게 뒤덮어 버리는가 싶더니 "퍽!" "퍽~!" "투두두…둑~~!" 하고 네댓 마리의 커다란 까마귀 그림자 덩어리들이 땅 위에 떨어져서는 둔탁한 소리에 휘감기며 나뒹굴었다. 그리고는 그 소리들의 형적形迹들을 따라 "쒝~!" "쉑~!" "쉬이익~!" 가파른 호弧를 그리며 허공을 가르는 화살 소리와 "픽~!" "퍽~!" 마른 풀숲과 맨땅 위에 그리고 앙상한 겨울나무에 그 화살이 박히는 소리들이 서로의 꼬리와 머리들을 맞물어 가며 쏟아져 내렸다.

"민보군이다…! 왜놈이다…! 왜놈덜이 몰려온다…!!"

한 걸음 늦은 까닭에 그만큼의 다급함으로 아래쪽 돌너덜길에서 골짜기를 향하여 부르짖어대는 외침들이 산등성마루 쪽 바위 벼랑에 부딪히고는 땅바닥에서 나뒹구는 까마귀 날갯죽지 위로 떨어져 내렸다.

「이런 니미럴 것…!! 하필 꼭 이럴 띠…! 총! 총 으딨냐? 총~!!」

「여… 여기 여, 여 있어라!」

황망한 가운데도 총을 찾느라 한칼이가 이리저리 두리번거려대자 호봉이가 먼저 있던 돌무덤 가에 기대어 두었던 화승총을 재빨리 주워들고는 한칼이에게 건넸다.

"관군이 올라온다··! 왜놈들이 몰려온다··!!"

골짜기 아래쪽에서 목이 터져라 외쳐대는 목소리들의 꼬리를 밟아가며 "우르릉~!" "꽈릉··!" "쾅!" "쾅!!" 총성과 포성들이 연달아 터져 올라오기 시작했다.

「이런 제미! 싸게 안 인나고 뭣 허시오! 총소리 못 들었소?」

굿하는 소리 듣는 누렁 소마냥 서로의 얼굴에다 눈길을 던져둔 채 그저 눈만 끔뻑거려대는 덕배와 웅칠이에게 '버럭!' 소리 지른 한칼이가 땅바닥에 널브러져 파닥거리는 까마귀를 무심한 눈으로 내려다보고 서 있는 먹빛 두루마기의 사내에게로 고개를 돌렸다.

「아, 성님은 또 뭔 생각을 또 허고 계시오!! 잉? 잉!!」

「…!…」

누구는 똥 싸고서 뒤 닦을 틈은커녕 똥줄이 죄다 바싹 타들어가고 있건만, 먹빛 두루마기의 사내는 고개를 느릿하게 쳐들더니 멀리 돌너덜길 아래쪽으로 이어지는 반비알진 산허리께를 가만히 내려다보았다. 그리고는 고개를 돌려 잠시 물끄러미 아무 걱정 없어 보이는 얼굴로 한칼이를 바라보고서는 다시 고개를 들고 허공을 향해, 그러나 자기 자신에게 던지듯이, 나지막한 소리들을 중얼거려댔다.

「생각이라…. 그렇군…. 생각하다가, 생각하다가··, 그 생각 속에서 또 길을 잃었던 게야…. 생각 속에서 말이지…. 헛헛허….」

「어이구~! 이런 니미럴 것~!!」

한칼이가 가슴을 쳐대며 말을 씹어 뱉었다.

「서··성님~! 한칼이 성님~! 한칼이 성님~~!!! 큰일 났어라!」

아래쪽 산허리께 고샅으로 이어지려는 돌너덜길 위에서부터 할락할락 한칼이를 불러대는 목소리가 뛰어올라왔다.

「시방, 쩌‥쩌기 쩌짝, 쩌짝 아래짝서요~! 민보군 놈들이 꼭‥, 꼭, 개떼마냥‥!! 누렁이새끼마냥 왜놈들 앞잡이로 붙어 갖꼬요~! 오만 지랄들을 해댐서 ‘와글와글’‥!」

「드런 놈들이 꼭 봄물에 기어 나온 방개새끼들마냥으로 허벌나게 몰려오고 있당께요!! 으메 시상에‥!」

덩저리 커다란 천수와 얼굴 시커먼 얽둑빼기 사내 만석이가 저들 생긴 꼬라지에는 어울리지 않게 몰이꾼에 쫓기는 토끼새끼들처럼 허둥지둥 돌무덤 주변으로 올라서더니만, 헐레벌떡 턱밑까지 차오른 숨을 눌러가며 번갈아 말을 이었다.

「와글와글하다 하면 와굴窩窟이요, 북적북적 소굴巢窟에 왁자지껄 ‘적굴賊窟’이려니‥. 허면 거기나 여기나 도적놈들 있기로는 여하간如何間 마찬가지란 말이지‥? 핫하하~!」

「허면 으쩐다요?」

먹빛 두루마기의 사내가 말장난삼아 저 혼자 큰소리로 중얼대며 입가에 커다랗게 미소를 띠자 그것을 혹시나 점치는 것으로 알았는지 호봉이가 고개를 빼내어 들이밀면서 긴장된 목소리로 물었다.

「으쩌긴 뭘 으쩌? 싸워야지!」

대답 따위는 필요없다는 듯 한칼이가 목청을 높이었다.

「시방‥, 시방 여서유? 저‥저것들 쪽수가 을매나 많으디요?」

당치도 않다는 듯, 곁에서 우왕좌왕 거려대던 천수가 되물었다.

「그러면 이 우라질 놈아‥! 시방 갈 디까정 다 가고서 올 디까정 다 왔는디‥, 우덜이 여서 갈 디가 더 으됐냐?」

한칼이가 천수에게 눈알을 부라리며 쏘아붙였다.

「대정~! 대정~! 대정께서는 어디 계신가?」

동상에라도 걸렸는지 벌건 귀를 긁적거리던 사내와 허벅지에 천 쪼가리를 동여맨 사내가 다리를 심하게 절룩거리면서 허겁지겁 돌너덜길을 뛰어 올라왔다.

「으디서 오시는 길이요?」

「장군바위 쪽서 올라오는 길이지라.」

한칼이가 천수와 호봉이를 밀치듯 앞을 가로질러 나서며 귀때기와 콧등도 벌겋게 달아오른 사내에게 묻자, 허벅지에 천 쪼가리를 동여맨 사내가 절름거리며 나서서 대답했다.

「자네들은?」

귀와 콧등이 벌건 사내가 천수와 만석이에게 물었다.

「우덜은 애기바우 쪽서 왔어라. 그라믄 시방 장군바우 쪽도…?」

앍둑빼기 만석이가 대답 끝에다가 물음 아닌 물음을 매달았다.

「여기서 뭣들하고 계시는 겁니까? 어서 올라가지 않으시고!」

도중이라는 자웅눈이 사내가 남이를 앞세우고서 대호와 함께 돌너덜길 반대편으로 나 있는, 언뜻 있는 듯 없는 듯 눈에 잘 뜨이지 않는 웅달진 비탈길에서 올라서며 말을 던졌다.

「거북바위에서 오시는 길인가?」

귀와 콧등이 벌건 사내가 물었다.

「야. 시방은 아예 사방팔방 헐 것 읎이 참빗으로다 훑어대듯이··, 쩌그 아래 꼴창서부터 몰랑지 너머로 새카맣게 '삐잉~' 둘러 갖꼬 아조 바글바글 범벅덩이에 꼬여드는 쉬파리떼마냥 징그럽게들 올라오고 있어라. 것들 허대는 꼴들을 봉게 아마도 필시 작정들을 허고 처뎀비려는 모양인디, 요번에는 아조 뽕빠지게 생겼당께요. 으메~ 양···!」

혹시라도 싸우다 질 수는 있겠지만 죽을 일은 아니라는 듯, 병정놀이 가운데 있는 꼬마아이처럼 대수롭지 않다는 투로 말을 던진 대호가 가랑이 사이에다가 장검을 끼워서 세워두고는 양팔의 토시를 조이듯이 번갈아 매만지며 추켜올렸다.

「허면 으짤 것이요?」

「너는⋯, 이 염병헐 놈아~! 뭣을 자꼬 으짜냐고 물어쌌고 지랄이냐! 당연지사 죽자꾸나 싸울 생각은 않고!」

호봉이가 귀때기뿐만 아니라 콧등도 벌겋게 달아올라 있는 사내에게 모가지를 길게 빼어 내밀면서 재차 물어보자 한칼이가 눈을 지릅뜨며 소리쳤다.

「아닐세. 아무런 방책도 없이 무턱대고 싸우기보다는 우선 노사 어르신과 대정께 기별을 올린 후에⋯」

「예미럴 것~! 고것 기둘리다가 진즉에 다 디지겠소!」

도중이라는 자웅눈이 사내가 반대편에 꺼내 놓고 차분차분 풀어가려던 말허리를 한칼이가 도중에 '뎅겡~!' 성급히 잘라버렸다.

「허면 편을 두 편으로 나누어서, 한 편은 여기에 남아 일단 최대한 버틸 수 있는 데까지 버텨 보도록 하고, 다른 한 편은 산채로 올라가 대정을 찾아뵙고 또 다른 방도를 구해 보도록 합시다. 접사께서는 서둘러 오르도록 하시게.」

코가 벌겋게 달아오른 사내가 벌그뎅뎅한 귀때기를 긁적거리며 사람들에게 고루고루 두루두루 눈길과 말머리를 돌려보더니 말끝을 대호에게로 돌리었다.

「싫소! 나는 시방 여서 싸울 것이요.」

코만큼이나 벌겋게 귀가 달아오른 사내의 말이 끝나기가 무섭게 대호가 그 말을 도로 튕겨내며 완고히 대섰다.

「허어~! 왜 이리 생각이 짧으신 겐가! 여기서 제일 걸음 빠른 사람이 바로 접사 아닌가? 군소리 말고 어서 오르시게.」

옥신각신 승강이를 벌이고 있을 짬이 없다는 듯, 귀와 코가 벌그스레하게 달아오른 사내가 눈살을 찌푸리며 콧등을 긁어대던 손을 멈추고는 말에 힘을 주었다.

「허면 아버님도 같이 올라가셔유.」

얽둑빼기 만석이가 얼굴마냥 시커먼 목소리로 웅칠이에게 말했다.

「염병헐 놈이‥, 시방 너 처갓집 식구부터 챙길라는 것이냐?」

마뜩치 않았는지 한칼이가 만석이에게 눈을 흘겼다. 그러나 만석이는 대꾸도 않더니 외려 웅칠이에게로 한 걸음 바짝 더 가까이 다가섰다.

「얼릉 오르셔유. 지가 시방 저 위까정 모실라니께유.」

「……」

웅칠이가 고개를 들고서 구멍이 송송 뚫려있는 만석이의 시커먼 얼굴을 쳐다보았다. 그 눈길이 심히 부담스럽기도 하였을 것이건만 만석이는 이미 마음을 굳힌 듯 닁큼 다가서더니 웅칠이의 팔뚝을 덥썩 움켜쥐었다.

「아, 어서유!」

「……」

「애연愛緣이 기연機緣인지라‥. 그리 하도록 하시지요. 먼 길을 가시려면 그 전에 식솔들 얼굴부터 봐 두고서 가슴에 새겨 둬야 하지 않겠습니까?」

무엇을 깨달은 뒤에 도리어 안다고 주절거려대던 입술을 굳게 다물어 버리는 땡초마냥 한 걸음 떨어진 곳에서 무심한 얼굴로 사람들을 지켜보며 서 있던 먹빛 두루마기의 사내가 발바닥이 땅바닥에 붙어 버린 듯 제 자리에서 꼼짝도 않고 있을 것만 같은 웅칠이에게 봄 햇살만큼이나 따사로운 투로 말을 건네었다. 그러자 무슨 생각이 들었던것인지 웅칠이는 새로 생긴 돌무덤 쪽으로 눈길을 돌리어서 언제부터인가 그 앞에 쪼그리고 앉아 있는 덕배를 내려다보았다.

「……」

두 사람에게만은 시간이란 것이 머물러 있는 듯, 하여 누군가 나서서 떼어 놓지 않으면 하염없이 그러고만 있으리라고 여겨질 만큼 우두커니 웅칠이는 덕배를 바라보기만 하였고, 바라보고 있지는 않았건만 무엇을 말하려는지 이미 다 알고 있는 사람처럼 덕배는 그저 제 앞의 돌무덤만 말끄러미 바라보고 있었다.

「으메으메~!! 쩌‥쩌기‥! 쩌짝서 기 올라오는 것 같은디요?」

「으디으디?? 이‥ 이런, 이 씨부럴 것들을‥!!」

호봉이가 다급히 외쳐대자 한칼이가 재빨리 몸을 낮추고서 돌너덜길 아래쪽을 내려다보더니 서슴없이 화승에 불을 댕겼다. 그러자 귀때기와 콧잔등이가 불그데데한 사내와 허벅지에 천 쪼가리를 동여매고 절룩거리던 사내, 그리고 천수와 도중이라는 자웅눈이 사내도 각자 흩어져 자리를 잡고서는 돌너덜길 아래쪽으로 총구를 겨누고 화승에 불을 댕겼다. "시척~!" "치이익~" "치익~!" 심지 타들어가는 소리를 미좇아 "따당!!" "땅~!!" "땅!" 하고 총소리들이 골짜기를 때리고서 "우루루루루루~!!" "쏴루르르르르~~!" 가루가 되어 쏟아져 내리자, 궁궁이가 엉겁결에 제 귀를 틀어막더니 똥구멍에 불 달구 튀는 똥개새끼마냥 갈팡질팡, 그러나 그나마도 몇 걸음 가지 못하고, 제자리에서 깽깽대면서 발을 동동 굴러댔다.

「시방 상황이 다급헝께요, 얼릉 인나서유~.」

비대발괄하듯이 얽둑빼기 만석이가 웅칠이에게 말을 건넸다.

「그려요. 만석이 놈 말 들으시고 싸게 인나, 가시오.」

멀리 있는 사람과 자신이 있는 곳의 가운데쯤 되는 곳에다 던져 놓듯이 덕배가 나지막한 목소리로 웅칠이에게 말을 건넸다. 그러자 웅칠이가 침을 "꿀꺽~!" 삼키고서 '너는…?' 이라고 물으며 그 물음의 대답을 원하는 눈길로 덕배를 바라보았다.

「아니요. 나는 안 갈 것이요. 나가 가면 으짜겠소? 살아 생이별은 한 번으로 족한 것이고, 암만 도리깨아들놈이래두…,」

덕배가 입꼬리를 한차례 '실룩~!' 거리고는 뾰족한 턱밑의 자잘한 수염 가닥들을 '부르르…' 떨어대더니만, 다시 짧게 '한 호흡' 머금고서 고개를 설레설레 가로저어 가며 말을 이었다.

「명색이 애비란 놈이 되어 갖꼬 죽어 갖꼬 찾아온 자식 놈을 으찌 두고 또 가겠소? 성님이나 속히 오르시오, 늦기 전에 얼릉….」

덕배의 눈주름 사이에서 미소가 한 방울 서글피 내비치었다.

「……」

「아~! 시방, 이몽룡 성춘향이 광한루서 작별허요? 일각이 촉각이랑께 뭣들 허고 기시오! 고만 느스렁대고 싸게 싸게 올라가랑께요!!」

땅바닥에 엎드린 채 돌너덜길 아래쪽에다 총구를 겨누고 있던 한칼이가 고개를 돌리고서 목에 핏대를 세워 가며 씨부렁거렸다.

「아버님…. 인자 시방…, 고만허시고 얼릉 싸게….」

호구별성戶口別星 마마께서 앉았다 일어난 자리마다 주름들을 한 겹씩 잡아 가며 애걸복걸 울기라도 하려는 것처럼 만석이가 얽긴 얼굴을 찡그려대며 난처한 표정을 지어 보이자, 마침내 웅칠이가 두어 걸음 발걸음을 떼어 덕배에게 다가가더니 두 손을 꼭 쥐고는 입을 '꾹…' 다물었다가 떼어내며 고개를 가볍게 끄덕여댔다.

「곧…, 잉? 꼭…, 꼭 보드라고…. 곧 다 갈 것잉께….」

「……」

그 말과 마음을 알았다는 듯, 덕배도 아랫입술을 깨물며 고개를 묵직이 끄덕거렸다. 그러자 웅칠이가 잡고 있던 손에 한차례 힘을 '꾹…!' 쥐었다 놓고는 '휙~' 하고 단단히 마음먹은 사람마냥 미련 없이 뒤돌아 자웅눈이 사내와 먹빛 두루마기 사내의 앞을 지나 산등성마루 쪽으로 이어지는 된비탈을 향하여 성큼성큼 걸음을 옮기었다. 만석이도 '후두둑~' 재빠르게 웅칠이를 따라 된비탈을 오르기 시작했다.

「호호호호…호…! 호야…! 나나나나나나…? 나는…? 나는…??」

파리 삼킨 두꺼비마냥 꼼짝도 않고 있는 덕배 곁에서 꼭 오줌 맞은 맹꽁이마냥 폴짝폴짝 궁궁이가 설쳐댔다.

「으메~! 저 니미럴 놈의 지랄 방정 땜시 나가 아조 환장허겄네…! 아야, 대호야~! 시방 가로 곤칭께 쟈 쫌 으디 쫌 얼릉 갖다 치워라, 잉? 너 가! 어여 가! 잉? 어여 어여~!」

대호에게 말을 던진 한칼이가 궁궁이를 바라보며 '휘휘~' 손사래 치듯 손을 내저었다.

「웅웅웅웅웅….」

궁궁이는 오히려 그것이 반가웠는지 얼겁이 들었던 얼굴을 활짝 펴더니만, 연달아 고개를 끄덕거려댔다.

「얼릉 따라 오드라고.」

대호가 앞장서서 성큼 된비탈로 발걸음을 옮기며 말을 던졌다.

「웅웅웅웅…! 아아아아…! 알았…! 알았…! 다…! 다…!!」

대호를 따라 궁궁이도 허둥지둥 산등성마루로 이어지는 된비탈을 경등거리며 올라섰는데, 몇 걸음 채 옮기기도 전에 갑자기 "악~!" 하고 터져 나온 외마디 비명이 뒷머리끄덩이들을 '확~!' 잡아당겨 버렸는지, 된비알을 오르려던 대호와 만석이 그리고 웅칠이가 그 자리에 '우뚝…!' 걸음을 멈추었다. 그러자 궁궁이도 그들 뒤에서 '엉거주춤…' 한 박자 늦게 그들을 따라 멈춰 서더니만, 함께 아래쪽을 뒤돌아보았다.

「이보게, 천수!」

자웅눈이 사내가 외마디 비명이 난 자리에서 왼쪽 어깨 아래 가슴께를 감싸 쥐고 엎어져 있는 천수에게 황급히 다가섰다.

「야, 이 염병헐 놈아…! 으찌 된겨? 으디를 맞은 겨? 잉? 잉??」

먼저 있던 돌무덤 옆에 몸을 바짝 엎드려 낮추고는 돌너덜길 아래쪽을 향해 총구를 겨누고 있던 한칼이가 몸을 옆으로 틀고서 제 성깔을 못 이겨 눈을 부릅떠 굴려대며 소리쳤다.

「아… 아녀라…. 괘…, 괜찮소….」

오만상을 찡그려대는 것이 비록 힘겨워 하는 얼굴이었지만 다행스럽게도 천수는 자웅눈이 사내의 부축을 받아 몸을 가누며 일으켜 세웠다.

「여기 걱정은 마시고 어서들 올라가시게!」

천수의 오른편에 바짝 붙어서 곁부축하던 자웅눈이 사내가 된비탈을 오르다 멈춰선 사람들에게 소리쳤다. 그러나 대호와 만석이는 아래쪽을 내려다보며 어떻게 해야 할까, 어찌 해야 할 바를 몰라 망설이듯, 난감해하는 얼굴을 하고 있었다.

「잉잉잉··, 잉잉…. 어어어··얼릉··, 얼릉··, 가··가가··가자····,」

다시 또 "쾅!" "쾅~!!" "우르르르르릉~~!!" "우릉~~!" 연이은 포성들이 산을 통째로 무너뜨릴 것처럼 바위 벼랑에 거세게 부딪쳐대고 골짜기 아래쪽으로 부서져 내리자, 그 폭음爆音과 여음餘音들의 꼬리를 조심조심 밟아가며 찡얼찡얼 불알 채인 어린아이마냥 칭얼거려대는 궁궁이의 말소리가 된비탈에서 돌무덤 주변으로 굴러 떨어졌다.

「지체 말고 어서 가시라니까! 어서~!!」

자웅눈이 사내가 다시 한 번 목청을 높였다. 대호가 입술을 '질끈…!' 깨물었다. 그러자 그와 거의 동시에 곁에 있던 낡둑빼기 만석이도 주먹을 '불끈!' 쥐더니만, 웅칠이와 궁궁이를 앞세워 달음박질로, 뒤도 돌아보지 않고서 냅다 된비탈을 내달아 오르기 시작했다.

「앞일을 예견한다 하였으되, 오지 말라 하여 아니 올 일 있을 것이고 가지 말라 하여 어디 아니 갈 수 있을 것이던가…?」

주천이라는 먹빛 두루마기 사내가 서둘러 된비탈을 올라가는 사람들의 뒷모습을 바라보며 자기 생각에 잠긴 듯이, 눈을 뜨고 꿈을 꾸다가 그 꿈속에서 저 혼자 읊조리듯이, 된비알 위로 말을 내어 놓았다.

「오로지 시천侍天으로 대천戴天하야 도천禱天하며 청천聽天함에…, '순천順天에 응천應天하야 시천侍天하거라.' 하였거늘…. 천시天時와 지리地理와 인화人和가 부르나니, 바야흐로 백성이 하늘 되는 후천後天의 세상이라…! 부름에 응應하는 것이 순順이요, 반反하는 것이 역逆임에 분명하거늘…, 그런즉 역逆이 일어 그 부름에 따르는 것이 순順이요, 거스르는 것이 오히려 역逆이 아니었는가…?」

먹빛 두루마기의 사내가 말꼬리를 머금으며 지그시 눈을 감았다.

「판수 나리, 위험허요! 고러고 기시다가는 큰일 난당께요!」

「……」

먹빛 두루마기의 사내가 외침소리를 듣고서 가만히 눈을 뜨고는 무덤덤한 눈으로 소 닭 보듯이, 납작하게 엎드린 채 총구를 아래쪽 돌너덜길에다 겨누고 있는 호봉이를 내려다보았다. "꿀꺽~!" 하고 침을 삼키는 호봉이의 희끄무레했던 얼굴이 아예 하얗게 질려있는 것처럼 보였다.

「아, 안 엎디리고 뭣 허세요! 싸게 쑤그리랑께요~!!」

바짓가랑이라도 붙잡아 당겨서 주저앉히고 싶다는 듯, 하소하는 마음에

다가 나무라는 말투로 남이가 소리쳤다. 그러자 먹빛 두루마기의 사내가 천천히 고개를 남이에게로 돌리었는데, 사내의 가느다란 눈가에서는 어느덧 경련이 '부르르…' 일고 있었다.

「어언이불상語焉而不詳이라 상세하지 않을 것으로 조심에 거듭 조심을 한다 하기는 하였으되, 어언지간於焉之間 불쌍한 말씀들에다가 대꾸(對句) 또한 택언이부정擇焉而不精이라, 골라내고 가려낸 것이 온통 부정不精 아닌 부정不淨이 나실 생각뿐이었는가…? 헛허허~~」

그러나 한무내하게 보이고 싶었는지 먹빛 두루마기의 사내가 목소리를 그윽하게 꾸며내어 저 혼자만 아는 소리를 저답게 던지고는 눈길도 다시 된비탈 위쪽에다 던지었다.

「본시 물物에는 본말本末이 있음이요, 일(事)에는 종시終始가 있다 하였음이라. 하야, 본시本始 본디 본래本來는 물의 본本과 일의 시始요…. 종말終末이라, 일의 종終과 물의 말末이 한데 엮여 있는 것이니…, 본시가 종말의 꼬리를 물고 종말이 본시의 대가리를 물은 것일 터…! 허나 그 또한 무엇 하단 말이던가? 오불관언吾不關焉이라…. 오불관吾不關에 여불관汝不關, 이여불관爾汝不關인 것을…!」

먹빛 두루마기의 사내가 숨을 깊이 들이마셨다 뱉으면서 쓴웃음을 지어 보이더니만, 돌무덤 발치께서 "퍼덕퍼덕" 거려대는 까마귀들을 내려다보며 왼고개를 저어댔다. 입으로는 불관不關이라 아무 상관없다 하였으나, 퀭해 보이는 사내의 눈 속 깊은 곳에서는 감추지 못하는 아쉬움의 빛이 또렷이도 반짝거렸다.

「거시기, 판수 으른…!」

「옘병…! 냅둬 버려라. 저러다가 된불 맞고 디지거나 말거나. 야, 이 썩을 놈의 씨부럴…, 개 호로 아들놈의 잡놈의 새끼들아…!!」

다급한 상황에서도 저러고 있는 것을 보자 울화가 치밀었는지, 호봉이가 뭐라 말하려는 것을 막아서며 씨부렁거린 한칼이가 아래쪽에 돌멩이를 집어 던지며 소리쳐댔다.

「뎀빌 티면 뎀벼 봐라! 얼릉 싸게 개겨 보랑께~~!!」

악을 써대는 한칼이에게 화답이라도 하려는 것처럼 "쿠웅~!" "쿵~!!" 바위 벼랑을 때리고서 "우르르르르릉~!" "우릉~~!" 부서진 메아리가 되어 골짜기 아래쪽으로 흩뿌려지는 포성 위로 "따다당!" "땅땅~!!!" "따다다당~!!" 총성들이 구르고, 또 그 위에 "쉬익~!" "쉭~!!" "쉭~!" 하고 허공을 가르는 화살 소리들이 미끄러져 앉았다.

「막무가내莫無可奈 무가내無可奈요, 막가내하莫可奈何 무가내라…! 무가내하無可奈何 무가여하無可如何…! 하늘에는 사시四時가…! 땅에는 사방四方이 있음으로 사람에게는 사지四肢가 있나니…! 번수翻手라! 복수覆手라! 천번지복天翻地覆의 한 가운데, 어찌 사람의 사지만 멀쩡할 것인가…! 찢기울 것이로서니…! 찢기어지고 또 찢으려는 소리…! 쏟아지는 총성에 포성들이라…! 하야, 굉음轟音들이로구나…!」

제 주변으로 겹겹이 층층이 더욱 두텁게 쌓이며 뒹굴어대는 포성들과 총성들을 듣자니 머릿속으로 글자와 글월들이 저절로 떠오르고 또 그것을 제 멋대로 풀어내는 병통이 도진 것인지, 땅딸막한 먹빛 두루마기 사내가 "얼쑤~!" 하고 무릎을 굽혔다 펴며 여기가 바로 제 마당인양, 마치 장날 굿판에 들어온 박수마냥 한 발을 떼며 '껑충~!' 솟구치더니만, 총성과 포성에 맞춰 들썩들썩 어깻바람 춤사위로, 흐르는 노랫가락으로, 흥을 내기 시작했다.

「남사고南師古의 비결秘訣이라, 격암格菴께서 유록遺錄에 참언讖言으로 가로시되, 분수粉水는 추풍秋風이요 우산牛山은 낙조落照라…! 미륵이건 도령이건 사답칠두寺畓七斗나 석정곤石井崑에서 소 울음 소리 들어가며 소젖이나 빨아 먹으라 하셨나니··. 소슬蕭瑟 추풍은 진양조에 다스림이요, 측일仄日 낙조落照에 부딪는 벽력은 자진모리에 휘모리로구나··! 둘이 서로 노님에 오미午未가 낙당당樂堂堂하고 사승즉비승似僧則非僧 하야 중중모리 엇모리로 어우러졌다 풀어져 버리고 다시 더하였다가 흩어져 버리나니··. 흐엇차~!! 잠용潛龍은 물용勿用이요, 항룡亢龍은 유회有悔하나 토룡土龍은 불용不龍이요, 만용蠻勇에 남용濫用··, 오용誤用 또한 불용不用이라··! 아서라, 책상퇴물冊床退物아··! 오해悟解를 하여야 할 것이로되 우몽愚蒙하시고 우미愚迷하시야 오해誤解들을 하였나니··, 도룡屠龍의 재주가 있으면 무엇할꼬? 그 또한 오서鼯鼠의 재주일 뿐이려니, 초망착호草網着虎는 고사하고 화호유구畵虎類狗도 아니 되었구나··! 호虎라··! 호라~! 호狐가 제濟하다가 그 꼬리를 적신 격이려니, 호狐가 기미其尾를 유濡하였음에··, 미제未濟로다, 미제로다. 화수火水가 미제未濟로니, 이로울 바 없느니라··. 아아~! 아니로다, 아니 된다, 아니 올세, 아니 온다··. 고되고도 고되도다. 봄소식을 고대苦待하나, 봄빛 종내終乃 불래不來하니 고故로 하여 고苦하도다··. 이 몸이 춘광春光을 호好함이 없지 아니하되, 아직 오지 아니 한즉··, 때가 아닌 탓이란다··. 마땅히 그 무성함, 그 절기에 이를 터면, 기다리지 않더라도 필시 자연 올 터이니··. 하여, 시유時有 시유時有하다 함에 한恨은 내어 무엇 할꼬? 새 아침에 운韻을 불러 좋은 바람 기다릴 뿐··.」

 갑오년에 관하여 전하여지는 이야기인바, 천문지리天文地理와 복서卜筮에 능통했던 격암格菴 남사고南師古라는 선대의 기인이 남겼다는 참서讖書 『남사고비결』南師古秘訣 혹은 『격암유록』格菴遺錄에 적혀 있는 구절 '분수추풍' 粉水秋風 우산낙조' 牛山落照에다가 당시 민중들 사이에 널리 유행하였던 이른바 『감결』鑑訣의 구절 '낙반고사유' 落盤孤四乳 '사답칠두락' 寺畓七斗落과

『주역』周易의 첫 번째 괘「중천건」重天乾을 이어붙인 먹빛 두루마기의 사내가 호랑이(虎)와 여우(狐)를 데리고 흥이라도 난 듯이 번갈아 희롱을 해대더니만, 돌연 생각이 중간께서 마지막 예순 네 번째 괘「화수미제」火水未濟에 급하게 미치자, 막다른 곳에 이르러 더 이상 앞으로 나아갈 수 없음을 슬퍼하며 끊어진 길 위에 주저앉아 목 놓아 울었다는 옛 이야기속의 그 사람 완적阮籍마냥, 그러나 눈물이 없어 잠시 숨을 머금고 섰다가 궁도곡窮途哭 가락을 뽑아내듯『동경대전』東經大全「시문」詩文의 구절 '고대춘소식苦待春消息 춘광종부래春光終不來 비무춘광호非無春光好 부래즉비시不來卽非時 자도당래절자도당래절茲到當來節 불대자연래不待自然來' 과「결」訣의 구절 '시유기시한내하時有其時限奈何 신조창운대호풍新朝唱韻待好風' 을 읊조렸는데, 한때는 제 모든 것이었지만 이제는 갈가리 찢겨져 버린 바람들을 핏덩이 마냥 꾸역꾸역 뱉어내자니 저도 모르게 눈 주위로 눈물이 맺혔던 것이었는지, 그것을 감추려는 듯 고개를 들고 탄식하는 입가에 쓰디 쓴 웃음을 씁쓸히 띠어 놓았다.

"악~!" "악…!!"

갑작스레 외마디 비명 두 마디가 거의 동시에 돌무덤가로 튕겨져 오르더니 귀때기와 콧잔등이가 벌겋게 달아올랐던 사내와 천수가 돌무덤 아래쪽으로 나뒹굴었다.

「천수야~! 접주~! 악…!!!」

몸을 일으키려던 한칼이도 총탄을 맞고 앞으로 고꾸라졌다.

「이… 이런…, 니미럴…!」

「아자씨…!!」

「아…아니여! 꼼짝말어~! 나…! 나 안즉 안 죽었다…!」

소리치고 자신에게 다가오려는 남이에게 한칼이가 재빨리 한 손을 내밀어 막아서더니 고개를 귓때기가 뻘거죽죽한 사내와 천수가 나뒹군 반대쪽으로 틀었다.

「괜찮으시오?」

「괜찮네….」

「야…, 시… 시방…, 지도…, 견딜만은…, 허요….」

귓때기가 삘거죽죽한 접주라는 사내와 천수가 비쓸비쓸 몸을 일으켜 세웠다가 다시 돌무덤에 기대고 또 웅크리면서 고개를 끄덕였다.

「야~! 야 이… 개 육시럴 놈의…! 씨부럴 놈의 개잡놈들아~! 우덜은 끄떡없응게, 또 쏴 봐라! 쏴 보랑께…!!」

포달을 부리듯, 한칼이가 돌너덜길 아래쪽을 향해 악을 써댔다.

「헛허~! 좋을시고, 좋을시고~! 얼자孼子로 나심에 절간에다 버려졌으니 얼씨구나 절씨구나 노래 반에 한 숨 반, 가이우歌以吁라 좋을시고~! 비명으로 어우러지는 추임새라 좋을시고~! 유유창천悠悠蒼天은 일생一生이요, 북망산천北邙山川은 일사一死라 가로되…! 유야무야 흔적 없고 도시都是 당최 소식 없는 소동파蘇東坡네 열여덟 놈의 아라한阿羅漢들께서 기리시기를…, '낙목공산落木空山에 공산무인空山無人할 것이다.' 하셨으니…. 옳거니~! 백산白山에서 백산魄散하야 초목과 더불어 썩을 것이로되, 필시 사공도司空圖네 빈(호) 그림(圖)에서는 요조심곡窈窕深谷에 유인공산幽人空山으로…, 아니…! 아니지! 화락무언花落無言할 것인즉, 수류화개水流花開에 이르겠구나~! 으핫~하하하~~!!」

곁에서 고꾸라지고 나자빠지는 사내들의 비명소리와 고함소리들이 겨우 제 가락에나 어울릴만한 추임새 따위로 들렸는지, 먹빛 두루마기의 사내는 흥이 나서 농지거리하듯 소동파의 『십팔대아라한송』十八大阿羅漢頌과 사공도의 『이십사시품』二十四詩品에서 한 구절씩 뽑아내어 얼크러뜨리고 비틀어가며 가락들을 붙여댔다.

「이런 니미럴 것‥! 시방 싹 다 디져불게 생겼는디 당최 뭔 뱃심으로다 저라고 쌕쌕거린당가? 아, 성님~! 그라고 기시지만 말고 싸게 싸게 쫌 도와 주시오!!」

이 판국에도 저 혼자만 아는 소리들을 지껄여대는 모양새가 자못 못마땅하였는지 한칼이가 목청을 높여 쏘아붙였다. 그러자 뒤로 넘어갈 듯 몸을 젖히고서 큰소리로 웃어대던 먹빛 두루마기의 사내가 돌연 '우뚤‥!' 하고 멈추더니만, 우두커니 서서 '뚱~' 하니 멀뚱멀뚱한 눈으로 한칼이를 바라보았다.

「아, 어서요!!」

다그치듯, 한칼이가 말을 씹어 뱉으며 눈알을 부라렸다.

「꾸중이라‥. 꾸중, 꾸중, 구중九重 구천九天 아홉 하늘‥, 우리 님네 황천皇天께서 변천變天함에 구불구불, 균천鈞天에서 창천蒼天으로 어둑 가물 현천玄天하며, 그윽 아득 유천幽天이라 목을 놓아 호천(昊天·呼天)하심에…. 주천朱天에 염천炎天, 양천陽天으로 번천翻天하신 즉, 황천皇天은 구민九旻이요, 구민은 구천九天이니, 구천은 돌고 돌아 도로 아미타불이라, 황천黃泉에 구천九泉으로 뒤집어지도록 하면 될 것인저‥! 오호라~! 일러보되, 말하는 바들은 바, 오주연문五洲衍文의 열두 하늘이었구나‥! 허면~!」

말로는 꾸중이나 꾸지람이라고 하였으나 한칼이의 다그침을 그리 받아들인 것이 아니기에 먹빛 두루마기의 사내는 오히려 제 머리 위의 하늘을 우러러 바라보며 열두 하늘 중에서도 가운데 하늘이라는 균천鈞天에서부터 사방四隅 사우四隅 아홉 방위 하늘들을 두루두루 종횡무진 돌아다니고는, 곧 해가 질 것 같은 서쪽의 호천昊天을 향하여 부르짖기(呼天)라도 하려는 듯 장난스레 아홉 하늘 구민九旻 혹은 구천九天과 죽은 뒤에 넋이 돌아간다는 구천九泉 혹은 황천黃泉을 뒤섞어 놓더니만, 심각한 얼굴로 말을 새로 끄집어내어 갈아타고는 『오주연문장전산고』五洲衍文長箋散稿의 열두 하늘을 주름잡아 가며 내달리기 시작했다.

「올려 보고 내려 보고, 가로 보고 세로 보고, 돌아보고 다시 보되‥, 첫째 하늘 월륜천月輪天에 둘째 하늘은 진성辰星인즉 수성천水星天‥! 태백太白이라 금성천金星天은 셋째 하늘이요, 사중천四重天은 일륜천日輪天에, 오중천五重天은 형혹熒惑에 화성천火星天‥! 육중肉重 육중 육중천六重天은 일컬어 세성歲星이라 목성천木星天이요, 칠중七重 팔중八重 칠팔천七八天은 전성塡星임에 토성천土星天 삼원이십팔숙三垣二十八宿이라 이르고‥! 아홉에 열은 동서세차東西歲差에 남북세차南北歲差‥, 열 하고도 하나 둘은 불원각不遠覺이라면 줄을 모르고, 뜨는 듯 도로 가라앉으니 부환몰浮還沒의 있고도 없음이라‥, 오호라~! 무성종동천無星宗動天에 극락極樂이로구나!! 하야~! 하야‥, 삼세三世 삼계三界‥! 육도윤회六道輪廻의 삼악도三惡道가 멀지 않은 발밑인가 하노니‥. 아아~! 아아~~! 하늘이여‥! 창창비천蒼蒼非天에 현현비천玄玄非天, 삼천대천三千大千의 하늘이여‥! 천하언제天何言哉라 하였으되, 누대累代에 묻고 또 물으려니‥, 언재호야焉哉乎也! 언재호야焉哉乎也‥! 하능이何能爾라‥! 하능이라! 어찌하여 그러한가‥! 어찌하여 그러한가! 답하여라~! 그대의 도道는 정히 옳은 것이던가‥!! 답하여라! 답하여라~!! 답하‥」

하늘을 탓하는 것으로 자신에 대한 원망을 갚음하려는 사람마냥 고개를 빳빳히 치켜들고서 울분에 찬 목소리로 부르짖어대던 먹빛 두루마기의 사내가 목꼬리에 힘을 주며 말꼬리를 치세우려는 순간, "쉬익~!" 하는 소리가 들리는가 싶더니, "픽‥!" 하는 소리와 동시에 몸이 '휘청~!' 하고 뒤로 커다랗게 꺾이었다가 앞으로 튕겨지면서 꼬꾸라졌다.

「주천이 성님~!!」

「판수 나리~!!」

한칼이와 호봉이가 눈알이 터져라 목구멍이 찢어져라 소리쳤다.

「…!!…」

단말마의 통성痛聲은커녕 외마디 한 동강이조차 뱉어내지 못하고 꼬꾸라져 버린 먹빛 두루마기 사내의 모가지에는 오래지 않은 제 예감처럼 살대가 하나 단단하게 박혀있었는데, 정확하게 모가지 한가운데를 꿰뚫고 반대편 뒷목덜미로 삐죽이 빠져나온 살촉 끄트머리에는 쇠붙이에서 배어나온 녹물마냥 구중중한 핏물이 흐르다 멈춘 것마냥 거무죽죽하게 엉기어 붙어 있었다.

「이…! 이런 이…! 니 에미…, 씨부럴…!!!」

한칼이가 나오려는 뒷말을 머금고서 "빠드득~!" 이빨을 갈아붙이고 몸서리치듯 '부르르르…' 아래턱을 떨어대더니 저도 모르게 "따다다닥…" 아랫니와 윗니들을 부딪혀댔다.

"땅이여~! 땅! 땅~!!"

눈앞에 놓여 있는 주검이 식기 전에 깨물어 버리려는 듯, 어리석은 짐승의 송곳니마냥 뭉툭한 목소리가 돌무덤아래에서 솟구쳐 올랐다.

"울 엄니 뼈다구가 녹은 요 땅…! 내 아들놈 살점을 묻어 놓은 요 땅…! 그라고서…, 그라고도 나가 썩어 문드러질 놈의…, 웬수 덩어리마냥…, 염병헐 놈의 땅! 땅~!!"

「…!…」

소리를 좇아간 사람들의 눈길이 닿은 어진이 돌무덤 앞에서 덕배는 무릎을 꿇은 채 땅을 치며 또 제 가슴을 쳐대고 있었다.

「죽을 땅이나 살 땅이나, 우덜헌티 한 뼘 땅뙈기래도…, 벼룩이가 부처먹다 디져 버릴 놈의 땅뙈기가…, 바늘 한 놈 꽂아놓을 흙이래도 한 움큼만 있었더래믄….」

하늘을 우러러 설움들을 쏟아내던 덕배가 '한 호흡' 머금고서는 다시 눈길을 돌려 돌무덤을 바라보면서 마치 그 누구와 대화라도 하는 듯이 말을 내었다.

「법풀이 으른께서도 늘쌍 말씀허시기를…, '우덜이 땅을 중히 여기기를 우덜 엄니 살같이 하라.' 허셨응께 말이다…. 나는 시방…, 시방 나는…,」

갈퀴 같은 손가락으로 어루만지듯 돌무덤을 쓰다듬고서 흙을 그러모아 움켜쥔 덕배가 그것을 물끄러미 바라보더니만, 목울대 너머로 "꾸울~꺽!" 하고 침을 삼키었다.

「먹어야 쓰겄다….」

말을 마치고는 흙을 입 안에 털어 넣고 우적우적 씹어댔다.

「허이고~ 겁나 고소헌 것! 요것이 바로 말이여…, 시방 요것이 너의 살이고 나의 목숨이고 우덜의 넋인 것이여! 나가 요것을 또 뫼셔야 쓸 일잉께, 잉~! 요것이 바로 나와 너의 밥이고 우덜 한울잉께…!」

해월海月이라 법푸리께서 '이천식천以天食天이 곧 이천화천以天化天이니라.' 고 말씀하셨나니, 이는 곧 '한울님이 한울님을 먹고서 한울님이 한울님으로 된다.' 는 말씀인지라. 이것을 알고 흙이 될 몸으로 흙을 먹음으로써 흙이 자신이 되게 하려는 것인지 아니면 모르고서도 그저 참으로 흙이 제 말대로 어미의 뼈고 제 아이의 살점이고 제 밥이라 여겼던 것인지, 어쨌거나 덕배는 식기육食其肉하고 흘기골齕其骨 하려는듯, 다시 흙을 한줌 그러쥐어 입안에다 서슴없이 털어 넣고는 웅얼웅얼 거려댔다.

「너가 와서 드러누운 요 한주먹의 땅…. 시방 요 뱃속으로다 떨어져 내린 한 움큼의 흙…. 아가…! 긍께 말이여, 인자 너가…, 이 애비허고 너 엄니로 인해 갖꼬 이 시상으로 나왔던 너가 말이여…, 요로크롬 한울님이 되어갖꼬 애비헌터로 다시크롬 되돌아온 것이다…, 알긋쟈? 잉? 긍께 말이여…, 인자부턴 이 아비랑 따로 말고, 우덜 둘이 함께 말이여…, 너그 엄니 헌티로 찾아가는 것이다. 잉? 알긋냐? 잉? 알긋지…?」

제 입에서 뱃속으로 들어온 한울이자 어린 목숨에게 이야기를 해대던 덕배가 "끄응차~!" 하고 무릎을 펴며 몸을 일으키더니 아래쪽 돌너덜길을 향해 발걸음을 뗴었다.

「가세 가세 먼 길 가세 느그메를 찾아가세.

　삐쭉 뾰쭉 묏고비를 '휘~' 둘러서 먼 길 가세.」

덕배가 말에다 가락을 붙여 가면서 사람들 곁을 지나쳤다.

「성님~!」

호봉이가 눈알이 벌개져서 소리쳤다. 마음으로는 당장에 쫓아가서 발모가지를 부러뜨려서라도 그대로 주저앉히고 싶었을 것이다.

「구비 구비 골 구비랑, 고비 고비 물 고비도

　돌고 돌아 먼 길 가세. 텀벙 텀벙 건너가세.」

아마 들리지도 않았을 것이건만 차마 들으려고도 않으려는 듯, 덕배는 아래쪽으로 걸음걸음 발걸음을 뗴었다.

「성님…! 성님…!! 성님~!!!」

「이런 떠그럴…!! 아, 디질라고 환장허셨소~!!」

호봉이가 숙였던 머리를 쳐들고서 애타는 목소리로 수 차례 불러대자 곁의 한칼이도 안달이 나서 목청껏 씨부려댔다. 그러자 돌너덜길 아래쪽으로 이미 예닐곱 걸음쯤 내려가고 있던 덕배가 일순 '무르춤…!' 하며 제자리에 멈춰서더니만, 천천히 고개를 돌려 눈물방울이 그렁그렁하게 고여 있는 눈으로 호봉이와 한칼이를 바라보았다.

「…!…」

한칼이와 호봉이도 잠시 말을 잊고 무어라 입술만 그저 오물오물 거리며 바라보기만 하였다. 바로 그때였다. "쾅~!" 하는 외발 총성이 들리더니 덕배가 몸을 뒤로 확 꺾으며 나자빠져서는 비탈을 구르는 돌멩이마냥 돌너덜길 아래로 뒤둥그러졌다.

「성님~~!!」

한칼이와 호봉이가 재빨리 몸을 일으켜서 돌너덜길 아래를 살펴보려는 순간 또 "악~!!" 하는 비명 소리가 들리더니만, 귓때기가 뻘거죽죽한 사내가 앞으로 고꾸라져 버렸다.

「접주~! 접주~!! 으메으메‥! 큰일이네‥.」

허벅지에 천 쪼가리를 동여매고 절름거려대던 사내가 땅바닥에 몸을 바싹 낮추고서 쓰러진 사내를 불러보더니 어슷어슷 몸을 뒤로 빼며 말머리를 한칼이에게 돌리었다.

「거시기 인자 시‥시방‥, 시방 더는 안 되겄소‥! 헐 만큼은 혔응께‥, 얼릉들 싸게 싸게 피합시다. 잉?」

「피하긴 으디로? 우덜이 저것들을 여다 쪼까 더 붙들어놔야‥」

「아녀, 아녀! 나는 모르겄소! 나는 인자 시방 갈라요.」

허벅지에 천 쪼가리를 동여 맨 사내가 한칼이의 대답을 미처 다 듣지도 않고서 휘뚝휘뚝 몸을 일으켜 세우더니만, 말 그대로 족제비 난장 맞고 홍문재 넘어가듯이 허겁지겁 네 굽을 놓으며 산등성마루로 이어지는 된비탈을 향해 내빼기 시작했다. 그렇게 대여섯 걸음쯤 허둥대며 걸음을 옮겨가려는 데 갑자기 "꽈광~!!" "우르르릉~!!!" 총성과 포성이 빗발치듯 골짜기로 쏟아져 내리자, 총알에 맞은 것인지 아니면 겁을 집어 먹고 오금이 저려 그러는 것인지, 사내는 그 자리에서 앞으로 '픽~' 고꾸라졌다.

「저런‥, 저‥ 등신 같은‥, 니미럴 것‥!」

허벅지께 바짓가랑이를 부여잡고는 바들바들 몸을 떨면서 다리 부러진

거북이마냥 엉금엉금 앞으로 굼뜨게 기어가는 그 사내를 보며 한칼이가
"뿌드득…!" 어금니를 깨물었다.

「지가 가서 데꼬 올라요.」

호봉이가 재빠르게 된비탈로 뛰어올랐다. 그러나 한 걸음 떼어놓고 두
걸음 째 올라서려는 바로 그 순간, 머리통에를 맞았는지 위쪽 사방으로 피
가 튀며 수숫대 부러지듯 몸뚱이가 절반가량 확 꺾이더니만, 된비알 아래
로 사정없이 굴러 떨어졌다.

「호봉아…!! 호봉아야~!」

'벌떡!' 몸을 일으킨 한칼이 모가지에 힘줄이 굵다랗게 불거졌다.

「야…! 야 이 염병헐 놈아…! 이…, 이런…! 육시럴…!!」

「더 이상은 안 되겠네. 우리도 이만 물러나세.」

한칼이를 그 자리에 주저앉히려는 듯, 자웅눈이 사내가 말했다.

「가긴 으디를? 우덜이 가면 여는 으짤라고?」

덤벼들기라도 할 것마냥 한칼이가 눈에 핏발을 세웠다.

「우리 몇 사람이 감당할 수는 없지 않은가!」

답답하기는 마찬가지라 자웅눈이 사내도 목소리를 높였다.

「아니요…! 안 가겠소. 아니…! 못 가겠소!」

왜장치듯이 한칼이가 소리쳤다.

「저라고들 자빠져 있는디…. 저런 저…, 니미럴 놈의 송장들을 저라고서
팽개쳐 두고 나만 혼차 살겠다고 염치 읎이 내빼면은…, 낭중에 저승 가서
나가 뭔 낯짝으로 뵌다요? 아니요! 나는 못 가겠소! 안 가겠소…!」

「고집 피울 일이 아니네. 우리가 죽는다면 산채에 남아 있는 사람들은
어쩔 것인가? 함께 힘을 모아 대적해야 할 일 아닌가!」

「그…그랴요…, 성님…. 여…여는…,」

돌무덤에 몸을 기대고 있던 천수가 아등바등 숨을 몰아쉬면서 두 사람 사이로 말을 던졌다.

「우…우덜‥, 쪼…쪽수가‥, 주…중과衆寡가‥, 부족不敵항께요‥, 위… 로…다‥, 우…우덜을‥, 더‥ 더‥ 혀야‥, 안 허겄소‥? 어‥얼릉‥, 얼 릉‥ 오릅시다….」

「그리 하세. 산등성마루에서부터 산채로 오르는 길은 장정이 한꺼번에 둘 이상은 오르기 힘든 길이니 어쩌면 방법이 있을 수도 있을게야.」

「으메 분헌 것‥! 으메 분헌 것‥!」

자웅눈이 사내의 말 따위를 귀담아 들을리 없건만, 갈고리 맞은 고기마 냥 헐떡헐떡 거려대는 천수를 보자니 우선 저 놈부터 살려 놓고 봐야겠다 는 생각이라도 들었는지, 한칼이가 마음을 추스르려는 것 같았다.

「자, 어서 가세! 남이야~! 남이야~!」

자웅눈이 사내가 먼저 있던 돌무덤 뒤에서 총질을 해대는 남이를 불러 대고, 한칼이는 한쪽 어깨로 천수를 부축하여 일으켜 세우고서는 된비탈을 서둘러 오르기 시작하였다.

「일어날 수 있겠소?」

남이를 데리고서 한칼이의 뒤를 따라 된비탈을 오르던 자웅눈이 사내가 두어 걸음 앞쪽에 납작하게 엎드려 있는 사내에게 다가가 몸을 수그리며 물었다.

「아‥, 아니요‥. 나는 시방‥, 여‥ 여짝 허벅다리에 또 한 방을 맞아 갖 꼬‥, 더 이상은‥, 꼼짝달싹을 못항께‥, 여‥, 여 이냥 있을라요….」

허벅지에 천 쪼가리를 싸맸던 사내가 허벅지께를 어루만져댔다.

「죽은 척이라도 허고 살던가‥, 안 그라믄‥,」

사내가 '꿀꺽~!' 침을 삼켰다.

「뭔 방법이 있겠지라….옳어도 헐 수 옳고….」

「……」

「얼릉…, 놈들 오기 전에 싸게 올라가시오.」

허벅다리에 총알을 한 방 더 맞았다는 사내가 옆으로 기우듬하게 놓여 있는 제 몸뚱이만한 바위덩이에 몸을 기대었다. 그러자 알았다는 듯 자웅눈이 사내가 고개를 끄덕이며 입술을 '질끈…!' 깨물고서 허리를 펴더니 남이의 손을 잡고 '훌쩍~' 된비탈을 향해 발걸음을 떼었다. 그렇게 서둘러 된비탈을 내달아 오르려던 자웅눈이 사내가 미처 네댓 걸음도 못가서는 갑자기 휘우뚱거리더니 옆구리를 움켜쥐며 무릎을 꺾었다.

「익~!!」

「아자씨~!」

「성님~!!」

남이의 날카로운 외침 소리를 들었는지, 천수를 부축하며 비탈길을 오르던 한칼이도 멈춰서는 뒤돌아 소리쳤다.

「아… 아니야…, 나는 괜찮으니 어서들 오르시게….」

자웅눈이 사내가 남이의 팔을 붙잡고 이를 악물어 가며 왜틀비틀 몸을 일으키고서 다시 우줅우줅 된비탈을 오르기 시작했다. 천수와 한칼이의 뒤를 따라 그렇게 남이와 자웅눈이 사내마저 츠렁바위 뒤편으로 사라져 버리자 포성과 총성들도 이내 잠잠해지더니 은은한 소리의 끝자락만이 어슴푸레한 여운마냥 골짜기 주변에 드리워졌다. 잠시 그렇게 고자누룩해져 가는 가운데 "바스락~!" "자박…!" 얼어붙은 돌밭이 바수어지는 소리가 들리고 휑뎅그렁한 골짜기 아래쪽 돌너덜길에서부터 하나씩 둘씩 거무죽죽한 그림자들이 말 죽어 널브러진 밭고랑으로 모여드는 까마귀 떼마냥 에넘느레하게 드리워지더니만, 골짜기 위쪽 된비탈에서부터 아래쪽으로 꾸물

꾸물 목소리 한 줄기가 흐릿하게 흘러내렸다.

「사…, 살려‥주시오…. 하‥항복…이‥요….」

허벅다리에 총알을 한 방 더 맞았다는 사내의 목소리였다.

「나…, 나가…요‥, 시방‥, 요‥, 요로쿠롬‥, 엎드려 갖꼬‥, 하‥항복…잉께요…, 지‥, 지발‥, 살려만‥ 주시시오…. 잉…? 살려…」

코를 땅에 처박고서 납작 엎드린 채 바들바들 숨넘어가는 소리로 가물가물 애원하던 사내의 목소리가 어느 사이 골짜기 바위벼랑에 드리어지는 거대한 그림자 무리들에 에워싸이더니만, 더 이상 소리가 되어 나오지도 못하도록 짓눌려져 버리고는 그대로 으깨어져버렸다.

열째 마당

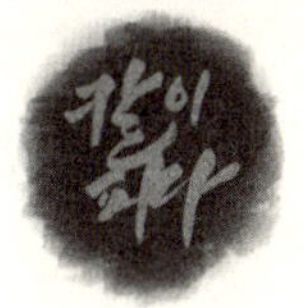

"쫘르릉~!" "꽈릉~!" "따다당‥!" "따당~!" "땅~!!" "쾅쾅~!!"

끄느름한 산머리를 틀어쥐고 쥐어뜯고 무지막지 씹어대는 감때사나운 포성들과 푸르뎅뎅한 산허리를 깊숙하게 할퀴어대고 후벼내는 갈퀴진 총성들이 멧부리에 날아올라와 아드등아드등 모지락스레 부딪히고 서로 엉기어 붙어서 제 머리 위쪽에 떨어져 내리자, 꼭 불난 집 며느리 싸대는 것마냥 멧부리 바로 아래께 너른 터에서 그루터기 주변을 몇 차례나 몇 걸음씩이나 왔다갔다 거리면서 벼랑길 아래쪽을 내려다보고 또 이따금 멧부리 기슭 안침의 바위구렁과 기우듬한 초막 쪽으로 눈길을 할금할금 돌려가며 안절부절 어쩔 줄을 몰라 하고 있는 듯이도 보이던 나부대대한 아낙네가 불안에 초조에다 예민하다 못해 과민으로 부딪혀대는 소리들을 따라 안달복달 경기驚氣라도 일으키듯 모가지를 움찔움찔 거려대고 옷고름을 쪼물쪼물 쥐어짜고 또 잘근잘근 씹어대더니만, 돌연 기구祈求라도 하고 싶었는지 두 손을 가슴께 모아 비비적비비적 입으로 무엇을 중얼중얼 외워 가며 허리를 굽실굽실 거려대기 시작했다.

한동안 그렇게 발바닥이 땅바닥에 달라붙은 것마냥 꼼짝없이 발붙이고 서서 손바닥만 비빗거리며 벌벌 떨어대던 아낙네가 으르렁거리고 아르렁거리는 총포 소리들이 설핏해지고 잠잠해지자 귓결에 무슨 소리라도 들었던 것인지, 산등성마루로 이어지는 좁다란 벼랑길 어귀의 그루터기 주변으로 허둥지둥 발걸음을 옮겨가더니만, 왜가리마냥 모가지를 기다랗게 빼고서 벼랑길 아래쪽을 향해 눈심지를 돋우었다.

「너가부지 뵙냐?」

아낙네가 벼랑길로 동글동글한 물음덩이를 짤따랗게 굴렸다.

「시방 으디짝에 기시다냐? 잉?」

「허이구~ 숨찬 거….」

벼랑길 아래쪽 푸나무서리에서부터 "바스락~!" 하고 뛰어오르는 마른 가지 밟아대는 소리를 따라 걸걸한 여자 목소리가 그루터기 주변에 투박스레 올라섰다.

「아야~ 분이야!」

「아고고…, 나도 모르겄어라. 으메메 발바닥아….」

뒤뚱거리며 벼랑길어귀로 올라선 분이가 나무 그루터기에 걸터앉더니만, 이마빡에 송골송골 맺힌 땀을 훔치고는 씩씩거려댔다.

「몰러? 왜 몰러?」

아낙네가 바투 다가들며 따지듯 물었다.

「너 시방 으디 짝서 오는 길인디? 잉?」

「쩌그…, 저 아랫길 짝으로 막 내려갈라는디…, 글씨 콩알을 볶아대는 소리들이 "따콩따콩" 하두 요란스러웅께…, 월매 가지도 못했소.」

「긍께, 으디까정 가 봤냐고?」

초들초들하였는지 아낙네가 입술을 다시며 캐물었다.

「장군바우 애기바우 헐 것 읎이 그짝 아래짝으로는 아조 바글바글한 것 같웅께…, 멀찌감치서 보기만 보고 얼릉 달려 올라왔소.」

「거북바우 쪽으로는 안 가봤고?」

마뜩하지 않다는 듯, 아낙네가 눈꼬리를 올리며 물었다.

「거는 진즉부터 놈덜 소굴인디 뭐들라고 가요? 나 디지라고?」

분이가 '샐죽~' 주둥이를 실그러뜨리며 볼멘소리를 내질렀다.

「으메으메~ 나가 참말로 환장허겄네…! 이 양반들이 아조 순번을 매겨 갖꼬서 아예 줄초상들을 치르실라고 작당들을 헸는갑다. 아니, 너가부지는 으디 상주가 되어 갖꼬 뭣을 은어 자실 것이 있으시다고 넘 초상 치르는 디를 쫓아가셨다냐!」

「하이고~ 엄니도 참…! 아, 덕배 아자씨 맴이 거시기헝께 아부지도 맴이 안되어 갖꼬 간 것이지, 것을 몰라 묻소?」

「야, 이년아…! 너는 시방 너가부지 걱정도 안 되냐?」

「하이고메~ 따간 거…!」

아낙네가 말끝에 솥뚜껑만한 손바닥으로 저만큼이나 널따란 등짝을 후려치자, 분이가 앉은 그대로 이맛살을 찌푸리고서 몸을 배배 꼬며 역정을 부려댔다.

「아~ 시방 돌아댕기느라 힘들어 죽겄구만 으짜쿠롬 나헌티다 승질이시오! 오지랖 넓으신 아부지헌티나 따지실 일이지!!」

「으메, 복장 터지는 거…!」

「아, 인자 시방 쪼까 있다 깜깜해지면 저것들도 필시 물러갈 것잉께 너무 걱정 마시오. 아부지야 으디에 숨었어도 잘 숨어 있을 것잉께.」

제 가슴을 쳐대는 나부대대한 아낙네에게 분이가 몸을 틀며 입을 뾰로통하게 내밀고는 뭉툭한 소리를 내뱉었다.

「이런 우라질 년이 시방 꼭, 넘의 옆집 사돈네 이종 사촌 땅 사는 얘기허 듯 태평시레…!」

공연히 눈알을 두릿두릿 부라려대던 아낙네가 무슨 기척이라도 느꼈는 지 돌연 말꼬리를 머금고서 벼랑길 아래쪽으로 재빨리 고개를 돌리었다.

「하이고~ 대정 나으리! 우리 분이 아부지 못 보셨소?」

「……」

벼랑길에서 엇그루 나무둥치 주변으로 성큼성큼 올라서는 대정에게 아 낙네가 바투 다가들며 물었긴만 대정이라는 사내는 한미디 대꾸도 없이 그 저 횡허케 아낙네와 분이 앞을 지나치며 멧부리 기슭 안침의 바위구렁 쪽 으로 향하였다. 아낙네가 뒤쫓아가려고 치맛자락을 움켜쥐고 걸음을 떼려 는데 벼랑길 아래 푸나무서리에서 또 무엇이 "바스락~" 거려대는 소리가 들려오자 뛰듯이 얼른 벼랑길 어귀로 다가갔다.

「너그들 혹시나 아저씨 못 봤냐?」

이제 막 벼랑길 어귀로 올라서려는 대호에게 아낙네가 물었다.

「금새 올라오실 것이요.」

벼랑길 어귀로 올라서며 던지듯, 대호가 대꾸했다.

「금시로?」

아낙네가 말을 곱씹으며 눈을 동그랗게 뜨고 되물었다.

「시방, 시방말이여?」

「응응응…. 그그그그그…, 금새…! 금새!」

대호의 뒤를 따라 궁궁이가 벼랑길 어귀에 올라서며 대꾸했다.

「것 보시오.」

「시끄러 이년아! 으디? 으디로?」

제 등 뒤의 나무둥치를 양손으로 짚고서 몸을 기우듬하게 뒤로 젖히고 있는 분이에게 한마디 쏘아붙인 아낙네가 목을 빼며 대호의 꽁무니를 쫓아 다가들었다.

「여 짝, 여 아래 짝서? 잉? 잉??」

「웅웅…. 아아아아…아래…아래…서…」

궁궁이가 벼랑길 아래쪽을 가리키며 고개를 끄덕여댔다.

「참말이냐? 대호야~! 야 말이 시방 참말이여? 잉? 잉?」

「야~!」

재차 삼차 확인이라도 하고 싶었는지 아낙네가 너른 터 한가운데를 벌써 가로질러 가려는 대호에게 물어대자 대호가 성가시다는 듯 거충거충 뒤도 돌아보지 않고서 대답했다.

「야…. 야…야…. 차차차…참말…! 참말…! 참말…!!」

나무등치 앞에서 궁궁이가 모가지에 힘을 주어 끄덕거려댔다.

「하이고 분이 아부지~!」

뽕 내 맡은 누에마냥 아낙네가 허방지방 좋아 어쩔 줄을 몰라 하며 뒤돌아 벼랑길 어귀로 잦은걸음을 옮기었다.

「만석 오래비는요?」

「……」

분이가 몸을 앞으로 기울이며 대호의 뒷꼭지에다 제법 단단한 물음덩이를 집어던졌으나 맞지 않았는지 아니면 맞고서도 대꾸하기 귀찮았는지, 대호는 너른 터를 가로질러 곧장 멧부리 기슭 안침의 바위구렁 쪽으로 발걸음을 재촉했다.

「오오오오…온다…! 가가가가가…같이…같이…!」

다가와서 귀띔해 주듯, 그러나 큰 소리로 궁궁이가 말했다.

「별일들은 없지라?」

걱정스러웠는지 분이가 저답지 않은 은근한 목소리로 물었다.

「응응응응…. 어어어어어‥없다…! 없다…!」

「으메으메~! 쩌기‥, 쩌짝서들 오시는갑네‥!」

궁궁이가 제 덕분이라는 듯이 가슴을 펴고서 제법 거드럭거려대려는데 아낙네가 호들갑스레 손뼉을 치며 소리쳤다. 그러자 궁궁이가 고개를 반대쪽으로 삐뚜름하게 내밀어 돌리더니만, 멧부리 기슭 안침에 비스듬히 자리 잡은 초막의 거적때기를 젖히고 들어가는 대호를 바라보았다.

「허이고, 이 양반아…! 대체 으디에 기시다가 인자 오요~! 넘의 애간장을 태울만큼 다 태우시고…!! 으디 상허신 디는 읎으시고요? 으디…? 으디 쫌 봅시다. 잉?」

벼랑길 어귀로 헐레벌떡 먼저 올라서는 읽둑빼기 만석이 뒤편의 웅칠이에게 진둥한둥 반색을 하며 다가간 아낙네가 신축辛丑년에 헤어졌던 지아비를 다시 만난 것마냥 웅칠이 몸뚱이 여기저기를 더듬어대더니만, 가슴을 쓸어내리는 시늉을 해 보였다.

「하이구 하이구~! 한울님께서 보우하사 천행으로다, 천만에 만만으로다 참말 다행이요. 나는 인자 아까 참부터, 아조 맴이 조마조마혀 갖꼬…」

「으르신 안에 기시지?」

읽둑빼기 만석이가 의외로 굳은 얼굴을 하고서, 수선스레 설레발놓으려는 가시어미를 아랑곳하지 않고서 앞으로 쭉 나서더니만, 분이에게 딱딱한 말투로 물었다.

「야. 안에들 다 기셔요. 으디 다친 디는 읎소?」

분이가 얼른 몸을 바로 일으켜 앉으며 물었다.

「잉. 일 읎어.」

만석이가 대단찮다는 듯 대꾸하고는 눈길을 두 내외에게 돌렸다.

「인자 아버님허고 어머님은 얼릉 저짝으로 들어가셔유.」

「그랴요. 우덜은 인자 들어가십시다. 잉?」

듣던 중 반가운 소리라 아낙네가 화색이 도는 얼굴을 하고서 잽싸게 웅칠이에게 다가가더니 소맷자락을 붙들었다.

「오라비는 안 들어가실라요?」

분이가 만석이쪽으로 고개를 기울이며 물었다.

「아니여. 나는 인자 시방 쪼까 뜸해졌으니께, 아래편으로 함 내려가 갖꼬 으찌 되었는가 살펴봐야 쓸 일이구먼.」

「그려요? 허면 나도 같이 가봐야 쓰겄네.」

「나나나나나…나는…?나는?나나나나…나도…!나도…!!」

분이가 깔고 앉았던 나무등치를 왼손으로 짚고서 "끙차~!" 하고 다리에 힘을 주어 엉덩이를 떼며 일어서자 궁궁이도 따라나서고 싶었는지 오른손으로 가슴을 쳐대며 분이에게 무턱대고 다가들었다.

「아녀, 아녀~! 성아는 시방 얼릉 대호헌티 가 있드라구…!」

만석이가 얼른 손을 휘휘 내저으며 막아서는 몸짓을 보이자 궁궁이가 고개를 푹 수그리더니 제 자리에서 머뭇머뭇 거려댔다.

「아아아아아아…알았…알았…다….」

「그리어. 너는 시방 나허고 같이 있도록 허고, 너그들은 어여 싸게 내려가 보드라고. 틀림읎이 꼭 다 올라올 것잉께 바로 잘 살펴들보고, 잉?」

웅칠이가 그새 풀이 죽었는지 부지깽이로 두들겨 맞은 누렁개 같은 낯꼴에다가 어름어름 기어들어 가는 목소리로 힘없이 쫑알거려대는 궁궁이를 다독여 주는 것 같더니만, 난안難安한 만큼이나 간절한 바람을 만석이와 분이에게 일러 두었다.

「암요~ 그러구 말구유. 참말루 그래야지유.」

안심시켜 주려는 듯 만석이가 고개를 끄덕이면서 말머리에 힘을 주더니 걱정 어린 목소리로 구슬리듯 말허리를 이어나갔다.

「긍께, 아버님도 인자 고만 걱정하시고 얼릉 엄니허고 냉큼 들어가셔유. 우덜도 시방 곧장 바로 내려가 볼라니께유.」

「그랴…. 너들도 조심허고….」

「야….」

겨우 제 발치께쯤에다가 던지듯 나지막히 뱉어낸 웅칠이의 말소리에는 물기가 눅눅하게 배어 있었다. 만석이도 그것을 느꼈는지 다소 흔들리며 나오려는 목꼬리를 '꾹…!' 하고 도로 눌러 삼키고는 짐짓 힘주어 고개를 끄덕였다.

「쉬…쉬…쉿~! 쉿~!! 조조조…조심…! 조심조심~!!」

제 간에도 뭔가 심상치 않은 느낌이 들었는지 궁궁이도 슬금슬금 까치발을 떼고 다가오면서 제 손가락을 입술에 대고 더덜더덜 끼어 들었다.

「그럼 시방 가겄어유.」

어쩌면 가벼운 인사치례조차 마지막 인사가 될지 모른다는 불길한 생각을 하였던 것인지 만석이가 웅칠이와 아낙네에게 고갯짓조차 하지 않고서, 그저 말만 툭 던져 놓고서는, 분이와 함께 벼랑길 아래로 서둘러 내려갔다.

「……」

「분이 아부지….」

「……」

아낙네가 바투 다가와 불렀건만 웅칠이는 아무런 대꾸도 없이 벼랑길 아래쪽으로 부리나케 내려가는 분이와 만석이를 오도카니 내려다보기만 하였다.

「분이 아부지~이…!」

「……」

아낙네가 자못 곰살궂게 굴어대자 응칠이가 고개를 돌리었다.

「으째 그래 쌌소? 잉? 인자 언릉 싸게 드갑시다. 잉?」

아낙네가 달래면서도 채근하듯 응칠이 옷소매를 잡아끌었다.

「그리어. 들어가세…」

응칠이가 고개를 옆으로 살짝 기울이고서 이마빡에 굵다랗게 패여 있는 주름고랑을 가운데 손가락 끄트머리로 긁적이듯이 어루만지고는 콧구멍으로 "후우~" 하고 깊은 숨을 내쉬더니 눈길을 궁궁이에게로 돌리었다.

「너도 어여…, 어여 들어가자.」

「응응응응응응응….」

무엇을 아는지 모르는지 그저 목낭청睦郎廳이마냥 궁궁이는 연방 고개만 끄덕여댔다. 응칠이가 앞장서 무거운 발걸음을 떼자 나부대대한 아낙네가 양지마당의 씨암탉마냥 아기적아기적 뒤를 따랐고 궁궁이가 허깨비걸음으로 허둥허둥 두 사람을 뒤따랐는데, 지질펀펀한 너른 터를 가로질러 멧부리 기슭 안침으로 발걸음을 옮겨가는 세 사람의 머리 위로는 밤보다도 어둡게 느껴지는 구름그늘이 꿉꿉하게 내려앉고 있었다.

"이잉~? 아, 다들 이러고 앉아 죽으실 참이시요들? 먼저 살아야 헌다고…! 그라고서 멀리 뛰보라고 말씀 안 허셨소?"

기우듬한 초막 앞에 다다른 응칠이가 오른손을 뻗어서 거반 절반 뜯겨나간 거적때기를 막 젖히려는 찰나, 찜부럭을 부리듯 잔뜩 흥분한 목소리가 초막 안에서부터 튀어나왔다. 그 소리에 응칠이가 잠시 무르춤하며 머뭇거리는가 싶더니 고개를 돌리어 아낙네를 바라보았다. 그리고는 입을 '꾹…' 다물고서 제 생각을 말하는 듯 아낙네에게 한 차례 고개를 끄덕거리더니 거적때기를 슬그머니 젖히며 초막 안으로 들어섰고, 뒤따라 아낙네와 궁궁이도 가만가만 초막 안으로 들어섰다.

「……」

초막 안에서는 누리끼리한 고콜불이 틈새 바람에 밟히어 금방이라도 숨이 넘어갈 것처럼 까물락까물락 거려대고 있었는데, 가장 안쪽의 구석진 곳에는 거적때기에 둘둘 말아 놓은 노파의 주검이 꿉꿉한 암갈색의 바위처럼 어둡게 자리하고 있었으며, 그 주검을 등지고서 입구 쪽을 향하여 소리 없는 입술을 오물락쪼물락 움직여 가며 뭐라 연이어 중얼중얼 거려대는 애기보살 난화를 가슴에 품어 안고서 들리는 듯 마는 듯 그 중얼거림을 들으려는 것인지 아는 듯 모르는 듯 그 뜻을 풀어보자는 것인지 눈을 지그시 감은 채 왼손으로는 염주알을 세듯이 굴려대며 꼭 그 빠르기만큼이나 몸을 좌우로 가볍게 흔들어대고 있는 당골네의 모습이 보였고, 초막 가운데께는 허리를 꼿꼿하게 세우고 정좌한 채 역시 눈을 감고서 생각에 잠겨 있는 것처럼 보이는 노사와 그 맞은편에 마주 앉아 노사의 쥐어진 주먹에다 눈길을 무겁게 올려 놓은 대정이라는 사내, 그리고 그 오른편으로 나란하게, 당장이라도 일어나려는 듯이 한쪽 무릎을 세우고 앉아 상기된 얼굴로 허옇게 부르튼 입술을 '부르르…!' 떨어대고 있는 대호의 모습이 보였다.

「으메으메~ 참말로 환장허겄네…! 아, 얼릉 나가자니께 왜들 말씀들이 읎으시오! 깜깜절벽들마냥 이라고서 맬겁시 여…, 여서 긍께 요냥 조개깝데기 속의 게딱지맹키 외곬으로 통부리고 기시다가는 종당 외통수에 걸린당께요!」

대호가 덜룽스레 제 가슴팍을 쳐대더니 절반쯤은 찜부럭을 부리듯이 또 절반쯤은 비대발괄하듯이 대정이라는 사내와 노사를 번갈아보며 목소리를 높였다.

「시방 참은요…! 쩌쩌번하고는 밀고 오는 쪽수부터가…, 아예 방도부터

가 틀려라! 싹쓸이를 허대듯이 토끼몰이마냥 다몰아오는디‥! 아, 잔바늘
로다 쑤시듯이 지돌잇길 아래짝부터 위짝으로 오만 활을 쏴대고서는, 불질
에 대포까정 들입다 쏴제낌서 올라오고 있당께요! 인자는 으디로 숨을 디
도 읎어라~!!」

애걸복걸 통사정을 하는 것인지 이래저래 일이 돌아가는 형편을 설명하
고 설득을 하려는 것인지 대호는 울기 직전의 얼굴에 모가지에는 핏대까지
세워 가며 안달복달하였건만, 듣는 것인지 마는 것인지 노사는 감중련을
하고서 눈도 깜박이지 않았다.

「하이고, 아자씨~! 거시기‥, 아자씨가 나랑 같이 봤응께, 나 말이 참이
라고 말씀 쪼까 거들어주시오. 잉? 잉?」

당장이라도 뛰쳐나가고 싶어 사타구니와 허벅지 심지어 장딴지와 발바
닥까지 근질거려대는 사람마냥 엉덩이를 들썩들썩 거려대던 대호가 이제
겨우 두어 걸음 초막 안에 들어서서 주춤주춤 제 어깨 너머 뒤쪽으로 엉거
주춤거리려는 웅칠이에게 고개를 쳐들고서 "씩씩~" 콧김을 뿜어대며 말을
던져 올렸다.

「……」

침침하였는지 노사가 눈을 가늘게 뜨고서 웅칠이를 바라보았다.

「……」

웅칠이는 그 자리에 붙박인 듯 어정쩡하게 서서 잠시 쭈뼛쭈뼛 거려대
더니 별 다른 말없이 슬금슬금 이내 대정과 대호의 뒤편에 가 앉았다. 그러
자 나부대대한 아낙네도 제 체구에는 어울리지 않게 송구스러워하는 몸짓
을 보이고는 비실비실 소심하게 게걸음 치며 웅칠이 곁에 다가가 나란히
붙어 앉았고, 궁궁이도 멋모르고 쫄래쫄래 깨구락지 밑구녕만 졸졸거리고
쫓아다니는 실뱀마냥 뒷꽁무니를 따라와서 두 내외의 뒤편에 '털썩!' 주

저앉았다. 잠자코 그 광경을 지켜보기만 하던 노사가 도로 눈을 감아 버리자 몸이 달아오른 대호가 목이 타는지 목울대 너머로 침을 "꿀꺽~!" 깊숙이 넘겨 삼켰다.

「으메 까깝헌 거…!아, 대정께서도 말씀 쪼까 해 보랑께요!」

「……」

「아~ 대정…!!」

팔소매를 걷어붙이고 따져들기라도 할 것처럼 대호가 울뚝울뚝 모가지에 핏대를 굵다랗게 세우고서 대정을 부르려는데, 갑작스레 "꽈르르릉~!!" "콰릉~!" "따다당!!" "땅!" "따당!!" 요란한 총성과 포성들이 멧부리 꼭대기에서 기슭으로 부딪혀 내렸다.

「까까까…, 깜짝…!깜…짝이야…!」

궁궁이가 어깨를 움츠리더니 궁상스레 몸을 옹송그렸다.

「쩌 소리 보시오! 이라고들, 이람서 겨트로이 몽그리고 기실 때가 아니랑께요. 필시 오늘로 사생결딴이 난당께 왜들 말씀을 못 알아들으시오!!」

「……」

대호가 얼굴이 시뻘겋게 선지 방구리가 되어 총성과 포성들이 요란스레 울려대는 너른 터를 가리키며 목청 높여 '밖으로 안 나가고 여기서 뭘 어쩔 것이냐.' 고 묻기는 하였으나, 할 수 있는 것은 아무 것도 없다는 것을 벌써 알고 진즉 체념해 버린 사람마냥 노사는 잠자코 있기만 하였다.

「흐이구, 참말로…! 소뿔 우에다가 닭알 쌓을 궁리 허시는 것도 아니시고…. 총포 소리도 허벌나게 가차워져 오는디, 허면 시방 쩌 아래짝은 대체 으찌 된 것이여?」

"대정~! 대정~!!"

"접사 오라비~! 접사 오라비~!!"

대호가 속이 끓어 게두덜게두덜 거려대려는데 멀리 바깥에서부터, 그루터기를 지나 벼랑길 아래에서부터, 만석이와 분이의 목소리가 다급하게 날아올랐다.

「으메, 환장허겄네! 환장허겄어!!」

더 이상 엉덩이 붙이고 앉아 있을 수만은 없다 생각했는지 대호가 순식간에 장검을 부르쥐고는 구르듯 발을 "쿵~!" 디디며 '벌떡' 일어서더니 거적때기를 '휙~!' 젖히고서 황급히 바깥으로 뛰쳐나갔다.

「호호호호‥호야‥!호야‥!호야!!」

튕기듯 따라 일어선 궁궁이가 허겁지겁 대호를 좇아 나섰다..

「……」

「거시기, 으르신….」

절반쯤 뜯겨져 나간 거적때기 틈새에다가 귓바퀴를 굴려놓고서 너른 터를 가로질러 벼랑길 아래쪽으로 멀어져가는 발소리를 모으고 있는 것처럼 보이는 사람들 가운데로 웅칠이가 조심스레 말을 던져 넣었다.

「대호가 저라고 씨우적거리는 것도 무리는 아니여라. 암만 혀도 인자, 오늘을 넴기기가‥, 쉽지는 않을 듯 싶구만이라….」

머리를 조아리듯 고개를 숙여 가며 말을 마친 웅칠이가 씻을 물이라고는 눈을 씻고 봐도 없건만 깨끗하다 못해 빛이 나는 듯이 보이는 노사의 해쓱한 얼굴을 쳐다보았다.

「……」

노사가 무어라 말 한 마디는커녕 눈 감은 채로 미동조차 하지 않자 웅칠이가 고개를 돌리더니 대정을 쳐다보았다.

「……」

「여느 때와는 다르기도 한 것이‥.」

이윽고 노사가 눈을 뜨더니만, 눈길을 멀리 초막 밖으로 군데군데 해끗해끗한 눈구름에다가 던져놓더니 숨을 가득히 들이마시고는 차분하게 가라앉은 말소리를 내었다.

「구름 몰려오는 소리들이 어지러이 들리는구만, 그래…. 허나, 걱정할 것 있겠는가? 새 바람에 구름이 걷힌즉, 곧 청명해질 것이거늘….」

「……」

「아니 그러한가?」

「……」

던져 놓은 말씀이 꼭 소전小篆 뒤 글자 같아 알쏭달쏭 아리송하여 알 것도 같고 모를 것도 같았는지 어느 한 사람 아무 대꾸도 하지 않았다.

「무사히들 내려 가셨던가?」

눈길을 눈구름에 던져놓은 노사가 웅칠이에게 물었다.

「아그들… 말씀이신감요?」

웅칠이가 고개를 갸웃이 낮추며 그보다 낮은 소리로 되물었다.

「……」

대답대신 노사가 가만히 숨을 내쉬었다.

「거시기…, 호봉이헌티 야그를 들었는디요. 재필이란 놈이 와 갖꼬 데꼬 내려 갔당께, 별일 읎이 잘들 내려갔을 것이구만이라.」

「그리 되었는가?」

노사가 입가에 엷은 미소를 띠었다.

「야….」

「하엽荷葉이 곧 연화蓮華요…, 씨앗이 곧 뿌리인즉….」

「……」

「뿌리가 죽지 않고 살아 있으면….」

읊조리듯, 가느다랗지만 또렷이 들리는 목소리였다.

「그 마음만…, 그 씨앗만 죽지 않고 살아 있다면….」

노사가 덧붙이려던 말끝을 머금고는 다시 눈을 감아 버렸다.

「……」

「거시기 그랑께 대정…」

잠시 고요했던 가운데 다시 "꽈르릉~!" "꽈릉~!" "우르르릉~!" 포성과 총성들이 더 가까이서 더 커다랗게 들려오자 웅칠이가 무슨 마음을 먹었는지 입속에서 혓바닥을 움직여 앞 이빨을 빤드드드하게 문질러대더니만, 말문을 열어보였다.

「인자는 시방 판세가 대호 놈 말마따나…, 우덜이 모다 나서야 허지 않을까 싶으네….」

말을 마친 웅칠이가 노사의 희끄무레한 수염다발 속에 감춰진 듯 굳게 다물려져 있는 입술을 물끄러미 바라보더니 제 입술을 한차례 '찌긋…!' 하고 다물어 보고는 오른손으로 바닥을 짚고 몸을 기울였다.

「허면 지는 시방 나가 봐야 쓰겠구만이라.」

「으메으메~! 인자 시방 막 올라오신 양반이 가만 기시지 못허고 또 으디를 가겠다고 그라시오? 엄니 여그 냅두시고?」

놀란 아낙네가 일어서려는 웅칠이의 바짓가랑이를 붙잡았다.

「자네가 여 있는디 나가 뭣이 걱정이랑가? 나는 자네만 믿네.」

웅칠이가 아낙네의 손을 쥐어 잡더니 바짓가랑이에서 떼어냈다.

「하이고~ 분이 아부지…!」

아낙네가 일어서는 웅칠이의 손을 붙잡아 당기며 매달리듯 울먹이는 소리를 냈으나, 웅칠이가 아낙네의 손모가지를 틀어쥐고는 지그시 힘을 주어 풀어 내었다.

「하이고 아이구…! 아이구 하이구…! 참말로…!」

「이 몸도 같이 가도록 하지요.」

손이 풀린 아낙네가 제 손모가지를 어루만지며 속이 달아 도와달라는 눈으로 주변을 두리번거리려는데, 구석진 곳에 잠자코 앉아만 있던 당골네가 몸을 일으키면서 말을 던졌다.

「보살님께서도 나서시렵니까?」

「……」

'찌긋!' 하고 제 저고리 소맷자락을 붙잡아 당기면서 따라 일어서려는 난화에게 당골네가 새끼손가락 한마디나 될까 말까 있는 듯 없는 듯 흐릿하고도 짤따란 눈썹을 치켜 올리며 눈을 동그랗게 뜨고 묻자, 난화가 힘주어 입을 '꾹…!' 다물며 고개를 끄덕였다.

「여기에 그냥 계시는 것이 어떻겠습니까?」

「……」

당골네가 허리를 굽히고 가까이서 난화의 새까만 눈을 바라보며 재차 물어보자, 난화가 이번에는 고개를 세차게 가로 저어댔다.

「정히 원하신다면 그리 하도록 하시지요.」

당골네가 빙긋 환하게 웃어 보였다.

「혼자 가는 꽃길보다는 함께 가는 밤길이 한결 나은 법이니까요.」

당골네가 허리를 펴더니만, 난화를 앞세워 발걸음을 떼며 초막 입구에 서 있는 웅칠이에게로 눈길을 건네었다.

「자, 가시지요.」

「으메으메…! 하이고 분이 아부지…, 분이 아부지~이…!」

「기다려 주시겠습니까?」

「…!…」

말리고 싶은 마음이라 달라붙기는 하였으나 무엇을 이러지도 저러지도 못하겠던지 앉은뱅이 용쓰는 것마냥 엉덩짝을 들썩이며 일어서려다가 도로 주저앉고 또 주저앉았다가 다시 일어서려 머무적머무적 거려대는 나부대대한 아낙네의 머리 너머로 대정이 차분한 목소리를 던지자, 당골네와 난화 그리고 웅칠이가 절반쯤 뜯겨져 나간 거적때기를 젖히고서 밖으로 막 나서려다가 그 자리에 멈춰 서서는 고개를 돌리었다.

「하이고 참말로⋯! 대정 나으리~!」

혹시나 대정이 제 편에 서서 분이 아부지를 못 가도록 붙잡아 두려는가 보다고 생각했는지 아낙네의 목소리는 저에게 어울릴 만한 기대감으로 자못 들떠 있는 듯하였다.

「분이 아부지⋯, 분이 아부지이~!」

「⋯⋯」

초막 입구에 서서 던진 사람들의 눈길에도 아랑곳 않으며, 또 개골창 한 가운데 놓여 있는 징검다리마냥 서 있는 사람들과 자신 사이에 엉덩이 뭉개고 앉아 있는 나부대대한 아낙네도 건너뛰고서, 대정은 노사에게 눈길을 돌리었다.

「나으리⋯.」

눈길을 무덤덤하게 던져놓고서 '한 호흡' 머금었다 풀어낸 대정이 되새김하듯 나직하면서도 뜨거운 목소리를 내었다.

「⋯⋯」

노사는 여전히 눈을 감은 채 아무런 대꾸도 없었다.

「⋯⋯」

대정이 숨을 가다듬고서 가만히 몸을 일으키더니 아정雅正하면서도 묵중默重한 몸짓으로 노사에게 큰절을 올렸다.

「…?…」

그러자 나부대대한 아낙네가 '뜬금없이 어찌하여 저러시는가?' 하고 궁금하기도 하면서 한편으로 불길한 생각 같은 것이 '퍼뜩!' 머릿속을 스쳐 지나갔는지 가느다랗던 눈을 동그랗게 뜨더니만, 살펴보려는 듯 웅칠이가 있는 쪽으로 재빨리 눈길을 돌리었다.

「…!…」

차가운 눈을 반짝이며 피가 배인 상처마냥 붉디붉은 것이 도드라져 보이도록 입술을 굳게 다물고 서 있는 당골네와 그 옆으로 나란히 굳은 낯꼴을 하고 서 있는 웅칠이를 갈마보던 아낙네가 뭐라 이야기하려 메기주둥이 같은 입술을 달싹거려대려는데, 대정이 천천히 고개를 들고 몸을 일으켜 세우더니 공손히 무릎을 꿇고 앉아서 입을 떼었다.

「시생侍生…, 나으리의 예를 따랐습니다. 일신一身으로 만신萬身을 살피며 일물一物로써 만물萬物을…, 일심一心으로 만심萬心을 살핌으로 일세一世로써 만세萬世를 살피고자 하였습니다. 엎드려 땅 위에 눈물을 새겨 가며 마음으로 한울의 마음을 대신하고 입으로는 한울의 말을 대신하며 몸으로 한울의 업業을 대신하고자 다짐하였습니다. 삼가 나으리의 마음과 뜻을 형감衡鑑으로 삼으며, 나으리의 언행을 규구規矩와 준승準繩으로 삼아 '성' 誠과 '경' 敬과 '신' 信의 세 글자로 하여금 칼과 창과 활을 대신케 하여, 일시一時의 죄罪를 지어 만세의 공功을 전하고자 하였습니다. 비록 선사께서 말씀하시길, '도道로써 난亂을 지음은 불가不可한 일이라' 하셨으나….」

대정이라는 사내가 지그시 아랫입술을 깨물었다.

「나으리께서 작게는 사문斯文의 난적亂賊이요, 크게는 나라의 역적이시라면…, 일컬어 좌도左道를 걸으심에 난정亂正의 배리背理를 범하신다면…, 불초 소생 또한 나으리를 붙좇아 역도逆徒가 되어야겠다…. 조상의 묘가 파헤쳐지고 뼈가 갈리어 그 뼈가 바람에 날리더라도‥, 일순一瞬의 망설임 없이 한 점의 부끄럼도 모르는‥, 대명률大明律의 모반대역죄謀反大逆罪를 범하는 난법亂法과 역리逆理의 길을 걷더라도 나는 그 길을 따르리라‥. 죽음을 각오하는 마음으로 살고, 살아가는 마음으로 죽고자 맹서하였습니다. 허나, 나으리‥!」

눈자위가 붉어진 대정이 울분을 삼키듯 입을 다물고서 "꿀꺽‥!" 침덩이를 삼키어 넘기더니 다시 입을 떼었다.

「이 원통한 마음은‥, 이 설움과 원한만은 안고 가렵니다‥. 사무쳐‥, 못 잊어‥, 소인의 혼魂이 강降하고 백魄이 승昇하야, 구천九泉을 떠도는 한낱 원귀寃鬼가 되는 한이 있더라도 이 분기憤氣만은 삼백육십 뼈마디에‥, 팔만사천의 모공으로 한 올 한 올 저미고 스민 채 가지고 가렵니다‥. 잊지 않으렵니다. 잊지 않으렵니다. 뼈조차 자취 없이 한 톨의 먼지로 부서진다 해도‥, 무궁한 울 안에 한 줌 원기元氣로 흩어져 버릴지언정 모두 안고 가렵니다‥.」

대정이 말꼬리를 무겁게 가라앉히더니 어금니를 악다물었다.

「가시려는 것인가‥?」

비록 눈을 감고 있었다고는 하나 귀마저 닫고 있었던 것은 아니었을 것이다. 자신의 생각을 들여다보며 그 누구도 아닌 어느 누구에게 물어보듯, 눈을 뜨면서 말을 던져 올리는 노사의 눈가에는 어느덧 물기가 흐릿하게 어리어 있었다.

「……」

숙연하였던지 사람들은 모두 말없이 고개를 숙이고만 있었다.

「그래‥, 그렇구만‥.」

노사가 느릿하게 두어 차례 고개를 끄덕거리더니만, 뜯겨져 나간 거적때기 틈새에다가 눈길을 던지고는 맞은 편 봉우리 너머로 내려앉아 있는 거무죽죽한 하늘을 올려다보았다.

「환원還元들을 하시기에는 더 없이 좋은 날이로고…, 허허허~」

노사가 우물처럼 깊은 눈에다 맑은 미소를 담아 보이며 허허한 웃음소리를 내더니만, 이내 일어서서는 초막 입구에 서 있는 웅칠이와 당골네 그리고 난화와 초막 가운데께 나부대대한 아낙네를 향하여 큰절을 올렸다.

「으메으메~! 으르신…! 이…, 이 웬 변고시라요? 야?」

황망하였던지 웅칠이가 어쩔 줄을 몰라 하며 무릎을 꿇고 바닥에 이마를 찧어대자 아낙네도 바닥에 납작하게 엎드리며 머리를 조아렸다.

「하이구 으르신…, 시방…, 요것이 뭔 일이시라요…?」

덜름한 치맛자락 바깥으로 시커멓게 삐져나온 아낙네의 발뒤꿈치가 제 마음마냥 안절부절 헐떡거려댔다.

「……」

한동안 그렇게 맨바닥에 이마를 대고 엎드려 있던 노사가 이윽고 허리를 펴며 꼿꼿하게 일어나 앉았는데, 글썽거리려는 눈시울에는 어느 사이 아픔의 자취가 또렷하게 번져 있었다.

「하이고메… 으르신…, 으르신….」

아낙네가 눈길을 아래로 떨어뜨리고는 징징거려댔다.

「잘들 가시게나…. 잘들….」

노사가 입가에 힘을 주어 미소를 잔잔히 머금어 보였으나 이미 잠긴 목소리는 눅눅히 젖어있었다.

「하이고, 으르신…! 으르신… 으르신…!」

곡소리마냥 아낙네가 흐느껴대려는데 갑작스레 "따다당~!!" "따당~!" "땅!!" "땅~!!" "따다다당~!!" 고막을 때리는 총성들이 요란스레 초막으로 날아들었다.

"대정~! 대정~!! 시‥시방‥! 쩌‥쩌 아래짝서요‥!"

뒤이어 벼랑길 아래에서부터 황급한 목소리가 뛰어올랐다.

「아아아아아아‥아래‥! 짝짝‥! 아래‥짝‥! 서‥요‥! 요‥요‥!!」

황황망조遑遑罔措하야 허둥지둥, 목소리의 임자보다도 앞서, 벼랑길에서 그루터기 주변으로 부리나케 올라선 궁궁이가 멧부리 안침에다 소리소리 외쳐댔다.

「횃불들이 아조 기냥, 새까맣게들 몰려오고 있어라!」

괄괄한 목소리가 들뜬듯 뛰어오르더니 반쯤 뜯겨나간 거적때기 틈새로, 벼랑길 어귀에 올라선 궁궁이 발뒤축 아래로, 목소리의 임자인 분이가 씨근대며 올라서는 것이 보였다.

「오오오오‥온다‥! 온다‥! 쌔쌔쌔‥쌔까‥맣게‥! 맣게‥! 무‥무섭‥게‥!! 호호‥호랭‥이‥! 누누누누‥눈깔‥! 로‥! 누누누누‥눈깔‥! 로‥!! 로‥!!!」

「장태요~! 장태 읋어라? 장태말이요! 장태~!! 잉? 잉??」

벼랑길에서 엇그루 나무둥치 주변으로 다급스레 뛰어올라선 대호가 주변을 두리번거려대며 닭의 둥지를, 대나무를 쪼개어 가로 세로 둥그렇게 엮어 만들어 그 안에다 짚을 잔뜩 넣고 굴려서 총알들을 막아내는 장태를, 있을 리 만무하고 없을 것이 당연한 놈의 것을, 천둥 우는 날에 지 어미 배 째고 나온 사내놈마냥 목청을 높여 가며 부산스레 찾아댔다.

「으메, 분헌 것‥! 장태만‥!! 장태만 있었두래두‥!」

대호가 벼랑길 아래쪽을 내려다보며 뒷걸음쳤다.

「대정~!! 대정~!!」

천수를 등에 업은 한칼이와 도중이라는 자웅눈이 사내를 부축한 앍둑빼

기 만석이 그리고 남이가 벼랑길 아래쪽에서부터 소리치며 숨가쁘게, 북단
北壇 거둥에 몰려드는 보군步軍들 마냥 벼랑길 어귀의 엇그루 나무등치 앞
을 지나 너른 터로, 헤덤벼 들었다.

「어서 나가 봅시다.」

대정이 말을 던지며 성큼 발을 내딛어 초막을 나서자 웅칠이가 곧바로
따라나섰고 뒤이어 당골네와 애기보살 난화가 선뜻선뜻 초막을 나섰다.

「에고~ 나도⋯!」

나부대대한 아낙네도 쫓아나가 보고 싶었는지 눈치를 살펴보려는 듯
'힐끔⋯!' 눈길을 노사에게로 돌리었다. 그러다 노사와 눈이 마주치자 고
갯짓을 하는 둥 마는 둥 엉거주춤거리더니만, 그대로 내빼듯 '후다닥~' 초
막을 나서버렸다.

「⋯⋯」

「⋯⋯」

한칼이는 등에 업고있던 천수를 내려 엇그루 나무등치에다 기대어놓듯
조심스럽게 가로 눕혀 놓았다. 그러자 만석이도 남이와 함께 곁부축하여
데리고 올라온 자웅눈이 사내를 나무등치에 비스듬히 기대여 앉혔다.

「대정⋯으른⋯⋯.」

저에게 다가오는 대정을 치어다보고서 무어라 입술을 달싹거려대려는
천수의 두 눈이 흐릿하게 가물거려댔다.

「아무 말씀 마시게나.」

「그랴, 이 염병헐 놈아⋯! 지발 입 좀 다물라잖여!」

대정이 천수의 곁에 왼 무릎을 굽히고 앉아 손을 잡으며 진정시켜주려
하자 한칼이가 다정다감하면서도 투박하게 안달복달 못하여 울먹이는 소
리로 핀잔을 주었다.

「……」

대정은 천수의 윗도리들을 하나씩 풀어헤치기 시작했다. 두꺼운 옷을 여러 벌 겹으로 껴입고 있었기 때문에 겉으로 보면 어디를 맞았는지 잘 드러나 보이지도 않았으나 한 꺼풀씩 서너 꺼풀 풀어헤치자 천수의 가슴 아래께 배꼽 왼편은 온통 시뻘겋게 물들어있는 것이 아예 벗겨내어 비틀어 쥐어짜 보면 핏물이 조롱박 한 바가지는 너끈히 채우고도 남을 것 같았다.

「으짜요, 잉‥?」

한칼이가 곁에 쪼그려 앉으며 근심어린 얼굴로 물었다.

「……」

대정이 천수의 윗도리들을 하나씩 차분하게 도로 여미고 입혀 주더니 대답 대신 누구를 찾으려는 듯 주변을 두리번거렸다.

「누구요?」

「……」

한칼이의 물음에 대정이 고개를 들고서 한칼이를 쳐다보았다.

「먼처들 갔어라. 덕배 성님 허고 호봉이도 데려 불고‥.」

「……」

척 하면 무른 감 떨어지는 소리라는 듯 한칼이가 주저없이 말을 건네자 불현듯 머릿속으로 주천이라는 먹빛 두루마기의 사내와 덕배 그리고 호봉이의 마지막 모습이 떠오르기라도 하였는지 대정은 어금니를 악다물고서 눈을 감아 버렸다.

「……」

「……」

「서‥‥, 성님‥‥.」

천수가 입술 주변이 허옇도록 숨을 몰아쉬며 한칼이를 불렀다.

「…!…」

한칼이가 천수에게로 눈길을 돌리었다.

「거…, 것……, 으‥짰……소‥?」

천수가 업혀가는 돼지마냥 거슴츠레한 눈을 끔뻑이며 띄엄띄엄 말쪼가리를 내뱉었다.

「뭐‥? 뭣 말이여?」

한칼이가 되물었다.

「혀‥형……수가……, 새벽……참……에……, 주고……간…….」

흐리멍덩하였지만 무엇인가를 절실히 바라는 눈빛이었다.

「두범어메가…?」

천수가 모가지에 겨우겨우 없는 힘을 잔뜩 주어 고개를 한차례 끄덕거리자 '혹시 이것‥?' 하는 생각이 떠올랐는지 한칼이가 바지춤에다 손을 '쑥~' 집어넣더니 꼬깃꼬깃하게 접혀 있는 종이쪽지를 꺼내보였다.

「니‥, 요것 말이여?」

「야……. 것……, 나……, 한……놈…만‥, 이…, 읽……어……」

천수가 짧은 순간 화색이 도는 얼굴로 고개를 끄덕여대고는 여든에 이 앓는 소리마냥 똑똑치 않은 소리들을 중얼거려댔다.

「야~! 야, 이 우라질 놈아…!!」

「어…… 얼…룽…… .」

간절하고 곡진한 마음마냥 급박하고 절박한 목소리였다.

「이‥, 이런 염병헐 놈이…! 너가 인나 읽어, 이 썩을 놈아…!」

「서‥, 성…님‥, 꼬‥, 꼭‥, 한번‥, 만…,」

마지막 힘을 모으듯 천수가 턱 끝에서 짧은 숨을 헐떡거려댔다.

「이…! 이런…니미럴 놈의, 염병헐 놈이…!!」

한칼이가 나오려는 뒷말을 깨물듯이 어금니를 악물더니만, 누리끼리한 종이쪼가리를 폈다가 다시 '꾸깃‥!' 주먹이 하얗게 되도록 부르쥐더니 소리 내어 삼칠자 주문을 외기 시작했다.

「지 기 금 지 원 위 대 강 시 천 주 조 화 정 영 세 불 망 만 사 지!! 지 기 금 지 원 위 대 강 시 천 주~~」

「성‥님‥‥, 나‥, 나‥가‥‥, 어‥‥질‥질‥허는‥ 것이‥‥,」

주문 외는 소리를 듣자 맺혔던 마음이 느슨하게 풀어지는 것만 같았는지, 천수의 눈꺼풀이 '스르르~' 흐리멍덩한 눈알을 내리덮었고 목소리도 점점 잦아들었다.

「야, 이놈아~! 정신 놓치 말어!」

「아‥‥‥ 아니요‥. 나는‥ 인자‥ 틀‥린‥‥‥」

「염병 헐 놈이 별‥, 미친 개 아들놈의 풀 뜯어먹는 소릴 다 허고 자빠졌네‥! 헛소리 말고 귓구녕 열고 똑똑히 듣기나 들어, 이놈아‥! 지 기 금 지 원 위 대 강 시 천 주 조 화 정 영 세 불 망 만 사 지~!」

글썽이려는 눈물을 감추려는 듯, 한칼이가 어깻죽지를 추켜올리며 고개를 반대쪽으로 틀어버리더니 소리 높여 삼칠자 주문을 외워댔다.

「지 기 금 지 원 위 대 강~~」

「서‥‥‥성‥님‥.」

사그라지는 짚불마냥 천수의 눈빛은 꺼져만 갔다.

「아가리 처다물고 듣기만 하랑께!!」

「거‥‥‥‥것‥‥을‥‥‥, 것‥을‥‥‥‥.」

「우라질 놈아! 주뎅이 고만 처다물고 눈깔 바로 뜨란 말이다!」

형조刑曹 패두牌頭의 볼기치던 버릇마냥 천수에게 눈알을 부라리며 윽박질러댔으나 한칼이의 형형炯炯한 두 눈에도 이미 눈물은 그렁그렁하게 고여 있었다.

「꼭‥ , 놓⋯⋯지⋯⋯⋯, 끄륵~! 마‥ 말⋯⋯고⋯⋯, 컥⋯!!」

나오려던 말들이 목구멍에 걸리고 그것이 숨구멍을 막아 버린 것인지 천수가 한차례 그르렁거려대다가 고개를 옆으로 떨어뜨렸다.

「야~! 야, 이‥! 이‥, 우라질 놈의 새끼야~! 아직 헐 일이 태산같이 남았는디‥! 너가 시방 우아래도 몰라보고 뭔 지랄이여, 잉‥! 잉‥!! 은제는 생사를 같이 허자더니‥, 언릉 퍼뜩 안 인나, 이놈아⋯!!」

한칼이가 눈깔에 핏발을 세우고서 천수의 멱살을, 강아지풀마냥 힘없이 꺾인 모가지를 부르쥐고서, 거칠게 흔들어댔다.

「주⋯⋯죽었⋯다⋯! 처‥ 천‥수⋯⋯! 죽었‥죽었⋯다⋯! 다⋯!!」

성 쌓고 남은 돌멩이마냥 너른 터 한켠에 외따로이 떨어져서 감히 끼어들 엄두조차 내지 못하고 기웃기웃 넘겨다보기만 하던 궁궁이가 눈을 동그랗게 뜨고 손가락으로 천수의 주검을 가리키며 달보고 짖어대는 개마냥 입을 '쩍~' 벌려가며 떠들썩하게 소리쳐댔다.

「⋯⋯」

「아자씨!!」

「⋯!⋯」

궁궁이의 외침 소리에도 아랑곳하지 않고 모두가 고개를 숙이며 숙연해지려는데 갑작스레 날카로운 비명이 날아들었다. 그러자 너나없이 일제히 고개들을 쳐들고서 소리 난 곳으로 눈길을 돌리었다.

「눈을 떠요! 잉? 아자씨! 아자씨~!!」

천수의 주검을 붙잡고 흔들어대던 한칼이 등 뒤로부터 두어 걸음 떨어진 나무등치에 기대듯 몸을 누이고 있는 자웅눈이 사내를 남이가 흔들어 깨우고 있었다.

「아자씨~! 아자씨~!! 싸게, 쪼까 나 쫌 봐요, 잉? 잉??」

「나……, 남··이····야·····.」

자웅눈이 사내가 "후우…!" "후우….!" 연거푸 가쁜 숨을 몰아쉬더니 고개를 돌리고는 게슴츠레한 눈으로 남이의 옆얼굴을 더듬거려보았다.

「여기요. 여기! 나 여깄소. 그랑께 얼릉 인나서요. 으째 사내가 매가리 읎이 그런다요? 잉? 벨 것도 아닌 놈의 것을··, 설핏 스친 것 갖꼬 비실비실 병든 개 꼬라지 마냥··,」

「나·········· 남··이······야·····」

바소 견디는 늙은 소마냥 어금니 깨물어가며 억지 악지 애써 태연한 낯꼴을 지어 보이려던 자웅눈이 사내가 무엇을 말하려는지 몸을 움찔움찔 거리려는데 갑자기 "푸웃~!" 하고 목구멍에서 검붉은 핏덩이가 뿜솟았다.

「으메으메~!! 것이 뭣이요? 대정 으른~! 대정 으른!! 여··, 여 아자씨 쫌··! 야? 야?? 여··, 여 아저씨 쫌 살려주시오, 잉? 잉??」

남이가 고개를 쳐들고서 대정을 바라보며 호들갑을 떨어대자 자웅눈이 사내가 남이의 손을 지그시 끌어 쥐었다.

「…!…」

남이가 고개를 돌리고서 자신을 바라보고 있는 자웅눈이 사내를 바라보았다. 웅덩이마냥 푹 꺼져 버린 눈자위와 뿌옇게 물기 서린 사내의 눈망울에는 그가 이를 악물어 가면서도 머금어 보이고 싶어 하던 미소 같은 것이 희미하게 반짝이고 있었다.

「아자씨….」

남이가 저도 모르게 신음소리마냥 흐릿한 말소리를 내었다.

「괘……, 괜··찮……, 아……….」

말을 하며 고개를 가로 저어대는 자웅눈이 사내의 숨결에는 말과는 달리 피내음이 비릿하게 배어 있는 듯하였다.

「괜찮기는 뭣이 괜찮소! 피가 여…, 여 이라고…,」

부루퉁한 얼굴로 스스럼없이 쏘아붙이고서는 자웅눈이 사내가 토하듯 뱉어낸 핏덩이가 아롱져있는 가슴팍을 가리키며 말 몰아 가려던 남이가 순간 '아차…!' 싶었는지 말허리를 누르며 주저앉아 버렸다. 그리고는 아랫입술을 감쳐물더니 눈물이 그렁그렁하게 고인 눈으로 가물가물 어두워져 가는 자웅눈이 사내의 눈을 바라보며 입을 떼었다.

「지발 정신 쫌 차리시오, 잉? 울 엄니헌티 나를 보살펴준다고 약조허지 않으셨소! 꼭 그런다 그래 놓고서 이라고 드러누우면 치사스러 참말 으짤 것이요!」

「요…·, 용…서………를…!」

「뭣이라고라요…?」

알 만한 것을 굳이 모르려는 듯, 남이가 서툰 소리로 되물었다.

「시방…, 뭔 놈의 코찔찔이 소리시오?」

「……」

남이의 어색한 핀잔에 배어 있는 참마음을 알아차렸는지 자웅눈이 사내의 입가에서 미소가 희미하게 떠올랐다.

「남이…·야…·, 미………미안…….」

「아니오. 나 괜찮소.」

「요…·용서를…!」

자웅눈이 사내가 남이의 손을 꼭 쥐었다.

「아니랑께요! 울 엄니헌티 잘 해줬응께, 다 잊어뿌랐소.」

「……」

절반쯤 풀어진 눈을 절반쯤 감은 채 듣고 있던 자웅눈이 사내가 눈을 치켜뜨면서 뭐라 다시 말을 하려다가 도로 눈을 감아 버렸다. 그렇게 감겨진 눈꺼풀이 '부르르…' 떨리더니 눈자위로 '주르르~' 눈물이 흘러나왔다.

「아니오! 알았소! 다 그랄랑께요, 언릉 퍼뜩 인나시오. 잉? 이래놓고 갈 것이면 나는 강짜를 부리고서 절대 용서 안 헐 것이요. 울 엄니는요? 시방 혼차 배부른 울 엄니는 으짜라고요? 쩌 아래짝서 아자씨허고 나 오기만을 모가지가 빠져라고 기둘리고 있을 것인디. 여서 이라고 죽으면은…, 아니! 안 가시면 으짜라고요…!」

남이가 손등으로 뺨과 눈두덩을 비벼대며 울먹거렸다.

「……」

피투성이 오른손을 남이의 얼굴께 가져가려던 자응눈이 사내가 무어라 더 말을 하고 싶었는지 애면글면 까불듯 아래턱을 심하게 떨어가며 꺼져가는 숨을 가슴에 모았다.

「나⋯⋯남⋯이⋯야⋯⋯⋯⋯⋯.」

남이의 얼굴을 혹은 머리통을 어루만지고 쓰다듬어 보려는 것마냥 피범벅이 오른손을 들고서 손가락을 까닥까닥 혹은 더듬더듬 거려대던 자응눈이 사내가 마지막 숨을 짜내듯 억지 목소리를 내어 남이를 불러보더니만, 쫓아가려던 왼손을 힘없이 땅바닥에 '툭…' 떨어뜨렸다.

「아자씨~이~!! 안 되어라~! 절대 안 되어라!! 나가 참말 못되게도 굴었는디! 나도 다 아는디~! 아자씨~이~~! 아자씨~이~~~!!」

「또…! 또또…! 주⋯⋯죽었⋯다…! 도도⋯중이⋯중이…」

울부짖어대는 남이를 바라보던 궁궁이가 축 늘어진 도중이라는 자응눈이 사내를 가리키며 소리쳐댔다.

「아저…씨도…! 씨가…!! 다…! 다…!! 죽는…다~! 다…!! 다~!!!」

「이런 이…, 니미럴 놈아! 다 죽기는 재수 읎이…!」

궁궁이는 자웅눈이 사내의 죽음을 지켜보며 겁에 질린 듯 외쳐댄 것뿐이었으나, 띄엄띄엄 들리는 그 소리들이 꼭 돌림병에 까마귀 울음소리마냥 불길하게, 언뜻 들리기에 '씨가 마르고 모두 다 죽을 것'이라고 미리 고하는 소리처럼 들렸나 보다. 숨이 꺼져 가는 자웅눈이 사내를 숨죽이고 지켜보는 사람들 너머로 한칼이가 궁궁이에게 눈알을 부라려대며 욕이라도 한마디 내씹어 뱉으려는데 갑자기 "콰르릉~!!" 하고 마른벼락 떨어지는 소리가 들리더니만, 멧부리 기슭 위쪽의 바위벽이 사정없이 무너져 내리며 깨어진 돌멩이 쪼가리와 부서진 흙덩이 가루들이 너른 터 주변에 흩뿌려져 날렸다. 그리고는 "우르르릉~!!" "우릉~!!" 되울리는 포 소리를 이어서 "쉬이익~!" "쉬익~!" "쉭~!!" 하고 벼랑길에서부터 구름장으로 높다랗게 솟구쳐 올랐던 화살들이 시커먼 빗발마냥 너른 터를 향해 쏟아져 내렸다.

「으메으메~! 내‥, 내 이‥ 이놈들을 기냥…! 야~ 야, 망헐 놈들아~!! 여는 울 엄니께서 누워기시단 말이다!! 그라고서 가신 것만도 억울해 디지겄는디, 눈감으신 마당에도 이 지랄 염병들이냐! 이 흉헌 놈들아~!!」

「아부지~!!」

나부대대한 아낙네가 성난 누렁 소마냥 콧김을 쿵쿵거리며 겁도 없이 벼랑길 어귀로 뛰어가서 아래쪽을 향해 고래고래 소리쳐대는데 날카로운 외침 소리가 뒷덜미를 냅다 잡아챘다. 그러자 머리털이 '쭈뼷~!' 하였던지 아낙네가 '호‥혹시‥?' 하는 불안함과 두려움이 가득한 눈으로 뒤돌아보았는데, 거반 절반쯤 썩어 나간 뿌랭기가 땅바닥에 거꾸로 처박힌 나무등치 앞에서 웅칠이가 꼭 도끼에 찍혀 넘어가는 그 나무의 몸통마냥 가슴팍에 화살이 박힌 채 서서히 뒤로 나자빠지고 있었다.

「분이 아부지~!!!」

눈앞에서 벌어지는 광경에 나부대대한 아낙네가 경황실색驚惶失色하고

창황실색惝怳失色하여 거무죽죽하던 낯빛이 순식간에 푸르죽죽하다가 또 새하얗게 질려 버리더니만, 치마꼬리를 감싸 쥐고 허방지방 황황급급히 웅칠이에게 달려들었다.

「하이고~ 엄니, 한울님··!! 대체 으짠일이라요? 잉? 하이구 이··이를 으짰스가, 잉? 으메으메 참말로··! 꿈자리가 사납더니만··! 아, 그랑께 나서지 말고 가만히 쫌 있으랑께 정신을 으디에 팔고 기시다가 이 지경이라요! 야, 이년아! 너는 이년아~! 시방 너가부지 이 모냥이 될 때까정 뭔 지랄을 허고 있었다냐! 이 염병헐 년의, 썩을 년아!!」

몸을 추슬러 그루터기에 기대고서 숨을 헐떡헐떡 거려대는 웅칠이에게 말 그대로 불난 집 며느리 싸대듯이 다가가서는 혹시라도 건드렸다가 잘못될지도 몰라 왼쪽 쇄골 아래께 가슴팍에 박혀 있는 화살에는 감히 손댈 엄두조차 내지 못하고 그저 징징거려대기만 하던 아낙네가 분이에게로 분한 말머리를 겨누고는 야단스레 짱알거려댔다.

「아부지···. 아부지···.」

남상男相을 지른 듯 괄괄한 것이 세상에 둘도 없는 여장부만 같아 보였던 분이도 경황망조驚惶罔措하였는지 아무 대꾸도 못하고 어깨만 들썩이며 울먹거렸다.

「아··아녀··, 아녀··. 이··임자··. 나··, 나가··,」

그 와중에도 아낙네를 말리듯 웅칠이가 힘겹게 입을 떼었다.

「으메으메~! 마른하늘에 쌩 날벼락도 유분수지··! 으짠당가? 나가 시방 참말로 환장허겄네! 환장허겄어··!」

아낙네가 고개를 쳐들고서 제 가슴팍을 "턱~턱~!" 쳐댔다.

「어서! 어서 안으로 모시도록 하게.」

대정이 맑둑빼기 만석이에게 다급스레 영令을 내리듯 말을 던졌다.

「잉? 그‥, 그려그려! 싸게 싸게 안으로 뫼시드라고. 잉?」

그 말에 '피뜩!' 겨우 정신이 났는지 아낙네가 설레발을 놓았다.

「아‥, 아니어…. 나…‥나는…….」

늘어지듯 몸을 기울인 웅칠이가 숨을 몰아쉬며 말을 뱉어냈다.

「이‥인자‥, 고만……, 나는…, 트‥, 틀린…갑네…‥.」

「이잉~! 아, 시방 또 뭔 말을 헐라 그러시요~!」

떼꾸러기마냥 짱알짱알 투정부리며 강다짐하려는 아낙네의 말투에는
정 깊은 원망이 나긋나긋이 어리어있었다.

「아녀…. 이…인자…‥, 나‥, 나가‥, 가…야‥, 헐 띠가…, 궁께…,
여…, 괜히들…, 그러지들‥, 말고…. 나가…, 여…여서‥.」

「아니랑께요! 아, 안된당께. 대정 말씀도 안 들으시고 으디를 가겄다 그
라시오! 아니어라! 안 되어라! 못 가어라! 아니오…! 인자부터는 참말로 나
죽기 전에는‥, 나 허락 읎이는 아무 데도 못 가어라!」

「임자…, 미안…, 미안‥허이….」

「참말 미안한 줄 아시시면은요, 지발 암말 허지 말고 얌전히 나 허자는
대로, 잉? 고로코롬 따라 하시오. 아시겄지라?」

「허허‥, 그리어…. 알았…응게…. 우지…말고…, 웃어…주소…. 임
잔‥, 웃을‥ 띠가…, 젤루…, 젤루‥, 이뻥……게‥, 춘…삼월‥에…, 꽃
본…, 듯이‥, 하‥하냥…, 하냥…, 웃어‥ 주소….」

웅칠이가 고통 중에도 '싱긋' 눈웃음을 지어 보였다.

「……」

그 마음에 아낙네도 고개를 '끄덕‥!' 미소를 환히 머금어 보였다.

「그리어‥. 고‥, 고렇게‥, 고로코롬…, 말이여…. 허허…, 이‥, 임자
가‥, 울다가‥, 웃다가‥, 오‥, 오늘은‥, 호‥, 호랭이놈이‥, 장개 가

야…, 쓰겄네….」

「허이구~ 분이 아부지….」

아낙네가 구저분한 소맷자락으로 제 눈자위를 꾹꾹 눌러댔다.

「훅~!」

가슴팍이 욱씬거렸는지 몸을 움찔거리며 저 모르게 앓는 소리를 뱉어낸 웅칠이가 몸을 뒤로 젖혔다.

「으메으메…!」

「엄니, 시방 아부지를 얼릉 안으로….」

오른손으로 왼쪽 쇄골 아래 박혀 있는 살대를 틀어쥐는 웅칠이를 보며 기겁을 해대는 아낙네에게 분이가 몸을 구부리며 말했다.

「잉…. 그려. 그려. 싸게. 싸게…!」

아낙네가 정신을 차리고서 휘적이듯 손을 내저으며 치맛자락을 붙잡아 눈물을 콕 콕 찍어 내더니 코를 "킹~" 하고 풀었다.

「아부지, 나 쪼까 붙잡으셔요, 잉?」

분이가 대뜸 웅칠이의 오른쪽 겨드랑이 밑에다가 팔을 '쑥~' 집어넣더니만, 웅칠이가 저를 붙잡고 말고 할 겨를도 필요도 없이 '훌쩍' 가뿐히 일으켜 세웠다.

「오라비~! 오래비도 이짝으로 쫌…,」

「잉? 잉…! 그리어!」

분이가 가리키는 바를 따라 만석이가 얼른 잰걸음을 옮기었다.

「나가…, 저…, 철딱서니… 읎는 것을…, 꼭….」

왼편으로 다가드는, 얽은 자국이 얽박얽박 깊이도 배어 있는 만석이의 시커먼 얼굴을 바라보며 웅칠이가 찡그린 제 얼굴 위로 옅은 미소를 아프게 띠면서 말을 건넸다.

「꼭…, 자네… 한티다가…, 나가… 꼭…, 원삼 쪽도리를 얹어 갖꼬서…
쪽을…, 쪽 지워 주고…, 갈라… 혔는디…. 것을…, 꼭…, 꼭… 보고…, 갈
라… 혔는디….」

「하이고~ 아버님…. 무슨 말씀이셔유. 당연토록 그라를 것을유. 아녀유!
그짝 말고 차라리 이짝 등짝으로 업히셔유.」

「아니, 시방 여짝으로 살을 맞으셨는디 으떻게 업을라고요?」

「잉…? 그렇구만, 잉…! 허면 아버님, 기냥 이라구서 가시셔유, 잉?」

분이가 만석이에게 무슨 바보짓을 하려는 것이냐고 타박을 놓자 만석이
는 잽싸게 웅칠이를 걸쳐 매듯 오른쪽 어깨로 부축하고는 멧부리 기슭 안
침의 초막을 향해 발걸음을 떼었다. 질질 끌듯이 간신히 발걸음을 떼어 가
며 초막으로 향하는 웅칠이를 뒤에서 바라보며 징징거리고 뒤따르던 아낙
네가 분이와 함께 너른 터를 지나가려는데, "따다다당!!" "따당~!!" "땅!!"
"따다땅~!!!" "쫘르르르르~~!!" "쫘르릉~!!" "우르르르릉~!" 하고 총포소
리와 되울림 소리들이 바람소리에 뒤섞인 빗줄기마냥 거세게 너른 터로 쏟
아져 내렸다.

「으메, 니미럴…! 개아들 놈의 씨부럴 호로 잡열의 새끼들이 인자 참말
로 몰빵沒放질을 허대는 갑네….」

한칼이가 바닥에 납작하게 엎드리면서 내씹어 뱉었다.

「민보군이여라! 쩌짝서 놈들이 올라오고 있어라~!!」

대호가 황급한 목소리로 외치며 그 자리에 엎드려 "시칙~!" 하고 화승에
불을 댕기자 남이와 한칼이도 재빨리 벼랑길 어귀의 그루터기와 돌무더기
사이에 엎드려서는 총구를 아래쪽으로 겨누고 화승에 불을 댕겼다. "쾅!"
"쾅!" "쾅!" 멧부리를 부서버릴 것처럼 바위 벼랑을 때려대는 소리가 요란
도 하였으나 그래봐야 겨우 세 발뿐. 이쪽에서 세발을 쏘아대자 아래쪽에

서는 "따다다당!" "따다당!!" "따다다다다당~!!" 열 곱, 스무 곱, 서른 곱의
소리들을 쏘아 올려 보냈다.

「으메으메~ 염병헐 놈의 것…! 음마마…??」

보이지도 않는 총탄을 피하려고 벼랑길 어귀 돌무더기 뒤편으로 몸을
웅크리며 고개를 수그리려는 한칼이의 눈으로 '거치적~!' 뒤쪽 너른 터에
서 있던 대정이 달려들었다.

「시방 거들잖고 뭣 하시오? 거서 손짐만 지고 기실 것이요?」

「……」

한칼이가 고개를 틀고서 큰소리로 툴툴거려댔건만 대정은 대꾸는커녕
너른 터 한가운데에 장승마냥 멀뚱하게 서서 꼼짝도 하지 않았다.

「이잉~??」

「이럴 때 계셨더라면 또 무어라 농弄을 하셨을까…?」

한칼이가 뒤룩뒤룩 눈알을 부라려대며 대정을 향해 고개를 쳐들고 소리
치려는데, 대정 뒤쪽으로 어른 팔뚝만한 나무뿌리가 땅바닥에 꼬라박혀 있
는 그루터기 밑둥치에 걸치듯 혹은 기대듯이 축 늘어져 있는 천수와 자웅
눈이 사내의 주검 발치께 서있던 당골네가 제 머리 위의 예예翳翳한 하늘을
바라보면서 파리한 얼굴에다가는 미소를 환하게 띠어 올리며 입 아닌 가락
을 떼기 시작했다.

「총성에~! 포성에~! 산이 우니 곡이 응하야 산명곡응山鳴谷應이라…! 곡
은 곡哭이려니, 산에 가득 골에 가득 곡성哭聲들이 가득 가득일 것이리라~!
하셨을까? 아니면! 아침 노을은 저녁 비요 저녁 노을은 아침 비라…, 적래
곡適來哭이었던 것이 여금소如今笑일 것이라…! 하셨을까? 혹은, 이도 저도
아니라면…, 옳거니~! 활에서 떠났으니 시놋요, 살鏃이라 하는 것이요, 활은
또 활活인즉…! 시놋와 살鏃로 말미암아 살鏃 아닌 살薩이 살殺이 되는 것이

고, 시矢가 시弑로 변變하며 시屍로 전轉함이 있느니라…! 그런즉 시살矢蠶이 햇살을 대신하야, 하늘 아래 온 산에 충일充溢하야, 시산(屍山·矢山)을 이루는 것이니라…! 이리 말씀을 하셨겠지요? 아하하하~! 아마도 그렇겠지요? 아니 그러할까요? 아하하하하~!」

이미 얼굴 가득 떠올려놓은 지금의 웃음(如今笑)을 골짜기에 가득하려는 방금 전의 울음(適來哭)으로만 여기려는 것 같던 당골네가 아마도 주천이라는 먹빛 두루마기의 사내를 떠올리면서 그가 그랬음직한, 예컨대 우리말 '활'(弓)과 살아있다는 '활'活 그리고 화살을 뜻하는 '시' 矢와 주검을 뜻하는 '시' 屍와 죽인다는 '시' 弑 그리고 화살을 뜻하는 '살' 蠶과 '보리살타' 菩提薩埵 혹은 '보살' 菩薩을 뜻하는 '살' 薩과 죽인다는 뜻의 '살' 殺과 같이, 소리는 같으나 뜻이 다른 한자어들을 가지고 교묘하게 비틀어놓고 엮어 놓는 말놀이와 그에 어울릴만한 말투를 모떠 보이더니만, 말꼬리를 난화에게 비 럿하게 틀어대며 웃어보였다.

「……」

대꾸 대신 입을 '꾹…!' 다물고서 고개를 갸웃거려 보이는 애기 보살의 오목한 눈자위에는 이전의 당골네에게서나 볼 수 있었던 푸르뎅뎅한 기운 같은 것이 어리어 있었다.

「이런 니미럴…! 정신들이 죄다 돌은갑네…! 아따~! 뎀벼 봐라, 이 우라 질 놈의 개 호로 새끼들아! 죽고자픈 놈부터 한 놈씩…! 차근차근히 순번 매겨 갖꼬 올라오드라고~!!」

이 판국에도 저 지랄이니 상대할 필요도 없다는 듯이 혼잣소리로 말을 내씹어 뱉은 한칼이가 다시 화승총의 총구를 벼랑길 아래쪽에다 겨누더니 눈구석에 불을 켜고 모가지에는 핏대를 굵다랗게 세워 가며 바락바락 악을 써댔다. 그러자 그 소리에 맞대꾸라도 하는 것처럼 "땅땅~!!" "따다당~!!"

"따다다당~!" "쉬이익~!" "쉭!!" "쉭~!!" 총탄들과 화살들이 아래쪽 벼랑 길에서 위쪽 너른 터로 튀어 올랐다.

「잉잉··잉잉···, 호··, 호호··호야··, 무·····, 무···섭··, 무섭··다···. 구구구···궁궁이··, 궁궁··이··, 무섭··, 무섭··다···.」

「하이구메~! 저 머저리 등신 같은 게 시방 안 내삐고 저서 뭔 지랄을 하는 겨··!! 야이, 등신아~! 배냇병신마냥 팔푼이짓 쫌 고만허고 으디 산채에를 드가던가 바우 뒤로 처박히든가, 으디로든 한 비짝으로 빨랑 비껴서란 말이다, 이 등신아~!!」

고두리살에 놀란 새마냥 잔뜩 겁에 질린 얼굴을 하고서 헤갈스럽게 엇그루 나무등치 주변을 허둥허둥 거려대던 궁궁이가 제 자리에서 몸을 오그라뜨리며 어찌 할 바를 몰라 하자, 벼랑길 어귀 돌무더기 뒤편에 납작하게 엎드린 채 화승총을 쏘아대던 대호가 고개를 돌리고는 윽박지르듯 소리쳤다. 으르며 딱딱거리는 동생의 말을 듣고서 그러겠다는 듯이 고개를 끄덕이고 발을 떼어 보려 하였으나 어찌 된 영문인지 땅에서 겨우 한 뼘이나마 떨어지는가 싶었던 발바닥이 도무지 앞으로 옮겨지지가 않았기에 궁궁이는 겨우 그 자리에서 무릎 춤으로만 팔짝팔짝 거리다가 엉거주춤 거리면서 찡얼거려댔다.

「호호호호호···, 호야~! 호야·····! 호야~!」

「어이구~! 저··, 옘병헐 것··!」

엎드린 채 꺾듯이 고개를 돌리고서 치뜬 눈으로 치어다보던 대호가 홀 닦으려던 말머리를 삼키며 몸을 일으키더니만, 궁궁이에게로 민첩히 다가들었다. 가까이 서너 걸음 궁궁이 바로 코앞까지 다가간 대호가 오른손을 뻗어 궁궁이의 어깨를 '콱!' 틀어잡으려던 찰나, 갑자기 "악~!" 하고 외마디 소리를 지르며 '후닥~!' 하고 들입다 덮치듯 궁궁이를 향해 고꾸라지려

하자, 궁궁이가 "꺄아악~!!" 하고 비명을 내지르면서 얼결에 대호의 가슴팍을 거세게 밀쳐 버렸다. 그리고는 대호가 그루터기 주변 땅바닥에 나뒹굴며 나가뻐드러지거나 말거나 아랑곳없이 도리어 제가 불 맞은 짐승마냥 소리소리 질러대며 날뛰어대기 시작했다.

「피~!! 피피피피‥피다~!! 끼악~! 피~! 피~!!!」

「대호야~!」

「오라비~!!」

멧부리 기슭 아래의 초막에다가 웅칠이를 모셔 두고 나오던 앍둑빼기 만석이와 분이가 이 광경을 목견目見하고는 '후다다닥~!' '빠르르~' 대호에게 달려들었다.

「뭐‥뭣‥, 볼‥것‥, 읎어‥‥야‥.」

나가뻐드러진 몸뚱이를 부축해 주며 복부 주위를 살펴보려는 만석이의 귀에다 대고 대호가 떠듬떠듬 입을 떼었다.

「대호야, 이놈아‥!」

만석이가 글썽거리려는 목소리를 눌러 삼켰다.

「잘‥나지‥도‥, 못헌‥놈이‥, 못난‥얼굴‥, 허덜‥말어‥.」

대호가 씰그러지려는 입술에 장난기 가득한 웃음을 띠워 보였다.

「나‥나‥, 쪼까‥만‥, 더‥‥, 일켜‥세워‥, 보드라‥고‥‥.」

대호가 손가락을 까딱거리며 만석이를 부르자 만석이가 끌어 안듯이 대호를 일으켜 주더니 제 가슴팍에 기대어 앉혔다.

「으‥으메‥. 겁나‥, 뜨건‥것이‥, 부‥불이‥, 났는 갑네‥.」

제 눈에는 뜨거운 김이 모락모락 피어오르는 것만 같았는지 대호가 턱을 앞으로 당기어 배꼽에서 옆구리 쪽으로 한치 닷 푼 정도 비껴 나있는 총상 구멍을 깔떠보며 히죽거렸다.

「니미럴‥‥ 것…이…, 오‥‥오지‥게도‥, 뚫렸‥‥구먼‥‥‥.」

대호가 "쿨럭~!" 또 쿨럭거리자 입 주변으로 핏방울이 튀었다.

「대호야, 잉‥!」

「아‥, 아녀‥. 시‥방‥, 여‥, 뭣이‥, 뼈‥뻥~ 허니‥, 뚫려‥버린 것이‥, 시‥시원‥스레‥, 조‥좋기만‥허구먼‥‥‥, 뭐‥.」

만석이가 심히 염려스러워하는 목소리로 뭐라 한마디 하려는 것을 막아 버린 대호가 대수롭지 않다는 듯이 왼손을 들어 옷소매로 '스윽~' 하고 입 주변을 문질러 버리더니 환하게 그러나 허전하고 비인 듯 허허한 웃음을 지어 보였다.

「대…대정…, 보시기엔…, 으땠소‥‥‥?」

다가와 몸을 기울이며 상처 부위를 살펴보려는 대정에게 실없는 소리하듯 '씨익~' 대호가 입꼬리를 틀어 올리며 말을 던져 올렸다.

「‥‥‥」

대정은 입을 꾹 다문 채 총상 구멍을 살펴보았다.

「하이구‥메…, 나가‥, 진즉‥, 이럴‥ 것을‥‥‥. 바‥늘…, 한 놈‥, 드갈‥구녕이‥, 읊어‥, 갖꼬‥, 우‥울‥, 한울…님이‥, 참말‥, 답답‥, 도‥, 허셨‥, 을‥, 턴디‥. 인자‥, 퍼…편허‥, 시게…, 수‥‥숨이‥, 라도‥, 큰…숨으로‥, 크‥‥크게‥, 쉬고…, 가야…겄네…. 후우우~!!」

대호가 말끝에 제 말처럼 모두숨을 커다랗게 몰아쉬었다.

「대호야, 이놈아‥!안 되어야!」

「허‥‥‥, 허이고‥, 저‥‥‥, 저‥등신을‥, 으…으쩐‥당가…?」

대호가 흐릿해져 가는 눈으로 궁궁이를 바라보았다.

「나가‥, 부탁‥, 잉께‥. 너가‥, 저‥‥저‥, 등신‥, 쪼까‥.」

목구멍으로 숨이 차오르는지 뒷말을 잇지 못하고 숨에 겨워 헐떡헐떡

거려대던 대호가 가까스로 숨을 골라가며 말을 이어나갔다.

「어‥, 어여‥, 시‥, 시방‥, 싸‥, 싸‥게‥, 나‥, 나‥, 죽기‥전에‥, 저‥, 저것‥, 사‥, 사는‥, 꼬‥, 꼬라‥지를‥, 봐‥, 봐‥야‥, 나‥의‥, 마‥맘이‥.」

「알았웅게‥.」

만석이가 대호의 손을 꼭 쥐며 고개를 끄덕였다.

「어‥언릉‥! 욱~!!」

말고삐를 당기듯 만석이의 손을 부르쥐고서 말머리에 힘을 주어 채근하려던 대호의 목구멍에서부터 걸쭉한 핏덩이가 '꿀럭~!' 하고 넘어오더니 가량가량한 아래턱을 지나 미끄러지듯 모가지를 거쳐 빗장뼈로 흘러내려 갔다. 그 핏덩이를 바라보는 만석이의 꼭 다문 입꼬리가 '부르르‥' 떨리었다. 무어라 말을 꺼내려는 것을 막으려는 것인지 대호가 힘겹게 고개를 가로 저어댔다. 그러자 만석이는 대호를 조심스레 나무둥치에 기대어 눕혀놓고 일어나더니 큰 걸음으로 성큼성큼 날아드는 탄환과 화살들을 피하려고 불탄 개가죽마냥 몸을 오그라뜨려가며 바들바들 몸을 떨어대고 있는 궁궁이에게로 향하였다.

「냉큼 이리 오시오!」

만석이가 궁궁이의 왼팔을 낚아채듯 '콱!' 틀어잡았다.

「아야야야~! 아야~!! 아아아아‥안가‥! 안 가~!!」

어디론가 끌고 가려는 만석이의 손을 뿌리치려고 버둥버둥 거리면서 뱀 보고 짖어대는 새마냥 악악거려대던 궁궁이가 돌연 몸에 달라붙어있는 무엇을 떼어 내며 지워 내려는 듯, 오른손으로 제 몸뚱이를 쥐어뜯어대고 또 문질러댔다.

「피피피피‥피다‥! 피다‥!! 피다‥!」

「고만 쫌 허고 저리 가잖게요~!」

만석이가 버티어대는 궁궁이의 왼 팔모가지를 사정없이 비틀어 등 뒤로 꺾어버리더니 몰고 가듯 멧부리 기슭 안침으로 잰걸음을 옮겨갔다.

「아야야~! 아야~! 아아아··! 아야야~!」

「엄살떨지 마시요!」

너른 터를 가로질러 초막 입구의 거적때기 앞에 다다른 만석이가 궁궁이를 초막 안에 던져버리듯 밀어 넣으려다가 '문득' 인기척 같은 것을 느끼고서 초막 안에 있을 노사와 나부대대한 아낙네 그리고 가슴팍에 화살을 박고 누워있는 웅칠이의 모습을 떠올렸는지 한 순간 멈칫거려댔다.

「여 안에서 죽은 듯이 잉? 찍소리 말고 기시오. 잉? 아셨소?」

만석이가 비틀어 꺾어 쥐고 있던 팔모가지를 놓아주자 그 자리가 시큰거렸던지 궁궁이가 팔모가지를 어루만져 보고 또 어깻죽지를 '휘휘~' 돌려보며 낑낑거려댔다.

「아시겄냐고라~!」

「웅···? 웅웅웅웅···! 웅···!」

정말 알아듣고 그러겠다는 것인지 아니면 눈알을 부라리며 제 눈앞에다 손가락을 겨누고서 을러대듯 야멸치게 쏘아붙이는 만석이에게 기가 죽어 마지못해 그러겠다는 것인지 어쨌거나 궁궁이는 팔모가지를 어루만지다 말고 재빠르게 고개를 끄덕여댔고, 이렇게 억지다짐을 받아낸 만석이는 발길을 되돌려 대호와 분이가 있는 나무등치로 향하였다.

「하하하···할··아··, 할아··버···님···! 님···!! 피피피피피··피~! 피피~!!! 피··다···!! 다···!! 다···!!! 피···! 피···!! 잉잉잉·····.」

엇그루 나무등치 쪽으로 잰걸음을 옮겨가는 만석이를 바라보던 궁궁이가 눈길은 초막 안쪽에 던져놓은 채 손으로는 벼랑 길어귀를 가리키면서 다시 징징거려대기 시작했다.

「피…! 피가…피…가…. 이이…있는…, 데…. 있는…데…잉잉….」

초막 안에 있는 노사로부터 어서 안으로 들어오라는 손짓이나 나직한 부름이 있었나 보다. 궁궁이가 몸맨두리를 다소곳하게 바꾸고는 징징대던 소리들도 다소 누그러뜨리며 거적때기를 젖히고 초막 안으로 들어갔다. 그리고는 아예 어디 한쪽 구석에다가 대가리를 처박고서 징징거려대는 것인지 "잉잉~" 거려대던 그 소리들이 점차 잦아들었다.

「……」

「대호야, 정신 쪼까 차려 보더라고, 잉?」

어느새 대호 곁에 다가선 만석이가 깨우듯 불러보았다.

「으응…. 고…, 고…맙…… ! 욱~!」

'한 호흡' 숨을 들이마신 대호가 입술을 오물거리면서 만석이에게 고맙다는 말을 하려는데 갑자기 "욱~!" 하며 몸이 뒤틀리는 경련을 일으키더니 입에서는 말 대신에 "그르륵~그륵~!" 하고 가래 끓는 소리를 내뱉었고 잇따라 작고 오목한 샘구멍이 뱉어내는 샘물처럼 검붉은 핏덩이들을 꿀렁꿀렁 쏟아내었다.

「대호야, 이놈아…!!」

만석이가 울먹이며 대호의 어깨를 부여잡았다.

「고…, 고맙…고……, 잉…. 끝…! 까…정…, 하……함…, 께…, 못…혀…, 미…안…, 허……다……….」

가물가물 대호의 눈이 빛을 잃고 점점 흐릿하게 꺼져갔다.

「으으…메…! 나…! 나는…, 참…말…, 해…! 해가…, 뜨는…, 아…아침…, 녘에…, 죽…고…, 자팠…는…디……. 후우우우~우~우우~.」

보고픈 아침녘의 그 찬란한 햇살을 눈앞에 떠올렸던 것인지 대호는 감기려는 두 눈을 애써 뜨고서 깊이 들이마신 숨을 말끝에 기다랗게 매달더니만, 어둑어둑한 하늘을 향하여 눈을 치켜 뜬 채 그대로 숨을 거두었다.

「대호야~!!」

「오라비~!」

만석이 곁에서 지켜보던 분이의 눈가에 그렁그렁하게 맺혀 있던 눈물방울이 이제 막 차가워지려는 대호의 몸뚱이로 떨어지려는 찰나였다.

"분이야~!! 분이야, 이년아~아~~!!"

나부대대한 아낙네가 제 몸집만큼이나 커다랗게 외쳐대는 소리가 분이와 만석이가 있는 나무둥치로 날아들었다.

「…!!…」

우황 든 소마냥 울부짖어대는 제 어미의 소릿결만으로도 이미 섬뜩한 느낌을 받았는지 분이는 그렁그렁했던 눈망울에 불안스런 빛을 '피뜩!' 떠올리며 소리 난 곳으로 후딱 고개를 돌리었다.

「너가부지가~아~!! 돌아가셨다~아~!! 너가부지 돌아가셨단 말이다~!! 하이고~ 분이야, 이년아~!! 분이 아부지~이~!! 분이 아부지~이~~!!!」

눈깔이 '홰까닥!' 뒤집혀 가지고 겨우 절반이나마 바람 가리개로 붙어 있던 거적때기를 대번에 '확~!' 뜯어버리며 바깥으로 뛰쳐나왔음직한 아낙네가 악다구니를 퍼붓듯이 입에 거품을 물고 너른 터가 "쩌르릉~!" 울리도록 악을 써댔다.

「어…엄니…….」

놀란 결에 머뭇머뭇 거려대던 분이가 오물오물 입안에서 뭐라 말을 꺼내려는데 갑자기 "꽈광!!" "우~르르릉~!" 하고 벼락이 떨어지고 하늘이 무너지는 소리가 들리더니 초막 위쪽 멧부리 기슭이 사태沙汰 만난 비탈마냥 허물어지면서 쏟아져 내린 돌무더기와 흙더미가 초막을 순식간에 덮쳐 버렸고, 사방으로 튀는 돌덩이 가운데 하나마냥 아낙네는 튕겨지며 너른 터로 나뒹굴었다.

「…!!…」

참으로 어처구니없는 일인지라 모두들 "앗…!" 소리조차 내지 못하고 그저 입만 '쩍~' 벌리고서 잠시 '멍~' 하게만 있었다.

「으르신…! 궁궁아…!」

이윽고 한칼이가 제 머릿속을 더듬어 보듯이 눈알을 안으로 굴려 보더니만, 초막 안에 있을 노사와 궁궁이를 떠올렸다.

「어…엄니~!! 엄니~!!!」

귓결에 들렸을 한칼이의 말소리였으나 그 소리에 정신이 '번쩍!' 들었는지, 분이는 너른 터에 나자빠져 있는 아낙네에게로 정신없이 뛰어가기 시작했다. 그러나 차마 몇 걸음 채 옮겨 가기도 전에 '타타다당~!' 하는 총소리에 가슴팍이 뚫려 버리고는 땅바닥에 처박히듯 앞으로 고꾸라져버렸다.

「분이야~!!!」

만석이가 목구멍이 찢어져라 외치며 분이에게로 달려갔다.

「분이야! 분이야, 잉!」

「오……오라……비……. 엄…니……는…요…?」

안아 일으켜 주는 만석이에게 분이가 띄엄띄엄 입을 뗴었다.

「…!…」

분이의 물음에 만석이가 고개를 돌리고서 아낙네를, 피투성이가 되어 초막 앞으로 네댓 걸음 떨어진 곳에 나부랑납작이 널브러져 있는 거쿨진 몸뚱이를 바라보았다.

「오……오라비….」

「아‥아녀‥. 괜찮으실 것이여. 놀라 자빠라지신 것뿐잉게.」

「참‥‥말‥‥, 이요‥?」

분이가 피나무 떡구유 같은 몸뚱이를 비틀어대며 초막 쪽으로 고개를 돌려 보려는 것도 같았으나, 가빠지는 숨이 곧 넘어갈 것만 같아 그랬는지 아니면 차라리 그 말을 믿는 것이 낫다 싶어 그랬는지, 차마 끝까지 돌리지는 못하고서 눈만 질끈 감아 보였다.

「암‥. 암만‥. 참말이잖고서‥‥.」

말을 잇새에서 짓이기듯 만석이가 아랫입술을 '꽉‥!' 깨물었다.

「오‥‥, 오라‥비‥‥‥.」

분이의 기다란 속눈썹이 제 숨결마냥 '파르르~' 떨리었다.

「나‥가‥‥, 나‥‥, 손‥, 엔‥‥, 꽃‥, 보담‥‥, 칼‥이‥‥, 어울‥‥, 린‥다‥‥, 생‥각‥‥ 했었‥‥ 더‥랬‥‥는디‥요‥‥,」

「으메 으메~! 암 말 말고 가만히 쫌 있어 봐야‥.」

고개 고개 마지막 고개를 넘어가듯이 헐떡헐떡 말을 이으려고 힘겹게 숨을 내쉴 때마다 물컹물컹 거려대는 분이의 가슴팍으로 얼룩덜룩 비릿한 핏물이 반반斑斑히 배어 나오고, 그 핏물이 제 눈에 고이어서 애가 타는지 만석이가 앙가슴을 쥐뜯는 소리로 말리었다.

「아‥‥니‥오‥‥. 여‥‥‥말‥‥만은‥ 꼬‥, 꼭‥‥‥.」

분이가 만석이 손을 꼭 붙들었다.

「나‥가‥‥, 오‥‥라‥비를‥, 만‥나‥‥갖꼬‥‥, 꼬‥‥, 꽃‥‥, 답지‥도‥, 못헌‥‥년이‥, 꿈‥에‥, 서나‥마‥나‥, 언‥감‥생‥‥ 심‥‥, 꽃‥답‥‥기를‥, 빌‥어‥‥봤‥고‥‥, 꽃‥가‥락‥지‥, 하‥한‥, 놈‥도‥, 손‥, 꾸락에‥, 껴‥, 봤‥응‥게‥‥, 차‥, 참‥말‥‥, 이‥, 인‥자‥, 워‥,원‥‥은‥‥, 읎‥소‥, 긍께‥‥, 긍께‥‥.」

원이 깊고 한이 깊어서 그런 것인지 아쉬움과 미련이 많아 그런 것인지 아니라면 오로지 사랑이 깊고 정이 깊어 그런 것인지, 곧 죽을 것만 같은데도 꾸역꾸역 저 하고픈 말을 끝까지 뱉어내느라 늘컹늘컹한 가슴을 오르락내리락 거려대던 분이가 할근할근 숨을 톺아보더니, 언뜻 보이기에는 봉숭아 꽃물을 들인 것만 같아 보이는 피멍 든 손톱 끝으로 제 손을 붙잡고 있는 만석이의 손등을 지그시 찍어 눌렀다.

「으메⋯! 분이야, 잉~!」

만석이 눈망울에 아롱아롱 덩어리져 있던 눈물 방울이 '뚝 뚝!' 낙숫물마냥 분이의 넙데데한 얼굴 위로 떨어져 내리더니 주름이 까뭇까뭇 두텁게 잡힌 목덜미로 흘러내렸다.

「오⋯⋯오라⋯비⋯⋯! 불⋯쌍⋯헌⋯, 우⋯울⋯, 엄⋯⋯⋯니⋯!」

마지막 힘을 쥐어짜낸 분이가 쥐었던 손을 '툭⋯!' 떨어뜨렸다.

「분이야~! 안 되어야~!! 분이야~!! 분이야~ 아~~!!!」

분이를 '와락!' 몸뚱이가 부서져라 끌어안은 만석이가 얽둑얽둑한 제 뺨을, 가만 보니 몸집에 비하여 제법 야윈 것처럼도 보이는 분이의 까칠까칠한 뺨따구에다가 비비대고는 "우어허엉~! 우헝~!!" 누렁소가 영각을 써대듯이 고개를 쳐들며 모가지를 길게 뽑아내고 목청을 돋우어 울어댔다. 그러나 그것도 그나마도 겨우 서너 차례 울어대려는데 느닷없이 "쾅~!!" 하는 총소리가 뒤통수를 때려 버리자 봉두난발의 대갈통 주변에다가 흩뿌리듯 온통 피를 튀겨대더니 부둥켜안고 있던 분이의 몸뚱이 위로 힘없이, 총알맹이 하나가 제 머리통에 박혔다는 것을 알고 쓰러질 겨를도 짬도 없이, 무너지듯 쓰러져 버렸다.

「만석아야~! 만석아~!! 야이⋯, 이⋯! 씹어 먹을 놈의 개 육시럴⋯! 씨부럴 놈의 개 호로 자석들아⋯!! 나도 함 죽어 봐라⋯! 나도⋯!!」

풀떡풀떡 넓어진 콧구멍으로 풀무질하듯 거칠게 씨근거려대는 숨결을 따라 활활 되살아난 불무더기마냥 가슴에서부터 치밀어 오르는 분기忿氣를 이기지 못한 한칼이가 어금니를 "빠드득…!" 갈아 붙이고 벼랑길 아래쪽을 향해 고래고래 악박골 호랑이 선불 맞은 소리들을 내질러대는데, 그 소리를 들었던 것인지 아래쪽에서도 "쉬이익~!" "쉐익~!" "쉑쉑~!!" 갈기갈기 빈 하늘을 찢어발기려는 소리와 잇따라 "꽈르릉~!" "꽝!" "꽈릉~!!" "우르르르릉~!" "우릉~!!" "우르릉~!!" 마디마디 뼈마디를 부서뜨리려는 소리, 그리고 "따다당!" "땅" "땅~!!" 방울방울 검붉은 핏방울들을 튕겨대는 소리들을 멧부리 기슭과 너른 터 쪽으로 쉼 없이 날려 보냈다. 그러자 "끼아~아악!!" "꺅~!!" 포악스런 포사褒姒년이 비단 찢어 발기는 소리마냥 앙칼지기도 하고 쇠 젓가락으로 놋그릇을 긁을 때 나는 소리마냥 소름끼치는 비명소리가 맞소리를 쳐대듯이 너른 터 한켠에서 터져 나왔다.

「…!!…」

한칼이가 그 소리를 좇아 얼른 눈길을 돌려 보았다. 반쯤 썩어나간 밑동이 시커멓게 드러난 엇그루 나무둥치 앞에서 어린 난화가 눈알을 허옇게 뒤집어 까고는 입에 거품을 물고, 접신接神을 한 것인지 부들부들 발작을 일으킨 것인지 와들와들 온 몸을 떨어 가며 비명을 질러대고 있었다.

「저‥저‥! 저~!」

「대정 으른~!!」

한칼이가 오른손 집게손가락으로 난화를 찍어대듯 가리키면서 그 곁의 당골네를 바라보고 뭐라 소리치려는데, 그보다 총망悤忙하고 황망慌忙한 목소리가 우레마냥 쩡쩡하게 귓전을 때렸다.

「…!…」

한칼이가 황급히 남이의 외침소리가 날아간 곳으로, 부서져 내린 돌무더기 흙무더기 탓으로 돌가루와 흙먼지가 더북더북한 너른 터로 눈길을 돌리었다. 대정은 그곳에서 가슴과 어깻죽지 그리고 허벅지 세 곳에 화살을 맞은 채 몸을 휘우뚱거리고 서 있었다.

「대정~!!」

외치며 달려가려던 한칼이가 그 자리에 '무춤…!' 멈춰 섰다. 대정이 오른손으로 왼가슴팍의 화살대를 움켜쥐고 왼손을 앞으로 내저어 한칼이를 막아 세웠기 때문이었다.

「대정…. 대정….」

한칼이가 얼쯤얼쯤 나서지도 못하며 나직이 되뇌었다.

「……」

아무 대꾸 없이 다리에 힘을 주어 휘청거리려는 몸을 꼿꼿이 가누려는 대정의 입가에서 숨결이 조각조각 하얗게 부서져 올랐다.

「야…야이…! 이이…! 이 나쁜 놈들아~!!」

왜장치듯 남이가 고개를 쳐들고서 벼랑길 아래쪽을 향해 악을 쓰더니만, 대호가 쓰던 화승총을 주워들고서 겨누고 자시고 할 것도 없이 마구잡이로, 자웅눈이 사내의 화승총과 제 손의 화승총을 번갈아 쏘아댔다.

「……」

「……」

대정은 고개를 직수굿이 숙이고서 천천히 눈길을 돌려가며 너른 터에 널브러져 있는 주검들 하나하나를 바라보고는 입술을 '꽉…!' 깨물었다.

「하……, 하늘이…, 하늘일진데……,」

말끝을 깨문 대정의 입술에서 피가 배어 나왔다.

「그러하면…, 그 역시도……, 그러할 것이거늘….」

「…!…」

「아아…, 어‥어두운…!」

「……」

「어두운‥, 하늘이로고…….」

고개를 들고 아쉬움과 안타까움이 어지러이 드리워진 눈으로 저물어져 가는 하늘 가 한 귀퉁이를 바라보던 대정이 깊은 숨으로 허희탄식歔欷歎息하고는 휘청거렸다.

「성님….」

한칼이가 제 입 안에서만 맴돌만한 소리로 머금듯이 불러보았다.

「아아~ 저 하늘은….」

대정이 입을 벌리며 하늘을 마시듯 숨을 "하아~" 들이쉬었다.

「어‥언제……, 언제…, 푸르려는‥가…….」

들이마셨던 그 숨을 내뱉으면서, 말을 마치자 힘도 다한 듯, 풀자루 주저앉듯 맥없이 '스르르…' 대정이라는 사내는 무너져 버렸다.

「대정~! 대정~~!!」

한칼이가 미처 감지 못하여 어두운 하늘빛으로 반짝이는 대정의 눈을 바라보며 다가가려는데 "끼아악~!" "끼약~!" "꺅~!!" 까마귀울음마냥 자지러질듯 끔찍스런 난화의 비명소리가 다시 또 들려왔다.

「…!…」

그 서너 마디 외마디 소리에 발모가지가 묶이고 얽혀매인 듯 한칼이가 '무춤‥!' 멈춰서더니만, 두려움 가득한 눈으로 난화를 바라보았다.

「그래요, 그래요. 가십시다. 우리도 떠나가십시다. 멀고도 가까운 언덕 너머 한울님 품으로 가십시다. 행로난行路亂이 지난至難하야 난어산難於山하고도 험어수險於水하여도, 가볍지 않던 시름과 설움을 남김없이 내던지고, 못 다 나눈 연분 찾아 아쉼도 버리고 가십시다. 가는 길 아무리 험구嶮嶇라

하여도, 시름일랑은 시름시름 설움일랑은 서름서름, 원한마저도 내버리고
서 그리움만 간직하야, 윤회輪回와 후생後生을 기약하며 미련 없이 가십시
다, 가십시다. 가십시다. 어서 먼 길 가십시다.」

　오구물림마냥 자기가 내는 소리가락에 맞춰 사뿐사뿐 난화와 손깍지를
끼고서 엇그루 나무둥치 뒤쪽으로 발걸음을 옮겨 가던 당골네가 벼랑 끝에
멈춰 서서 몸을 굽히더니 어느새 그렁그렁해진 난화의 눈망울을 깊숙하게
들여다보듯이 혹은 난화의 눈망울에 되비쳐질 제 그림자를 찾으려는 듯이
빤히 바라보았다. 그리고는 바람이 가는 데로 구름이 가고 봉鳳이 가는 데
로 황凰이 따라가야 한다고 말하려는 것처럼 눈꼬리와 입꼬리에 웃음을 생
긋이 띠면서 하무뭇하게 입을 떼었다.

　「보보답착步步踏着이라 걸음걸음 밟아 디디고 가시다 보면…, 비로소 그
발길 머무를 곳을 알 것이다 하셨나니….」

　당골네가 '한 호흡' 숨을 크게 들이마시고는 다시 입을 떼었다.

　「가셔야겠지요? 그렇지요? 아니 그렇습니까?」

　「……」

　당골네의 새까만 눈망울에 갇힌 채, 이마에 송골송골 땀방울이 맺히도
록, 신장神將대 떨듯이 몸을 떨어대던 난화의 자그마한 입술이 무어라 말을
할 듯 말 듯 새빨갛게 달싹거려댔다.

　「가로되 천일일天一一 지일이地一二 인일人一은 삼三이며, 이르되 집일執一
하여 함삼含三하고 회삼會三하여 귀일歸一이라…! 그런즉, 셋이 모여 하나가
되고 하나가 다시 셋이 되는 것이라 하셨나니. 깊고도 그윽하야 오묘하고
현묘한 그 이치를 만나 뵙고 여쭤보고 알아도 보십시다.」

　언뜻 들리기로는 하늘이 하나에 하나고 땅이 하나에 둘이며 사람이 하
나의 셋이라 하나와 셋이 어쩌고저쩌고 셋 중 하나를 잡아 셋을 머금고 또

셋을 모아 하나로 돌아간다고 이러쿵저러쿵 아리송한 말들을 퍼질러 놓은 것 같았으나, 고개를 한 차례 갸우뚱거리고서 '이것도 주천이라는 먹빛 두루마기 사내가 평소에 했던 말들이 아닐까?' 하고 헤아려 보니, 당골네가 제 신딸인 난화와, 정인情人이었을 것이 틀림없을 먹빛 두루마기의 사내 그리고 자기 자신 세 사람을 각각 천天과 지地와 인人 삼재三才에 빗대어 놓고서 세 사람이 다시 만나 하나가 되고자 하는 바람을 말하는 것이 아닌가 생각되었다.

「거‥ 거시기‥, 다‥, 당골네요‥!」

뭔가 심상찮은 느낌이 들었는지 한칼이가 숨을 더듬대며 물으려했건만 당골네는 아무런 대꾸도 소리도 없이 그저 빙그레 웃어 보이기만 하였다.

「…!…」

언뜻 부드럽게 휘어진 눈꼬리에 핏물이 설핏 맺힌 듯이 보여, 한칼이가 손짓하면서 입을 벌리고 뭐라 말을 꺼내려는데 당골네가 난화를 껴안고는 '훌쩍~!' 낭떠러지 아래로 몸을 던져 버렸다.

「으‥으메으메~! 당골네요‥! 하이고 난화야~!! 이‥이런 니미럴 것‥!! 다들‥, 지들 디지고 싶은 대로 디져 불면, 살자는 것들은 으쩌라는 겨~!!」

「아자씨~! 아자씨~!!」

애끓는 마음에 가슴을 치며 울먹울먹 원망하는 소리들을 막 쏟아내려는 한칼이의 귓전으로 남이의 목소리가 다급하게 날아들었다.

「시방 탄환멩이가 다 떨어졌어라~!」

「…!!…」

한칼이가 돌차간 얼떨떨해하더니 더 이상 안타까워할 겨를도 없이 재빨리 고개를 벼랑길 어귀로 돌리었는데, 돌무더기 뒤편에 납작하게 엎드린 채 벼랑길 아래쪽을 향해 불질을 해대던 남이의 땡글땡글한 눈과 마주치자 갑자기 머릿속이 하얗게 비워지고 눈앞이 캄캄해지는 것만 같았는지 잠시 멍한 얼굴에 혀가 굳은 사람마냥 가만히 서 있기만 하였다.

「에라, 이~ 이~!! 어……??」

몰우전沒羽箭 장청張淸마냥 숨을 쌕쌕거리며 팔을 '휘휘~' 돌려대다가 벼랑길 아래쪽을 향해 돌팔매를 날리고는 허둥지둥 한칼이에게 뛰듯이 다가서던 남이가 돌연 '무춤…!' 하고 멈춰 섰다. 저 모르게 뱉어낸 끝말만큼이나 적잖이 당혹스러워 하는 얼굴빛이었다.

「아자씨….」

방금 전까지 너른 터 주변 어딘가에 있던 난화와 당골네가 왜 안 보이는가 궁금하기는 하였으나 차마 물어보지는 못하겠던지, 하여 한칼이가 알아서 먼저 이야기해 주기를 기대하면서 떠보듯이 남이가 조심스레 고개를 옆으로 틀며 묻는 눈길을 보내었다.

「웅…? 그리··, 돼았나…?」

그러자 깨어난 듯, 그러나 아직은 하리망당한 듯, 한칼이가 몽롱한 목소리로 따듬거려대며 마치 딴전을 부려대려는 것처럼 대꾸하였다. 그리고는 미간을 찡그리며 눈을 찌긋거려 보더니만, 고개를 쳐들고서는 "후우~~!" 하고 한 차례 모두숨을 길게 내쉬며 고개를 수그렸다가 너른 터를 '휘~' 둘러보았다.

「……」

남이도 그 눈길을 따라 너른 터를 둘러보았다.

「참말로….」

한칼이가 어금니를 지그시 사리물었다.

「분허고도….」

「……」

「분헌…,」

「……」

「일이로구먼….」

「……」

「이 아자씨는 말이다….」

한칼이가 하나씩 하나씩 입 안에 머금었다 토막토막 끊어 가며 뱉어내던 말마디들을 한꺼번에 풀어내기 시작하였다.

「시방 살아 갖꼬는…, 저 개잡놈의 새끼들이 여그 땅으로 올라서는 것을…, 나는 죽었으면 죽었지 못 보겄다…. 나으 눈에 흙이 들어가기 전까정은…, 저 염병헐 놈의 드런 발꼬락들이 여 땅까정 밟아대는 꼬라지를 참말 절대 못 보겄어….」

「…!…」

자못 비장하게 말허리 사이사이 아랫입술을 씹어 가며 말을 이어 가는 한칼이의 얼굴을 뚫어져라 쳐다보는 남이의 눈망울이 반짝거려댔다.

「여…, 여짝 땅은…, 우덜 목숨 하나하나가 마지막까정 딛고 섰다 드러누운…, 그런 땅이니께 말이다….」

한칼이가 말끝에 땅바닥에다가 침을 "퉤~!" 내뱉었다.

「으메~ 씨부럴 놈의 것…!」

「……」

한칼이가 애써 마음을 눌러가며 어렵사리 무슨 말을 하려는 것인지 알아차린 것일까? 남이가 새끼 고라니마냥 땡글땡글하고 커다란 눈알에다 힘을 주며 주먹도 다부지게 쥐어 보였다.

「그려…. 백년을 살아 봐야 제우 삼만육천 일이라는디, 까짓…!」

그 몸짓과 눈짓에 한칼이가 입술을 감쳐물며 말끝을 머금더니만, 성큼 남이에게 다가서서는 두 손으로 어깨를 꼭 움켜잡았다.

「저승길도 벗이 있으면 좋다는디….」

한칼이가 말꼬리에 여운을 드리우더니만, 남이의 어깨를 어루만지고서 피하듯 손을 떼며 눈길을 헛딴곳으로 틀었다.

「……」

「아자씨랑 같이 갈라냐?」

한칼이가 물었다.

「……」

「암만혀도 것이 낫지 않겄냐? 그라지? 잉? 잉??」

남이가 입술을 잘근거리며 결의에 찬 눈으로 바라보고 고개를 끄덕였건만 도리어 말을 꺼낸 제 마음이 흔들리는 탓이었는지, 한칼이가 재차 삼차 거듭된 물음을 남이에게 던지었다.

「야….」

「그려. 사내가 사내답게 그러야지….」

느릿하고 묵중하게 제법 의젓한 몸가짐을 보이며 남이가 말끝에 힘을 주자 한칼이도 그 힘을 받아 고개를 끄덕이며 제 말에다가도 힘을 주었다. 그러나 한칼이의 말꼬리와 목소리의 마지막 여운은 감추지 못한 제 얼굴빛마냥 어쩐지 침울하게 가라앉아 버렸다.

「……」

남이가 어금니를 '꽉…!' 하고 앙다물어 보였다.

「겁나냐…?」

「아…, 아니요…!」

속마음 들킨 사람마냥 남이가 몸을 옴찔거렸다.

「괜찮응께 솔직허니 말혀 봐라.」

「야… . 쪼…쪼까요… .」

'흘깃~!' 쳐다보고 눈까풀을 '파르르‥' 떨어대던 남이가 제 말끝마냥 눈을 아래쪽으로 내리깔더니 목구멍 너머로 침을 "꼴깍~!" 삼키었다.

「그려, 안 난다면 거짓부렁이지. 나도 겁나·겁나기는 허다.」

한칼이가 '벌쭉' 허전하게 웃어·보이며 숨을 크게 들이마셨다.

「도중이 아자씨 말이다‥ . 사람이 원체가 선항께 첨에 잘 몰라 갖꼬서 그짝 편에 섰던 것이지‥ , 참말 좋은 사람이여, 너도 알지?」

한칼이가 진지하면서도 부드럽게 속 깊은 말소리를 꺼내었다.

「야… .」

남이가 '한 호흡' 머금으며 얼굴을 아래로 푹 수그렸다.

「그리어. 자식 된 도리로다, 너 눈깔 뒤집어지는 것도 당연은 허지만은 서도‥ , 도중이 아자씨도 우엣놈이 시켜 놓고 지켜 봉께 불가항력으로다‥ , 안 내켜도 울고 먹는 씨아라고 으짤 수가 없어 갖꼬서 별수 읊이‥ , 너가부지 팔 붙들고 거시기 쪼까‥ , 쪼매 거든 것뿐이지, 뭐‥ , 생면부지 너가부지랑 뭔 불공대천 웬수졌다 그랬겄냐? 안 그러냐? 저승 가면 필시로 너가부지랑 다 풀어 갖꼬 마주 앉아 실실거림서 장기나 한판 벌리고 있을 텡게‥ , 만나 뵈면 너도 이승서 다 털어 놓고 왔다 말씀 올리고 사이좋게들 살어라 잉?」

「야… . 아자씨도 한범이허고 꼭 잘 만나세유… .」

앞서 말하길 도중이라는 자웅눈이 사내가 이전에는 민보군이었더라 하더니만, 아마도 남이 아비의 죽음과 피치 못한 사연으로 얽혀 있었던 모양이었다. 그러나 어쨌거나 곧 죽을 판국임에도 서로 덕담이랍시고 저승에서 만날 사람들과 함께 살아갈 이야기를 하고 있다니 참으로 한칼이답고 또한 남이다웠다.

「그려. 암~. 그려야지….」

마음 한구석에 무슨 미련 같은 것이 남아 있었는지 말허리께 힘을 주던 한칼이가 말끄트머리에다 한숨을 무겁게 매달았다.

「……」

「워서 미나리 내음새가 나는 갑다….」

한칼이가 뜬금없는 소리를 하더니만, 벌겋게 얼어붙은 콧잔등이를 찌긋거리며 고개를 쳐들고서는 콧방울을 훌쩍이고 코끝을 훔쳐댔다.

「……」

「준비되았나…?」

마음 같은 콧망울을 추스른 듯 한칼이가 어글어글한 말소리를 던지고는 고개를 틀었다. 그러자 남이가 갈라터진 위아래 입술이 따끔거리도록 혀를 아래위로 돌려가며 침을 잔뜩 바르고서 "쭉~" 하고 빨아보고 손등으로 '스윽~' 훔쳐내더니만, 씩씩하게도 고개를 끄덕거려댔다.

「자~ 시방, 인자 그럼 가는 것이다. 잉?」

「야…!」

「어금니 꽉 깨물고….」

한칼이가 어금니를 깨물어보이자 남이도 고개를 끄덕이더니 야무지게 입술을 '꽉…!' 깨물었다. 한칼이가 "시렁~!" 하고 왼손으로 힘차게 칼을 뽑아들었다. 쎄하얗게 벌거벗은 몸뚱이에서 쇳내가 비릿하게 풍기는 것 같았다. 남이도 따라서 오른손으로 "스르렁~!" 허리께 오는 칼을 기다랗게 뽑아들었다. 한칼이가 오른손으로 남이의 왼손을 쥐고서 대굴거리는 눈으로 남이의 또랑또랑한 눈을 바라보더니 마지막 마음을 다지듯 고개를 끄덕였다. 남이도 눈꼬리를 빳빳하게 곤두세우며 대꾸하듯 고개를 끄덕였다. 한칼이가 고개를 들고서 "후우~!" 하고 자못 떨리는 숨을 짤따랗게 내쉬었다. 남이도 "후우우~!" 하고 숨을 크게 들이마시었다가 내쉬었다. 한칼이가 긴 칼을 가랑이 사이에 끼우더니 "키아악~!" 하고 돋운 가래침을 손바닥에다 "퉤~!" 뱉고서 비벼댔다. 남이도 따라서 똑같이 손바닥에 침을 "퉤‥!" 하고 내뱉고서 비벼댔다. 한칼이가 고개를 옆으로 틀고서 남이와 얼굴을 마주보더니 서로 '씨익~' 하고 웃어 보였다. 그리고는 씨근씨근 둘이 같이 숨을 크게 몰아쉬고서 소경 북자루 쥐듯 칼을 '꽉‥!' 부르쥐더니 누가 먼저랄 것도 없이 서로의 얼굴에다가 "이야아아~!!!" 입이 찢어져라 소리치고서는 벼랑길 아래쪽을 향해 불 달린 범마냥 기승스레 "이우와~!!" "이야~!!" 고함을 내지르며 칼을 휘두르고 또 겨눠가며 달려 내려갔다. 벼랑길 아래로 둘의 모습이 사라지려하자 "따다다당~!!" "따당~!!" "따다다다당~!!" 매몰찬 총소리들이 벼랑길에서 너른 터로 날아올랐다.

「……」

「……」

목숨보다 오래 남았던 여운조차 사라져 버리고 남아 있는 것이라고는 나자빠지고 나가 넘어지고 나가 뻐드러지고 고꾸라져 버린 주검들밖에는 아무것도 없을 너른 터로 되울려대려는 총소리 끝자락에 달라 붙어 가지고 벼랑길 아래에서부터 몽몽濛濛하게 피어오르던 화약 연기가 목메어 흐느끼는 귀신 울음 소리마냥 "우우~~" 하고 불어대는 소슬 바람에 흩어져 버리듯 휑허케 걷혀 버리자, 휑뎅그렁한 엇그루 나무둥치 주변으로는 스산한 고요가 어수선산란하게 내려앉기 시작하였다.

꼭 그렇게 이리떼 틀고 앉은 수세미 자리마냥 어질더분한 적막 위로 갑자기 "툭‥!" 하고 끄트머리 떨어져 나가는 소리 하나가 던져지더니만, 너른 터 가운데께를 향하여 맥없이 "떼구르르…" 뒹굴었다. 그리고는 잇따라 "툭~!" "투둑‥!" "투두둑~~!" 벼랑길 아래에서 던져 올린 자갈멩이들이 너른 터 가운데께를 똥글똥글 굴러다니다가 엎어진 둥지의 알껍데기마냥 부서진 채로 군데군데 널브러져 있는 주검들과 맞부딪히더니 그 자리에 "또르르르르…" 하고 맴돌이치려다 멈추어 섰다. 그렇게들 인기척을 찾아 구르려던 자갈멩이들이 그만 멈추어 서자 "짜그락~!" 하고 자갈멩이 밟아대는 소리와 "짜자작…!" 하고 야트막한 살얼음판이 소심하게 깨어지는 소리 그리고 숫눈길에 발자국이 "빠드득…!" 새겨지는 소리들과 마른 나뭇가지들이 "소시락~!" 젖혀지고 가지 위에 뭉쳐있던 눈가루들이 한꺼번에 "후두두둑~!" 하고 떨어지는 소리가 벼랑길에서부터 올라오더니 횃불에 어른어른 흔들거려대는 그림자 무리가 하나 둘 벼랑길 어귀에 드리워지고 "자박~!" "저벅~!" "사박~!" 하고 여기저기서부터 들려오던 발소리들이 조이듯 너른 터 가까이로 가만가만 조심조심 소리 죽여 가며 올라서더니만, 두발로 서는 짐승들의 그림자 예닐곱 개가 점점이 제 주변을 살펴 가며 주위도 샅샅이 뒤져가면서 벼랑길 어귀로 올라서기 시작하였다.

「……」

잔뜩 긴장한 얼굴이었건만 덩저리 커다란 사내는 뒤따라 오르는 사람들은 알지 못하도록 배짱 좋은 태도를 보이며 누가 시키지도 않았을 것이나 이끌듯이 벼랑길 어귀로 서붓서붓 올라섰고, 몸피 작고 머리통만 커다란 사내는 실뚱머룩 떨떠름한 낯빛을 보이며 베슥베슥 썩 내키지 않아 하는 걸음으로 덩저리 커다란 사내의 뒤꽁무니에 바짝 붙어 벼랑길을 올라왔다. 벼랑길 어귀에 올라와서는 구부정하게 몸을 낮추고서 주변을 둘러보던 덩저리 커다란 사내가 엇그루 나무둥치 쪽으로 재빨리 걸음을 옮기었다. 보기에는 말짱한 것 같았으나 눈알이 따끔거리고 코끝이 메케하였던지 눈자위를 비벼대고 코끝을 막아대던 몸피 작고 머리만 커다란 사내도 뒤따라 냉큼 엇그루 나무둥치 쪽으로 잦은걸음을 옮기었다.

「…!…」

덩저리 커다란 사내가 나무등치에 걸쳐지듯 눕혀져 있는 천수와 자웅눈이 사내의 주검을 총부리로 '쿡!' 또 '쿡…!' 찔러대자 몸피 작고 머리통만 커다란 사내는 마뜩찮은 듯 눈살을 찌푸렸다. 덩저리 커다란 사내가 너른 터 가운데께 널브러져 있는 대정과 대호의 주검 쪽으로 성큼성큼 발걸음을 옮기는가 싶더니 슬쩍 한번 내려다보고는 그대로 지나쳐 만석이와 분이 그리고 나부대대한 아낙네의 주검 앞으로 발길을 틀었다.

「잉~! 그 아래짝으로다 두루두루 쪼까 훑어들 보시오, 잉?」

걸음을 옮겨가던 덩저리 커다란 사내가 돌연 고개를 반대쪽으로 틀더니 이제 막 벼랑길 어귀에 올라서서 두리번거려대는 사람들에게 너른 터 언저리께 바위 무리 사이의 떨기나무 뒤로 돌아나가는 빠짐길을 가리키며 호환에 범 잡으러 나온 총댕이마냥 이르고 시키듯이 괄괄하면서도 어딘지 뻣뻣한 말소리를 던졌다. 그리고는 분이의 주검을 끌어안고 엎어져 있는 만석이의 주검에다가 시답잖다는 듯 눈길을 '흘깃' 던지더니만, 웨죽웨죽 팔을 저어 가며 맨바닥에 나자빠져 있는 아낙네의 주검을 지나쳐서 무너져 내린 돌무더기 흙무더기 쪽으로 발걸음을 옮기었다.

「여가 뭣이 있던 자리 같은 디, 아조 작살이 났구마, 잉~」

「……」

경중경중 뛰듯이 여기저기 누비고 다니며 둘러보다가 단숨에 흙무더기에 '훌쩍' 뛰어올라선 덩저리 커다란 사내가 제가 무슨 감제고지瞰制高地를 손에 넣은 장수라도 되는 양 의기양양하게 양손으로 허리를 짚고 버티어 서듯이 다리를 벌리고 서서는 모가지에 잔뜩 힘을 주고 너른 터 주변 아래쪽을 갸웃이 내려다보려는데, 여기저기 널브러져 있는 주검들을 피해 가며 어슷어슷 덩저리 커다란 사내를 뒤쫓아가던 몸피 작고 머리통 커다란 사내가 무춤거리며 멈춰서더니 눈앞에 새로 쌓인 흙무더기를 오래 전에 허물어진 황량한 봉분마냥 망연스레 바라보았다.

「요것이 다였든가?」

덩저리 커다란 사내가 발뒤축으로 흙더미를 다지듯 '꾹, 꾹!' 눌러 밟아 보더니 메기 주둥이마냥 두툼한 입술 끄트머리를 한차례 '실룩~' 거리고 흙무더기를 내려와서는 너른 터 가장자리로 성큼 걸어가 낭떠러지 아래쪽을 까마득하게 내려다보았다.

「으메으메~! 어지러운 거…! 디져 불겄네…!」

덩저리 커다란 사내가 뒷걸음치며 너른 터 가운데게로 물러나더니 붙안은 듯이 포개져 있는 만석이와 분이의 주검을 발끝으로 '툭…!' 산짐승의 죽은 몸뚱이마냥 건드려 보았다.

「모다 디졌는가…?」

「그카지 마소, 마…. 고마 사람 아닝교? 만다꼬 바락바락 기를 쓰고 와가 이카는지 모르겠네….」

덩저리 커다란 사내가 말끝에 "찍~!" 하고 잇새로 침을 갈기자, 눈자위를 비벼대던 손에다가 입김을 "호호~" 불어대던 몸피 작은 사내가 한마디 던지고는 웅절거렸다.

「거…, 으디 기생골 샌님마냥 모르시는 말씀일랑 허덜덜을 마시시오. 아까참에도 고 어린놈의 새끼가 포달시레 악악거림서 뛰 내려오는 꼴 못 보셨소? 승냥이 밑구녕으로 빠진 것들은 죄다 날고기 먹는 종자라고…, 요것들은 워낙에나 씨알멩이부터가 상독종 놈의 새끼들인데다 원체 이물스런 것들이라 흘미죽죽이…, 어정뜨게 냅둘 것이 아니라 혹시래도 잘들 디졌는가 요로코롬….」

덩저리 커다란 사내가 가까이 다가가 쭈그려 앉고서는 발치께 나자빠져 있는 주검을 마치 지저분하고 구린내 나는 똥 덩어리 들썩이듯이 총부리로 '쿡…,쿡!' 찔러 보고 들쑤셔 가며 말을 이어나갔다.

「요라구서 한 놈 한 놈 일일이들 확인들을 해야 쓴당께요. 아, 숭악스럽게도 디진 척들 허고 있는 지도 모를 일잉께 말이요. 오홍~! 다들 디지기는 잘들 처디졌는갑네….」

「카믄, 여름장마맹키 살이다 포다 엄청 쌔리 퍼부서 가가 다 뽀사 뿌러 놨는데…, 고마 지 아무리 항우 할아비라 캐도 우찌 살겠능교?」

「오호호호~! 그랑께라, 잉~! 앉아 똥 누기는 발허리라도 시릴 것이지만 요것은 뭔 언내 팔모가지를 비틀어대는 것도 아니고, 잉~!」

빤질빤질 황아장수 돈고리마냥 매끄러운 낯꼴을 지어 보이며 느물느물 이기죽거려대는 덩저리 커다란 사내에게 몸피 작고 머리통 커다란 사내가 주둥이를 삐죽거리더니 턱 끝을 치켜들고 들이대듯 삐딱하게 말을 던졌다. 그러나 덩저리 커다란 사내는 산 아래쪽에서 위쪽을 공격할 때에는 직선으로 날아가는 소총의 탄환보다 곡선을 그리며 날아가는 화살이란 무기가 훨씬 더 유용하다는 사실만이 새삼 감탄스러웠는지, 그러거나 말거나 아랑곳 않으며, 입을 '주욱~' 찢으면서 넓적다리를 치고 거불거려댔다.

「여 좋은 총들 냅두고서 대갈빼기 우로다가 그…, 활로다 먼처 조져 놓을 줄을 누가 생각이나 했겠소? 참말로 머리 쓰는 꼴이…, 아~ 한양서 오신 양반들은 뭣이 틀려도 틀리당께!」

「쯔쯔쯔쯧~ 사람 몬 쓰겠네…. 고마 얼나 안덜 분간 없이 마카 죽어나가 맘이 자닝하이 송신해가 죽겠고마, 얀정머리 없이 뭐가 저리 좋아 갖꼬 혼차 히히득 킥킥거려대노?」

미꾸라짓국 한 술 떠먹고서 용트림해대는 사람마냥 히죽거리면서 거드럭거려대는 꼬락서니를 못 봐주겠다는 듯, 몸피 작은 사내가 고개를 설레

설레 흔들고 혀를 차더니 팔짱을 끼며 입술을 한쪽으로 실그러뜨렸다.

「오호호호~! 아, 그라믄 우덜 나라 한 나라 당 골칫거리들이 뿌랭기째로 '확~!' 다 뽑혀 버렸는디, 인자 시방 몽땅 새 누리판으로다 시원허게 좋지 안 좋으시오?」

「하이고야~ 우얄꼬? 고마, 당나발을 불라카네. 아예 그 손으로 죄다 쌔리 잡아 갖꼬 마구 처직여삐야 분이 안 풀렸겠능교?」

몸피 작은 사내가 눈을 흘기며 삐딱하게 쏘아보았다.

「으따 참말로…! 으찌 아셨당가! 나의 속 맴이야 참말 그렇지만서도, 으찌 일이 내 맘대로 되겠소? 그랑께로 그라녀도 나가 혹간이나마 어느 놈 하나라도 살아 있을 양이라믄 고놈의 새끼 메가지를 확 따 줄라고 시방, 여쭙은 까풀막에를 기어 올라온 것 아니겠소, 잉~!」

덩저리 커다란 사내가 능글맞은 웃음을 한껏 머금은 낯짝을 시커멓게 들이밀고서 콧김을 "킁킁~!" 내뿜어대자 몸피 작은 사내가 눈을 흘기며 손을 '휘휘~' 내저었다.

「하이고야~ 고마, 사람 맘보재기가 꽁지벌레 같아 갖꼬 우예 그라능교? 치우소 마! 고마, 고만하입시더.」

「으메으메~! 뭣이여? 쩌그 저··, 나리님 아니어??」

는질맞게 앉은뱅이걸음으로 다가서서 야스락거리려던 덩저리 커다란 사내가 몸피 작고 머리통만 커다란 사내의 어깨 너머로 푸르스름한 철릭 차림의 사내와 구군복 차림의 군관이 벼랑길 어귀로 막 올라서려는 것을 발견하고는 얼른 일어나 엇그루 나무둥치 쪽으로 달음질쳤다.

「하이고~ 나으리님…! 여는 까끌막이 괭이 낮짝만헌 것이 가팔라 갖꼬 서 미끌탕진디다 한발만 까딱 곁디뎌도 꼴창으로 꼴라당인디 으째 친히들 오셨당가요? 뒷거둠질일랑 우덜한티 맽기셔도 될 것을….」

「물러서게.」

「야…? 야, 나으리.」

콩 본 당나귀마냥 콩콩거리면서 영산야 지산야 허방지방 다가와 너더분하게 떠들어대려던 덩저리 커다란 사내가 여군관이라는 자의 내리누르는 말투에 허리를 납신거리며 난딱 약빠르게 대뜸 옆으로 비켜섰다.

「……」

푸르스름한 철릭 차림의 사내가 덩저리 커다란 사내 앞을 지나쳐 엇그루 나무등치 쪽으로 가더니 어뜩비뜩 너른 터 먼 발치께 널브러지고 고꾸라지고 나자빠져 있는 주검들을, 더 이상 아무 것도 아닌 것이 되어 버린, 한때는 사람이었던 죽은 살덩이들을 바라보았다. 여군관이라는 자도 푸르스름한 철릭 차림의 사내 뒤로 두어 걸음 떨어진 곳에 서서는 쇠꼬챙이 마냥 매서운 눈으로 하나하나 찔러보듯 주검들을 쏘아보았다.

「……」

푸르스름한 철릭 차림의 사내가 등채를 겨드랑이에 끼고는 숨을 들이마시면서 고개를 들어 멧부리 기슭을 치어다보더니 다시 눈길을 그 아래쪽으로 비스듬히 옮기어 무너져 내린 흙더미를 내려다보았다. 여군관도 따라서, 그러나 그와는 반대로 아래쪽 흙더미에서부터 거슬러 멧부리 기슭을 훑듯이 올려다보았다. 푸르스름한 철릭 차림의 사내가 등채를 앞으로 내어 손바닥에 두어 차례 "툭…!" "툭…!" 두드려대더니 등 뒤로 돌려 뒷짐을 지며 고개를 돌리다가 제 앞쪽에 어물전 앞의 중놈마냥 어정쩡하게 서 있는 몸피 작은 사내와 눈이 마주쳤다. 그러자 몸피 작은 사내가 피하듯 눈을 내리깔며 고개를 돌리고 수그렸다.

「야! 거시기, 쉰네가요…!」

어딘지 서름서름해지려는 차에 이때다 싶었는지 덩저리 커다란 사내가 너른 터의 주검들을 살펴보려 발걸음을 떼는 여군관의 뒤를 쫓아가며 큰소리로 언죽번죽 유들유들하게 나부대기 시작했다.

「시방 꼼꼼허게 죄다 살펴봤는디요, 틀림읇이 싹~ 다 디져 부렸어라. 에라이~ 숭악스런‥, 우라질 놈의 순~ 역적 놈의 새끼들‥! 잘들 디져 부렸다! 에이 카악~! 퉷!! 퉤이~!!」

으스대며 설레발치던 덩저리 커다란 사내가 분이와 만석이의 주검에다 침을 뱉었다. 그러자 여군관이 오른쪽 눈썹을 '꿈틀…!' 거리며 웅그리듯 눈살을 찌푸리더니 꽹과리 같은 사내의 상판대기를 할기시 노려보았다.

「…!…」

끝이 쭉 째져 올라간 눈초리에 반짝이는 눈알이 차갑기도 하였는지 덩저리 커다란 사내가 몸을 옴찔거리며 코 맞은 개마냥 모가지를 굽실굽실 움츠려댔다.

「……」

여군관이 송곳마냥 뾰족하게 덩저리 커다란 사내에게 꽂아 뒀던 눈초리를 다소 누그러뜨리면서 떼어 내더니 푸르스름한 철릭 차림의 사내에게로 돌리었다. 한 나라의 벼슬아치로써 스스로를 책責하고 탓하는 마음 때문이었을까? 아니면 단지 죽은 자들을 가엾고 불쌍히 여기는 마음 때문이었을까? 푸르스름한 철릭 차림의 사내는 무거운 눈길을 멀리로 먹빛 구름더미에 깔리어 끄트머리가 뭉그러진 듯이 보이는 건너편 멧봉우리 너머 먼 하늘에다 던져 놓더니, 안타까운 듯 이것은 아니라는 듯, 침통한 낯빛으로 고개를 설레설레 가로젓고 있었다. 그러자 여군관의 뒤쪽에 비켜서서 눈치를 살펴대던 덩저리 커다란 사내가 '왜 저러시는가?' 하였는지 고개를 가만히 갸웃거렸다.

「여기까지 왔거늘…. 여기가 하늘가 땅 끝이거늘….」

읊조리듯 혼잣말하며 숨을 길게 내쉬는 사내의 푸르스름한 철릭 자락이 '건듯~' 하고 멧부리에서 불어온 바람자락에 한 주름 여리게 접혀지더니 물결처럼 잔잔히 한들거렸다.

「바야흐로…, 어디로 향하시는 바람일런가…?」

푸르스름한 철릭 차림의 사내가 제 몸을 스치고 지나가 버린 한 오라기 바람 자취를 좇아 산 아래쪽으로 산란한 눈길을 던지었다.

「여기서 멈춰 버릴 바람이 아니었던가? 허면….」

뒷말을 머금은 푸르스름한 철릭 차림의 사내가 눈길을 돌리어 무덤덤하게, 여군관을 물끄러미 바라보았다.

「……」

윗사람의 뜻을 따를 수밖에 없는 아랫사람의 처지라고는 하나 그렇다고 그 뜻에 온전히 동의하는 것은 아니라는 듯, 그러나 그러한 생각을 드러내 보이지 않으려는 듯, 여군관은 입을 굳게 다물고 왼손으로는 허리에 찬 환도의 칼자루를 꾹 쥐고 서 있었다. 그러자 푸르스름한 철릭 차림의 사내가 느릿느릿하게 혼자만의 고갯짓인 양 머리를 주억거려가며 눈길을 떼어내더니 멀리 벼랑길 아래쪽을, 살랑이던 물결처럼 잔잔하기만 했던 바람이 어느 새 거친 너울이 되어 산허리께 겨울나무 숲을 "쏴아아~!" "쏴아~!!" 온통 휩쓸고 달려 내려가는 것을 내려다보았다.

「……」

덩저리 커다란 사내도 산 아래쪽으로 아찔한 눈길을 던지었다.

「……」

「나으리…」

「……」

말없는 바람의 자취를 말없이 좇아가는 푸르스름한 철릭 차림의 사내에게 여군관이 말을 건넸으나 푸르스름한 철릭 차림의 사내는 뒷짐을 진 채 아무런 대꾸도 하지 않았다. 그러자 여군관이라는 자도 푸르스름한 철릭 차림의 사내가 무엇을 생각하고 있으며 또 무엇을 해야 할지 이미 알고 있을 것이라고 생각하였는지 더 이상 아무 말도 꺼내지 않았다.

「……」

「눈이라도 한바탕 퍼부어 놓을 것 같으이….」

이윽고 푸르스름한 철릭 차림의 사내가 고개를 들고서 아등그러져 가는 하늘을 바라보더니 나지막하게 입을 떼었다.

「다들 내려가세….」

뒷짐을 풀며 한 걸음 '성큼' 벼랑길 어귀로 발걸음을 떼었다.

「옴마마…! 시방 온 지 을매나 되었다고 오자마자 가신다고….」

덩저리 커다란 사내가 푸르스름한 철릭 차림의 사내에게 욜랑거리며 다가들다가 여군관의 쏘아보는 눈길에 돌연 '찔끔…!' 거리더니 나오려던 말꼬리를 머금었다.

「아…, 예, 예…, 해지기 전에 시방 싸게 싸게 내려가야지라!」

그리고는 쭈뼛쭈뼛 거리면서 눙치듯이 얼른 몸맨두리를 바꾸어 대갓집 청지기마냥 너른 터 언저리께 떨기나무 쪽으로 재빨리 뛰어가더니만, 벼랑을 안고서야 겨우 아래쪽으로 빠져나갈 수 있는 안돌잇길을 향하여 손을 '휘휘~' 휘두르며 일러주듯 소리쳤다.

「보드라고~! 인자, 언릉 다들 냉큼 내려가드라고, 잉~!」

「보소, 나리님요! 나리님요! 고마…, 고대 내려갈라카능교?」

여군관이 '한 호흡' 숨을 깊이 들이마시고서 뒤따라 발걸음을 떼려는데 무너져 내린 흙무더기 앞으로, 바위벼랑 틈새기에 끼어있는 회양목마냥 어색하게만 서 있던 몸피 작고 머리통 커다란 사내가 잰걸음으로 곧장 너른 터를 가로질러 오며, 들뜬 목소리를 던졌다.

「무슨 말인가?」

여군관이 걸음을 멈추고 다소 딱딱한 물음을 던지자 너른 터 언저리께 떨기나무 있는 곳에서부터 헤적헤적 벼랑길 어귀를 향하여 활개를 저으며 뛰듯이 쫓아가던 덩저리 커다란 사내가 얼결에 '우뚝⋯!' 걸음을 멈추더니만, 둥그렇게 불뚝 튀어나온 눈으로 여군관과 몸피 작은 사내를 번갈아 보며 지칫지칫 발걸음을 소심하게 옮기었다.

「아! 예. 나으리님요. 거이 뭔 말인가 카믄예⋯.」

몸피 작은 사내가 몸을 낮추며 엇그루 나무둥치 쪽으로 다가서더니만, 벌써부터 송장 썩는 냄새가 코를 찌른다는 듯이 골이 지끈거린다는 듯이 오른손 손가락들로 이마빡과 관자놀이를 짚어 보고 눌러대며 또 콧잔등이를 찌긋찌긋 거리더니 말머리를 꺼내었다.

「고마 여⋯, 여 송장들이 요기조기 몰곳몰곳하이⋯, 이⋯, 이래⋯, 요래 조래 놓여 있는데예⋯, 사람의 이치가 그라이⋯, 사리로 이짝을 살~ 따져 보고, 또 도리로 저짝도 살~ 돌아보이⋯, 어데 한데 마카 모아 놓고, 고마 묻어 놓고, 봉분이라도 하나 쪼매 매기단하고⋯, 고마 그래 놓고 가야 안 하겠능교?」

「어허~! 이 양반이 참말 뭣도 모르시고 아조 큰일 낼 소리를⋯! 아, 그라 를 양이면은 아예 싹 다 모다 놓고서 차라리 불을 '확~!' 싸질러 놓는 것이 시방⋯!」

몸피 작은 사내의 말이 끝나기가 무섭게 덩저리 커다란 사내가 산젯밥 에 뛰어드는 송장메뚜기마냥 폴짝거리며 옆구리로 끼어들더니 시룽시룽 설쳐댔다. 오도깝스레 가불거리고 나대는 꼬락서니가 맞갖잖거니와 듣기 에도 씨그둥하였는지 여군관이 돌멩이 같은 얼굴에 치켜뜬 눈으로 덩저리 커다란 사내를 쏘아보았다. 그러자 덩저리 커다란 사내가 나오려던 말허리께를 뭉툭 잘라먹더니만, 모가지를 움츠리며 왼발을 구르고 나서 겨우 제 발 앞에다 침이나 "찍~!" 뱉어대는 꼬락서니를 하고서 찔끔찔끔거리며 두리번거려댔다.

「부끄러운 손이거늘….」

푸르스름한 철릭 차림의 사내가 눈을 가늘게 뜨고서는 꼿꼿이, 머리를 크다랗게 조아리고서 남의 집 기름 도적질 해먹은 옆집 개마냥 눈알을 이리저리 굴러대며 조심스럽게 대답 혹은 처분을 기다리고 있는 듯이 보이는 몸피 작은 사내의 뒷꼭지를 내려다보더니만, 고개를 들고서는 혼잣말하듯 나직이 허공에다 말을 던져올렸다.

「…!…」

꺾어 놓은 듯 깊숙이 허리를 숙이고 있던 몸피 작은 사내가 푸르스름한 철릭 차림의 사내 말 속에 든 말과 그 말 뒤의 말을 알겠다고 생각했는지 살피듯 커다란 머리통을 들고서 푸르스름한 철릭 차림의 사내를 슬쩍 올려다보더니 다시 재빠르게 고개를 숙이었다.

「…?…」

덩저리 커다란 사내가 영문을 몰라 눈알을 커다랗게 굴려댔다.

「아닐세. 이승에 남겨진 것은….」

푸르스름한 철릭 차림의 사내가 말을 꺼내려다가 '한 호흡' 머금어 보더니 아득하게, 한숨이 묻어나오는 목소리로, 말을 이어 붙였다.

「맑은 바람에 씻겨 가도록, 그렇게 내버려 두세나….」

「나으리님요….」

「내려가세.」

자신이 예상하고 기대했던 대답과는 사뭇 달랐기에 다시 생각해 달라는 듯, 부탁하고 매달려보려는 듯, 몸피 작은 사내가 고개를 높다랗게 쳐들며 푸르스름한 철릭 차림의 사내 앞으로 다가들려 하였다. 그러나 푸르스름한 철릭 차림의 사내는 이미 등을 돌리고서 성큼성큼 벼랑길 어귀에서 아래쪽으로 발걸음을 옮겨 가고 있었다.

「나…, 나으리님요~!」

「어허~! 말씀 못 들었는가! 어서 내려가지 않고!」

발발거리며 잰걸음으로 미좇아가려는 몸피 작은 사내에게 딱딱거리듯 여군관이 불거진 눈자위를 사납게 굴려댔다.

「아…, 알겠심더….」

몸피 작은 사내가 주눅 든 목소리로 대답하며 걸음을 멈추었다. 그리고는 한숨머리를 "후~~" 하고 누구 들으라는 듯이 커다랗게, 그러나 끄트머리는 소심하게도 가느다랗게 내쉬며 고개를 '푹…' 수그려보이더니, 고개를 다시 쳐들고는 벼랑길 아래쪽을 향해 터벅터벅 얼마쯤은 찌푸린 얼굴로 마지못해 뒤따라가는 사람마냥 발걸음을 옮기었다. 몇 걸음 그렇게 옮기어 이제 막 벼랑길 어귀에서 아래쪽으로 내려가려는데 갑자기 너른 터 안쪽에서부터 "투두둑…!" 하고 자갈멩이 혹은 돌멩이 굴러떨어지는 소리 같은 것이 들리었다. 몸피 작은 사내가 걸음을 멈추더니만, 고개를 돌리고서 멧봉우리 기슭 아래로 무너져 내려 쌓인 흙무더기를 바라보았다. 잠시 그렇게 눈과 귀에 온 신경을 모으고서 가만히 집중하여 보았으나 더 이상 아무런 소리도 들리지 않자 몸피 작은 사내는 '잘못 들은 것인가?' 하고 머리를 한 차례 커다랗게 갸우뚱거리더니 다시 벼랑길 아래쪽으로 발걸음을 떼었다. 그러자 바로 그 순간에 다시 "투두두둑…!" "투둑~!" 하고 이번에는 아예 흙무더기가 쏟아져 내리는 소리 같은 것이 들리었다.

「…!…」

「뭣이요, 시방…?」

그 소리에 앞서가던 덩저리 커다란 사내도 뒤돌아서며 물었다.

「아…!, 암 껏 아니라예…!」

짧은 순간 몸피 작은 사내가 '화들짝~!' 불에라도 덴 듯 당황스러워하는 모습을 보이더니 덩저리 커다란 사내에게 손사래를 쳐댔다.

「바…바람에…! 흐…흙무데기가 쪼매 무너진기라예.」

「바람에…? 으디가? 으디…? 바람도 읎는디…?」

덩저리 커다란 사내가 몸피 작은 사내를 몸으로 들이밀고서 두어 걸음 벼랑길 어귀로 올라서더니 칼등처럼 튀어나온 미릉골眉稜骨 아래의 눈알 딱지를 희번덕이면서 너른 터 안쪽에다 둘레거리는 눈길을 던져 넣었다.

「아…, 암껏 아니라니까예! 고마, 퍼뜩 가입시더, 마…!」

몸피 작은 사내가 얼른 덩저리 커다란 사내의 오른 팔뚝을 붙잡고서 등을 떠밀듯이 하면서 벼랑길 아래로 내려가는 푸르스름한 철릭 차림의 사내에게 소리쳤다.

「하이고야~ 나리님요~! 이… 이…, 해가… 해가 벌써 다 질라카네예…. 고마 까막 깜깜 전에, 냉큼 내려가입시더마.」

「……」

내려가던 벼랑길 위에 서서 가슴께 위쪽만 보이는 푸르스름한 철릭 차림의 사내가 저에게로 풍치듯 소리치며 다가오려는 땅딸막한 사내를 물끄러미 바라보았다.

「어…, 어데예…!! 아…아니라예…!」

감추려 애쓸수록 더욱 또렷이 드러나는 당혹스러움에 저 스스로도 가슴이 들렁들렁하였는지 몸피 작고 머리통 커다란 사내가 우물쭈물 무언가를 얼버무리며 허둥거려댔다.

「어··, 어느 안전이라꼬, 감히··! 뭐··, 뭐 할라꼬 지가··, 죽을라꼬 거짓 부렁하겠능교? 참말··! 진짜로··! 암 껏··, 아니라예··!」

「나으리, 허면 소인이··.」

자꾸만 따듬거려대는 꼴이 미심쩍기도 하고 또 뭐라 자꾸만 구구하게 이야기해대는 것이 낌새가 심상치 않다고 느꼈는지 여군관이 푸르스름한 철릭 차림의 사내에게로 말머리를 들이밀었다.

「······」

「나으리··.」

「아닐세. 가세.」

푸르스름한 철릭 차림의 사내가 냉연하게 날이 선 목소리로 여군관의 말머리를 잘라 버리더니 벼랑길 아래쪽으로 성큼성큼 망설임 없는 발걸음을 떼었다. 여군관도 별다른 대꾸 없이 뒤따라 아래쪽 벼랑길로 발길을 옮기었고 덩저리 커다란 사내도 쫄래쫄래 여군관의 발자국을 따라 아래쪽으로 내려갔다. 세 사람이 내려가는 것을 뒤에서 지켜보던 몸피 작은 사내가 잠시 머뭇머뭇 거려대더니 목을 길게 빼고서는 너른 터 언저리게 떨기나무 쪽을 두리번두리번 거려댔다. 아무도 없다는 것을 확인하고서 마음이 놓인 것인지 고개를 가볍게 끄덕이더니 벼랑길 아래쪽을 향해 걸음을 옮기기 시작했다. 얼음판을 처음 걷는 송아지마냥 조심조심 예닐곱 걸음 벼랑길을 밟아 내려가던 몸피 작은 사내가 갑자기 고개를 '흘깃~' 돌리고는 너른 터 안쪽의 흙무더기를 바라보았다. 그리고는 '씨익~' 하고 굳게 다물었던 입술 끄트머리에다가 저만 알고 있다는 미소 비스름한 것을 의미심장하게 드리어 보이더니, 벼랑길 아래쪽에다 대고서 기운차게, 어딘지 밝아진 목소리로 소리쳤다.

「하이고야~! 보소~! 고마 같이 가입시더, 마~!」

몸피 작은 사내가 앞서 내려가는 덩저리 커다란 사내를 부르고는 노루 새끼마냥 경중경중 가벼운 발걸음으로 서둘러 벼랑길 아래쪽을 내려갔다.

「……」

몸피 작고 대가리 커다란 민보군 사내마저 벼랑길 아래로 달려 내려간 지 오래지 않아 그저 괴괴하고 휘휘하게만 느껴지려는, 꼭 염병 치른 놈의 대가리마냥 휑뎅그렁하면서도 스산한 것이 도무지 이 세상 것 같지 않은 적연寂然함이 요요寥寥하게 내려앉은 너른 터에로 소소蕭蕭한 바람 한 오라기가 잠잠潛潛하게 일어나더니, 흙무더기 위로 뽀얗게 먼지 발자국을 날리며 벼랑길 아래쪽으로 어질어질 쏟아져 내려갔다. 그렇게 멧부리에서부터 산 아래쪽을 훑으면서 내려오는 바람 자취를 바라보기만 하던 산허리께 겨울나무 숲이 시들마른 머리 타래를 풀어헤치고 저 혼자 울어대려는 소리였는지 아니면 흔들거리는 숲을 품어 안은 골짜기가 함께 울어대려는 소리였는지 여하튼 웅숭깊은 골바람 소리를 골짜기 아래에서부터 너른 터 쪽으로 맞바람을 쳐대듯 아득하게 올려 보냈다.

거슬러 올라온 그 소리가 잠시 너른 터를 맴돌아대려는 가운데 "툭…!" "투둑~!" "투두둑…!" 하고 돌멩이 부스러기 흙덩이들 굴러 떨어지는 소리가 들리는가 싶더니 느닷없이 시커먼 손 하나가 흙무더기에서부터 '쑥~!' 삐져나오며 "켁~!" "컥…!!" 하고 겨우겨우 참아 견디던 숨구멍 트이는 소리가 들리고는 뒤이어 흙무더기를 뚫고서 '불쑥…!' 흙투성이 머리통이 바깥으로 시커멓게 빼 내밀어졌다.

콩고물 팥고물 떡판 위를 만판으로 굴러다닌 인절미마냥 흙먼지를 온통 더버기로 뒤집어 쓴데다가 깨지고 터진 머리통에서 새어나오고 흘러나온 핏물과 진물이 불그죽죽하게 엉겨 붙고 눌러 붙어 있는 이마빡과 볼따구니에는 구저분한 흙 꽃까지 거무죽죽하게 피어 있었으나 틀림없는 궁궁이 얼

굴이었다. 궁궁이는 "후우~!" "후우~우~!!" 하고 큰 숨을 두어 차례 몰아쉬
더니 "끄으응~!" "잇차…!!" 하고 용을 쓰면서 흙더미를 비집어대고 몸뚱
이를 바리작바리작 거려댔는데, 흙무더기에 파묻혀 있던 흙감태기 몸뚱이
가 절반쯤 빼내진 것 같았을 때, 끄집어낸 한쪽 손을 흙더미 안에 우겨넣듯
도로 집어넣고서는 무엇을 행여 놓칠세라 허비적허비적 다른 한 손에 꼭
쥐고 있던 흙더미 속의 무언가를 끄집어내려고 두 손으로 잡아당겼다.

「이이…익~! 익~!!」

몸을 비틀어가며 안간힘을 다해 끌어당기던 궁궁이가 흙더미 속에서 제
허리 아래께를 마저 뽑아내고는 흙무더기 위에 올라앉아서 허덕지덕 의성
반청무 뽑아내듯 흙더미 속의 무엇을 잡아당겼다.

「나……나와…! 나와…야…! 익~! 익~~!」

흙더미가 들썩들썩 거려대고 "투두두둑~" "부스스…" 부스러진 돌멩이
와 흙덩이들이 굴러 떨어지고 무너져 내리는 것이 금세라도 무엇인가 큼지
막한 것이 뽑혀 나올 것도 같았는데, 흙무더기 바깥으로 빼주룩이 비어져
나온 것은 겨우 우스꽝스레 뒤틀리고 꼬라박혀 있는 발모가지에 발바닥뿐
이라, 희끔희끔 거려대는 복숭아뼈다귀께 바짓단 자락을 보니 아마도 노사
의 것인 듯싶었다.

「어……얼…룽…! 나……와…야…! 야…! 아……안은…! 안은…! 까…
깜…! 깜깜…! 하……하고…! 무……! 무…서…! 수………숨…이…! 숨
이…! 마……막혀…! 막히…, 는…데…. 하…, 할…아…, 버지…, 내…,
소…손…! 손…! 꼬…꼭…! 잡…고…!」

궁궁이가 아무리 용을 써서 당겨보아도 거꾸로 처박힌 발모가지 윗부
분, 그러니까 학다리 같던 노사의 정강이에서부터 몸뚱이 쪽으로는 무엇에
깔리고 짓눌려져 있는지 꿈쩍도 하지 않았다. 궁궁이는 애가 달고 몸이 달

아 손바닥을 맞비벼대며 어찌 할 바를 몰라 하더니, 아예 손톱 끝이 부러져라 박박 흙더미를 긁어대며 파헤치기 시작했다. 한참을 징징거리면서 흙무더기를 우비고 파헤쳐대던 궁궁이가 께저분한 소맷부리로 송골송골 콧잔등이에 맺히려는 방울땀을 닦아내고는 별다른 궁리 없는 얼굴로 주변을 둘레둘레 거려댔다.

「…??…」

그러다가 그때서야 비로소 너른 터 여기저기 나부라져 있는 주검들에게 눈길이 닿았던 것인지 궁궁이가 모가지를 '꺄룩~' 하고 길게 빼 내밀고서 '어라? 뭐지‥?' 하고 얼떨떨해하는 얼굴에다가 눈썹을 꿈틀거리며 잠시 의아스러워하는 눈짓을 지어 보이더니만, 돌연 눈을 휘둥그렇게 떴다. 그리고는 튕기듯 몸을 벌떡 일으키고서 걸음을 선뜻 떼려 하였지만 마음과는 다르게 왼쪽 무르팍이 '풀썩‥!' 하고 맥없이 꺾이더니 '데구르르~' 흙무더기 아래쪽으로 굴러 떨어졌다.

「우~우~~! 우~~우우~우우~~!」

맨땅바닥에 고꾸라져 버린 궁궁이가 윗몸을 추슬러 일으키며 흐물흐물 늘어져 있는 주검들을 흔들거려대는 눈으로 더듬거려 가면서, 무슨 생각을 떠올려 보려는 것 같았으나 그럴수록 머릿속은 자꾸만 헝클어져 가는지, 오물오물 말소리들을 입속에서만 더덜거려댔다.

「여……여기‥! 부……분이‥, 어……엄니‥! 또또또…! 부……분이‥! 또또…! 마……만‥, 석‥이‥! 이! 또…! 또! 대대대대대……정‥, 도‥! 도‥! 주……, 죽었‥, 다‥! 다~! 다~!! 다‥? 다?? 호…? 호! 호는? 우우우우‥우리‥! 우리‥, 호‥! 호야~! 호야~!! 호야~~!」

주검들 하나하나를 손가락으로 가리켜 가며 주둥이를 더덜더덜 거려대던 궁궁이 머릿속으로 떠오르지 말았어야 할 끔찍스런 그림 같은 것이 떠올랐던지 궁궁이는 진둥한둥 허둥거려대며 주변을 두리번거려댔다.

「어‥?? 어~어~~?? 쩌‥…‥쩌기‥! 호‥…‥, 호다‥! 호‥, 호다~! 호호호호‥호야~!! 내내내내‥! 도도도‥동‥생‥! 호‥! 호‥가? 호가‥?」

제가 아는 얼굴을 찾으려고 주검더미를 뒤적거리면서도 제발 없었으면 하는 바람이 간절히 드러나는 얼굴로 둘레둘레 거려대던 궁궁이가 마침내 나무 그루터기에다가 비스듬히 몸뚱이를 기대고 늘어져 있는 대호를 발견하더니, 엎어진 채로 손발을 황망히 놀려가며 옆구리를 땅바닥에 깔고서 팔뚝을 발바닥 삼아 다리를 질질 끌며, 기다시피하면서 다가들었다.

「아아‥…‥안‥, 되‥는‥데‥. 구‥궁‥, 궁‥이‥, 호‥혼‥차‥, 두고‥, 주‥죽‥, 으면‥, 안 되‥…‥, 아아‥! 아아‥, 아니‥! 아니‥!! 아니‥, 다‥!! 다~!! 부~! 부‥정‥…‥!! 부정이‥! 아아아‥…‥, 안 탔‥다‥! 아아아아‥, 안즉‥, 안즉‥! 안 죽‥! 는‥다‥!」

가까이 다가갈수록 가빠지려는 숨을 억누르는 것만큼 점점 더 가쁘게 더덜더덜 거려대던 궁궁이가 제가 꺼낸 말에서 나온 생각이란 것이 재수없이 동생 대호의 죽음으로 뻗치어 그로 말미암아 혹시나 행여나 부정不淨이라도 탈까 봐서 그러는 것인지 제 방귀에 놀란 토끼마냥 눈을 동그랗게 뜨고서는 사위하듯 제 손으로 제 입을 틀어막아 말허리를 꺾어 버리더니만, 안절부절 머리를 가로저으며 울먹울먹 말을 이어나갔다.

「우‥…‥우리‥, 대‥…‥대호‥! 크‥…‥큰‥일‥! 해‥…‥해야‥! 하‥는‥, 데‥, 데‥, 크‥큰일‥, 나‥면‥…‥, 크‥큰일‥…‥! 나나‥난다‥! 하‥하늘‥, 같은‥, 우우‥…‥우리‥…‥, 호‥가‥, 하하‥ 하‥늘‥, 인데‥. 아아‥무리‥, 깜깜‥, 해‥, 해도‥, 하하‥, 늘은‥…‥, 아아‥…‥, 안‥즉‥, 쩌‥! 쩌기‥! 이‥…‥있‥, 는데‥…‥. 하‥하‥, 늘‥이‥, 여‥열‥, 리고‥, 해‥! 해를‥, 나나‥, 낳고‥, 다다다‥, 달‥도‥, 낳‥고‥! 사사…, 람…은…, 사…살…, 아…야…! 사람…, 이라…, 하…한…다…, 사……
살아…야…, 이…이…, 세…세상…, 이…일…, 으……켜…, 세…세…워……
야…… , 하…, 한…다… , 한다…, 그그…그래… , 그…래…, 서……, 하……,
하…늘…이…, 하늘…을…, 먹…고…, 하하…, 늘이…, 하하하…하늘……,
되…고……, 그그…그……랬…, 는…데….」

　제 가락에 제가 빠져 버린 듯 궁궁이가 '하늘이 하늘을 먹고, 하늘이 하
늘 된다.' 하였으나 이 말은 앞서 덕배가 어진이 돌무덤 앞의 흙을 집어 먹
으며 이미 이야기한 바, 본래 만물을 한울님으로 여겨서 한울님이 한울님
을 먹고 한울님이 한울님으로 된다는 '이천식천' 以天食天과 '이천화천' 以天
化天의 이치를 뜻하는 것인 즉, 그 뜻을 알 리 없을 궁궁이는 아마도 동생 대
호에게서나 아니라면 누구에게서라도 귀동냥으로 주워들었음직한 말들을
떠올리고서 얼추 되는 대로 읊어댈 따름이었을 것이다.

　「어어……쩌…지…? 어어…… 떻…게……?? 아…아~!! 하…한…, 울님…!
우우~ 우리…! 대대…, 대…호…! 사사…, 살…려…, 주……세…, 요…. 이
이…, 렇게…, 두두…, 소…손…, 모모…, 모…아…, "지…기…, 지기…, 그
그…금…지…, 워…원…, 위위…, 대…대…, 강…강……!"」

　궁궁이가 옴츠렸던 몸을 펴고서 어둑어둑한 하늘을 치어다보더니 두 손
을 가슴께 모으고는 다달다달 삼칠자 주문을 외워대기 시작했다.

　「"시시…, 천…주…, 조…화…, 화…정…, 여…영…, 세세…, 부…불…,
망…, 마…만…, 사지…, 사지……." 아아아…아니…! 아니…! 머…멍……
충이…! 다다다…다시…! 다…! 다…시…!」

　제 가락이 마음에 들지 않았는지 아니면 더듬거리는 말투가 귀에 거슬
렸는지 궁궁이가 말머리와 말허리 사이께서 제 머리통을 몇 차례 쥐어박고
서는 나오지도 않는 콧물을 훌쩍이며 다시 삼칠자 주문을 외워댔다.

「"지 기 그··금 지··, 워··원 위 대 강··, 시 천 주 조 화 정··, 여··영 세 불 망 만 사 지~!" "지 기 금 지··, 원 위··!" 하·····한울···, 님···! 여···여 기···! 부·····분이··엄니··, 부·····분이···, 마·····만석···이···, 대····정···, 쩌··기···, 도··중이···아·····아···저··씨···, 처···천수···! 모··모두···, 사··· 살려···, 주··세·····요·······.」

제 가락을 타려는 듯이 눈마저 꼭 감고서 몸뚱이를 옴직옴직 거려 가며 한 글자 한 글자 공을 들여 또박또박 한 차례 정성스럽게 외워 보인 궁궁이 가 감았던 눈을 동그랗게 뜨고서는 다붓다붓 모여 있는 주검들에게 다가들 려는지 몸을 비틀고서 왼손으로 땅바닥을 짚었다.

「···!···」

그 순간 제 손바닥으로 전해지는 어떤 섬뜩한 느낌에 '흠칫··!' 거리는 것만 같더니 손바닥 아래에 깔려 있는 긴 칼을 발견하고는 뱀이라도 만진 것마냥 소스라치게 놀라며 얼른 손을 떼었다. 그리고는 와들와들 설한풍 에 휘불리는 사시나무마냥 몸을 떨어대고 "따다다닥" 서리 맞은 다람쥐마 냥 윗니 아랫니를 맞부딪혀 가며 칼에서 눈을 떼어내려고 도리머리 치더니 만, 주춤주춤 뒤로 물러섰다.

「우~우~~! 카··칼···! 칼~!! 으·····으···, 시···, 싫··어··! 무···, 무··서··! 아아····, 아··냐···! 아아···, 안·····할···, 꺼··야···! 우~~우~!! 아아···, 안·····해···! 우~우~! 아아···, 아·····냐···! 시시···, 키··면···, 해해··, 해···· 야···! 시시시···켜서···! 하하하··하··면·····! 어어··엄··니··를···! 꼬꼬 꼬···, 꼬옥··! 사사사···, 살···려··, 준···다··, 해해해···, 해··서··! 나 나··나···! 내··내가···! 꼭··! 꼬··옥··! 어··어··엄니··! 사···살···, 아 아··, 야·····, 하·····, 니·····, 까·······.」

찬물 맞은 불티마냥 몸을 쪼그라뜨리고는 서둘러 헤어나고픈 마음으로

맨 땅위를 허우적허우적 발버둥을 쳐대던 궁궁이가 먹먹하고도 읍읍悒悒
하였던지 가슴팍을 "턱!" "턱!" 두들겨대더니만, 뭉텅뭉텅 뭉개져 버린 말
덩이들을 뱉어내었다.

「어…어……엄…니…! 나…나…, 나를…! 마…마……, 말…, 라…! 그
러…, 다…, 다…! 다가…, 다가…! 와…! 뛰…뛰…, 뛰…어…!
드……들…지…, 아아~ 아……, 았…, 으……면…! 우~우~~! 어…
어…, 엄…니…! 구…구…궁궁……이…, 카…칼…에…, 아아~~! 피피
피피…! 피…가…! 피가…!! 어어…엄니…! 아아~ 아파…! 아…파…! 찌…
찔…리…어…, 우우~! 피…가…!! 카……칼…에……!! 우~~우~ 여…차…! 여
차…! 시시…! 호호…! 하……하…던…, 카……칼…에…! 우~우~~! 어…
어…, 엄…니…, 피…!! 피…가…! 피~~! 피~~!! 아아~~!! 어어…… 엄…
니…! 엄…니~!! 호……! 호…호야…!! 호야~~!! 어어…… 엄…니…!! 어…
엄…니~~!!」

그랬었나 보다. 먼저께 늦은 밤에 한칼이가 덕배와 함께 나무둥치에 엉
덩이 깔고 앉아 서면 죽산竹山이요 앉으면 백산白山이었던 곳에서의 기포起
包를 생각하고 심중소회心中所懷를 따라 일어나 칼춤을 추던 중에 순번 바꾸
고 올라오는 길이라던 얽둑빼기 만석이와 여장부 분이를 앉혀 놓고 이야기
했던 바, 칼노래(劍歌)를 부르며 칼춤(劍舞)을 추는 것에 관하여서는 누구보
다 뛰어났었다던 궁궁이가 떼죽음 당한 마을 사람들의 주검을 앞에 두고
핏물을 한 바가지나 뒤집어쓴 채 한 손에는 칼을 들고 양발은 맨발로 눈알
을 희번덕이며 칼춤을 추고 있었다던 것이, 아마도 민보군이거나 관군이었
을 그 누군가의 위협이나 겁박을 못 이겨, 제 어미를 살리기 위해서는 어쩔
수 없이 마을 사람을 죽여야만 했을 때, 그것을 말리고자 궁궁이의 칼을 향
해 몸을 던졌을, 그리하여 틀림없이 그 칼에 죽어 나갔을, 제 어미의 피를

보고 넋이 나가 버렸을 것 말이다.

「카……카카……칼…!」

숨죽여 가며 흐느껴대던 궁궁이가 별안간 '번쩍!' 하고 불이 이는 눈알을 칼에다가, 모두의 원冤 풀이를 하겠다고 동생 대호가 들고 다니던 그 긴 칼에다 던지었다.

「저저저…, 칼…!! 시…! 시··호··, 시··호···, 하···하던··, 칼…!!」

벗어나고자 하는 마음을 가지고서 다가서려는 것처럼 엉금엉금 딛고 일어서려는 마음으로 칼을 향해 기어가던 궁궁이가 그 칼을 바로 앞에 두고 주저앉아서는 "후우~ 후우…!" 하고 숨을 몰아쉬고 "뿌드득 뿌드득" 가슴팍을 쥐어뜯더니만, 바들바들 떨어대는 왼손을 뻗어 그 칼을 집으려 하였다. 그러나 마음과는 다르게 왼팔이 외려 몸 뒤쪽으로 빠지려는지 어깻죽지에서 팔목까지 아득바득 거려댔다.

「이이이…카카카…칼을…! 칼을…! 자자자…! 잡아…!잡아…!」

잡지 않으려고, 손조차 대지 않으려고 앙버티어대는 왼팔모가지를 깨깨 마른 오른 손이 억세게도 틀어잡더니 칼 쪽으로 밀어댔다.

「이··이··익~!! 익~!! 익~~!!!」

두려움을 이겨내고자 하는 마음과 칼을 다시 잡아 보고자 하는 바람이 너무나도 컸기에 억지힘을 주었나 보다. 궁궁이의 왼쪽 어깨가 '삐그덕~' 뒤틀리는가 싶더니 몸뚱이를 휘우뚱거리다 그대로 앞으로 고꾸라져 버렸다. 그러나 뭐랄까? 쇠똥 밟고 미끄러져 개똥에다 코 박은 격이랄까? 아니면 거꾸로 재수 좋게도 똥 떨어진 데 서게 된 경우랄까? 여하튼 왼 앞으로 쏠려 넘어진 궁궁이의 께저분한 얼굴은 대호가 들고 다니던 긴 칼 바로 앞에, 그러니까 눈이라도 한번 깜박이면 속눈썹이 닿을락 말락하고 콧물이라도 "홀쩍…!" 들이키면 코끝이 부딪힐 만큼 가까운 곳에 꼬라박혀 버렸다.

믿을 수 없을 만치 생각 밖의 낯선 몸맨두리로, 이제껏 보여 줬던 것을 터무니로 하여 겉가량과 속가량을 해 보아도 어찌 할 것인가 뻔할 것만 같았던 궁궁이가 애써 마음을 다잡으려고 숨을 가다듬거나 이를 악물고 자시고 할 것 없이, 늘 그래왔다는 듯이 아무렇지도 않게, '스윽~' 하고 아무런 거리낌도 느낌도 없고 무게조차 느낄 수 없는 오른팔을 얼굴 쪽으로 밀어 올려 콧김과 입김이 차갑게 엉기어 붙은 칼집에다 손을 대더니 "콱~!" 하고 소리가 날 정도로 단단하게 그러쥐고는 손목을 비틀어 칼로 짚어 가며 몸을 일으켰다. 윗몸을 일으켜 세우고는 꿇듯이 무릎을 땅바닥에 대고 앉더니만, 두 손으로 칼자루를 부르쥐고 눈앞으로 비스듬히 들어 올렸다.

「이………이……이‥, 칼‥‥! 칼‥‥!!」

일렁이는 눈으로 칼을 기다랗게 훑어보며 바로 세우더니 오른손으로 칼집을 틀어쥐고 감연敢然스레 "스릉~!" 하고 벗겨 버렸다. 그리고는 벗겨 낸 칼집을 삼가듯 진중鎭重하게 오른편에 내려놓고서는 꿈틀거리며 은은한 빛을 번득거려대는 칼의 맨 몸뚱이를 오른손으로 움켜잡아 버리더니만, '파르르‥' 미세하게 떨어대는 칼끝을 눈썹 사이에다 겨누어 보았다. 그윽한 눈으로 칼끝을 차분히 바라보던 궁궁이가 살며시 턱을 들어 올리고는 멀리로 꾸물꾸물 달음질쳐가는 건너편 산등성이들 너머 어둑어둑한 하늘을 가마아득히 바라보더니 눈을 '질끈…!' 감으며 칼끝을 모가지에다 가져다대었다. "꿀꺽~!" 목울대 너머로 깊숙이 침을 삼키어 넘기더니 양손에 지그시 힘을 주어 눌러댔다. 칼끝에서 배어나온 핏물이 칼날을 타고 손목 위로 흐르다 무릎 위로 "투둑~~!" "투~투둑~!" 방울져 내리고 떨어져 내린 그 핏방울 위로 눈물방울들이 아롱져 내렸다.

「어………엄…니‥‥, 엄…니‥‥. 호‥‥‥! 호‥‥, 호…야………, 어어‥‥‥진‥이‥, 나‥‥‥, 남‥‥ 이………, 처………천‥‥수‥‥.」

가물가물 감기어지려는 눈 안에서 보고 싶은 얼굴들이 아물아물 아지랑이마냥 아스라이 어리어져 가는지 어느 목숨이든 갓난 것이라면 처음 말을 하려 할 때 너나없이 가장 먼저 했을 말소리를 뱉어내더니만, 넋을 부르듯 옹알옹알 입속말로 더듬더듬 이름들을 불러 보는 궁궁이의 거칠거칠 구저분한 뺨따귀에는 눈물 자국 두 줄기가 하얗게, 쪽 째진 눈구석에서 뭉툭한 입술 끄트머리까지 굵다랗게 그어졌다.

「우우~~ 우우‥‥! 우~~~~!」

눈앞이 수리수리하여지고 몽롱하여져만 가는지 그나마 더듬거려대던 입속 새김질조차 점점 잦아들어 가고 창자를 비비 꼬아대는 소리 같은 것이 목구멍에서부터 새어나오려는데, 돌연 눈송이 하나가 '살풋~!' 하고 눈꺼풀 위로 살며시 내려앉았다. 궁궁이가 눈꺼풀을 '파르르‥' 떨어대고 쌈박쌈박 거리더니 눈을 가늘게 뜨고서 하늘을 올려다보려는데, 나부죽한 콧등 위로 또 '팔랑~' 하고 먼저 것보다도 탐스러운 함박송이 하나가 내려앉았다. 보드라운 것이 차갑기도 하고 가렵기도 하였던지 궁궁이가 콧잔등이를 찌긋찌긋 거려 보더니만, 천천히 고개를 들고서 거물거려대는 눈으로 제 머리위의 하늘을 높다랗게 올려다보았다. 그윽한 하늘과 으늑한 땅 가운데에는 하늘하늘 눈송이들이 하늘과 땅을 이으려는 듯 향기로운 꽃잎처럼 흩날리고 있었다. 그 눈송이들을 바라보자 숨이 가슴께로 부둣이 차오르면서 맺혔던 것이 풀어지고 마음이 '화~' 하여졌는지, 화렴火廉이 들어가는 송장마냥 까맣게만 보였던 궁궁이의 얼굴이 빛으로 씻어낸 것처럼 환하여지고 꺼져 가는 심지마냥 가물거리던 눈망울에는 뭐라 형언할 수 없는 빛깔이 번들번들 물 위의 불처럼 일렁였다.

「‥‥‥‥」

홀연忽然히 일어선 눈바람 한 오라기가 궁궁이의 흙투성이 머리칼을 매만지듯 가붓이 '살랑~' 스쳐 지나가더니 너른 터를 에돌아 용수바람마냥, 하늘 땅 가운데서 하늘하늘 거려대던 눈송이들을 휘말아 가지고 홀지忽地에 층층이 겹겹이 고랑지고 이랑진 하늘 구름밭에다가 볍씨를 뿌리듯이 흩뿌려 버렸다. 그 자리에 그대로 뿌리를 내리고 싹을 틔우며 꽃을 피우려는 함박송이 씨앗들의 힘찬 숨결 탓이었던지 우중충한 하늘 구름밭에는 새로이 돋아나려는 어린 풀뿌리마냥 환한 빛살과 빛 무늬들이 어른어른 얼룽덜룽 투명하게도 내비치는가 싶더니 "쩌어억‥!" "쩍~!" 하는 소리조차 없이, 땅속으로 벋어 나가는 줄기 같은 빛줄기가 금이 가듯 순식간에 또렷이 뻗치더니, 이내 "쩡~!!" 하고 깨어져 "우수수~" 부서져 내리기 시작했다. 그렇게 조각조각 산산이 부서져 내리던 구름 조각들이 뭉치로 타래로 덩어리져 내리는 구름더미 틈새로 사이로 내비치는 달빛을 받아 반짝반짝거리고는 밝은 빛을 또랑또랑 뿌려대며 하늘 땅 가운데를 분분紛紛하게 떠다녔다. 그러자 궁궁이는 입때껏 제 모가지를 겨누고 있던 칼끝을 거두어 무릎 위에다 놓아 두더니만, 눈으로는 이미 죽임을 당한 사람들의 머릿수만큼이나 무수히 총총거려대는 밤하늘의 별들을 치어다보듯 혹은 제 머리 위를 떠다니는 구름 조각들을 마치 삼칠자 주문이라도 되는 것마냥 멀리로 가까이로 좇아가보더니, 입으로는 나지막이 "지기‥ 금지‥ 원위‥ 대강‥," 하고 삼칠자 주문을 읊조려댔다.

　바로 그때였다. 꿈결인 양 아득하게 점차 황홀경에 빠져 들어가고 있는 듯이 보이는 궁궁이의 귓전으로 "시호 시호 이내 시호~, 부재래지不再來之 시호로다~!" 하는 칼노래(劍歌) 구절이 돋우려 외치는 불림소리마냥 먼 곳에서부터 아스라이 메아리치며 날아들었다. 궁궁이가 느린 듯 고개를 돌리고서 우묵한 눈자위에 눈물이 자란자란한 눈으로 노랫소리가 들려오는 산 아래쪽을 내려다보았다.

살았기에 볼 수 있는 것인지 죽어야 볼 수 있는 것인지 아니면 사유四有 가운데 사유死有라 하여 목숨이 끊어지려는 바로 그 찰나에서야만 겨우 볼 수 있는 것인지, 어쨌거나 아슴푸레한 것이 곡두 같기도 하고 이승을 떠도는 유혼幽魂 같기도 하고 마음에 담아 두었던 생각의 그림자도 같아 보이는 사람들의 형상이, 보이는 것이라고는 아무것도 없을 산 아래쪽 먼 곳에서부터 산 위쪽으로, 한恨과 흥興과 다짐들이 구절구절 서려 있는 칼노래를 부르면서 저희 가락에 어깨들을 덩실덩실 거리며 올라서고 있었다.

「…ㅣ…」

온몸의 털구멍으로 스며든 환한 기운에 터럭들이 한 올 한 올 올올이 곤두서고 가슴 깊은 곳에 모셔 두었던 신령스런 기운이 응應하고 통通하야 마침내 동動하였던지 궁궁이가 마음으로 들어서는 칼노래 가락을 몸뚱이로 풀어내려는 듯 하늘에 아뢰고 땅에 고하듯 고개를 수그려 보더니만, 가볍기는 하되 들뜨지 않은 몸짓으로 칼을 얼러 가며 새끼줄에 매단 돌멩이마냥 변변찮고 보잘 것도 없어 보이던 것이 꽤나 변변한 화초밭의 괴석怪石이라도 된 것마냥 '저 자가 참으로 궁궁이 맞는가?' 라는 생각이 들 만치 그럴싸한 틀거지를 보이며 숙연히 몸을 일으켰다.

칼이 곧 제 몸인 양, 숨으로 몸을 들어 올리듯 숨을 들이마시며 칼을 들어 올린 궁궁이가 아래턱을 갸웃이 당기며 '한 호흡' 그 숨에 머물러 보더니, 디딤새로 무릎을 살짝 굽히었다가 어깨를 들썩이며 도듬새로 한 걸음 사붓이 내딛고는 가슴을 열어젖히고 날아오를 듯 앞으로 나섰다. 그리고는 바람에 맞부딪히려고 달려나가려다가 그 바람에 멈칫거려대는 것처럼 숨을 몸 안으로 끌어당기고 몸을 뒤쪽으로 물리려는가 싶더니 홀연 떨쳐 일어나듯 '훌쩍~!' 하고 활개를 펴며 숫구치더니만, 무舞는 곧 무武요 무巫라는 듯, 얽히고설킨 것들을 단칼에 잘라 버리고 제 것을 씻어내고 남을 것을 어루만져 주어 멍울 망울 뭉어리지고 덩어리지고 맺힌 것을 풀어 주는 해원解冤의 살풀이마냥 긴 칼을 휘두르며 칼춤을 추어댔다.

춤이라기보다는 차라리 마지막 몸부림인 양 처절하게, 격覡이어서 격隔한데다가 격激하게, 점점 더 거칠어지고 흐트러지다가 머잖아 아예 흩어져 버릴 것만 같이 턱밑까지 차오를 숨을 허덕지덕 거려 가며 안으로 거두었던 것을 바깥으로 펼쳐내고 나아가듯 물러서며 돌아가듯 돌아오고 멈출 듯 흐르며 꺾을 듯 이어가며 칼과 하나 된 몸짓을 보이던 궁궁이가 어느 순간 마음과 신명이 이끄는 대로 이끌리어 그마저도 넘어선 듯, 입가에 하얗게 서리고 뽀얗게 엉기어 붙어 있어야 할 입김조차 보이지 않으며 칼춤을 추어댔다. 그러다 '문득!' 먹빛으로 번들거려대는 물너울을 보고서야 휘황한 달빛을 떠올려 보는 것처럼, 손목놀림을 따라 번쩍번쩍 사방으로 빛발들이 뿌려지자 땅바닥에서는 무엇이 그 빛 무늬마냥 굼실굼실 거려대는 것만 같았던지, 돌연 '우뚝…!' 하고 멈추어 서서는 고개를 돌리며 주변을 둘러보았다.

궁궁이의 몸짓과 칼짓에 담긴 염원 덕인지 열린 하늘에서 희고도 검은 땅으로 교교皎皎히 쏟아져 내리는 달빛에 흠뻑 젖은 탓인지 이울어진 들꽃마냥 다붓다붓 너른 터에 널브러져있던 주검들이 하나 둘 '툭…!' '툭~!' 꽃망울을 터뜨리듯 몸을 일으켜 세우고 있었다.

「…!…」

죽었다 되살아나 땅을 밟고 하늘을 우러르려는 듯, 널브러져있던 주검들이 무릎을 구부정히 펴며 어정쩡하게 몸을 일으키고서 칼노래 가락을 "우우~" 거리고 웅얼웅얼 따라 불러보더니, 밖에서 들려오는 은은한 노랫소리와 제 안에서 울려대는 소리에 이끌린 듯, 그러나 사뭇 어색하고도 어설픈 몸짓으로 '휘휘~' 돌고 돌며 칼춤을 추기 시작했다.

"만세일지萬世一至 장부丈夫로서 오만년지五萬年之 시호로다.

용천검龍泉劍 드는 칼을 아니 쓰고 어이하랴.

무수장삼舞袖長衫 떨쳐입고 이 칼 저 칼 넌즛 들어

호호막막浩浩漠漠 넓은 천지 일신一身으로 비껴 서서

칼 노래 한 곡조를 시호시호 불러내니‥!"

그야말로 물이 흐르듯이 그러하고 그러하게, 이미 죽어 버린 자와 이제 죽으려는 자가 함께 일어나 "시호 시호~" 입을 모아 불러대는 칼노래(劍歌) 소리가 넋인 양 '홀홀~' 바람인 양 '훨훨~' 한바탕 어울림으로 너울너울 얽히는 것도 매이는 것도 없이 내키는 대로 능청능청 추어대는 소맷자락 끝자락과 가뿐히 혹은 사뿐히 디뎌 밟는 발부리 끄트머리에서 일어난 바람 물결을 타고서 멀리로 널리로 온 누리 그윽하게 울려 퍼지는 가운데, 한 폭 그림처럼 '함폭' 멧부리로 높다랗게 내려앉은 하늘 한 곳에서는 금세라도 한 귀퉁이가 이지러질 것만 같은 달덩어리가 다가올 그날처럼 은빛으로 환히 빛나고 있었다.

내가 나에게 물었습니다.

"비우셨는가?"

나에게 내가 말했습니다.

"비워야한다는 생각에 비우고도 싶었건만

무엇이나 비울만치 가진 것이 없었기에

그나마나 있는 것을 있는 대로 죄다 쏟아 부었으니

어쩌면은 속 시원히 비운 것도 같습니다."

칼이 피다

등 록 1994.7.1 제1-1071
1쇄 발행 2012년 5월 10일

지은이 권영준
펴낸이 박길수
편집인 소경희
편 집 김문선
마케팅 양유경
디자인 이주향
펴낸곳 도서출판 모시는사람들
　　　　110-775 서울시 종로구 경운동 88번지 수운회관 1207호
전 화 02-735-7173, 02-737-7173 / 팩스 02-730-7173

출 력 삼영그래픽스(02-2277-1694)
인 쇄 ㈜상지사P&B(031-955-3636)
배 본 문화유통북스(031-937-6100)
홈페이지 http://blog.daum.net/donghak21

값은 뒤표지에 있습니다.
ISBN 978-89-97472-05-5 03810

* 잘못된 책은 바꿔드립니다.
* 이 책의 전부 또는 일부 내용을 재사용하려면 사전에 저작권자와 도서출판
　모시는사람들의 동의를 받아야 합니다.

이 도서의 국립중앙도서관 출판시도서목록(CIP)은 e-CIP 홈페이지
(http://www.nl.go.kr/ecip)에서 이용하실 수 있습니다.
(CIP제어번호:2012001839)